El Último Baile

Traducción
EDITH ZILLI

EDITORIAL ATLANTIDA
BUENOS AIRES • MEXICO

Título original: One Last Dance
Copyright © 1999 by Eileen Goudge. Todos los derechos reservados.
Copyright © Editorial Atlántida S.A., 2001
Derechos reservados para México: Grupo Editorial Atlántida Argentina de México S.A. de C.V.
Derechos reservados para los restantes países de América Latina y derechos no exclusivos para EE.UU.:
Editorial Atlántida S.A.
Primera edición publicada por EDITORIAL ATLÁNTIDA S.A.,
Azopardo 579, Buenos Aires, Argentina.
Hecho el depósito que marca la Ley 11.723.
Libro de edición argentina.
Impreso en España. Printed in Spain. Esta edición se terminó
de imprimir en el mes de septiembre de 2001 en los talleres gráficos
I. G. Mármol S.L., Barcelona, España.

I.S.B.N. 950-08-2605-4

A mis hijos,
Michael y Mary,
y a todos los que saben que, para buscar respuestas,
es necesario saber primero qué preguntas formular.

Danzamos en un círculo y suponemos,
pero el secreto, sentado en el medio, sabe.

—ROBERT FROST

Agradecimientos

Esta novela fue una aventura desde el principio hasta el fin... incluyendo el puñado de páginas manuscritas que se empaparon cuando una tormenta volcó cántaros de agua por el techo de mi oficina. Para hacer esto lo más entretenido e indoloro posible, me gustaría agradecer, en primerísimo lugar, a Sandy, mi querido esposo, por su infinito apoyo; más de una noche lo ha adormecido el furioso golpeteo de mi teclado. También me ofreció comentarios críticos y fue fundamental en cuanto a indicarme las escenas que no sonaban cien por ciento reales en el plano emocional. Espero que la historia que vas a leer refleje esa honestidad.

También me gustaría agradecer a las mujeres de Viking que me guiaron a costas seguras. A Susan Petersen, por su elegancia y su mano firme. A Barbara Grossman, por su apoyo y aliento. Y a mi editora, Molly Stern, quien a menudo me deja pensando cómo me las arreglé sin ella por tanto tiempo.

Gracias también a Louise Burke, de Signet, por su entusiasmo, su vista aguda y su impresionante porcentaje de aciertos. Es un privilegio estar en su equipo.

Finalmente (lo cual no le resta importancia) estoy profundamente agradecida a mi estupenda agente y amiga, Susan Ginsburg, tan dinámica como diplomática. Gracias por escuchar, Susan.

Capítulo 1

A Daphne le bastó entrar para saber que estaba condenada. La librería estaba casi desierta... pese a ser una lluviosa noche de lunes a principios de primavera, cuando la deslucida temporada de basquetbol se acercaba a su fin y los mejores programas de televisión empezaban a repetir sus capítulos, preparando el cambio de temporada. Contempló hileras y más hileras de estantes con libros; el roble claro relucía bajo la iluminación fluorescente, que imitaba el tipo de lámparas colgantes opacas, usadas en las bibliotecas públicas y las farmacias anticuadas. Había sólo un puñado de curiosos, casi todos amontonados en el sector de cafetería, con una taza humeante y la cara sumergida en un libro.

"Oh, Dios, otra vez no." Daphne aspiró hondo, dominándose estrictamente para no desviar hacia su esposo una mirada contrita. Roger no la necesitaba para recordar que había sacrificado su partida mensual de póquer con los otros médicos de la clínica, sólo para eso, para llevarla hasta allí.

Se apartó del charco acumulado en la alfombrilla de goma negra, tras el vano de la puerta, sintiendo el pellizco perverso de un recuerdo perdido mucho tiempo atrás: la vetusta biblioteca pública de Miramonte, su ciudad natal, donde en su infancia debía hacer equilibrio en puntas de pie para llegar al último estante; allí el ruido más fuerte era el chasquido del sello que la señorita Kabachnik aplicaba con energía. Por entonces Daphne habría preferido beber de la fuente en la que Skeet Walker acababa de escupir antes que devolver un libro con retraso, invocando así las iras de *herr* Kabachnik... y eso era lo que sentía en ese momento, al entrar mojada por la lluvia, con el corazón en la garganta, como agua que se acercara a la línea de inundación: estaba a punto de sufrir una humillación pública.

Las pruebas de lo que se avecinaba estaban en el extremo opuesto del local: una zona alfombrada, entre la sección Infantiles y la de Cocina, con cinco hileras de seis sillas metálicas plegadizas, cada una tan vacía como el corazón de un amante infiel.

El subgerente, a juzgar por su expresión, habría preferido cualquier cosa antes que estar allí, en Port Chester, Long Island, presentando a otra oscura escritora en otro evento casi desierto. Obviamente, el trato no incluía un despliegue de entusiasmo.

Daphne sentía una piedra de pánico alojada en la garganta. El joven le alargó una mano tan laxa y viscosa como el abrigo que ella se estaba quitando trabajosamente. Su sonrisa parecía sacada de un manual para empleados, la misma que podrían haberle ofrecido desde la caja registradora de un MacDonald's. En sus mejillas se destacaban manojos de acné escarlata; sus anteojos, Buddy Holly retro, estaban manchados en las esquinas por el manoseo.

Pero aun mientras le daba la mala noticia (algo sobre la gripe de la señora Temple, la gerente, que le hacía llegar sus disculpas por no poder asistir), los ojos del muchacho seguían desviándose hacia Roger, que en ese momento estaba ocupado sacudiendo minuciosamente el paraguas. Lo golpeó con fuerza contra la alfombrilla, dos veces y una tercera para mayor seguridad; después de asegurar la banda de velcro, lo dejó caer en el balde instalado junto a la puerta de seguridad.

Daphne estaba habituada a que la gente tratara a Roger con gran respeto. La estatura de su marido, su presencia autoritaria, concentraban la atención como un redoble de tambores. Casi esperaba que el subgerente se cuadrara ante él.

—De cualquier modo, ha llegado muy a tiempo —dijo el muchacho, volviendo la mirada hacia ella—. Allí atrás ya estamos listos para recibirla.

—Sí, ya veo. Pero me temo que haya algún malentendido. —Ella puso cuidado en utilizar un tono amistoso y relajado. —Mi publicista debía llamarlos. Pedí que no se pusiera ninguna silla antes de tener una... idea aproximada del resultado.

El chico se hurgó distraídamente un grano en la barbilla.

—De eso no sé nada —dijo—. La señora Temple me dijo que pusiera las sillas. Usted va a dar una conferencia, ¿no? Es lo que anuncia el transparente.

Roger se inclinó para darle una palmada paternal en el hombro.

—Después de pasar una hora y pico en la autopista bajo este aguacero, no creo que unas pocas sillas vacías puedan asustarnos. —Rió entre dientes, con una cordialidad algo excesiva. —Supongo que la leíste, ¿no? La novela de mi esposa.

Encendió para el chico su sonrisa de pediatra. Daphne le había visto utilizar esa misma actitud para arrancar una risita a un traumatizado pequeño de seis años con un brazo fracturado. En las madres también daba un resultado asombroso. Roger parecía saber instintivamente cuándo escuchar y reconfortar... y cuándo imponerse con firmeza ante alguna mamá histérica que sólo empeoraba las cosas. Su mismo aspecto era tranquilizador: era grande y sólido como una iglesia de ladrillo; el denso pelo encanecido, peinado hacia atrás, descubría dramáticamente la frente formidable. Ahora se inclinaba un poquito hacia delante para agregar, con la voz cargada de intención:

—Por si acaso te la perdiste, *Detrás de la medianoche* fue muy bien comentada por el semanario de los editores.

En ese momento Daphne estuvo a un tris de girar en redondo para salir nuevamente a la lluvia torrencial. No estaba segura de poder soportar, esa noche, las fanfarronerías con que él trataba de animar una situación obviamente irremediable.

—Por Dios, ¿quién tiene tiempo para leer todos estos libros? —Ella dedicó una sonrisa demasiado cálida al desorientado subgerente. Luego echó un vistazo al distintivo abrochado en su solapa: LEONARD, y continuó con su voz más razonable, la que usaba para sentar a Jennie en la sillita del auto y para que Kyle permitiera a su hermana ver el video de sus amados *Aristogatos*, en vez de imponerle sus *Power Rangers*: —Pero te pediría como favor personal, Leonard, que retiraras algunas de esas sillas. Es obvio que no vamos a necesitar tantas.

La lectura estaba programada para las ocho y ya eran las ocho y cinco; al cruzar el estacionamiento, que estaba hecho un pantano, Daphne no había visto ningún cordón policial conteniendo a los admiradores para que no se atropellaran a las puertas de la librería.

Leonard, encogiéndose de hombros, echó un vistazo a su reloj. En su impaciente torsión de muñeca Daphne encontró algo de su marido. No sólo de Roger, sino de todos los hombres que la habían hecho sentir así: como si ella debiera servir cualquier pedido, hasta el más insignificante, en un lecho de disculpas y zalamerías femeninas. ¿Dónde había aprendido a comportarse así? De papá, probablemente. En aquella casa de jengibre junto al mar, donde ella y sus hermanas habían rendido pleitesía a su padre, como las criaditas de los cuentos de hadas que él les leía en voz alta cuando eran pequeñas. No eran versiones diluidas, sino los relatos originales de Hans Christian Andersen, que databan de un siglo anterior, más sanguinario: en ellos se revelaban, con horribles detalles, las cabezas de las esposas de Barba Azul, y las feas hermanastras de Cenicienta se cortaban los dedos del pie para calzarse penosamente la zapatilla de cristal.

En su mente se formó una imagen de su padre, sentado junto al fuego en el sillón de brocato, con la cabeza inclinada hacia el pesado volumen encuadernado en cuero que tenía en el regazo. A través de la pantalla con flecos de seda, la luz de la pantalla jugaba con su larga mano de cirujano, que se deslizaba a lo largo de las páginas con el cuidadoso movimiento de cuchillo que él les había enseñado. "Un libro con las esquinas ajadas denuncia a una persona perezosa e indisciplinada". Su pelo, que ya raleaba en la coronilla, tenía el color ambarino del único whisky con agua que se permitía beber todas las noches, antes de la cena; de vez en cuando él lo acariciaba con cautela, como para asegurarse de que no lo hubiera abandonado por completo. Una pierna, enfundada en gabardina, se cruzaba lánguidamente sobre la otra, en tanto su lengua dejaba rodar las palabras: ricas, plenas, escalofriantes.

Dos días después Daphne volaría a California, con Roger y los niños, para celebrar el cuadragésimo aniversario de bodas de sus padres. Allí estarían sus hermanas, junto con otros familiares provenientes de todo el país. Daphne sintió una súbita urgencia por ir. Era como si todo aquello que amaba estuviera encerrado en la casona de Agua Fria Point, donde casi nada había cambiado en los años transcurridos desde que ella la abandonara para ir a la universidad. Como los cuentos de aquellos volúmenes alineados en los estantes de caoba, en el estudio de su padre, cuyas páginas amarillentas susurraban como hojas de otoño en el atardecer de un verano dorado, aparentemente infinito, con sus trajes de baño llenos de arena colgados en la barandilla del porche, hombros despellejados por el sol y litros enteros de limonada casera.

Como desde muy lejos oyó que el subgerente decía:

—Generalmente hay algunos que se presentan tarde. Ya se sabe: los de siempre, esos con los que siempre se puede contar.

Daphne asintió. Ese mismo puñado de leales aparecía en todas sus lecturas: jubilados dispuestos a cualquier entretenimiento que no costara un centavo; algún graduado de melena atada atrás, que se consideraba en el deber moral de apoyar a los pobres literatos, el futuro novelista desesperado por cualquier hebra de esperanza que ella pudiera ofrecerle, por endeble que fuera. Y como chispa de oro entre la arenisca, la voz ocasional que gorjeaba: "He leído todos sus libros, señorita Seagrave. Qué honor, poder saludarla".

Nunca eran más de diez o doce. Ella no era una escritora de ese tipo. Aunque sus novelas solían recibir buenas críticas, nunca resultaban éxitos de venta. Sus relatos hablaban de disturbios familiares, de la callada desesperación que suele encerrar, en el fondo, una vida aparentemente plena; sólo se vendían lo suficiente como para brindar al editor una excusa legítima para ofrecerle un contrato por el libro siguiente.

No obstante, en ese momento Daphne hubiera pagado la mitad de su modesto adelanto por tener allí un solo cuerpo tibio. Un viudo solitario que necesitara matar una hora. Algún esperanzado que tuviera en su casa todo un cajón lleno de notas de rechazo. Una compradora fatigada que se detuviera para dar descanso a los pies. Cualquiera. Quien fuese.

Hasta su esposo.

Pero Roger ya se alejaba hacia el sector de Biografías. Ella observó su espalda, el desplazamiento tectónico de los anchos planos bajo la chaqueta de tweed, su manera de balancearse de lado a lado, a la manera de los hombres corpulentos, como si dieran por sentado que quien esté en su camino debe apartarse o seguirlos. "No se te ocurra —le transmitió, en silenciosa indignación—. No se te ocurra dejarme plantada aquí".

Lo alcanzó en un corredor separado, con todos los títulos sobre computación que se puedan imaginar... todos ellos dirigidos, aparentemente, hacia la mentalidad de quinto grado. Cuando Roger se volvió para ofrecerle una sonrisa (más condescendiente que alentadora, en opinión de ella), a Daphne le ardieron las mejillas.

—No te preocupes —la tranquilizó—. Te irá bien.

—¿Qué estás diciendo? —siseó ella—. Claro, no eres tú el que está colgado en el aire. No puedo hacer esto sola, Roger.

Él meneó suavemente la cabezota desaliñada. Daphne recordó claramente el día en que se habían conocido, allá en la universidad. Muy convenientemente, Roger fue su profesor adjunto de Lógica I. Aunque sólo le llevaba unos pocos años, en aquel entonces ya asumía actitudes de gran profesor. Para completar la imagen sólo le faltaban la pipa y los parches de cuero en los codos. Cierta vez en que Daphne le pidió ayuda en un examen para hacer en casa, él pareció casi tan exasperado como ella misma por su incapacidad de captar lo que, a su modo de ver, estaba perfectamente claro. "¿No te das cuenta? —había exclamado finalmente, lleno de frustración—. Sin A y B, C no existe".

¿Qué la había atraído en él? Irónicamente, la misma solidez previsible que ahora la irritaba tanto. Después de Johnny sólo había quedado el dolor; cada día se fundía con el siguiente, como las olas que se superponen en un vasto mar inexplorado. Roger le había proporcionado un ancla, algo que la mantuviera en su sitio cuando los fuertes tirones de la memoria amenazaban con dejarla a la deriva.

Johnny...

La imagen clara que había cargado por tanto tiempo estaba ya descolorida, como una foto en la billetera, arrugada y raída por el manoseo; en su lugar había un mosaico de impresiones fugaces y recuerdos sensoriales. El olor vago y acre de los Winston que fumaba. Su forma tímida de sonreír, casi como en una mueca, para disimular lo torcido de sus dientes. La risa grave y cínica, que parecía brotar de alguien mucho mayor que él, con sus diecisiete años; alguien que usaba vaqueros ceñidos cuando toda la secundaria los llevaba holgados; alguien a quien le importaba un bledo que lo cargaran (¡como si alguien pudiera atreverse!) por las botas de motociclista y la chaqueta del ejército, más uniforme suyo que del hermano mayor, al que le habían volado el vientre en Nam.

Daphne aspiró hondo para alejar los recuerdos; luego volvió su atención a Roger. No era malo, se dijo. No la estaba abandonando. ¿Acaso no había faltado a su partida de póquer para traerla hasta Port Chester, bajo esa lluvia torrencial?

—La última vez vinieron seis personas y todas se fueron satisfechas —recordó él, con la fastidiosa precisión de siempre—. De cualquier modo, estoy aquí nomás. Si me necesitas no tienes más que gritar.

Daphne echó una mirada de pánico a las sillas vacías, que Leonard iba plegando y apilando contra la pared. Parecía no tener mucha prisa; además, hacía más ruido que una banda de bronces desfilando por la Quinta Avenida.

Desesperada, se aferró del brazo de Roger.

—Siéntate conmigo —suplicó por lo bajo—. Sólo por algunos minutos. Siquiera hasta que aparezca alguien. Es todo lo que te pido.

Él le palmeó la mano en un gesto de afectuosa indulgencia.

—Me quedaré donde me tengas a la vista. Te lo prometo. No pienso ir siquiera al baño de caballeros.

—No es por ti que me preocupo —susurró ella, estrujándole el brazo con más fuerza de la que pensaba, lo bastante como para provocarle una mueca—. Soy yo la que va a quedar como una estúpida.

—Jamás podrías quedar como estúpida.

—Se dice fácil.

Una leve irritación arrugó la amplia cara de Roger.

—Caramba, Daphne —la amonestó con suavidad—. Eres una escritora seria, no una de esas sensacionalistas baratas. Nadie que tenga criterio pretenderá que se reúna aquí una multitud para vitorearte.

—No hablo de una multitud, Roger. Sólo una cara amiga.

Detestaba oírse hablar con esa voz, como si estuviera suplicando. Parecía Jennie rogándole que la acompañara, no sólo hasta la puerta del jardín de infantes, sino hasta adentro.

Él inclinó la cabeza con un aire contemplativo, acariciándose el puente de la nariz con el pulgar y el índice.

—Es cuestión de principios —explicó, con gran paciencia—. No necesitas que nadie te sostenga la mano. Lo que necesitas es tenerte más confianza.

De pronto era la voz de su padre la que oía: "Mantén la espalda erguida y los hombros cuadrados; nunca llamarás la atención de nadie si caminas así, toda encorvada". Veía a su padre como si lo tuviera de pie ante ella: delgado, apuesto, impaciente, como quien sabe que hay una sola manera correcta de hacer algo: a su modo. Vio el puente huesudo de su nariz y los músculos que rodeaban los antebrazos fibrosos; los ojos de color azul oscuro, afilados como los instrumentos que usaba con los cadáveres, tan mal equipados como su familia para resistirse a su voluntad de acero. Probablemente su padre sólo quería su bien, al igual que Roger; pero a los catorce años, penosamente consciente de su pecho plano y de su boca llena de metal, lo último que deseaba era llamar la atención. Aún ahora, más de veinte años después, volvió a endurecerse para resistir, como si papá le estuviera clavando los pulgares en los omóplatos, en un intento por enderezarla.

Roger tenía razón: ¿de qué debía avergonzarse? Era tan buena escritora como esposa y madre. A los treinta y nueve años aún atraía miradas de hombres a los que doblaba en edad. Y eso (lo pensó con cierto orgullo, borrado de prisa) sin necesidad de hacer dieta ni de teñirse el pelo, castaño y con ondas naturales que tendían a encresparse con la humedad. En ese momento levantó las manos para peinarse con los dedos; casi sentía los ricitos que iban saltando al contacto. De cualquier modo, ¿quién se daría cuenta? Lo mejor era apretar los dientes y pasar el mal trago con tanta dignidad como pudiera.

Siguió con la vista a su esposo, que se alejaba con las hábiles manazas hundidas en los bolsillos delanteros de los pantalones de corderoy. A pesar de todo, sentía un salvaje impulso de tomar el libro más próximo (*Windows 98 para Tontos*) y arrojárselo a la cabeza.

La dura prueba siguiente resultó ser tan penosa como ella había imaginado: como estar ensartada en uno de esos asadores de las rotiserías, dando vueltas interminablemente ante un vidrio. A cambio del podio que había rechazado, se sentó ante una mesita llena de ejemplares apilados de *Detrás de la medianoche*, donde algún empleado previsor había puesto un jarrito para café con media docena de bolígrafos. Por si acaso (lo pensó secamente) no bastara la tinta de una sola Bic para todos los libros que debería autografiar a pedido de sus numerosos admiradores.

Unos cuantos curiosos le echaron una mirada y apartaron la vista con igual celeridad, como de un accidente de tránsito. Aquello se parecía a los bailes de la escuela que ella recordaba con torturantes detalles: horas y horas de estarse sentada contra la pared, con los músculos faciales doloridos por el monumental esfuerzo de seguir sonriendo, como si la estuviera pasando bien.

Daphne habría recibido de buen grado cualquier compañía, hasta la del granujiento subgerente, quien parecía convencido de que bastaba con pasar cada diez minutos, poco más o menos, para ver si tenía todo lo necesario. Ella habría querido chillarle: "¿Qué puedo necesitar, salvo una cachiporra para darte un mamporro, y también a mi marido?".

Roger, abstraído con un libro en el rincón más alejado del local, parecía igualmente ajeno a su tormento.

"Papi nunca habría dejado a mamá plantada de este modo", pensó ella. Por estricto que fuera con sus hijas, siempre se mostraba tierno y solícito con la madre. Hasta caballeresco. Mamá y papá siempre habían sido la envidia de sus amigos. Bueno, algo debían de haber hecho bien. "Cuarenta años", pensó. Trató de imaginarse celebrando su cuadragésimo aniversario con Roger, pero en su estado actual no estaba segura de que ese matrimonio durara hasta el día siguiente.

Sus ojos se desviaron nuevamente hacia Roger, que ahora estaba conversando con alguien a quien parecía conocer: una rubia de pelo corto, no muy bonita, pero con ese atractivo de la esposa de suburbio, que trota ocho kilómetros antes de desayunar y va a Manhattan mes por medio, a hacerse cortar el pelo por un profesional. Sonreía por algún comentario de Roger, con la cabeza apenas inclinada; su expresión traía a la mente una palabra que Daphne asociaba con las novelas románticas: coquetería.

Mientras los observaba se iba poniendo cada vez más tensa. Roger no parecía tener prisa alguna por volver al libro que se había puesto tranquilamente bajo el brazo. Tampoco se molestaba en mirar siquiera a su esposa. Si esa mujer era tan amiga, ¿por qué no la traía para presentársela? No disponía de un solo instante para dedicar a Daphne, pero parecía tener todo el tiempo del mundo para alguien a quien apenas conocía.

Hirviendo por dentro, ella lo vio reclinarse contra la estantería, con un brazo apoyado en la hilera de arriba; probablemente, a los quince años lo apoyaba así en el respaldo de su compañera, en el cine, antes de iniciar el descenso por sus hombros.

Los cinco minutos se hicieron diez antes de que la mujer echara un vistazo apenado a su reloj y dijera algo a Roger. Cuando se volvía para salir, él le deslizó su tarjeta de visita. Subrepticiamente, según la impresión de Daphne. ¿O tal vez era imaginación suya, el aire furtivo con el que la tarjeta se movió entre ambos, antes de ser tragada por el bolso de Chanel?

Daphne experimentó lo que se siente cuando el auto en que vas atraviesa un bache: una sacudida tan fuerte que le llegó a los dientes apretados. ¿Estaría Roger preparando una especie de...?

Su mente se negaba a formar las palabras, pero la oleada de pánico que la atravesaba lo dijo todo. Aun así... ¿una aventura? ¿Roger? No parecía probable.

Un recuerdo fragmentado jugueteaba en los rincones de su mente. Ella tenía... ¿cuántos años? ¿Ocho, nueve? Un cuarto oscuro, pieles perfumadas haciéndole cosquillas en la memoria. Al otro lado del pasillo había ruidos de fiesta, y una pareja recortada en el vano de la puerta...

Sintió deseos de cubrirse los ojos. "Tonta —se regañó—. Estás enojada con Roger; por eso exageras tu reacción."

—Disculpe. ¿La señorita Seagrave?

Daphne levantó la vista hacia la anciana que había aparecido ante ella, aferrada a un ejemplar de su libro. Menuda, canosa, cansada tras ir de tiendas; se mantenía encorvada, como disculpándose por ocupar espacio. Debía de ser ese tipo de personas que, cuando alguien se les adelanta en una fila, prefieren guardar silencio en vez de protestar. Miró la foto de la contratapa; luego, de nuevo a Daphne. Con un suspiro, devolvió el libro a su pila, de mala gana.

—Es usted, sí —exclamó. Una mano revoloteó hasta la mejilla, enrojecida por el desacostumbrado entusiasmo. —Oh, Dios mío, no sé qué decir. ¡Es un honor tan grande, poder saludarla! He leído todos sus libros, todos. De hecho... —Se inclinó hacia delante, como para revelar una información absolutamente confidencial. —Debo reconocer que usted es mi escritora favorita. Usted e Iris Murdoch.

—Gracias. —Daphne logró esbozar una sonrisa. —Es el mejor cumplido que he escuchado en toda la noche.

La mujer echó un vistazo en derredor; por un momento de pasmo, Daphne se preguntó si iba a mencionar que no había allí otra persona para hacerle cumplido alguno; pero la arrebatada admiradora se limitó a murmurar:

—Temía llegar demasiado tarde. Que usted se fuera en cuanto terminara la lectura. Pero aquí está. A propósito: me llamo Doris. Doris Wingate.

—Encantada de conocerla —dijo Daphne, alargando el brazo por sobre la mesa para estrechar una mano blanda y tímida. —¿Le gustaría que le autografiara un libro?

En las mejillas de Doris, el color se acentuó hasta convertirse en un rojo alarmante.

—Oh, bueno, no era mi intención... Pero claro, qué estúpida soy, usted ha venido para vender libros. Ojalá... pero leo todo en la biblioteca, ¿sabe?

Deseosa de aliviar la angustia de la pobre mujer, Daphne le confesó en voz baja:

—La comprendo perfectamente. Yo también me escapo a la biblioteca cuando puedo. Tengo dos chicos, siete años y tres, y en mi casa suele haber mucho alboroto.

Las dos compartieron una sonrisa de entendidas; Daphne vio que la anciana relajaba un poco los hombros. Siguiendo un impulso, buscó su cartera en el bolso que tenía a los pies y extrajo dos billetes: uno de veinte y otro de cinco, que luego deslizó en el primer ejemplar de *Detrás de la medianoche*. Después de garabatear algunas palabras en la primera página, lo entregó a Doris.

—Tome. Éste va por mi cuenta.

La mujer lo miró con incredulidad; luego extendió lentamente una mano trémula para aceptar lo que bien habría podido ser el Santo Grial.

—Oh, caramba, no sé qué decir. Esto es... esto es lo más lindo que me haya pasado en la vida.

Parecía a punto de llorar. Daphne sintió una oleada de inquieta solidaridad. ¿Y si ella también se encontraba algún día reducida a eso? Una anciana agradecida por cualquier mendrugo que se le arrojara. Cualquier señal de que era digna de atención, de que se le dedicara algo de tiempo y dinero. Alguien como...

Su madre.

Apartó rápidamente la idea. Su madre no se parecía a esa mujer en absoluto. Y tampoco ella. "Voy a hablar con Roger. Le diré exactamente lo que pienso".

En cuanto pudo escapar, ya a solas con él en el auto, avanzando a paso de tortuga por la autopista de Long Island, Daphne lo enfrentó.

—¿Quién era esa mujer con la que estabas hablando?

—¿Qué mujer? —él encendió la señal de giro y pasó a la senda vecina.

—Parecían conocerse muy bien.

Roger le dirigió una gran sonrisa.

—No puedo creerlo. ¿Celosa, tú? ¿De Maryanne Patranka?

—Ahora estamos llegando a algo.

—Es la madre de un antiguo paciente. Hacía años que no la veía. —Roger tamborileó con los dedos contra el volante, como acostumbraba cuando estaba nervioso. No había mencionado la tarjeta. Si conocía a Maryanne sólo por su profesión, no tenía sentido que mantuvieran el contacto. A menos que...

—Podrías habérmela presentado —comentó ella, fría—. Habría sido grato tener compañía, ya que no había nada mejor que hacer.

—Vi que vendiste un libro —esquivó él—. Ya es algo.

Daphne no le dijo que el libro había sido un regalo. De pronto no soportaba la idea de que él se enterara. De mostrarse tonta y sentimental a sus ojos. Hasta desesperada. Si continuaba cediendo terreno acabaría pisando en el aire.

Desvió la vista hacia la ventanilla. La lluvia seguía siendo torrencial. Mientras la miraba reptar por el parabrisas, en arroyuelos oscuros, se descubrió pensando perversamente, no en la traición de esa noche, no en la aventura que su marido podía estar a punto de iniciar o no, sino en su vestido de terciopelo y en el esmóquin de Roger, que esperaban en la tintorería. Antes de hacer el equipaje para viajar el viernes a California, tendría que medir los pantalones a Kyle, que estaba creciendo como maleza, para ver si debía alargarlos otros dos centímetros. Ah, sí: y asegurarse de que la agencia de viajes le hubiera reservado en San Francisco un sedán de cuatro puertas. Además, llamaría a Kitty para preguntarle si podía cuidar a los niños durante la tarde, antes de la fiesta; así ella quedaría libre para ayudar con las cosas de último momento.

"Así es tu vida", pensó. Las pequeñas rutinas y los planes mundanos se apilaban como ladrillos: uno sobre otro, pegados con cautela, hasta formar una casa que ni el gran lobo malo pudiera derribar de un soplido. Una caja lo bastante fuerte para impedirle pensar en la vida que habría podido llevar. Con Johnny.

¿Era por eso que desconfiaba de Roger? ¿Porque ella misma se sentía a menudo culpable de ser infiel con la mente, ya que no con el cuerpo? La furia que sentía contra él por haberla abandonado, esa noche, ¿se reducía al simple hecho de que él no hubiera sido, años atrás, el que ella había elegido? Antes bien, el destino lo había escogido por ella.

"Olvida, Daphne." La voz de su madre, sedante como una mano fresca contra la frente afiebrada. ¿Mamá habría sentido lo mismo alguna vez? Bien sabía Dios que había soportado bastante. Papá no era un compañero fácil, por cierto. Pero ella estaba convencida de que ambos se amaban sincera y apasionadamente. Cuarenta años...

Lo que ella hubiera presenciado aquella noche, acurrucada en el ropero de sus padres, debía de haber sido pura imaginación... o un abrazo inocente que había interpretado mal. Mamá y papi habían resuelto sobradamente cualquier diferencia que hubiera podido haber entre ellos. El verano anterior, de visita en la casa, había sido divertido y hasta algo embarazoso ver cómo se trataban, después de tantos años. Su madre se iluminaba como una adolescente cuando veía llegar del trabajo a papá, quien a los sesenta y siete años continuaba reinando como patólogo en jefe del Hospital General de Miramonte.

—El tránsito se está despejando —comentó Roger—. Creo que en pocos minutos llegaremos al túnel. En un abrir y cerrar de ojos estaremos en casa.

En casa. Ése era exactamente el sitio donde ella quería estar en esos momentos. Pero no en el apartamento de Park Avenue. Ansiaba su cuarto de soltera, en el piso alto de la casa de la calle Cypress; quería estar tendida en su cama, contemplando la alta ventana plateada de sal, cuando el sol prendía fuego al pasto crecido, a lo largo de Agua Fria Point.

Se vio subiendo por el sendero de entrada, seguida por su esposo y sus hijos. Mamá, saliendo de entre las sombras a los peldaños del porche, con una mano ahuecada sobre los ojos, protegiéndolos del fuerte sol, y la otra apretada contra el corazón, casi como si esperara alguna mala noticia. Y papi, acostumbrado a las que habitualmente concluían con un cadáver sobre la mesa de acero inoxidable, en la morgue del hospital, estaría allí para darle un abrazo fuerte y apresurado, antes de apartarla a la distancia de los brazos para exclamar, gruñón:

—Llegaste. Bien.

Esa noche, mientras subía en el ascensor con Roger hacia el apartamento de azotea, en el piso veinticuatro, Daphne se sintió inundada de alivio, como si hubiera evitado apenas algún desastre no visto. De pronto le pareció una tontería haber supuesto que unos pocos minutos de bochorno en una librería eran el fin del mundo. Que Roger la engañaba sólo por haber deslizado su tarjeta a otra mujer. Debía estar agradecida, muy agradecida, por la vida que gozaba. Por su esposo y sus dos hermosos hijos. Por sus padres, que no presentaban señales de sucumbir a la vejez. Por su hermana Kitty. Y hasta por Alex, sí.

No obstante, en cuanto abrió la puerta y vio a la niñera hablando por teléfono, con expresión atribulada, una profunda intuición le dijo que no había evitado el desastre, después de todo. Quienquiera fuese el que llamaba, ella estaba a punto de recibir una noticia muy mala. Lo sintió en las entrañas... aun antes de que Susie le alargara el auricular, como si fuera un animalejo cruel y mordedor, explicando con voz extraña y hueca:

—Es su hermana. Parece muy alterada.

Kitty. Y no estaba meramente alterada, sino histérica. Respiraba a bocanadas entre sollozos y apenas podía hablar. Aun cuando Daphne empezó a captar lo que su hermana le decía, no le encontró sentido. No tenía sentido alguno. Las palabras de Kitty eran como la lluvia que chorreaba por la ventana oscura que tenía frente a sí, mientras apretaba el auricular contra la oreja.

—Papi. Es papi —lloraba Kitty, a cinco mil kilómetros de distancia—. Mamá le di... le disparó. Se la llevaron. La policía. Te necesitamos, Daphne. Ven.

Capítulo 2

Cuando salió el sol de ese lunes, que en años venideros sería recordado como la divisoria de aguas por el cual la historia de la familia se partió en Antes y Después, Kitty Seagrave estaba sobando la masa para hacer bollitos de canela.

El cuadragésimo aniversario de sus padres sería el próximo fin de semana y ella se había ofrecido a preparar la torta, una Lady Baltimore de tres pisos, para la fiesta de gala que ellos darían en el club. Sólo ahora se le ocurrió pensar que habría debido encargar más huevos y manteca. Lo había pasado por alto, como a tantas otras cosas en la última semana. Kitty reconoció, avergonzada, que apenas había dedicado a sus padres y a la fiesta algún pensamiento pasajero.

Y eso era raro en ella, en Kitty Seagrave, la que regalaba latas de galletas caseras para Navidad, la que recordaba todos los cumpleaños de la familia con una tarjeta y un regalo. La Kitty que adoraba a sus tres sobrinos y rara vez dejaba de cumplir su papel de hija abnegada: un papel inscripto en piedra, no tan relacionado con la Kitty de verdad como sus padres podían suponer.

Pero ¿cómo concentrarse en algo cuando por la cabeza le corría (interminable, enloquecedoramente, como esas repeticiones continuas en los televisores de los aeropuertos) la presentación programada para esa tarde? Esa misma tarde conocería a la muchacha de dieciséis años que tenía el poder de aniquilarla... u ofrecerle el regalo de su vida.

De pie ante la tabla enharinada que constituía el núcleo de su amplia y anticuada cocina, con el corazón acelerado en el pecho, Kitty echó un vistazo al redondo reloj de pared. "Dentro de nueve horas y treinta y seis minutos, exactamente, estaré frente a frente con la madre de mi futuro hijo", pensó. Si todo salía bien...

Pero ¿y si la muchacha, después del primer vistazo, huía en dirección opuesta? Kitty tenía perfecta conciencia de lo que podía pensar de ella alguien que no la conociera: una mujer soltera, que vivía sola con sus animales; una

Madre Tierra de Miramonte, que apenas había tenido el buen criterio de aplicar sus talentos domésticos a algo que le permitiera ganar dinero: un salón de té donde servía los productos de su propio horno. En pocas palabras, alguien a quien una dejaría gustosamente sus hijos por un rato... pero no necesariamente para que los criara.

¿Habría sido mejor guardar los caracoles marinos y los trocitos de vidrio gastado que se alineaban en los alféizares de la planta alta? ¿Plegar el chal de seda con flecos colgado de la mecedora vienesa? ¿Retirar las piñatas que pendían del techo a dos aguas, como frutas descomunales y coloridas?

¿Acaso serviría de algo?

Lo dudaba. Hay cosas que una puede cambiar; otras son parte de ti, tanto como la textura de tu piel o el timbre de tu risa. Lo que Kitty veía reflejado en el espejo cuando se levantaba, poco antes del amanecer, era una mujer de treinta y seis años, cuyo aspecto había cambiado notablemente poco desde la adolescencia. Aparte de cierto lustre juvenil que empezaba a apagarse, como una vieja almohada de satén restregada hasta la opacidad, seguía siendo esencialmente la misma Kitty Seagreave que se había enamorado locamente del novio de su hermana mayor; la que cierta vez, en un arranque de osadía, fue al *drugstore* en camisón para comprar el último número de *Mademoiselle*. Un animal de costumbre, que llevaba la cabellera rojiza hasta la cintura, exactamente igual que en la secundaria: una cascada plumosa, sujeta a la altura de las sienes con sendas peinetas de carey. Y pesaba lo mismo que entonces, ni diez gramos más o menos: cuarenta y cinco kilos en medias, por un afortunado lance de los dados genéticos que compartía con Daphne, pero que enloquecía de envidia a Alex, la hermana menor, quien se la pasaba vigilando la cintura.

El rasgo que más comentarios provocaba era el azul de sus ojos, tan intenso que parecía casi purpúreo, con el tono crepuscular de las ciruelas Damson. Un ex novio había dicho, cierta vez, que al verlos pensaba en nadar por la noche en el viejo tanque de Sashmill Road, cerca de la Ruta 32. Probablemente era un cumplido.

En verdad, Kitty no daba mucha importancia a su aspecto. Año tras año, los vientos de la moda pasaban junto a ella virtualmente desapercibidos. Usaba solamente lo que le resultaba cómodo: holgadas remeras de algodón y pantalones fruncidos a la cintura, suéteres de tonos naturales tejidos a mano, chaquetas de seda al estilo kimono que flameaban como alas de mariposa cuando ella hacía los gestos exuberantes a los que era propensa. Y el único par de zapatos con el que vivía, prácticamente, no cumplía más finalidad que librarla de cojear penosamente, tras pasar horas enteras de pie: eran sandalias franciscanas que (preciso era reconocerlo) la hacían parecer una voluntaria del Cuerpo de Paz, al estilo de los años setenta.

"Oh, por favor, que le caiga bien —rezó, cerrando los ojos con fuerza por un momento, con las manos harinosas detenidas en el montículo de masa—. Que sepa ver todo lo que tengo para dar". Quizá lo que estaba tan en claro para

Kitty no lo estuviera tanto para una perfecta desconocida: que ese bebé no sería sólo una manera de llenar la cavidad de su corazón, sino un halo brillante en torno de una existencia ya rica y plena.

Dio un puñetazo a la masa, despidiendo una nube de harina a la pálida luz que entraba al sesgo por la ventana. Al fondo, donde la calle Harbor descendía hacia el océano, la niebla se pegaba tercamente a las casas que descendían en torcida escalera hacia el matorral fantasmagórico de la marina. Pero más arriba, donde se alzaba su casa, era mucho más tenue, como humedad que se evaporara de un vidrio helado. Bajo el cálido beso del sol naciente, su jardín chispeaba como recién lustrado: la maraña de jazmines, madreselvas y capuchinas a lo largo de la cerca, el tomillo y el romero que bordeaban el pequeño patio de ladrillos, los árboles que le proporcionaban una interminable provisión de limones para tartas, pasteles y panes para el té, por no mencionar los muchos litros de limonada.

Eso era lo que más le gustaba de Miramonte, lo que le permitía ofrecer a un niño: una casa frente a la costa, donde todo el año era temporada, salvo en los meses más fríos del invierno, cuando el viento se filtraba, como un invasor sin corazón, por los vidrios flojos y los marcos deformados por la niebla; una de aquellas casas postvictorianas, originariamente construidas para el verano, a lo largo de la avenida Oceanside. Kitty ya imaginaba a su hija (estaba convencida, por motivos que no guardaban relación alguna con la preferencia, de que el bebé sería niña) acurrucada con ella en el viejo sofá de pana, en la ventana saledyza del piso alto, ambas con tazones de cacao caliente y malvaviscos cabeceando adentro, como boyas diminutas.

Su mirada cayó sobre la casilla del perro, abandonada bajo un artrítico níspero necesitado de poda. Aun desde allí se podía ver el cráter llano marcado en el césped por su viejo labrador color chocolate, en sus interminables círculos. El año anterior, al morir *Buster*, ella no lo había reemplazado inmediatamente por un chachorro, como le aconsejaban enérgicamente sus amigos. En cambio tomó bajo su protección a un par de gatitos perdidos que encontró una mañana, acurrucados en un trozo de manta vieja, dentro de la casilla. O tal vez era a la inversa: habían sido *Fred* y *Ethel* quienes la adoptaran a ella. Correteaban tras Kitty como si fuera su madre, saltaban a su regazo en cuanto se sentaba (cierta vez, en el inodoro) y hasta trepaban por su cabellera, en un intento de mamar de sus lóbulos.

Seis meses atrás, cuando Iván anunció inesperadamente que se mudaba a Santa Fe, ella había recibido un segundo premio consuelo: un dulce mestizo de pastor y samoyedo, llamado *Rómulo*. Su novio había dicho como excusa que su denso pelaje sería una desgracia en el clima de horno del sudoeste. Y Kitty, que sabía reconocer esos ataques de remordimiento tardío (aun en alguien tan egocéntrico como Iván) omitió señalar que Santa Fe era un desierto elevado, donde nevaba en invierno. ¿En qué lo habría ayudado saber que ella habría sufrido mucho más desprendiéndose de *Rommie*?

En ese momento el perro estaba afuera, erizada la densa golilla gris, investigando algo que acechaba desde bajo el cobertizo de las herramientas. Uno de los gatos, sin duda. *Rommie* parecía inspector de asistencia escolar, por el modo en que perseguía a esos dos. Pero con los niños era tan suave como un gatito. Al bebé no le faltaría compañerismo.

Mientras observaba el hocico negro, que emergía triunfalmente con la presa (una vetusta pelota de tenis, cubierta de barro), una comisura de la boca se elevó en una sonrisa. Luego recordó lo que se avecinaba... y la ansiedad volvió precipitadamente, con una brusquedad que la dejó sin aliento, como si alguien se le hubiera escabullido por atrás para jalar con fuerza de los tirantes de su delantal.

Con un suspiro, Kitty dejó caer la masa bien sobada en un cuenco de cerámica, para que levara allí. Hacía tiempo que ya no intentaba calcular cuánta debía preparar. Por muchas bandejas que sacara del horno, hacia media mañana ya se habrían terminado. Sus bollitos de canela habían provocado una afición que era casi un culto. Hasta se rumoreaba que la receta era un secreto celosamente guardado, pasado de una generación a otra entre las mujeres Seagrave que se habían instalado allí desde mediados del siglo XIX, a partir de Agatha Rose, su tatarabuela.

Pero la receta de Kitty no tenía ningún secreto. Si ella se hubiera visto obligada a nombrar un ingrediente mágico, habría dicho simplemente: paciencia. Tomarse el tiempo para trabajar cada preparación de masa y dejarla levar en un sitio tibio y tranquilo. Saber que era una forma de respeto y hasta de afecto hacia aquellos que saborearían el resultado final. También se lo podía llamar amor, probablemente, aunque sonara cursi.

Y hasta un poco tonto.

Kitty cubrió el bol con una toalla húmeda; luego, sin detenerse a descansar, empezó a medir la harina y el azúcar para los panecillos. No había tiempo para obsesionarse por cosas sobre las que no tenía ningún control; tenía un negocio que atender y clientes hambrientos que pronto cruzarían su puerta.

Esquivó enérgicamente a *Fred*, el más grande de los dos animales, que dormía en la alfombrilla junto a la estufa, para llenarse el delantal con huevos del cesto instalado sobre la vitrina antigua. Se los traían dos veces a la semana, todos los sábados y miércoles, embalados entre capas de paja; Salvador cultivaba repollitos de Bruselas en un par de hectáreas, cerca de Pescadero, y parecía medio enamorado de ella; de vez en cuando añadía gratuitamente una gallina que, según aseguraba, era demasiado fibrosa para vender, aunque una vez guisada resultaba tierna y deliciosa. Kitty se preguntaba qué habría pensado el pobre hombre, si supiera con cuánta frecuencia ella fantaseaba con que le ofreciera, en cambio, uno de esos niños color de cervatillo que espiaban desde la cabina de la maltrecha pickup, con tímidos ojos pardos.

Cuando la masa blanda para los panecillos estuvo bien mezclada, los dividió en tres cuencos más pequeños. Agregó al primero unos puñados de manzanas y nueces picadas. A los otros dos, frambuesas congeladas y duraznos sobrantes de la última cosecha. Por entonces había aprendido cuántos de cada tipo preparar, a fin de que nadie se fuera desencantado. Solamente los panecillos de calabaza y arándanos que preparaba en Acción de Gracias y Navidad, con calabazas dulces que ella misma cosechaba y asaba, desaparecían antes de que pudiera reponerlos.

Kitty se maravillaba ante la popularidad de su salón de té. Cuatro años antes, armada con poco más que una idea brillante y la necesidad de aumentar sus ingresos como maestra de jardín de infantes, no habría podido prever que ese lugar acabaría siendo una especie de institución local. Una aguada donde los vecinos se reunían a idear estrategias para pedir un semáforo... y la Sociedad de Damas Jardineras, a planificar la fiesta anual de la begonia. Donde concejales, diáconos y médicos se sentaban codo a codo con simples peones de la curtiembre. Donde los niños acudían en tropel, al salir de la escuela, en busca de algo que les endulzara el regreso a casa.

Los profesores de la universidad encontraban allí solaz y compañía civilizada, lejos de las lenguas perforadas y los mechones purpúreos. Y los jóvenes enamorados trazaban sus iniciales en las ventanas empañadas. Kitty sabía de varias proposiciones matrimoniales efectuadas bajo ese techo. ¿Y quién podía olvidar la llorosa ruptura de los Ogilvies, el invierno anterior, cuando Everett confesó a su esposa, tras catorce años de convivencia, que se había enamorado de la becaria finlandesa que tenían como niñera?

Sin embargo, el concepto que servía de base a Té y Simpatía era tan simple que, cuando la gente lo consideraba genial, Kitty debía morderse los labios para no reír. La idea se le había presentado del modo más mundano posible: mientras almorzaba con los docentes, en la escuela primaria de Miramonte. Mordisqueaba una galleta rancia, reflexionando ociosamente sobre lo mucho que extrañaba las masitas caseras de su abuela. ¿Adónde habían ido a parar esas delicias de la infancia? Cosas que salían del horno tan sabrosas como reconfortantes. Y para prepararlas no hacía falta medio día de trabajo ni un diploma de arte culinario. ¿Qué insidiosa conspiración había logrado abolirlas de los armarios y los frascos de vidrio, donde en otros tiempos reinaban con autoridad suprema?

Eso había sido seis años atrás, cuando ella estaba por cumplir los treinta años, una edad en que casi todos empezamos a preguntarnos si no valdría la pena echar un nuevo vistazo al mapa de la vida, para ver si vamos en la dirección correcta. Kitty no era la excepción. Incentivada por la inspiración, se lanzó a la búsqueda de los viejos recetarios de su abuela, convenientemente archivados en una caja, en el desván de sus padres. Varios meses y decenas de intentos después, armada de encargos a prueba de varios restaurantes y rotiserías, se dedicó a recrear una especie de cocina al estilo de los años cincuenta. Al principio sus amigas más sofisticadas se habían reído, sí. ¿Torta de piña? ¿Pastel moreno de manzanas? ¿Galletitas de arroz? En la actualidad la gente no pedía esas cosas, decían. La *pastafrola* había desaparecido junto con los Hula Hoops y los refugios antibombas en el patio trasero.

Kitty se limitaba a sonreír y a entregar sus pedidos, que pronto aumentaron hasta inundarla. En el curso de dos años ahorró lo suficiente para abrir su propio negocio; entonces tuvo la suerte de conseguir esa casa, bien situada y a sólo dos manzanas de la calle comercial.

Ahora sólo faltaba una cosa en su vida.

Kitty hizo un potente esfuerzo por apartar nuevamente sus pensamientos de la próxima entrevista. Aún tenía mucho que hacer para aprovisionar el mostrador del frente, antes de que llegara Willa: pelar manzanas, picar nueces, exprimir limones. "Y en realidad —razonó—, ¿sería tan terrible que mi vida siguiera como hasta ahora?"

Le encantaba lo que hacía. Le encantaba hasta hojear las páginas manchadas y raídas de los recetarios heredados de su madre y su abuela, que databan de una época más inocente, antes de que se pusiera de moda contar gramos de grasa e hidratos de carbono, cuando la vida entera parecía tan simple y directa como un pastelito de moras recién sacado del horno. Apreciaba sobre todo esas recetas que, a fuerza de ser consultadas, se habían desprendido de la encuadernación: pan de banana con nueces, torta de avena recubierta de coco, bastoncillos de melaza. Su propia especialidad eran los pasteles rellenos con cualquier fruta que estuviera de temporada en la zona: frutillas y ruibarbo en la primavera, duraznos, damascos y ciruelas en el verano, bayas en el otoño. En los meses de invierno, cuando sólo contaba con manzanas y peras, los melocotones en conserva que preparaba su madre le ofrecían una tregua al incesante pelar y rebanar.

Su madre. "En realidad, tendría que llamarla", pensó Kitty, con una punzada de remordimientos. Pero en los últimos tiempos cada vez que se acercaba al teléfono parecía surgir algo. O tal vez era sólo una excusa. Amaba a su madre, de veras, pero...

Pero. ¿Por qué todas las frases, todas las ideas que empezaban con su madre parecían terminar con un "pero"? Mamá nunca presionaba. Siempre chasqueaba la lengua en señal de solidaridad cuando una le decía que estaba demasiado atareada para visitarla... pero al minuto siguiente estaba al teléfono, hablando con Alex o Daphne y declarando largamente, con aire valiente, que Kitty tenía su propia vida, sus propios planes, "como debía ser". ¡Y esas comidas de domingo en su casa, buen Dios! Por poco que comiera, Kitty quedaba constipada por una semana. Tal vez de eso estaba harta, llena hasta las orejas: de esa dulzura tan pegajosa: todos ellos en esa imagen de familia perfecta que mamá servía con tanto gusto.

Fatigada por la mera perspectiva de lo que se avecinaba (la fiesta, con su interminable sucesión de brindis, mientras sus padres se regodeaban al calor de la admiración general y también de la envidia, sí), detuvo la cuchara de madera y la apoyó contra la mesada. Un antiguo recuerdo pataleó hasta la superficie.

Desde la nada recibió una imagen súbita y clara: papá, alineándolas a todas para una fotografía frente al albergue del lago Modoc.

Habían pasado horas enteras en la ruta y estaba por oscurecer. Como los abrigos estaban todavía en el equipaje, todas temblaban a la sombra intensa de los pinos, en tanto papá las acomodaba por orden de estatura: Daphne, que a los trece años era la más alta, entre ella y su madre; Alex, cerrando la hilera. Había insistido en tomar una foto tras otra, quejándose de que alguien había parpadeado o no sonreía, hasta que todas quedaron congeladas y al borde del llanto. Después desarmaron el equipaje y su padre las llevó a la ciudad, donde comieron a reventar en un *smorgasbord* de tenedor libre, mientras papá pedía batidos de leche para todos y contaba cosas divertidas a lo largo de toda la cena. Cuando terminaron, ella y sus hermanas se disputaban el privilegio de sentarse junto a él en el trayecto de regreso.

Pero las fotos (las cuatro juntas, un petrificado cuarteto de ojos entrecerrados y sonrisas forzadas) no mentían. No contaban tampoco la verdad, desde luego: sólo una de sus facetas. La historia real de su familia estaba compuesta por decenas de facetas semejantes: las de un diamante que refulge con potencia, pero es tan duro que puede cortar el vidrio.

Kitty decidió llamar a su casa por la noche. No había dicho a su familia lo de Heather por no "quemarlo". Pero si la entrevista marchaba bien, mamá lo sabría muy pronto. Y se preguntaría por qué Kitty había demorado tanto en decir algo.

¿Y si las cosas no resultaban como ella esperaba?

Algo en su pecho se cerró en un puño apretado.

"No debó anticiparme a las cosas", se dijo. De cualquier modo, tenía que preguntar a su madre si necesitaba ayuda con los detalles de último momento; si tenía suerte, sería algo que pudiera hacer con Daphne.

De pronto se sintió impaciente por ver a su hermana mayor. Naturalmente, podía pasársela sin Roger, que le resultaba apabullante, pero su hermana era de lo mejor. Y sus hijos, increíblemente preciosos. El verano anterior Kitty había preparado masa de galletas sólo para Kyle y Jennie; ellos la decoraron con hilos de chocolate, estrellas de colores y trocitos de fruta abrillantada.

A ella le habría gustado que las cosas fueran igualmente sencillas con su hermana. Pero aun con Daphne (la única enterada de que Kitty había dormido con su profesor de lengua la noche en que terminó la secundaria) era preciso andar con pies de plomo sobre ciertos temas. Roger, por ejemplo. Y los padres... bueno, ése era el punto más delicado.

Había un motivo para que Daphne viviera en Nueva York, pensó Kitty, lúgubre. Estando a cinco mil kilómetros de distancia, huir de las verdades penosas era más fácil que estando cerca de casa.

—¡Aquí hay algo que huele muy bien!

Kitty giró hacia Willa, que estaba de pie ante la puerta trasera ya abierta, saltando sobre una pierna para arrancarse del otro pie una zapatilla raída.

Luego la puso con la suela hacia arriba y le dio una buena zurra, dejando caer un riachuelo de arena por sobre la barandilla del porche.

Kitty sonrió ante el repetitivo saludo que su ayudante voceaba todas las mañanas. Además, Willa nunca llegaba sin traer consigo algo del exterior: a veces, arena; otras, terrones de barro o briznas de césped cortado. Por varias semanas, todas las primaveras, el tono herrumbre de los mosaicos de la cocina mostraban leves rastros dorados: polen de las acacias que bordeaban las estrechas calles de tierra donde vivía Willa: Barranco, una comunidad situada quince kilómetros hacia el norte, apodada Villa Flip (lo cual era bastante grosero, en opinión de Kitty) debido a su gran concentración de agricultores filipinos.

Pero la muchacha era tan trabajadora y tenía tan buen talante que Kitty no se quejaba nunca. La vio descolgar uno de los delantales que pendían del perchero, junto a la puerta, e iniciar el rito matutino de recogerse la cabellera negra, larga hasta la cintura, en un rodete sobre la nuca.

—¿Guiere gue bele esas manjanas? —preguntó, con la boca llena de horquillas, señalando con la cabeza el cajón de Granny Smiths, ante la puerta de la despensa.

Ante el gesto afirmativo de Kitty, la muchacha sonrió como si le hubieran otorgado un premio.

Willamene Aquino, de diecinueve años, pesaba cien kilos (más del doble que Kitty) y ya había tenido dos hijos de diferentes hombres. Pese a todo, para ella la vida era grata. Vivía con su madre, que se ocupaba de los niños mientras Willa trabajaba. Y todos los días Kitty le daba bolsas enteras de fruta para llevar a casa, más la mercadería que hubiera sobrado. No veía motivos para no sonreír.

Ni el más gruñón de los clientes podía empañar ese alegre carácter. Kitty no conocía a otra persona que trabajara silbando. También era parlanchina; a veces, su cháchara incesante enloquecía un poco a Kitty, no tanto porque la distrajera, sino porque Willa parecía interesarse en una sola cosa, aparte de sus dos adorados varoncitos: los hombres.

—...Tiene una linda marca de nacimiento en forma de corazón, justo aquí. —Interrumpió la tarea de pelar una manzana para clavarse un dedo en una mitad de su amplio trasero. —Vivo tomándole el pelo por eso ¡y si viera qué colorado se pone! De veras: semejante hombrón con un tatuaje... ¿Tendrá miedo de que se lo cuente a sus amigos o algo así? Pero así es Frankie: como un osito de felpa, sólo que muy grande. ¿Y sabe lo que hizo anoche? ¡A que no adivina! Me trajo un ramo de flores. ¡Qué me importa que las haya cortado en un baldío! Lo que cuenta es la intención. Caramba, qué calor hace aquí. ¿Alguien subió la calefacción? ¡Parece que hiciera como cuarenta grados!

Ésa era otra cosa: Willa siempre tenía mucho calor. Por lo general Kitty se limitaba a entreabrir una ventana y, si el ambiente se enfriaba demasiado, se echaba un suéter encima. Ese día abrió la puerta que daba al salón del frente, donde en cualquier momento comenzarían a llegar los clientes de la mañana.

La primera en hacer su entrada fue Josie Hendricks, justo cuando Kitty y Willa estaban llenando los cestos alineados en el mostrador de mármol: un antiguo surtidor de refrescos, con espitas de bronce y todo, que ella había rescatado de un viejo local de la calle Water, a punto de ser demolido.

—Buenos días, señoras. —La anciana, maestra retirada, hizo una pausa para afirmar el taco de su bastón en el umbral y se izó hasta él. —Ah, veo que eliminó ese chirrido. ¿Usó WD-40, como le dije?

Josie, que tenía cerca de ochenta y cinco años, se las arreglaba bastante bien, pese a estar casi baldada por la artritis, pero últimamente la obsesionaban las pequeñas reparaciones que no podía dejar de señalar: goznes chirriantes y sillas de patas desparejas, la ventana que se atascaba, la grieta en el cielo raso, la mano de pintura que le faltaba a la barandilla del porche.

—Lo quitó como por arte de magia —aseguró Kitty. En realidad había usado un viejo lubricante para máquinas de coser, pero ¿qué mal había en decir una pequeña mentira bien intencionada?

Josie se acomodó en una silla de su mesa favorita, junto a la ventana, y recorrió el salón con una mirada penetrante. Luego apuntó con el dedo torcido una esquina del techo, donde el empapelado empezaba a desprenderse:

—Si una deja pasar las pequeñeces, muy pronto se encuentra con un gran dolor de cabeza. Créame; yo sé lo que le digo.

Kitty se limitó a sonreír y le llevó la bandeja que ya tenía lista para ella en el mostrador. La anciana aparecía todas las mañanas a las siete y cinco, como un reloj, y siempre pedía lo mismo: un panecillo de durazno y un jarrito de té Darjeeling, bien fuerte, "que se pueda cortar con el cuchillo del pan", según sus palabras.

La campanilla de la puerta volvió a tintinear, seguida por una ráfaga fría y húmeda. Leanne Chapman, con su uniforme blanco de enfermera, pasó junto a Bud Jarvis, que se había detenido para limpiarse las botas enlodadas en el felpudo. Ambos pidieron panecillos para llevar. Uno solo, de moras, para Leanne, que volvía a casa desde el Hospital General de Miramonte, donde cubría el turno de la noche; una docena surtida para Bud, que iba hacia la curtiembre, donde trabajaba como capataz.

—Ojalá yo la pasara tan bien como tú —comentó Leanne, con una risa seca, mientras Kitty contaba el vuelto—. Es como volver a la clase de Economía Doméstica, ¿eh?

Kitty creyó detectar un chispazo de resentimiento en los cansados ojos azules. ¡Como si lo que ella hacía no fuera trabajo de verdad! Si no dijo nada fue sólo por lealtad hacia su hermana Alex, que era la mejor amiga de Leanne desde primer grado.

Además, la pobre tenía motivos para estar amargada: el marido la había abandonado estando embarazada y el hijo tenía una lesión cerebral irremediable. Kitty sabía por Alex que Leanne apenas podía mantener su casa. ¿Quién no se resentiría al ver a alguien en mejor situación?

Ella pensaba que, así como hay quienes nacen en cuna de oro, muchos podían decir lo contrario: que al nacer se les jugó una mala pasada. Y Leanne parecía caer en la última categoría. Cuando niña se había sumado a las excursiones de los Seagrave y pasaba más tiempo con ellos que en su propia casa; se veía obligada a pasar los veranos con su padre, en Iowa, en vez de ir a la playa, como todos los de su edad. En la escuela, por mucho que estudiara, nunca obtenía más de siete u ocho. Y cuando, por única vez, permitió que un chico se excediera un poco, Stu Harding divulgó por toda la escuela que Leanne Chapman era "fácil".

Y eso fue antes de que empezaran los problemas de verdad.

Sin embargo, por su aspecto nadie lo habría dicho. Seguía siendo bonita, aunque de una manera descolorida, y aún caminaba como diciendo "no te metas conmigo": los codos pegados a los flancos y la cabeza algo inclinada hacia un lado, como si estuviera alerta a cualquier cosa que pudiera hacerla tropezar.

Ya iba hacia la puerta cuando Kitty se acordó de preguntar:

—A propósito, ¿cómo está el bebé de los Ferguson?

Leanne se detuvo para apartarse de la frente una hebra de pelo rubio rojizo.

—Tiene dificultad para respirar solo, pobrecito —dijo—. Le hemos puesto un respirador, pero no pinta bien.

Su expresión se había ablandado; Kitty recordó a la niñita que tenía costras perpetuas en las rodillas, de tanto caerse de la bicicleta por esquivar cuanto escarabajo, culebra o cangrejo de tierra cruzara la ruta. No era raro que hubiera decidido estudiar enfermería.

—¡Pobre Carole! Ha de estar para chaleco de fuerza. —Carole Ferguson había sido compañera de Kitty en la secundaria Muir, una de las porristas; una jamás habría imaginado que pudiera sucederle algo así. —En cuanto tenga tiempo pasaré por allí para llevarle algo del congelador.

Pensando en el bebé que quizá sería suyo, Kitty sintió un temblor en las costillas, justo debajo del corazón. Volvió mentalmente al día en que Cybill Rathwich la había llevado aparte, para preguntarle si era cierto que estaba pensando adoptar. En un principio ella no supo qué responder. Sus clientes habituales hacían lo posible por respaldarla, pero hasta entonces sólo habían logrado empeorar las cosas. El profesor Ogden proclamaba que la había visto en un sueño, saludándolo desde una carroza de primavera, con un bebé en los brazos. Josie Hendricks preguntaba por qué no adoptaba un niño algo mayor. El padre Sebastián le sugirió gentilmente que probara con la inseminación artificial.

Pero lo que ninguno de ellos sabía, porque dolía demasiado para comentarlo, era que ella lo intentaba empecinadamente desde hacía mucho tiempo. Desde los veintiocho o veintinueve años, con una serie de amantes, siempre con la esperanza de quedar embarazada... sólo para ver sus ilusiones destrozadas mes a mes. Más adelante, la interminable ronda de exámenes en consultorios, donde se le había dicho que sus posibilidades de concebir eran remotas. Y más recientemente, la visita a una serie de agencias de adopción, hasta encontrar dos que no se oponían a incluir en sus listas a una mujer soltera... siempre dejando en claro que podían pasar años antes de que le tocara el turno.

Y ahora tenía allí a Cybill, con sus manos ajadas y su rostro cuadrado, sin adornos, mirándola serenamente, como si le ofreciera el mundo envuelto en papel madera. No era sólo otra persona bien intencionada que venía a darle un consejo no pedido, sino la partera de la zona. Cybill dijo que conocía a alguien (una adolescente soltera, con seis meses de embarazo) que estaba pensando entregar a su bebé en adopción. ¿Le interesaba? Kitty, con los brazos trémulos por el peso de una bandeja en la que cargaba un pan de banana y una jarrita con té de limón y verbena, dio la única respuesta posible.

—Sí —susurró—. Oh, sí.

La chica se llamaba Heather; no tenía ninguna posibilidad de casarse con el muchacho que la había embromado. Sólo había un inconveniente: no quería tomar una decisión precipitada. Ante todo, aun antes de aceptar la entrevista con Kitty, Heather quiso saber algo de ella.

Por sugerencia de Cybill, Kitty armó un álbum con fotos y todo. Escribió sobre su casa: el salón de té, que ocupaba lo que antes fuera la sala y el comedor, y la planta alta donde tenía su dormitorio, más un cuarto de huéspedes que se podía convertir en habitación infantil. Hizo una breve y divertida descripción de sus mascotas: *Byron*, el papagayo amazónico, que hacía una versión bastante buena de *Pop Goes the Weasel* y tardaba menos en cortar con el pico un cable eléctrico que una en morder una salchicha; los gatos calicó, que seguían creyéndose personas, y *Rommie*, el asombroso perro maravilla, capaz de franquear cercas altas de un solo salto.

Lo que no dijo fue lo desesperada que estaba por ese bebé. ¿Qué podía saber una chica de dieciséis años de esa necesidad, que era como una lenta inanición del alma? Heather no podría haber experimentado las ansias que a veces asaltaban a Kitty, cuando estaba en brazos de un amante, y la hacían izar las caderas como para recibir mejor su semilla, siempre rezando que esta vez prendiera.

En julio cumpliría los treinta y siete años. Hacía seis meses que no se acostaba con un hombre: desde el día en que Iván amarró su tablero de dibujo al techo de su Chevy Suburban y partió hacia Nueva México. Ésta podía ser su única oportunidad.

Volvió a pensar en el pobre niñito de Leanne... y en el bebé prematuro de Carole Ferguson, que luchaba por su vida. "Yo también estoy luchando por una vida", pensó. Porque no tener hijos ¿no era acaso una especie de muerte?

Lo único que le impedía enloquecer era su trabajo; al mantenerse tan ocupada, apenas tenía tiempo de pensar, como no fuera en cumplir con los pedidos y hornear lo suficiente.

Hacia las nueve ya se habían ocupado todas las mesas del amplio salón frontal: trece en total, la docena de los panaderos. Y como sus panecillos, eran todas diferentes. Junto a la delicada mesa desplegable que había heredado de su abuela anidaba una de roble, con una pata central al estilo victoriano. Frente a una de arce, apta para un pequeño comedor diario de los años sesenta, se extendía una tabla de pino sobre caballetes, para ocho personas. Hasta había un viejo gabinete para coser de Singer, convertido en una coqueta mesa con pie de hierro forjado. El efecto general era más excéntrico que ecléctico, pero funcionaba bien.

Kitty saludó con un ademán a Gladys Honeick, propietaria de Nuevas Olas, que vendía ropa de playa a dos puertas de distancia. Gladys, una ondulante divorciada teñida de rojo, que ya había dejado atrás los cincuenta, solía bromear sobre los hombres a los que podía llevar últimamente a su cama, diciendo que todos necesitaban un vaso de agua donde poner los dientes. No parecía haber reparado en que Mac MacArthur, editor en jefe del *Miramonte Mirror*, aparecía siempre a la misma hora que ella. Además de tener la dentadura completa, Mac había enterrado ya a dos esposas; según rumores, ambas se habían agotado tratando de seguirle el ritmo. Kitty sospechaba que Gladys no tendría ningún problema en ese aspecto.

También estaba allí el padre Sebastián, con los rizos morenos inclinados sobre el lápiz y el diario plegado en el crucigrama del día. En otra existencia, el cura había sido residente de un reformatorio de menores, antes de que decidiera enderezar su vida e ingresar al seminario de los jesuitas. Pero aun con la camisa negra y el cuello clerical, no estaba completamente libre de sus viejos vicios. Cierta vez confesó a Kitty, guiñando un ojo, que el mundo no habría valido la pena sin las carreras de caballos y sus tartas de pecana al ron.

Ella solía detenerse a charlar con el sacerdote, pero esa mañana se descubrió atraída por Serena Featherstone. Serena estaba estudiando las cartas de tarot que había distribuido en la mesa, junto a la ventana más alejada. Sin levantar la vista, anunció en tono ominoso:

—Veo que se avecina una gran desilusión.

Kitty contuvo un respingo. ¿Era posible que esa mujer predijera el futuro? Por cierto, tenía el tipo: pómulos de india y larga cabellera negra. Entonces vio la sonrisa que asomaba en una comisura de su ancha boca.

—Mi bollito azucarado. —Serena alzó los arrugados ojos pardos hacia la mirada sorprendida de Kitty. —Willa debe de haberse olvidado. Y si desaparecen todos sin que yo los haya probado voy a llevarme una gran desilusión.

—Espere.

Ella se alejó precipitadamente y volvió un momento después, trayendo un gordo bollito de nueces que exudaba azúcar morena derretida. Serena rió con melancolía.

—No casa con mi imagen, ya lo sé —dijo—. Mis clientes prefieren suponer que vivo a té de hierbas y tortas de arroz.

—A propósito, ¿quiere más? —Kitty retiró la tapa de la tetera floreada para echar un vistazo adentro. Hasta ella se elevó el vapor almizclado de Earl Grey.

—No, gracias; aquí hay bastante. —La parroquiana señaló la taza todavía llena que tenía junto al codo. Luego agregó, con un guiño: —Pero podrías tentarme con otro bollito azucarado. Después de todo, soy de carne y hueso.

Cuando iba a retirarse, a Kitty se le ocurrió preguntar:

—¿Tiene muchos? Clientes, digo.

—Más de los que imaginas, aunque no muchos estarían dispuestos a admitirlo. —Serena apartó hacia atrás un mechón de sedoso pelo negro con vetas grises, mirándola con atención. —¿Y tú? ¿Nunca sentiste curiosidad por saber lo que te depara el futuro?

Ella no estaba segura. Hasta ahora nunca había pensado mucho en eso.

—Dependería de que fuera bueno o malo, supongo —aventuró.

Serena apartó abruptamente el plato para tomarle la mano y le estudió la palma.

—Una cosa es segura —dijo, frunciendo el entrecejo—: Te vas a enamorar muy pronto, y esta vez será de verdad. Los otros... no eran para guardar.

Kitty sonrió para sus adentros. Eso era lo que decían todos, ¿no?

—¿Tendré hijos? —Pese a su escepticismo natural, su corazón empezaba a acelerarse.

—Veo una criatura. Sólo una... pero... hay alguna complicación. —Acentuando el ceño, la adivina movió suavemente la mano que sostenía hacia un lado, hacia el otro, como si fuera un timón con el que llegar a una costa lejana, posiblemente inhóspita.

—¿Qué? —susurró ella.

La psíquica meneó la cabeza, haciéndole cosquillas en el antebrazo con las gruesas puntas del pelo.

—Es raro... nunca he visto nada así... —Cuando levantó la vista, sus ojos color de té encerraban una expresión extraña, casi culpable, como si hubiera descorchado involuntariamente la botella del genio y ahora se esforzara por taparla otra vez. —¿Estás segura de querer saberlo?

Kitty reflexionó por un momento. Luego dijo:

—Estoy segura, sí.

—Veo una muerte en la familia. Muy inminente. —Serena se apresuró a agregar: —Alguien muy cercano a ti. —Levantó ásperamente la vista, con pinceladas de color en los altos pómulos. —Lo siento. No debería habértelo dicho. Cuando las noticias son malas, generalmente me las reservo.

—Por favor. —Kitty empezaba a temblar, sin saber del todo qué era lo que estaba pidiendo. ¿Misericordia? ¿O más detalles?

La psíquica le soltó la mano y se respaldó en la silla.

—No hay nada escrito en la piedra. Puedo equivocarme. De cualquier modo, eso es todo lo que sé.

Kitty dio un paso atrás, frotándose distraídamente la palma contra el delantal, como para limpiarse algo pegajoso.

—Gracias por la advertencia. Estaré alerta.

Lo dijo en tono ligero, como si todo fuera sólo un tonto juego de salón, pero el daño estaba hecho. Su mente era un torbellino de preguntas.

¿Y si le daban al bebé... sólo para arrebatárselo?

Serena había preanunciado una muerte, pero ¿la de quién? "Que no sea Daphne... por favor, que no sea Daphne". Al pensar en lo que estaba pidiendo se llenó de horror: que fuera algún otro miembro de su familia, alguien a quien ella no amara tanto. Su madre, su padre... Los dos estaban bien de salud, pero tenían sus años, por cierto. O bien...

—Hola, hermana.

Kitty dio un respingo. Allí estaba su hermana menor, posando en el umbral, perfectamente ataviada con un traje beige de Armani y una blusa de seda color crema. Allí, donde la vestimenta tendía al batik y las remeras, donde muchos actuaban como si aún no se hubieran inventado el fax y los teléfonos celulares, Alex sobresalía como una uña recién esmaltada.

Ella no ignoraba que, además de llevar un teléfono celular en el bolso, su hermana también tenía fax instalado en el auto: un BMW de modelo reciente, que había alquilado por una pequeña fortuna, asegurando que era esencial para su trabajo. En eso tenía razón: probablemente, los ricos ejecutivos a los que Alex mostraba esas casas lujosas no habrían estado tan dispuestos a dejarse llevar en el viejo y herrumbrado Honda Civic de Kitty.

Una vez cada cuatro semanas, Alex viajaba a San Francisco para hacerse cortar el pelo y "restaurar" los reflejos naturales del tono castaño claro. En el viaje de regreso se detenía en I. Magnin; tal como el beduino carga su camello antes de adentrarse en el Sahara, ella se aprovisionaba allí de elementos tan esenciales como pantimedias exclusivas y cosméticos Clinique. Se notaba, no hace falta decirlo: estaba hecha un sueño.

—Hola, tú. —Kitty la saludó con más entusiasmo que de costumbre, segura de tener la culpa escrita en toda la cara, como si su hermana pudiera ver allí la prontitud con que había deseado la salvación de Daphne, sin pensar siquiera en la de Alex. —¿Qué haces por aquí a estas horas?

—Vine a mostrar una casa en esta misma calle. —Alex se subió los anteojos oscuros, estacionándolos por encima del elegante flequillo. Luego echó un vistazo a las mesas ocupadas, agregando: —Si estás muy ocupada, puedo volver más tarde.

—No importa. Ya estás aquí. —Kitty arrastró hasta el mostrador una silla desocupada. —Siéntate. Voy a traerte algo para que pruebes.

—Gracias, pero paso. Con lo gorda que estoy... —Observaba las confituras en exhibición con la nariz arrugada, sin prestar atención a la silla.

—Pero si estás bien —fue el único comentario de su hermana.

Alex se encogió de hombros.

—Estar bien no es lo mismo que estar en línea. Todavía tengo tres kilos de más.

En opinión de Kitty, lo único que tenía de más era ese aire tenso que la ceñía como una cremallera demasiado ajustada. "Si está tan disconforme con su facha, ¿qué pensará de mí?" De pronto se sintió como si estuviera bajo un vidrio de aumento que aumentara diez veces cada arruguita, cada peca, cada vello sin depilar. Tal vez Heather esperaría encontrarse con una mujer más parecida a Alex, que ganaba más de cien mil dólares al año y parecía una locutora de televisión. Sintió un nudo en el estómago.

—Ya que estaba en el vecindario, se me ocurrió venir a retirar las servilletas de cóctel para la fiesta. —Y su hermana agregó, con una cierta desconfianza: —Mamá tenía miedo de que te olvidaras.

Sobre Kitty descendió un pánico familiar. ¿Qué servilletas? Oh, Dios, era cierto. Había prometido encargarlas a su proveedor mayorista. Aún podía hacer un pedido urgente, pero ya era demasiado tarde para darles un toque personal. Caramba...

Entonces notó la mirada fulminante de Alex; parecía refulgir como el brillo radiactivo de los desechos nucleares enterrados.

—No las conseguiste —dijo con voz inexpresiva, entornando un poco los ojos de avellana.

—No es que me haya olvidado, pero... —"Basta —se ordenó Kitty—. Siempre te derrumbas, sólo porque es ella la que se enfada, tenga derecho o no". —Tenía mucho que hacer. Pero ya me ocuparé de eso; no te preocupes.

—Bueno, si tenías tanto que hacer, lo hubieras dicho en un principio. —Su hermana cruzó los brazos contra el pecho. —¡Como si yo tuviera algún minuto libre! Sólo esta semana tengo que cerrar tres operaciones. Y otra que no podré concretar si el propietario sigue empecinado en llevarse todos los rosales cuando se mude. ¿Y a quién le tocó llevar a las niñas hasta el aeropuerto, ida y vuelta, para que pudieran pasar cinco minutos con su precioso padre, antes de que partiera hacia Hong Kong?

—¿Qué hace Jim en Hong Kong?

Alex frunció el entrecejo.

—Con cambiar de tema no areglarás nada. —Como Kitty no contestaba, suspiró. —No sé qué asunto con sus proveedores de ultramar. Después se tomará un par de semanas en Hawaii; supongo que allí lo espera alguna de sus amiguitas.

Al observar a su hermana, con los labios lustrosos apretados contra los dientes, Kitty la recordó a los dieciséis años, cuando su padre le enseñó a conducir. Volvía a verla ceñuda, encorvada sobre el volante, intentando estacionar entre los dos cubos de basura que papá había puesto frente a la casa. Estaba tan decidida a complacerlo que había insistido por más de una hora, poniendo la reversa una y otra vez, con la cara untuosa de sudor (Kitty, al asomarse a la ventana, apartó la vista como de una persona completamente desnuda), hasta que pudo hacerlo bien: a cuarenta y cinco centímetros exactos del cordón, según la cinta métrica de papá.

"Pobre Alex. Ella es la verdadera víctima de esta familia", pensó.

Tal vez era el precio a pagar por ser la favorita de papi. Así como Daphne había estado siempre más unida a mamá, nadie dudaba de quién era la preferida del padre. Si Kitty se había resentido cuando era pequeña, ahora lo veía bajo otra luz. Había algo antinatural en el apego de su hermana por el padre, en su necesidad de lograr su aprobación. Era un afecto que dejaba poco espacio en su vida para nadie más, incluido Jim.

Kitty habría querido preguntar: "Cuando asas a tu ex marido sobre las brasas, ¿se te ocurre pensar alguna vez que tú misma pudiste haberlo impulsado a los brazos de esa mujer?"

—Bueno, me alegro de que estés tan ocupada —comentó alegremente—. Así no tendrás tiempo para sentarte a pensar en lo que puede estar haciendo Jim.

Su hermana resopló.

—¡Ni pensarlo! Han pasado dos años, mujer. ¿Crees que me importa un cuerno de lo que pueda hacer ese hombre para masajearse el ego? —Echó un vistazo a su reloj: era de oro, elegante y costoso. —Oye, tengo que salir volando. ¿Puedo contar con que al menos llames a papá y le recuerdes que debe retirar el esmóquin de la tintorería?

Kitty sintió un ramalazo de resentimiento.

—¿Para qué? Él sería perfectamente capaz de cuidarse solo, si tú y mamá no estuvieran siempre corriendo tras él, como si fueran sus criadas.

Por suerte Alex llevaba demasiada prisa como para quedarse a discutir. Se limitó a arrojarle una mirada de disgusto mientras caminaba hacia la puerta, espetándole:

—Piensa lo que quieras. Pero no me gustaría estar en tu lugar si papi acaba teniendo que ponerse un traje cualquiera.

Kitty sintió que se le encendían las mejillas. ¿Por qué permitía que su hermana saliera siempre con la suya? ¿Con esa retorcida versión de niña buena, en la que era ella quien daba siempre dos gigantescos pasos hacia atrás? ¿No estaban ya demasiado crecidas para eso?

Aspiró hondo y se meció sobre los talones. "Sólo faltan unas pocas horas". Entonces sabría si su sueño iba a hacerse realidad... o si terminaría como Alex: amargada y descontenta con su pequeña porción de vida dietética.

El resto de la mañana pasó como un torbellino. Cuando Kitty volvió a enfocar la vista en las caras de las mesas, la mayoría de ellas había cambiado. La clientela que venía después de almorzar pasó y se fue; las tortas y los pasteles exhibidos en el mostrador se redujeron a unas pocas porciones. Aun así, ella evitaba deliberadamente mirar la hora. El tiempo pasaría con más celeridad si se concentraba en contar el cambio en vez de los minutos.

Poco después de las cuatro y media, cuando entró una bonita chica morena acompañada por un joven, Kitty los miró con sorpresa. ¿Sería Heather? Pero le habían dicho que vendría sola. A menos que... a menos que.... Oh, Dios, a menos que su acompañante fuera el responsable de ese pequeño, pero inconfundible bulto bajo el buzo holgado.

Con el corazón acelerado, se acercó a saludarlos.

—Tú debes de ser Heather —dijo, con una cálida sonrisa.

La chica asintió tímidamente, echando una mirada nerviosa al joven de aspecto feroz que montaba guardia junto a su codo.

—Él es Sean —presentó—. Mi hermano mayor.

Sí: mirándolos bien había una semejanza. Los dos tenían el mismo pelo oscuro, los mismos ojos pardos y bien separados. Pero si ella parecía simplemente nerviosa, su hermano estaba tan ceñudo como si viniera decidido a cantar cuatro frescas.

—¿Puedo ofrecerles limonada? —preguntó Kitty, tratando de que su voz sonara normal—. La preparo con limones de mis propios árboles.

Como ellos tardaban en responder, se preguntó si se estaría excediendo. ¿Qué intentaba probar? ¿Que era una especie de supermujer, capaz de hacerlo todo?

Heather preguntó tímidamente:

—¿Tiene Coca-Cola dietética?

"Es demasiado joven para estar embarazada", se dijo ella. Aún no estaba formada; su boca suave, sus mejillas pecosas, no habían perdido el aspecto rollizo de la infancia. No era la adolescente madura que Kitty esperaba ver; antes bien, una niña que aún dormía con su osito y tomaba vitaminas masticables. Tenía los dedos enrojecidos por haberse comido las uñas hasta la cutícula; los vaqueros abolsados parecían haber sido de su hermano.

Sean, por el contrario, aparentaba unos veinticinco años. Era más flaco, más asentado; sus ojos oscuros parecían observarlo todo sin revelar nada. El escote del suéter dejaba ver que su clavícula había sufrido una mala fractura; sin duda no había sido en una pista de esquí: en familias como la suya, un viaje a Disneylandia era gran suerte.

—No se moleste. No necesitamos nada.

Sus dientes apretados dejaban en claro que no venían en plan de vida social. Kitty sintió que enrojecía; de pronto cobró aguda conciencia de que se la estaba juzgando. Pero de eso se trataba, ¿no? Necesitaba conquistarlos. No sólo a Heather, sino también a su hermano. "Valor", susurró una voz. Después de aclararse la garganta, sugirió:

—¿Por qué no vamos arriba, para estar más tranquilos? Así podremos conversar y conocernos un poco.

Sean recorrió el salón con una mirada que parecía desechar por estúpidos y pretenciosos el empapelado y el revestimiento de madera blanqueada, las bonitas lámparas y el mármol del surtidor de refrescos. Luego asintió con la cabeza, como si dijera: "Acabemos de una vez con esto", y subió la escalera siguiendo a Kitty; su hermana cerraba mansamente la marcha.

Al entrar en el dormitorio grande y soleado, que servía de vivienda a la dueña de casa, la chica rompió en una sonrisa.

—Oh, esto es muy... hogareño.

Kitty miró con los ojos de Heather la alfombrilla de retazos tendida junto al hogar. El sofá jorobado, con su vieja manta india, suavizada por el uso como si fuera vellón. La jarra de peltre que decoraba la mesa cuadrada, junto a la ventana, con su ramo de mimbre japonés. A la luz de la tarde avanzada, los rombos de vidrio coloreado que salpicaban los alféizares centelleaban como el tesoro de un barco hundido; hasta las piñatas que pendían del techo en pendiente (viejo recuerdo de un viaje a Mazatlán) parecían más juguetonas que excéntricas.

Sintió que parte de su tensión se evaporaba. Quizás aquello terminara bien, al fin de cuentas.

—¿Les gustan los gatos? —preguntó, indicando el sofá donde se habían acurrucado *Ethel* y *Fred*, uno en cada extremo, como un par de esfinges—: Esos dos son los verdaderos propietarios de la casa. Me toleran sólo porque les doy de comer.

En cuanto Heather tomó asiento, *Fred* le saltó al regazo y comenzó a ronronear.

—Mira qué bonito eres —lo arrulló ella, acariciando el sedoso pelaje calicó. Luego levantó la vista hacia Kitty. —En casa había un gato, pero lo atropellaron. Sean no quiere que traigamos otro porque vivimos demasiado cerca de la autopista. No sería justo.

Desvió una mirada cautelosa hacia su hermano, que había ocupado un sillón al otro lado, frente a la ventana.

Kitty habría querido gritar: "Hay muchas cosas que no son justas". Pero en cambio preguntó:

—Estás en la secundaria, ¿verdad? Yo también fui a la Muir. No ha cambiado mucho desde entonces, por lo que me dicen mis sobrinas. ¿Las conoces? ¿Nina y Lori Cardoza?

La chica asintió con la cabeza.

—Las veo por allí. Están en el noveno grado, ¿no? Es raro. No parecen gemelas. —Miró tímidamente a su anfitriona, por debajo del flequillo oscuro. —¿Usted siempre vivió en Miramonte?

—Casi toda mi vida, salvo cuando fui a la universidad.

Sean apartó la vista de la ventana.

—¿Por qué volvió? —su voz parecía encerrar una nota de reproche.

De pronto Kitty vio a Miramonte tal como él debía verlo: una ciudad pequeña, plagada de esnobismo e injusticia. La gente como Sean, cuando tenía la suerte de escapar, jamás regresaba. Ella sintió una punzada de malos presagios. Aquello estaba saliendo mal. Ella estaba manejando muy mal las cosas.

Pero ¿cómo pensar correctamente con esos ojos brunos, vagamente acusadores, clavados en ella? Sean ya no era un chico. Tal vez nunca había podido serlo. No era sólo por su actitud hacia la hermana, protectora como la de un padre antes que la de un hermano mayor; era por el aire cargado que se adhería a él como estática, por el claro sentido de misión conectado a cada uno de sus flexibles músculos. Se masajeaba las rodillas, como para no saltar del asiento; ella reparó en los profundos arañazos a medio cicatrizar que marcaban el dorso de sus manos encallecidas.

—No quiero ser mal educado. —La voz grave de Sean interrumpió sus pensamientos. —Pero cuando Heather me dijo que estaba pensando en renunciar al bebé... —Hizo una pausa; los músculos de su cuello se movían como si intentara tragar algo que no pasaba. —Vea: aunque usted no lo crea, podemos arreglarnos. Nuestro papá está retirado por incapacidad, pero yo tengo empleo. Mi hermana no tendría que depender del subsidio.

Kitty miró a la chica, que se mantenía muy quieta, con la mirada gacha. La invadió una caliente ola de confusión.

—Supuse que...

—Supuso mal —aseguró él, seco.

Le clavó una mirada desafiante; Kitty sintió ganas de abofetearlo. Pero al mismo tiempo no podía menos que entender su punto de vista. Los años de vivir a duras penas con la pensión del padre, el orgullo que se había endurecido con cada ataque, como los callos que le abultaban los dedos. Kitty conocía el vecindario donde ellos vivían, junto a la fábrica de hongos: un páramo de casas rodantes y casuchas miserables, en parcelas no mayores que una estampilla.

Pero antes de que ella pudiera asegurarle que sus deseos de adoptar al bebé de Heather no era una condena a su estilo de vida, la muchacha se irguió violentamente.

—¡Basta! —exclamó—. Tú crees saber siempre qué es lo mejor, Sean, ¡pero esta vez no eres tú el que debe decidir!

Tenía los ojos brillantes de lágrimas sin derramar.

—Eh, tranquila. Todo está bien. —Él se levantó de un brinco y fue a sentarse junto a su hermana, en el sofá, con un brazo protector sobre sus hombros. Dirigió a Kitty una mirada apenas contrita, murmurando: —Disculpe; es que me pongo furioso cuando pienso en esto. ¡Ese imbécil que la largó en cuanto supo que estaba embarazada!

—No tienes por qué pedir disculpas —respondió ella—. Yo también estaría furiosa.

—Ya sé que es Heather quien debe decidir —suspiró el joven, aflojando un poco la tensión, como si alguien hubiera retirado el pie de un acelerador invisible—. Pero quise acompañarla. Para ver si todo eso que usted escribió era cierto.

Kitty esperaba, casi sin atreverse a respirar. En su jaula del rincón, el papagayo *Byron* inició una chirriante versión de "Pop Goes the Weasel"; *Ethel* se frotó contra sus tobillos con un maullido de reproche. Desde abajo llegaba el silbido desafinado de Willa.

Por fin ella dijo:

—Tengo treinta y seis años. No tengo marido y no sé si lo tendré algún día. —Hablaba con suavidad, pero enfáticamente, obligándose a mirar de frente a la muchacha. —Me gusta vivir así... aunque, si he de ser franca, a veces me pregunto cómo terminé aquí, haciendo lo que hago. En toda mi vida sólo he estado completamente segura de una cosa: de que quiero ser madre.

Silencio. Kitty se sentía como si flotara; su corazón descendía en una espiral perezosa, como una moneda arrojada al pozo de los deseos. Luego Sean se despejó la garganta con un sonido áspero.

—Nosotros tampoco somos una de esas familias que se ven por televisión. Mamá nos abandonó cuando Heather tenía seis años. Desde entonces no hemos tenido noticias de ella.

—En general es Sean el que se ocupa de todo —ofreció Heather. La obvia adoración que le inspiraba su hermano eclipsaba su arrebato reciente. —Cocina mejor que papá y que yo.

Entonces fue su hermano quien se sintió incómodo.

—No es nada del otro mundo. —Bajó la mirada, frotándose tímidamente una rodilla; sus vaqueros tenían ese desgaste que sólo causa el uso. Kitty no lo imaginaba derrochando cincuenta dólares en una prenda flamante, pero lavada a piedra para darle aspecto de segunda mano.

"No necesita gastar en vaqueros caros para ser atractivo".

La idea surgió de la nada, haciéndola ruborizar. ¿Qué importaba que fuera buen mozo? Lo único importante era que Heather tenía un hermano mayor... y que él acabaría por aceptar lo que más conviniera a la muchacha, porque la amaba profundamente.

Ella aprovechó la oportunidad para balbucear:

—¿Les gustaría...? Es decir, ¿tienen algo planeado para esta noche? Porque me encantaría invitarlos a cenar aquí. —Sonrió a Sean. —Yo también soy buena cocinera.

Heather, animándose, echó una mirada ansiosa a su hermano, que meneaba la cabeza.

—No sé.

—Por favor, Sean.

Una mano voló a la boca suave, anhelante, antes de que ella la devolviera por la fuerza a su regazo. Kitty no pudo sino preguntarse qué otras malas costumbres tendría, además de comerse las uñas.

—No me gusta dejar solo a papá —dijo Sean, ceñudo. Y explicó a la dueña de casa: —Es por la espalda. Se lesionó cargando toneles en la curtiembre. Le cuesta moverse.

—Que venga él también —propuso Kitty.

—Bueno, con preguntar no se pierde nada —cedió el muchacho. Su mirada de pedernal decía: "...Mientras no olvidemos que aquí no hay nada decidido".

Ella asintió con la cabeza, floja de alivio. Faltaba la decisión final, pero...

Aún había esperanzas.

La esperanza de no despertar ya con la campanilla del reloj, sino con el llanto de un recién nacido. La esperanza de tener instantáneas de su hijo entre las fotos familiares que adornaban la repisa. Y de poner fin al anhelo que silbaba en ella como el viento en un edificio desierto.

Sólo mientras Sean y Heather iban por su padre, en tanto ella trajinaba con entusiasmo en la cocina (como si no hubiera pasado el día entero allí) se le ocurrió que no había llamado a su padre para recordarle que retirara su esmoquin de la tintorería. Sintió una punzada de culpa, pero luego se impuso su terquedad natural.

Si Alex y su madre querían ocuparse de él en todo, eso no la obligaba a imitarlas. Curiosamente, tenía la sensación de que papá la respetaba por no hacerlo. A veces la miraba de cierto modo, como si supiera que convenía guardar distancia. Kitty nunca lo había enfrentado con lo que presenciara a los quince años, aquella tarde en la que volvía a casa en su bicicleta, después de un partido de fútbol: papá con la señora Malcolm en el Plymouth gris, estacionado tras el Salón Masónico, adonde él iba todos los martes por la noche. Se estaban besando. Ella no pudo verles bien las caras, pero tenía grabadas en la mente las marcas que los rizos rubios de la señora Malcolm habían dejado en la ventanilla empañada del pasajero.

Después de eso, lo único que recordaba era haber pedaleado cuesta arriba como una furia, hasta su casa de Agua Fría Point; el aliento le brotaba en jadeos secos, ardorosos, y sentía una punzada en el costado. Después derrapó hacia el camino de entrada, donde abandonó la bicicleta para vomitar entre las matas.

A partir de entonces no había podido mirar a su padre de la misma forma. Y su madre ¿se habría dado cuenta? Difícilmente. Y conociéndola, era mejor que no supiera nada. Algo así la habría matado.

A lo lejos se oía el gemido de una ambulancia. En ese momento le vino a la mente la escalofriante premonición que Serena Featherstone le había hecho esa mañana. ¿Y si no era un tonto juego de salón, después de todo? ¿Y si la mujer estaba en lo cierto?

"No seas morbosa", se regañó Kitty.

Con la cabeza a un lado para escuchar la sirena, que se perdía en una queja distante, y el frío del atardecer trepándose a sus pies descalzos desde el suelo de la cocina, no pudo impedir la sensación de que alguien había caminado sobre su tumba.

Capítulo 3

*A*lex Cardoza, que serpenteaba con su BMW por el paseo de Quartz Cliff, también oyó la sirena. Se apartó cuanto era posible sin romper la barandilla de madera y caer al océano, allá abajo; al pasar la ambulancia, como un torpedo, vio un destello rojo en el espejo retrovisor. Probablemente iba hacia las fincas de Pasoverde, donde ella había malgastado la mayor parte de la tarde. Esos retirados del ejército, que no tenían qué hacer, se entretenían a costa de los sacrificados agentes de bienes raíces, haciéndose mostrar casas que no tenían la menor intención de comprar. Uno de ellos debía de haber palmado en la cancha de golf.

Imaginó a los Henderson: Dick, con su Rolex de oro y su bronceado marítimo; Pat, su alegre esposa, con la vincha azul haciendo juego con el ribete de las zapatillas de tenis. Habían insistido en ver todas las propiedades disponibles en el club; lo mejor del recorrido era la finca de los Brewster, desde luego. Como todos los buscadores de emociones que los habían precedido, los Henderson sólo querían echar un vistazo al hogar palaciego donde Brick Brewster (estrella de *El valle de Jericó*, la conocida serie televisiva de los años setenta) se había atravesado la cabeza con un balazo.

Alex apretó entre las manos el volante forrado de cuero. El dolor de cabeza le estaba taladrando una sien; era un caso especial para Excedrin extrafuerte. Bizqueando tras los exclusivos anteojos oscuros, más aptos para lucir que para protegerse del sol, no vio al ciclista hasta el último instante. El tipo pasó como una exhalación frente a ella, obligándola a clavar los frenos para no atropellarlo.

El chico pasó con la cola de caballo al viento, haciéndole pito catalán.

Alex dejó escapar un suspiro entrecortado. Se había librado por poco. Tenía que poner más cuidado cuando estaba tan agotada. Por desgracia, no recordaba un solo día en varios meses en que no hubiera estado así. Por la mañana, si no era la primera en llegar a la computadora de la oficina, cualquier muchacho ambicioso podía ganarle de mano y alzarse con las mejores oportunidades. Eso la obligaba a salir de su casa antes de que las mellizas hubieran salido hacia la escuela; después pasaba el día entero saltando de un lado a otro: vendedores que se negaban a bajar el precio, compradores que no se decidían. Y cuando lograba cerrar una operación debía esperar horas enteras para recibir el cheque por su comisión.

Con todo lo cual habría podido manejarse... a no ser por la espada que pendía sobre su cabeza. Imaginó mentalmente una cimitarra de perversos destellos, como la de aquel libro de *Las mil y una noches* que le provocaba pesadillas en su niñez. Esa espada de Damocles había sido forjada por la Oficina de Impuestos; Visa y Mastercard la afilaban con sus resúmenes de cuenta, que llegaban infaltablemente mes a mes, estableciendo un pago mínimo que no llegaba a cubrir siquiera sus malditos intereses.

Mirando hacia atrás (y en esos casos la vista era siempre perfecta) resultaba muy obvio cuál había sido su error; lo veía venir como un camión con acoplado que habría sido posible evitar si hubiera empleado siquiera un instante en mirar el espejo retrovisor. Pero rara vez los hechos son tan evidentes mientras se están desarrollando. De algún modo, con los gastos requeridos para comprar y amoblar una casa (por no mencionar el aturdimiento de la mudanza... y ese horrible asunto, aún pendiente, llamado divorcio), Alex se las había arreglado para gastar toda su parte de la casa de la calle Myrtle, hasta el último centavo, y también sus ahorros. Pensaba compensar la diferencia redoblando el trabajo... pero en los dos últimos años las ventas de bienes raíces estaban en caída. Una vez pagada la hipoteca y las tarjetas de crédito, de sus comisiones apenas quedaba lo suficiente para los gastos domésticos. Y ahora, sumando intereses y recargos por mora, su deuda con el Tío Sam se aproximaba a los cuarenta mil dólares.

Cada vez que pensaba en eso se le encogía el estómago, como si hubiera recibido una patada. El contador hacía lo posible por demorar al inspector que atendía su caso... pero Brett ya le había advertido que, si no pagaba la deuda en los dos meses siguientes, podía perderlo todo: casa, auto, muebles... y hasta le retendrían el sueldo.

Alex sintió una opresión en el pecho; su corazón inició el martilleo rápido que, en esas últimas semanas, se le había hecho casi tan familiar como la respiración. Por eso, en parte, había perdido los estribos con Kitty, rato antes. Mientras ella se desvivía por ayudar con la organización de la fiesta (escoger las fotos de boda que harían ampliar, buscar una costurera para que dobladillara los diecisiete manteles cuyo tamaño no correspondía, reservar alojamiento para los parientes que vendrían de afuera), su hermana no era capaz de encargar siquiera unas míseras servilletas. Y Alex necesitaba que esa fiesta se celebrara sin el menor inconveniente, qué diablos.

Si la velada salía bien, encontraría a su padre en el estado anímico perfecto para pedirle un préstamo. Papi solía ser generoso, a veces en demasía, con los favores pequeños y hasta medianos, pero podía mostrarse quisquilloso si se trataba de prestar sumas grandes, sobre todo cuando eran para cubrir deudas causadas por el más capital de los pecados, a su modo de ver: el derroche. Y si él se negaba... Alex podía ir despidiéndose de los próximos diez años de vida.

Por eso, en vez de volver directamente a casa desde el trabajo, iba en ese momento por el paseo Quartz Cliff, a velocidad excesiva, en dirección a la casa de Leanne, su mejor amiga. Era otro cabo suelto que necesitaba atar, pues bien podía ser el detonador de una bomba que los hiciera volar a todos hasta el cielo, si ella no estaba alerta.

El día anterior, mientras repasaba la lista de invitados, la había sorprendido notar que la madre de Leanne no estaba incluida. Beryl Chapman y mamá eran íntimas amigas desde hacía casi cuarenta años. "Ha de ser un descuido", pensó. Pero cuando lo señaló, su madre se levantó de un brinco para reacomodar los almohadones del sofá, súbitamente evasiva.

—Si Beryl no está en la lista —replicó fríamente— es porque no la invité.

Eso fue todo. Tema cerrado. Cuando su hija le pidió más detalles, ella se limitó a cerrar el pico.

"¿Habrá descubierto lo de Beryl y papi?" Alex no imaginaba cómo. Habían pasado siglos desde aquello. Si mamá no los había pillado en aquel entonces, ¿por qué ahora sumaba de pronto dos más dos? No tenía sentido. Lo más probable era que hubiera discutido con Beryl por algo. Sí, eso era.

Y allí entraba en juego Leanne. Quizá supiera algo. No tenía mucha intimidad con su madre, pero desde el nacimiento de Tyler, cuatro años atrás, Beryl la visitaba más a menudo para darle una mano aquí y allá... siempre que no corriera peligro de romperse una uña o algo así. Si las madres se habían peleado, ¿no era posible que Beryl lo hubiera comentado con su hija?.

Leanne podía saber más de lo que dejaba entrever. Sus padres se habían divorciado cuando ella era muy pequeña, pero tal vez él, en algún momento, le hubiera explicado el verdadero motivo de la separación.

No parecía probable. A estas horas Leanne se lo habría mencionado, cuando menos. Ambas se contaban todo. Alex fue la primera en enterarse de que había comenzado a menstruar, el verano en que las dos cumplieron trece años. Y en la universidad, cuando fue violada en una cita a ciegas con un muchacho que había bebido demasiado. Y dos años atrás, ¿no había corrido para estar con Alex, al saber que su marido la había abandonado?

Pero de allí surgía otro asunto, quizá más espinoso aún: si en verdad Leanne no sabía nada, ¿cuánto se atrevería ella a desenterrar? ¿Era justo meterla en todo eso, con toda la carga que ya llevaba?

Alex se estremeció en el aire húmedo que entraba por los ventiletes. De pronto lamentaba no estar en una bienaventurada ignorancia, como Leanne. Como sus hermanas. Con toda seguridad, ellas no despertaban en medio de la noche, bañadas en sudor frío y con el corazón acelerado, preguntándose cuándo y dónde saltaría la liebre. "Pero yo no hice nada malo", se dijo. ¿Por qué, entonces, se sentía tan culpable?

Recordó la primera vez que su padre la había tomado como confidente. Por entonces no había cumplido aún los doce años. Ambos tenían el hábito de dar un paseo por la playa después de cenar, juntos y solos. La costumbre había surgido más por abandono que por favoritismo obvio. Cuando invitaban a Daphne y a Kitty, ellas siempre tenían algo más importante que hacer; en cuanto a mamá... bueno, no se le habría ocurrido siquiera dejar los platos sucios para salir a caminar.

Alex tenía también otra teoría: lo hacían simplemente porque así debía ser. Después de todo, ella era la favorita de su padre. Muy en el fondo ella siempre lo había sabido. La prueba era que Alex podía contarle cualquier cosa sin que él se impacientara como solía hacerlo con Daphne y Kitty. Se limitaba a aconsejarla lo mejor posible, sin el tono condescendiente que utilizaban los padres de sus amigas. Por eso aquel día, mientras caminaban descalzos por la arena mojada, con los pantalones arremangados hasta las rodillas, a ella le había parecido completamente natural preguntarle algo que la tenía preocupada: un comentario que la enfermera de la escuela había hecho esa mañana, durante una clase especial para las niñas sobre la reproducción humana.

La señora Leidecker había dibujado en el pizarrón un contorno que parecía la cabeza de un venado con grandes cuernos; supuestamente, era el sistema reproductivo de la mujer. En plena explicación sobre cómo se desprendía el óvulo por la trompa de Falopio, para ser fertilizado por uno de esos pececitos que nadaban a su encuentro, Lana Boutsakaris levantó la mano para preguntar:

—Pero ¿cómo llega el esperma hasta allí, para empezar?

Fue el momento en que la señora Leidecker se puso roja como una remolacha y tartamudeó lo primero que debió venirle a la mente. ¿Alguien había visto copular a los perros? Bueno, era así, dijo, antes de continuar con el próximo tema. Pero mientras las otras niñas reían por lo bajo e intercambiaban muecas, Alex guardó silencio, tan asqueada que no pudo decir palabra. No podía imaginar a sus padres haciendo algo así: a papi montando a mamá desde atrás, como había visto a *Otis*, su setter irlandés, con la perra de un vecino. Si era así como se hacían los bebés, ella no pensaba casarse ni tener hijos.

Cuando preguntó a papi si eso era verdad, él no rió. Tampoco enrojeció, como mamá en el cine, cuando los besos se prolongaban demasiado. Sólo dijo, con una sonrisa amable: "No te avergüences nunca, jamás, de lo que es una función normal y natural del cuerpo humano, Alex". Y pasó a explicar que, cuando una pareja casada hacía un bebé, lo que sucedía entre ellos no era sucio ni repugnante, sino algo especial y maravilloso.

Pero Alex sabía que no eran sólo las parejas casadas las que hacían "eso". El fin de semana anterior había visto por televisión una vieja película en blanco y negro en la que un hombre y una mujer se enamoraban a pesar de estar casados con otros. Y eso terminaba arruinando la vida a todos, incluidos ellos. Eso también lo preguntó a papá.

Por largo rato él no dijo nada; se quedó contemplando las olas, que agitaban sus arcos plateados bajo un cielo de color indefinido. Las sombras alargadas temblaban en la arena mojada; la brisa le levantaba el pelo de la coronilla como si fuera una pequeña balsa; era su única vanidad: el modo en que peinaba y fijaba el pelo escaso para que pareciera más abundante. Cuando por fin habló, tenía la mirada tan perdida que Alex no supo si hablaba con ella o si estaba expresando sus pensamientos en voz alta.

—A veces, Alex, no basta con que marido y mujer se amen. Para algunas mujeres el acto sexual es doloroso o desagradable, sin que sea culpa de ellas. En ese caso el marido no tiene más alternativa que buscar ese tipo de compañía en otro lugar.

Alex no habría podido decir cómo ató cabos, pero se descubrió inquiriendo:

—Tú nunca has tenido que hacer eso, ¿o sí?

Entonces papi se volvió a mirarla, con ojos negros de sombras contra el rosa purpúreo del cielo. Una comisura de su boca se torció hacia abajo, en una sonrisita dolorida.

—Amo mucho a tu madre —dijo—. Tú lo sabes. Lo que voy a decirte debe quedar en el más estricto secreto, para siempre. ¿Has comprendido?

Ella asintió con la cabeza; de pronto se sentía muy ligera, con la piel tensa y erizada, como si estuviera a punto de suceder algo muy grande.

—He estado con otras mujeres, sí. Pero no las amé como amo a tu madre. Si alguna vez oyes algo, si otros chicos hablan en la escuela... tu amiga Leanne, por ejemplo... quiero que recuerdes eso.

Y ella lo había recordado.

El resto no surgió hasta mucho después, por supuesto. Toda su historia con la madre de Leanne... y las mujeres que habían sucedido a Beryl. A medida que Alex maduraba, crecía la confianza de su padre. Sin conocer detalles embarazosos, ella siempre sabía si papi estaba saliendo con alguien.

La primera en causar cierta impresión fue Anne Stimson, una residente de melena corta que estaba haciendo la práctica de patología con él; duró apenas ocho meses, hasta que la rotación la llevó a pediatría, en el piso alto. Hasta donde Alex estaba informada, se habían separado como buenos amigos. Después vino Leonore Crabbe, que tenía en la calle Locust una tienda de alfarería llamada Barro, Sudor y Lágrimas y se entretenía leyendo *Rubaiyat*; con Leonore, que era francamente partidaria de aceptar lo que viniera, había mantenido una relación entrecortada a lo largo de varios años, hasta que ella se estableció con un artesano que hacía vitrales, de quien tenía dos hijos sin haberse casado.

Los primeros años ochenta, por lo que Alex recordaba, correspondieron a Mary Kate Klausen, una bonita enfermera morena con antecedentes de inestabilidad, que quiso matarse cuando él decidió finalmente romper. Después de Mary Kate hubo un período largo en el que no salió con nadie. Después, una mujer casada: una visitadora médica que vivía fuera de la ciudad; Alex no recordaba su nombre. ¿Seguirían viéndose? En todo caso, ella no se la había oído mencionar desde hacía tiempo.

Podían pasar meses y hasta años sin que papi le hablara de otra mujer. Sin embargo, cuando le hacía confidencias a ella le parecía completamente natural. Después de todo, él tenía que franquearse con alguien. ¿Y en quién más podía confiar?

Lo único que la preocupaba era cargar con tantos secretos; era como un campo minado por el que ella debiera caminar de puntillas para no volar en pedazos. Y algunos días (ése, por ejemplo) tenía la seguridad de que las minas le estallarían en la cara.

Cierta vez Jim le había dicho, en una broma agria, que si continuaba tan tensa se partiría en dos, como una correa gastada. Necesitaba aflojarse si no quería arruinar las cosas.

Alex soltó una palabrota por lo bajo cuando, al tomar una curva cerrada, sintió que la cola de su BMW derrapaba en el pavimento encintado en arena. Una vez más aminoró la marcha, aferrando el volante con tanta fuerza que sus nudillos se destacaban como descoloridos nudos de marinero contra el cuero tostado.

"Jim —pensó—. Si él no me hubiera abandonado no estaría endeudada hasta las orejas".

No habría tenido que vender la casa, que ya estaba casi pagada, para tomar una hipoteca a una tasa de interés mucho más elevada. Ni luchar tanto para que Nina y Lori siguieran teniendo todo aquello a lo que estaban habituadas: buena ropa, una asignación decente, lecciones de tenis y equitación, el club.

Peor aún: había perdido a la única persona con quien podía compartir sus preocupaciones. Jim era el único hombre al que había amado en su vida, desde que lo viera por primera vez, a los diecisiete años.

Los ojos se le llenaron de lágrimas coléricas. En junio hubieran cumplido los dieciséis años de casados. Esa fecha habría debido estar marcada en rojo en su calendario. En cambio allí estaba, desviviéndose por organizar la fiesta de aniversario para sus padres.

Tal vez ellos sabían lo que hacían, después de todo. Tal vez el secreto para que un matrimonio perdurara era concentrarse en lo que asomaba a la superficie y hacer la vista gorda ante el resto. Al parecer, las ilusiones eran más firmes que las oscuras verdades escondidas abajo.

Alex aspiró hondo, apartando la mente de esas ideas. Después de varios minutos su tensión empezó a ceder. Esa zona de la costa, donde los acantilados de piedra arenisca caían a pico hacia la bahía, anidada en los brazos de dos promontorios como un gran cuenco de plata, siempre le causaba ese efecto. Era como sintonizar en la radio una vieja canción favorita, como recordar algo grato que la esperaba en casa.

A su izquierda, frente a la ruta, se extendía una hilera de casas edificadas en parcelas muy pequeñas, desde donde se disfrutaba uno de los mejores panoramas oceánicos de Miramonte. En otros tiempos habían sido viviendas bastante feas, pero los sucesivos propietarios las habían ido ampliando o remodelando. El resultado era una gran mezcla de estilos y precios. Como el enorme chalet alpino que tenía a la vista, junto a una casita de tablas grises, descascaradas, que parecía cabecear como un esquife bajo la proa de un poderoso navío. Y esa cabaña rústica que ella admiraba: troncos de cedro, grandes puertas de vidrios corredizos y una galería elevada en derredor; sin el basural vecino, habría podido sacarle tres cuartos de millón sin mucho trabajo.

En cambio Snug Harbor Lane (tres kilómetros hacia el norte, cuatrocientos metros tierra adentro) era otro cantar. Mientras se sacudía en aquella banda de asfalto maltrecho, bordeada de modestas casas de medianera, que en su mayoría habían conocido tiempos mejores, pensó con un escalofrío: "Esto es lo que me espera, que Dios me ampare". Si no salía pronto de las deudas que la estaban cubriendo como una avalancha, bien era posible que se viera reducida a eso: noventa metros cuadrados de chilla descascarada, con una estupenda vista, no al océano, sino al pantano salitroso, con su leve, pero persistente olor a vegetación podrida.

Las casas de este loteo (reliquia de los años sesenta, en que las propiedades frente a la playa aún tenían precios razonables y Miramonte apenas empezaba a convertirse en ciudad turística) no habían sido construidas para resistir nada peor que un chubasco veraniego o algún fin de semana ocasional, con demasiada gente apiñada bajo un mismo techo. Aparte del costo absurdo de calefaccionarlas durante el invierno, eran húmedas durante todo el año. Pero a diferencia de las casas de veraneo más antiguas, que formaban la parte del león, Snug Harbor Lane no había logrado atraer a urbanistas deseosos de arrasar y reconstruir. El problema (Alex lo había discutido tan a menudo con posibles compradores que podía recitarlo hasta en sueños) era el pantano que se extendía desde el final de la ruta hasta donde daba la vista: caía bajo el largo brazo de la comisión Costera. Si se construían viviendas más grandes habría que instalar más cloacas, las cuales, a su vez, pondrían en peligro el delicado ecosistema del pantano. En pocas palabras: mientras la población de aves acuáticas se mantuviera en su cifra máxima, los propietarios como Leanne, que habrían podido vender con una buena ganancia, podían irse a freír bollos.

La casa de su amiga era la última a la izquierda, donde la ruta terminaba en una rotonda abreviada: una pequeña vivienda de dos dormitorios, en otros tiempos amarilla, pero ya descolorida hasta el matiz anémico de la yema de huevo seca. Alex se detuvo ante el cordón y agitó la mano para saludar a su amiga, que estaba de pie adelante, con una manguera lodosa colgada del brazo, regando el jirón de pasto seco que pasaba por prado. Leanne respondió a su gesto y fue a cerrar el paso de agua.

Como esa tarde era calurosa para la estación, vestía vaqueros cortados y un top azul elástico; su pelo de oro pálido estaba recogido en una cola de caballo, de la cual escapaban finas hebras que caían por su cuello. "Ha adelgazado", observó Alex, mientras ella se agachaba hacia el grifo medio oculto bajo una mata de hortensias desmandadas. Leanne siempre había sido esbelta, pero ahora parecía consumida; los tendones formaban surcos en el dorso de las rodillas; el trasero apenas tensaba los bolsillos de sus pantalones cortados. Era obvio que el turno de noche la estaba afectando, por no mencionar el juicio por mala práctica que estaba pendiente desde el nacimiento de Tyler. Y eso también: un niñito que, a los cuatro años, era incapaz de sentarse solo, utilizar la cuchara o siquiera reconocer a su madre.

Leanne irguió la espalda y la miró bizqueando, con una mano ahuecada sobre los ojos.

—Caramba, miren quién ha venido: la señora de Avon, que trae el último descubrimiento para limpiar los poros.

Sonreía de oreja a oreja. Alex hizo otro tanto.

—¿Por qué? ¿Necesitas una limpieza de poros?

—No, pero comparada contigo necesitaría toda la ayuda posible. —Dejando caer la mano hasta la cadera, dio un paso atrás para observar a su amiga con aire crítico. —Si tienes un solo punto negro en esa cara perfecta, habría que buscarlo con lupa. —Dicho eso se volvió hacia la casa. —Pasa, que voy a preparar un poco de limonada. Hasta es posible que podamos terminarla, porque Tyler está durmiendo, por una vez en la vida.

Ya adentro, Alex se dejó caer en el sofá, decorado con una manta de cuadrados a ganchillo que Leanne había tejido cuando aún vivía con Chip... antes de que el tunante la dejara colgada con un embarazo, tras el cual vendría Tyler para completar el panorama.

—En seguida vuelvo —anunció su amiga por sobre el hombro, mientras desaparecía en la diminuta cocina, contigua a la sala.

Se oyeron ruidos de cajones y armarios abiertos, el tintineo de una cuchara contra vidrio y la puerta del refrigerador. Luego:

—Pucha, no hay hielo. —Leanne asomó la cabeza por la esquina. —El congelador ha vuelto a descomponerse. Corro a pedirle un poco a la vecina. Vuelvo en un segundo.

—No hace falta, de veras —la tranquilizó Alex—. En realidad tengo antojo de limonada tibia.

—Mentirosa. —Pero Leanne estaba sonriendo con la sonrisa pícara que últimamente asomaba rara vez; fue como si hubiera desenterrado algún recuerdo de la secundaria.

Había sido la chica más bonita de la clase, mucho más bonita de lo que ella misma se habría atrevido a admitir. Y pese a todo lo sufrido desde entonces, se mantenía hermosa. Alex, al observarla, recordó un grupo de fotos que había visto en una galería, cierta vez: campesinas curtidas hasta una belleza fibrosa y recia, en la que el cutis perfecto o el peinado a la moda no tenían nada que ver. En la expresión de Leanne había algo de eso: el aire de alguien que ha sufrido demasiados empellones y ya no está dispuesto a tolerar más. En su diccionario no figuraba la palabra "derrota".

—No olvides que me gano la vida diciendo mentiras —bromeó Alex—. Mientras tú salvas vidas infantiles, mi trabajo consiste en persuadir a algún pobre inocente de que un cuarto oscurísimo quedará muy alegre, con sólo darle una mano de pintura y cambiarle las cortinas.

Su amiga se acercó trayendo dos vasos altos, en los que nadaba un líquido pálido y turbio.

—Siempre has sido optimista —rió—. ¿Recuerdas cuando nos pillaron copiando en el examen de álgebra y el señor Evans nos aplazó a las dos? Tú dijiste que era señal divina de que no estábamos destinadas a aprobar álgebra.

—Es que si aprobábamos debíamos pasar a geometría —contraatacó su visitante—. Como siempre he dicho, conviene abandonar mientras se lleva ventaja.

—Eso es fácil para ti, que puedes darte el lujo de quedarte cruzada de brazos.

En la voz de Leanne se había filtrado cierto filo. Cuando se dejó caer en el otro extremo del sofá, Alex creyó ver en su expresión un destello de algo cautelosamente velado.

¿Por qué no le había dicho nada del aprieto en que se encontraba? No lo sabía con certeza. Tal vez era porque su amiga, que estaba obligada a cuidar cada centavo, podía pensar mal de ella por ser tan derrochona. Al mismo tiempo sabía que eso no era del todo cierto. Últimamente había sentido que Leanne la trataba con una frialdad leve, pero perceptible. No era algo que pudiera identificar: sólo una vaga sensación de que ella también podía estar ocultando secretos.

¿Estaría ofendida por algo? ¿O sería por lo que estaba pasando entre sus madres? De un modo u otro, Alex decidió no irse sin haberle hecho decir cuanto supiera.

Recorrió la sala con una mirada; era asombrosamente alegre, pese a lo reducido del espacio. Estaba amoblado con sillones desiguales, cómodos a simple vista, una bonita mesa de cerezo y un arcón de cedro, en el que Leanne guardaba sus álbumes de fotos y viejas ropas de bebé. No eran de Tyler; Leanne consideraba inútil guardarlas para un hijo que nunca podría observarlas con una sonrisa, pensando en lo pequeño e indefenso que había sido en otros tiempos.

"Yo tengo siquiera a Nina y a Lori". Jim se había ido y las niñas crecían muy de prisa; costaba reconocer en ellas a las chiquitas que antes tironeaban de sus ruedos, pidiendo "galletitas de animales, las rosadas con puntitos", como decía Nina. Sonrió ante el recuerdo, con una repentina punzada de pena. Pero ¿cuál era la alternativa? ¿Una criatura que creciera sólo en tamaño? ¡Pobre Leanne!

—¿Qué me cuentas del juicio? ¿Alguna novedad? —recordó preguntar.

Leanne se respaldó con un suspiro, recogiendo una pierna bajo el cuerpo.

—Ninguna, salvo que Agnes Batchelder, nuestra testigo estelar, ha sufrido un súbito ataque de amnesia. ¡Pero si estaba allí mismo, en la sala de partos! Ella misma me dijo que Pearce no habría debido esperar tanto para practicar la cesárea. Ahora afirma que no sabe con certeza qué vio. —Su cara bonita se tornó momentáneamente dura y fea por la expresión de disgusto. —Es sólo porque los abogados del hospital la están presionando. Y a mí... bueno, como no pueden echarme, me han puesto en el turno de noche.

—¿Te parece que ella volverá a apoyarte?

—Si no, trataré de no guardarle rencor.

—Cuéntaselo a otra.

—Lo que me gustaría es retorcerle el pescuezo —reconoció Leanne, con una risa áspera—. Como le faltan dos años para retirarse, me hace el corte de manga. —Sorbió su limonada con aire reflexivo. —Dennis, mi abogado, dice que podemos hacerla comparecer, pero no sé de qué serviría.

—¿Ya se ha fijado fecha para el juicio?

—Lo último que supe es que sería a mediados de agosto. El día quince, para mayor exactitud.

—Faltan cuatro meses. Hasta entonces podría pasar cualquier cosa.

La mirada de Leanne se volvió hacia adentro. Una vez más, Alex sintió un escalofrío de desasosiego que patinaba por su espalda hacia la nuca. ¿Cómo podía mencionar el hecho de que Beryl no estuviera invitada a la fiesta? Cuando estaba a punto de decir algo, su amiga preguntó abruptamente:

—Y tú ¿qué novedades tienes? Después de semanas enteras sin verte, caes del cielo hecha una modelo. Te imaginaba arrastrándote hacia el club con la última carga de adornos para la fiesta.

Alex gruñó por lo bajo:

—No te dejes engañar por las apariencias. Si no fuera por el rocío fijador y el maquillaje, ya me habría derrumbado.

—¿No se estaba ocupando tu madre?

—Por supuesto, pero no se trata sólo de planificar el menú y encargar las flores. A cada instante surge un millón de nimiedades inesperadas. —Alex aspiró muy hondo para sacar las palabras. —Por ejemplo, esa estúpida pelea que parece haber entre tu madre y la mía.

—¿Qué pelea? —Leanne parecía auténticamente desconcertada.

—No ha de ser nada importante. El problema es que... —Alex sintió calor en esa habitación sin sol, con su ventana al sur: islas de altos juncos rodeados de lodo gris, centelleante, sobre el cual las cintas de sal serpenteaban como encaje sucio y desgarrado. —Por algún extraño motivo, tu mamá no está invitada a la fiesta.

Leanne la miró fijamente por un momento antes de exclamar:

—Estás bromeando, ¿no? Porque no es posible. Mamá habría comentado algo.

Su voz se elevó en una nota de incredulidad... y algo más. ¿Era sólo imaginación de Alex o había visto un destello furtivo en los ojos de su amiga, antes de que se apartaran? Leanne plantó su vaso de limonada en la mesa ratona, salpicando un montón de correspondencia que aún no había podido abrir.

—¿Por qué fue? —preguntó—. ¿Te dijo por qué fue?

Desconcertada por la inesperada potencia de esa respuesta, Alex quedó momentáneamente sin palabras. ¿A qué venía esa reacción tan exagerada? Se habría dicho que ella sabía.

Una voz serena advirtió: "Tal vez no sabe; sólo sospecha". Eso habría bastado para arrojarla a un torbellino. No sólo por Beryl: también por papi. Desde que era pequeña, Leanne adoraba a papi, porque él la trataba mucho mejor que su propio padre, según decía. El sentimiento debía de ser mutuo, pues los padres de Alex la habían invitado a todas las excursiones familiares; aun en días de semana era frecuente que Leanne se quedara a cenar. Ella y Alex solían fingir que eran hermanas, y al cabo de un tiempo fue como si en verdad lo fueran. Daphne y Kitty se tenían mutuamente; ella tenía a Leanne.

No obstante, si debía ser completamente sincera... ¿no había, ya en aquel entonces, una corriente oculta bajo la superficie? La incómoda sensación, muy en el fondo, de que Leanne no habría vacilado en ocupar su sitio a la menor oportunidad, haciéndola a un costado.

En ese momento Alex tuvo una idea; se aferró de ella como de un salvavidas.

—Quizá fue tu madre la que decidió no ir a la fiesta —dijo—. Para que no te sintieras mal.

—¿Porque yo no puedo ir? —le espetó su amiga—. Por sí lo has olvidado, tengo que atender a Tyler.

Su enojo parecía brotar de la nada, desproporcionado con lo que ella había dicho, con lo que hubiera podido insinuar. La miraba con una mezcla de enojo y desesperación en la cara pálida.

—No quise decir...

—Si pudiera iría, bien lo sabes —la interrumpió Leanne—. Pero sería abusar de Beth, que ya hace demasiado.

Su hermana mayor tenía dos hijos propios, pero se hacía cargo de Tyler las noches en que ella debía trabajar. Aunque Leanne se lo dejaba camino al hospital y pasaba por él en la mañana, era mucho pedir. Claro que Beth era así: tan dulce y sencilla como nerviosa y difícil de interpretar era su hermana.

—No tienes nada que explicar —la serenó Alex—. No se trata de ti, Leanne.

La vio arrancarse del sillón y empezar a pasearse por el cuarto: apiló las revistas en la mesa ratona, recogió del suelo un zoquete de Tyler, enderezó un cuadro en la pared, por sobre el televisor: un óleo de praderas y vacas pastando, bastante bueno.

—No sé qué pasa con nuestras madres —dijo al fin, ya más serena—. Nadie me ha dicho nada. Es probable que tengas razón: ha de ser alguna pelea estúpida que se les fue de las manos.

—Nosotras hemos tenido las nuestras, por cierto. —De pronto Alex estaba desesperada por cambiar el tema. —¿Te acuerdas de aquella vez en que te acusé de coquetear con Jim, en el último año de secundaria?

Leanne dejó escapar una risita seca; una comisura de su boca se torció en una sonrisa renuente.

—Estuviste una semana sin hablarme... después de arruinar mi anuario.

—No lo arruiné. Por accidente se me cayó adrede el tintero en toda la página donde Jim te había escrito: "Ha sido estupendo tratar contigo, en estos cuatro años".

—Apostaría a que escribió lo mismo en todos los anuarios. —Leanne cruzó los brazos contra el pecho, centrando la mirada en Alex. Luego preguntó con suavidad: —¿Nunca vas a superar lo de Jim? Ya han pasado dos años.

—Eso me han dicho —replicó ella, agria.

—Mira, harías mejor en dedicar más tiempo a pensar en ti misma y menos en tus padres.

Alex pensó en todas las tareas que la esperaban en casa: preparar la cena, poner ropa a lavar... y luego, hacer malabares con el montón de facturas acumuladas en su escritorio. Armada con una calculadora, debería decidir qué podía postergarse por un mes más y cuánto podía rebanar de los reclamos escritos en tipos destacados.

—Para eso no me alcanzarían las horas del día —dijo. Esa vez su risa fue forzada.

Leanne lanzó un suspiro de conmiseración.

—A quién se lo dices.

Alex dejó pasar algunos minutos más, en tanto sorbía la limonada tibia, demasiado dulce, que parecía jarabe para la tos. Por fin se permitió echar un vistazo a su reloj. —¡Epa! Se me hace tarde. —Se levantó de un salto. —Prometí a mamá dejarle algunas cosas camino a casa.

Su amiga la acompañó hasta la puerta, con una mano apoyada en su brazo.

—Lamento no haber podido serte útil. Nuestras madres deben de estar un poquito seniles. Ya se les pasará, sin duda. Con suerte, antes de la fiesta.

Alex no estaba tan segura, pero ya había dicho suficiente. Era mejor no alborotar el avispero.

"Cuando están tranquilas no pican". La variación creada por su madre sobre aquel viejo dicho surgió en su mente como algún objeto peligroso que ella hubiera olvidado retirar: un clavo herrumbrado o un trozo de vidrio.

—¿Qué te parece si te llamo dentro de algunos días? Podríamos reunirnos. —Pero hasta a sus propios oídos las palabras sonaron tan falsas como la sonrisa que dedicaba a su amiga.

Leanne la miró con aire distraído; sus ojos azules, desleídos, parecieron centrarse en algo que sólo era visible para ella. Luego le devolvió la sonrisa... como si enderezara algo a punto de caer. Una vez más, Alex tuvo la extraña sensación de que sabía más de lo que dejaba entrever.

—Me parece bien. —Leanne contempló el pequeño calcetín arrugado que tenía en la mano; parecía preguntarse cómo había llegado hasta allí. —Siempre que por entonces no haya muerto de agotamiento.

Esa conversación acosó a Alex durante todo el trayecto hasta Agua Fría Point. Su amiga parecía exhausta, sí, pero eso no explicaba lo errático de su conducta. Ni el modo en que se había erizado al mencionar el asunto de las madres. Casi como si ella tuviera algo que ver con ese distanciamiento.

Claro que eso era ridículo. ¿Qué culpa podía tener, aparte de saber de la situación algo más de lo que decía?

Sus pensamientos se desviaron hacia los candelabros alquilados que llevaba en el baúl. "Cinco minutos", se dijo. Sólo disponía de ese tiempo para dejarlos en casa de sus padres. Y esta vez, en cuanto mamá empezara a decir que no eran exactamente lo que ella tenía pensado, no se dejaría enredar. Si su madre quería usar esas tonterías como excusa para no hablar de lo que andaba realmente mal, ella no tenía por qué seguirle el juego, ¿verdad?

Cuando viró hacia Cypress Lane ya estaba oscureciendo. Se preguntó si Kitty habría llamado a papi para recordarle que debía retirar el esmoquin. Probablemente no; esa mañana su hermana parecía más distraída que de costumbre, como si algo la estuviera carcomiendo. "¿Tan raro te parece? ¿Acaso creías tener la exclusividad en el campo de los problemas personales?". Por la mañana llamaría a Kitty para disculparse por haberla tratado con tanta brusquedad.

A una manzana de la casa de sus padres vio los coches de patrulla.

Dos, estacionados adelante. Y había varios policías dando vueltas por allí; uno de ellos, inexplicablemente, estaba atando una cinta amarilla a la barandilla del porche. Otros dos salieron de la casa, cargando bultos que parecían bolsas de basura.

Al fulgor de sus fanales, parecía una escena sacada de esas películas de terror que ella y sus hermanas veían hasta la medianoche, muriéndose de miedo. Una broma tonta... tan tonta, en verdad, que la invadió un súbito e histérico impulso de echar a reír.

Pero la risa se le atascó, dejándola sin respiración. Se detuvo junto al cordón, mareada, con los ojos vidriosos clavados en la escena. Era como una película en blanco y negro, mal iluminada y fuera de foco.

Alguien dio unos golpecitos a su ventanilla, haciéndola saltar como si le hubieran pegado.

Un policía, que la miraba. Mientras bajaba el vidrio, una parte remota de su cerebro registró que su mano parecía estar insensible. Fijó la vista en el policía: un joven nervioso, de contextura delgada y fuerte; habría sido buen mozo, a no ser por las cicatrices del acné.

—¿Qué pasa, agente? —La sorprendió oír ese tono práctico y seco en su propia voz.

—¿Conoce a la gente domiciliada aquí, señora? —preguntó el policía.

—Por supuesto. Son mis padres. —Alex comenzó a temblar violentamente.

Por la cara del muchacho pasó una expresión atribulada, casi de pánico.

—No se mueva de aquí, señora. —Era más una súplica que una orden. Luego añadió, nervioso. —Es lo que más le conviene, créame. Se lo digo por su bien.

—¿Por qué? ¿Qué ha sucedido?

La voz de Alex sonaba ahora chillona. Su primer pensamiento fue que mamá había sufrido un ataque cardiaco. La abuela había muerto de un infarto masivo antes de que pudieran llevarla al hospital. Luego recordó las píldoras que tomaba su padre por la presión arterial. No era para preocuparse, decía él, pero...

Se movió bruscamente en el asiento, manoteando el cinturón de seguridad.

—Voy por el sargento Cooper. Espere aquí. —El agente ya parecía despavorido, como si ella fuera una drogadicta a punto de perder la chaveta.

—¿Es papi? ¿Qué le ha pasado a papi? —aulló Alex.

Pero de nada sirvió: el policía ya iba corriendo por el prado. Corría en busca de una ayuda que ella no quería ni necesitaba.

Aunque sentía los dedos congelados, se las compuso para librarse del cinturón de seguridad y bajar del auto. Pero sus rodillas vacilaban, amenazando con ceder bajo su peso. Avanzó a tropezones por el césped, gritando:

—¡Papi! ¡Mamá! ¡Que alguien me diga qué está pasando aquí, por favor!

A la distancia sonó el gemido de una ambulancia, como en un eco débil y luctuoso.

Un oficial de cierta edad, corpulento y con medialunas de sudor oscureciéndole el uniforme, trotó hacia ella; sus pesadas botas iban estampando un rastro brillante en el césped húmedo.

—Soy el sargento Cooper —se presentó—. ¿Le molestaría acompañarme hasta allí? Necesito decirle una palabra.

Señalaba el auto de patrulla estacionado en diagonal, para bloquear el camino de entrada.

—¿Qué está pasando? —inquirió ella.

—Por favor, señora. Si tiene la bondad de acompañarme...

Alex observó, fascinada, el bigote que se movía como una oruga en su labio superior, como si fuera independiente de los sonidos que surgían de esa boca pequeña, de aspecto maligno.

—No lo acompañaré a ninguna parte hasta saber qué sucede. —Su voz se elevó en una nota aguda e histérica.

Los ojos de pedernal le dispararon una mirada penetrante. Luego el sargento suavizó su expresión.

—Hubo un... incidente. Lamento tener que decirle esto, señora, pero su padre está herido. Es grave: una herida de bala en el pecho. En estos momentos va camino al hospital.

Las palabras fueron como un golpe. Alex tuvo que trabar las rodillas para no derrumbarse. En su cabeza se inició un relincho agudo, enloquecedor, como si hubiera allí un enjambre de avispones furiosos.

—Oh, Dios... Mamá... Tengo que verla.

Trató de pasar junto al sargento, pero fue como intentar abrirse paso, a mano limpia, a través de un tronco de árbol. Él se mantuvo arraigado en su sitio, sujetándola, pese a sus desordenados gestos de protesta.

—Nos hemos llevado a su madre para interrogarla —dijo.

—¿Para qué, Dios mío? Fue un accidente, ¿no?

Alex dejó de forcejear y retrocedió un paso, tambaleante; luego se detuvo con un respingo. Lo miró con fijeza; en el plexo solar se le estaba formando un hueco helado, como la boca fría y oscura de un pozo, en el cual se sentía caer.

—Su madre ha sido arrestada por intento de homicidio —dijo el sargento, con una voz inexpresiva que la sacudió otra vez, como el golpe de un martillo contra el yunque.

—No... No... ¡Nooooooo!

Cayó de rodillas en el césped húmedo, cubriéndose la cara con las manos. Eso no estaba sucediendo. No podía estar sucediendo.

Pero cuando levantó la mirada, las estrellas que titilaban en el cielo parecieron observarla con un gozo idiota. La envolvió una especie de entumecimiento, como una manta de aire caliente. La casa, los coches de patrulla, las sombras desacostumbradas que se movían tras las persianas de la sala, en la casa de su infancia... Todo se esfumó en un plano gris, grumoso, y ella cayó en espiral, hundiéndose en la oscuridad.

Capítulo 4

El vuelo 348 de United, proveniente del Aeropuerto Kennedy, aterrizó en el Internacional de San Francisco a las cinco y media de la mañana siguiente. Entre los pasajeros de primera clase, Daphne era la única que no estaba quitándose el antifaz para dormir; tampoco parecía aturdida al luchar con el cinturón de seguridad. Durante todo el viaje se había mantenido bien despierta, tan rígida que le dolía el cuello; bajo el hombro izquierdo palpitaba sin pausa, como una alarma silenciosa, el músculo que ella denominaba en broma "mi estresómetro". Había rechazado todo lo que le ofrecieron para comer y beber; la mera imagen de la comida le revolvía el estómago. Pero en ese momento cayó en la cuenta de que estaba famélica.

"Tu padre ha muerto, tu madre está en la cárcel, ¿y tú sólo sabes pensar en un bollo tostado con queso crema?"

Una risa débil burbujeó hasta la superficie, mientras los otros pasajeros retiraban el equipaje de mano del maletero. Una risa que la horrorizó, obligándola a cerrar la boca con tanta fuerza que se mordió la lengua. Percibió casi con gratitud el sabor dulce y cobrizo de la sangre. Con gratitud, sí, pues le recordaba no sólo a qué había venido, sino que aún era capaz de sentir.

La noticia de Kitty la había dejado entumecida; de la noche anterior sólo recordaba cosas dispersas. No guardaba memoria de haber hecho el equipaje, por ejemplo; sólo del trayecto hasta el aeropuerto, con Roger al volante. ¿O eso había sido el regreso a casa desde la librería? Sí, debía de ser eso, porque cuando partió hacia el aeropuerto ya estaba la niñera en casa. Roger no habría dejado a los niños solos. Prometió reunirse con ella en uno o dos días, en cuanto hubiera hecho los arreglos necesarios. La había despedido a la puerta, con un beso, y...

Daphne no recordaba haber subido a un taxi... aunque bajó de uno en el aeropuerto y pidió tranquilamente su recibo.

Como si no sucediera nada malo. Como si no volara a California en medio de la noche porque su padre había muerto y su madre, detenida por homicidio.

Ni siquiera registraba del todo el hecho de que él hubiera muerto. En el momento en que se disponía a salir, Kitty había vuelto a llamar (lloraba, pero ya sin histeria) para informarle que papá había muerto en el trayecto hacia el hospital. Estaba gravemente herido de bala en el pecho; nunca había tenido ninguna posibilidad.

Daphne trató de no pensar en lo que debía de haber sucedido a continuación, pero las imágenes se abrían paso con rudeza. La camilla cubierta por una sábana, en el ascensor que la llevaba a la morgue del sótano, donde su padre había atendido por tantos años a varias generaciones de difuntos. Lo veía extendido en la mesa de acero inoxidable, rodeado de esos instrumentos por los que había bregado en cada discusión de presupuesto. Los internos que él mismo había escogido y entrenado. Los mismos internos que iban a...

"Basta. Basta ya".

Pero algo le decía que era necesario visualizar la escena. Aunque sólo fuera para mantener a raya la otra imagen que su mente quería insertar: la de su padre, esperándola ante la puerta. Mientras descendía por la rampa, con la maleta en la mano, Daphne casi esperaba verlo allí, de pie junto al mostrador, pero sin apoyarse (papá nunca se apoyaba en nada, salvo para mantener el equilibrio cuando viajaba en tren o en barco), con sus penetrantes ojos azules barriendo como reflectores el torrente de pasajeros que salía.

Pero fue sólo a Kitty a quien vio en la terminal. A Kitty, que había conducido en la oscuridad para ir por ella, sin duda con las mismas preguntas sin respuesta azotándola como las alas de un pájaro enjaulado. Se levantó de la silla que ocupaba, casi dudando, como si no estuviera muy segura de reconocer a su hermana en esa mujer pálida, de ojos enrojecidos, que Daphne había visto minutos antes en el tocador del avión, una mujer a la que ella misma apenas se reconocía.

—Oh, Daphne... llegaste, gracias a Dios —murmuró, con voz enronquecida por la emoción controlada, en tanto la abrazaba con fuerza suficiente para quebrarle una costilla—. No estaba segura de poder resistir, si tenía que esperar mucho más.

—Yo tampoco —susurró Daphne, a su vez.

Se prendió de su hermana, pensando en lo bueno que era sentir sus brazos rodeándola. Era como una bocanada de aire fresco para quien se ahoga. Sólo ahora comprendía lo mucho que necesitaba eso: el contacto de alguien con quien pudiera compartir su sensación de extravío y desconcierto. Dolor, todavía no (esa emoción aún estaba lejos, esperando para abalanzarse con los dientes descubiertos), pero sí la sensación de haber puesto algo valioso donde no correspondía. Algo que debía hallar... o descubrir.

—Vamos, salgamos de aquí. —Kitty la asió de la mano y tiró de ella a lo largo de la pasarela, a paso tan rápido que Daphne casi no pudo seguirla. —¿Tienes equipaje?

—Sólo esto. —Ella mostró la maleta de lona.

—Bien. Así ahorraremos tiempo.

A las seis menos cuarto, con los cinturones bien abrochados en el vetusto Honda Civic de Kitty, salían del estacionamiento subterráneo a la pálida luz del día. Su hermana se volvió hacia ella, con la cara relumbrando la fantasmagórica luminiscencia de las luces de sodio, y dijo con voz débil:

—No quería derrumbarme delante de toda esa gente. Bastante malo fue pasar casi toda la noche en la comisaría, llorando a mares. Oh, Daph, por Dios, ¿no te cuesta creer lo que está sucediendo? Es como una pesadilla.

Daphne observó con atención a su hermana, que iba al volante. El pelo color de jengibre, recogido tras el cuello con una hebilla, se abría en una cola salvaje y despeinada. Y la ropa que llevaba puesta (vaqueros y un buzo viejo) debía de ser la misma que había usado el día anterior. Además, temblaba. Incontrolablemente, como por fiebre. Pero ella tuvo la impresión de que, si le apoyaba una mano en la frente, la encontraría helada como una piedra.

—Cuéntame —dijo.

Y Kitty le contó. Pero sólo después de haber abandonado la autopista para tomar la Ruta 96, donde había menores posibilidades de estrellarse por conducir llorando y rabiando.

—Al principio di por sentado que se trataba de un accidente —dijo, secándose con los nudillos las lágrimas que le goteaban desde el mentón—. Como los que salen siempre en los diarios: una pistola que se dispara mientras alguien la está limpiando. O que mamá había confundido a papi con un intruso. Pero no fue así.

—¿Cómo fue?

—Ella lo mató. A sangre fría.

El Honda empezó a desviarse hacia la senda opuesta. Daphne chilló:

—¡Cuidado! ¿Quieres que nos matemos nosotras también?

Kitty dio un golpe de volante y el coche volvió a circular junto a la línea blanca.

—Perdón.

Su hermana le tocó el dorso de la mano; estaba tan fría como la hebilla del cinturón de seguridad.

—¿No quieres que conduzca yo?

—¿En el estado en que estás? Dudo que nos fuera mejor. —Kitty le dirigió una sonrisa tan negra que la obligó a apartar la vista.

Contempló por la ventanilla el sol naciente, que lanzaba sus destellos entre los pinos y los eucaliptus, denso tapiz de verdor a lo largo de la serpenteante ruta de montaña.

—¿Estás segura de que fue así? —preguntó con suavidad—. ¿O eso es lo que te dijo la policía?

Hubo un instante de silencio, en el que sólo se oyó el silbido de las cubiertas contra el pavimento, mojado por la lluvia que había caído durante la noche, y el repiqueteo de algo suelto en las entrañas del motor; parecía tener mucho más uso que los ciento veinte mil kilómetros registrados en el odómetro. Luego Kitty carraspeó.

—Me lo dijo mamá. Por eso lo sé.

Daphne no trató de disimular la impresión. Dejó caer la cabeza entre las manos hasta que reunió fuerzas para preguntar, con voz ronca:

—¿Por qué? ¿Te dijo por qué?

Su hermana sacudió la cabeza.

—No hablamos mucho. A cierta altura la interrumpí. La policía... No me pareció prudente que dijera más sin la presencia de su abogado.

—¿Qué abogado? —Hasta ese momento a Daphne no se le había ocurrido que su madre pudiera necesitar de un legista.

—Llamé a Ellis Patterson —dijo Kitty. Ellis era el abogado de la familia desde que Daphne tenía memoria. —Él me recomendó a otro, el mejor criminalista que hay en Miramonte, según dijo. Se llama Tom Cathcart. Esta mañana vamos a entrevistarnos con él, en cuanto tomemos una taza de café y algo para comer.

—¿Y mamá?

Kitty pareció a punto de recordarle que mamá no podría reunirse con ellas, pero se limitó a decir:

—Puedes visitarla después de hablar con Cathcart. La policía querrá hablar también contigo. Ya sé que no puedes decirle gran cosa, pero si es ayuda para mamá... —Se le ahogó la voz; tuvo que detener el coche por un minuto, para sonarse la nariz con el bollo de pañuelos de papel que Daphne le puso en la mano.

Allí, en el maltrecho camino vecinal, el tenue hilo de tránsito se fue convirtiendo en un torrente parejo: comenzaban a salir los que trabajaban en la ciudad. Mientras el sol trepaba por los pinos Chihuahua, cuyas ramas parecían brazos extendidos hacia arriba, las hermanas lloraron abrazadas. Lloraban de espanto, confusión y agotamiento; lloraban de miedo a lo que se avecinaba.

Kitty fue la primera en apartarse, con una risa trémula.

—Sigamos viaje, antes de que algún buen samaritano se detenga a preguntar si estamos en dificultades.

—Claro que estamos en dificultades —le recordó Daphne—. Pero no son de las que se pueden arreglar con una palanca y una llave inglesa. En realidad, tengo la impresión de que necesitaremos toda la ayuda posible. —Sopló con fuerza dentro de un pañuelo de papel. —Eso me recuerda algo: ¿Alex va a reunirse con nosotras en el despacho del abogado?

Kitty puso la marcha en silencio. Su expresión se había ensombrecido.

—Alex no va a reunirse con nosotras en ninguna parte —dijo, enfadada—. Anoche hablé con ella, después... después de visitar a mamá; me dijo que en este momento no puede pensar en nadie que no sea papi. Debe ocuparse de que papi tenga un entierro adecuado. No: la palabra que usó fue "decente". No estaba histérica ni nada de eso. Sólo muy fría y... bueno, con voz de muerta. —Hizo una mueca ante sus propias palabras. —Bueno, ya sabes lo que quiero decir. Era tan espectral...

Daphne sintió que algo se le retorcía en el vientre: algún dolor espantoso que luchaba por abrirse paso a través del muro que ella había levantado alrededor. Pero en ese momento no podía pensar en papá. Él ya no existía. Pero a mamá aún se la podía salvar.

—Voy a hablar con ella —dijo—. Tenemos que estar unidas. Las tres.

—No cuentes con nuestra hermanita. Si lo que mamá dice es verdad, Alex no la perdonará en su vida.

—No me importa lo que mamá diga. ¡Tuvo que haber un motivo! Supón que haya estado teniendo fallas mentales sin que nos diéramos cuenta. —Daphne no lograba imaginar a su madre tan senil ni tan chiflada, simplemente. Pero ¿los familiares no son siempre los últimos en ver ese tipo de cosas?

—Lo sabremos muy pronto, según creo. —Kitty suspiró; fue como si la invadiera una calma extraña. Daphne tardó en identificarla: un cansancio tan profundo que hasta el llanto habría requerido un esfuerzo insoportable.

Cubrieron en silencio el resto del trayecto, dejando atrás barrancos castigados por el viento, los fríos y acerados destellos del océano en el horizonte, sembrados donde brotaban los repollitos de Bruselas, casas recortadas contra el cielo rojizo, como solitarias avanzadas de la civilización. No se detuvieron hasta llegar a los límites de la ciudad. Sólo entonces Daphne se permitió absorber plenamente lo que había estado manteniendo a distancia. Reconocer qué le esperaba en el otro extremo. Hasta podía sentir su peso, que se le posaba en los huesos como el lastre necesario para impedir que el barco, en un mar tempestuoso, se aparte de su curso.

No era una pesadilla que fuera a terminar muy pronto, sino una larga y sangrienta prueba de fuego, de la que ninguna de ellas emergería sin daño.

Tres horas después Daphne se encontraba en un cubículo, sentada frente a una barrera de vidrio. Esa mujer anciana que estaba al otro lado (llovido el pelo gris amarillento, huecos amoratados en vez de ojos) no parecía su madre. Su madre habría tenido los labios pintados y el pelo rodeando en ondas suaves la cara aún bonita. Y un lindo vestido.

Rato antes, ella y su hermana se habían entrevistado con Tom Cathcart en su oficina del edificio de Tribunales, una construcción de la época victoriana, recientemente renovado, a pocas calles de allí. El abogado, un sesentón caballeroso, aunque algo paternal, les había advertido que su madre se ajustaba a la declaración jurada que hiciera ante la policía. "Religiosamente", había sido su expresión. Como si mamá se limitara a recitar de memoria lo que algún predicador le había metido en la cabeza. Pero ni él ni Kitty la habían preparado para esa... esa aparición.

Cuando Daphne sonrió, aquella anciana de mameluco anaranjado (PRISIÓN DE MIRAMONTE, decía la leyenda desvaída) no le devolvió el gesto. Parecía mirar a través de ella, como los sonámbulos, como alguien muy medicado. Esa mirada tan desprovista de vida desató un escalofrío en la espalda de Daphne.

Por décima vez desde que desembarcara en San Francisco, algunas horas atrás, se sintió invadida por un extraño vértigo. Era como la descompostura de alta mar: un movimiento en los límites naturales y conocidos, que la dejaba sin aliento y con náuseas. Si ésa era su madre, ¿con qué diablos se las veían? Si la persona a quien ella conocía y amaba había hecho algo tan ajeno a su carácter, tan inconcebible, ya no podía contar con nada de lo que siempre había dado por seguro.

Miró a su alrededor, aturdida, para recuperar la orientación. Ese lugar también era desconcertante: una broma cruel. No era lúgubre y sucio como en las películas; no había ninguna carcelera corpulenta que le clavara una mirada de taladro. La zona de visitas era sencilla y funcional, pero limpia. Olía vagamente a pintura fresca y a alfombrado nuevo. Como en los cubículos de las oficinas, los únicos ruidos eran el repiqueteo de un teclado en la habitación vecina y el zumbido grave de los filtros de aire.

La cárcel, con su escritorio de recepción y registro, más allá del cual se extendían la zona de visitantes y cinco o seis celdas, estaba situada en el Jasper L. Whitson, un edificio de tres pisos donde funcionaba la Administración de Justicia; ocupaba el sector norte de la planta baja. Jasper, como lo llamaban, era un himno al orgullo cívico: revestimiento de madera machihembrada, picaportes de níquel, corredores vidriados que daban a un jardín seco al estilo japonés. Las únicas señales de que no se trataba de oficinas de lujo era la puerta de seguridad y las cámaras de circuito cerrado, instaladas en las cuatro esquinas del techo acústico.

Daphne tomó el teléfono montado en la pared del cubículo; el corazón le brincaba en el pecho como si buscara a ciegas la salida. ¿Su madre la reconocería, siquiera? ¿O estaba completamente perdida?

Habría querido gritar, golpear el vidrio con los puños, lo bastante fuerte como para sacar a su madre de ese estupor. Como para despertar a los muertos. Pero se limitó a esperar; la mano que apretaba el auricular negro estaba húmeda y resbaladiza.

Pasaron varios segundos antes de que esa mujer (conocida como Lydia Seagrave, abnegada esposa del doctor Vernon Seagrave, presidenta de la Sociedad de Damas Jardineras y tesorera del Sierra Club, Casa Miramonte, quien además tenía cierta reputación local como artista plástica) se arrancara del trance en que parecía estar. Lenta, muy lentamente, tomó el auricular de su lado; su mano temblaba como afectada por una parálisis cerebral.

—Hola, querida —dijo.

La voz que Daphne oyó, aunque apagada y metálica, se parecía a la de su madre; la madre que en ese momento debería haber estado en su amplia y soleada cocina, preparando huevos revueltos con la vieja espátula de madera que había heredado de la abuela. Se parecía tanto que ella rompió en llanto.

—Mamá...

Se le quebró la voz. Se llevó una mano a los ojos, pero eso no detuvo las lágrimas; se escurrieron por entre sus dedos, cayendo al bolso que apretaba con fuerza en su regazo. A través del grueso vidrio blindado, su madre la miró con impotente solidaridad, como si los papeles estuvieran invertidos y fuera ella la que necesitara auxilio. Avergonzada al reconocer que, en ese momento, lo que más deseaba era el consolador abrazo materno, Daphne se irguió súbitamente, enjugándose los ojos con un puño trémulo, impaciente.

—Creo que no estoy manejando muy bien esto —dijo.

—Lo estás haciendo muy bien, querida. —su madre se las compuso para sonreír débilmente. Por un momento pareció la de siempre; fue consolador.

—¿De veras? No es lo que siento.

—Siempre es así. —Su madre dejó escapar un suspiro sapiente.

—Antes de venir estuve con tu abogado. —Daphne se lanzó hacia delante. —Dice que has colaborado mucho. Demasiado, según su opinión. Mamá, no puedes decir a todo el mundo que tú... —Cerró los ojos y aspiró hondo. Una exhalación forzada expulsó las palabras: —... que tú mataste a papá.

—Pero es la verdad, Daphne.

Mamá tenía otra vez esa mirada vidriosa; concordaba con su voz, peculiarmente inexpresiva. Sin embargo... al mismo tiempo Daphne percibía que su madre no estaba demente; la persona que veía se encontraba en un profundo estado de shock.

—De acuerdo. —Apretó el auricular, pasándose la lengua por los labios, más secos que espuma de goma. —De acuerdo, pero fue por accidente, ¿verdad? Tú no querías matar a papi.

Su madre se quedó muy quieta. Parecía flotar tras el vidrio empañado. Sólo sus vívidos ojos glaucos (que Daphne había heredado) permanecían arraigados en el cieno de las palabras de su hija, como las plantas acuáticas que tanto le gustaba pintar: delicadas pero lo bastante recias como para haber sobrevivido milenios.

Por fin, con mucha lentitud, se llevó una mano al pecho. En su pálida muñeca se veían las marcas rojas de las esposas que las sujetaban.

—No fue por accidente —protestó con suavidad.

—Lo que me estás diciendo es que no recuerdas. —Daphne se aferraba desesperadamente a cualquier paja que pudiera sostenerla. Si hubiera sido posible, habría sujetado a su madre por los hombros para sacudirla hasta hacerle decir lo que deseaba escuchar. —¿No habrás tenido una especie de inconsciencia, como cuando el doctor Kingston se equivocó al medicarte por la presión? Te confundías tanto que no sabías qué día era. Tal vez anoche sucedió algo que...

—No. —Mamá la cortó, cortés, pero firme. —No hubo nada de eso.

Comprendiendo que no era buen momento para mostrarse violenta, Daphne se sofrenó. Con el tiempo irían descubriendo algo. Por el momento, lo mejor era hacer que mamá hablara, impedir que volviera a su trance. Dejó pasar un instante de silencio antes de preguntar:

—¿Estás bien? De salud, digo.

—Tan bien como se puede esperar, en estas circunstancias. —Una sonrisa espectral iluminó la cara de Lydia, como en la Noche de Brujas, cuando Daphne y sus hermanas encendían una linterna bajo el mentón, para asustarse mutuamente. —No se puede decir que esto sea un hogar.

El hogar. ¿Dónde estaba el hogar, exactamente? ¿Era la casa donde Daphne había crecido, al parecer sin tener la menor idea de lo que estaba sucediendo bajo ese techo? ¿La casa que los detectives estaban inspeccionando, en ese mismo instante, en busca de impresiones digitales, manchas de sangre y rastros de pólvora?

—Por favor, mamá —urgió, con voz quebrada—, queremos ayudarte. Pero necesitamos que tú nos ayudes también. Si no quieres decirme qué pasó, díselo a tu abogado. El trabajo de Tom consiste en protegerte. Deja que lo haga.

En la frente clara y suave de su madre se formó una arruga de incomprensión.

—Ya he dicho la verdad al señor Cathcart —respondió—. No he negado nada.

—Pero tampoco le das nada con que trabajar. —Daphne estaba sudando bajo la polera. ¿Por qué no se había puesto algo más liviano? "Porque no preparaste el equipaje para un fin de semana divertido", le recordó una voz seca y fría.

La boca de su madre asumió ese gesto que le era habitual cuando se pretendía de ella algo que no deseaba hacer: como si hubiera mordido algo agrio.

—Sabe todo lo que hace falta —insistió, con un filo de irritación en la voz—. Yo estaba en mis cabales. Sabía perfectamente lo que hacía.

Daphne empezó a sentir otra vez ese mareo. Más fuerte, esta vez. Se aferró del antepecho que tenía ante sí.

—Pero tiene que haber un motivo. No puedes... no puedes callar, simplemente.

—¿Por qué no? —Algo oscuro centelló en los ojos submarinos de su madre. —Es lo que estuve haciendo en estos cuarenta años.

—¿Hay algo que yo deba saber? ¿Sobre papá?

Daphne sudaba profusamente; la ropa, demasiado abrigada, la mantenía sujeta a la silla, como una mano húmeda y pegajosa. ¿Qué podía haber hecho su padre, tan terrible como para que lo mataran? A menos que hubiera en él una faceta desconocida. Pero ¿cómo era posible?

"Tampoco creías que tu madre fuera capaz de asesinar", estableció la voz fría.

Un suspiro, tan solitario como el viento que gimiera en los aleros de una casa desierta, le llenó los oídos.

—Basta de preguntas. —Mamá encorvó la espalda; sólo entonces fue evidente la rigidez que había mantenido hasta entonces. Su voz era la cáscara seca de lo que había sido minutos antes. —Te agradezco el interés, querida, pero estoy cansada. Muy cansada. Creo que deberías irte.

—¿Quieres que vuelva más tarde?

—Hoy no. Mañana, quizá. ¿Te quedarás con Kitty?

—Supongo que sí. —Hasta entonces Daphne no había pensado siquiera en eso. Por el momento, sí.

—Qué bien.

Ella se inclinó hacia delante para declarar con vehemencia:

—No te preocupes, mamá. Kitty y yo haremos todo lo posible para sacarte de aquí.

—Noto que no has mencionado a Alex.

Antes de que Daphne pudiera responder, su madre levantó la mano. En sus ojos brillaba un dolor profundo, laberíntico, que superaba la comprensión de la que ella era capaz en ese momento.

—No importa —dijo Lydia, sin amargura—. Comprendo. Ella siempre fue la niñita de papá. Supongo que eso no va a cambiar, aunque él ya no exista.

—Mamá, yo...

La acalló con una firme sacudida de cabeza.

—Lo siento, querida, pero tengo que irme. Has sido muy amable al venir. Tú también tienes cara de necesitar un poco de descanso.

La expresión afectuosa y preocupada que cruzó por su cara, todavía suave, casi sin arrugas, hizo que Daphne diera un respingo; se habría dicho que tenía otra vez cinco años y su madre la estaba instando a dormir la siesta.

—Por favor. Hay tantas cosas que todavía no enti...

Pero su madre ya estaba cortando. Cuando se levantó de la silla, detrás de la barrera, pareció aún más menuda que cuando estaba sentada: una mujer frágil y empequeñecida; se entregó a la joven oficial femenina: una bonita morena hispana, que había aparecido para llevársela.

Sólo cuando ella hubo desaparecido de la vista pudo Daphne ceder al agotamiento y la angustia que tironeaban de ella, como deditos codiciosos. Sin cuidarse de quién pudiera estar observándola, ni de que cada una de esas cámaras de circuito cerrado estuviera registrando su dolor desde un ángulo distinto, apoyó la cabeza sobre los brazos cruzados y rompió en sollozos.

Pasaron minutos, minutos que habrían podido ser horas enteras. Cuando al fin levantó la cabeza y se sonó la nariz, tenía la sensación de que la habían desarmado para meterla luego en una bolsa, convertida en una maraña de partes inconexas que ya no coincidían. Pero muy adentro se estaba formando un germen de decisión: algo demasiado pequeño para merecer el nombre de objetivo; tal vez fuera sólo la sugerencia de lo que podía estarle reservado... si tenía la inteligencia y la valentía de enfrentarlo.

Pero antes había algo que debía hacer. En ese mismo edificio. Había pasado mucho tiempo, sin duda, y tal vez fuera sólo buscar más problemas. Pero valía la pena arriesgarse. Y de cualquier modo, no tenía opción, ¿verdad?

Era como cuando escribía, cuando su conciencia se hacía a un lado para permitir que el subconsciente se hiciera cargo del timón. Así como tenía muy poco dominio sobre lo que viajaba por sus dedos, en tanto volaban sobre el teclado del ordenador portátil, así ahora no podía resistirse a la señal que su *id* le estaba enviando. Una voz que sonaba como transmitida desde una antena radial distante, parcialmente recibida en una ventisca de estática. Pronunciaba un solo nombre, una y otra vez: Johnny.

Quizás ahora lo llamaban John. John Devane, asistente de la Fiscalía de Distrito. Sonaba bien. Estaba casado, según le habían dicho. Era Alex quien la mantenía informada; de vez en cuando decía haberlo visto con su esposa en la ciudad. Cuando fue nombrado asistente del fiscal, su hermana había recortado el artículo del *Mirror* para enviárselo. Daphne lo tenía guardado; podía verlo en su mente, escondido bajo la solapa de una novela romántica que Roger no abriría ni en un millón de años.

Tampoco para ella el tiempo había permanecido quieto. Allí estaba, casada y con dos hijos, novelista de cierto éxito. Una mujer que se abonaba al Carnegie

Hall por toda la temporada, coleccionaba fotografías antiguas de Nueva York y todas las navidades cantaba con el coro el *Mesías* de Händel, en una iglesia de Park Avenue.

"Mucha agua bajo el puente", pensó. Quizá demasiada. Pero tal vez no fuera suficiente. ¿Y si él no quería saber nada de ella? Dejando a un lado las cuestiones éticas del momento (el asistente de la fiscalía, actualizando su antigua relación con la hija de la acusada: ¿qué opinaría de eso la jauría de periodistas amontonados frente al edificio?), quedaba en pie el hecho de que, veinte años antes, ella le había roto el corazón. En verdad, había sido él quien se alejara, pero eso era un tecnicismo.

En otros tiempo Johnny habría sido capaz de cualquier cosa por ella. Si quedaba en él siquiera un resto de esa caballerosidad, ella debía saberlo. Se apresuró a racionalizar: lo vería por el bien de su madre. Cuanto menos, él podría darle una idea de hacia dónde apuntaba la acusación.

Al mismo tiempo, sabía perfectamente que no estaba pensando sólo en su madre. Cierto instinto, tan antiguo como el impulso vestigial hacia el agua, impulsaba a Daphne hacia la escalera, junto a la cual se veía un letrero: SEGUNDO PISO – OFICINAS DE LA FISCALÍA DE DISTRITO. La impulsaba hacia la única persona del mundo con la que siempre había podido contar, sin excepciones.

Mientras subía pesadamente la escalera de granito y vidrio, que parecía suspendida en el aire, asegurada al suelo de la planta baja por una compleja red de tubos de acero, Daphne se descubrió recordando la primera vez que había intercambiado con Johnny Devane algo más que una mirada furtiva.

Ella tenía diecisiete años. Johnny, con su contextura de boxeador y su chaqueta del ejército, con las mangas cortadas a la altura de los hombros, aparentaba diecisiete para los treinta. No era el tipo con que ella y sus amigas trataban normalmente, pero lo había visto en el recinto; sobre todo, en el estacionamiento tras el edificio de ciencias, también conocido como Pozo de los Fumadores, recostado contra la salida trasera y con un cigarrillo colgando de los labios, que su madre habría descripto como "duros".

El año anterior habían estado juntos en la clase de Español III. Daphne, que había sido la mejor alumna del señor Machado en Español I y II (la única que había hecho su análisis literario sobre la versión original de *Don Quijote*, sin traducir) se había sorprendido, no muy agradablemente, al descubrir que Johnny tenía una desenvoltura coloquial que superaba la suya. Él explicó al profesor, encogiéndose de hombros, que se había criado entre chicos hispanoparlantes. No hacía falta decir a qué vecindario se refería: los Flats, la zona del muelle, con su serie de moteles ruinosos que alquilaban por semana; tenía reputación de albergar a extranjeros ilegales, entre otros tipos desagradables. Los Flats estaban prohibidos para Daphne y sus hermanas desde que tenían edad de andar en bicicleta; era una regla que su padre aplicaba estrictamente.

Obligada a precisar en qué momento había mordido el cebo, exactamente, ella habría dicho que fue aquel día, en la clase del señor Machado, cuando Johnny sonrió de oreja a oreja, cargados los ojos de perezosa diversión, y dijo en voz bien alta:

—Conozco también algunas palabras que no figuran en el libro de texto, pero las reservo para cuando estoy fuera del aula.

En tren de sinceridad, ¿no había experimentado una emoción secreta al oírlo? Atardeceres de verano en los Flats, olor a grasa lubricante y copos de azúcar surgiendo del muelle, el estruendo de la montaña rusa al descender bruscamente, acompañado por gritos intermitentes. Se imaginaba chocando con Johnny en la acera, frente a alguno de esos moteles. Él estaría holgazaneando con sus amigos (chicos que iban a Taller y a cursos de apoyo en Lengua), pero al verla se apartaría para acercarse a paso lento. "Hola", diría, mostrando los dientes, algo sobrepuestos, en una sonrisa anormalmente blanca, refulgente a la intensa luz del letrero de neón; el pelo rubio ceniza, largo hasta los hombros, pedía a gritos que ella lo peinara con los dedos.

El encuentro real no fue tan de *filme noir*. Aquel día Daphne, tascando los límites de su reputación de alumna excelente y poetisa laureada en ciernes, se había escabullido tras el edificio de ciencias, donde sonsacó un cigarrillo al atónito Skeet Walker. Sus amigas también se horrorizarían, pero ¿no era ése el objetivo? Aun así, a la primera pitada comprendió que se requerían una o dos sesiones de práctica en la intimidad del hogar. Doblada al medio por un ataque de tos, se llevó el disgusto de encontrar bajo su vista un par de botas de motociclista. Negras, con correas en la parte alta y puntera raída, arrugada hacia arriba de tanto pedalear con los talones hacia abajo.

Una mano bajó a su hombro para sostenerla, mientras cierta voz conocida, con un dejo de risa, comentaba:

—¿Tu primera vez? Veamos, deja que te enseñe...

Al enderezarse, ella quedó frente a un par de ojos de color azul grisáceo, como las sombras de las nubes que corren sobre la superficie del océano en los días serenos. Johnny rescató el cigarrillo de sus dedos y le echó una pitada.

—Así, mira. Lo importante es cómo lo sostienes, ¿sabes? Si buscas efecto, claro.

Una vez más, ese chispazo divertido tras los gruesos párpados del solitario, práctico en observar mucho... y decir poco. ¿Se estaría riendo de ella? Azorada, respondió con aire hosco:

—Nunca dije que quisiera impresionar a nadie.

—No hacía falta. —Él le extendió la mano; no era callosa, como ella suponía, sino caliente y seca; más sorprendente fue descubrirla algo tímida. —¿No nos conocemos de alguna parte?

—De Español III —barbotó Daphne.

—Sí, eso es.

Tembló una comisura en la boca de Johnny, y ella vio de inmediato que había caído en una trampa. Él la recordaba perfectamente; sólo quería saber si ella lo tenía presente. Daphne se descubrió sonriendo también. Por lo absurdo de ese encuentro (en un estacionamiento sembrado de colillas viejas, con Skeet Walker y Chaz Lombardi observándola con curiosidad desde su cortina de humo y el señor Crane, el profesor de Literatura, frunciendo el entrecejo desde la ventana de su oficina, en el edificio de administración).

—¿Cómo estás? —lo saludó ella en castellano. Los ojos ahumados registraron el tuteo familiar. Ella echó un vistazo al cigarrillo que Johnny retenía entre los dedos, haciendo una mueca. —He hecho una estupidez, ¿no? Tengo una idea mejor. ¿Por qué no me enseñas algunas de esas palabras?

—¿Sí? ¿Y a qué palabras te refieres? —Sus labios, que no eran duros en absoluto, se extendieron en una sonrisa lenta y torcida.

—Las que sólo puedes decir fuera del aula —respondió ella, con fingida gazmoñería.

En ese punto Johnny (el mismo Johnny Devane del que se rumoreaba que, en el noveno grado, había provocado un incendio en los toneles de basura, junto a las gradas de la cancha, y más recientemente la quebradura en el diente que Skeet Walker les estaba exhibiendo) la sobresaltó con una risa estruendosa.

—No sé, princesa —dijo lentamente—. Apostaría a que tú puedes enseñarme un par de cosas.

Y ella lo hizo. Más de lo que uno u otra esperaban.

Daphne le había enseñado que corazón abierto es corazón roto. Y que el prejuicio no es, simplemente, algo que tus padres te inculcan en toda ocasión, sino también lo que recibes de ellos y pasas a otros sin pensar.

Amaba a Johnny. Y él la amaba. Daphne se había librado de comprender cuánto hasta que el paso del tiempo le brindó, no sólo algo de perspectiva, sino también la posibilidad de ver sin miedo a morir de dolor.

Ahora, mientras caminaba por un corredor alfombrado, bordeado de oficinas de las cuales emanaban fragmentos de conversación y zumbidos de teléfonos, descubrió que el corazón le palpitaba de prisa en la garganta. ¿La reconocería? ¿Seguiría siendo el muchacho de dieciocho años que ella había amado con tanta desesperación? Un muchacho con la ira tan indómita como el amante corazón que sólo había abierto a una persona: una chica demasiado estúpida como para comprender lo precioso de ese don.

Al final del pasillo encontró la puerta que estaba buscando. Estaba entornada. Daphne, que esperaba ver allí a una eficiente secretaria, apostada para bloquearle el paso, no pensó dos veces antes de entrar.

—Busco a...

Se detuvo. Sus ojos viajaron desde el escritorio, sembrado de papeles y carpetas, hasta el hombre sentado tras él.

La mirada que sostuvo la suya, a través de un espacio repleto, ideado para alguien mucho más organizado, era impresionante por su familiaridad. Daphne tuvo la sensación de venir del frío y subir en un ascensor muy caldeado: un breve tirón en el vientre, seguido por una brusca sudoración que pareció descolgarse desde la línea del pelo, hasta cubrirla entera con una bruma fina y caliente.

—Hola, Johnny —saludó suavemente.

Parecía el mismo de antes... pero diferente. Mejor calibrado, de algún modo. El pelo rubio ceniza, que antes le llegaba a los hombros, estaba ahora corto y salpicado de gris. Además había echado cuerpo; cuando se levantó, ese mayor volumen arrugó las hombreras de su chaqueta negra. Pero no se trataba sólo de musculatura, sino también de su aire de autoridad, como si aquel muchacho, el que usaba los puños y la boca sucia para abrirse paso en un mundo hostil a los suyos, hubiera descubierto que el verdadero poder se basa en la propia capacidad de domeñarlo.

Solamente los ojos ahumados, de párpados gruesos, que la miraban con cautelosa sorpresa, eran exactamente los que ella recordaba: los ojos de todos los hombres capaces de prometer la luna y entregar, en cambio, un corazón destrozado. Pues en ese instante no podía pensar en otra cosa: que había sido Johnny el que se alejara, no ella. No importaba que ella no le hubiera dejado alternativa. Respiraba superficialmente; su corazón latía en ráfagas breves y sobresaltadas, como una piedra al resbalar por una superficie quieta y brillante.

—Daphne. Tanto tiempo. —Johnny la miró varios segundos más de lo que la cortesía indicaba, antes de rodear el escritorio para extenderle la mano.

Al ver sus nudillos, extrañamente aplanados, la mente de Daphne volvió al día en que se los había quebrado, defendiéndola contra ese idiota borracho de Bif DeBolt, un monstruo del que cualquiera en su sano juicio habría huido como del diablo. El recuerdo formaba un estridente contraste con la suave voz que ahora comentaba:

—Ojalá pudiera decir que has sido muy amable al venir. Pero sé lo que te trae. No se trata de una visita social, ¿verdad?

—No. —Otra característica suya que no había cambiado: su costumbre de ir directamente al grano.

—Toma asiento.

Retiró de una silla una brazada de carpetas, indicándole con un gesto que se sentara. Cuando ella estuvo cómoda (tan cómoda como era posible, dadas las circunstancias), Johnny se apoyó contra el escritorio, con los brazos cruzados contra el pecho.

—No puedo agregar mucho a lo que ya has de saber.

—¡Sólo sé que mi padre ha muerto! —exclamó ella, frustrada—. Lo que no sé es por qué.

—¿Hablaste con el sargento Cooper?

—¿Corpulento, canoso? —Ante el gesto afirmativo, Daphne continuó: —Estuve con él por unos pocos minutos, justo antes de que me hicieran pasar para ver a mi madre. No me dijo gran cosa, sólo que fue mamá quien llamó a Emergencias. Dijo que mi padre estaba herido de bala. Y en la declaración jurada que hizo ante la policía fue muy clara en un aspecto: que no había sido accidente. Apretó el gatillo con deliberación. —Nuevas lágrimas le llenaron los ojos. —Pero eso no explica nada, ¿verdad?

Johnny giró el torso para retirar un papel de la carpeta que tenía abierta en el escritorio; lo recorrió con la vista, como si no conociera el contenido de memoria. Lo que sentía no estaba a la vista, fuera lo que fuese. Mantenía esa cara de sota, capaz de hacerte creer que ir por la costanera a ciento treinta kilómetros por hora no era más peligroso que una caminata por la playa. Lo que no pudo disimular fue el chispazo de compasión que ella sorprendió en su mirada.

—Tu padre recibió dos disparos en el pecho, hechos desde corta distancia con una Magnum Smith y Wesson tres cincuenta y siete —especificó—. Según este informe, cuando llegó la policía tu madre sostenía el arma envuelta en su delantal de cocina.

Daphne sintió que se demudaba. Cooper, por negligencia o compasión mal entendida, se había reservado ese detalle en particular.

—La recuerdo —reconoció ella, en voz baja y emocionada—. Mi padre la guardaba en una caja con llave, en el estante superior de su ropero. Y estaba con llave, sí. Decía haber visto demasiadas veces, muy de cerca, lo que podía hacer en una p-persona...

Se le quebró la voz y, una vez más, rompió a llorar. Lágrimas que ardían en la carne viva de las que ya había derramado.

Johnny aguardó, paciente, a que recobrara un poco de compostura. Luego, con una suavidad que hizo un nudo en la garganta de Daphne, dijo:

—Lamento lo de tu papá. Cuando la policía termine con su investigación sabremos algo más.

—Pero de cualquier modo, mi madre debe seguir detenida, ¿no? —Ella había hablado con más dureza de la que deseaba.

—La audiencia de procesamiento será el lunes —dijo él.

—¡Pero falta toda una semana!

Por primera vez Johnny pareció intranquilo. Sus ojos de pizarra se apartaron de ella.

—El juez Gilchrist se excusó. Estamos esperando a uno de los jueces de circuito.

El nombre fue como un leve golpe contra el plexo solar. Quent Gilchrist, uno de los viejos amigos de su padre. Ese domingo habría debido asistir a la celebración del aniversario. Daphne aspiró bruscamente. "Por Dios, todo esto no puede ser". Cerraría los ojos; cuando volviera a abrirlos estaría bajando del avión, seguida por su esposo y sus hijos, esperando con alegría ese fin de semana.

En una voz débil y temblorosa, que no se parecía a la suya, dijo:

—No sé para qué he venido a verte. Es tan descabellado como todo lo demás. Se supone que eres el enemigo, ¿no?

—En cierto modo, supongo que sí. —Él esbozó una sonrisa vaga, sin regocijo, que descubrió los dientes torcidos.

Daphne se fastidió al descubrirse pensando: "Me alegra que no se los haya hecho enderezar". Se las compuso para sonreír a su vez, poniendo fin a sus lágrimas con un decidido trompetazo contra el pañuelo de papel que había sacado de su bolso. "No es muy elegante —pensó—, pero no he venido para impresionar a nadie".

—Tenía la esperanza, supongo, de que pudieras borrarlo todo —reconoció, melancólica.

—¿Como cuando éramos chicos? —Alguna brasa, por mucho tiempo recubierta de ceniza, pareció alzar llama en sus ojos, ardiendo con fiereza por un segundo antes de morir.

Ella sintió que se acaloraba. Después de todo, Johnny no había olvidado.

—Fuiste tú el que rompió —le recordó con frialdad.

Él la sorprendió con una imprevista sonrisa, que no llegaba a ocultar la sombra de un dolor antiguo, reavivado en sus ojos.

—Supongo que ésa es una manera de ver las cosas. Otra es que yo te impedí hacer algo de lo que te habrías arrepentido.

—¿Fugarnos, quieres decir? Creo recordar que la idea fue mía —contraatacó Daphne, sorprendida por la furia que sentía aún, después de tantos años.

—Huir no es lo mismo que fugarse.

De pronto fue como si no hubieran pasado veinte años desde la última vez que discutieran el tema.

—Aquí se trata de mi padre, ¿no? Todo se reduce siempre a eso. Porque yo tenía miedo de enfrentarme a él. Está bien, lo admito: tenía dieciocho años y estaba asustada. Pensé que, si nos casábamos, él no tendría más remedio que aceptarte.

—Y no te cortaría el dinero para la universidad.

—Eso también. ¿Es tan terrible pretenderlo?

—No. —Él se inclinó hacia atrás; su expresión se ablandó tan súbitamente como si le cerrara una puerta en la cara. —Claro que no.

Pero ambos sabían que no era sólo por el dinero para estudiar que ella, asustada, había sugerido fugarse. Era por su propia falta de convicción. Su amor por Johnny habría podido resistir los embates constantes de la desaprobación paterna. Pero ¿habría sobrevivido a cuatro años de separación casi constante? Por entonces el casamiento parecía la alternativa más segura. Ahora, desde lejos, ella podía verlo desde la perspectiva de Johnny: si en verdad lo hubiera amado, habría podido esperar y hasta pelear por él.

Tal como él había peleado siempre por ella.

Liberándose de esos recuerdos, dejó escapar un hondo suspiro.

—Oye, olvidémoslo. Lo que pasó ya es historia. Me enteré de que estás casado y con hijos. —Fijó en su cara una expresión agradable y neutral.

—Uno solo, un varón de catorce años. Sara y yo nos divorciamos, pero J.J. sigue muy vigente. Más aún: vive conmigo.

Para Daphne no hacían falta explicaciones. Si su hijo era como él a esa edad, una mujer sola no podría manejarlo. Perdiendo la vista por la ventana, donde un hombre con gorra de visera cortaba el césped en largas bandas desparejas, reveló:

—Yo también me casé. En cuanto salí de la universidad.

—Eso me contaron.

—Él se llama Roger. Tenemos dos hijos: un varón y una niña.

Johnny sonrió (¿acaso con un dejo de melancolía?), reflexionando en voz alta:

—Todos estos años he llevado una imagen en la cabeza: tú con un marido, dos hijos y una linda casa. ¿Roger? Sí, es adecuado. —La miró directamente a los ojos, como su marido casi nunca lo hacía. —Parece que no todos los tipos buenos terminan últimos.

Sin motivo en particular, ella se sintió obligada a explicar:

—Éste debía ser un viaje en familia, para celebrar el aniversario de mis padres. Cumplen... habrían cumplido cuarenta años de casados. —Se le quebró la voz y tuvo que carraspear para seguir. —Dadas las circunstancias, a Roger le pareció mejor que uno de nosotros se quedara en casa, con los chicos, hasta que...

Se detuvo. ¿Hasta qué?

Johnny le ahorró el sentimentalismo que habría cortado su desgastada hebra de autodominio.

—Voy a ser franco contigo, Daphne. El caso no pinta bien. Tom Cathcart está tratando de lograr una acusación menor, pero mi jefe no se deja envolver. ¿Cómo, si tiene la declaración jurada de tu madre? —Desviando una mirada hacia la puerta, que no estaba cerrada, bajó la voz. —Mira, si aquí se enteraran de que te digo esto, me colgarían de los cojones... pero voy a decirlo, de cualquier modo: si hay algo, cualquier cosa, que pueda beneficiar a tu madre, éste es buen momento para que ella lo recuerde.

Daphne se inclinó hacia adelante, ciñendo los brazos contra el pecho.

—¿Y si no?

Johnny tensó la mandíbula.

—Nuestra misión es hacer justicia.

Ella contuvo el impulso de cubrirse la cara con las manos, como hacía en la infancia cuando no quería enfrentarse a algo. Le sostuvo la mirada con fijeza, diciendo con voz lúgubre:

—Sólo puedo esperar que la justicia, en este caso, obre como mi madre merece.

—Por lo que pueda valer, yo también.

Johnny se apartó del escritorio e irguió la espalda, como si la dejara en libertad, de algún modo. Hasta entonces Daphne no se había percatado de lo cerca que estaba... lo bastante como para que ella captara un leve olor a nicotina. Los recuerdos vinieron en tropel: la curva caliente de un capot contra la parte baja de la espalda; los chasquidos del motor al enfriarse; el olor a cigarrillo en el aliento de Johnny y en su chaqueta del ejército cuando ella la levantó, pegando las palmas a su piel caliente y desnuda.

Pese a la frescura del aire acondicionado, se ruborizó intensamente; tuvo la certeza de que él podía ver subir ese calor, como el que se desprende del pavimento. Se levantó abruptamente.

—Tengo que irme. Mi hermana espera abajo.

—Lamento no haber podido ser más útil.

—Creo que sólo necesitaba alguien con quien hablar.

Estrechó la mano que él le ofrecía, extrañamente tranquilizadores los nudillos aplanados. Vio en su mente el puño de Johnny: un borrón de huesos apretados, sangrientos, que asestaban un último golpe a la estúpida mandíbula de Bif DeBolt. Vio al grandote tambalearse hacia atrás, con pasos anchos y exagerados, como los de un payaso. Luego quedó despatarrado en el suelo, mientras Johnny se erguía junto a él, bramando: "Si vuelves a ponerle un dedo encima, te voy a romper algo más que esa bocota, hijo de puta".

Daphne se aplicó una sacudida mental. Veinte años. Era mucho tiempo, aun para alguien que, en ese momento, ansiaba sepultarse en un pasado sin sorpresas. Hasta soportar que Johnny volviera a romperle el corazón era preferible a lo que se avecinaba.

Él la acompañó hasta la puerta.

—Si me entero de algo que no sea estrictamente reservado, te llamaré por teléfono —prometió—. ¿Tienes un número donde pueda comunicarme contigo?

Daphne le anotó el teléfono de Kitty en el dorso de un formulario para mensajes.

—Estoy en casa de mi hermana. Por si quieres pasar, tiene un salón de té en la avenida Ocean. Té y Simpatía, se llama, con acento en la simpatía. —Y agregó, ceñuda:—Pobre Kitty. Sólo Dios sabe qué pasará con su negocio, con todo esto. ¿Has visto esos periodistas, allí adelante?

Johnny asintió.

—Esta mañana, cuando entré, prácticamente me despellejaron. —Le tocó el brazo, solícito. —Oye, estás un poco pálida. ¿Puedo ofrecerte algo? ¿Un vaso de agua?

—¿Un vehículo blindado? Tengo la sensación de que voy a necesitar algo así. —Ella meneó la cabeza, resistiendo el impulso de apoyarse en su compañero. —Esto va a ser muy duro para nuestra familia.

Pero ¿acaso conocía siquiera a su familia? ¿O sólo tenía de ella un cuadro inventado, como las ilustraciones de los libros de lectura, una entelequia creada por sus deseos? Cualquiera fuese la realidad, una cosa era obvia: ya no podía seguir rehuyéndola.

—Si necesitas algo, házmelo saber —dijo él.

—Lo tendré en cuenta. —Daphne logró sonreír un poquito. —Mientras tanto, esta conversación nunca existió, ¿de acuerdo?

—Sería mejor así. Por el momento —concordó él—. Pero entre tú y yo, ¿quieres un consejo?

—Venga.

—Si tu madre no quiere hablar, sería conveniente que tú y tus hermanas excavaran un poco.

Ella contempló aquellos solemnes ojos grises, recordando que él podía arruinar su carrera si hacía algún gesto de apoyo, y dio con más sentimiento del que habría querido:

—Gracias. No lo olvidaré.

Capítulo 5

No podían ser más de diez o doce, pero equipados con cámaras portátiles, micrófonos y flashes parecían un ejército. Kitty, viendo con alarma a los periodistas que se arracimaban sobre la acera y el prado, aferró con fuerza la mano de Daphne.

—"Los asirios descendieron como el lobo hacia el redil" —murmuró lúgubremente su hermana.

Estaban de pie ante la entrada de Jasper, bajo una cornisa que las ocultaba parcialmente a la vista. Kitty, que había estado observando a la horda mientras esperaba abajo, echó a Daphne una mirada interrogante. Ella aclaró:

—Un verso de Byron. Por lo visto, él sabía algo sobre el periodismo. Se diría que pueden comernos como desayuno y seguir con hambre a la hora del almuerzo. ¿Alguna idea?

—Si mantenemos la cabeza gacha y la boca cerrada, saldremos bien.

Kitty expresaba más certeza de la que tenía. En el fondo no estaba nada segura de poder llegar al auto sin que las rodillas, débiles como las de un inválido, colapsaran bajo su cuerpo.

Mientras se encaminaban hacia la refriega sintió que Daphne enlazaba un brazo al suyo.

—Recuerda que, si podemos pasar por esto, podremos pasar por cualquier cosa —le susurró fieramente.

—¡Eh, son las hijas! —bramó una voz masculina—. ¡Un momento, señoras!

Un hombre corpulento, con gorra de los Oakland Raiders, apareció a la vista; le rodeaba el cuello una correa con los colores del arco iris, de la que pendía una Nikon del tamaño de una tostadora. Otro chilló:

—¿Se sabe algo sobre su madre?

—¿Mantiene su confesión? —gritó un tercero.

Luego las preguntas llegaron simultáneamente, rápidas y furiosas como balas que pasaran zumbando junto a la oreja.

—¿Se ha fijado fecha para la audiencia de procesamiento?

—¿Va a declararse culpable?

—¿Está arrepentida de lo que hizo?

—Señorita Seagreave, se alega que su madre sufrió un colapso mental. ¿Tiene algún comentario que hacer?

Kitty se tambaleó, con un taco atascado en una grieta del pavimento. Habría caído de bruces a no ser por Daphne, que le aferró el brazo con más fuerza. Entonces comprendieron que eso era apenas el comienzo.

Una rubia descarada, de chaqueta rosada y minifalda negra, con cara de porrista envejecida, le metió un micrófono por la cara.

—Cindy Kipnis, de Canal Dos. ¿Es cierto que sus padres tenían planeada una fiesta para este fin de semana, para celebrar sus cuarenta años de casados?

Debió de ser la impresión de ver esa cara familiar, que aparecía todas las noches en el informativo local; para Kitty era tan conocida como la de sus parroquianos de costumbre. Sin poder contenerse, le espetó con pasión:

—Mis padres se amaban profundamente. No sabemos qué sucedió. Pero si es posible hallar algún sentido a esta tragedia, no lo descubriremos con todos ustedes acosándonos.

Daphne le dijo al oído, sin aliento:

—Corramos. Una vez que entremos en la casa estaremos bien. No pueden invadir propiedad privada.

Kitty quería preguntarle si estaba segura; si Daphne, que se ganaba la vida narrando cuentos y, cuando niña, había pasado tanto tiempo en el país de las mentirijillas como en la realidad, no estaría confundiendo la vida real con una novela de Joseph Wambaugh. Pero no hubo tiempo para pensar más. Ella y su hermana cargaron por la acera, con la cabeza gacha, abriéndose paso por entre el asedio de los periodistas, que blandían los micrófonos como si fueran lanzas.

El agotamiento que se aferraba a ella como una telaraña se desprendió súbitamente. En sus venas siseó la adrenalina. Su visión se tornó clara y aguda, un calidoscopio de imágenes nítidas y cambiantes. Reparó en los árboles que pasaban como un destello, en la lente de una cámara que reflejaba la luz en un arco fiero, en una mujer de rompevientos amarillo, que las miraba boquiabierta, sujetando delicadamente entre el pulgar y el índice una rosquilla a medio comer.

Kitty no se detuvo siquiera cuando un hombre alto y calvo, que tenía una Minicam montada en el hombro, se interpuso de un salto en su camino, siguiéndola con la lente como un francotirador que la buscara con la cruz de la mira. Ella pasó a su lado sin aflojar el paso.

Hacia adelante estaba su Honda, en el estacionamiento; mientras revolvía el contenido de su bolso, en busca de las llaves, cayó en la cuenta de que lo había dejado abierto. En lo peor de su agotamiento, casi catatónico, no se le había ocurrido que pudieran robarlo. ¿Acaso podía haber algo peor de lo que ya había sucedido?

Un momento después abrió violentamente la portezuela y se zambulló en el asiento del conductor. Vio que su hermana esquivaba a un flacucho de buzo rojo, que corría a tomarle una foto; un momento después también Daphne se arrojaba al interior, con una exclamación jadeante. Salieron pitando del estacionamiento; los periodistas se fueron empequeñeciendo en el espejo retrovisor, hasta no parecer más amenazadores que un enjambre de insectos.

Quince o veinte cuadras más allá, al virar desde la avenida Emerson hacia la Ocean, Kitty y Daphne rompieron simultáneamente en carcajadas histéricas. Rieron hasta que las lágrimas les corrieron por la cara. Kitty se dijo que, si no llegaban a casa en pocos minutos, sufriría un accidente, pero no de tránsito. Sin embargo, el alivio que causaba era casi exquisito, a continuación de lo que habían soportado... y continuarían soportando en las semanas venideras. "Lo que había sucedido allá atrás —le advertía una voz sobria—, era sólo la punta del témpano".

Aún faltaba el entierro de su padre. Y la audiencia de procesamiento de su madre. Y ella no se había detenido a pensar, siquiera, cómo alteraría su propia existencia esa catástrofe que parecía caer de la nada, como un automóvil que apareciera a toda velocidad tras una curva cerrada.

Sólo ahora se le ocurría que Heather y Sean se habrían enterado por la televisión o por el diario de esa mañana. Eso explicaría su abrupta partida de la noche anterior, en medio de la cena, pero ellos debían de estar horrorizados, por supuesto. Se preguntarían en qué clase de familia se había criado ella y si sería capaz de educar a un niño. Quedaba por ver si Kitty podía persuadir a Heather de que eso no se reflejaba en ella. Sería difícil, quizás imposible, pero...

Se sintió egoísta por sólo pensarlo. "Pero si de esta tragedia puede surgir algo bueno, ¿no podría ser el bebé de Heather?"

De pronto, como una maza que se descargara, surgió la imagen de su padre: papá, tendido en una mesa de la funeraria. "Él no intervendrá para rescatarnos de este desastre —pensó, mientras giraba hacia el camino de entrada, por detrás de su casa, echando una mirada cautelosa a ambos lados, por si algún periodista las hubiera alcanzado—. Ha muerto, y ésa es la realidad".

—¿No hay moros en la costa? —Daphne giró en su asiento, tratando de espiar por la luneta trasera.

Kitty miró en derredor una vez más, pero la única persona a la vista era la anciana señora Landry, que daba su paseo de la tarde por Harbor Lane, acompañada por Pip, su diminuto schnauzer. El portón aún tenía el cerrojo echado. Y el centelleante rastro de pisadas que cruzaba el césped de atrás, aún mojado por la lluvia de esa noche, pertenecía a Willa, que había pasado por allí para ordenar y cancelar cualquier encargo pendiente.

Hizo una seña para indicar a Daphne que todo estaba bien; aun así, corrió hacia el porche de atrás sin pérdida de tiempo. Minutos después, la puerta de la cocina estaba cerrada con llave y corridos los cerrojos en todas las ventanas, incluidas las del piso alto. Mientras Kitty forcejeaba con el de la puerta de calle, tan poco usado que se había vuelto rebelde, se detuvo junto al cordón el primer móvil de televisión.

—Oh oh, parece que tenemos compañía —anunció a Daphne por sobre el hombro, con un nudo en el estómago.

Si Heather aún no estaba enterada, pronto recibiría un informe completo. Incluida la cara de Kitty, en el informativo de la noche, y cualquier detalle macabro que esos buitres hubieran podido desenterrar. Cuando el periodismo acabara de arrastrar a su familia por el lodo, Kitty sería la hija de una asesina... y Heather habría desaparecido mucho antes.

Cuando sonó el teléfono, ella estaba pegando al vidrio biselado de la puerta un letrero que decía: CERRADO HASTA NUEVO AVISO.

Antes de que Kitty pudiera advertir a su hermana que los periodistas llamaban sin cesar desde temprano (creía haber reconocido, en la contestadora automática, la voz de Cindy Kipnis), Daphne chilló desde la cocina:

—¡Yo atiendo!

Pero no era ningún periodista. Un momento después la oyó exclamar:

—Oh, Alex, eres tú, gracias a Dios.

Kitty descolgó la extensión instalada en la pared, tras el mostrador, y en su prisa estuvo a punto de tumbar una cilla. Alcanzó a oír el final del diálogo:

—...todo está arreglado. El oficio será el domingo, a las diez en punto, y he dispuesto que se lo pueda ver el viernes y el sábado, a horario fijo. —Se la oía remota y práctica, como un técnico de laboratorio que informara por teléfono los resultados de un análisis. Hubo una pausa. Luego Alex preguntó, suspicaz:

—Kitty, ¿estás ahí?

—Aquí estoy —gorjeó ella, con el entrecejo fruncido—. ¿Por qué no nos consultaste por todo eso?

Al otro lado hubo un suspiro de irritación.

—Si hubieras escuchado tus mensajes sabrías que telefoneé. Hace un par de horas.

—Debió de ser mientras estábamos con el abogado —recordó Daphne.

Silencio. Luego una aspiración brusca, siseante.

—Bueno, supongo que cada una tiene sus prioridades. La mía, como verán, es asegurarme de que papi reciba un entierro decente.

Pero Daphne no se dejaría enredar en la pelea.

—Mira, Alex, todas estamos todavía en shock. No sé tú, pero por ahora sólo puedo pensar en dormir un poco. Después, creo que lo mejor será sentarnos a pensar qué hacemos.

Su voz era sedante, como ungüento deslizado sobre una rodilla despellejada. En ese momento hablaba exactamente como...

"Mamá", pensó Kitty. Y se estremeció.

—Para empezar, hay que ir llamando a los parientes... los que no se hayan enterado por el diario o la televisión. —En la voz de Alex había una nota áspera y mordaz. —Conviene decirles lo del funeral.

Daphne debió de pensarlo al mismo tiempo que Kitty: todos esos tíos y primos que venían desde afuera, a reunirse para una fiesta que debía celebrarse dentro de cinco días. Oyó el gemido de su hermana mayor.

—Oh, Dios mío, ¿qué vamos a decirles?

—Puedes comenzar por decirles la verdad: que mamá asesinó a papi a sangre fría. —La voz quebradiza del otro extremo se había vuelto aguda y antipática. —Es lo que sucedió, ¿no? De nada sirve darle vueltas. Pese a lo que ustedes quieran pensar, no está loca. Lo hizo para vengarse.

—¿Vengarse de qué? —interpeló Daphne.

Kitty se apresuró a intervenir:

—No creo que éste sea buen momento para...

Alex la cortó de inmediato, exclamando:

—¡Por lo que a mí concierne, puede podrirse en la cárcel! No bastaría que la encerraran por el resto de su vida. —Respiraba con dificultad, como esforzándose por dominar sus emociones. Por fin pareció controlarse un poco. —Cuento con que ustedes dos vayan a verlo —añadió, en voz baja y contenida—. Creo que no es mucho pedir.

—Por si lo has olvidado, también era padre nuestro —le espetó Daphne, fatigada y quejosa como un niño al que se le ha pasado la hora de acostarse.

Kitty suspiró.

—Alex, ¿por qué no vienes, para que podamos discutirlo todo personalmente? —De pronto había cobrado aguda conciencia de que llevaba dos noches casi sin dormir. El agotamiento caía sobre ella como una manta gruesa y esponjosa.

—La última vez que miré el mapa —le recordó fríamente su hermana menor— había tanta distancia de mi casa a la tuya como de la tuya a la mía. Pueden venir cuando quieran. No les prometo masitas caseras, pero sé hervir agua para el té.

—No hay necesidad de enfadarse. No olvidemos que esto nos afecta a todas por igual —le recordó Kitty.

—¿Sí? —Hubo un largo silencio. Luego Alex dijo: —Bueno, aquí va una idea: mientras ustedes dos corren en círculos, tratando de rescatar a mamá, no olviden que para papi ya es demasiado tarde. Él murió. —Y se le escapó un pequeño sollozo.

Antes de que Kitty o Daphne pudieran responder, ella había cortado. "De nada sirve fingir", pensó Kitty; su mente giraba en círculos perezosos de puro cansancio. Las balas que se llevaran la vida de papá habían abierto un agujero también en la familia. Como unidad, habían logrado conservar viva una apariencia de unión, pero ¿qué sería ahora de ellas? ¿Cómo se las compondrían en las semanas venideras?

Sobre ella se abatió una ola de fatiga; se hundió en la silla que estaba contra la pared, cerca del teléfono. El salón desierto parecía una burla. ¿Quedaría algo de él cuando todo terminara? ¿Quedaría algo de ella?

Con los ojos cerrados, apoyó la cabeza contra el muro, donde el papel floreado empezaba a desprenderse por la orilla. Sólo recordó a Daphne al sentir el suave roce de unos dedos contra el pelo. Al levantar la vista se encontró con su hermana, que le sonreía. La expresión de su cara, despojada de toda defensa, desnuda e implorante, como la de un niño que no comprendiera, le penetró hasta el corazón... y al mismo tiempo le prestó un poco de esperanza.

Juntas podrían sobrellevar todo eso, pensó. De algún modo.

El resto de la semana pasó borrosamente. Primero, los amigos y parientes que insistían en venir a consolar y recibir consuelo; luego, interminables llamadas a hacer, y cada una multiplicaba la lista. "¿El primo Jack, el de Dayton? Oh, querida, tienes que recordarlo; es primo segundo por parte de madre... ¿o primo hermano? Siempre me confundo". Algunos familiares se ofrecieron a llamar en nombre de ellas. Como tía Rose, la hermana mayor de mamá, a quien localizaron en el motel de la avenida Tidewater, donde había reservado un cuarto por el fin de semana. La tía Rose Tremain había sido agente de viajes hasta el año anterior, en que un enfisema la obligó a retirarse. Aunque su respiración era un jadeo alarmante, les dijo con su habitual energía: "Yo me encargo de Bill, Susie y los chicos. Ustedes ya tienen demasiado que hacer".

Si hubiera estado presente Kitty le habría dado un beso. Pero cuando terminó de informar a todos los de su lista ya se había olvidado de tía Rose.

El día anterior, desafiando a los periodistas que acampaban frente a la casa, ella y Daphne habían ido al centro para hacer otra visita a mamá y para una segunda entrevista con el abogado. Cathcart había tratado de adelantar la audiencia de procesamiento, pero fue inútil: sería el lunes, pues el nuevo juez no podía llegar antes.

—Por el lado bueno —las había consolado—, eso no das más tiempo para orientarnos.

No necesitaba decir lo que todos sabían: que si Lydia se negaba a cambiar de actitud, no tenía sentido alegar inocencia, ni siquiera defensa propia.

Ya estaba avanzada la tarde del viernes cuando Kitty, por fin, terminó con su lista de cosas para hacer. El respiro era muy grato... pero también la asustaba un poco. Con el salón de té cerrado y Willa de licencia hasta nuevo aviso, se encontraba perdida. Ya no podía postergar el dolor que había mantenido más o menos a raya, ni evitar ciertos temas escabrosos que aún debían discutir. Mientras hervía agua para el té de la tarde, se le ocurrió que era hora de mantener una pequeña conversación con Daphne.

Preparó una bandeja y la llevó al salón, donde su hermana estaba ordenando recordatorios garabateados en trozos de papel, que cubrían la mayor parte de una mesa. Ya había comenzado a hacer algún trabajo detectivesco, interrogando delicadamente a amigos y familiares sobre lo que sabían o recordaban; luego anotaba todo lo que mereciera investigarse. Papi podía estar camino a la tumba, pero ella se encargaría de que su madre no lo acompañara.

Aun así, había algo que su hermana necesitaba saber con más urgencia.

—¿Leche o limón? —preguntó Kitty, mientras le llenaba la taza de té humeante—. No recuerdo cómo lo tomabas.

Daphne la miró con los ojos entornados.

—La última vez que necesitaste preguntar algo así fue cuando éramos chicas. Mamá estaba friendo unas truchas que papi había pescado en el lago y tú quisiste saber si yo quería la mía sola o con la cara puesta.

Kitty se las compuso para esbozar una sonrisa y ocupó la silla de enfrente.

—No sé tú, pero a mí me da no sé qué comer algo que me está mirando.

Hacía lo posible por parecer normal, fuera eso lo que fuese. En esos momentos, el concepto de "normal" era como el recuerdo borroso de un país extranjero visitado en otros tiempos. Lo único que la mantenía en pie era el humor. Un humor tan negro que a veces resultaba directamente morboso. Pero la libraba de tener que decir en voz alta lo que ella y su hermana estaban pensando: aquello que había impulsado a su madre a hacer lo que hizo, las raíces estaban en todos ellos. Imperceptibles a simple vista, quizá, pero tal vez un examen cuidadoso les permitiría ver mejor las fuerzas que las habían moldeado durante el crecimiento.

Daphne dejó caer abruptamente la cabeza entre las manos, como si esos recuerdos de infancia fueran demasiado: leves zarcillos de vapor, soltados por la tetera, flotaban a su alrededor, rizando las puntas de su denso pelo castaño. Kitty, que la miraba con simpatía, pensó: "Si nuestra familia fuera una empresa, ella sería accionista mayoritaria". Daphne era la que más había invertido en el mito de la Niñez Ideal. Lo que hacía de ella una buena escritora era, en parte, su facultad de concebir los hechos pasados, no como fueron en realidad, sino como podrían haber sido. Pero eso no la ayudaba a comprender qué había empujado a su madre más allá de todo límite. Pues la historia familiar, a diferencia de esos cuentos que mejoran con cada repetición, sólo se enmarañaba más y más.

Kitty alargó una mano para reconfortarla, pero no llegó a tocar la nuca expuesta, donde el pelo se convertía en pelusa de bebé y terminaba en un punto dulcemente atenuado. Daphne era su hermana favorita y su amiga más querida... pero a veces sentía ganas de sacudirla para que dejara de fingir que todo era maravilloso. Era preciso hacer que viera.

Pero cuando abrió la boca para decir que debían hablar de recuerdos no tan divertidos, Daphne pareció presentirlo.

—Leche —dijo, con una rapidez demasiado transparente—. Me gusta el té con leche.

Kitty suspiró.

—Espero que no se haya acabado.

La idea de salir de compras (tener que empujar su carrito por un super-mercado lleno de periodistas y curiosos) era insoportable. Esa misma tarde prepararía una lista y se haría enviar el pedido.

Camino a la cocina echó una mirada nerviosa por la ventana del frente. A través de las cortinas de encaje, bien corridas, vio el móvil de la KCBS, estacio-nado junto al cordón desde dos días atrás. No era el único. Al equipo de la televisión local se habían agregado periodistas de todo el estado. El día anterior, mientras corrían hacia la casa, ella y su hermana se habían visto asediadas desde todos lados.

Por ahora se las arreglaban para no mostrarse, pero ese grato respiro acabaría pronto. Dentro de un rato tendrían que salir para ver a su padre en la funeraria. Kitty se estremeció.

En el refrigerador quedaba leche suficiente para llenar una cremera pequeña, que le llevó a Daphne.

—Te ofrecería algo de comer, pero temo que sólo queda lo de la despensa. No creo que te apetezca un buen plato de avena caliente.

Su hermana hizo una mueca.

—No estoy tan famélica. Y de cualquier modo, no podría comer nada aunque quisiera. Con esto sobra. —Tomó una de las masitas que Kitty había desenterrado del congelador y la mordisqueó, remilgada.

Kitty se dijo que en su hermana había algo extrañamente anticuado, pese a su vestuario elegante y a su sofisticación de gran ciudad: los ojazos glaucos, que no necesitaban maquillaje, y ese aire suave, que parecía salido de otra época. La imaginó con una blusa de cuello alto, plisado, llenando la taza con una tetera de plata en vez de esa gorda jarra de cerámica.

—¿Tienes noticias de Roger? —preguntó.

A su hermana se le nubló la expresión.

—Todavía no. Dentro de un rato llamaré de nuevo a su consultorio. —Apartando la vista, dejó la masita a medio comer en el platillo. —Podríamos hacernos traer algo de comida preparada, ¿no? Tal vez por entonces se me haya despertado el apetito.

"En otras palabras, no vamos a mencionar el hecho de que tu marido no haya llamado en varios días". Pero Kitty se reservó lo que pensaba.

—Cerca de aquí hay un restaurante chino bastante bueno —dijo. Y agregó secamente: —Hasta existe la posibilidad de que no lean los diarios. Apenas hablan unas palabras en nuestro idioma.

Pero Daphne ya estaba mentalmente en otro sitio y no le prestaba atención.

—Si ésta fuera una de mis novelas, cuanto menos tendría alguna idea de dónde comenzar. Pero esto... —Extendió las manos en un gesto de desesperanza. —Es como esos cuentos que papi solía leernos, donde alguien echaba un embrujo maligno sobre cualquier transeúnte. No puedo quitarme la idea de que eso pasó con mamá, que está bajo un embrujo.

Tal vez porque Kitty llevaba cuatro días sin dormir más que unas pocas horas salteadas, tal vez porque su paciencia había sido estirada más allá de sus límites, ya no pudo disimular su exasperación y se descubrió exclamando:

—Ha de ser muy conveniente vivir tan lejos de casa. Así no tienes que quitarte los cristales color de rosa.

Daphne parpadeó, sorprendida, y se echó contra el respaldo. La polera gris oscura y los pantalones negros le daban un aspecto gazmoño, casi severo.

—¿Por qué me dices eso?

El tono dolorido de su voz dio en el blanco. Su hermana se arrepintió, pero no podía echarse atrás. Ya era demasiado tarde.

—Tú. Tus estúpidas fantasías sobre nuestra niñez perfecta. No fue perfecta, Daph. Ni por asomo. —Aspiró muy hondo. —¿Recuerdas esa composición que escribiste para la escuela, cuando estabas en quinto o sexto grado? ¿Sobre esa vez en que papi nos abandonó sin querer en la estación de servicio?

Daphne jugueteó con el mango de la cucharita, pensativa.

—Se olvidó de que estábamos en el baño —recordó, moviendo lentamente la cabeza—. Supongo que pudo haberle ocurrido a cualquiera.

—No me refería a eso. —Kitty puso los ojos en blanco, impaciente. —Mamá te hizo arrancar la composición y hacerla de nuevo. Aseguraba que las cosas no habían pasado como tú decías. Que papi no nos había olvidado, porque él nunca podría hacer algo así. Que debió pensar que nos habíamos alejado y salió a buscarnos.

A Daphne se le oscurecieron los ojos, pero seguía desconcertada.

—Pasó hace tanto tiempo... ¿Qué importancia tiene ahora?

Kitty habría querido tomarla por los hombros y sacudirla hasta que las piezas cayeran en su lugar.

—¿No te das cuenta? Ya en aquel entonces mamá estaba reescribiendo nuestro pasado. No te dejó presentar esa composición porque temía la verdad. Papi estaba pensando en otra cosa y se olvidó de nosotros. Tienes razón: eso no lo convierte en un padre horrendo: sólo imperfecto. ¿Por qué mamá no podía aceptarlo así?

—No sé.

Ella eligió las palabras con cautela:

—Tal vez tenía miedo de reconocer la verdad, por si eso la obligaba a ver otras cosas.

Daphne dejó de jugar con la cucharita para cruzar las manos en el regazo.

—¿Qué cosas? —preguntó, enormes y brillantes los ojos.

—Comencemos por el hecho de que no era exactamente fiel.

Miró fijamente a Kitty. En su cara parecía librarse un combate: una guerra entre la necesidad de saber qué había impulsado a su madre y su deseo de aferrarse a todo lo familiar y reconfortante, aunque fuera falso. Abrió la boca como si fuera a decir algo, pero debió de pensarlo mejor, pues sus dientes se cerraron con un chasquido audible.

Si Kitty hubiera podido leer en su mente, habría descubierto que su hermana no estaba tan aturdida como ella creía. Daphne también estaba recordando algo: aquella fiesta de Año Nuevo, tanto tiempo atrás. Por entonces no había encontrado sentido a la escena que presenció, pero ahora la veía en un contexto inquietante. Se cubrió la cara con las manos.

—Oh, Dios. Entonces no eran imaginaciones mías.

Su voz era un graznido apagado. A Kitty le tocaba ahora sorprenderse.

—¿Tú también?

Ella dejó caer las manos.

—En ese momento no entendí. Tenía apenas ocho años. Había una fiesta y nosotras tres estábamos jugando a las escondidas.

—Me acuerdo. Más o menos.

—Cuando me tocó a mí, me escondí en el dormitorio de mamá y papi, en el ropero. —La mirada de Daphne se perdió hacia adentro. —Estaba oscuro y olía bien... a perfume. Debo de haberme dormido, porque de pronto oí a alguien susurrando al otro lado de la puerta. No estaba del todo cerrada; aunque en la habitación no había luz, se podía ver... lo suficiente. Eran dos personas. Y no estaban sólo susurrando.

—Papi con una mujer, ¿no?

—¿Cómo lo sabes?

—Porque yo vi lo mismo. Sólo que unos diez años después, con una compañera diferente.

Kitty le habló de aquella vez en que había visto a su padre de romance con la señora Malcolm, en un coche estacionado detrás de la Logia Masónica. Ella sacudió la cabeza para despejarla; luego clavó en su hermana una mirada feroz, implacable.

—No entiendo. ¿Cómo pudiste ocultarme algo así?

Para huir de esa expresión acusadora, Kitty dio unas palmaditas a *Rommie*, que estaba echado a sus pies; su melena gris se esponjó bajo su palma, como suavísimas púas de puercoespín.

—Yo podría preguntarte lo mismo —dijo.

—Tú tenías... ¿cuánto? ¿Catorce años? —protestó Daphne—. ¡Yo era una niñita! No estaba segura de haber visto algo... o haberlo imaginado.

Su hermana se cruzó de brazos, irguiendo la espalda.

—Es lo que digo. Se nos enseñó a pensar así: cuando algo no concordaba con la rosada imagen de mamá, debía de ser nuestra imaginación.

—Conque a eso se refería mamá cuando... —Daphne se llevó el puño a la boca, rozando los dientes con los nudillos. Luego preguntó, en voz baja y ronca:
—¿Habrá sido por eso que...?

Y dejó morir la frase.

—Debe de haber hecho la vista gorda por años y años —supuso Kitty—. Tal vez algo se rompió dentro de ella. No sé. Es posible que no lo sepamos jamás.

—¿Y Alex? ¿Ella lo sabe?

—Siempre he sospechado que sabe más de lo que deja entrever.

Daphne calló por un momento; un rayo de sol, tamizado por el encaje de las cortinas, iluminaba suavemente su rostro pensativo. Por fin dijo, con dolorida conciencia:

—Conque todos esos mimos entre ellos eran puro teatro.

—Eso es lo más extraño —reflexionó Kitty en voz alta—. Creo que no. Creo que papi la amaba de verdad.

Afuera el clamor de voces parecía haberse apagado. De vez en cuando *Rommie* erguía las orejas, como si estuviera persiguiendo en sueños a los gatos que correteaban entre las patas de las mesas. Por un placentero momento, Kitty se hundió en una fantasía propia: que su vida normal estaba simplemente detenida, que en cualquier momento alguien pulsaría una tecla y todo volvería a ser como antes.

Dentro de un minuto la campanilla de la puerta comenzaría a tintinear: señal de que llegaban los clientes de la tarde a tomar el té. Sonaría la alarma del horno. Desde la cocina le llegaría la voz cantarina de Willa. Y en medio de todo eso, Heather Robbins vendría a anunciarle que ya había tomado una decisión: "Lo he pensado bien —diría—, y no conozco a nadie que pudiera criar mejor a mi be...".

Un fuerte retintín interrumpió sus ensoñaciones. El teléfono, que había sonado sin pausa durante todo el día, aunque en la última hora permaneciera extrañamente callado. Con un peso en el corazón, Kitty oyó su propia voz grabada que decía:

—Lamento no poder atender en este momento. Si es para preguntar por el funeral, será el domingo a las diez de la mañana, en la capilla Evergreen de la calle Church...

Una hora después Kitty detenía el coche en el camino circular, frente a la capilla ardiente: una afectación neoclásica, de columnas blancas, plantada como una mansión decimonónica en el corazón de estuco de la vieja Miramonte. La perspectiva la asustaba más de lo que había pensado, y no era sólo por el morboso espectáculo de su padre estirado en su ataúd, con Alex montando guardia, como un coro griego unipersonal. Dejándose llevar por un impulso, se volvió hacia Daphne.

—No me preguntes nada —pidió—, pero hay algo que necesito hacer ahora mismo. ¿Me odiarías mucho si no entrara contigo?

Su hermana la escrutó con aire solemne; luego rompió en una sonrisa indulgente.

—¿La verdad? La única vez que te odié fue en séptimo grado, cuando usaste mi brazalete de dijes sin pedirme permiso. Pensé que jamás te perdonaría por perder el perrito. Pero se me pasó. —Le apoyó una mano contra la mejilla. —¿Necesitas ayuda?

—No te preocupes por mí. —Kitty desvió la vista hacia la ventanilla del lado opuesto; un grupo de ancianas, con abrigos negros casi idénticos, subían lentamente los escalones del pórtico. —Serás tú la que se enfrente a Alex. Tal como están las cosas, no está muy contenta con nosotras.

—¿Porque no nos desgarramos la ropa ni nos echamos ceniza en la cabeza? Yo también amaba a papi... pero en este momento mi mayor preocupación es sacar a mamá de la cárcel. —Centellearon los ojos de Daphne. —Otra cosa —agregó, con desacostumbrada aspereza—. Se diría que Alex no conocía a papi en absoluto. Él hubiera detestado este lugar. —Se estremeció visiblemente. —¿Ataúd abierto? Dios mío, ¿cómo se le ocurrió?

Kitty empezaba a arrepentirse de no haberse puesto firme cuando su hermana menor insistió en ocuparse de los arreglos fúnebres... como si fuera la única a la que le interesaban. Pero en el horror y la confusión del momento, no se le había ocurrido que pudiera convertir la muerte de su padre en un espectáculo de Hollywood.

—Se las arregla lo mejor que puede, supongo. Igual que tú y yo.

Suspiró, demasiado cansada para interesarse en los motivos de su hermana menor, cualesquiera fuesen.

Sólo después de haber recorrido varios metros, cuando su hermana se redujo a una mota oscura contra las columnas blancas, en el espejo retrovisor, cedió Kitty al dolor que arremetía contra sus baluartes. "Papi... oh, Dios... había muerto, sí". Nadie iba a darle un golpecito en el codo, diciendo: "Disculpa, pero todo fue una horrible equivocación". Tampoco podría despertar y descubrir que sólo había estado soñando.

Un viejo recuerdo asomó en la superficie: su padre, un gigante rubio, levantándola muy arriba. Sosteniéndola por encima de su cabeza, desde donde ella podía mirar directamente sus ojos azules y claros, chispeantes como los lagos que se veían desde el avión, cuando iban a visitar a la abuela. Ojos en los que una podía caer. "¿Cómo está mi pelirroja favorita?", tronaba, haciéndola reír, pues todos sabían que ella era su única pelirroja. Entonces fingía forcejear para escurrirse, porque era parte del juego. Pero cuando él la bajaba abruptamente era como si en verdad hubiera estado volando... y se estrellara de repente contra la tierra.

"¿Por qué no te bastaba con nosotras, papi? ¿Por qué no te bastaba con mamá? ¿Amabas a esas mujeres... o era sólo por la emoción de la cacería?". Lo comprendió de golpe: lo que ignoraba de su padre era más que lo que sabía. Kitty empezó a temblar violentamente.

Más allá de la avenida Locust tuvo que entrar en un estacionamiento, detrás de una pizzería y un salón de belleza, donde difícilmente hubiera algún periodista acechando. Allí estuvo hasta que pudo controlarse y seguir conduciendo.

Unas quince calles más allá, tras dejar atrás la salida hacia la autopista, giró hacia la calle Bishop, donde estaba la fábrica de hongos; su denso olor a turba y fertilizante le hizo arrugar la nariz; se extendía sobre toda una hectárea, en grupos de edificios bajos. Varios serpenteos después se encontró en un barrio de casitas maltrechas y patios cercados con cadenas.

El sol se había puesto; se instalaba la penumbra, esa hora en que la mayoría de las familias se sienta a cenar. Caramba, habría debido telefonear antes. Tal vez Heather se fastidiara con ella por presentarse así, como caída del cielo... y en esos momentos Kitty no podía permitirse otra mancha en su registro.

Aun así continuó viaje; se detuvo sólo para consultar la dirección anotada en una hoja de cuaderno, con letra grande e infantil. "Así deben de sentirse los drogadictos", pensó. El corazón acelerado, todos los nervios en llamas y la seguridad de que una estaba haciendo mal, de que podía matarse... pero con demasiada desesperación como para que importara.

Mientras circulaba por la calle en penumbras, cuyos árboles formaban hondos charcos de sombra entre las farolas del alumbrado público, tan espaciadas que apenas arrojaban un débil resplandor, iba observando los buzones: inclinados como borrachos, con números tan gastados que resultaban casi ilegibles. Encontró el que buscaba cerca del final, frente a un lote vacío donde había crecido la maleza. La casa, medio oculta tras los árboles, estaba a diez o doce metros de la acera, detrás de una cerca de palos medio derruida. La única señal de que allí viviera una familia era el herrumbrado columpio instalado en el frente. Pero al mirar mejor vio que no estaba descuidada. El pequeño prado (si se lo podía llamar así) estaba bien cortado; en el camino de entrada se veía una vieja pickup amarilla cargada de leña.

Inmediatamente Kitty se sintió asaltada por las dudas. ¿Qué esperaba conseguir con esa visita? Aquella noche Heather había parecido encariñarse con ella. Hasta Sean empezaba a abrirse; le contó que trabajaba medio día podando árboles y que estaba estudiando algunos cursos en la universidad. Y en medio de todo eso, como si una piedra arrojada a su ventana hiciera trizas, no sólo la velada, sino todo, había llegado la llamada de Alex...

Sería mejor dejar las cosas así por algunos días, esperar a que hubiera pasado el impacto. Entonces Heather comprendería que no se podía hacer responsable a Kitty por los actos de su madre.

"Por entonces ya podría ser demasiado tarde", susurró una voz.

Aspiró hondo, reuniendo valor para apearse del auto. Cuando había recorrido la mitad del penumbroso camino de cemento que conducía hacia la casa, donde sus pies parecían hundirse hasta los tobillos con cada paso, una voz grave anunció desde la oscuridad:

—Ella no está.

En las largas sombras que se estiraban sobre el camino se veía la silueta de un hombre, recortada contra la camioneta amarilla. Algo en su actitud relajada, casi insolente, le pareció familiar. Vio la brasa de un cigarrillo que se movía en un arco perezoso; al refulgir por un momento iluminó las facciones de Sean, agradables, claramente definidas.

—¿Sabes cuándo regresará? —preguntó Kitty, con el corazón acelerado.

—De cualquier modo, mi hermana no quiere verla.

Sean hablaba con despreocupación, pero ella captó en su voz una nota de desprecio. Se aclaró la garganta para contestar con energía, en señal de que no se dejaba intimidar con tanta facilidad, al menos por un muchacho que podría haber sido su hermano menor.

—Comprendo lo que has de estar pensando —dijo—. Pero si me permitieras explicarte...

—No nos debe ninguna explicación —la interrumpió Sean.

La luz caía sobre el camino, proveniente de un estrecho espacio entre la cochera y el cerco que delimitaba la propiedad. Cuando el muchacho salió a ese resplandor difuso, haciendo crujir la grava con las botas, Kitty vio que estaba vestido igual que la vez anterior: de vaqueros y buzo, con las mangas recogidas por sobre los codos. Los musculosos antebrazos tenían manchas de resina que no habían salido del todo, aunque era obvio que se había duchado, pues el pelo oscuro formaba púas mojadas.

—¿Podrías dejarme pasar por un minuto, sólo para sentarme? —De pronto se sentía demasiado débil para estar de pie; tenía miedo de caer, como el árbol aserrado que había visto en la pickup de Sean.

Los ojos oscuros la escrutaron. ¿Estaría sospechando alguna triquiñuela? Pero ella debía parecer un muerto recalentado, pues al cabo de un momento él le indicó por señas que lo siguiera.

Con una mezcla de alivio y aprensión, Kitty lo siguió por un sendero de grava que terminaba en un pequeño patio trasero. Un cerco de madera bloqueaba parcialmente la vista de la carretera que pasaba directamente abajo, a lo largo de un profundo declive. Pero no había manera de disimular las luces entrecortadas de los fanales que pasaban de prisa, ni tampoco el ruido: un coro de cubiertas contra el pavimento, que subía y bajaba con el balar lejano de las bocinas y el chirriar de los frenos.

A la derecha se levantaba una construcción separada, que ella tomó en un principio por un galpón para herramientas. Pero cuando él se encaminó hacia allí Kitty cayó en la cuenta de que debía ser su dormitorio. "Por supuesto", pensó. Ya no era un chico, después de todo; si seguía viviendo en la casa paterna debía de ser por el bien de Heather y de su padre.

—El propietario anterior era medio artista. Aquí tenía su estudio —le informó, torciendo hacia arriba una comisura de la boca, como celebrando con una pequeña sonrisa la ironía de que pudiera surgir algo creativo de suelo tan yermo—. No tiene cocina, pero hay agua corriente y un retrete.

De un trozo de leña vieja clavada a la puerta pendía un cordón raído, con campanillas tibetanas de bronce. Cuando Kitty entró con Sean, su tintineo la alegró sin motivos evidentes.

La habitación estaba asombrosamente ordenada. Su mirada cayó sobre un colchón de dos plazas, pulcramente cubierto con una gastada tela de madrás; un filodendro que asomaba desde un banquillo salpicado de pintura, prendas dobladas y libros en edición rústica, muy hojeados, en los estantes caseros que se alineaban contra una pared.

Al levantar la vista quedó inmediatamente cautivada: en el centro del techo, un tragaluz ofrecía una transparente rebanada de luna en la celeste bandeja de terciopelo. Sean siguió la dirección de su mirada y asintió con la cabeza, como si compartiera su admiración:

—Duermo bajo las estrellas. Y no necesito despertador. Eso casi compensa todo el resto.

Kitty volvió a cobrar conciencia de los leves ruidos del tránsito: una sucesión de graves *jump...*, como fuertes golpes de viento que castigaran el costado de un edificio, seguidos por el zumbido de los coches que se acercaban y se perdían a la distancia. El fulgor de los faros delanteros cañoneaba la ventana, recortando la cortina veneciana en un destello amarillo que arrojaba sobre la cama una escalerilla de sombras ondulantes.

Pero nada de eso importaba. Para Kitty, que contemplaba el titilar de las estrellas, como luces de algún porche en una remota galaxia, el mundo parecía haberse reducido a esa única habitación. Sintió que se mareaba; bajo sus pies, el suelo empezó a mecerse, como si estuviera en la cubierta de un barco que se deslizara poco a poco hacia el mar.

Sólo tuvo conciencia de lo que estaba sucediendo cuando el cuarto se inclinó abruptamente hacia un costado, arrojándola sin ceremonias al colchón que tenía a sus pies. Cayó hacia atrás, despatarrada, golpeándose la muñeca contra la pata de una mesa. Gritó, pero su queja pareció brotar de detrás de una puerta cerrada, en algún corredor distante. El nítido borde de una mesa se borroneó, casi fuera de foco; le llenaban la cabeza el zumbar agudo y leve de mil motas grises que revoloteaban en su campo visual.

Entonces apareció la cara preocupada de Sean. Estaba en cuclillas a su lado, con los codos apoyados en las rodillas y los ojos brunos fijos en ella, con una intensidad que era como un cable tenso; parecía ser lo único que la mantenía anclada.

—Oye, ¿estás bien?

—No sé. Estaba bien, pero de pronto... —Kitty cerró los ojos para resistir otra embestida del mareo.

—¿Desde cuándo no comes?

—¿Francamente? No me acuerdo.

Sean se levantó, con un leve chasquido de rótulas, y se acercó a un pequeño refrigerador instalado en un rincón. Sacó de él una lata de gaseosa y se la llevó.

—Toma, bebe esto. —Sonreía con el aire de quien conoce bien los efectos de pasar demasiado tiempo sin comer. —Te repondrás en un minuto, créeme.

Sin saber por qué, Kitty le creyó. Se puso de costado, con la cabeza empinada sobre un codo, y bebió un largo trago. La Coca-Cola no le gustaba mucho, pero ésa le supo a ambrosía. Se le ocurrió que, además de estar famélica, probablemente se había deshidratado. Imaginó cómo la vería Sean: si no sabía cuidar de sí misma, ¿cómo iba a cuidar de un bebé?

—Tienes razón. Hice mal en venir —gimió

—Deja de disculparte. —Sean hablaba en tono gruñón, pero no parecía fastidiado. —Lo que haya sucedido no es culpa tuya.

—Mi padre ha muerto. Mi madre está detenida. Pero nada de todo eso es culpa mía. —Ante lo demencial de la situación, Kitty rompió en débiles risitas.

Sean se dejó caer en el colchón frente a ella, con las piernas cruzadas, y le estudió la cara en la medialuz; esos fieros ojos oscuros parecían esconder más de lo que revelaban.

—Mira, sé que el otro día me porté como un imbécil. —Parecía incómodo, como si no estuviera habituado a pedir perdón. —La verdad es que no tengo nada contra ti. Eres una buena persona y no dudo de que serías buena madre. Pero en esta casa ya tenemos demasiados problemas. Lo último que necesitamos es uno más. Y perdóname por decirlo, pero en estos momentos tu familia está metida en un buen berenjenal.

No hablaba así por insensibilidad, se dijo Kitty, sino por ser franco y directo. Obviamente, en su vida no cabía la autocompasión, propia o ajena. Ella adivinó que Sean había cargado con la responsabilidad de manejar la casa y cuidar a su hermana mucho antes de que su padre quedara inválido. "Es un alma vieja", pensó.

Se le estaba despejando la cabeza; la habitación dejó de mecerse. Kitty logró esbozar una vaga sonrisa.

—Estaba recordando que, cuando tenía tu edad, creía saber qué eran los problemas, pero en realidad no sabía un cuerno.

Él resopló con aire burlón.

—Hablas como si tuvieras cien años. Y no has de ser mucho mayor que yo.

—Supongo que no. —Ella le sostuvo la mirada, dura y enervante. —A propósito, ¿cuántos años tienes?

—Cumplo veinticinco el mes próximo.

La atravesó una oleada de intranquilidad. ¿Por qué analizaban la diferencia de edades? Un lento calor empezaba a circularle por los miembros, fríos de hambre y agotamiento. "Tiene importancia, por el modo en que me está observando", pensó. Era una mirada franca y especulativa, que erizaba la piel a su paso.

—No vine para tratar de persuadir a nadie —barbotó, ansiosa por cambiar de tema—. Sólo esperaba... —Dejó la frase sin terminar.

—Esperabas que Heather fuera tolerante y no pensara mal de ti por lo que sucedió. Y ya que mencionamos el tema, lamento mucho lo de tu papá. Caramba, no quiero imaginar lo que has de estar pasando —se solidarizó—. Pero debes comprender el punto de vista de mi hermana. Es muy chica para la carga que lleva; un poco más y se derrumbará.

Kitty dejó su gaseosa a un lado para tenderse de espaldas. Las lágrimas le rodaron por las sienes hasta el pelo.

—Lo sé. No la culpo. En su lugar, probablemente pensaría lo mismo —reconoció, angustiada.

Cuando Sean estiró una mano para acariciarle la cabellera, Kitty no tuvo conciencia de estar cruzando un límite. Allí, en esa habitación, con ese hombre, no parecía existir la frontera normal entre pensamiento y acción. Cada momento parecía fluir hacia el siguiente sin solución de continuidad, de modo tal que ella no supo exactamente cuándo fue que Sean se acostó a su lado y la atrajo hacia sí. Parecía la cosa más natural del mundo.

Cerró los ojos, saboreando el sentirlo en toda su longitud apretado a ella, y su aroma: aserrín, jabón y algún almizcle secreto, que era exclusivamente suyo. Su abrazo era asombrosamente suave; su cara, tibia contra la de ella. Kitty sintió el estremecimiento de los músculos tensos, en tanto deslizaba la punta de los dedos por su mejilla.

Gimió suavemente ante la cálida impresión de su boca contra la de ella. Nada parecía real; sin embargo, las sensaciones superaban todo lo que ella hubiera experimentado hasta entonces, aún en sueños. Ricos, intensos, cada contacto, cada beso profundizado, no tan imaginados como magnificados.

Kitty se sentía como si hubiera estado perdida en el mar, braceando en el agua por días enteros, y él fuera el primer objeto sólido al que podía aferrarse. Bajó la cabeza para rozarle el cuello con los labios y le deslizó las palmas bajo el buzo, hambrienta de su calor, de su dulce solidez. Sean acarició a su vez la curva de su cintura. Ella vestía suéter y pantalones, pero su contacto le quemó la piel como si estuviera desnuda.

Sin protesta alguna, permitió que él le sacara el suéter por la cabeza.

En la creciente oscuridad sólo veía el contorno de su cabeza, con el pelo erizado. Luego, otro destello iluminó la ventana, tornándolo súbitamente visible. Kitty nunca había visto ojos tan negros. Era como si una pudiera caer en ellos y no tocar fondo jamás.

Con un gruñido, Sean la sujetó por la nuca y bajó la boca hacia la de ella, esta vez con violencia. No fue sólo un beso, sino una fuerza de la naturaleza: pareció sujetarla por los tobillos y volverla por el envés. Ella sintió que algo se desprendía en su interior, seguido por un torrente ardoroso y fiero.

"Esto está mal... muy mal..."

La voz de la razón... pero se negó a escucharla. En el fondo sabía que no era buen momento para involucrarse con nadie, mucho menos con el hermano de la chica cuyo bebé esperaba adoptar. Pero de ella se había adueñado una especie de temeridad. Como si hubiera subido a uno de esos coches que oía pasar a toda velocidad y no pudiera detenerse.

Sólo estaba consciente de Sean y de las estrellas que titilaban allí arriba. Un momento después él se incorporó para quitarse el buzo, con el aire desenvuelto de alguien demasiado joven y hermoso para avergonzarse de su desnudez. La vida al aire libre lo había vuelto recio, como los árboles a los que trepaba para ganarse la vida; en el torso y en los brazos, sus músculos magros y bronceados por el sol no eran de atleta, sino de trabajador.

Ella le desabrochó el cinturón. La hebilla centelleó a la luz que correteaba por las paredes y el techo. Kitty cerró la mano sobre ella, disfrutando su frescura contra la palma caliente. Cuando hundió la mano en los vaqueros para sujetarlo de la misma forma, él dejó escapar una queja grave. Oh, Dios, había olvidado la capacidad de un hombre de veinticinco años. Que pudiera estar tan dispuesto.

Cuando la poseyó, minutos después, Kitty tuvo que hundirle las manos en el pelo, aferrándose a él para no caer de la tierra que giraba lenta, perezosamente bajo su cuerpo. No quería perderse del todo. Quería experimentar cada uno de esos deliciosos bocados. Porque en ese momento el calor de los dos cuerpos en unión era, en ese universo descabellado y escurridizo, lo único que tenía una lógica perfecta e irrefutable.

Capítulo 6

El ataúd era holgadamente el más costoso: madera de castaño macizo, con ornamentos de bronce satinado. Sin embargo, por una vez a Alex no le interesaba causar buena impresión. Tampoco le importaba un comino que sus hermanas pudieran objetar ese gasto. Lo había escogido por la simple razón de que le recordaba a un poema.

> *Bajo el ancho castaño,*
> *erguido herrero de la aldea...*

Años atrás lo había memorizado para la escuela; aunque sus compañeros tropezaban con esas palabras y frases plenas, ella lo había recorrido sin dificultad. No porque fuera mucho más inteligente que el resto, sino porque el poema apelaba a su imaginación. Para ella era su padre el que se erguía bajo el castaño, alto y noble. Papi, ante la forja flamígera de la vida...

> *Así forjaba en el sonoro yunque*
> *cada quemante acto, cada idea...*

Con lágrimas en los ojos, contemplaba a su padre, tendido en el ataúd a tres metros de distancia; ya no era poderoso: tan sólo un anciano más, puesto a descansar. Su perfil relumbraba con una cerúlea luminiscencia propia a la luz tenue de la capilla; los labios austeros, la nariz romana, le brindaban un exagerado aire de desaprobación.

Daphne también parecía percibirlo. Desde la vecina silla de pana, buscó a tientas la mano de Alex y la estrechó con fuerza. Su hermana respondió con un rápido apretón antes de liberarse. "En verdad papi solía ser intimidante", pensó. Pero también había sido encantador e ingenioso; su pasión por la vida atraía a la gente como a las polillas una llama intensa. Y lo mejor era que la había hecho sentir a salvo.

Un viejo recuerdo afloró a la superficie. Estaba en la ensenada, con sus padres y sus hermanas, vadeando en el oleaje; llegó hasta donde podía ver la parte alta de su casa: un deslumbramiento de aleros blancos y ripias bañadas por el sol, que espiaba por sobre el acantilado como una frente gigantesca. Tendría por entonces cuatro o cinco años; apenas se le permitía adentrarse hasta donde el agua le llegara a las rodillas. Pero no debía de estar prestando atención, pues de súbito la derribó una ola enorme. Cuando menos, había parecido enorme para esa niñita que aún no sabía nadar.

Fue la primera lección de pánico que recibió Alex. Aún hoy recordaba el terror indefenso que había experimentado al encontrarse bajo la superficie, arrojada de un lado a otro como una muñeca de trapo, con los ojos y la nariz llenos de arena y agua marina. Sintió que su hombro raspaba el fondo arenoso y que su traje de baño se inflaba a la altura del vientre.

Empezó a sofocarse. Cuando ya tenía la certeza de morir ahogada, un par de brazos fuertes la sujetaron y la alzaron en vilo. El agua fría se escurrió, reemplazada por un calor sólido y repentino: su padre.

—Papi, mi papi —sollozó, aferrándose a él. El agua no parecía haber sido muy profunda, pues sentía los pasos mesurados de su padre contra el fondo de arena, trepando por él hasta alojarse en su cuerpecito estremecido.

—Ya pasó, aquí está papi —la calmó su voz profunda—. Jamás permitiré que te suceda nada malo.

Muchos años después, Alex se estremeció en la sala sin ventanas, de temperatura graduada, en que yacía el cadáver de su padre; fue como sentir otra vez el traje de baño empapado en vez del traje de punto negro, de tan buen corte, que había elegido para la ocasión.

Para su padre había escogido el traje gris cruzado y la corbata de Yale. Lo había encontrado en el dormitorio matrimonial, colgado de la puerta del ropero, todavía con su funda de plástico, junto al esmoquin que pensaba usar en la fiesta. Se preguntó si él habría recordado pasar por la tintorería o si su madre habría creído conveniente ocuparse de sus deberes de esposa, antes de tomar un revólver para matarlo.

Alex tragó saliva, pero el nudo que tenía en la garganta no cedió. Llevaba dos días alojado allí. Ella no había podido comer; apenas conseguía tragar. Se preguntó vagamente si estaría por caer con algo: una angina o algo peor.

Giró lentamente hacia su hermana. Daphne ni siquiera estaba mirando a papi: mantenía la vista clavada en su regazo. Como si no tuviera el ataúd a dos metros de allí. Como si fuera apenas uno de esos conocidos que miden el tiempo, esperando a que pase un intervalo decente antes de escapar. Alex la vio frotarse distraídamente la mejilla, pero no para secarse una lágrima: sólo se limpiaba una mancha de lápiz labial, sin duda dejada por alguien que se había detenido a contemplar el cadáver y presentar sus respetos.

La furia se alzó en ella como la ráfaga caliente y seca de una caldera: ¿cómo era posible que Daphne se estuviera así, con los ojos secos? Como si papi hubiera sido apenas un pariente lejano, un viejo amigo de la familia a quien ella no había visto en varios años. Como si él no la hubiera criado y alimentado, como si no le hubiera pagado los estudios universitarios.

Si tampoco le importaba, ¿por qué no se había quedado en casa con Kitty? Así las dos habrían podido sentarse a conspirar para que mamá pudiera zafar del anzuelo. Las ruedas ya se estaban moviendo y ella lo sabía. Cuando su hermana levantó la cabeza, Alex observó en ella una expresión calculadora que nunca antes le había visto. Era como si se estuviera preguntando si papi podía haberse buscado aquello.

¿Habría otros que pensaban igual? Recorrió la sala con una mirada de pánico, observando a los familiares y amigos que habían estado entrando y saliendo durante toda la tarde. Vio a tía Rose en la última fila: una versión más anciana y valiente de su madre; se mantenía bien erguida en la silla, pese a la reciente pérdida de peso que la había dejado casi en piel y huesos. Frente a ella estaban tía June y tío Dave, que habían venido desde Del Mar en su Winnebago. Y tía-abuela Edith, de Maine, acompañada por su hijo Cameron; todo el mundo sabía que él era gay; todo el mundo menos su madre, que insistía en calificarlo de "solterón recalcitrante".

Todos tenían la expresión vidriosa de quien no comprende; parecían sobrevivientes de algún avión estrellado. Alex se preguntó cuántas veces, al encontrar caras así en el informativo de la noche, había tanteado en busca del control remoto.

Si al menos hubiera podido ahora hacer lo mismo... Operar un botón que borrara los últimos cuatro días. Así no estaría sentada en esa silla, contemplando con pasmada incredulidad el cadáver de su padre. Y al día siguiente, en vez de asistir a su funeral, bailaría con él en el club. Deslizándose sobre tacos altos por la pista, tal como él le había enseñado cuando era pequeña y se mantenía en equilibrio sobre los pies de papá, descalza.

Alex parpadeó para retener las lágrimas que amenazaban con derramarse. La estaba invadiendo un temor egoísta: ¿cómo haría ella misma para sobrevivir? Los escándalos sirven para vender diarios, pero en el negocio de bienes raíces es como el beso de la muerte. Ahí estaba, como ejemplo, la finca de los Brewster: un año en venta sin que nadie tuviera pizca de interés. La mancha del suicidio asustaba a los compradores serios. Y esto... bueno, no imaginaba siquiera cómo afectaría sus comisiones. Ya no era cuestión de no poder pagar sus impuestos: podría darse por muy conforme si no tenía que sumarse a la fila de los que vivían de un subsidio.

Y allí estaba Daphne, con su esposo médico y rico, con su bonito apartamento de azotea en Manhattan. Daphne, que podía darse el lujo de quedarse en casa, criando a sus hijos y escribiendo sus preciosas novelitas, sin nada que ver con la vida real. En cuanto acabara esa ordalía, ella volvería a Nueva York, bien lejos de ese nido de avispas, lleno de chismes e insinuaciones, con el que ella tendría que vérselas.

Un miedo sordo se le asentó en las entrañas, como si hubiera tragado una cucharada de algo helado. Se alegró de estar en la primera fila; así nadie podría verle la cara. Sin duda tenía el pánico grabado allí, y a la gente no habría dejado de llamarle la atención. También podía extrañarse de ver a Daphne con los ojos secos y la expresión cuidadosamente velada.

—¿Necesitas pañuelos de papel? Traje muchos —susurró a su hermana, con intención, tocándose los ojos desbordantes.

Daphne volvió hacia ella una mirada serena y evaluadora.

—No, gracias. Estoy bien. —Por lo bajo le susurró, con la misma intención: —No te preocupes; en el entierro no voy a hacerte pasar vergüenza.

—Cuando menos podrías fingir que estás mal.

—¿De dónde sacas que no es así? No eres la única que perdió a su padre. El hecho de que estuvieras más ligada a él que Kitty o yo no te da la exclusividad. —Daphne mantenía la voz baja, pero cada una de sus palabras estaba impregnada de indignación. —Y otra cosa: me parece horrible la manera en que estás tratando a mamá.

Alex echó una mirada de pánico por sobre el hombro.

—Por Dios, mujer —siseó—. Te pueden oír.

—Bueno. Que me oigan.

La fulminaba con un desafío que ella no le conocía... y del que, hasta ese momento, no la habría creído capaz. Ahora comprendía lo que ocultaba esa expresión velada de Daphne: su hermana estaba furiosa con ella.

"Igual que cuando éramos chicas —pensó— Daphne y Kitty contra el mundo, y yo siempre afuera". ¿Y dónde cuernos estaba Kitty, al fin y al cabo? Con mamá, probablemente, o con ese gato gordo que había contratado para defenderla. Cuando habría debido estar allí, con papi.

En la perfumada quietud, con sus voces susurrantes y el murmullo quedo del aire en los ventiletes ocultos, Alex sintió ganas de gritar.

Luego arriesgó otro vistazo al ataúd y se le frunció la cara. Gimió por lo bajo:

—Dios mío, dime que no es verdad. Por favor, dime que no es mi padre el que yace allí...

Se interrumpió, escondiendo la cara entre las manos. Sintió que Daphne se inclinaba para deslizarle un brazo consolador sobre los hombros. Al levantar la vista vio que en los ojos de su hermana también había un brillo de lágrimas.

—Lo sé —susurró la mayor, con voz trémula—. A mí tampoco me parece verdad.

Impulsivamente, Alex se descubrió revelándole:

—Esa noche, en la casa... —El nudo de su garganta empezó a palpitar. —...estuve a punto de desmayarme en medio del prado.

Lo que no dijo, lo que sólo sabía el oficial que lo presenciara, era que en realidad se había desmayado por un minuto, poco más o menos. Lo suficiente para provocar un torrente de bochorno al recordarse reaccionando en el césped, con la falda empapada y rogando que eso fuera agua del riego reciente.

Daphne cerró los ojos.

—En el avión me la pasé pensando que al llegar me enteraría de que todo había sido una horrible equivocación.

Antes de que Alex pudiera responder, vio por el rabillo del ojo que alguien se acercaba a ellas. Leanne. Estaba pálida y ojerosa, con los ojos enrojecidos, como si hubiera estado llorando. Varios metros más atrás venía su madre.

Beryl Chapman, ruina demacrada de la hermosa mujer que fuera, estaba vestida de negro de pies a cabeza, como si la doliente viuda fuera ella. Sólo que no se la veía exactamente afligida. Aunque escondía los ojos tras un par de enormes anteojos oscuros, el frío desprecio de su cara no podía pasar desapercibido.

Alex la vio ocupar una silla, varias filas por detrás de ella. Esa mujer había tenido algo que ver con el asesinato de su padre, a no dudarlo. Quizá no hubiera participado directamente, pero eso no la hacía menos culpable. En alguna pelea con mamá, Beryl había destapado la olla de sus relaciones con papi. Tal vez sabía también de las mujeres que la habían sucedido. Sí, tenía sentido. Su madre no habría perdido la chaveta por enterarse de una aventura mantenida treinta y tantos años atrás, pero descubrir que Beryl no había sido la única, eso era otro cantar.

"Qué coraje el de esa mujer, presentarse aquí —rabió Alex—. No sé por qué no me levanto y voy a..."

—Alex.

Dio un respingo. Al girar se encontró con Leanne, que estaba ocupando la silla vecina, a su derecha. Desde cerca su amiga parecía aún más desdichada. Tenía los ojos enrojecidos, la zona circundante irritada y tumefacta, la nariz despellejada por el pañuelo. Vestía una falda de loneta con una simple blusa blanca; su único adorno era un diminuto crucifijo de oro, que le colgaba del cuello con una cadena. Al abrazarla pensó en un perro perdido, tembloroso y medio muerto de hambre.

—Oh, Alex, desde que llamaste no he podido dejar de llorar.

Olía al perfume de Calvin Klein que ella le había regalado en Navidad. Leanne, que no podía comprar lo indispensable para sí misma, mucho menos gastar en otros, le había tejido a ganchillo una carpeta para la mesa. Ahora, en ese ambiente donde reinaba la muerte y siempre había que usar pulóver, Alex sintió una oleada de calor. Su amiga la amaba más que sus hermanas. Y había amado también a papi. Pero las lágrimas que en ese momento le corrían por las mejillas eran exclusivamente por ella, sin duda.

—Gracias por venir. —Le secó las mejillas con el bollo de papel que tenía en el puño. —Papi se habría alegrado de tenerte aquí.

Leanne desvió la vista, apartándose. De pronto parecía incómoda. "No quiere meter la pata", pensó Alex. Cuando niña había adorado a papi. A veces parecía que era por él que los visitaba tanto. No obstante, por mucho que adorara a papi, por más que hubiera deseado secretamente tenerlo por padre, era obvio que no pensaba sobrepasar su papel de simple amiga de la familia.

Alex nunca la había querido tanto como en ese momento.

—Me habría gustado venir antes, pero Tyler estaba muy alterado —se disculpó su amiga—. Para dejarlo tuve que esperar a que Beth les diera de comer a las suyas. Y después, mientras veníamos, mamá tuvo que detenerse a comprar cigarrillos, por supuesto. —Arrugó el entrecejo, disgustada.

Alex echó un vistazo a Beryl por sobre el hombro, esforzándose por disimular su enojo. Por el bien de Leanne, por el de su padre, debía mantener la paz. Aunque para eso tuviera que morderse la lengua hasta partirla en dos.

Desde su asiento, con el cuello rígido y estremecida por la indignación, se descubrió recordando una época en que no disimulaba tan bien. En verdad, la madre de Leanne no le había gustado nunca. Cuando niña tenía la impresión de que Beryl no se preocupaba por el tiempo que Leanne pasaba con ellos. Tenía a Beth, su favorita, y a las amigas que iban martes por medio para jugar al *mah-jong*. Además tenía su carrera: ex esposa profesional. Leanne solía decir, bromeando, que su madre preferiría matar a un hombre antes que casarse con él y renunciar a su pensión por alimentos.

El chiste ya no parecía divertido.

Pero un día, cuando ambas tenían catorce años, la larga luna de miel de Leanne llegó a su abrupto fin. Habían estado jugando a las cartas en el cuarto de Alex: a la escoba de quince y al siete y medio. Acababan de probarse vestidos para el baile de padres e hijas, que sería el próximo viernes por la noche, y habían dejado la cama cubierta de ropa. Leanne estaba entusiasmada, pues ella también iría a la fiesta. Un ratito antes había llamado a su mamá para decirle que estaba invitada por el doctor Seagrave en persona, quien se ofrecía a ser el acompañante de ambas. Beryl no respondió; sólo dijo que iría a buscarla y que lo discutirían camino a casa.

Ni su hija ni Alex sospecharon que pudiera haberse alterado. Beryl no era de las que gritan. Probablemente por eso había sido amiga de mamá durante tantos años. Sólo supieron que algo andaba mal cuando la puerta de la habitación se abrió de par en par y Beryl entró como un vendaval.

Tenía los ojos tan oscuros que Alex no pudo verle las pupilas. Sus labios eran un tajo bermellón en la cara pálida y angulosa. Las niñas sabían qué color de lápiz labial usaba, pues se lo habían probado en ausencia de Beryl; en ese momento Alex pensó que el nombre era muy adecuado: Rojo Selva. Porque la madre de Leanne parecía exactamente una bestia selvática a punto de saltar.

Y eso fue lo que hizo, exactamente: saltar contra su hija con las garras desenvainadas. Asiendo a Leanne por un brazo, la arrancó de la cama.

—Mocosa del diablo, ¿cómo te atreves? ¿No basta con que te pases el día entero aquí? ¡Y ahora esto! ¡Cualquiera diría que no tienes familia! ¡Bien que le gustaría a tu padre llevarte a ese baile!

En sus pómulos, altos y curvos, se destacaban dos banderas de color intenso. Leanne había tardado un momento en recobrar el habla; estaba pálida como el cubrecama de algodón crudo, que aún tenía la marca acurrucada de su cuerpo. Por un largo instante clavó en su madre los ojos centelleantes de lágrimas contenidas. Luego chilló algo que Alex no olvidaría jamás.

—¡Ojalá viviera aquí! ¡Ojalá no fuera hija tuya! Cuando menos, papi tiene una excusa para ignorarme: está a cinco mil kilómetros de aquí.

Entonces Alex recuperó el uso de su propia lengua y se levantó de un salto, gritando:

—¡Déjela en paz! ¡Haga el favor, déjela en paz!

Beryl le echó una mirada larga, llena de odio. Luego sujetó a su hija por el brazo y salió en silencio.

En adelante Leanne dejó de visitarlos con tanta frecuencia; ya no volvió a pasar la noche con ella ni a acompañarlos en los viajes familiares. No volvieron a hablar del incidente. Alex tampoco lo mencionó a sus padres. ¿Con qué objeto? Papi habría pensado que era sólo un resurgimiento del viejo rencor hacia él. Y mamá habría defendido a Beryl, diciendo que tenía todo el derecho a ponerse nerviosa y que ellos habrían hecho mal en no recordar que la chica tenía padre.

Mientras contemplaba el ataúd iluminado, Alex pensó: "Quién es la que no tiene padre, ahora". Y la ironía le retorció algo adentro.

Leanne, como si le leyera el pensamiento, le estrechó abruptamente la mano, con tanta fuerza que la pellizcó con su anillo de bodas. ¿Por qué seguiría usándolo? Hacía casi cinco años que el tunante del marido había abandonado la ciudad con los ahorros de ambos, dejándola embarazada y sin un centavo.

—Era un hombre maravilloso. —La voz de Leanne era un susurro entrecortado.

Alex tardó uno o dos segundos en comprender que no se refería a Chip, sino a papi. Asintió con la cabeza, demasiado acongojada como para responder. Daphne eligió ese momento para inclinarse hacia Leanne y saludarla con un ligero beso en la mejilla.

—Has sido muy amable al venir —murmuró.

Alex se preguntó si era su imaginación o si en verdad había visto un destello de resentimiento en los ojos de su amiga, cuando murmuró:

—Te acompaño en el sentimiento. Si puedo ayudarte en algo, no dejes de decírmelo.

Antes de que Daphne pudiera responder con alguna frase igualmente cortés, un movimiento repentino las distrajo a las tres. Alex levantó la vista justo a tiempo para ver que Beryl Chapman caminaba hacia el frente de la capilla, con la cabeza erguida; la luz se reflejaba en sus anteojos oscuros formando puntas agudas, como puñales diminutos. Alex se puso furiosa, pero no podía hacer nada por detenerla. Siguió sentada allí, rígida, mientras Beryl se detenía bruscamente ante el ataúd.

Por el rabillo del ojo vio que Leanne estaba igualmente horrorizada. No, no era sólo horror. De algún modo parecía responsable. Como si hubiera traído una víbora domesticada que se había escapado y podía morder a alguien.

Alex intercambió una mirada con Daphne. Su hermana parecía sobresaltada; la mejor amiga de su madre, la mujer con quien mamá almorzaba, salía de compras y chismorreaba por teléfono, parecía haberse transformado en una horrenda desconocida.

Una exclamación grave, gutural, volvió a concentrar la atención de las tres en el ataúd. Beryl, espectral con sus anteojos oscuros y su vestido negro, miraba fijamente a papi como en una especie de trance. Tenía las manos huesudas apretadas a los costados; sus largas uñas escarlatas parecían zarpas enrojecidas por la sangre. Su boca se torció en una mueca horrible, que erizó el pelo a Alex.

Con suavidad, como para que sólo oyeran Alex, Daphne y Leanne, siseó:

—Maldito hijo de puta. Vas a pagar en el infierno lo que hiciste.

No hablaron del tema hasta el momento de salir. Cuando el último de los visitantes se alejaba hacia la salida, Leanne se inclinó hacia ellas para preguntar:

—¿Les molestaría llevarme hasta casa?

Su voz sonaba grave, alterada por alguna emoción que Alex no pudo identificar. ¿Enojo contra su madre, vergüenza? Pronto lo descubriría.

—No es molestia —dijo.

Leanne se acercó a su madre, que estaba de pie junto al pedestal de caoba con el libro de visitantes, encuadernado en cuero marrón, que Alex había elegido para que firmaran parientes y amigos. El diálogo fue breve, pero ella observó que Beryl ponía cara de disgusto y desaprobación. Dijo algo a su hija, con un cabezazo afirmativo; luego giró en redondo para salir a paso rígido.

Fue Daphne quien sugirió tomar un café en el Paseo del Río, a cuatro calles de la casa de Kitty. Para sorpresa de Alex, Leanne aceptó de inmediato.

—Caramba, me siento tan mal por lo que sucedió allá... —confesó rato después a las dos hermanas, en la intimidad de un apartado. Se había sentado frente a ellas, con un grueso jarrito de café entre las palmas ahuecadas. —Mi madre... —Tomó un sobrecito de edulcorante. —Eh... no está... no es la de siempre, desde que recibió la noticia. Esto la ha afectado mucho.

Alex miró a su hermana con desasosiego. La cara de Daphne tenía la expresión sobrealerta de quien sintoniza todas las frecuencias; alguien con una misión, para quien la verdad podría ser secundaria o no. Quería que su madre fuera exonerada y por conseguirlo llegaría a cualquier extremo. "Sería capaz de desenterrar cosas sucias de papi", pensó ella, con creciente aprensión.

—Sin embargo no parecían quererse mucho —comentó Daphne, fríamente.

Su elegante vestido verde selva quedaba fuera de lugar en esa cabina de aglomerado y revestimiento vinílico. Apenas la mitad de las mesas estaban ocupadas; eran las seis de la tarde en un viernes de abril, noche de bingo en San Ignacio y certamen anual de bolos en Bowl-A-Rama. Y la gente que pasaba el fin de semana afuera ya estaría en la marina, por supuesto, cenando en Crow's Nest o en Hernando's Hideaway.

En el club de Pasoverde Estates estarían preparando el menú para ese fin de semana; Alex se preguntó si incluiría las ochenta porciones de costillas y langosta a la Newburg que ellos habían encargado para el banquete cancelado.

La idea le provocó algo de náuseas.

Leanne jugueteaba con el rosado sobre de edulcorante; ella notó que sus mejillas pálidas se habían coloreado.

—En realidad estaba pensando en Lydia —dijo—. Lo que le sucedió. Mamá se siente culpable, en cierto modo.

Alex se contuvo para no gritar: "¡Y con mucha razón, carajo! ¡Prácticamente le puso el revólver en la mano!". Se limitó a decir:

—¿Qué nos estás ocultando, Leanne?

Su amiga elevó hacia ella unos ojos tan atormentados que, por instinto, sintió deseos de retirar la pregunta. De pronto adivinó la respuesta. Y no quería oírla. No quería saber por qué Leanne le había mentido, días antes. El mismo día en que su padre...

Tragó saliva con dificultad, esperando. Su compañera se llevó la taza a la boca, con manos no muy firmes. Luego dijo:

—Lo siento, Alex. Debería habértelo dicho el otro día, en mi casa. Yo sabía por qué mi madre no estaba invitada a la fiesta. Pero había tenido un día tan miserable... No tuve ánimos para hablar de eso.

—¿Tu madre estaba distanciada de mamá? Es la primera noticia que tengo —intervino Daphne, frunciendo las cejas.

—Mamá me dijo que ya no soportaba ver el modo en que él la trataba. Cuarenta años tragándose sus mentiras, dijo. Hace algunas semanas... supongo que se fue de boca.

Una oleada de calor atravesó a Alex, seguida por un frío intenso y entumecedor.

—Tú sabías. Lo de papá y sus...

—Aventuras —colaboró Daphne, fijando los claros ojos verdes en su hermana. Ésta hizo una pequeña mueca, comprendiendo que no era tan inocente como parecía. —Creo que yo fui la última en enterarme. Lo descubrí hace apenas un par de días. Me lo dijo Kitty.

Algo oscuro centelleó en sus ojos, como si no estuviera diciendo todo lo que sabía o pensaba. Luego se inclinó hacia delante para preguntar, en voz baja y tensa:

—¿Lo sabe toda la ciudad, Dios mío?

Leanne se encogió de hombros.

—He oído algunos rumores, aquí y allá. A la gente le gustan los chismes. Yo no le daría demasiada importancia.

—¿Desde cuándo lo sabes tú? —interpeló Alex a su amiga.

—Mamá me contó lo que hubo entre ella y Vern. Una noche en que había bebido demasiado. Creo que fue hace un par de años. Pero me quedé con la impresión de que no había sido nada importante. Cosas que pasan, solamente.

—¿Qué? —Alex se echó hacia atrás, estupefacta. —¡Pero si fue por eso que tus padres se divorciaron!

Leanne frunció el entrecejo, fastidiada, y apartó su café.

—Por esa época yo era bastante pequeña, pero más adelante aprendí que ese tipo de cosas nunca es tan definitivo. Mamá debe de haber sido bastante desdichada, para haber engañado a mi padre. Él no es el más cálido de los hombres.

—Veamos si he entendido bien —interpuso Daphne. Había agachado la cabeza y se frotaba una sien con aire reflexivo. —Hace treinta y tantos años, tu madre y nuestro padre tuvieron una aventura. Durante todo este tiempo ella lo ocultó de mamá, que era su mejor amiga. ¿Por qué se le ocurrió de pronto destapar la olla? Y lo que es más importante: ¿por qué eso desquició tanto a mamá?

Leanne meneó la cabeza y se quedó en silencio. En derredor los comensales charlaban, devoraban sus platos y bromeaban con las camareras. En ese momento Alex tuvo la sensación de que había dos mundos con trayectorias paralelas: el que estaban habitando ella y sus hermanas... y el otro, aquel en que la gente se deslizaba en total complacencia, tontamente convencidos de ser inmunes al tipo de tragedias que uno ve en el informativo.

—Lo siento, Alex. Debería habértelo dicho —reconoció al fin Leanne, vacilando—. En el hospital circulaban algunos comentarios. Yo me enteré por uno de los internos de Patología: tu mamá estaba tomando antidepresivos. Supongo que él lo supo por Vern.

—Aunque sea cierto, eso no significa necesariamente que ella esté loca —objetó Daphne.

Pero la semilla de la duda estaba plantada. Alex se lo vio en los ojos.

—No digo que esté loca —concordó inmediatamente Leanne—. Ni siquiera habría mencionado esto si no fuera por... —Abrió las manos en un gesto de impotencia, agregando con suave pesar. —Nada cambia el hecho de que él fuera un hombre excepcional. De veras. A pesar de todos los errores que haya cometido. ¿Sabías, Daphne, que fue tu padre quien peleó para que se nombrara un asesor de donación de órganos en el hospital? Dijo que se estaban echando por la borda muchas oportunidades preciosas, sin mencionar que convenía ayudar a los deudos a encontrar un sentido a su tragedia. Tenía razón. Desde que contrataron a la señora Canfield las donaciones han aumentado en un treinta por ciento, cuanto menos.

—No lo sabía. —Daphne tuvo la decencia de mostrarse algo avergonzada.

Para Alex no era sorpresa, por supuesto, pero sólo en ese momento, al ver la cara arrebolada de su amiga, cayó en la cuenta de que no era la única en idolatrar a papi.

—Creo que aún no sabemos qué lo mató —fue su miserable conclusión. La furia contra su madre, que en esos últimos días la había protegido de las emociones más intensas y probablemente más tenebrosas, parecía haberse disipado por el momento. Se reclinó contra el respaldo, sin haber tocado el café.

—La cuestión es: ¿lo sabremos alguna vez? —exclamó su hermana, frustrada.

Pasaron largos minutos antes de que volvieran a hablar. Por fin Daphne recogió su bolso, suspirando:

—No sé ustedes, pero si no me voy pronto a la cama no serviré ni para resolver un crucigrama. ¿Por qué no postergamos esta discusión para después de los funerales?

Pero Alex supo que no habría otra oportunidad. Para ella no. Y tampoco para Leanne, que ya se estaba encerrando en su vaina. Con la cara inexpresiva y los ojos prudentemente velados, alargó la mano hacia su bolso.

Alex, por su parte, trataría de no pensar mucho en la mentira que su amiga le había dicho días atrás. Y trataría de no preguntarse qué otras mentiras podía haberle dicho... ni qué revelaba todo eso sobre su amistad. Por el momento no podía lidiar con una sola cosa más.

Ya estaba muy oscuro cuando Alex viró hacia su casa, en un barrio cercado tan nuevo que la parquización consistía en pichones de enebro y evónimo, que salpicaban parcelas de tierra desnuda, delimitadas con cordeles. Como los arbustos en miniatura de la versión a escala que se exhibía en la casa modelo de Vista de Mar.

Se había mudado allí apenas el año anterior, cuando se vendió la casa que había ocupado con Jim desde su casamiento. Fue un enorme cambio para ella, vivir sin él. Y para las niñas, que debieron habituarse a una nueva escuela, hacer nuevos amigos. Y ahora, a menos que se produjera un milagro, tendría que vender también esa casa y mudarse a alguna barata y fea, como la de Leanne.

Al pensarlo sintió un súbito estallido de dolor, como si en su cabeza se hubiera cortado un cable tenso. Le latían las sienes; la banda de pavimento iluminado por los faros delanteros parecía ondular un poco. En su mente veía a Beryl, de pie ante el ataúd, como una cobra a punto de atacar. Y a Leanne en la cabina de Denny's, evitando deliberadamente mirarla a los ojos. Pero ¿qué significaba todo eso?

¿Y si su amiga sabía más de lo que decía? Eso no era prueba de nada. Aunque papi hubiera estado saliendo con alguien en el momento de su muerte, aunque Beryl hubiera decidido esclarecer a su querida amiga al respecto, eso aún no explicaba que alguien como mamá, que había pasado la vida entera evitando las confrontaciones, tomara un revólver para...

Alex no tuvo valor para completar el pensamiento. Con la cabeza palpitante y dos hijas afligidas esperándola en casa, llorar era un lujo que no podía permitirse.

En la entrada de su casa vio el Audi azul plateado de su ex esposo: Jim, que volaba en primera clase a Hong Kong y llevaba a su novia de vacaciones a Maui, que no tenía al inspector de impuestos pisándole los talones. De pronto eso fue demasiado.

Se suponía que Jim sólo iba a cenar con las chicas. ¿No podía entender que lo último que ella necesitaba, sumado a todo lo demás, era otro dolor de cabeza?

Y para colmo de males, le había bloqueado la entrada.

Se detuvo junto al cordón, aferrada al volante, aspirando el aire a grandes bocanadas, hasta sentirse lo bastante serena como para caminar con sus tacos altos por ese camino de pizarra en bruto.

En cuanto cruzó la puerta principal la asaltaron las carcajadas que brotaban de la cocina, donde Nina y Lori parecían estar muy a sus anchas con el padre, pese a las horribles circunstancias que lo habían traído.

La furia la golpeó con ambos puños. ¿No le daba un poco de vergüenza, aprovecharse de esa tragedia para lucirse frente a su club de admiradores? Oh, sí, ella conocía el juego. ¿Acaso no la había hecho caer a ella de ese modo? Tenía la misma edad que las mellizas cuando Jim Cardoza, con su pelo oscuro y rizado, sus ojos de gitano, entró por primera vez en su aula, como si fuera el Hemisferio Occidental, el dueño de todo.

"Yo habría sido capaz de cualquier cosa por él... de cualquier cosa, menos de hacer la vista gorda, como mamá". Porque Jim, a diferencia de papi, no tenía motivos para engañarla.

Dejó caer el bolso en el banco del vestíbulo, que estaba atestado de mochilas, textos escolares y buzos arrugados, y entró en la cocina a paso sigiloso. Allí encontró a sus hijas sentadas a la mesa, con un folleto de instrucciones, mientras Jim maniobraba con el cable de un flamante adminículo para hacer palomitas de maíz. Las tres caras se volvieron hacia ella, con una sorpresa que inmediatamente se convirtió en cautela.

Alex quedó petrificada. ¿Tan amenazadora les parecía? La expresión que veía en los ojos de las niñas ¿era resultado de su mal genio, que últimamente le resultaba cada vez más difícil de dominar? Lo último que deseaba era que sus hijas se sintieran obligadas a...

"Caminar en puntas de pie y hablar en susurros, cuando hacías tú cuando Alguien-que-yo-sé estaba de mal talante".

La atacó el impulso de encerrarlas entre sus brazos: Nina, morena réplica de su padre; Lori, rubia y angelical como el sol que se vierte por una ventana. Tenían quince años, pero en los últimos meses a Nina le había crecido mucho el busto; a Lori, en cambio, estilizada y menuda, sólo se le había desarrollado una obsesión por desvestirse en la intimidad.

Fue ésta quien quebró el tenso silencio:

—Hola, mamá. Volviste antes de lo que esperábamos.

Alex abrió la boca para decir que era un alivio estar en casa, pero entonces vio la compasión con que su marido la estaba mirando. Las palabras se le disolvieron en la garganta. No necesitaba su piedad, qué embromar. Lo que necesitaba era un esposo.

—Ya veo. —Cruzó los brazos contra el pecho, dirigiendo a Jim una mirada fría. —No esperaba que estuvieras todavía aquí. Supongo que tu novia tenía otros planes para esta noche.

La gratificó (y también la avergonzó un poco) ver que él enrojecía; su rubicundez natural, así acentuada, lo hacía aún más atractivo. Eso la enfureció. ¿Por qué tenía que ser tan atractivo? Aún más que en la secundaria, con esos ojos de Michael Corleone y hebras de plata en los rizos oscuros. Aun de vaqueros y suéter de pescador se las componía para lucir distinguido... y un poquito peligroso. Como si custodiara la entrada a un club exclusivo, unipersonal.

Controlando cuidadosamente la voz, él dijo:

—Estábamos por hacer palomitas de maíz.

—El aparato viejo se descompuso —explicó Lori precipitadamente, con su habitual ansiedad por complacer—. Tuvimos que salir a comprar otro. —Y ofreció a su madre una sonrisa vacilante, mostrando el cable que Jim había estado desenredando. —Es asombroso. Ni siquiera se necesita aceite: el maíz revienta con aire, nada más.

Nina golpeó a su hermana con la cuchara que tenía en la mano.

—No seas idiota. ¿No te das cuenta de que mamá está mal? El abuelo ha muerto y tú sólo sabes hablar de palomitas de maíz. —Dirigió una mirada vergonzosa a Alex. —No te enojes, mamá. No es falta de respeto ni nada de eso. Es que a papá se le ocurrió...

Y se mordió los labios.

—A todos nos vendría bien un descanso. —Jim se acercó para rodear con un brazo los hombros de Nina; luego clavó en su esposa una mirada firme. —Si quieres que me vaya, me iré. Pero ¿no sería mejor que nos sentáramos a discutir esto? Tal vez pueda ayudar.

Ella lanzó un bufido de disgusto.

—¿No te parece que ya has hecho demasiado?

Marchó hacia la pileta, donde aún se acumulaban los platos sucios de la cena, y abrió el grifo. Luego agregó, con menos aspereza:

—Si pudieras prestarme ayuda, créeme que no la rechazaría. Pero no hay nada que puedas hacer. Mi padre ha muerto. Y como no haya un milagro, mi madre pasará el resto de su vida en la cárcel.

—No deberías hablar así. —En la voz de Jim sonaba un frío reproche.

—Ella lo asesinó —replicó Alex—. ¿No merece un castigo?

Detrás de ella Lori se echó a llorar por lo bajo.

—Vayan arriba, chicas —ordenó suavemente su padre.

En ese momento Alex lo odió aún más, por ser capaz de proporcionar a sus hijas lo que ella, en ese momento, no podía darles: ternura. Jim las abrazó rápidamente y esperó a que se alejaran para continuar:

—Reconozco que esto no pinta bien para tu madre, pero me niego a creer que no haya esperanzas. Hablé con Kitty. Dice que el abogado va a alegar defensa propia.

—No me sorprende. Mamá es capaz de extraer de esto el máximo provecho. —Ella echó detergente al agua que se acumulaba en la pileta.

—¿Insinúas que ella podría estar disfrutando de esto? —La frialdad de Jim se derramó en enojo.

Alex giró en redondo, haciendo volar un poco de espuma que fue a salpicar los relucientes mosaicos blancos.

—¡No sé! Sólo sé que mi padre ha muerto y que ella es la responsable.

Él seguía inmóvil, mirándola. Su mera presencia era una burla. Contra el sereno telón de fondo de la cocina, tan moderna y elegante, con sus maderas claras y sus mesadas de acero inoxidable, era un recordatorio de algo vibrante e inigualable, que de algún modo se le había escurrido entre los dedos. De pronto le pareció que no sólo su cocina, sino también su vida entera carecían de calidez.

Jim se mantuvo firme, observándola con un triste desprecio que parecía clavarle un clavo oxidado.

—¿Dónde termina esto, Alex? ¿Cuándo vas a dejar de inventar excusas para disculpar a ese hombre? ¿No te parece que ya es tiempo, ahora que se ha ido?

—¡Cómo te atreves a sermonearme! —le espetó ella—. ¿Qué me dices de ti? ¡Podría haberme imaginado lo que estabas haciendo a mis espaldas!

—No volvamos a discutir todo eso —pidió él, fatigado.

—¿Por qué no? ¿Es un tema que tenga fecha de vencimiento?

—No se trató sólo de eso. Lo sabes bien.

—¡Cuando menos yo nunca te traicioné!

—Técnicamente, no.

Alex se puso rígida. No necesitaba preguntarle a qué se refería: a papi. Dejó caer las manos a los costados; de sus dedos chorreantes cayeron copos de espuma blanca.

Cuando reunió fuerzas para abofetearlo, el ruido pareció retumbar en el silencio como un disparo.

Jim se tambaleó hacia atrás, duro el rostro como tierra apisonada. Por un instante pareció a punto de devolverle el golpe. Y ella casi deseaba que lo hiciera, qué embromar. Pero en dieciséis años Jim no le había levantado la mano una sola vez y tampoco ahora lo haría, por mucho que lo deseara.

Viendo que le volvía la espalda, la invadió un amor indefenso, delirante, como algo que se golpeara contra los barrotes de su jaula hasta morir. Lo vio recoger el rompevientos que había dejando en el respaldo de una silla. Una vez más requirió de todo su autodominio para no romper en llanto.

—Despídeme de las chicas —dijo él, en voz baja y tensa—. Y ya que estás, piensa en lo que todo esto les está haciendo. —Jim se detuvo en el vano de la puerta para echarle una mirada larga y dura.— Para ti el viejo siempre estuvo primero. No creas que ellas lo ignoraban. Pero a pesar de todo era el abuelo.

Y desapareció. Alex siguió clavada en el mismo sitio, como para evitar que algo se desprendiera en ella. Todo su cuerpo parecía sostenido por hebras muy frágiles, cualquiera de las cuales podía cortarse con el menor movimiento, desparramando sus huesos por el suelo como fragmentos de porcelana.

Con un gemido grave, dejó caer la cabeza entre las manos. Detrás de ella, el grifo continuaba borboteando: había olvidado cerrarlo. Y ahora la pileta se desbordaba, vertiendo agua jabonosa en el piso blanco y limpio. No le importó. Por una vez en su vida, en vez de correr en busca del estropajo, en vez de tomar la esponja, permaneció completamente inmóvil. Las suelas de los zapatos se le empaparon; el folleto de instrucciones para hacer palomitas de maíz, que había caído al suelo, se hinchó con un corcovo, como alguna pobre bestia en los estertores de la muerte.

Capítulo 7

—¿Cómo que no puedes venir al entierro?

Daphne curvó una mano en torno del auricular, aunque Kitty estaba abajo y no podía oír. Tras un momento de silencio se oyó el suspiro de Roger.

—Lo siento, querida, pero en este momento no puedo dejar a Jennie. Está levantando temperatura y no me gusta cómo respira.

La habitual corriente de frustración que empezaba a chispear en Daphne sufrió un cortocircuito inmediato. ¿Su nena? ¿Enferma?

—¿No era sólo un resfrío leve?

—Probablemente no sea nada serio —aseguró él—, pero con estas cosas todo cuidado es poco.

Ella se sintió desgarrada. Todas las fibras de su instinto maternal la instaban a volar a casa, donde pudiera abrazar a su hijita, calmarle la fiebre con un paño mojado y con jugo de fruta congelado en cubos, de los que a Jennie le encantaba chupar. Al mismo tiempo un sexto sentido, o quizás algo en la voz de Roger, le decía que su pequeña no estaba tan enferma. Podía ser un leve resfrío, pero no el cuadro horrible que él estaba pintando. Lo sabía, aunque no supiera cómo.

Su mente recogió una hebra de recuerdo que había estado a punto de perderse en la alelada confusión de la última semana: Roger en la librería, coqueteando con esa rubia. Coqueteando, sí. En aquel momento no lo había reconocido del todo, por no enfrentarse a la posibilidad de que su marido la estuviera engañando. Pero ahora, a la luz de las revelaciones que Kitty le había hecho sobre su padre (confirmadas por el feo incidente con Beryl en la funeraria), ya no podía descartarlo así nomás.

—¿Y tu madre? —preguntó, apretando el auricular—. No creo que le moleste quedarse con los chicos por algunas noches.

—Mamá y papá están en Londres —le recordó él en tono paciente, como si lo hiciera por tercera o cuarta vez, aunque era la primera noticia que ella tenía—. Y no quiero dejar a mis hijos con cualquiera. Todo esto los tiene alterados. —Hubo una pausa. Luego agregó, en una voz que le puso los nervios de punta: —Mira, me duele mucho dejarte sola con todo... pero debemos anteponer a Kyle y a Jennie.

"Mis" hijos. Como si él fuera el único responsable de su bienestar y no pensara siquiera en anteponer sus propias necesidades a las de ellos. Y si su esposa no entendía... bueno, a él le tocaba ser aún más tolerante, porque ¿acaso no era responsable de ella también?

Daphne cerró los ojos con fuerza. ¿Cómo argumentar que ella lo necesitaba más? ¿Qué clase de madre era capaz de presentar esa exigencia? ¿Y si Jennie estaba realmente enferma? Roger tenía razón en quedarse con los chicos.

Pero en ese caso ¿por qué no la reconfortaba la imagen de su marido arropándolos por la noche, leyendo a la pequeña su libro favorito?

"Tal vez si confiaras en él..."

Roger era muy hábil para fingir que le daba el gusto, aunque no atendiera más que a sí mismo. Dos inviernos atrás, con una gripe desesperante, ella le había rogado que volviera a casa más temprano, a lo cual él respondió compasivamente... apareciendo media hora antes de lo habitual. O durante el viaje a Sanibel, en febrero, cuando una falla de computación había dejado a Daphne sin asiento en el vuelo de regreso: él viajó sin esperarla, argumentando persuasivamente que debía operar a la mañana siguiente y no podía arriesgarse a una demora.

—¿Cuándo podrás venir? —preguntó.

—No sé. Pero bien sabes que será lo antes posible, Daph. —Parecía sorprenderlo un poco que hiciera falta preguntarlo. —Mientras tanto he hecho algunas llamadas y tengo una lista de nombres.

—¿Qué nombres?

—¿No te parece que tu madre necesita el mejor abogado que se pueda pagar? Seamos realistas.

Ella aspiró hondo, para sofrenar la ira que la abofeteaba como un oleaje de tormenta.

—Por lo que sé —dijo, con forzada serenidad—, Tom Cathcart es un buen abogado.

—Para una ciudad del tamaño de Miramonte, puede ser —se burló él—. Hablo de alguien que conozca bien el paño.

Apenas una semana atrás (lo cual, dada su reciente distorsión en el sentido del tiempo, bien podría haber sido un año), Daphne podría haber quedado cortada, incapaz de combatir la irrefutable lógica de su marido, que al fin y al cabo sólo quería lo mejor para su madre. Pero en los últimos días algo parecía haber cambiado en ella, imperceptible hasta el momento, como cadena de bicicleta que se fuera deslizando: una nimiedad que terminaba por impedir el giro de las ruedas.

—El tamaño de la ciudad en que uno vive no equivale necesariamente al tamaño de tu intelecto —se apresuró a señalar, con un filo en la voz—. Recuerda que yo soy de aquí... y eso no me impidió casarme contigo.

Roger guardó silencio; por su respiración, cuidadosamente mesurada, era evidente que estaba luchando por no perder los estribos. Pero Daphne no se apresuró a poner paños fríos, como hubiera hecho en otros tiempos. Sentada en la cama de hierro, en el cuarto para huéspedes de Kitty, contemplaba las cortinas de encaje agitadas por la brisa húmeda; por la ventana abierta se podía ver el océano, relumbrando a la distancia como un sueño medio olvidado. Su marido fue el primero en romper el silencio.

—Tenía la sensación (equivocada, por lo que veo) de que querías mi ayuda —dijo, en tono de profundo agravio.

—Lo que quiero es que empieces a comportarte como marido.

—¿En vez de qué?

Ella imaginó aquella cabezota, con sus ripias agrisadas, echada hacia atrás, con una ceja hirsuta enarcada en un gesto de sorpresa ante ese aspecto nuevo e inesperado de su mujer.

"De padre", estuvo a punto de exclamar. Pero las palabras se le atascaron en la garganta.

—Roger, por una vez —dijo, apretando los dientes—, ¿podrías tratar de no ser tan razonable, carajo?

—¿Preferirías que armara una gritería?

A juzgar por su tono, era lo que le habría gustado. Pero no estaba en su carácter. ¿No era justamente por eso que Daphne se había casado con él? Por entonces Roger parecía ser justamente lo que ella necesitaba como respaldo, para afirmarse contra las sacudidas de un corazón desatado y puesto a la deriva.

—A riesgo de hablar como médico —continuó él, con el mismo tono ofendido—, voy a achacar esto a las enormes presiones que estás soportando. Quiero que descanses un poco, Daphne. Si no te cuidas, acabarás enfermando tú también.

De pronto ella tuvo la certeza de que Roger tenía razón. Estaba casi enferma de agotamiento. Tan cansada que la idea de tenderse en el viejo acolchado desteñido le parecía lo más tentador del mundo. Recorrió con la mirada la habitación, acogedoramente decorada, como sólo Kitty podía hacerlo: una jarra victoriana desportillada sirviendo de tiesto a geranios escarlata, en un pedestal antiguo puesto junto a la puerta; un maniquí de modista adornado que lucía una bufanda con cuentas; un espejo con vistoso marco de mosaico por sobre la sencilla cómoda de pino. En un ángulo formado por el techo inclinado reconoció una de las acuarelas de su madre: era una encantadora representación de la ensenada a la que se descendía desde la casa.

Mientras admiraba la delicada superposición de grises y blancos (un efecto que se lograba borrando la pintura con esponja mientras estaba fresca) Daphne se preguntó si sería posible conocer a fondo la mente de un ser amado... o si era sólo la ilusión de conocerla lo que nos mantenía en pie.

—El día ha sido largo —dijo a su esposo, cansada—. Creo que voy a acostarme, sí. Un beso a Jennie y a Kyle de mi parte. Diles que mami los extraña y que está haciendo lo posible por volver a casa en cuanto... —¿Cuándo? Si su madre iba a juicio, bien podían pasar meses. —...En cuanto pueda.

A las diez en punto de la mañana siguiente la capilla de Evergreen Memorial estaba llena a desbordar. Daphne se deslizó con sus hermanas en el primer banco, pensando con mala intención: "Alex no podía haber pedido un público mejor". Todos los asientos estaban ocupados; en la parte posterior se apretaban, de pie, los que habían llegado tarde. Más de cien pares de ojos se clavaron en las hijas de Vernon Seagrave, que bajaron la cabeza en un gesto de dolor.

Daphne saludó al ex esposo de Alex con una inclinación de cabeza; luego plantó un beso en las mejillas que sus sobrinas, sentadas junto a él, le presentaban solemnemente. Jim se estiró para estrecharle la mano. Su cuñado. Cayó en la cuenta de que nunca había dejado de considerarlo cuñado. Y la alegraba que estuviera allí; con su traje oscuro hecho a medida y su corbata de gabardina, brindaba una nota de refinamiento que habría satisfecho a papi. Y había tenido la consideración de saludar a los asistentes junto a la puerta, mientras ella y sus hermanas se reunían con el ministro para discutir arreglos de último minuto.

Sin embargo en ese momento él se había concentrado en Alex. Daphne no pudo menos que notar cómo la miraba por el rabillo del ojo, como si no supiera bien qué pensar de su ex esposa. Tenía razón en preocuparse: ella nunca la había visto tan extraviada. A la luz que se filtraba por las ventanas ambarinas, teñida de sepia, el sombrero de paja negra trazaba sobre su tez pálida un vago diseño que hacía pensar en cenizas esparcidas. Miraba fijamente el ataúd, pero sus ojos parecían estar en otra parte. Suavemente, como para sus adentros, Alex comentó:

—¿Verdad que las flores son adorables? Mamá y yo las escogimos juntas.

Kitty, sentada entre sus dos hermanas, a la derecha de Daphne, ahogó una exclamación.

—Oh, por Dios —susurró por lo bajo—, no me digas que son las de la fiesta.

—No tenía sentido desperdiciarlas. —La menor siguió contemplando serenamente los arreglos florales que envolvían el féretro lustrado como un rico tapiz, desbordando hacia la plataforma.

Daphne no dijo nada. Necesitaba de todo su autodominio sólo para no romper en llanto. Y las flores eran adorables, por cierto: un ejemplo más del impecable gusto de su madre. La única nota desafinada eran las azucenas tigre de color anaranjado: resultaban demasiado vistosas contra la madera oscura del ataúd. Pero ¿cómo diablos iba ella a saberlo?

Daphne luchó por contener el sollozo que le subía a la garganta.

En ese momento el reverendo Thomas Buckhorst se levantó para leer un salmo; lo siguió tío Spence, que había pedido pronunciar el panegírico. Al verlo en el podio (era el menos querido de los dos hermanos de papi), ella captó súbitamente la monumental injusticia: ese hombre era una mala fotocopia de su padre, tan arrogante como mediocre en todo sentido, desde el mentón débil hasta la panza, que parecía la bolsa sobrecargada de un mendigo. Recordó con desdén la madera de imitación que revestía las paredes de su oficina, en la concesionaria de Chrysler. ¿Cómo era posible que hubiera sobrevivido a papi?

Lo escuchó hilar anécdotas de la niñez de ambos, entre reminiscencias de su abuelo, a quien Daphne no había llegado a conocer; empleaba un tono casi reverente, aunque mamá decía que el abuelo Seagrave había sido uno de los hombres más miserables y avaros del mundo. A juzgar por la descripción del tío, una habría pensado que él y sus hermanos se habían criado en un hogar donde rara vez se levantaba la voz y donde el padre sólo alzaba una mano para bendecirlos.

Siguieron nuevos panegíricos: un médico que había hecho su residencia bajo la tutela del doctor Seagrave, Will Henley, amigo de la juventud. Por fin, un hombre al que Daphne no pudo reconocer de inmediato se levantó para avanzar hacia el podio. Era alto y algo encorvado; su cabeza encanecida tenía una zona calva en la parte posterior, como tonsura de monje. Su traje mal cortado, del que asomaban las muñecas huesudas, le hizo pensar en un predicador rural con sus galas domingueras.

—No conocí al doctor Seagrave —comenzó, con la voz baja y vacilante de quien no está habituado a hablar en público—, pero creo que no era necesario. El caso es que, hace veinticinco años, salvó la vida de mi hijo.

Todo volvió en un torrente. Volvían a casa en la rural, tras haber estado en Del Mar, visitando a tío Dave y a tía June. Era el segundo día de viaje, recordó Daphne, y estaban en la ruta desde la primera hora de la mañana. Oscureció abruptamente, como suele suceder en esas poblaciones ganaderas que forman una sarta ininterrumpida a lo largo de la Autopista 5, entre Los Ángeles y Sacramento; fue como si alguien desenrollara una tela embreada y la abotonara al horizonte por las cuatro puntas.

Papi se detuvo en una de esas pequeñas aldeas, cuyo nombre ella no recordaba. Cuando iban hacia un restaurante, donde les habían prometido todas las hamburguesas con papas fritas que pudieran comer, Daphne vio la pickup medio tumbada en una zanja, con las luces traseras encendidas. Por entonces tenía doce o trece años, edad suficiente para comprender que el hombre que agitaba violentamente los brazos junto al vehículo, tratando de llamar la atención, debía de estar herido. No era grave, según resultó: una costilla rota, varios chichones y magulladuras. La verdadera víctima yacía tendida en la zanja: una figura pequeña e inerme, vestida de mameluco; bajo el rayo del fanal torcido, su pelo rubio parecía tan blanco como la luna.

Papi detuvo el coche al costado de la ruta y se apeó de un salto.

—Es mi hijo, Benjie —jadeó el hombre—. Está malherido.

—Soy médico —dijo papi—. Veamos si puedo hacer algo.

El niño, que parecía tener seis o siete años, estaba inconsciente. Ante los ojos de Daphne, su madre y sus hermanas, enmudecidas por una mezcla de horror y sobrecogimiento, papi lo sacó de entre las hierbas de la zanja para llevarlo hacia la rural. Cubrió la portezuela de carga con una manta plegada, para improvisar una camilla. Mamá sostenía la linterna encendida sobre el niño, mientras él tocaba y hurgaba con suavidad.

Exceptuando un chichón en la frente, parecía indemne. Pero tenía la cara extrañamente tumefacta y su respiración era débil. Papi levantó la vista hacia el padre, que parecía un espantapájaros: todo brazos, piernas y pelo erizado como paja; su sombra alargada parecía estirarse sin fin sobre el pavimento lleno de baches. El hombre dio un paso vacilante hacia él, con los brazos extendidos como para suplicarle que obrara un milagro. Y en cierto modo, eso era exactamente lo que su padre había hecho.

—¿Su hijo es alérgico a las picaduras de abeja?

El hombre retrocedió un paso para mirarlo con desconfianza. Luego sacudió la cabeza.

—Que yo sepa, no.

—Bueno, parece estar en un shock anafiláctico. En términos vulgares, una reacción alérgica al veneno de abeja.

En los ojos aturdidos y vidriosos del hombre pareció encenderse una luz.

—Fue por una avispa que salí de la ruta. Zumbaba como un motor. Yo estaba a los manotazos y... creo que perdí el control. ¿Benjie se va a recuperar?

—Sí, en cuanto le ponga esto.

Sacó una hipodérmica del maletín negro que mamá había retirado del coche. A pocos minutos de aplicada la inyección, el niño estaba respirando normalmente y la hinchazón empezaba a ceder.

Llevaron al niño y a su padre al hospital más próximo, que estaba a veinte minutos de viaje. Allí papi rechazó los billetes arrugados que el hombre quiso ponerle en la mano. "Por el combustible", murmuró, como si lo avergonzara no poder darle más.

—Envíenos una postal por Navidad —dijo papi, entregándole su tarjeta—. Para saber cómo están usted y su hijo. Es la única retribución que necesito.

El hombre, que se llamaba Dawson, les enviaba una postal todas las navidades, fielmente, desde hacía veinticinco años.

Daphne, sentada en la capilla desbordante, escuchó su relato. Si hubiera existido un remedio para el dolor quemante que sentía en el corazón, lo habría aceptado de buen grado. Aun con todos sus defectos, su padre había sido también inteligente y bondadoso. Por sobre todas las cosas. Las amaba. Amaba a su familia. De eso estaba segura.

"Aunque haya ahuyentado a Johnny". Por décadas enteras había tenido eso contra él. Ahora, por fin, permitía que el perdón la recorriera, purificándola de antiguos resentimientos. Hasta las lágrimas que le bajaban por las mejillas parecían buenas y puras, casi curativas.

Pasó más de una hora antes de que el señor Buckhorst, un corpulento clérigo de jopo desprolijo, que le daba el aspecto de un muñeco gigantesco, se levantara una vez más para hacerse cargo del micrófono.

—En una ciudad del tamaño de la nuestra no es difícil sobresalir —comenzó—. Lo excepcional es poder ganar celebridad sin bulla. Dar una mano sin vanidad ni jactancia. El doctor Vernon Seagrave era ese tipo de persona...

Daphne cerró los ojos, dejando que esas palabras se virtieran sobre ella como un bálsamo: alabanzas por los esfuerzos de papi para proveer al hospital de la última palabra en equipos de diagnóstico, por la pasión que ponía en preservar los edificios históricos de Miramonte. Hasta se mencionó el curso de primeros auxilios que había instituido años atrás, tanto en las escuelas secundarias como en las primarias.

Pero lo único que veía en su mente era a su padre, bajo el rayo inestable de una linterna, atendiendo a un niñito tendido en la portezuela de carga de su rural.

"No voy a pensar en el otro papi. Mientras no sea necesario, no. Hoy es sólo para el padre que yo admiraba, el que no merecía morir. El que, en sus sesenta y siete años sobre esta tierra, hizo más bien que mal, sin duda".

Cerca del final, el ministro se detuvo para quitarse los anteojos; después de limpiarlos con un voluminoso pañuelo, concluyó:

—Pido a todos que oren también por Lydia, su esposa. Pues así como no podemos conocer los misterios de Dios o del universo, tampoco podemos juzgar las acciones de nuestro prójimo. A aquellos que se apresuren a condenar, los insto a tener en cuenta que Dios, además de saberlo todo, lo perdona todo. Nosotros debemos tratar de hacer lo mismo. —Bajó la cabeza. —En el nombre de Jesucristo. Amén.

Daphne echó un vistazo por sobre el hombro y vio cabezas que se movían en horror y desconcierto, caras brillantes de lágrimas. Tía Ginny, la hermana menor de mamá, que con los años se había vuelto corpulenta, lloraba en silencio detrás de su pañuelo; a su lado, tía Rose, que había traído un tubo de oxígeno portátil y parecía estar a las puertas de la muerte. La segunda esposa de tío Spence (tanto menor que habría podido ser su hija) lo aferraba posesivamente por el brazo, como para publicitar su devoción. Allí estaba la pobre Edith, la vieja prima de mamá por parte de padre, luchando ceñudamente con su audífono. ¿Sería así, en adelante? Todo el mundo preguntándose, en voz alta o para sus adentros, qué la había impulsado a obrar así.

¿En verdad su madre se habría vuelto loca? Basándose en las dos breves visitas que le había hecho hasta entonces, Daphne pensaba que no. Pero después de lo revelado por Leanne ya no estaba tan segura. El hecho de que mamá hubiera estado tomando una medicación (si era cierto) sólo demostraba lo obvio: que se sentía deprimida. Pero ¿y si el medicamento enmascaraba algo más profundo, mucho más perturbador? Algo que la hubiera estado carcomiendo por mucho tiempo, mucho antes de que Beryl Chapman, bajo su disfraz de amiga, le hubiera servido su pequeña dosis de veneno.

Al pensar en Beryl se le anudó el estómago. Estaba tensa desde el comienzo de la ceremonia, temiendo una escena como la de la funeraria. Pero si la mujer se encontraba allí, mantenía un perfil bajo. Sólo se habían presentado sus hijas: Leanne, que estaba sentada algunas filas más atrás, con el pobrecito de su hijo cruzado sobre su regazo, como si fuera un bebé gigantesco, y Beth, la mayor, de pelo rojo oscuro, tan regordeta como su hermana era delgada. Estaba limpiando con un pañuelo la baba que su sobrino tenía en el mentón, con la eficiencia de alguien que lo hace a menudo, casi sin pensarlo.

Mientras Daphne recorría con la vista la capilla atestada, una cara familiar saltó hacia ella: Johnny.

¿Qué hacía allí?

"¿No es obvio? —se burló una voz—. Ha venido por ti. El viejo rey ha muerto; el mendigo, que en realidad era un príncipe disfrazado, ha venido para llevarte". Esa idiotez narcisista estuvo a punto de hacerla reír: ¿cómo pensar que Johnny, su envejecido Rapunzel, no tenía más motivos para estar allí que regalarse la vista mirándola?

"Han venido prácticamente todos los que conocieron a mi padre —razonó—. ¿Por qué no Johnny? Conocía bien a papi, aunque no fueran exactamente amigos. En cierto sentido, lo conoció demasiado bien".

Aun así su corazón se lanzó al galope. Como si Johnny no estuviera en el fondo de la capilla, sino apenas a un par de metros. De pie, con los brazos cruzados contra el pecho, retenía enroscada en un puño la tarjeta recordatoria que le habían entregado a la puerta. Lucía un traje gris cruzado y una corbata azul oscuro; como varios otros, los que detestaban exhibir sus emociones, se había puesto anteojos oscuros.

En ese momento se los quitó. Daphne comprobó entonces que no estaba imaginando cosas: en verdad había ido por ella. La miraba directamente, casi con fijeza. Como para hacerle saber que no había olvidado la conversación mantenida en su oficina; que estaba con ella, si no con su madre. "Sí —pensó—; eso es clásico en Johnny. Siempre temerario. Siempre pensando tanto con el corazón como con la cabeza".

Se volvió de prisa, antes de que la denunciara el rubor. Su corazón ya no galopaba: había cruzado la línea de llegada y se dirigía a reclamar el premio. Johnny...

El verlo la obligaba a enfrentar el lado oscuro de su padre. De pronto lo vio tal como debía de verlo él: no como amable filántropo y Buen Samaritano... sino como un déspota de puño férreo, culpable del peor esnobismo. Si no hubiera sido por papi, ¿estaría ahora casada con él?

Quién podía asegurarlo. Cuatro años de estar lejos, en la universidad, era mucho tiempo. Por sí solos, habrían podido cambiar lo que sentía por él, aunque parecía difícil. Daphne reconoció en ese momento que era simplemente una racionalización, la misma que había usado en todos esos años, antigua como el camino a Roma e igualmente transitable. A no ser por la feroz desaprobación de papi, sin duda ella habría aprovechado cualquier oportunidad para visitar a Johnny. Las largas separaciones entre las vacaciones de invierno y las de verano no habrían hecho sino avivar la llama.

Un viejo recuerdo abotagado resurgió a la vida: la noche de la graduación; ella se había mareado por beber demasiado ponche con alcohol. Al llegar a su casa, John había insistido en acompañarla hasta la puerta, como caballero que era... aunque sin duda vio la sombra de su padre en la ventanilla lateral. Bastó que ella cruzara el umbral para que papi viera su pelo desaliñado, sus ojos legañosos y los zapatos de taco alto que se había quitado, a fin de subir mejor los escalones del porche; de inmediato, con una exclamación ahogada, corrió tras Johnny. Daphne, impotente, demasiado asustada y ebria hasta para lanzar un grito de advertencia, había visto que su padre corría por el sendero de entrada y, aferrándolo por un hombro, lo hacía girar.

Cerró los ojos en la frescura de la capilla, pero la antigua escena continuaba desarrollándose detrás de sus párpados. Vio que su padre asía a Johnny por las solapas para sacudirlo violentamente, lanzándole insultos que ella nunca antes le había oído pronunciar. El muchacho, con la chaqueta desgarrada (la chaqueta del esmoquin alquilado, que ahora debería pagar con un dinero que no tenía), libraba la batalla más dura de su vida: con su propio orgullo. Su cara pálida y contraída reflejaba todas las maldiciones que estaba conteniendo, todos los puñetazos que se esforzaba por no dar. Entonces Daphne supo que la amaba. No como aman otros hombres, sino con la profundidad con que Romeo amó a Julieta. Aquella noche, cualquier otra persona que no fuera su padre habría quedado tendida en el sendero, con la marca de los puños de Johnny.

Tal vez fue por ver la expresión de su cara, tal vez por su indignado sentido de justicia, finalmente activado: algo en el alma dócil de Daphne se había levantado en protesta. Arrojando a un lado las zapatillas de satén que tenía en una mano, bajó corriendo al prado. En medias, tambaleándose por efectos del ponche (Johnny le había advertido que no lo bebiera), tomó un rastrillo que estaba caído junto al camino e hizo algo de lo que nunca se habría creído capaz: golpeó a su padre en la cara posterior de las rodillas.

Aún ahora el recuerdo le daba escalofríos. Pero también le puso en los labios una diminuta sonrisa de triunfo.

Ya estaba sonando la música: una cantata para órgano de Bach, encantadora y elegíaca, sin caer en lo sentimental. Su padre la habría aprobado, pensó. Los dos hermanos de papi, junto con tío Ned, por parte de mamá, Will Harding y Jim, el ex esposo de Alex, cargaron con el ataúd para iniciar la lenta procesión hacia la carroza fúnebre.

Sintió un nudo en la garganta y una punzada de culpa por haber pensado mal de papi en ese día, aunque sólo fuera por un momento. Esa culpa se convirtió inmediatamente en dolor. Reventó el sollozo que estaba conteniendo; tuvo que apretarse la boca con un puño para sofocarlo. En derredor de ella, la gente empezaba a levantarse para caminar hacia la salida. Algunos tosían y se sonaban discretamente la nariz. Daphne se levantó, pero se le aflojaron las rodillas y tuvo que aferrarse del banco que tenía adelante para no caer de nuevo en el asiento. Pasaron varios minutos antes de que se sintiera con fuerzas para reunirse con sus hermanas y caminar hacia la limusina que esperaba para llevarlas al cementerio.

Cuando llegó al estacionamiento Kitty y Alex ya no estaban a la vista y los concurrentes iban ya hacia sus propios autos. Alguien le tocó el codo. Al volverse encontró a Johnny mirándola con simpatía. Era obvio que la estaba esperando: sólo quedaban ellos en los peldaños de la capilla.

—Lamento lo de tu papá —dijo.

Ella agradeció su presencia y el hecho de que no derramara sentimientos falsos. Lo que no le gustaba era lo que le hacía sentir. Ni el calor generado por su mirada firme, que la recorría en grandes olas perezosas.

—Has sido muy amable al venir —dijo, evitando mirar la limusina que esperaba en marcha junto al cordón, donde sus hermanas y sus sobrinas debían de estar impacientándose.

—Tu papá no hubiera utilizado la palabra "amable" en relación conmigo. —Johnny alzó una comisura de la boca, en una sonrisa torcida. —Pero algo teníamos en común: los dos habríamos sido capaces de cualquier cosa por ti.

Ella soltó una risa breve e irónica.

—Bueno, ya ves que me las he arreglado para sobrevivir bastante bien por mi cuenta.

Pensando en Roger, apoyó el peso en el otro pie, cada vez más incómoda. La sonrisa de Johnny se ensanchó en una mirada observadora.

—Eso es algo que nadie podría negar.

Daphne empezaba a ponerse algo nerviosa, pues no sabía hacia dónde llevaba todo eso. Se descubrió barbotando:

—¿Por qué viniste, Johnny? Tenías sobrados motivos para odiar a mi padre. Ahora tú y tus compañeros están haciendo todo lo posible para poner a mi madre en la cárcel. ¿No te parece extraño estar charlando conmigo aquí, como dos viejos amigos?

—De eso quería hablarte: de cuál es nuestra posición en todo esto. Pero aquí no. —Le apretó el codo con más fuerza. —¿Podríamos encontrarnos más tarde? Pensaba en la laguna de Plunkett. Solíamos ir a menudo, ¿recuerdas?

Ella lo miró con fijeza. ¿Que si recordaba? Su primera vez había sido en la laguna de Plunkett, sobre una manta tendida junto a una fogata de leña de deriva, bajo estrellas que eran como chispas despedidas por sus cuerpos desnudos. Aún ahora, algunas noches (en ese espacio lento e inestable que se extiende apenas por debajo del pensamiento consciente) podía recordar cada sensación con toda exactitud, como si rastreara sus propias huellas en la arena. La conmovedora cautela con que Johnny se había movido dentro de ella, el sabor de sus propios gritos tragados, como sal en el fondo de la lengua. El olor a humo de su pelo, la arena que formaba surcos bajo la manta. Buen Dios, su problema no era recordar. Era aprender a olvidar.

—Estaré en casa de Kitty la mayor parte de la tarde —respondió—. Ella quiere recibirnos a todos, cuando volvamos del cementerio. —Daphne tragó saliva con dificultad; le costaba imaginar a su padre descendiendo a la fosa. —Pero tal vez pueda escapar algo después, sólo por una hora.

—Te estaré esperando —dijo él—. A cualquier hora que llegues.

Ella meneó la cabeza.

—No querría demorarte. ¿No sería mejor que te llamara para decirte si puedo ir o no?

Pero el gesto empecinado de su boca, la inclinación de su cabeza, demostraban que estaba decidido.

—He esperado hasta ahora —dijo, como si hiciera falta señalarlo. Sus ojos de párpados gruesos, más azules que grises bajo la intensa luz del sol, rozaron los autos que se retiraban. —Creo que no me hará daño esperar un poco más.

Con el correr de los años, el camino de tierra hacia la laguna de Plunkett había sido apisonado por miles de cubiertas, hasta cobrar la dureza del asfalto. Eran generalmente los enamorados adolescentes quienes estacionaban en el extremo, allí donde la maleza alcanzaba altura suficiente para ocultarlos a la vista de cualquiera que pudiese pasar caminando por la playa. Por la noche, cuando no había nadie, los chicos encendían fogatas en la arena con la madera que el mar acumulaba en la línea de la marea alta. Allí, a sotavento de la bahía, las dunas eran más altas que en las ensenadas más resguardadas; además, las temperaturas frescas favorecían a los amantes jóvenes. Las madres y los padres que acudían en tropel a las playas más cálidas no necesitaban saber lo que sucedía detrás de esas dunas, bajo viejas mantas escocesas en las que sus hijos, ahora adolescentes, habían jugado en la infancia.

El Thunderbird '65 de Johnny avanzaba a tumbos por la ruta que había recorrido muchas veces desde la secundaria: primero, con su esposa y su hijo; más recientemente, solo. Aun así tuvo una sensación extrañísima: que llevaba años sin hacer ese trayecto.

Estaba pensando en la noche en que él y Daphne habían ido hasta allí en su viejo Pontiac, tras el baile de primavera. Las ventanillas estaban empañadas por el calor de ambos, en tanto la niebla se apretaba desde afuera. Como siempre, hicieron de todo, menos lo que él más deseaba; estaba dispuesto a contenerse hasta que ella estuviera lista. De pronto, sin previo aviso, como si fuera una ocurrencia del momento, ella se quitó el vestido por sobre la cabeza y lo arrojó al asiento delantero, con naturalidad y desenvoltura, como si no fuera su virginidad lo que le estaba ofreciendo, sino un pedazo de alguna fruta deliciosa.

Hacer el amor con Daphne era, prácticamente, lo único que tenía en la cabeza desde que se conocieron, el día en que él la encontró fumando ostentosamente un cigarrillo en el Pozo de los Fumadores, tras el edificio de ciencias. Una chica bonita, de pelo lustroso, con el sello de Agua Fría Point en todas partes. Él había reparado en ella en la clase de Español, pero le sorprendió que lo recordara. Nunca habría creído ser su tipo. Pero se equivocaba... como en tantas otras cosas.

Sólo una certeza tuvo ese día (y siempre, a partir de entonces): aquello que había estado buscando, fuera lo que fuese, acababa de encontrarlo.

Aún la veía con toda claridad, riendo, desnuda bajo la manta en que se había envuelto, mientras él la perseguía por entre las dunas. Y más tarde, cuando encontraron un sitio donde encender fuego, el juego de la luz en sus miembros desnudos, que relumbraban como con un calor propio.

Ahora, mientras se detenía en la hollada rotonda, el hombre de treinta y ocho años que en la actualidad respondía a los apelativos de "John" o "señor Devane" (jamás a "Johnny") se preguntó si ella sabía lo profundo que era su amor... o si sólo había podido ver algo que era como el océano extendido más allá de la laguna: vasto a la vista, con nueve décimas partes bajo la superficie. ¿La sorprendería enterarse de que abandonarla había sido una de las decisiones más difíciles de toda su vida? Pocos días después de cerrar esa puerta, se había lanzado a los caminos, llevando sólo veinte dólares y una navaja de bolsillo con mango de hueso; iba sin destino fijo, viajando con quien lo recogiera; pedía cigarrillos y bebía café malo y demasiada cerveza en incontables puestos a la vera de la ruta.

"Eres basura, sólo basura, indigna hasta de lustrarme los zapatos": las inmortales palabras del padre de Daphne. Pero lo mismo habría podido decir su propio viejo. En muchos sentidos ambos se parecían mucho, aunque a ninguno de los dos le habría gustado saberlo: ambos eran de mente estrecha y apoyaban vigorosamente el Evangelio Según San Sabelotodo. Pero el buen doctor Seagrave parecía haber tenido un rebaño infinito, mientras que Frank Devane, que lo veía todo desde el fondo de una medida de whisky (donde todo puede parecer bastante profundo) no había atraído más que a sus compinches de la taberna Surfside.

Johnny se apeó de su Thunderbird, un convertible azul en cuya restauración había gastado la mayor parte de un año y una buena porción de su sueldo. Se apoyó contra el capot caliente para encender un cigarrillo, protegiendo la llama con una mano para evitar que el viento la apagara. En la rotonda no había ningún otro auto; tampoco había señales de que hubiera alguien por allí. Aún era demasiado temprano para los amantes y hacía demasiado frío para los que gustaban de la playa.

Paseando por la arena, trepó a la duna más cercana y, con los ojos entornados, contempló las olas que lanzaban manotazos al sol, en tanto descendía hacia el horizonte, regordete en su manto rojo.

Daphne ya debía de estar harta de parientes llorosos y sándwiches de miga. Estaría pensando que, si un solo estúpido insensible pretendía sonsacarle una explicación de la tragedia, se arrojaría por la ventana más próxima. Pero era demasiado cortés para escapar como lo habría hecho Johnny: cruzando el umbral.

Durante los años que él había pasado en los caminos, viviendo a fuerza de ingenio, movimientos del pulgar y cualquier trabajo que pudiera conseguir en los talleres mecánicos de la ruta, Daphne estaba en Wellesley, estudiando a Chaucer y a Hegel, participando en marchas de protesta contra una guerra a la que nadie parecía prestar mucha atención hasta que la moda así lo exigió. Por la época en que él se agotó o sentó cabeza (no era seguro qué había sucedido primero), lo bastante como para arrancar de las fauces de la derrota una beca para la Universidad de California en Los Ángeles, ella estaba ya en los cursos de postgrado y formando un hogar con su flamante esposo.

La única constante, en todos esos años, había sido la voz que susurraba en su cabeza: "A que ese tipo no tiene la cicatriz de sus dientes". Aquella última vez, sabiendo que él iba a abandonarla, Daphne había llegado al orgasmo sollozando sin cesar, enloquecida por el deseo y furiosa al mismo tiempo, y le había mordido el brazo al punto de arrancarle sangre. Con el tiempo la cicatriz se fue borrando, pero aún era visible la tenue marca de sus dientes. Justo bajo el hombro, en el sitio que él tocaba en ese momento.

Johnny entrecerró los ojos aún más y el horizonte se redujo a una larga banda de plata batida. Lagrimeaba por el frío; las rachas que venían desde el océano tenían sabor a sal. Aunque oyó vagamente el ruido de una portezuela que se cerraba, estaba tan perdido en sus pensamientos que no prestó mucha atención, hasta que oyó el llamado de Daphne:

—¡Johnny!

Estaba detrás de él, a poca distancia, con la cara inclinada hacia arriba, recibiendo los últimos rayos dorados. Se había puesto vaqueros, un rompevientos de nylon y un suéter rojo que acentuaba el color de sus mejillas. Entornaba los ojos verdes contra el resplandor: ojos que últimamente habían visto más dolor del que les correspondía. Él se alegró de ver que, a pesar de todo, no habían perdido su luz. Sintió que el corazón le golpeaba contra las costillas, como llamando sin que nadie respondiera.

—Arrancaron todos los letreros —comentó ella, haciendo sombra con una mano para observar la maltrecha cerca que corría paralela a la playa, como una costura mal cosida. Demarcaba las parcelas de las casas edificadas sobre el barranco, cuyos propietarios estaban en guerra con los visitantes de la playa desde que Daphne tenía memoria.

—Los chicos —explicó él—. Usan la madera para encender fuego.

Y sonrió, recordando los tiempos en que él y Daphne ignoraban aquellas advertencias contra invasores, perros, acampar durante la noche, lo que fuera... por cortesía de quienes vivían en las elegantes casas de arriba. Ella no parecía haberse percatado de que sus padres estaban entre los que reclamaban la propiedad de ese regalo de Dios, abierto todo el año.

—Esos letreros nunca evitaron que la gente hiciera lo que se le antojaba —recordó Daphne, con los ojos chispeantes de diversión en la estrecha banda de sombra que arrojaba su mano.

—Tú y yo somos prueba viviente de eso.

—No estaba pensando en nosotros.

—Mientes —la provocó él—. Nunca me engañas.

Daphne dejó caer la mano a un lado y lo miró con los ojos entornados.

—Eres tú el que miente, Johnny Devane. Antes me engañabas... porque te creía mucho más inteligente. Ya no. Sólo tratas de desconcertarme.

Johnny ignoró la leve sonrisa que chisporroteaba en su boca; por alguna razón parecía llevar mucho tiempo sin que la besaran como Dios manda.

—¿Más inteligente? Caramba. Eso sí que es bueno, viniendo de ti.

—¿Crees que era un genio sólo porque sacaba sobresaliente en Literatura? No me refiero a las calificaciones ni a los exámenes de ingreso a la Universidad. Lo tuyo era sabiduría de la vida. Respetabas automáticamente a los adultos sólo porque eran mayores. Conducías a demasiada velocidad, pero parecías saber siempre adónde ibas. Eras capaz de cambiar un neumático con los ojos cerrados.

—Creo que aún podría. Por desgracia, eso no me ha esclarecido mucho sobre el significado de la existencia humana. —Johnny sonrió. —Ven, vamos a dar un paseo antes de que oscurezca demasiado.

Iba a tomarla de la mano, pero Daphne vaciló. Al percibir su confusión, él volvió a hundir la suya en el bolsillo como al desgaire. Apenas cien metros más allá, preguntó:

—¿Recuerdas esa conferencia que diste en Berkeley, hace un par de años. Yo estaba allí, en la última fila.

Ella se detuvo abruptamente para mirarlo.

—¿La única vez que vinieron más de quince personas? —Meneó la cabeza. —¿Y por qué no te acercaste a saludar?

Johnny vaciló por un momento; al fin se decidió por la verdad.

—Supongo que estaba muy intimidado. No imaginaba que tuvieras tanto talento. Y se me ocurrió que tal vez no quisieras reconocerme.

Daphne lo sorprendió con una risa amarga.

—Mi vida no es tan rutilante como la imaginas. —Bajo los últimos rayos del sol poniente, su cara parecía relumbrar con luz propia, tan bella que lo dejó sin aliento. —Ojalá hubieras venido siquiera a estrecharme la mano. —Y agregó con una sonrisa: —Ni siquiera estabas obligado a comprar un libro.

—Tengo todos tus libros. Y no me habría limitado a estrecharte la mano.

Vio que el rubor de Daphne se acentuaba.

—Cuando menos podrías haber venido a decir "hola"—lo regañó ella, suavemente.

—Bueno, hola. —Él alargó la mano. Esa vez ella la aceptó, envolviéndola con sus dedos para no soltarla.

Johnny ya no se molestó en disimular el hambre que lo desgarraba, desnudándolo hasta los huesos, dejándolo falto de toda prentensión e impulsado por la mera necesidad. ¿De qué habría servido fingir? Eso no era una reunión de ex alumnos (había faltado a todas, por la simple razón de que ella no estaría). Tampoco era un encuentro casual. Había vidas suspendidas en la balanza. Entre ellas, quizá, la suya y la de Daphne.

—Johnny.

Sólo eso: su nombre, pero él se descubrió arrebatándolo como si fuera una moneda arrojada al aire. La manera en que ella lo había pronunciado, estirando la primera vocal como si fuera un objeto desgastado por las caricias.

No tenía pensado besarla. Pero cuando ella giró la cabeza hacia la luz, dejando ver un destello de lágrimas en sus ojos, súbitamente pareció lo más natural del mundo: la tomó en sus brazos e hizo lo que deseaba desde el momento en que la viera entrar en su oficina, días atrás.

Al principio Daphne pareció más sorprendida que otra cosa. No se resistía, pero tampoco parecía derretirse. Johnny sintió la punta de su lengua, como si probara algo que no había saboreado en los últimos tiempos. Después, con un suspiro, ella abrió la boca, como cuando tenían dieciséis años y aún ignoraban que no todos los besos sientan tan bien, que no todos los amantes te dejan con sed de más.

Johnny sintió que las olas subían a lamer los tacos de sus viejas botas. Pero el frío que se filtraba por la chaqueta de lana sólo hacía que el cuerpo de Daphne pareciera aun más cálido contra el suyo. Le traía a la memoria la fogata junto a la cual habían hecho el amor por primera vez, no lejos de donde se encontraban.

Cuando al fin pudo soportar el retirarse, se encontró contemplando la cara atormentada de una mujer que había recorrido, también ella, algunos caminos duros; una mujer que, aun casada y con hijos, no había olvidado el amor de aquella noche lejana. Vio también a una esposa no muy bien atendida, que se había vuelto cautelosa en los gestos y en las expectativas.

Se sacudió un repentino deseo de plantar el puño en la mandíbula de un hombre al que no conocía. Escogió sus palabras con prudencia:

—Pasé tres años culpándote por no tener las agallas de oponerte a tu viejo —dijo—. Y un par de décadas pateándome.

—Sólo hiciste lo que te pareció mejor para mí.

Parecía enfadada, pero no con él.

—No por eso dolió menos, ¿o sí?

—No.

Él le encerró el mentón en una mano y volvió a besarla, esta vez más a fondo. Había sal en sus labios (¿sería de lágrimas?); ardió contra los suyos y le clavó un agudo acero de anhelos en la ingle. Se descubrió pensando en su ex esposa. ¡Pobre Sara! No era extraño que le hubiera pedido el divorcio: cada vez que hacían el amor, en la cama había dos mujeres: la que yacía bajo él y la que tenía escondida en el corazón.

—Si tuviéramos más tiempo encendería una fogata —murmuró contra el pelo de Daphne.

Ella se estremeció, pero se las compuso para reír con valentía.

—¿Cómo, si no queda un solo letrero de PROHIBIDA LA ENTRADA?

—Si buscáramos bien, estoy seguro de que hallaríamos alguno.

—Temo que en este momento tenemos asuntos más urgentes. De los cuales pareces formar parte, por cierto.

Hablaba con una curiosa formalidad que Johnny reconoció: era Daphne en su estado más vulnerable. Sólo al inclinarse para besarla en la frente vio el miedo en sus ojos.

—¿Qué nos está pasando, Johnny? —preguntó ella, en voz baja y trémula.

Él habría querido responder: "Lo mismo que antes, y tu viejo sigue interponiéndose entre nosotros... aun desde la tumba". Pero recordó que había unos cuantos obstáculos más en el camino; el hecho de que ella estuviera casada, por ejemplo.

—Nada que no haya sucedido antes —dijo, acercándola de nuevo a su cuerpo; esta vez la estrechó con fuerza. —Pero tal vez hayamos aprendido algo del pasado. Tal vez los dos éramos más inteligentes de lo que reconocíamos.

—Mañana, después de la audiencia, ¿seguiremos sintiendo lo mismo? —La voz luctuosa de Daphne parecía flotar hacia él desde el oleaje que siseaba en la costa.

—Tengo que hacer mi trabajo. En cuanto a eso no quiero mentirte —replicó él, sombrío; se resistía a soltarla, aunque se había puesto tensa—. Pero hay algo que puedo prometerte: haré todo lo que esté a mi alcance para que tu madre tenga un juicio justo.

—¿Aun a costa tuya?

—Aun a costa mía.

—Johnny, no puedo pedirte que...

—Chist. —Acalló la protesta con la boca, rozándole los labios bajo la luz dorada, que ya moría. En ese momento le habría dado la luna, si ella la hubiese querido. —No me estás pidiendo nada. Digamos que tenía una deuda conmigo mismo y ha llegado el momento de pagarla. Si algo se puede salvar de este desastre, ¿no crees que nos merecemos el intento, cuando menos?

Sólo una vez había estado Daphne en una sala de tribunales: años atrás, al formar parte del jurado en el caso de una mujer que, atropellada por un taxi, había presentado una demanda por los dolores crónicos que le provocaban sus heridas. Tras escuchar testimonios durante varios días, el jurado falló a favor de la mujer. Pero el lunes siguiente a los funerales del doctor Seagrave, al sentarse en la atestada Corte del Distrito, Daphne se enfrentaba a la posibilidad, muy real, de que esta vez la decisión no fuera tan favorable.

La audiencia de ese día, según había explicado el abogado de su madre, tenía dos fines: se presentaría un alegato y se fijaría la fianza. A falta de un procesamiento por gran jurado, el juez dictaminaría si las evidencias eran suficientes para llevar el caso a juicio.

—Es una formalidad —advirtió Cathcart. Habría juicio, sin duda alguna. "Antes bien, una ejecución pública", pensó Daphne, recordando lúgubremente el titular publicado por un diario sensacionalista, que había visto en el supermercado: "¡FUI YO!", DIJO ABUELA ASESINA A POLICÍAS.

¿Se aferraría mamá a su declaración? ¿O quizá Cathcart había logrado persuadirla de que alegara defensa propia? Dos días antes, en su última conversación con ella, mamá se había mostrado inflexible. Insistía en decir que no lo había hecho en defensa propia. ¿Por qué decir algo que no era verdad?

Daphne adujo que, en términos estrictos, no tenía forzosamente que ser la verdad. Lo importante era hallar una salida. Si para eso debían construir la defensa sobre la tortura mental y hasta sobre una amenaza no explícita, que así fuera. Papi había muerto y ya nada podía perjudicarlo.

Pero mamá no quería saber nada con eso.

—Me gustaría volver a casa, si el señor Cathcart consiguiera mi libertad bajo fianza —había dicho, apretando los labios—. Pero en cuanto a mi libertad, debes entender algo, querida: jamás quedaré libre. Ni aunque me declaren inocente.

Ahora, sentada junto a su hermana en la primera fila de la sala atestada, Daphne desvió una mirada hacia Kitty. Se la veía distraída, como si estuviera pensando en otra cosa. ¿Quizás en el joven que la había visitado después del entierro, para presentar sus condolencias? Con tanta gente dando vueltas por allí, Daphne no habría reparado en él... de no haber sido por el modo en que su hermana lo seguía con la vista. Un joven delgado y musculoso, de pelo y ojos oscuros... de ésos que su madre solía llamar "ojos de alcoba".

Hubo un momento en que él se llevó a Kitty aparte, al parecer para un diálogo íntimo. Nadie se percató, salvo la hermana mayor, que la conocía como nadie. Cuando Kitty inclinó la cabeza a un lado, dejando caer el pelo sobre la cara, en una cortina esponjosa, Daphne no necesitó más para saber que se había ruborizado. Ya le contaría quién era él, cuando llegara el momento. Por ahora las dos tenían cosas más importantes en que concentrarse.

Buscó con la vista a su madre. Estaba sentada a dos metros de distancia a la mesa de la defensa. La flanqueaban su abogado y la asistente de Cathcart, una muchacha rubia, peinada a lo Peter Pan y con aspecto de niña abandonada; aunque tenía unos veintiocho años, parecía tan joven que Daphne no la hubiera empleado para cuidar a sus hijos, mucho menos para defender a su madre en un caso de homicidio.

En cambio la complació ver que Tom Cathcart inspiraba confianza con su mero aspecto. A su mente vino una frase trillada: "Tiene presencia". En verdad, así era: alto, de pelo plateado que relumbraba como plata pulida, con su traje gris a rayas muy finas, que se salvaba de ser demasiado conservador gracias a un colorido par de tiradores, estaba peligrosamente cerca de resultar gallardo.

Hasta mamá tenía buen aspecto. Estaba pulcramente peinada y con un toque de lápiz labial. Vestía un traje azul celeste, con ribetes en azul marino en torno de las solapas y los puños, que Kitty le había llevado. Daphne lo reconoció: era el mismo que se había puesto para su última exposición, el verano anterior. Ahora resultaba cuanto menos dos tallas demasiado grande.

Fue ese pequeño detalle lo que la obligó a echar mano de los pañuelos de papel; últimamente los tenía siempre al alcance, en el bolso; le eran tan indispensables como la billetera o el llavero.

Tal vez por eso evitaba deliberadamente mirar a Johnny. Lo había visto fugazmente al entrar, sentado ante la mesa de la fiscalía, con un corpulento asiático que debía de ser el fiscal de distrito. Pero establecer ahora contacto con él, aunque sólo fuera visualmente, sería una especie de tortura. Desde el paseo por la playa, el día anterior, Daphne no había podido dejar de pensar en él: sus palabras, sus manos, los recuerdos que le había evocado. ¿Desaparecería todo eso como un sueño bajo el implacable fulgor de la realidad?

La voz de la razón, siempre vigilante, susurró: "Aun sin tener en cuenta que estás casada, que los dos son demasiado grandes para hacer tonterías, ¿cómo te sentirás cuando te interrogue como testigo? ¿Podrías amar a un hombre que tal vez ponga a tu madre en la cárcel?".

No lo sabía. O quizá no quería enfrentar lo que, para algunos, sería dolorosamente obvio. Pero nada de eso era nuevo. ¿Acaso ella no había pasado buena parte de su vida rehuyendo las verdades penosas?

Daphne echó otra mirada furtiva a Kitty, por el rabillo del ojo. ¿Cómo era posible que, habiéndose criado bajo el mismo techo, hubieran salido de la niñez con recuerdos completamente distintos? El hogar que ella recordaba era cálido y bullanguero, lleno de pequeños placeres domésticos, tan usados y reconfortantes como los animales de paño que tenía en su cama. Había, sí, ocasiones en que era preciso andar en puntas de pie: cuando papi estaba cansado e irascible, después de una jornada larga en el hospital. Pero en general, ella y sus hermanas habían gozado de una libertad no demasiado restringida por reglas y actividades planificadas. En el verano vivían prácticamente en traje de baño; la ensenada, bajo la casa, era como el jardín de la casa. Los amigos iban y venían como amigos de la familia; muchos (Leanne entre ellos) parecían preferir a sus propias casas ese enorme elefante blanco que era la vivienda de Cypress Lane.

Su madre también era diferente de las otras. En una época en que reinaban el pan industrial y las verduras ya empaquetadas, ella amasaba su pan y cultivaba sus hortalizas. En la primavera conducía por dos horas, con sus hijas en el auto, para ir a una granja de Pearsonville donde compraba pepinos recién cortados; luego pasaba todo el día siguiente preparándolos en vinagre para guardar. Cada estación se caracterizaba por una excursión similar. En verano iban a las huertas, a comprar damascos, duraznos y ciruelas; en el otoño, cajones de manzanas. Y la Navidad nunca estaba completa sin un abeto azul que talaban personalmente en un vivero cercano.

Lo único que era exclusivamente para mamá, para nadie más, eran las horas que sustraía para su pintura y, en los meses cálidos, su rito matinal de nadar a través de la ensenada: casi ochocientos metros, en total. Según solía decir, era lo único que ansiaba durante todo el invierno, cuando soplaba el viento frío y las tempestades hacían que las olas espumajearan sobre las rocas.

A principios de primavera, el primer día razonablemente templado la encontraba en los empinados peldaños de madera que serpenteaban acantilado abajo, con una toalla cruzada al hombro y marchando a paso elástico. Poco importaba que el frío del agua expulsara al resto hacia la costa, en busca de un buzo abrigado: allá iba mamá, adentrándose en el mar con brazadas fuertes y seguras.

Daphne se descubrió preguntándose si ese ejercicio disimulaba la necesidad de perderse en algo que no requiriera pensar ni racionalizar. ¿Habría utilizado esos agotadores trayectos para limpiar de su mente las dudas y las sospechas que debían de infiltrarse? Dudas sobre su esposo, a quien amaba como a nadie. Tanto como para...

"Matarlo, a fin de que no la abandonara".

La idea hizo que Daphne se irguiera bruscamente, en un movimiento que le provocó una punzada aguda en el hombro. Tal vez papi le había pedido el divorcio. Una semana antes ella lo habría considerado imposible, pero ahora dio vueltas a la posibilidad en su mente, con tanta delicadeza como si fuera una hoja caída que pudiera desmoronarse.

Tal vez, la serenidad que ella creía ver en su madre no era sino una callada abdicación del espíritu. La renuncia a la propia realidad, que se produce cuando una se pasa la vida haciendo la vista gorda. La recorrió un escalofrío.

"¿Es eso lo que he estado haciendo con Roger? ¿Fingir? ¿Permitir que las ilusiones ocuparan el lugar de los hechos fríos y sólidos?"

Por ejemplo, el hecho de que ella no estaba enamorada de Roger. Lo amaba, sí. Era el padre de sus hijos, el hombre que dormía a su lado desde hacía quince años. Compartían muchas cosas: recuerdos de los sitios idílicos que habían visitado, junto con los de vacaciones en las que todo había salido mal; de sus dulces bebés rosados por el baño y de cólicos, paperas y fiebres que los habían mantenido en pie toda la noche; de amigos cuya compañía disfrutaban y otros de los que se burlaban en secreto. En pocas palabras: la historia acumulada de un matrimonio. Pero reconoció, con tristeza, que eso no reemplazaba a una pasión compartida.

¿Y Roger, a su vez? Tampoco era del todo sincero con ella. Tantas excusas ¿no eran sólo hostilidad disfrazada? Y si esa mujer con la que había estado coqueteando en la librería era una muestra, mentía siempre al decir que nunca miraba a otras.

"Mira quién habla —se burló una voz interior—. Lo que hiciste ayer con Johnny, en la playa, no fue exactamente construir castillos de arena".

Su mirada se desvió hacia él. Estaba inclinado hacia el portafolios que tenía abierto frente a sí. Sólo podía ver su nuca, donde la línea de pelo entrecano, bien recortada, rozaba el cuello almidonado de la camisa. Pero bastó para recordar los días en que lo usaba más largo; después de hacer el amor se tendía de espaldas a fumar un cigarrillo, mirándola con los ojos entornados, a través de un perezoso remolino de humo, mientras ella deslizaba los dedos por el pelo rubio ceniza que se abría en abanico sobre la almohada.

Apartó rápidamente los ojos, que ardían.

En ese momento la alguacil (una mujer entrada en años, de pelo esponjoso y rojizo y párpados empastados de color azul brillante, como plumas de pavo real), se adelantó para ladrar:

—Todos de pie: Su Señoría el juez Harry Kendall.

La sala estalló en un roce de pies y susurros de portafolios reacomodados. "¡Cuánta gente!", pensó Daphne. La mayoría eran periodistas, aunque rato antes había visto, gracias a Dios, unas cuantas caras familiares entre la multitud. Las hermanas de su madre, tía Ginny y tía Rose, estaban sentadas varias filas más atrás. Y también la señora Langley, dueña de la galería donde mamá exponía sus obras. También habían venido a prestar apoyo varias mujeres de la iglesia.

Sin embargo, su madre parecía inconsciente del alboroto que había provocado. Se levantó sin hacer ruido, con la vista fija en la placa de bronce que pendía por sobre el estrado del juez: la Justicia, con los ojos vendados.

Daphne sorprendió la mirada nerviosa que Cathcart dirigía a su clienta. Las palabras de Roger volvieron para acosarla. ¿Sería tan buen abogado como decían? ¿Tanto como para defenderse contra ese tremendo fiscal de distrito? Pronto se vería.

Bruce Cho, que medía un metro ochenta y era una mezcla de negro, chino y samoano, obviamente quería sangre. Daphne recordó lo que Kitty le había contado sobre su último caso: un conductor ebrio que había atropellado y matado a una madre con sus dos hijos. No importó que el conductor fuera un dentista respetado y concejal de la ciudad: el fiscal de distrito le clavó una condena por homicidio en segundo grado, que involucraba una sentencia de hasta veinte años.

En ese momento se inclinaba hacia su ayudante para susurrarle algo. Cuando Johnny giró hacia él, Daphne vio fugazmente su expresión. La única palabra para describirla era "lúgubre"; su mandíbula parecía acero templado. "No está disfrutando de esto", pensó ella, mientras se levantaba respetuosamente.

Fijó la vista en el estrado, donde se estaba instalando el juez. Era un hombre corpulento, que aparentaba unos cincuenta y dos años, con quince o veinte kilos de sobrepeso, cara mofletuda y ojos pequeños; se entornaba con disgusto para observar la sala atestada.

Pero el tonante pronunciamiento desde lo alto para el que Daphne se había preparado no llegó nunca.

—¿Es impresión mía o aquí hace un frío como para colgar medias reses? —tronó Kendall—. Agradecería mucho que alguien tuviera la bondad de apagar el aire acondicionado.

Y clavó una mirada fulminante en la alguacil, que se escabulló hacia la pared para ajustar el termostato.

Si en la sala hacía frío, Daphne no se había percatado. Con tanto en riesgo y Johnny tan cerca, se sentía como si estuviera ardiendo.

Después de esperar un momento, el juez carraspeó; el ruido, amplificado por el micrófono que tenía ante sí, resonó como un trueno lejano.

—Se abre la sesión. Siéntense todos, por favor. Señor Cathcart, ¿estamos listos para proceder?

El abogado permanecía de pie.

—Estamos listos, Su Señoría.

Cho, ceñudo como los gigantes de Grimm, se lanzó sin aguardar invitación:

—Su Señoría: el estado está en condiciones de demostrar que la acusada, Lydia Seagrave, en flagrante despreocupación por la vida de su difunto esposo...

Kendall lo acalló con un ademán seco.

—Esto no es un juicio, señor Cho. Creo que todos conocemos los detalles de este caso. En realidad, voy a descartar la lectura formal de la acusación. —Se cruzó de brazos; las mangas de la toga negra formaron un charco en la superficie lustrada que tenía ante sí. Luego dirigió una mirada severa a la madre de Daphne, preguntando: —Señora Seagrave, ¿entiende usted la naturaleza de esta audiencia?

Lydia miró con nerviosismo a su abogado, como si no estuviera segura de lo que debía responder. Luego dijo, vacilante:

—Sí, Su Señoría, creo que sí.

—¿Comprende usted que la declaración jurada hecha por usted a la policía puede y será utilizada en su contra?

Al ver que su madre asentía con la cabeza, Daphne sintió que se le cerraba el pecho.

—Conste en actas que la acusada ha respondido afirmativamente. —Kendall se inclinó hacia adelante; su boca pequeña y fruncida se perdía casi por completo entre las carnosas mejillas que la encerraban como sujetalibros. —Señora Seagrave, se la acusa de homicidio en primer grado en la persona de su esposo. ¿Está usted informada de que un veredicto de culpabilidad involucraría una pena máxima de prisión perpetua?

Parecía impaciente, como si Lydia fuera una alumna medio lenta y no llegara a entender del todo sus palabras. Pero ella las comprendía muy bien: estaba temblando; una vez más asintió con la cabeza, en silencio.

Cathcarth, que había retomado su asiento, se levantó de un brinco para protestar:

—Su Señoría, mi cliente ha estado soportando condiciones muy duras...

Kendall lo acalló con un gesto, sin apartar los ojos de los de Lydia.

—Estamos en un país libre, señora Seagrave. Tiene usted derecho de alegar lo que desee. —Y añadió, echando un vistazo de advertencia al abogado defensor: —Tiene el derecho de ignorar el consejo de su letrado, si así lo desea. Pero aunque sólo sea por mi propia tranquilidad, me gustaría que esto constara en actas. Cuando usted firmó la declaración que tengo ante mí, ¿lo hizo por libre voluntad?

Sus dedos jugaban con un documento de la carpeta.

Daphne sintió que su hermana le buscaba la mano para estrechársela. Como desde lejos oyó la intervención de Cathcart:

—Su Señoría, solicito que se suspendan los cargos formales hasta que mi cliente haya sido sometida a una evaluación psiquiátrica completa.

El juez, sin prestarle atención, inquirió:

—Señora Seagrave, ¿cree usted estar en su cabal juicio?

En los labios de la mujer aleteó el fantasma de una sonrisa.

—Eso espero, Su Señoría.

—En la noche en cuestión, ¿tenía usted clara conciencia de sus actos?

—Sí, Su Señoría.

Él se respaldó en el asiento, frunciendo el entrecejo como el profesor que recibe una respuesta equivocada. Luego dijo con aire cansado:

—Se rechaza la moción, señor Cathcart. Continuemos. ¿Cómo se declara su cliente?

Daphne luchó contra el impulso de saltar por sobre el cerquillo para sacudir a su madre hasta hacerla recobrar el buen tino. Kitty debió de percibirlo, pues sacudió súbitamente la mano, apretando la de ella con tanta fuerza que Daphne estuvo a punto de chillar de dolor.

Echó un vistazo a Johnny, que se volvió justo a tiempo para sorprenderla. Por una fracción de segundo sus ojos se encontraron. Él suavizó su expresión, casi como si le implorara... ¿qué? ¿Perdonarlo por no poder impedir lo que estaba sucediendo con su madre? ¿O acaso se disculpaba en silencio por haberla besado en la playa, el día anterior? Aquel beso había reabierto una puerta que ella creía cerrada para siempre. Y ahora debía torturarse preguntándose si la cruzaría o no.

Sobre la sala cayó el silencio. Luego, a través del bramido sordo que le llenaba los oídos, Daphne oyó que su madre respondía, con la voz cantarina con la que podría haber respondido a una invitación social o al pedido de una donación caritativa:

—Me declaro culpable, Su Señoría.

Capítulo 8

E l letrero impreso colgado en la puerta de Kitty decía: CERRADO – PERDONE USTED. Abajo se veía otro más pequeño, escrito a mano: *Cerrado por fallecimiento. Gracias por su paciencia.*

Habían pasado dos semanas desde el funeral. Corrían los primeros días de mayo, la temporada en que los vientos soplaban con fuerza desde el océano, fustigando la superficie hasta arrancarle mil millones de puntos luminosos, fregando el cielo hasta darle un brillo frío y límpido. En los alféizares y las barandillas de los porches empezaba a hacer su aparición el mimbre japonés que brotaba a lo largo del arroyo Watley, en haces dispuestos en frascos, latas o viejas jarras de arcilla. Y el Club de Damas Jardineras estaba haciendo los últimos preparativos para la fiesta anual de la begonia.

Té y Simpatía estaba cerrado desde mediados de abril, pero eso no había ahuyentado mucho a los clientes regulares de Kitty. Todo empezó con Josie Hendricks. El martes siguiente a la audiencia de procesamiento, exactamente a las siete y cinco de la mañana, la maestra jubilada había comenzado a golpear con su bastón la puerta cerrada. Estaba al borde del colapso, medio muerta de miedo a causa de los periodistas que acampaban en la acera. ¡Pero si sólo venía a darles el pésame, santo cielo! Bueno, ya que estaba allí, ¿sería demasiada molestia pedir una taza de ese rico té Darjeeling?

Al día siguiente fue el padre Sebastián, con el ofrecimiento de decir una misa por su padre. Kitty se conmovió. Y cuando le ofreció una tajada de torta de mazapán, recién sacada del horno, el cura aceptó con muchísimo placer.

Desde entonces se había divulgado la noticia de que, si bien Té y Simpatía estaba oficialmente cerrado, podía hacer una excepción para quienes golpearan con fuerza y exhibieran la debida apreciación... o desesperación, en algunos casos. Como Joe Donelley, el de la curtiembre, quien se había presentado con la timidez de un niño de tercer grado, haciendo crujir en protesta las tablas del porche con sus balanceos. Lo que había pasado con el papá de Kitty era terrible,

127

dijo, y lo que todos esos gusanos estaban pensando de su madre. Ella podía contar con el pleno apoyo de todos sus hombres. Si necesitaba una mano, para lo que fuera, no tenía más que decirlo. Y sin ánimo de faltar el respeto a los muertos, cuanto antes volvieran las cosas a la normalidad, más pronto podría ella dejar todo aquello atrás. Y hablando de eso: el trabajo en la curtiembre no marchaba tan bien sin sus bollitos de canela.

Después de darle las gracias, Kitty le hizo un paquete con los panecillos que habían sobrado del desayuno y lo envió a trabajar con la bolsa llena y una enorme sonrisa.

A decir verdad, no le molestaba. En un mundo que había perdido su eje, el placer que podía brindar con sus confituras parecía el único resto de cordura. Allí, lejos del periodismo rapaz y de los titulares macabros, era posible hallar una pequeña porción de serenidad. Se sintió halagada cuando Gloria Concepción le preguntó, tímidamente, si podía darle la receta de su pastel de limón, siquiera hasta que ella estuviera en condiciones de volver a prepararlo. Y cuando Gladys Honeick preguntó en voz baja si era cierto lo que le habían dicho, que a la pobre Lydia le habían negado la libertad bajo fianza, Kitty no pensó que fuera entrometimiento, sino que tenía otro sólido hombro donde apoyarse.

Si la preocupaba reabrir tan pronto, aunque sólo fuera informalmente, el abrumador respaldo de sus parroquianos despejó sus dudas. Hasta Daphne parecía agradecer la actividad y colaboraba con su buena disposición de siempre. Y aunque el bizcochuelo de su hermana no habría ganado ningún premio, Serena Featherstone, original vidente y severa crítica de Té y Simpatía, había pedido generosamente una segunda porción.

Esa mañana, la del primer lunes de mayo, Kitty estaba haciendo una limpieza a fondo de la despensa. Había descubierto una lata de harina infestada de gorgojos; ahora habría que eliminar todos los alimentos secos y desinfectar la cocina. Sabía por experiencia que era preciso cortar esas cosas de raíz. Una sola horneada de panecillos con gorgojos podía provocar lo que el escándalo de su familia no había logrado: cerrar para siempre las puertas de su negocio.

Ya había revisado todos los estantes y estaba barriendo los restos esparcidos cuando Willa entró por la puerta trasera.

Kitty levantó una mirada sorprendida, sonriendo ante el vago rastro verdoso que formaban los recortes de césped, desde la puerta principal hasta la silla donde su ayudante estaba dejando su campera.

—Hola —dijo Willa, agitando los dedos en un torpe saludo. Aunque hacía bastante frío, se había puesto una solera floreada, ceñida en los sitios menos convenientes, y sandalias de taco chino que dejaban ver las uñas de los pies, pintadas de rojo intenso.

—Hola, tú.

—Pasaba para ver cómo le va. Me parece que no le vendría mal un poco de ayuda. —La muchacha contempló la cocina en desorden, con las alfombrillas enrolladas y los recipientes vacíos amontonados en la pileta. —Aunque no haya mesas que atender, soy bastante buena para las tareas de la casa. Lavar la ropa, cosas así, ¿sabe? Siempre que me diga qué cosas no poner en el secarropas. ¿Ese suéter de mi mamá? No sabe cómo se encogió. Y ella me dijo que la próxima vez la meta a ella en el secarropas, así se dará el gusto de ser talla cuarenta y cuatro, por una vez en la vida.

Arriesgó una sonrisa cauta. Kitty, inesperadamente conmovida hasta las lágrimas, tuvo que desviar la vista.

—Oh, Willa, eres muy amable... pero en estos momentos no te conviene estar cerca de mí, créeme.

Por el rabillo del ojo vio que la dulce cara de la muchacha, redonda y esponjosa como masa levándose en un bol, se tornaba pensativa. Luego Willa dijo con suavidad:

—¿Mi tío Eddie? Una vez se emborrachó y le clavó un cuchillo a alguien, en un bar. Cuando mis hermanos y yo éramos chiquitos, mami solía llevarnos a visitarlo en la cárcel. Yo nunca lloraba ni nada de eso.

Se encogió de hombros; no necesitaba explicarlo: algo que a su patrona podía parecerle extraordinario, en su comunidad era cosa de todos los días.

Kitty carraspeó y dijo, enérgica:

—Bueno, ya que has venido, ¿por qué no me das una mano con este piso? Todavía no he tenido tiempo de escuchar los mensajes del contestador.

Más llamadas de periodistas, sin duda. Entre los mensajes del día anterior había un articulista de *People* y una anciana vecina, quien deseaba saber si era cierto lo que decía el *Globe*: que a su madre le habían denegado la excarcelación por ser la jefa de una secta satánica.

No había ninguno de Sean ni de Heather. Pero si Willa, con su sencillez y su buen corazón, podía restar importancia a toda aquella locura... tal vez no fuera demasiado pedir que Heather hiciera lo mismo. En cuanto a Sean...

El día del funeral la había sobresaltado verlo llegar. El pequeño interludio de esa semana ya comenzaba a parecer un sueño, hilado con rayos de luna y la rara demencia que los uniera por ese único momento de magia. No esperaba volver a tener noticias de él.

Pero era obvio que Sean tenía otras ideas. Aunque respetando la ocasión, no le dejó dudas en cuanto a sus intenciones: dijo desde el primer momento que deseaba volver a verla. Kitty, azorada y halagada al mismo tiempo, rió con nerviosismo, diciendo que no estaba segura de que fuera prudente, dadas las circunstancias. Pero si esperaba que él se echara atrás, había calculado mal su tozudez... o quizá su grado de interés. Y a decir verdad, ¿No debía reconocerse también algo tentada? Como si tuviera en la lengua el regusto de algo dulce, recordaba todavía el calor de ese cuerpo joven y duro, la urgencia de sus flancos musculosos al moverse dentro de ella.

Acabó por prometerle que lo pensaría, pero sólo cuando se hubiera resuelto ese feo asunto. Por el momento necesitaba concentrarse únicamente en su madre. El fiscal de distrito se había mostrado inflexible, exigiendo que se le negara la libertad bajo fianza. Y el juez, claramente desconcertado por la serenidad con que mamá se rehusaba a procurar un cargo menor, acabó por aceptar el argumento de "inestabilidad mental", lo cual requería supervisión constante. En el futuro previsible, Lydia Seagrave seguiría siendo huésped de la Administración de Justicia.

Daphne quedó destrozada. Ella, más que Kitty, había contado con llevar a mamá a casa. Pero eso no hizo más que avivar su decisión de lograr la libertad de su madre, de un modo u otro. En ese mismo instante había salido a recorrer el vecindario, llamando a la puerta de quienquiera aceptase hablar con ella. Hasta ahora no había conseguido gran cosa. Al parecer, nadie había notado nada fuera de lo normal en la conducta de Lydia, antes de los disparos. Pero Daphne no cejaría sin haber comprobado todos los nombres que contenía la libreta de direcciones de su madre.

La última de la lista era Beryl Chapman. Daphne la había informado sobre la escalofriante conducta de Beryl en la capilla ardiente y la explicación de Leanne. En el primer momento Kitty quiso ir directamente a casa de Beryl para obligarla a revelar todo. Pero después lo pensó mejor. Una declaración jurada de esa mujer sería decisiva para presentar a mamá como esposa traicionada. Había que tratarla con delicadeza. Era mejor endulzarle la píldora, como cuando se presentó inesperadamente, después del funeral. Daphne sonreía, aunque apretando los dientes; ella misma había agradecido amablemente a la mujer el guiso que les traía... y que fue arrojado a la basura en cuanto ella se fue. Más adelante podrían ir a devolverle la cacerola vacía, como excusa para sonsacarle información. Si Beryl se rehusaba a responder, Cathcart le enviaría un citatorio. Pero sólo como último recurso.

Mientras tanto, Kitty y Daphne habían decidido tocar de oído. Se mantendrían en contacto con Beryl, para arremeter cuando se presentara el momento adecuado.

Cuando Kitty volvió de escuchar sus mensajes (por suerte no había ninguno) encontró a Willa baldeando la cocina.

—¿Alguna llamada? —preguntó, por sobre los sopapos del estropajo contra los mosaicos mojados.

—Sólo chiflados, como siempre. —Kitty meneó la cabeza, fatigada.

—No te imaginas lo que es esto. Los fanáticos son lo de menos, créeme.

—¿Qué fanáticos?

—Oh, ya me entiendes, los religiosos que amenazan con las llamas de azufre. El otro día, una vieja chillaba que mi madre iba a arder en el infierno. Los demás parecen creerse en la obligación de redimirla con sus sermones impresos. Llegan por correo a granel. Daphne dice que debería abrir un centro de reciclaje.

Willa hundió el estropajo en el balde lleno, volcando agua al piso.

—Me gusta, su hermana; es buena persona. Me alegro por usted de que esté aquí. Pero supongo que extraña a sus chicos. ¿Yo, sin los míos? Ya estaría loca.

—Los niños están con su esposo.

La muchacha levantó la vista, desconcertada.

—¿Qué esposo?

—Se llama Roger. —Kitty no se extrañó de que Willa no recordara que su hermana era casada: últimamente el marido no había hecho sentir su presencia por allí.

La chica volvió a su tarea.

—Bueno, esto es horrible para todos, ¿no? —Empujaba el estropajo con raro fervor, haciendo flamear la sedosa cabellera negra de un lado a otro. —Porque su mamá podría salir bien jodida. Acabar en la cárcel, como mi tío Eddie. Si alguien supiera algo que pudiera servir... algo así como un secreto que nunca dijo a nadie... supongo que vendría bien, ¿no?.

Kitty tardó un momento en comprender: la muchacha sabía algo. Algo relacionado con su madre. Dentro de ella se activó una pequeña señal, como la del reloj de su horno. Con un desgaire que disimulaba lo acelerado de su corazón, preguntó:

—¿Y qué clase de secreto sería ése?

Willa apartó la vista.

—Bueno... a lo mejor no es nada.

—Aun así, ¿por qué no me lo cuentas?

La chica detuvo su frenética limpieza y se apoyó en el mango del estropajo, estrechándolo contra su amplio busto como si fuera su pareja en el último vals de la noche.

—Es mami —dijo en voz baja—. Es ella quien vio.

—¿Qué vio?

—No era asunto nuestro, dijo mami. Y de cualquier modo, ¿quién iba a creernos? —En la voz de Willa se filtró una nota defensiva; su cara redonda estaba raramente crispada. —Debería habérselo contado a usted, sí, pero pensando en lo mal que le iba a caer...

Se mordió el labio; una lágrima resbaló por la mejilla regordeta. Kitty aguardaba, en tenso silencio.

—Su papá —barbotó ella, por fin—. Era uno de nuestros clientes habituales... en el motel. Generalmente venía por la tarde, cuando yo no estaba. Él y su... su amiga. Nunca alborotaban, dice mami. Pero... bueno, ahora que su mamá está en problemas me pareció mejor que usted lo supiera.

Kitty se echó a reír suavemente. Una mujer. Por supuesto. Reparando en la expresión escandalizada de su asistente, se apresuró a explicar:

—Oh, Willa, lo siento. No es que no le dé importancia, pero esa amiga de mi padre... bueno, digamos que no fue la primera. —Se pasó los pulgares bajo los ojos, mojados de lágrimas propias. —¿Quién era? ¿Alguien que yo conozca?

Willa sacudió la cabeza.

—Mami no me dijo nada. Sólo que era más joven que él y bastante bonita. Pero... —Entornó los ojos con inesperada astucia. —Tal vez recuerde más si se lo pregunta usted.

Kitty vaciló sólo un momento; luego le arrebató el estropajo.

—Bueno, ¿qué estamos esperando? Vamos. —Si había siquiera una remota posibilidad de que esa misteriosa mujer arrojara alguna luz sobre el asesinato de papi, era preciso buscarla. —Llama a tu madre y dile que vamos hacia allí. Te espero en el auto.

Cuando bajaba los escalones del porche de atrás vio a cierta pickup amarilla que se detenía junto al cordón, casi frente a su entrada cochera. Quedó petrificada; el corazón se le detuvo de golpe.

Sean. Lo vio bajar de la cabina, cerrando la portezuela con un sonido hueco que pareció sacudir el follaje del viejo catalpa a cuya sombra estaba.

Al verla agitó la mano.

Kitty no respondió al saludo. Clavada en el peldaño, lo vio salir de la sombra a un parche de sol intenso. Parecía haber venido directamente desde el trabajo. A pesar de la distancia, ella vio las manchas de resina en los vaqueros y la camisa de cambray arremangada, el aserrín que le salpicaba el pelo oscuro y erizado. Sus ojos, a la luz brillante que rayaba el césped a sus pies, eran tan pardos como el té bien asentado.

"Es más joven que yo. Entonces ¿por qué soy yo la que ha quedado muda, como una muchachita enamorada?"

Tenía que hacer algo. Acercarse a decirle que lo había pensado bien y que no tenía sentido seguir viéndose. Para empezar, era una relación sin futuro. ¿Y qué pensaría Heather si se enteraba?

Lo que hubiera sucedido aquella noche (y había sido estupendo, no tenía sentido engañarse) era algo excepcional, como caer fulminado por un rayo.

Pero Kitty no tuvo oportunidad de decírselo. Antes de que pudiera hacer el menor movimiento, Sean cruzó el patio a grandes pasos y se detuvo al pie de los escalones. Sus ojos fueron de la chaqueta que le colgaba del brazo a la mano con las llaves del auto; luego se detuvieron en la cara de Kitty. Su expresión no era dura ni desconfiada: meramente interrogadora.

Kitty, con el corazón acelerado a pesar de su inmovilidad, cobró conciencia de varias cosas al mismo tiempo: el calor que le subía a las mejillas; la piel bronceada que asomaba por la rodillera rota de los vaqueros; el hecho de que *Rommie* se acercara a lamerle la mano, aunque normalmente no se acercaba a los desconocidos.

Él le dio unas palmaditas en la cabeza. Luego, como si hubiera recibido la respuesta a lo que deseaba saber, plantó en el primer escalón una bota ennegrecida de brea y subió a su encuentro.

Mientras le quitaba las llaves de la mano, dijo en tono gruñón:

—No sé adónde vas, pero a juzgar por tu cara podrías terminar cayendo a alguna zanja. Deja que conduzca yo.

Para ir a Barranco tomaron la autopista de la costa. Era el camino más largo, pero las rutas secundarias estaban tan llenas de baches que, según Willa aseguró, les habría llevado más de una hora recorrer el breve trayecto desde la ciudad.

Kitty contemplaba los verdes sembrados de coles de Bruselas que se desplegaban a su derecha; a la izquierda, el océano, al que el cielo encapotado bruñía con la pátina opaca de la plata ennegrecida. ¿Cómo podía haber aceptado, por Dios? Una cosa era haberse acostado con Sean en un momento de debilidad; otra muy distinta, ir a Barranco con él, remolcando a Willa. ¿Y explicarle su misión? Demencia pura. Apenas lo conocía. ¿Cómo podía saber que él no vendería a cualquier diario sensacionalista ese jugoso chisme sobre las infidelidades de su padre? Por cierto, tanto él como su hermana podían dar buen uso al dinero. Y en realidad, ¿qué obligación tenía para con ella?

Sin embargo, por motivos que no llegaba a identificar, Kitty confiaba en Sean. Presentía que él vendería todas sus cosas antes que traicionar a otra persona. Más aún: entre ellos había algo: un vínculo, una conexión, quizás una simple chispa de lo que podía desarrollarse con el tiempo. Como fuera, guardó silencio mientras Sean maniobraba por la hollada ruta hacia la casa de Willa, sin hacer esfuerzo alguno por arrancarle una promesa de reserva. No hacía falta.

Ya llovía cuando llegaron al mísero motel administrado por la madre de Willa: dos plantas de ladrillo liviano, color rosado desteñido, con ribetes descascarados en tono turquesa. Al bajarse del coche Kitty sintió que el corazón le daba un vuelco. La muchacha nunca se quejaba, pero aquello era deprimente. Sean tenía razón: ella no sabía lo que era ser tan pobre.

Al esquivar un gran charco, acumulado en uno de los baches que salpicaban el asfalto del estacionamiento, como cráteres en un campo de batalla, Kitty buscó instintivamente la mano de Sean. El contacto de esa palma caliente y encallecida contra la suya encendió un poco la emoción de lo prohibido. Echó una mirada nerviosa por sobre el hombro. Pero ¿quién podía juzgarla? ¿Willa? Kitty sonrió ante la idea. La dulce y despreocupada madre soltera que caminaba delante de ella, sin parar mientes en el agua sucia que le empapaba los zapatos y salpicaba el ruedo de su vestido floreado, no se inmutaría aunque los sorprendiera a ambos balanceándose desnudos de la araña.

Pero en ese momento era obvio que Willa no pensaba en Kitty ni en su impresionante serie de novios. La puerta de la administración estaba abierta; cuando ella pasó bajo el alero chorreante, con la cabeza gacha, dos niñitos morenos, de miembros oscuros, se arrojaron hacia ella; el menor se envolvió a una de sus piernas, mientras el más grandecito daba un salto volador hacia sus brazos extendidos.

—Tonio, Walker, ¿hicieron caso a mamita? ¿Durmieron la siesta como niños buenos? ¿Comieron todo lo que se les puso en el plato? —Willa los llenó de besos, como si volviera después de varias semanas.

Kitty sintió una punzada familiar. Cierta vez, en una reunión de padres adoptivos solteros, una mujer había rabiado: "¡No es justo! ¡Todas esas muchachitas sin seso, que viven a Coca Cola y papas fritas, no merecen ser madres!". Pero al ver a Willa con sus hijos Kitty comprendió que no era cierto: las buenas madres vienen en distintas formas y tamaños... y edades.

Sintió que Sean le apretaba los dedos y desvió la mirada hacia él; de pronto, un súbito aleteo de nervios le revolvió el estómago.

—Tengo la sensación de que, si descubro algo, no haré sino empeorar las cosas —murmuró—. Prométeme que no pensarás mal de mí por el hecho de que papá haya engañado a mi madre en un hotel barato.

—¿Qué es lo peor? ¿Que el hotel sea barato o que la engañara?

Captando el destello burlón de sus ojos, ella le arrojó una mirada ceñuda.

—Voy a hacer como si no te hubiera escuchado.

Al verlos entrar, la señora Aquino, tan corpulenta como su hija, pero sin su atractivo retozón, se levantó de una reposera maltrecha. Kitty se adelantó para estrecharle la mano, tratando de no mirar la alfombra raída y pisoteada, los juguetes esparcidos ni las malas ilustraciones religiosas que decoraban las paredes, junto con fotos baratas que mostraban a los niños en todas las etapas de la infancia.

—Gracias por hacerse de tiempo para recibirnos, señora Aquino —dijo—. Le presento a mi... eh... mi amigo Sean Robbins. No la entretendremos mucho. Sabemos que está muy ocupada.

La ancha cara de la mujer tenía tantos surcos como la ruta a Barranco y el mismo color pardo amarillento de las paredes manchadas de nicotina. La obsequió con una carcajada ronca de fumadora empedernida.

—¿Ocupada? Estoy ocupada, sí... con estos dos monos entre manos... —Dirigió a sus nietos una mirada afectuosa, aunque fatigada. —Siéntense. ¿Prefieren dietética o común?

Kitty, desorientada, no supo qué le estaba ofreciendo. Por suerte Sean percibió su confusión y respondió por ambos.

—Coca-Cola dietética para los dos.

La mujer sólo se mostró evasiva cuando los tuvo sentados ante sí, en el sofá derrengado, con las gaseosas en la mano.

—No me gusta hablar mal de los muertos —empezó, echando un vistazo a la foto enmarcada del estante, por sobre el televisor: el retrato en blanco y negro, vistosamente coloreado, de un hombre de bigotes y pelo lamido hacia atrás, cuya expresión era indiscutiblemente engreída. ¿El padre de Willa, que la había abandonado cuando era bebé? Mirando bien, había un parecido. Antes de que Kitty pudiera especular más, la madre de la muchacha concentró nuevamente su atención al decir:

—Yo no me meto en lo que haga la gente, siempre que pague. Pero cuando vi en el diario lo que había pasado... —Su voz se apagó.

—Por favor, señora Aquino, cualquier cosa que usted recuerde nos será útil. —Kitty iba a añadir que, de todas maneras, estaba enterada de la mayor parte, de modo que no iba a morir de la sorpresa. Pero Sean la acalló apretándole rápidamente el brazo.

Lo vio sacar un cigarrillo de la camisa para ofrecerlo a la señora Aquino; ella se lo agradeció con un gesto, materializando un encendedor de entre los voluminosos repliegues del delantal que cubría su batón.

Entornó los párpados carnosos de sus ojillos, en tanto perezosas volutas de humo trepaban por la cara arrugada. A Kitty se le ocurrió que, para alguien de la edad de Willa, esa mujer no debía llevarle muchos años.

—No me conviene que vengan a meter las narices aquí y a hacer montones de preguntas —gruñó la señora Aquino—. Demasiadas preocupaciones tengo ya.

—Nadie te va a causar problemas. —Sean se apresuró a tranquilizarla. —Ni siquiera hace falta mencionar tu nombre.

—Aquí tengo todo limpio. No es gran cosa, pero da para vivir. —Después de lanzar un profundo suspiro, la mujer chupó el cigarrillo con fruición.

—Le prometo que no habrá... —empezó Kitty.

—Nada de policías —la interrumpió Sean—. Lo juro por Dios. —Selló la promesa con la señal de la cruz, entre dos buenos católicos, mientras advertía a Kitty con la mirada que dejara las cosas por su cuenta. —Sólo queremos que nos digas lo que viste. No saldrá de estas cuatro paredes.

Ella lo miró con sorpresa y bastante admiración. Había estado a punto de arruinar las cosas, pero Sean, que sin duda había soportado las injusticias policiales de toda población pequeña, sabía perfectamente cómo allanar los miedos de la mujer.

Después de una breve reflexión, puntuada por enérgicas exhalaciones que enviaban guirnaldas de humo a festonear el techo, la señora Aquino cedió.

—La vi una sola vez, desde lejos. Bastante joven. No tanto como Willa... treinta, treinta y cinco años. Pelo rubio. Hasta aquí. —Se tocó el hombro.

—¿Algo más? —hurgó Sean.

—Bueno, tengo esto.

La mujer se levantó para acercarse al estante del retrato. En la palma carnosa que alargó hacia Kitty brillaba algo.

—Marité lo encontró al limpiar el cuarto.

Un pendiente. De oro, en forma de nudo. El par podía haber sido comprado en un centenar de grandes tiendas. Sin duda no los llevaría hasta su dueña, quienquiera fuese. Kitty trató de no expresar su desencanto.

—¿Puedo llevármelo, si no le molesta? —preguntó, pensando: "Nunca se sabe".

La señora Aquino vaciló por tanto tiempo que Willa, quien observaba la escena desde la alfombra, cruzada de piernas y con un niñito en cada rodilla regordeta, lanzó un gemido de protesta:

—¡Ma... mi!

Su madre le arrojó una mirada ceñuda; aun así entregó el pendiente a Kitty.

—Pero nada de policía, ¿entendido?

—Nada de policía —prometió ella.

Estaban ya despidiéndose ante la puerta cuando la mujer comentó, sin que viniera a cuento:

—¡Una enfermera! ¡Como si no tuviera gente enferma que atender!

A Kitty se le aceleró el corazón.

—¿Qué enfermera?

La señora Aquino se encogió de hombros con aire indiferente, como si hubiera sido una simple ocurrencia sin ninguna importancia.

—La señorita que iba en el coche con su papá. Vestía uniforme de enfermera.

Caía la tarde cuando volvieron a la casa. Kitty había guardado silencio durante casi todo el trayecto, reflexionando. Conque papi había tenido amoríos con una enfermera. Eso no la sorprendía: trabajaba en un hospital lleno de enfermeras. Podía haber sido cualquiera de ellas. Tenía tantas probabilidades de identificar a la dueña del pendiente como de hallar un pie que cupiera en la zapatilla de cristal de Cenicienta.

Y la mujer no era ninguna Cenicienta, por cierto.

Cuando Sean viró hacia el camino de entrada, Kitty estaba tan perdida en sus pensamientos que, en un primer momento, no vio a la chica sentada en la cabina de la pickup. Una chica de pelo oscuro, que se apartó de los hombros cuando ella movió bruscamente la cabeza, revelando una boca mohína y ojos entornados. ¡Oh, Dios, era Heather! Y parecía alterada. No, alterada no: furiosa. Kitty sintió una punzada de alarma.

—Carajo, tenía que ir a la escuela por ella y me olvidé. —Sean maldijo por lo bajo, frenando con tanta fuerza que ambos se vieron lanzados hacia delante. Luego apagó el motor y se apeó de un salto, lanzando las llaves a Kitty.

Heather bajó de la cabina y fue a su encuentro con torpeza, como quien sostiene una caja de huevos. Su embarazo era más visible que antes; al notarlo, Kitty sintió que algo se le retorcía adentro. Observó sus calzas amarillas y el buzo rosado subido, con un osito aplicado a la pechera. En ese momento no aparentaba dieciséis años; antes bien parecía una malcriada de seis, al borde de una rabieta.

—¡Heather! ¡Qué bonita sorpresa! —Kitty se acercó a saludarla como si no sucediera nada fuera de lo común, aunque sus pensamientos se habían lanzado a un loco galope. "¿Cómo llegó aquí? ¿Sabe de lo mío con Sean?"

Al parecer, no: la chica le echó un vistazo, pero todo su enojo parecía concentrarse en el hermano.

—¡Debías ir a buscarme! Tenía cita con el médico, ¿recuerdas? Menos mal que Misty se ofreció a llevarme a casa. Íbamos a pasar primero por su casa, para avisar a su mamá que llegaría tarde, ¡y me encuentro con tu estúpida camioneta, estacionada en el último lugar donde esperaba verla!

—Mira, hermanita, lo siento. —Sean alzó los brazos como si se rindiera. —No puedes negar que cumplo noventa y nueve veces de cada cien.

—Eso no cambia las cosas. —La chica curvó la boca hacia abajo; le temblaba el labio inferior. —Ya sabes cómo me pongo cuando me abandonan, Sean.

—No te abandoné. Fue un olvido, simplemente.

Él parecía algo irritado, aunque le rodeó los hombros con un abrazo consolador. Kitty, que los observaba, tuvo la súbita y escalofriante sensación de estar entrometiéndose.

Al mismo tiempo, Sean la atraía como nunca. No como la otra noche, en que nada le habría impedido hacerle el amor, ni aun si él hubiera confesado ser asaltante de bancos. Esto era diferente: algo tan elemental e inevitable como una marea en ascenso, pero al mismo tiempo más atemorizante que descubrirlo ladrón de bancos. "Oh, Dios, creo que me estoy enamorando".

Si hubiera podido prevenirlo, lo habría hecho. En ese mismo instante. No necesitaba algo así. Tampoco quería. Sólo quería al bebé que le escamoteaban cruelmente.

—Oigan, ¿por qué no entramos? —sugirió, con una calma que era como una burla a sus emociones desordenadas. —Voy a preparar un buen té. Me parece que te vendría bien, Heather.

La lluvia había cesado, pero perduraba el frío húmedo; la pobre chica estaba temblando.

—No, gracias. —Heather le disparó una mirada llena de fastidio.

—No es ningún trabajo.

—Dije que no, gracias.

Kitty dio un paso atrás, con las mejillas encendidas. La cólera dirigida contra Sean se desviaba ahora hacia ella. Se acentuó el mohín de Heather; sus ojos oscuros la miraban con la cautela instintiva del animal amenazado. Antes de que ella pudiera responder, Sean se apresuró a defenderla.

—Déjala en paz. Sólo trata de ayudar. Si quieres desahogarte con alguien, que sea conmigo. Fui yo el que arruinó las cosas.

Hablaba con suavidad, como si supiera demasiado bien lo que podía provocar un regaño demasiado riguroso; aun así, Kitty se lo agradeció. De pronto, aunque estaba rodeada por todo lo normal y cotidiano (las sombras alargadas del atardecer, el rugido distante de una cortadora de césped, el leve tintineo del calíope antiguo instalado en la galería comercial, a dos calles de distancia) tuvo la extraña sensación de que algo la estaba tragando contra su voluntad.

Heather los miró a ambos, confundida, como si sólo ahora se le ocurriera preguntarse qué hacía su hermano allí. Luego interpeló, petulante:

—¿Qué está pasando, Sean? ¿No era que te oponías a regalar el bebé?

Sean, incómodo, la soltó para buscar las llaves en el bolsillo de los vaqueros.

—¿Y quién dijo que he cambiado de idea?

—Si no, ¿a qué viniste?

Kitty no le dio tiempo a responder.

—Yo no he cambiado de idea, Heather. Si me das la oportunidad te mostraré lo buena madre que puedo ser.

La chica la evaluó largamente.

—Es una broma, ¿no? Después de lo que hizo tu madre, ¿cómo voy a permitir que te acerques siquiera a mi bebé?

De pronto ya no parecía tan joven. Su expresión, sus palabras, tenían una madurez y una aspereza que no había demostrado en el primer encuentro.

Kitty apretó los brazos contra el cuerpo. Estaba temblando, pero el frío parecía venir de adentro. "Sabías que era una posibilidad remota", se obligó a recordar. Pero no estaba preparada para el dolor que se extendía por ella.

Sean retrocedió un paso para mirar a su hermana con gesto ceñudo.

—Caramba, Heather, ¿tienes que ser tan antipática? Habría bastado con un simple "no".

El enojo de su voz hizo que algo se quebrara en la chica. Escondiendo la cara entre las manos, rompió en sonoros sollozos. Cuando Kitty le puso una mano vacilante en el hombro, ella se limitó a llorar aún más. "Como una criatura", pensó ella. Una niñita perdida que necesitaba a su madre.

Un ojo húmedo la miró mansamente entre los dedos abiertos.

—Perdona —murmuró Heather, tragándose un sollozo—. No quería desquitarme contigo. Sean tiene razón. No es culpa tuya.

—No importa —dijo ella.

—Seguramente serías buena madre. Tal vez... —La chica se interrumpió para limpiarse la nariz con la manga del buzo rosado.

Los pulmones de Kitty quedaron sin aire; no fue súbito, sino como si la hubieran vaciado, dejándola hueca como una manzana para rellenar. Aguardó, con todos los nervios en alerta, sin atreverse a hacer un movimiento, ni siquiera a respirar, por no romper el hechizo.

Pero Heather se volvió hacia su hermano, como si la hubiera olvidado por completo.

—¿Ya podemos irnos, Sean? No me siento muy bien.

Kitty luchó contra el impulso de gritar: "¡No, espera! Dime al menos si tengo alguna posibilidad...".

Pero antes de que pudiera decir una palabra, Sean volvió a ceñir los hombros de su hermana con un brazo y dijo, con fatigada paciencia:

—Te sentirás mejor cuando lleguemos a casa.

Dócilmente, la chica se dejó conducir hacia la pickup, donde él la ayudó a subir. Mientras se dirigía hacia el asiento del conductor arrojó a Kitty una mirada de alivio, como diciendo: "Nos salvamos por poco".

Para Kitty, empero, eso era tortura. En vez de acabar con sus esperanzas, la habían puesto en un limbo angustiante. ¿No habría alguna posibilidad de que Heather cambiara de idea? "Si aprendiera a confiar en mí...".

Cuando la pickup desapareció tras la esquina de la calle Ocean, Kitty ansió correr tras ella. En cambio, bajo el fulgor del sol, que se reflejaba en las ventanas de su casa, convirtiéndolas en espejos de feria, rezó por poder algún día tener en brazos a ese bebé, que era suyo sólo en sueños, sueños de los que despertaba doliente y vacía.

—Alysia —susurró para sus adentros. Lo había buscado en un libro de nombres. Significaba "cadena ininterrumpida".

Capítulo 9

—*D*esde el segundo piso hay una vista asombrosa. ¿Quiere verlo? —Alex, sonriendo, se volvió hacia el hombre cuarentón y bien vestido, un cliente nuevo que hacía su primera recorrida con ella y se había detenido a admirar los intrincados diseños del parquet, al pie de la escalera.

Siempre cuidaba de preguntar, aun cuando el cliente parecía entusiasmado. Aunque ¿quién no lo estaría con una propiedad como ésa? Estilo Reina Ana, en excelentes condiciones y con vista al océano, a pocas calles de donde ella se había criado. A ese precio se la arrebatarían de las manos en cuestión de días, si no de horas. El único problema era que ella no tenía la exclusiva. Había otros seis agentes esperando en fila para mostrarla esa misma tarde. Si ella no la vendía primero, algún otro se alzaría con la comisión.

"Por favor, Dios mío, no me dejes arruinar esto por parecer demasiado desesperada".

Necesitaba ese dinero. Lo necesitaba mucho. Ya corría mayo (parecía increíble que hubieran pasado más de dos semanas desde el entierro de su padre). Pero si últimamente el tiempo tenía la costumbre de plegarse sobre ella, el montón de cuentas vencidas acumulado en el escritorio de su casa era un recordatorio perenne de que el resto del mundo no se había detenido. Los avisos de vencimiento se tornaban cada vez más perentorios, como el de Fog City Motors, a quien debía tres mil dólares por el alquiler atrasado de su BMW. Según decía en grandes letras mayúsculas, si no actualizaba sus pagos antes del día diez (¡y faltaba sólo una semana!) el coche le sería retirado. Y sin transporte, ¿cómo haría para ganarse la vida? No podía pretender que sus clientes la trasladaran a ella de casa en casa; no le quedaría sino emplearse en alguna oficina y arreglarse con un salario mínimo.

Y aún quedaba la Dirección de Impuestos. La semana anterior la había llamado su contador, con malas noticias: el trato que intentaba negociar había fracasado. El agente federal, un hombrecito odioso, se empecinaba más de lo que ellos esperaban. La conducta criminal de su madre parecía haber dejado una mancha en ella, como si el hombre temiera que ella abordara el primer vuelo a Brasil.

Lo cual era una risa, en verdad. Apenas le quedaba dinero suficiente para un pasaje local en autobús; ni hablar de ir en avión a Río. Sus ventas habían disminuido mucho con respecto al mes anterior. Y no sólo por los días perdidos en la conmoción inicial de la muerte de su padre: había descubierto que la gente se sentía incómoda con ella, hasta desconfiada. Quienes sabían de su tragedia familiar (y a decir verdad, ¿quién no estaba enterado?) la evitaban como si lo suyo pudiera ser contagioso... o peligrosa ella misma.

En la oficina era aún peor. Los otros agentes le expresaron sus empalagosas condolencias, pero en los ojos se les veía un brillo oportunista. "Con mucho gusto puedo ocuparme de tus clientes por algunos días... si necesitas tiempo para estar con tu... eh... familia", le había ofrecido Mimi Romero, apenas el día anterior. "Para robarme hasta el último centavo de mis comisiones", había pensado ella en silencio, mientras le agradecía la propuesta. En cuanto bajara la guardia los tendría a todos tarasqueándole los talones.

Lo que nadie sabía era que Alex, pese al cuidado que ponía en disimularlo, se sentía cada vez menos dueña de sí con cada día transcurrido. "Tal vez si pudiera llorar", pensaba. Ante la tumba de su padre, había mirado con angustia de ojos secos el ataúd que descendía a la tierra, sintiéndose como agua congelada en una tubería a punto de estallar. Papi había muerto... y en cierto modo, también su madre. ¿Cómo diablos se hace para llorar por algo así? Pero si comenzaba ya no podría parar.

Mientras subía la escalera de roble, con sus barrotes torneados y sus postes tallados a mano, Alex calculó su comisión. Seis por ciento de ochocientos cincuenta mil... alcanzaría para quitarse de encima a los acreedores más exigentes. De los otros se ocuparía cuando llegara el momento. Bastaría con resistir.

Hizo una breve pausa en el descansillo del primer piso antes de continuar subiendo. Ese tío estaba obviamente bien vestido, sin ser extravagante: pantalones anchos bien planchados, chaqueta deportiva azul marino y camisa azul de Lacoste; el pelo rubio, bien cortado. En cuanto hubiera echado un buen vistazo al panorama espectacular que se veía desde el último piso, ella podría animarse a mostrarle la planta intermedia, con sus baños sin espacio y su dormitorio principal, donde apenas entraba un hilo de luz. Por entonces estaría tan cautivado que no se daría cuenta..

—Todo ha sido restaurado a mano —continuó; tenía el discurso tan aprendido que funcionaba como una máquina bien aceitada; sólo ella tenía conciencia de que sus engranajes empezaban a trabarse. —Los propietarios hicieron personalmente gran parte del trabajo: rasquetear y pulir la madera, poner los mosaicos en el vestíbulo de entrada... ¿Y esa preciosa cornisa del comedor? Es totalmente nueva, pero se le ha dado el aspecto original.

Había aprendido que era importante hacer los deberes. Cuando un comprador interesado hace una pregunta, no conocer la respuesta puede ser atribuido a falta de entusiasmo... o a algún defecto que una intenta disimular.

En ese momento se vio recompensada por una expresión de intenso interés en la cara del hombre. Lawrence Godwin: hasta el nombre sonaba a dinero. Le había dicho que su empresa iba a trasladarlo, aunque sin mencionar cuál era su ocupación. Abogado, probablemente, a juzgar por la firmeza con que estrechaba la mano y por esa seguridad que lindaba con la arrogancia. Y no estaba mal: medía más de un metro ochenta y sus dientes, blancos y parejos, compensaban lo débil del mentón. Por desgracia, ella no podía mirar a otros hombres sin compararlos con Jim... y por lo general salían perdedores.

En el tercer y último piso, el hombre admiró el panorama desde la cúpula bañada de sol; en ese límpido día primaveral se veía toda la bahía, hasta la península de Monterrey. Allá abajo, algunas balandras de carrera, pequeñas como veleros de juguete, serpenteaban sobre la brillante superficie del océano; el muelle público parecía llamarlos como un brazo extendido. Alex no habría podido pedir un día mejor para exhibir esa propiedad, ni aún encargándolo de medida y envuelto para regalo.

A su lado, Lawrence Godwin silbó por lo bajo.

—Usted no exageraba. ¡Esto es fantástico! De veras, no me explico que alguien haya podido desprenderse de esta casa.

—Al señor Rudman le ofrecieron una cátedra en la Escuela de Diseño de Rhode Island —explicó ella—. Pero les rompe el corazón tener que venderla.

No creyó necesario señalar que los Rudman obtendrían una considerable ganancia.

—Comprendo. —Lawrence (¿o Larry?) se volvió hacia ella. —¿Y qué puede contarme del vecindario?

Alex sintió un cosquilleo familiar en la punta de los dedos, que fue trepándole por los brazos hasta la base del cuello; era su termómetro personal. Una vez que empezaban a interesarse por el vecindario, una tenía tres cuartos del trabajo hecho.

"Por favor, que haga una oferta".

Tratando de no parecer demasiado anhelante, respondió:

—Agua Fría Point es lo más antiguo y exclusivo de la zona. El porqué está a la vista. Además, tiene playa propia; pequeña, pero privada. La llamamos Ensenada del Contrabandista.

Alex le dedicó una sonrisa coqueta, como para sugerir la existencia de tesoros enterrados... aunque hasta donde ella sabía, lo único enterrado allí era el collar de perlas que había perdido en la arena, a los dieciséis años, mientras se besuqueaba con Jim.

—Me gustaría conversar con uno o dos de los vecinos —comentó él, como al desgaire—. Para conocer mejor la zona, ¿entiende? Las escuelas, el tipo de gente con que trataría... ese tipo de cosas.

Ella captó en sus ojos un brillo ávido que no había visto antes. Por algún motivo eso la incomodó.

—Creo que soy la más indicada para responderle. Me crié en este vecindario —ofreció, disimulando su intranquilidad con una risita.

Siempre cuidaba dar a los clientes muy poca información sobre sí misma. ¿Qué les interesaba que ella escuchara AM o FM, que le gustaran las zanahorias en dados o en juliana? Pero estaba dispuesta a lustrarle hasta los zapatos, si eso servía para acelerar las cosas.

Él giró para enfrentarla con una sonrisa cálida, de espaldas a la ventana. En su cara, las arrugas que hasta entonces suavizara la luz parecían duras; ya no parecía tan educado.

—Bueno, tal vez usted pueda decirme si es cierto lo que dicen los diarios.

Alex parpadeó, confundida; luego se puso rígida. En el fondo de su cabeza titilaba una diminuta alarma. Pero se dijo: "Debo de estar paranoica".

—Bueno, la sección de bienes raíces siempre exagera un poco —reconoció.

—No me refería a la sección de bienes raíces.

Un escalofrío descendió por su espalda. Le sostuvo la mirada, profundamente afectada. ¿Acaso ese hombre sabía quién era ella? ¿O preguntaba sólo por curiosidad?

—Supongo que se refiere a la infortunada tragedia de Cypress Lane —replicó, muy rígida—. Puedo asegurarle que no se corresponde con la imagen del vecindario.

—¿Usted conocía al doctor Seagrave?

Eso era más que curiosidad. Ese brillo de sus ojos, que ella había tomado por interés, era algo muy distinto. Alex se percató demasiado tarde. Era algo casi... de tiburón. Se estremeció al ver la fina cadena de oro que asomaba por el cuello abierto de la camisa. Entre sus relaciones, cualquiera habría preferido morir antes que dejarse ver con algo así.

Fingiendo no haber oído, se volvió hacia la puerta.

—¿Qué le parece si le muestro el primer piso? —sugirió enérgicamente—. Han unido dos habitaciones para hacer el dormitorio principal. Es una maravilla, con un vestidor enorme, increíble.

La detuvo en seco la suave voz de Godwin, a su espalda.

—Voy a serle franco: no me interesa comprar esta casa ni ninguna otra. Soy periodista del *Banner*.

Alex sintió que algo dentro de ella se deslizaba hacia abajo, como si hubiera estado sujetando a duras penas una pesada bolsa de provisiones que acabara de desgarrarse, esparciendo latas, botellas y frutas coloridas hacia todos lados. El *Banner* era el peor de los periódicos sanguinarios. Ningún artículo era demasiado sensacional... ni demasiado macabro.

Giró en redondo para enfrentarlo; la sangre se le subía a las mejillas.

—¡Cómo se atreve! —Su voz era un jadeo enronquecido.

Él se encogió de hombros, impertérrito.

—Hago mi trabajo, señora. Igual que usted. Pero lo siento, créame.

Sonrió. Sus dientes perfectos (que en realidad estaban enfundados en porcelana) revivieron en ella algo que no recordaba desde el séptimo grado: aquel degenerado que se había ofrecido a llevarla a casa desde la escuela, cierta vez. En el momento en que ella retrocedía, él se había abierto súbitamente el abrigo... bajo la cual estaba completamente desnudo. Alex vio apenas un atisbo de la horrible cosa purpúrea que le colgaba entre las piernas, pero bastó para darle náuseas. Lawrence Godwin (si así se llamaba) la asqueaba de la misma forma.

—Lárguese —ordenó.

Él abrió las manos en un gesto conciliador.

—Vea —dijo—, puede despreciarme todo lo que quiera... pero ya que estoy aquí, podría al menos darme su versión. Con toda la porquería que están publicando, ¿no quiere emparejar los tantos?

Algo estalló dentro de ella.

—Usted... todos ustedes, los periodistas... ¡me enferman! —Le apuntó con un dedo. —Arrastrar a mi familia por el lodo. Pintarnos a todos como si fuéramos... como si fuéramos...

—¿Qué? —la acicateó él, sin disimular su ansiedad.

—Basura —barbotó ella—. Gente de lo peor. Mi padre valía por diez como usted. Todo el mundo lo admiraba. Por eso ha venido, ¿no? Porque no ha podido hallar a nadie que dijera una sola palabra contra él.

—¿Le parece? Se me ocurre cuanto menos una persona que debió tener cuentas para ajustar con él. Su madre.

Ella lo miró boquiabierta; no estaba segura de haber oído bien. En su familia la cortesía era algo a respetar estrictamente; cuando se pedía algo, por nimio que fuera, se añadía "por favor". Y ahora ese periodista, ese... matón autoritario... atropellando así, sacando a relucir todo el dolor que ella tanto se esforzaba por sepultar. Como si la tragedia de su familia no fuera real, sino algo sacado de una novela policial barata.

Y todo eso era culpa de su madre.

De pronto Alex sintió ganas de gritar: "¿No hizo ya suficiente? ¿Tendré que pagar por el resto de mi vida lo que ella hizo?".

Alterada por el arrebato contenido a duras penas, se echó atrás sobre los talones. Oh, Dios, ¿y si hubiera estallado? Aunque odiara a su madre por lo que había hecho, traicionarla era inconcebible.

"¿Y no es eso lo que estuviste haciendo, todos estos años? ¿Callando los secretos de papi a costa de ella? —se burló una voz en su mente—. ¿Y quién acabó sufriendo las consecuencias?". Si ella no hubiera aceptado la complicidad de tan buen grado, tal vez su padre no habría muerto.

La idea cayó como un mazazo, dejándola momentáneamente sin aliento. Un momento después, con una exclamación ahogada, Alex huía por la puerta redondeada de la cúpula y bajaba a tumbos la empinada escalera. A medio camino, uno de sus tacos se atascó en la alfombra de goma corrugada. Tuvo que aferrarse del pasamanos para no caer de cabeza al descansillo inferior. Por un segundo aterrorizante, mientras luchaba por recobrar el equilibrio, tuvo una vertiginosa vista de pájaro: todo el pozo de la escalera, hasta el parquet del vestíbulo, tres pisos más abajo. Fue como atisbar la garganta de un monstruo que estuviera a punto de tragarla.

Alex no habría podido decir qué la dominó. Más adelante no recordaría con claridad cómo había llegado hasta allí. Se veía de pie en el camino de entrada, la vista fija en el cartel que anunciaba EN VENTA, inclinado en el prado delantero como si se burlara de ella... y al momento siguiente, como en un abrir y cerrar de ojos, estaba a dos calles de distancia, bajando de su auto a otro camino de entrada: el de la casa de su infancia.

No sólo el tiempo se plegaba sobre ella. Era como si hubiera entrado en alguna zona tenebrosa, donde el raciocinio no tenía vigencia alguna. Sólo tenía conciencia de que algo la impulsaba, como la corriente impulsa a un bote por un canal estrecho. Sus pensamientos, si los había, parecían distorsionados, como voces oídas bajo el agua. En alguna parte sumergida de su cerebro existía la vaga necesidad de ver con sus propios ojos si era cierto, si papi había muerto, porque una parte de ella no llegaba a creerlo. Una parte de ella estaba persuadida de que, cuando cruzara el umbral, vería a su padre en su sillón favorito, junto al hogar, con el portafolios a un lado y una carpeta abierta en el regazo.

Contempló la casa como en un sueño: tres plantas de estilo victoriano, con el rosa agrisado de las golosinas, blanco encaje en los aleros. Se levantaba en lo alto de un prado en pendiente, bordeado de pulcros canteros donde empezaban a abrirse las primeras rosas.

"Mi hogar", pensó.

Ella y Jim habían tenido una bonita casa de planta y media, en la cual eran felices (o así lo había creído ella). Pero el hogar, en su mente, sería siempre esa vieja mansión en la que había crecido. ¿No era extraño? Durante el último año de la secundaria no veía la hora de mudarse. Estaba ansiosa de escapar de esos corredores oscuros, que apestaban a lustre para muebles; de los vetustos inodoros que perdían, las tuberías que repiqueteaban en los muros. Aceptó precipitadamente el ingreso a la Universidad de California en Berkeley, como si fuera el último helicóptero para salir de Saigón.

Y ahora se descubría preguntándose si, en realidad, no había querido escapar de sí misma, la persona que ya detestaba. La que guardaba secretos... y no todos de su padre. ¿Qué habría pensado papi si hubiera sabido lo de Kenny Rath? El que la había embarazado aquella única vez, en el asiento trasero del Impala de su padre.

Ella tenía quince años. Y ya sabía más que nadie sobre los amoríos de su padre. "Mi niña", decía él, siempre con una chispa en los ojos, reservada especialmente para ella. Pero algo le dijo que no era buena idea contar a papi lo de

Kenny. Podía contarle cualquier cosa, desde luego, absolutamente cualquier cosa. Pero eso no.

Cosa extraña: fue la única vez que se sintió más unida a su madre. El recuerdo, por mucho tiempo clausurado, volvió a ella en un torrente. Estaba en la sexta semana de embarazo, según el médico de Planificación Familiar que la había examinado... y lo bastante desesperada como para hacer algo que hubiera podido resultar una verdadera estupidez. En Berkeley había una clínica de la que le habían hablado; si se pagaba por adelantado y en efectivo, nadie hacía preguntas. Todo era completamente legal, por supuesto. Pero ¿quién sabía qué tipo de médicos la manejaban? Peor aún: ella no tendría a nadie que la llevara después a casa, sana y salva.

¿Kenny? Borracho como había estado aquella noche, probablemente no recordaba lo que habían hecho. Desde entonces, cada vez que se cruzaban en los pasillos de la escuela apenas la saludaba. Y tampoco podía confiar en sus hermanas: Daphne y Kitty eran y serían siempre una corporación cerrada. Supuestamente, podía contar con Leanne; pero su mejor amiga, aunque no dejaría de comprender, nunca había pasado más allá del manoseo; se habría escandalizado al saber que ella ya no era virgen.

Aun en la actualidad, Alex ignoraba cómo lo había sabido su madre. Por intuición femenina, quizá. Pero ¿no era extraño que no hubiera aplicado la misma intuición a papi? Comoquiera fuese, la noche antes de su viaje a la clínica mamá había entrado inesperadamente a su habitación. Se sentó en la cama y, tras algunos minutos de incómoda conversación, le preguntó sin rodeos, pero no sin bondad:

—¿Hay algo que debas decirme, Alex?

Ella sólo le había dicho que pasaría el día entero cuidando al niño de los Myerson; los había escogido como excusa porque vivían al otro lado de la ciudad. ¿Era posible que mamá conociera su plan? Tal vez había hablado con Carole Myerson, quien no tenía ninguna intención de salir, por lo que Alex sabía. Abrió la boca para asegurar a su madre que todo estaba perfectamente bien, por qué lo preguntaba... Y sin previo aviso rompió en lágrimas.

La verdad surgió a bocanadas. Recordó que se había horrorizado por la facilidad con que se confesaba con su madre. Pero lo más asombroso era que mamá se mostrara comprensiva.

—No llores, querida —la reconfortó, dándole palmaditas en la espalda convulsa—. Todos cometemos algún error. Y los únicos por los que debes preocuparte son los que no tienen arreglo.

Sentada a los pies de su cama, con la bata azul pólvora y los ruleros puestos, tenía todo el aspecto de una solterona, de ésas que viven con la madre anciana, juegan al bridge con sus amigas martes por medio y se ruborizan al pensar que un hombre pueda aprovecharse de ellas. A no ser por la angustia, Alex habría podido sonreír.

—Debes de odiarme. Yo misma me odio —sollozó, inconsolable.

Mamá se apartó para mirarla con sorpresa; luego dijo, severa:

—Me sería imposible odiarte, hija. Y tú tampoco debes hacerlo. Esto pasará. No te preocupes. Lo sobrellevaremos juntas.

Y así fue. Al día siguiente, mamá dijo a papi que, como los Myerson habían cancelado sus planes, llevaría a Alex de compras. También le pidió prestado su Chrysler último modelo: era más amplio y sería más cómodo para la chica, en el viaje de regreso. Ya en la clínica de Berkeley, su madre, que normalmente aceptaba cualquier cosa sin hacer preguntas, interrogó extensamente a la enfermera antes de permitir que llevaran a Alex a uno de los quirófanos.

Cuando todo terminó, ella estaba demasiado exhausta y molesta como para darle las gracias como correspondía. Y en los meses siguientes el recuerdo se fue borrando. Tal vez porque ella permitió que se borrara. No quería ver en su madre sino lo que a ella le convenía: una mujer no tan casada con papi como con su visión rosada del mundo.

Pero Alex comprendía ahora, con un sordo sentido de culpa, que aquel día lejano su madre no tenía puestos sus cristales color de rosa. Le había dado su apoyo... como más lo necesitaba.

"Y cuando ella te necesitó, le fallaste". La idea se entrometió sin darle tiempo a detenerla. Y su vaga sensación de vergüenza se acentuó hasta convertirse en verdadero remordimiento. Pero sólo por un instante. Furiosa, echó a andar hacia la casa como si la persiguieran demonios que podía dejar atrás... siempre que corriera deprisa.

Mientras subía por el camino de entrada concentró todos sus pensamientos en papi.

En su mente podía verlo con claridad: apuesto y vibrante, aun en sus últimos años. En el álbum familiar había fotos de cuando era más joven, cautivador con su uniforme militar pero el padre que ella conocía había sido aún más gallardo, como Gary Cooper en una de esas estupendas películas viejas.

Subió los escalones del porche con un nudo en la garganta, agrio y duro como las manzanitas de jardín que sembraban el césped todos los veranos. Lo primero que vio fue la maleza crecida en los canteros, a lo largo de los cimientos. Luego, como si hubiera recibido un golpe seco en el vientre, la cinta amarilla atada por la policía en la barandilla, bloqueando el paso; en ella se leía: PROHIBIDO EL PASO — ESCENA DE CRIMEN.

Alex dejó escapar una exclamación y comenzó a tironear de ella, arrancándola a grandes puñados. No le importaba que fuera ilegal. Ése era su hogar, caramba.

Utilizando su copia de la llave, abrió la puerta y entró en el vestíbulo. Aun con el débil resplandor que entraba por la claraboya y las ventanillas laterales de la puerta, tardó uno o dos segundos en adaptarse a la penumbra. Además, el ambiente estaba mucho más fresco que el exterior; percibió un olor seco y vegetal, como el del armario donde su madre guardaba las hierbas aromáticas.

A su izquierda, en la pequeña mesa de roble apoyada contra la pared, la correspondencia había sido apilada con pulcritud; sin duda la habían puesto allí los investigadores, Daphne después de revisarla por si contuviera algo incriminatorio.

—Qué considerados —murmuró con acritud, esquivando las hojas pardas que un helecho bostoniano, más muerto que vivo, había esparcido sobre la alfombra oriental. Al parecer, a nadie se le había ocurrido regarlo.

El corazón de Alex empezó a palpitar con lenta pesadez, como el reloj de péndulo que aún funcionaba en el vestíbulo, al pie de la escalera. Recordó una frase de alguna mala película de vaqueros: "Nadie sale vivo de aquí". Eso era lo que sentía al acercarse morosamente a la sala, a su derecha, como si fuera a encontrarse con algo que la alteraría profundamente. Tenía la horrible certeza de que, cuando saliera de esa casa, no sería la misma que había entrado.

Las puertas corredizas, recogidas dentro de los tabiques laterales, dejaban la arcada bien abierta. Alex reunió coraje para entrar en la gran habitación en penumbras. Pero a la primera mirada, bajo la débil luz que se abría paso por entre las cortinas de terciopelo, todo parecía estar intacto.

Luego vio las evidencias de la investigación policial: mesas y sillas estaban arrimadas contra la pared; los altos jarrones chinos que flanqueaban el hogar, en un rincón; el costurero donde su madre guardaba el bordado de gobelino, dejando asomar hebras coloridas.

Un súbito movimiento, al otro lado de la habitación, le hizo dar un respingo. Pero no era más que su reflejo en el espejo de marco dorado que pendía por sobre la repisa. En el silencio del recibidor desierto, Alex soltó una risa trémula que reverberó con escandalosa resonancia.

En ese momento su mirada cayó sobre la alfombra turca que su madre apreciaba tanto; la risa se le achicharró en la garganta. "Oh, buen Dios, allí fue donde papi...".

Dio un paso inseguro hacia atrás... y fue a dar contra una mesita que se tambaleó por un instante. Se oyó un estruendo. Al mirar hacia abajo, Alex vio a sus pies la caramelera de Dresden que había regalado a su madre la Navidad anterior, reducida a fragmentos mellados. Se le escapó un gemido de gatito, pero no se atrevió a apartar los ojos de ella. De hacerlo tendría que ver la...

...sangre.

Una enorme mancha en forma de riñón, que por un momento fugaz se pareció a un país dentro de un mapa. Groenlandia o África... algún lugar vasto y remoto, que ella jamás pensaría en visitar. La miró con espanto; el suelo, bajo ella, parecía inclinarse lentamente hacia un lado. Entonces, con una queja grave, Alex se derrumbó en el sillón de brocato que estaba frente al sofá.

"La sangre de papi... ésa es la sangre de papi", balbuceaba una voz histérica. Allí, en la alfombra descolorida donde ella había jugado con sus hermanas, siendo niña. Oh, buen Dios.

¿Qué habría pasado por la cabeza de su madre, en esos momentos? ¿Había apuntado deliberadamente? ¿O era posible que, en su ataque de celos, hubiera disparado por accidente?

"No, no fue así como sucedió —contradijo una voz serena. Mamá nunca, en toda su vida, había perdido los estribos a tal extremo—. Esto fue deliberado", pensó.

Veía la escena en su mente, desarrollándose como una vieja película en blanco y negro, ya muy rayada.

Han pasado algunas semanas desde que Beryl arrojó su bomba: tiempo suficiente para que mamá lo haya absorbido; quizás empieza a hilvanar todas las mentiras que él le ha dicho en el curso de los años. La carcomen como un veneno de acción lenta, hasta que no soporta más. Hasta que pensar en la fiesta, con toda esa gente, con esos interminables brindis, se le torna intolerable. Sube la escalera hasta la planta alta como si estuviera en trance, plantando los dos pies en cada peldaño antes de subir el siguiente.

Ya en el dormitorio matrimonial, arrastra la silla del tocador hasta el ropero, porque el estante superior está fuera de su alcance. Se empina en puntas de pie, tambaleándose un poco en el acolchado mullido del asiento, y busca a tientas la caja metálica; está apretada entre un polvoriento bolso de cocodrilo, con el monograma de la abuela, y la pila de revistas viejas que papi se rehusa a tirar.

El estuche es más pesado de lo que ella esperaba. ¿Quién habría pensado que un revólver pesara tanto? ¿Pesaba tanto la pistola que ella disparó una vez, como capitana del equipo universitario de natación, para dar la señal de largada? No lo recuerda, y en realidad no importa. Si deja fluir esos pensamientos es sólo porque le evitan concentrarse en lo que está a punto de hacer.

Descubre que el arma está cargada. Al guardarlo en el hondo bolsillo de su delantal siente el roce de la boca fría contra el muslo. Juega con la idea de usarlo contra sí misma, pensando en lo conveniente que sería. Nadie que pague los platos rotos, como diría Vernon. No la asusta morir. Sólo que con eso no impediría esto... lo de las mujeres. Pronto alguna se mudaría a esta casa. Una segunda esposa, que comería de sus platos y dormiría en la cama donde sus hijas fueron engendradas. Y eso es inconcebible.

Aun así, cuando oye el ruido de la puerta en la planta baja está a punto de perder el valor. Es su marido, que vuelve del hospital. La llama con alguna impaciencia. Y ella levanta la voz para decirle que bajará en un segundo. Porque basta un segundo para quitar el seguro del arma. Después, con mucha lentitud, casi como si estuviera flotando, sale al descansillo y empieza a descender la escalera...

Alex no sabía cuánto tiempo llevaba allí, con la mirada perdida en el espacio, mientras la escena imaginaria avanzaba hacia el inevitable final. Parecían haber pasado apenas uno o dos minutos. Pero al mirar en derredor notó, con cierta sorpresa, que había oscurecido.

Lo que la había hecho reaccionar era un insistente martilleo contra la puerta de calle. El ruido parecía venir desde lejos, apagado por una serie de largos pasadizos. Alex se frotó los ojos, como si la despertaran de su siesta.

Quienquiera fuese, no pensaba retirarse. Se le ocurrió difusamente que podía ser la policía. Las leyes prohibían alterar el escenario de un crimen, pero ¿quién tenía más derecho que ella a estar allí?

—¡No está con llave! —anunció débilmente, demasiado exhausta para ponerse de pie.

Alguien abrió la puerta con cautela; luego se oyeron pasos en el vestíbulo, apagados por la alfombra. Un momento después Alex se encontró ante una cara familiar. Una cara que la sobresaltó y la llenó de alivio, todo a la vez.

—Leanne. —Levantó la vista hacia su amiga, parpadeando como estúpida—. ¿Qué haces aquí?

La vio arrebolada y con el pelo en desorden, como si hubiera venido corriendo.

—Yo podría hacerte la misma pregunta —dijo—. ¿Estás completamente loca, Alex? —Parecía a un tiempo asustada y furiosa, como la madre que sorprende a su hijo haciendo algo peligroso.

—Vine... vine a ver cómo estaba todo —tartamudeó ella, indefensa.

—Bueno, pues ha sido una estupidez. Para empezar estás quebrantando la ley. Y además... —Se interrumpió como para tomar aliento. Luego concluyó con voz débil: —No deberías estar aquí. Y punto.

—Tenía que venir —insistió Alex, inexpresiva. Las lágrimas hacían que la habitación pareciera danzar en facetas relumbrantes, como vista a través de un prisma—. Tenía que ver.

Leanne sintió la dirección de su mirada hasta la alfombra manchada de sangre. Ahogando una exclamación, se llevó la mano a la boca.

—Oh, Dios mío —exclamó, con la voz apagada por los dedos—. Oh, Alex. Tenemos que salir de aquí. Ahora mismo.

Tomó a su amiga de la mano para obligarla a levantarse. Pero la brusquedad del movimiento hizo que Alex perdiera el equilibrio y se tambaleara contra ella. Leanne la sostuvo. Algo duro se clavó en el pecho de Alex: era la tarjeta plástica de identificación que llevaba prendida a la pechera del uniforme. Sin duda iba camino del hospital cuando...

Pero no, eso no tenía sentido. Agua Fria Point estaba a varios kilómetros del trayecto que cubría Leanne para ir a trabajar. Debía de haberse desviado. ¿Por qué? ¿Qué esperaba hallar?

Se apartó para mirarla.

—No has respondido a mi pregunta. ¿Qué te trae por aquí?

Algo chispeó en los ojos de su amiga... y desapareció. Algo tenebroso e inescrutable. Leanne la sujetó por un brazo para remolcarla hacia la puerta.

—Tuve la misma idea que tú —dijo, con voz aguda y jadeante—. Sólo que no pensaba entrar. Hasta que vi tu auto estacionado adelante.

—¿Qué idea fue ésa?

Se detuvo para mirarla, con los ojos azules llenos de lágrimas.

—Todavía me cuesta creerlo. Supongo que trataba de convencerme.

En ese momento Alex cayó en la cuenta de que no estaba sola en todo eso. Había alguien que entendía sus sentimientos a la perfección. Alguien que la conocía como nadie más. Había sido una tonta al dudar, siquiera por un instante, de los motivos de Leanne.

—¿Es tan horrible como esperabas? —De pronto necesitaba desesperadamente compartir su espanto.

—Peor. —En la penumbra del vestíbulo, la cara de la enfermera relumbraba en blanco, fantasmagórica como las ventanillas laterales que tenía a la espalda.

—¿Crees que ella lo tenía planeado... o que sucedió por casualidad?

Leanne vaciló, como si no estuviera segura de que su amiga pudiera resistir mucho más. Luego respondió, con forzada vivacidad:

—Lo que creo es que a las dos nos vendría bien una copa. —Echó un vistazo a su reloj. —Por desgracia, yo tendré que conformarme con un café. Pero aún me queda media hora antes de ir a trabajar. Podríamos detenernos en el camino.

Un momento después estaban afuera, bajando precipitadamente los peldaños. Alex ya iba al volante de su BMW, siguiendo las luces traseras del Taurus tostado, cuando algo cayó en su sitio: algo que no había registrado en su momento. Leanne había dicho que pasaba en su coche, que no había pensado entrar. Como si fuera posible. Porque para eso habría tenido que...

Se apresuró a descartar la idea. ¿Leanne, con la llave de esa casa? ¿Para qué? No tenía sentido.

"Fue un modo de decir —pensó—. Nada más. Sólo un estúpido modo de decir".

Varias horas y cuatro ginebras con tónica después, Alex estaba de nuevo en su casa, salva, si no del todo sana. Arrodillada en el piso del baño, con la cabeza metida en el inodoro, el celular en una mano y la agenda en la otra, esperaba que los vómitos cesaran. Si lograba llamar a sus hermanas pronto habría ayuda en camino. Las mellizas ya tenían edad para cuidarse solas, pero estaban asustadas. "Asustadas de ver a su madre convertida en esto". Con sus tías allí estarían más tranquilas, cuando menos por el momento.

Buen Dios, por qué había bebido tanto. Cómo pudo quedarse en ese bar por tanto tiempo, después de que Leanne se fuera al hospital. Además de haber pagado un taxi hasta su casa, por la mañana tendría que tomar otro para ir por su auto, que había quedado detrás de la taberna Surfside, al otro lado de la ciudad. Y por añadidura tendría una resaca de todos los diablos.

Ya estaba vomitando sólo un poco de bilis aguada, con gusto a ácido, cuando alguien llamó a la puerta del baño.

—Vete —gimió—. Estoy descompuesta.

Debía de ser una de las gemelas, medio muerta de miedo. Y con razón: ella no había avisado siquiera que llegaría tarde. Y verla entrar en ese estado...

Todo volvió en un torrente cegador. La sangre. La sangre de papi. Oh, Cristo...

Una arcada le cubrió la cara de sudor frío. Pero no subió nada más. Había arrojado todo, incluida la mayor parte de sus órganos internos, al parecer. El baño que ella había decorado sobre motivos de Santa Fe (toalleros de hierro forjado, una lámina de Brett Easton enmarcada en madera rústica) se torcía y giraba como una rueda de feria.

Tap tap. Más fuerte, esta vez.

—Soy yo, Alex. Jim. ¿Puedo entrar?

¿Jim? ¿Qué diablos estaba haciendo allí? La cavidad donde antes tuviera el estómago se llenó de miedo. No podía permitir que él la viera así. Jim sabría entonces que ella era una basura como madre, que no merecía dos hijas tan dulces y cariñosas, que se habían preocupado al punto de pedir ayuda... y a quienes ella habría retorcido el cuello de buena gana. ¿Por qué a Jim, justamente?

—Vete —murmuró otra vez, en voz más audible.

Pero él no oyó. O simplemente no le prestó atención. Un momento después su ex esposo estaba allí, de brazos cruzados, observándola. Desde donde ella estaba, acurrucada en el suelo, a sus pies, parecía un gigante en actitud de reproche. "Si esto fuera un aviso publicitario —pensó Alex—, él me recomendaría un producto para limpiar el inodoro". La cabeza le daba vueltas, pero en su garganta burbujeó una risa débil.

Antes de que pudiera protestar, Jim la levantó sin ceremonias para llevarla al dormitorio contiguo. Cuando la depositó en la cama, sin demasiada suavidad, ella sintió que el colchón se ladeaba como una balsa excesivamente cargada.

Trató de incorporarse, y de inmediato pareció resbalar de la balsa. Se dejó caer de espaldas, gruñendo:

—Las chicas. Oh, Dios, no quiero que me vean así.

—No te preocupes por ellas —dijo Jim—. Están bien. Traje comida hecha. Están abajo, mirando televisión y comiendo cosas chinas. —Sonrió de oreja a oreja. —Les dije que probablemente habrías pescado algún virus. Menos mal que no están habituadas a verte borracha.

Bastó pensar en comida (grasienta comida china, por añadidura) para que el estómago se le revolviera una vez más. Se apretó el vientre, luchando contra el impulso de vomitar.

—No estoy borracha.

Pronunció cada palabra con meticuloso cuidado. Jim, sofocando una risa irónica, le quitó los zapatos.

—Si no estás borracha, has de estar al borde de la muerte.

—Eso querrías tú.

Él volvió a sonreír con toda la cara.

—Eso es lo que me gusta de ti, Alex. Ni aun planchada de espaldas te das por vencida.

Ella gimió gravemente y se acurrucó de costado, apretando una almohada contra el torbellino de su estómago.

—No necesito sermones. Esta noche no —murmuró, gangosa—. Si quieres predicar, busca a alguna de tus amiguitas.

—Por Dios, Alex, ¿tenemos que volver siempre a eso?

—¿No fue así como empezó todo? ¿Con el olor a Jean Naté que traías por la noche? —Ella se incorporó bruscamente, pero el movimiento súbito le clavó una pica para hielo en la sien. —Por el amor de Dios, Jim, ¿no podrías haber buscado a alguien más distinguida, siquiera? ¿Tenía que ser una de esas secretarias idiotas que compran el perfume en los supermercados?

—De acuerdo, tienes razón. Soy una mierda —concordó él—. Lo que hice fue imperdonable y tienes sobrados motivos para odiarme. Pero ¿no podríamos dejar las cosas así? ¿Sólo por esta noche? No he venido a desenterrar basura.

Se sentó en la cama y le apoyó una mano en el hombro. Alex se tendió de espaldas para clavarle una mirada fulminante.

—¿Y a qué has venido?

Quería odiarlo, pero en el dormitorio a oscuras su cabeza morena, nimbada por la luz que entraba desde el pasillo, era una imagen tan cálida y familiar que ella sintió deseos de llorar por haberlo perdido.

Y un momento después estaba llorando; los grandes sollozos brotaban con tanta brutalidad como lo que había vomitado en el inodoro, pocos minutos atrás. Aferrándose de Jim, vomitó su dolor... por papi, por mamá... y por él mismo. Una vez momentáneamente despojada de su ira, pudo recordar y llorar lo que había existido entre los dos. Tantos buenos momentos.

Aparte de su madre, Jim era el único que sabía lo de su aborto. Y había sabido comprender, cuando ella perdió el primer embarazo de él, por qué se sentía tan culpable... como si fuera un castigo. Cuando se lo dijo, ella esperaba verlo escandalizado, hasta lleno de asco, que le echaría las culpas. Pero no fue así. Jim se había limitado a abrazarla, dejando que llorara hasta vaciar el corazón. Igual que ahora.

—Oh, Jim —sollozó, alcoholizada—. ¿Por qué tuvo que terminar? En el nombre de Dios, ¿por qué tuvo que terminar?

Capítulo 10

−En los treinta y dos años que llevo practicando la abogacía, nunca he visto un caso como éste. —Tom Cathcart, caviloso, tomó un sorbo de su Virgin Mary; el sándwich seguía en su plato, comido sólo a medias. —Si ella hubiera apuntado a un cargo menor, habríamos obtenido la libertad bajo fianza, con toda seguridad. El juez se la ofreció en bandeja de plata, prácticamente. Lydia sabía lo que él quería oírle decir... pero no quiso decirlo.

Daphne suspiró, hurgando nerviosamente en la ensalada de camarones con el tenedor. Se sentía frustrada; no había nada nuevo. Lo único nuevo, perturbadoramente, era la semilla de desesperanza que había arraigado en ella y crecía sin cesar.

—En otros tiempos creía conocerla —dijo—. Había podido prever cada uno de sus movimientos: qué diría sobre los planes de mis hermanas o cómo me aconsejaría criar a mis hijos. Hasta lo que pediría en un restaurante. —su mirada cayó en los menúes apilados en la mesa de los camareros; una sonrisa melancólica le torció la boca. —Pero ahora me doy cuenta de que era pura arrogancia mía. Nadie debería creerse capaz de prever, en un cien por ciento, lo que hará otra persona.

Estaban almorzando en una soleada cafetería, a una manzana de la oficina de Cathcart. Él había sugerido ese lugar para estar más tranquilos, lejos del retintín de los teléfonos y el zumbar de las máquinas de fax. Daphne había notado que, entre las incesantes llamadas de los periodistas y el flujo de clientes provocados por su reciente notoriedad, el bufete de Cathcart, Jenkins y Holt operaba de un modo mucho más animado.

Sin embargo las cosas no habían cambiado mucho para su infame cliente. Mamá iniciaba su cuarta semana como "huésped" de la Prisión Municipal de Miramonte. Los fríos vientos de principios de mayo habían dado paso a brisas más templadas, que anunciaban la aparición del verano; a lo largo de la galería comercial, que podían ver por la vidriera, florecían cestos colgantes de lobularias, geranios y portulacas, ignorando audazmente los sufrimientos de quienes no podían apreciar toda su gloria.

Le habría gustado que Kitty estuviera con ellos, pero su hermana tenía otros asuntos que atender, de igual importancia. Había organizado una pequeña reunión en Té y Simpatía, para el club de jardineras de su madre. Las socias iban a reunir firmas para un petitorio en que se solicitaba la liberación de mamá hasta el momento del juicio, y Kitty esperaba poder convencerlas de que la ayudarían aún más con declaraciones juradas sobre su excelente carácter y sus incontables actos de bondad. Pero hasta el momento sólo unas pocas habían accedido a declarar, como la señora Holliman y la anciana Carter. A las otras las asustaba la publicidad que eso podía engendrar... y también (había que enfrentarlo) la posibilidad de salir manchadas.

Daphne las había descartado a todas por cobardes. Su hermana, más comprensiva, le sugirió que empleara mejor la tarde planeando estrategias con Cathcart. No hacía falta decirlo: en nada le convenía que una presencia irritante asustara a las señoras que pudieran estar inclinándose por ellas.

Por fin devolvió su atención al abogado, quien meneaba la cabeza plateada; su propia frustración era muy evidente.

—He hecho lo posible por evitar el obstáculo, pero ella me cierra el paso por todos lados. Es como si quisiera ser castigada.

"Un buen hombre", pensó Daphne. Almidonado, un poco presuntuoso... pero decente, en lo fundamental. Su frustración parecía nacer en un auténtico deseo de ayudar a Lydia, no sólo de la ambición personal. Con una expresión atribulada en los ojos azules, muy claros, deslizó el pulgar por la cara interior de un tirador.

"Nunca confíes en los hombres que usan tiradores". Era uno de los prejuicios más curiosos de su madre. Y sin duda era una de las ironías más curiosas del caso que, en los cinco o seis encuentros con las hijas, el abogado llevara puesto un par de tiradores. Los de ese día eran más caprichosos que nunca: de color amarillo azafrán, con un audaz diseño de relojes negros. Pero tras una dieta estricta de gemelos monogramados y mocasines de Gucci (el guardarropa de Roger tendía a lo pomposo), la originalidad de Cathcart resultaba refrescante.

Daphne fue al grano sin perder tiempo.

—Entonces, por el momento, atengámonos a lo que podemos manejar. Para empezar: ¿por qué no adelantamos la fecha del juicio? Para el catorce de agosto falta muchísimo; mi madre no es joven, como bien sabes. Cuatro meses bien podrían ser una sentencia de por vida.

En algún plano ella sabía, sí, que podía ser más larga. Que podía ser de años. Pero si se permitía pensar en esa fuerte posibilidad no podría continuar. Su creciente desesperación llegaría a ser paralizante. En cambio debía concentrarse en lo que estaba a su alcance: como cuidar que su madre tuviera el mejor defensor que se pudiera conseguir.

"Cathcart es bueno, pero... ¿y si no es el mejor para el caso?". Roída por la idea, jugueteó con la pajuela del té helado. Detestaba pensar que Roger pudiera tener razón. ¿No era posible que estuviera actuando por reflejo, a la defensiva y no en bien de su madre, al rechazar el ofrecimiento de su marido, que pensaba buscar un abogado de perfil más alto? No cabían dudas de que Cathcart tenía experiencia, pero allí se necesitaba poder: alguien que conociera los vericuetos y no temiera chocar de frente con Bruce Cho.

Ahora, en ese restaurante que era la quintaesencia de lo californiano, con sus helechos colgantes y sus camareras rubias, bronceadas, Daphne esperó a que Cathcart mostrara su juego. Era inteligente, sin duda, y sobre todo no se daba aires de superioridad. Pero a la menor señal de vacilación, ella lo despediría sin reparos.

El canoso abogado carraspeó y se respaldó en la silla, con un pulgar enganchado bajo el correspondiente tirador.

—Conozco los riesgos, Daphne, pero debo sopesarlos contra lo que me parece lo mejor para tu madre, a largo plazo. En este momento necesitamos todo el tiempo posible. Mientras tanto sigo peleando por la libertad bajo fianza. Por algún motivo, Cho está decidido a bloquear la moción; el tipo es un exhibicionista, pero confío que el juez vea claro y la conceda. Más esencial todavía es continuar analizando todos los ángulos posibles, aun los que no requieran... —Entornó los ojos pálidos. —...la plena cooperación de Lydia, digamos.

De pronto ya no era el pulido caballero a la antigua... sino un astuto fullero de tiradores. Con suerte tendría un as en la manga.

Daphne se animó ante la perspectiva de algo nuevo, no discutido hasta entonces.

—¿Qué es lo que estás pensando, exactamente?

El proceso de descubrimiento estaba en marcha, pero con excepción de algunas amigas íntimas de su madre, que habían aceptado declarar como testigos de su carácter, era algo muy flojo, por cierto. Valía la pena analizar cualquier cosa que pudiera mejorar el caso, por absurda que pareciera.

Esa misteriosa enfermera descubierta por Kitty, por ejemplo. Hasta el momento no tenían manera de descubrir su identidad, mucho menos de ubicarla, pero hasta la más vaga de las pistas era mejor que nada. Tal vez sabrían más cuando lograran que Beryl abriera la boca... y que Alex respondiera a sus llamadas.

—Me gustaría aprovechar la historia psiquiátrica de su madre —respondió el abogado, con firmeza.

Daphne lo miró fijamente, confundida.

—¿Su historia psiquiátrica? Mi madre no ha visto a un psiquiatra en toda su vida. Ni siquiera les tiene confianza. —Luego recordó lo que había dicho Leanne. —Sin embargo se comentó que estaba tomando antidepresivos, por la época en que murió mi padre. Pero ni siquiera estoy segura de que sea verdad.

—Lo sabremos muy pronto.

—¿Cómo, si mamá no quiere admitirlo?

—Va a tratarse con un psicoanalista. A partir de mañana.

—¿Cómo conseguiste que...?

—¿Sin la colaboración de tu madre? Sencillo: es una orden de la corte —informó él, con un guiño astuto—. Kendall aceptó la moción esta misma mañana. Y ha aceptado reconsiderar la cuestión de la fianza, basándose en las recomendaciones del médico. Avery Scheiner; ¿lo has oído nombrar? Ya he trabajado con él; es decente. No será el mejor, pero al menos no sirve de alcahuete al fiscal.

Al pensar en Cho ella recordó a Johnny y se le aceleró el corazón. ¿Debía decir algo? Decidió que no. A esa altura no había nada que decir, en realidad... a menos que una contara aquel único beso y las horas de sueño que había perdido por él.

Apartó esos pensamientos hasta el fondo de su mente, donde debían estar.

—¿Te parece que ésa es la mejor oportunidad de salvarla? ¿Inocente por demencia?

—No es así, exactamente. Eso tiene sus propios riesgos. —Cathcart retiró el pulgar, con un chasquido de elástico, y apoyó la mano en la mesa. Ella la vio curvarse en torno del cuchillo; el índice, elegantemente ahusado, dio unos golpecitos contra la hoja. —Para empezar, en la actualidad los jueces son mucho menos tolerantes al interpretar la demencia temporaria. Aunque no vaya a la cárcel, puede pasar el resto de su vida en una institución psiquiátrica, lo cual sería peor. Lo que sugiero es mucho más sutil. Presentamos a tu madre como una persona razonablemente cuerda, provocada más allá de sus límites. Conoce la diferencia entre el bien y el mal. En realidad, está tan abrumada por los remordimientos que insiste en ser castigada por lo que hizo. En pocas palabras: está actuando contra sí misma. Por lo tanto, no se respeta su derecho constitucional a un juicio justo.

Daphne se apoyó en el respaldo, analizando las ramificaciones de lo que él decía. Cualquier intento de demostrar que su madre había sido provocada más allá de sus límites presentaría a su padre como un monstruo... o como una persona inmoral, cuando menos. ¿Era justo eso para con papi? ¿Y qué de la publicidad adicional que eso provocaría?

"Lo que haga falta", susurró a su oído la voz de la razón. Y de pronto comprendió que no importaba un comino si la reputación de su padre salía manchada. Allí se estaba jugando la vida de su madre.

—¿Qué es lo que propones, exactamente? —preguntó.

Cathcart la miró a los ojos por sobre la mesa.

—Necesitaría que me autorizaras a solicitar una tutela. Eso significa que, mientras tu madre no esté en condiciones de velar por sus propios intereses, tú y tu hermana serán responsables de su bienestar.

—¿Lo cual significa que podemos negociar un cargo menor?

—Exactamente.

Daphne hizo un ademán de respetuosa apreciación. Aunque Cathcart no fuera Clarence Darrow, tampoco era nada tonto. Después de todo, Kitty había hecho lo correcto al contratarlo. Por fin dijo:

—Voy a serte franca, Tom. Detesto la idea de declarar incompetente a mi madre. Por otra parte, creo que nos hemos quedado sin alternativa. —Apartó su plato a un lado, con un profundo suspiro. —Te responderé después de discutirlo con Kitty. ¿Estarás en tu oficina por la tarde?

Él consultó su reloj.

—Hasta las siete y media u ocho... a menos que mi esposa mande a un escuadrón de la policía para llevarme a casa. —Esbozó una pequeña sonrisa, que murió con un chisporroteo. —A propósito: no olvides que voy a visitar a tu madre antes de volver a la oficina.

Ella guardó silencio, reflexionando sobre lo que habían conversado. Después de un largo instante dijo, con suavidad.

—Es irónico, ¿sabes? Creo que ella nunca vio las cosas con tanta claridad como ahora.

Cathcart parpadeó, enarcando una ceja de plata, bien recortada.

—¿Te molestaría explayarte?

Daphne se preguntó cómo explicarlo mejor. ¿O era preferible no decir nada? Se decidió por expresarlo en los términos más sencillos.

—Mamá lo adoraba —comenzó, escogiendo las palabras con cuidado—. Sé que puede resultar difícil de creer, considerando lo que sucedió. Pero tal como he llegado a ver las cosas, el problema de mi madre no era haber dejado de amarlo, ni siquiera estar secretamente resentida con él. Lo amaba demasiado. Y el precio fue muy caro.

—¿Qué quieres decir?

—Nunca pensé que se pudiera amar demasiado. —Por un momento, con los ojos cerrados, vio la cara de Johnny. —Pero ¿y si una estuviera dispuesta a todo para impedir que algo opacara ese amor perfecto? A hacer la vista gorda, mentirse a sí misma... incluso a matar.

En el silencio siguiente Daphne escuchó cada tintineo de cubiertos, cada voz levantada por la alegría. Su mirada recorrió a los tranquilos comensales: cabelleras sueltas y caras bronceadas, francas. No como en Nueva York, donde nadie se molestaba en disimular si estaba de malhumor. ¿Qué pasaba detrás de esas sonrisas? ¿qué desesperación oculta estallaría a su tiempo en calamidad desatada?

—Hay muchos maridos que engañan a su mujer sin que los maten por eso. —Cathcart bajó la voz para que no lo oyera la camarera rubia que se estaba aproximando a la mesa.

Daphne meneó la cabeza.

—No tiene sentido, ya lo sé, pero... —Se esforzó por hallar una analogía. —Supongamos que tienes un bello jarrón, al que aprecias más que a ninguna de tus posesiones. Un día descubres que tiene una pequeña quebradura. Aún retiene el agua, pero ya no tiene valor alguno. Y cada vez que ves esa quebradura tu corazón también se resquebraja un poquito. Así que arrojas el jarrón a la basura. Pero antes lo haces añicos, para que no vaya a otras manos.

—Es toda una teoría —dijo él.

Daphne aguardó, impaciente, a que la camarera terminara de retirar los platos. Apenas había tocado su ensalada de camarones. Y no era la primera vez: en los últimos días su apetito se había reducido a casi nada.

—Es sólo una suposición —repuso, encogiéndose de hombros.

Lo que no dijo a Cathcart era que esa suposición era, probablemente, mejor que ninguna otra. Sabía lo que puede hacer un amor obsesivo, aun en una persona razonablemente cuerda. Hasta qué punto te obliga a actuar contra lo que te indica el buen juicio... arriesgando todo aquello que atesoras. Aunque en menor grado, ¿no era exactamente lo mismo que le estaba sucediendo con Johnny?

Recordó el último fin de semana: él había aparecido por Té y Simpatía... justo cuando ella estaba terminando una conversación telefónica con Roger. Su marido la había dejado tan frustrada que tenía ganas de gritar. ¿La última excusa? Una crisis en la clínica, que no podía explicarle por teléfono. "Puede que vaya el fin de semana próximo —había dicho—. No te preocupes por los chicos: los dejaré con mamá y papá. A propósito: te envían cariños".

Y cortó antes de que ella pudiera preguntarle quiénes eran los que enviaban cariños: sus padres o los niños. Daphne optó por lo último.

Y en ese momento Johnny cruzó la puerta a grandes pasos: la aparición más grata que ella hubiera visto nunca. De vaqueros y chaqueta de cuero gastada, le recordó inmediatamente al Johnny de antes, el muchacho con quien ella había estado a punto de fugarse en otro día de mayo, igualmente ventoso, veinte años atrás. Ese día se había sentido tan frustrada por su padre como ahora por su esposo.

—¡Johnny! No me digas nada: te mueres por una taza de té y uno de los bollos de mi hermana, ¿no?

Hablaba con más cordialidad que de costumbre; no quería dar a Gladys Honeick o a Mac MacArthur, sentados a poca distancia, la idea de que ellos eran algo más que amigos. Pero cualquiera habría podido descubrirla con sólo tomarle la presión arterial en ese momento.

—Gracias, pero tendré que dejarlo para mejor ocasión. Vengo sólo a traerte esto. —Le entregó un sobre cerrado. Al ver la mirada ansiosa que ella arrojó por sobre el hombro, añadió en voz baja: —No hace falta que lo abras ahora mismo.

Conversaron brevemente. Sobre el hijo de Johnny, que estaba terminando el ciclo básico en la misma escuela a la que ellos habían asistido. Y sobre lo mucho que Daphne extrañaba a sus hijos. Sobre Roger no dijo nada; no hacía falta. Johnny se había percatado de que ella estaba alterada. Y mereció su total gratitud cuando, aunque sus ojos atribulados decían que estaba desesperado por preguntar qué pasaba, optó por no hacerlo. Comprendió por instinto que no eran el momento ni el lugar adecuados.

Daphne esperó a estar sola, a salvo en el cuarto para huéspedes del piso alto, para romper el sobre con dedos trémulos. Contra lo que esperaba, no era una carta. Un folleto. De un coqueto hotel que ofrecía alojamiento con desayuno incluido, algunos kilómetros costa arriba. No había nota alguna. Tampoco hacía falta: el ofrecimiento de Johnny estaba muy claro.

Sólo al desplegar el folleto vio que había algo más dentro del sobre: un par de boletos viejos y arrugados, que cayeron al suelo con un revoloteo. Cuando los recogió vio que correspondían a un autobús que había partido de la estación mucho tiempo atrás. Veintiún años atrás, para ser exactos. La noche en que iban a fugarse. Y él los guardaba desde entonces.

Daphne se había sentado en la cama, con las lágrimas goteándole por el mentón. Acababa de comprender el mensaje: "No es demasiado tarde. Aún podemos tomar ese autobús".

Ahora pensaba si no estarían engañándose. Si lo que ella sentía por Johnny no era tan irracional, a su modo, como el amor obsesivo que había acabado con su padre.

Desde el otro lado de la mesa, miró al abogado que tenía en las manos el destino de su madre. Parecía estar reflexionando sobre lo que ella había dicho, como si se esforzara por encontrar el modo de aprovecharlo. Cuando la camarera les preguntó si querían café y postre, él estaba tan preocupado que respondió, sin dar tiempo a Daphne:

—Sólo la cuenta, por favor. —Por fin volvió su atención hacia ella. —Me has dado que pensar, por cierto. En realidad, no es nada nuevo... sólo un giro distinto de lo que ya sabía. Cuanto menos me ayudará a comprender de dónde viene tu madre.

Eso recordó a Daphne que su hermana le había dado algo para mamá. Tomó la bolsa de feria que había dejado bajo la mesa y la entregó al abogado.

—Dile que se lo envía Kitty.

Él echó un vistazo dentro de la bolsa. Contenía una caja de cartón rosado, atada con cordel.

—¿Algo que yo deba saber? —preguntó, bromeando sólo a medias.

—¿Por si es una lima o una sierra, quieres decir? —Ella se permitió una risa resquebrajada. —No, temo que no. Es una torta. Mi hermana le hizo su torta favorita.

—¿Cuál?

—Lady Baltimore.

Daphne no lo dijo, pero era la que su madre pensaba servir en el festejo de su aniversario de bodas.

Camino a casa, Daphne tuvo el capricho de detenerse en su librería favorita. El Ratón de Biblioteca, donde ella había pasado muchas horas durante la adolescencia, era en Miramonte una especie de institución; había sobrevivido a varios terremotos, a la inundación que destruyera la mitad de los negocios de esa calle y, más recientemente, a la inauguración de una gran tienda a ocho calles de distancia.

La encontró exactamente donde siempre: en la esquina, junto a la vieja zapatería de Buster Brown, convertida ahora en Barro, Sudor y Lágrimas, una alfarería que exhibía las habituales piezas de terracota en la vidriera. A su lado, El Ratón de Biblioteca era un reconfortante grito de autenticidad: estuco amarillo, descolorido hasta el tono del pergamino, y coloridos azulejos mexicanos, resquebrajados por la vejez, enmarcando un escaparate con montones de libros artísticamente dispuestos.

Al cruzar la puerta se sintió como si volviera al hogar. Nada de sector cafetería, esquemas de color ni empleados cabezahuecas: libros, sólo libros y más libros, apiñados en los estantes y precariamente amontonados en las mesas; en algunos lugares llegaban a esparcirse por el suelo. Los éxitos de librería se codeaban tranquilamente con títulos de autores menos conocidos; el exhibidor de novelas baratas no pedía disculpas a los clásicos literarios alineados contra la pared. Los mismos sofáes y sillones raídos que ella recordaba de su última visita seguían proporcionando un refugio a los devotos: bibliófilos de todas las edades, con la nariz sepultada en un libro, que allí se protegían de los fríos vientos de la comercialización.

El tablero de corcho, junto al mostrador, exhibía la misma mezcla descabellada de tarjetas con anuncios: desde alguien que regalaba gatitos hasta servicios de jardinería y clases de cocina vegetariana. El único agregado a la vista era el exhibidor de aceites para aromaterapia, junto a la registradora, con una esencia diferente para cada estado de ánimo. Ella imaginó la expresión sobresaltada que habría puesto el barbado vendedor, si ella hubiera preguntado: "¿Tiene algo para una mujer que está pensando engañar a su marido?".

Pues la verdad era que, aun sabiendo que debía hacerlo, no había arrojado a la basura el folleto de Johnny. Lo tenía guardado en el último cajón del escritorio. Por si acaso.

"¿Por si acaso qué?", se preguntó en ese momento. ¿Por si decidía arrojar a los vientos hasta el último resto de prudencia? Aun descontando el hecho de que era una mujer casada y con hijos, ¿no tenía suficientes problemas con tratar de sacar a su madre de la cárcel?

Aun así, las imágenes de Johnny seguían allí: el paseo por la playa, en el crepúsculo; las sombras de ambos estirándose en la arena mojada; la expresión de sus ojos un momento antes de besarla. Allí, rodeada de libros, comprendió que esos recuerdos la devolvían a un tiempo lejano, mucho antes de conocer a Johnny, en que todos sus héroes eran ficticios. Ivanhoe, el señor Rochester, Heathcliff. Las pasiones de una niña soñadora, que pasaba todos sus minutos libres con la nariz metida en un libro o garabateando en su diario.

Daphne recordaba con claridad el momento en que había decidido ser escritora. Tenía trece años; al volver con un suspiro la última página de *Lo que el viento se llevó*, había pensado: "Si lo hubiera escrito yo, lo sabría, ¿verdad? Qué fue de Rhett y Scarlett".

De eso se trataba, en resumidas cuentas: de la necesidad de saber. Quizás había otra manera de expresarlo: la curiosidad bajo un disfraz respetable. Lo que la impulsaba a escribir era, en buena parte, el impulso irresistible de meterse bajo la piel de aquellos a los que veía pasar por la calle, sentados frente a ella en el autobús. Crear para ellos existencias imaginarias sobre las cuales tuviera el control absoluto. Podían tropezar y hasta caer... pero al final encontrarían la manera de redimirse.

A los quince años, después de muchos cuentos sobre damiselas en apuros, había hecho el intento de escribir una novela: un gótico realmente espantoso, donde el villano caía de su caballo sobre un montón de hiedra venenosa y se fracturaba el cuello. Ella había pensado que era un toque de ironía brillante, hasta que la editorial, tres meses después, le devolvió el manuscrito con una nota garabateada al pie de la carta de rechazo impresa: "¿No sabía usted que la hiedra venenosa puede matar?".

Daphne se demoró en una mesa próxima a la caja registradora, donde se exhibían montañas de novedades. Algunos años atrás había dado allí una de sus primeras conferencias, ante una concurrencia respetable. Por eso le resultó grato, pero no muy sorprendente, encontrarse con una pila de ejemplares de su última novela; el de arriba, levantado sobre un pequeño atril.

Pasó un dedo sobre la cubierta, sonriente: un dibujo al pastel de la luna reflejada en un charco de agua; había que mirar bien para notar que el reflejo parecía la cara de una mujer. La idea para el argumento se le había ocurrido algunos inviernos atrás, mientras estaba de vacaciones con Roger en las Barbados. Una noche de luna, una de las pasajeras del hotel se había ahogado mientras nadaba en el océano; nadie sabía por qué; alguien habló de un ataque cardíaco. Pero según su esposo, la mujer nadaba muy bien y gozaba de buena salud. Daphne volvió a casa con la tragedia aún sin explicación. Ahora se le ocurría que algunos misterios no estaban hechos para ser resueltos; en sus intentos de recorrer las retorcidas callejuelas del pasado, reinventándolos donde fuera necesario, tal vez no hacía sino evitar el encuentro con su presente, aun más traicionero.

—Es uno de nuestros títulos más vendidos, en estos días.

Daphne se volvió hacia la empleada que había hablado: una joven regordeta, con un guardapolvo sin forma, el pelo castaño recogido en una trenza gruesa y lustrosa, apoyada en un hombro.

—La autora es de la zona —continuó la muchacha, afortunadamente ajena a la palidez de Daphne—. A lo mejor usted la ha oído nombrar: Daphne Seagrave. Es hija de esa anciana que mató a su esposo.

Se interrumpió para observarla con curiosidad; por un instante de pánico, Daphne tuvo la certeza de que la había reconocido; luego vio su propia cara demudada en el espejo de la pared. Era lógico que llamara la atención.

—Eh... sí, me enteré —tartamudeó.

—Yo me muero por leerlo —continuó la chica, al parecer sin percatarse de nada—. Desde que el *Chronicle* lo incluyó en su lista de éxitos, se nos agota en seguida. Esto acaba de entrar.

Señaló la pila que Daphne había estado admirando un momento antes... y de la que ahora se apartaba con espanto.

Tenía que salir de allí. Inmediatamente. Antes de que esa muchacha la reconociera.

"Ten cuidado con lo que deseas, pues..."

Otro de los axiomas de su madre, que ahora volvía para anidar de un modo particularmente horrible. ¿Cuántas veces había fantaseado con que una de sus novelas saliera de la oscuridad? Pero nunca habría imaginado que el precio sería tan alto.

Mientras se abría paso hacia la puerta recordó algo que Roger había mencionado: tenía varios mensajes urgentes de su editora en el contestador automático. Debía llamarla, sí. Pero en el fondo, ¿no sentía cierto fastidio? Al parecer, Claire no se había detenido a pensar que ella podía tener cosas más urgentes en que pensar, en vez de preguntarse si el editor mandaría imprimir tres mil ejemplares más o publicar un aviso en las revistas.

Ahora comprendía por qué la mujer estaba tan ansiosa por comunicarse con ella. Si se podía dar fe al *San Francisco Chronicle*, su libro debía de estar vendiéndose como pan caliente en todo el país. Hasta ahora ninguna de sus obras había pasado de quince mil ejemplares en rústica. Se explicaba que Claire estuviera en la gloria, pero obviamente no entendía lo que significaba obtener ganancias de la muerte de tu padre. Por el momento, Daphne se sentía como si acabara de morder algo podrido.

Dejó rápidamente atrás las tiendas de estuco que bordeaban la calle peatonal. Estaba apenas a dos calles del local de Kitty, pero le pareció un kilómetro. La sangre marcaba un ritmo sordo e incesante en su cabeza; aunque el día era soleado y agradablemente fresco, la camisa de algodón y la chaqueta de hilo la hacían sudar. Frente al antiguo edificio de tribunales, ahora convertido en oficinas (una de ellas, la de Cathcart) un malabarista vestido de payaso hacía reír a un grupo de niños. Ella pensó en sus hijos, dolorida por la nostalgia. Algún día Kyle y Jennie le preguntarían cómo se había hecho famosa; ¿qué les diría entonces?

"Ten cuidado con lo que deseas... pues podrías obtenerlo".

Lo que deseaba, en ese momento, era que no hubiera sucedido nada de todo aquello. Deseaba estar en Nueva York, a salvo, si no del todo feliz, en su apartamento de azotea. Deseaba no conocer siquiera a Tom Cathcart. Y no haberse reencontrado con Johnny. Eso, sobre todo. Porque si no lo hubiera reencontrado, ahora no sabría cómo habrían sido las cosas si ambos hubieran abordado el autobús, aquella noche lejana.

Cuando llegó a casa de su hermana, Daphne estaba sin aliento y casi doblada en dos por una punzada en el flanco. Entró por la puerta trasera y se dejó caer ante la mesa de la cocina, algo asombrada de haber podido llegar en una sola pieza. No recordaba haberse detenido en ningún cruce. Si no la habían atropellado, probablemente era por pura suerte.

Kitty, que estaba sacando una torta del horno, hizo una pausa para observarla. Tenía puestos unos mitones con forma de pinza de langosta, que Daphne le había regalado en Navidad, a modo de broma, y los rizos color de jengibre recogidos en un rodete desaliñado; su aspecto era tan cómico que su hermana se descubrió sonriendo, pese al dolor del costado.

Kitty depositó suavemente el pastel en la tabla de picar carne. El olor era delicioso: nuez moscada y cáscaras confitadas de naranja. Daphne sintió que se le hacía agua la boca y estuvo a punto de soltar una carcajada: era una maravilla que su apetito se levantara de entre los muertos, como Lázaro.

—En cuanto se enfríe un poco te cortaré una porción —prometió su hermana.

—Que sean dos. Estás aún más flaca que yo.

Kitty retiró el hervidor de la hornalla para llenar la tetera de agua hirviente. Mientras el té reposaba, ella extrajo el pastel de su molde y cortó dos porciones grandes.

—Parece que te hubieran dado una paliza —comentó—. ¿Tom Cathcart te dijo algo malo?

—Peor. —Daphne se quitó los mocasines (se le estaba formando una ampolla en el talón) y los dejó caer bajo la mesa, donde dormitaba uno de los gatos. —Cuando venía hacia aquí me detuve en la librería. Parece que, con todo lo que habla el periodismo de nosotros, mi libro se ha convertido en éxito de la noche a la mañana.

Kitty, comprendiendo de inmediato, miró pensativamente por la ventana. Pero ya no estaba allí la jauría voraz que se amontonara tras el arresto de su madre; por el momento había ido en busca de presas más frescas. Sólo quedaba allí el gran samoyedo gris, plantado sobre los cuartos traseros, la vista fija en un gato trepado al árbol. Ella se volvió hacia su hermana con un suspiro.

—Oh, Daph, comprendo lo que sientes. Pero eso no dependía de ti.

—Es fácil decirlo. No eres tú la que gana dinero con el espectáculo terrorífico de tu familia. —Daphne se arrepintió inmediatamente de su arrebato. —Perdona; eso no fue justo. Es que... bueno, a veces tengo la sensación de que las acusadas somos nosotras. No me digas que no te ha sucedido lo mismo.

Se empañaron las delicadas facciones de la pelirroja. Llevó la bandeja con el té a la mesa y puso un plato frente a Daphne. Ella lo reconoció de inmediato: era de un viejo juego de su madre.

—He tenido mis momentos —dijo Kitty, en voz baja.

—¿Cómo te fue con las damas jardineras?

Se sentó en frente, ceñuda.

—Bueno, veamos. La señora Underwood me pidió la receta de los cuadrados de limón. Y Ardelia Spivak ofreció enviar a alguien para que corte el césped de mamá y quite la maleza. ¡Ah, antes de que me olvide! Hasta ahora han recolectado casi doscientas firmas.

—En otras palabras: nadie quiere jugarse.

—Es un modo de expresarlo.

Daphne dio un mordisco a la torta caliente. Estaba celestial.

—Hay un antiguo refrán chino: "Los verdaderos amigos son como los árboles de follaje perenne: no los identificas hasta que llega el invierno".

—Lo voy a tener en cuenta. —Kitty le ofreció una sonrisa dolorida y levantó la familiar tetera floreada, con el pico desportillado. —¿Cómo anduvo el almuerzo?

—Por lo que se refiere a mamá, nada nuevo. Pero espera a que te cuente lo que se le ocurrió a Cathcart.

Explicó a Kitty la idea de solicitar la tutela de su madre. No estaba segura de que eso le gustara, pero Cathcart tenía razón en un aspecto: se estaban quedando sin opciones.

Su hermana, en cambio, se opuso.

—Si aducimos que no es competente para manejar sus propios asuntos, ¿no equivale a decir que está loca? —argumentó—. No sé qué piensas tú, Daph, pero yo no podría hacerlo, a menos que fuera nuestro último recurso.

—¿Se te ocurre algo mejor?

Kitty sopló para enfriar el té, poniendo en movimiento las hebras de pelo que se rizaban en torno de sus sienes. Al mismo tiempo, las facciones delicadas, casi feéricas, se aquietaron en una actitud concentrada. Cuando habló su voz sonó firme y clara.

—Creo que es hora de hacer otra visita a Beryl Chapman.

Beryl Chapman vivía a varios kilómetros, en un vecindario que años atrás había sido para gente de buen pasar; ahora se esforzaba por mantener las apariencias. Río de Campo, una calle antes tranquila, próxima a la secundaria John Muir y a la vieja biblioteca pública, había sido afectada por el ensanchamiento de la vecina Seacrest Drive, convertida en un paseo de cuatro sendas con acceso a la autopista. El valor de las propiedades se derrumbó prácticamente de la noche a la mañana; en la década siguiente, pese a creativos intentos de remodelación y paisajismo, no había vuelto a ascender apreciablemente.

La casa de Beryl era de planta y media a desnivel y techo de losa, con una salpicadura de musgo en la fachada, allí donde hacía poco se había cortado un denso borde de piracantas. Tenía un aire triste, se dijo Daphne al detenerse allí con su hermana; no era descuido, sino fracaso lo que irradiaba de cada resquebrajadura emparchada, de cada "mejora" barata, como el falso ladrillo a la vista y el diminuto porche vidriado junto a la cocina, que la dueña había agregado cuando sus hijas se fueron. Hasta los rosales alineados a lo largo del camino de entrada, podados de manera uniforme, parecían algo abatidos.

Por teléfono Beryl se había mostrado cordial, aunque cautelosa. Dijo que tenía un compromiso algo más tarde, pero ¿por qué no pasaban a tomar un café?

Les abrió la puerta con su habitual armadura completa: peinado perfecto en la cabeza platinada y un maquillaje que debía de haberle llevado una hora, con pestañas postizas y todo. Lucía una especie de caftán de seda, pero Daphne vio que era sólo un batón empeñado en pasar por algo elegante. Para completar la ilusión de *Sunset Boulevard* sólo faltaban el turbante y la boquilla larga.

—Chicas —saludó, dejando en suspenso la palabra, como para subrayar un aire de autoridad con el que esperaba lograr ventaja—. Qué bien están. Pasen, por favor.

Apenas entró, Daphne se sintió atacada por otros intentos de mejorar la casa: una mampara de vidrio separaba la entrada de la sala; detrás del sofá color crema, la pared estaba recubierta de azulejos espejados; la araña a escala diminuta, con sus prismas en forma de lágrima, arrojaba una luz fría sobre la alfombra blanca.

—¿Qué les parece si tomamos el café aquí? —propuso Beryl, señalando con un ademán del brazo la mesita de vidrio, que parecía flotar por sobre la alfombra, sobre un manojo de tubos cromados a manera de fuente de agua.

—Para mí, nada, gracias —dijo Kitty.

Daphne, viendo el gesto disgustado de Beryl, se apresuró a añadir:

—Para mí, solo y sin azúcar.

La dueña de casa se deslizó hacia la cocina, más parecida que nunca a una envejecida reina del cine, Norma Desmond, que buscara desesperadamente un papel estelar. Ella y Kitty no eran exactamente Cecile B. DeMille, pero tendrían mucho gusto en concederle un primer plano.

La mujer que decía ser amiga de mamá volvió pocos minutos después; traía dos tazas humeantes y un caniche enano blanquísimo trotando junto a sus talones. La perra empezó a ladrar en cuanto vio a las visitantes.

—Pórtate bien, *Muffie* — la regañó Beryl.

Dejó las tazas en la mesa y la levantó para sujetarla bajo un brazo.

—La tenía encerrada en el lavadero —dijo, con aire de burlona contrición—; cuando hay visitas es una peste. Pero me puso una cara de tristeza... ¿No es cierto, *Muffie*?

Después de frotar la nariz contra el hocico de la perra, no más grande que un dedal, volvió a dejarla en el suelo. Ya instalada en el sofá, se volvió hacia la mesa china del costado y tomó un cigarrillo de la caja esmaltada.

—Bueno, chicas —dijo—, ¿en qué puedo ayudarlas?

Daphne sintió deseos de sugerir: "Podrías llamarnos por nuestros nombres, para empezar". Pero antes de que ella pudiera abrir la boca, su hermana gorjeó:

—En realidad, hemos venido por mamá. —Con su remera amarillenta y sus pantalones de color rojo oscuro, sentada en la poltrona, parecía un petirrojo de mirada brillante que, por error, hubiera entrado por la ventana.

—Ah, sí, pobre Lydia. —Beryl curvó hacia abajo la boca pintada, tratando de mostrarse doliente, pero sólo resultó payasesca. —¿Cómo está? No pasa un momento sin que piense en lo que debe de estar pasando. Me siento mal con sólo imaginarlo.

"Pero no tanto como para ayudarla", pensó Daphne, disgustada. En voz alta dijo:

—Está bien. Hasta donde se puede esperar, claro. ¿No has ido todavía a visitarla?

El chasquido del encendedor, en el silencio de ese ambiente a lo *Sunset Boulevard*, sonó áspero y despectivo. Beryl aspiró profundamente el humo; luego exhaló una voluta, meneando la cabeza.

—No tienen idea de las veces que he salido a la calle para ir. Pero en el último instante siempre me acobardo. Ver a la pobre Lydia encerrada allí... —Se estremeció visiblemente, con un brazo huesudo apretado contra el pecho. —Pero si puedo hacer algo por ayudar, por supuesto... Lo que sea...

Dejó morir la frase.

—En realidad, hay algo que puedes hacer —explicó Kitty—. La última vez que nos vimos dijiste que llevabas semanas sin hablar con mamá. Desde antes de... del disparo. Pero hay algo que todavía no comprendo.

—¿De qué se trata? —En la voz cascada de Beryl se había infiltrado un tono cortante.

—Es sobre tu pelea con mamá —se lanzó Daphne—. Leanne me habló de eso.

La dueña de casa frunció el entrecejo en un gesto de fastidio, aún fingiendo inocencia.

—¿Qué pelea? No llegamos tan lejos. Hubo un cambio de palabras, sí. Tu madre y yo nos conocemos desde hace casi cuarenta años. No vamos a permitir que algo así arruine nuestra amistad.

—Pero hubo otra cosa que la arruinó, ¿verdad? —Con la habitación blanca como telón de fondo, los ojos intensamente azules de Kitty parecieron adquirir el púrpura intenso del crepúsculo.

Beryl sostuvo la mirada de Kitty con los ojos entrecerrados, como un gato acorralado.

—No estoy segura de entender lo que quieres decir —replicó.

—Deja que yo te refresque la memoria. —Daphne se inclinó hacia delante desde su sillón. —Tú y papi fueron amantes. Lo sabemos, Beryl. Por lo que a ti concierne eso es historia antigua, pero a mamá, que recién se enteraba, debió caerle como si acabara de suceder.

El destello de disgusto que había visto antes se convirtió en gesto ceñudo. Obviamente, la mujer entendía que el juego se había terminado. O quizá la conciencia (la poca que aún tenía) terminaba por imponerse.

—¿Qué quieren de mí? —les espetó—. Bueno, es cierto, se lo dije. Ya no soportaba más. Sabía que tenía otras. Que la había tratado como a estúpida todos estos años. Ella era mi amiga, qué embromar. Merecía enterarse.

Kitty la miró sin parpadear.

—¿Sí? ¿De veras?

Daphne, percibiendo que por fin estaban llegando a algo, sintió que se le aceleraba el corazón.

—Pero no lo hiciste por mamá. En realidad, fue por ti. Estabas celosa de ella, ¿verdad? Tenía todo lo que a ti te faltaba. Un marido, dinero. Iba a celebrar sus cuarenta años de casada... y tú no tenías nada.

—¡Eso es mentira! —Beryl se levantó con tanta brusquedad que *Muffie*, acurrucada a sus pies, empezó a ladrar maniáticamente. —Si quieren culparme de esta tragedia espantosa, ya pueden...

—No queremos culparte de nada —intervino Kitty, con suave firmeza—. Necesitamos tu ayuda; eso es todo.

—Necesitamos que atestigües a favor de mamá.

La caniche estaba bailoteando sobre las patas traseras, en círculos frenéticos, sin dejar de ladrar furiosamente. Beryl se cubrió las orejas con las manos, gritando:

—¿Quieres callarte? ¿Quieres callarte de una vez?

Daphne tardó un momento en comprender que no se dirigía a ellas, sino a *Muffie*. Kitty abandonó el asiento para ponerse en cuclillas y, atrayendo con mimos a la frenética perrita, la alojó en su regazo; el animal temblaba. Beryl la fulminó con la mirada, como si hubiera secuestrado a su único hijo.

—No puedo ayudarlas. —Su voz sonaba fría. —Ustedes dirán que es una cobardía, pero no puedo —añadió, en tono más patético—. Lydia tenía a Vern, sí. Pero yo tengo una reputación. Sin eso no sería nadie.

Terminó con la voz quebrada y se dejó caer nuevamente en el sofá. En ese momento pareció derretirse, no como Norma Desmond, al fin y al cabo, sino como la bruja malvada de *El mago de Oz*; se le cayó la cara; el pecho huesudo pareció hundirse.

Daphne se obligó a insistir, pese a la compasión que la tomaba desprevenida.

—Eres su única esperanza. —Hablaba con suavidad; se odiaba por tener que halagarla, pero no había otro recurso. —Eres la única que sabe cómo fue eso para ella. Descubrir, después de tantos años, que el esposo al que había dedicado su vida le era infiel desde un principio. Debió de ser devastador.

Con una exclamación áspera, Beryl dejó caer la cabeza entre las manos.

—¡Nunca pensé que fuera a matarlo!

—No, no podías saberlo —concordó Kitty mientras se levantaba, acunado en los brazos a la caniche todavía estremecida. —Pero es lo que sucedió. Y ahora lo único decente que puedes hacer es decir la verdad.

Por un momento Beryl pareció a punto de quebrarse. Luego sacudió violentamente la cabeza. Por la mejilla flaca le corría una gruesa lágrima, dejando un rastro de máscara.

—No serviría de nada. La misma Lydia admite su culpa. Lo que yo pueda decir no va a cambiar las cosas. ¿Qué sentido tiene que paguemos las dos?

Daphne luchó contra el impulso de abofetearla. Esa mujer era como Roger: débil y llena de excusas. No estaba dispuesta a enfrentar las consecuencias de su mala conducta. Por Dios, ¿qué podía haber visto su madre en ella?

—Tal vez sirviera —argumentó su hermana—. Si el jurado ve que hubo circunstancias atenuantes...

No tuvo oportunidad de terminar. Porque en ese mismo instante Beryl se levantó como impulsada por un resorte y marchó hacia ella, para arrebatarle a *Muffie* de los brazos. Cuando sus garras carmesíes se cerraron en torno de la caniche, Daphne vio que el animal descubría los dientecitos afilados y creyó oír un gruñido grave.

—Lamentablemente, debo pedirles que se vayan. —La voz de la mujer chorreaba cortesía ponzoñosa. —Como creo haber mencionado, tengo una cita con uno de mis clientes y no puedo llegar tarde.

Les estaba recordando que era, en toda la bahía, la única distribuidora de *Désirée*, una línea de fragancias florales que se vendían en tiendas destinadas a mujeres mayores. ¿Qué sería de sus negocios si su nombre aparecía en todos los diarios del país, vinculado con el de una asesina?

El poco de simpatía que Daphne había experimentado se secó al momento. Se acercó a su hermana.

—Gracias —dijo fríamente. Y esperó a estar casi junto a la puerta antes de añadir: —Por el café.

Cuando volvieron, en el contestador de Kitty había un solo mensaje. Era de Johnny. Al escucharlo Daphne sintió el escalofrío que la había hecho temblar durante todo el trayecto.

"Iba caminando por la playa y encontré un letrero. Dice NO PASAR, pero parece bastante seco. —Una risita grave. —¿Qué te parece si encendemos una fogata?"

Kitty, que lo oyó por casualidad mientras colgaba su abrigo, meneó la cabeza.

—No soy la más indicada para decirte lo que debes hacer, Daph, pero ¿no te parece que ya tienes bastantes problemas?

Estaba en el pasillo de la cocina, junto a la escalera de servicio, la que usaban las criadas en la época en que hasta los propietarios de medios modestos podían pagar una empleada doméstica. Daphne comprendió que su hermana tenía buenas intenciones, que la confrontación con Beryl las había dejado tensas a las dos; aun así se irritó.

—¿Y tú? No te he visto cerrar las puertas a tu amiguito, el que sube a tu cuarto por la noche, cuando cree que estoy dormida —contraatacó.

Por el arrebol que inundó las mejillas de Kitty comprendió que había dado en lo vivo. Su hermana se llevó las manos a la cara, como para refrescarla, pero no pudo disimular una pequeña sonrisa de mortificación.

—Oh, Dios mío. Y nosotros que nos creíamos tan discretos...

Daphne puso los ojos en blanco.

—Vamos, que no nací ayer. Es el mismo que vino después del entierro, ¿no?

—¿Cómo... cómo te diste cuenta? —tartamudeó Kitty.

—Lo tenías escrito en la cara. Igual que ahora. —Daphne se acercó para rodearle los hombros con un brazo. —Mira, no importa. Somos humanas, por Dios. Y tú, cuanto menos, no estás casada.

Cuando Kitty se apartó tenía cara de preocupación.

—No estaba pensando en Roger; sólo en ti, Daph. No quiero verte sufrir. Si vuelves a enamorarte de Johnny...

—Nunca dejé de amarlo —la interrumpió Daphne—. ¿No comprendes? Ése es el problema.

Listo. Ya estaba dicho. Lo que había mantenido sepultado en su interior por tantos años. Pero en vez de vergüenza o remordimiento experimentó una profunda sensación de alivio.

Kitty sonrió con melancolía.

—Yo también estuve medio enamorada de él, ¿sabes? A los trece años, por cinco minutos. —Y agregó con voz suave. —¿No es curioso? Yo solía envidiarte a Johnny... y ahora te envidio los hijos.

Daphne habría querido llenarla de frases reconfortantes: que todavía era joven y podía tener un hijo; que de lo contrario, alguna de las agencias de adopción cumpliría. Pero ésa habría sido la antigua Daphne, la mujer que había dejado en Nueva York, siempre lista a calmar las aguas, a evitar los conflictos a toda costa. En cambio decidió expresar exactamente lo que pensaba.

—Los extraño —suspiró—. Desde que llegué no ha pasado un día sin que quisiera subir a un avión para volver con mis hijos.

Kitty se apoyó en la barandilla pasa sentarse tímidamente en el último peldaño. Tenía una expresión remota que su hermana no llegó a descifrar.

—Se llama Sean. Y no es sólo un "amiguito". Su hermana menor está embarazada y quiere dar al bebé en adopción. Así nos conocimos.

De inmediato Daphne se sintió llena de culpa. Enfrascada en sus propios problemas, no había pensado ni por un instante qué estaría pasando con su hermana. Se sentó junto a ella.

—¿Por qué no me lo contaste?

Kitty torció la boca en una sonrisa sin humor.

—¿Con todo lo que estaba pasando? No sé. Supongo que me pareció egoísta.

—No es egoísta. Es... —Aferró al vuelo la frase exacta. —Es tu vida.

—¿Mi vida? —Kitty volvió hacia ella una cara luctuosa. En la penumbra de la escalera parecía desprovista de carne, toda huesos, y los ojos refulgían con una desesperación casi febril. —Sí, supongo que se podría decir eso. Pero ¿sabes una cosa? En el fondo no soy mejor que Beryl. Porque si hubiera podido elegir yo habría actuado exactamente como ella. Por este bebé, sí. Habría vuelto la espalda a mamá, fingiendo que ni siquiera la conocía. ¿En qué clase de persona me convierte eso?

—En una persona que no es perfecta —respondió Daphne, con los ojos llenos de lágrimas.

Sabía con exactitud lo que sentía su hermana. ¿Acaso ella no había decidido también, apenas oyó la voz de Johnny, que nada podría impedirle reunirse con él?

La vieja manta en la que se habían tendido, anidados en el pliegue de una duna, a un kilómetro y medio de la laguna de Plunkett, había salido del baúl del Thunderbird. A la luz parpadeante del fuego Daphne vio, en una esquina, un agujero chamuscado del tamaño de una moneda pequeña: recuerdo de alguna excursión familiar, sin duda. Pensó en todos los recuerdos que él había acumulado en el curso de los años, recuerdos de los que ella no formaba parte, y se le estrujó el pecho.

Apoyó una mano contra el corazón de Johnny para sentir, a través del grueso suéter, el latido firme y rítmico.

—¿Tu hijo siempre vivió contigo? —preguntó.

—Al principio no. Cuando Sara y yo nos divorciamos, J. J. tenía doce años —respondió él; su expresión se empañó. —No discutimos por la custodia. Por mucho que yo lo quisiera conmigo, no le habría hecho eso. Además, no tengo nada que reprochar a Sara. Es buena madre.

—¿Cuándo cambiaron las cosas?

—Hace seis meses. La madre ya no lo aguantaba. Y francamente, no puedo criticarla. A veces es un chico difícil... como su viejo. —Johnny rió con melancolía, tironeando de un recio tallo que asomaba por la arena. —¿Y tú? Debes de extrañar a tus hijos.

—Con desesperación.

Ella pensó en la última vez que había hablado por teléfono con Kyle y Jennie. El niño, después de un breve parloteo sobre el juego de Nintendo que le había comprado su papá, corrió a jugar. Jennie, por el contrario, se mostró tímida... como solía sucederle ante desconocidos. Daphne cortó con el corazón a punto de quebrarse.

Johnny inclinó la cabeza, dejando iluminado un solo costado de la cara; el resto se perdía en la sombra: un ojo azul grisáceo la miraba como por la hendija de una puerta.

—¿Y por qué no los haces venir?

—Ojalá fuera tan fácil —suspiró ella—. Pero Roger tiene dificultades para viajar. Una crisis en la clínica.

En su voz se filtró una nota de amargura que ella no se molestó en disimular. Johnny inclinó la cabeza con irónica diversión.

—No me refería a tu esposo.

Dicho así sonaba tan sencillo que, por un momento, Daphne llegó a creerlo posible. Luego llegó la realidad, a torrentes.

—No puedo sacarlos de la escuela sin más ni más. —Kyle estaba en primer grado y Jennie apenas iniciaba el jardín de infantes. Lo que no dijo es que Roger jamás lo permitiría.

—¿Qué es peor? ¿Cambiar de escuela por algunos meses o estar lejos de su madre? —razonó él.

—¿Meses? —Daphne sintió un aleteo de alarma.

—Cuanto menos... si piensas quedarte hasta que termine el juicio.

Ella se tendió de espaldas.

—No me iré hasta que esto se resuelva, de una manera u otra. —Contempló la lluvia de chispas despedidas hacia arriba en la oscuridad, porque no podía mirarlo a los ojos. —Pero hay otras cosas en juego, aparte de mi madre.

Él la sorprendió con una risa amarga.

—Nada cambia, ¿verdad? Qué diablos, míranos... Vamos a cumplir cuarenta años y todavía nos vemos a escondidas.

—Veinte años es mucho tiempo —le recordó ella—. Y han cambiado muchas cosas.

—Lo que siento por ti, no.

Sus palabras fueron como un golpe leve en el vientre. Ella se incorporó para abrazarse las rodillas.

—Oh, Johnny, ¿por qué tiene que ser tan difícil?

Una súbita ráfaga del océano aplanó el fuego; luego lo levantó en una larga lengua. Arriba las estrellas espiaban por entre una fina capa de niebla, como las pecas de mica que parpadeaban en la arena, a sus pies: parecía tibia contra las plantas, pero al hundir los dedos se percibía su frescura.

La playa estaba desierta; hacía demasiado frío para los amantes. Al principio ella había pensado lo mismo, pero el fuego encendido con leña de deriva la hizo entrar en calor. Ahora, en su fulgor crepitante, era como si sólo quedaran dos personas en este mundo: un hombre y una mujer que, a su edad, habrían debido ser más prudentes, desenterrando recuerdos náufragos, allí donde habían hecho el amor en la adolescencia.

—Lo difícil —dijo él— es hacer siempre lo que conviene a los demás, pero a nosotros no. —Su voz, detrás de Daphne, sonaba grave y tensa. —¿Nunca te has detenido a pensar cómo habría sido nuestra vida, si en aquel entonces hubiéramos hecho lo que deseábamos?

Daphne sonrió a las llamas inquietas.

—Sí. Una vez al día, cuanto menos.

—Me casé con Sara pensando que un mísero pedazo de papel te borraría de mi mente. —Él calló por un momento. —Por entonces parecía buena idea.

Ella giró para mirarlo.

—Nunca hablé de ti con Roger. Al menos no le di detalles. No hizo falta.

Johnny la contempló en silencio; la luz del fuego danzaba sobre sus facciones fuertes y desiguales. Cuando se incorporó para tomarle la mano y apoyarla de espaldas contra su pecho, ella sintió el impacto del aire fresco allí donde había estado... alejado por la boca tibia de Johnny, que se acercaba a la suya.

El beso se acentuó. Daphne sintió que algo se movía dentro de ella, como la arena bajo la manta al acostarse a su lado. De inmediato la invadieron los recuerdos. Los dos desnudos bajo un cielo despejado, donde las estrellas giraban y destellaban como un vasto juego de ruleta, del que dependía el futuro de ambos. El gusto a sal en la piel de Johnny... y la ternura con que la había poseído. Después la acunó, dejándola llorar, no por arrepentimiento, sino por una abrumadora sensación de alivio. Aunque sólo tenía dieciséis años, él había sabido exactamente lo que Daphne necesitaba. Algo que su esposo, después de casi veinte años, aún no sabía.

En esa ventosa noche de mayo, tanto tiempo después, las manos de Johnny no vacilaron como entonces. Le abrió la chaqueta y le deslizó el suéter por sobre la cabeza. Ella se estremeció ante el golpe del viento salobre y húmedo contra la carne desnuda; luego Johnny la envolvió con sus brazos, besándola en la base del cuello, y fue descendiendo. Su boca le dejó un rastro de piel erizada entre los pechos y en el vientre, hasta donde ahora desabotonaba los vaqueros.

"No puedo hacer esto —pensó ella, con alguna parte remota de su mente—. Estoy casada." Pero no parecía pecado, ni siquiera error. Por el contrario: había sido infiel a Johnny durante todos los años vividos con Roger. Era a Johnny a quien deseaba, mientras se esforzaba por disfrutar de los intentos pasionales de su marido, bullangueros y a menudo torpes.

Ahora tenía sobre ella la cara que con tanta frecuencia tratara de imaginar: esa versión adulta del muchacho que había amado, con el pelo revuelto que ella solía peinar con los dedos. Mayor, sí, y más sabio... pero no la deseaba menos que en aquel entonces. Por el contrario, el deseo puesto al rescoldo por tantos años ardía con más intensidad.

Lo observó mientras él se desvestía; luego ella también se quitó los vaqueros, para arrojarlos al montón de ropa que crecía en un extremo de la manta. Un puñado de monedas había caído del bolsillo de Johnny a la arena, donde centelleaban como un tesoro desenterrado. A la luz del fuego, que lustraba su torso desnudo, todavía delgado y musculoso, Daphne vio la leve cicatriz en forma de medialuna, apenas visible en el hombro derecho. Supo que, si cerraba los dientes en ese sitio, coincidirían con las marcas. La idea la excitó profundamente.

Desde la última vez que se acostara con él, a los diecisiete años, no había vuelto a experimentar esa urgencia, esa loca necesidad de ser poseída.

Él le cubrió un pecho con la mano y deslizó la lengua sobre el pezón. Cuando se retiró, el frío fue como un delicioso escozor. Daphne lo aferró, echándoselo encima como si fuera una manta, sofocándose con su calor. Sabía a... Oh, a nada, a nadie. A Johnny. ¡Cuánto lo había echado de menos! ¡Cuánto había necesitado eso!

—¿Es correcto lo que estamos haciendo? —susurró.

Él la miró con una solemnidad conmovedora. En sus ojos grises, velados, bailaron reflejos de luz.

—¿Quieres parar?

—No. —No hacía falta pensarlo. De cualquier modo, no habría podido detenerse.

Johnny le deslizó una mano entre las piernas, acariciándola hasta que ella temió morir de tanta dulzura.

—Por Dios —susurró él—, no tienes idea de lo mucho que deseaba esto. Desde el día en que entraste en mi oficina.

Al penetrar ahogó con su boca la pequeña exclamación de Daphne. Casaban con tanta perfección como ella recordaba, pero ahora la edad y la experiencia le permitieron moverse como no había sabido hacerlo en aquellos tiempos: buscando el ritmo, deteniéndose al acelerar Johnny el paso. Y cuando él empezó a perder el control y se deslizó hacia abajo, para satisfacerla primero con la boca, se abrió de buena gana a la deliciosa sensación de esa lengua entre el aire frío que le rozaba la cara interior de los muslos.

Arqueó la espalda, dejando escapar un grito; el cielo lechoso parecía lamerla, como las olas que susurraban en la oscuridad. "Dios, Dios mío, no me importa si estás mirando desde ahí arriba. Porque si sentirse tan bien es pecado, en este mundo no hay esperanzas para nadie".

Un momento después lo tenía otra vez dentro de sí, nuevamente llevándola al clímax, aun antes de que el dulce aleteo del primero hubiera cesado. "Oh, Dios, Dios..."

Levantó las caderas, reconociendo por instinto cuándo y cómo salir al encuentro de su último y estremecido embate. Sólo cuando Johnny se derrumbó hacia un costado pudo ella detenerse a admirar el exquisito alivio que fluía de todos los rincones de su ser.

Se acurrucó contra él; no quería desprenderse de esas sensaciones ni dar entrada al frío. Unos granos de arena, impulsados por el viento, cayeron contra ella como las chispas del fuego que le calentaba el flanco, dejando el resto helado. Sólo estaba perfectamente abrigada allí donde su carne desnuda se encontraba con la de Johnny.

—Te amo —dijo él.

—Lo sé. —Le apoyó una mano contra la mejilla y sintió un músculo contraído... como si él se esforzara por no llorar. —Eres el único hombre que he deseado en mi vida.

—Ojalá...

—¿Qué?

—No importa. No quiero pensar en el pasado.

—Ni en el futuro. —Estremecida, se arrimó más a él.

Después de algunos minutos Johnny murmuró.

—Tendría que echar más leña al fuego.

—Tendríamos que vestirnos —protestó ella, soñolienta, sin hacer el menor ademán de levantarse.

—¿Para qué? —rió él—. Sólo para desvestirnos otra vez.

—Pero corremos peligro de que alguien nos vea... y no quieras imaginarte lo que serían los titulares de mañana. —Y entonces sí se incorporó, pensando: "Cualquiera podría habernos visto. Y entonces Roger se enteraría".

Cosa extraña: la idea le gustó. Imaginó a Roger abriendo el diario, por la mañana, para llevarse la sorpresa de su vida.

Luego se abatió sobre ella una oleada de culpa. Recordó cierta noche, algunos años atrás; al volver de una conferencia en New Haven, al volante de su coche, se había visto bloqueada por una ventisca. Horas después, cuando llegó a la puerta de su casa, tambaleándose, encontró a Roger fuera de sí. La había abrazado como para quebrarle las costillas; luego la siguió de cuarto en cuarto, como decidido a no perderla de vista nunca más.

Se apartó de Johnny para meter las piernas en los vaqueros, ásperos de arena; sintió el suéter húmedo contra la piel. Johnny la miraba con aire divertido. Esperó a que ella se hubiera vestido por completo antes de ponerse lánguidamente la camisa.

—La última vez tenías miedo de que tu papá nos sorprendiera —recordó, provocativo—. ¿De quién tienes miedo, esta vez?

—De mí —respondió ella—. Tengo miedo de lo que podría hacer, si dejamos que esto continúe.

No sabía lo que encerraba el destino, pero todo aquello que había perdido acababa de recuperarlo en brazos de Johnny. Ahora sólo quedaba por averiguar si podría conservarlo.

En tanto trepaba por la duna, recostada contra Johnny para escapar del viento que le sacudía el pelo, sólo de una cosa estaba segura: que si lo dejaba ir por segunda vez no habría otra oportunidad.

La idea le enfrió el corazón, como el oleaje que veía vagamente allí abajo, precipitándose contra la costa.

"Mañana —pensó—, acordaré con Roger que ponga a los niños en un avión. No le diré cuándo vamos a regresar. Si él se cansa de esperar, ya sabe dónde encontrarme".

Capítulo 11

El jueves de la semana siguiente, por la mañana, Kitty llevó a su hermana hasta el aeropuerto de San Francisco, para esperar a Roger y a los chicos. Pero el vuelo se demoró; más de una hora después, él cruzó la puerta, seguido por Kyle y Jennie. Kitty se quedó atrás, mientras su cuñado estrujaba a Daphne en un abrazo colosal; los chicos se le arrojaron a las rodillas, con tanta fuerza que ella, con una exclamación riente, cayó despatarrada en una silla convenientemente instalada atrás.

"Daphne ha cambiado", se dijo Kitty, maravillada de que su hermana hubiera logrado convencer a Roger, pese a sus objeciones iniciales, de inscribir a los niños en la escuela de Miramonte por el resto del ciclo lectivo. Poco tiempo atrás no habría podido oponérsele; ahora, en vez de acobardarse, tomaba tranquilamente el mando.

—Los necesito conmigo. Y ellos necesitan a su madre —había dicho a su marido, por teléfono. Después de esperar pacientemente que él dijera lo suyo, continuó: —Si no te es posible traerlos ahora mismo, no importa. Yo iré por ellos. Temo que esta vez debo insistir, Roger.

Kitty habría querido aplaudir.

Él también parecía percibir el cambio. Pasó todo el viaje de regreso a Miramonte echando miraditas vacilantes a Daphne, mientras los niños parloteaban sin pausa, bombardeando a Kitty con preguntas: en qué habitaciones dormirían, si harían masitas como la última vez y si podían o no mirar televisión arriba.

Jenny, adorable con su blusa de volados, su mameluco rosado y las coletas rubias, muy claras, buscó tímidamente en su mochila Barbie.

—Mira, tía Kitty. Es *La sirenita*. —Mientras mostraba el video en alto, reveló en tono serio: —Dice papi que las sirenas no existen. ¿Qué piensas tú?

Kitty vaciló.

—Bueno, nunca vi ninguna —dijo luego—. Pero tampoco he visto canguros, y estoy segura de que los canguros existen.

175

No prestó ninguna atención a la mirada torva que le arrojó su cuñado.

Según resultó, Roger sólo podría quedarse por el fin de semana. Pero bastó para llenar la casa con su presencia y hacer que su hermana se encogiera cada día un poquito más. Al oír en la escalera su paso pesado, casi de propietario, la misma Kitty no podía sino encogerse un poco. Notó que, cuando intentaba tranquilizar a Daphne con respecto a su madre, lo hacía con el mismo tono alegre que utilizaba con Kyle y Jennie; entonces sus músculos se tensaban como para resistir. Estaba segura de que su cuñado no era mala persona. Aunque ella lo creyera demasiado estricto con los niños, era obvio que los adoraba. Y a su modo estaba tratando de compensar a Daphne por no haber venido antes. Aun así en la mañana del lunes, cuando él partió temprano hacia el aeropuerto, hasta la casa pareció lanzar un suspiro de alivio.

Como lauchas que se escurrieran cautelosamente al exterior, los niños comenzaron por jugar en silencio, pero se fueron tornando más bulliciosos al hacerse a la idea de que ya no estaba su padre para regañarlos. Daphne se sentó a contemplarlos en la alfombrilla trenzada, junto al hogar, mientras Kyle y Jennie construían un fuerte con leños de juguete; ella también parecía aliviada. Una hora después, cuando todos estuvieron bañados y vestidos, bajaron en tropel a la cocina, donde la masa que Kitty había preparado bien temprano leudaba en su bol, convertida en un gran domo harinoso.

Kitty dio a cada uno de los niños un trozo del tamaño de un pomelo; mientras ellos lo castigaban gozosamente (miniaturas de Daphne, con pelo de lino, caras en forma de corazón y grandes ojos gris verdoso), la tía puso agua a hervir para preparar el té.

Mientras cortaba las bananas para el cereal, el sol, que había pasado el fin de semana envuelto en nieblas, hizo una súbita y dramática aparición. Un rayo luminoso apuntó como un reflector a los dos gatos calicó, que dormían hechos un solo ovillo en la alfombra.

Por sobre el silbido del hervidor se oyó un alegre tintineo de música en el piso alto: el tema principal de *Calle Sésamo*. Kyle y Jennie debían de haber dejado el televisor encendido. Sonrió; por primera vez en varias semanas se sintió bendita.

Vino a ella como una moneda que cayera por su ranura, el axioma familiar, pulido por la dura fatalidad: "Lo que no me mata me hace más fuerte". En el medio de la dura prueba por la que estaban pasando, entre las ruinas de sus propias expectativas, Kitty había descubierto una asombrosa verdad: que las cosas pueden brotar aun en suelo yermo y regado de lágrimas.

Era Sean el que se lo había enseñado. Para Kitty, cada noche en que él entraba por la puerta trasera y subía a su habitación, en puntas de pie, era un regalo precioso que debía desenvolver y saborear. No siempre sabía cuándo esperarlo. Entre el trabajo, la escuela y atender la situación de su casa, a Sean no le quedaba mucho tiempo para sí mismo. A menudo la encontraba profundamente dormida y ella lo incluía en lo que estuviera soñando. En las primeras horas de la mañana, cuando él salía subrepticiamente, la dejaba temblando, como si la privara de una fuente de calor indispensable.

Por el resto del día bastaba pensar en él para perder las fuerzas. Sentía la impresión de sus manos quemando bajo la ropa. De nada servía tratar de distraerse. Aunque cerrara la puerta a esos recuerdos, se escurrían por el suelo y se infiltraban por el marco, en dulces ráfagas anhelantes.

Al mismo tiempo Kitty tenía en la cabeza una lista con todos los motivos por los que no debía enamorarse de Sean. La relación no tenía futuro, se decía. Pero ante todo estaba Heather. Ella aún creía tener una posibilidad de que la chica decidiera en su favor. No había otros padres adoptivos en vista; estaba segura porque Sean se lo había dicho.

"Sí, pero eso fue hace días —le recordaba una voz cautelosa—. A estas horas podría haber hallado a otros".

Resistió el impulso de levantar las manos para arrancarse la idea de la cabeza. Pero sabía perfectamente por qué llevaba algún tiempo sin preguntar a Sean por su hermana. "Tienes miedo de lo que pueda responder".

Había sólo un tema en el que estaban en total desacuerdo. Kitty pensaba que era preciso decirle a Heather lo que había entre ellos. Sean aducía que su hermana ya tenía suficientes problemas, por el momento. Enterarla de su relación con Kitty sólo serviría para inquietarla. Un par de noches atrás, mientras conversaban en la cama, había hecho un esfuerzo por expresarlo:

—Mi hermana es un poco... bueno, ya has visto cómo se pone. —Estaba tendido de espaldas, contemplando el techo; la luna recortaba su perfil con claridad. —Es así desde que mamá se largó. Heather se vuelve un poco chiflada cuando se le ocurre que alguien podría abandonarla, aunque sea sólo idea suya. ¿Entiendes lo que quiero decir?

Kitty asintió. En la oscuridad, con la luna ondulando tras las cortinas de encaje, como algo que se ahogara lentamente, atrapado en una red, había comprendido que todos los motivos por los que amaba a Sean eran los mismos por los que no podía contar con él como deseaba.

También conocía la esperanza secreta del muchacho: que su hermana decidiera quedarse con el bebé. "¿Sería tan terrible? —pensó—. Cuando menos yo podría verlo, tenerlo en brazos. Y si Heather se habitúa a la idea de que Sean y yo somos pareja, tal vez..."

De pie en la soleada cocina, rodeada por Daphne y sus hijos, Kitty tuvo la súbita certeza de que nada era imposible. Ni siquiera hallar el modo de poner a su madre en libertad.

Entonces se estremeció, como si una nube hubiera cubierto al sol.

Hasta entonces los esfuerzos de las hermanas habían servido para muy poco. El trabajo detectivesco era como la arqueología: mucho esfuerzo para conseguir unos cuantos huesos viejos. Desde el inútil enfrentamiento con Beryl, la semana anterior, ambas habían dedicado la mayor parte del tiempo a desenterrar viejas cartas de mamá y a hablar por teléfono con amigos y parientes.

Casi todos estaban deseosos de ayudar, pero a nadie se le ocurría un solo motivo para que Lydia quisiera abandonar a Vern, mucho menos dispararle. La almidonada tía Rose lo había expresado muy bien: "Habría apostado cualquier cosa a que mi hermana, por el contrario, era capaz de acostarse cruzada en la ruta con tal de impedir que alguien atropellara a su marido".

Hizo una pausa para aspirar una bocanada enfisemática, como si se estuviera ahogando. "Por mi parte, nunca lo entendí. Pero esto... bueno, es todavía más absurdo".

Una cosa estaba en claro: si mamá hubiera sabido lo de las aventuras de papi, no habría dicho nada a tía Rose. Aun así, Kitty estaba decidida a sacar la verdad de su cueva y ponerla a la luz. Tal como ella veía las cosas, lo mejor que podían hacer era persuadir a su madre para que declarara en su propio favor. Para eso era necesario que mamá quisiera salvarse. Hasta el momento continuaba negándose tercamente a hablar, como no fuera para decir que era culpable y merecía el castigo. Pero ¿y el efecto que eso tenía sobre sus hijas y sus nietos? Lo que estaba en juego no era sólo su salud y su bienestar, sino el de toda la familia. "Si ella no lo comprende por sí sola... tendré que obligarla a entender".

Ese día, mientras Daphne iba a la escuela para inscribir a sus hijos, Kitty se reuniría con mamá y el abogado. Y esta vez estaba decidida a lograr algo.

Su sentido normal de la orientación, que en algún momento se había desconectado como una rueda dentro de un reloj descompuesto, volvió a engranar. Lloraba a su padre, sí, y haría todo lo posible por salvar a mamá. Mientras tanto debía vivir su propia vida. ¿No era ésa la lección que escondía todo el asunto? ¿Que una familia en su totalidad no tiene más fuerza que cada uno de sus miembros por separado?

—Los copos de maíz están en la despensa. La avena, en el armario —dijo a su hermana, que estaba distribuyendo tazones y cucharas—. Enseguida vuelvo.

Sin una palabra más, Kitty cruzó el salón frontal, cuyas mesas vacías empezaban a parecer un escenario durante el intervalo, y fue a dar vuelta el letrero de la puerta, mostrando el lado que decía: ABIERTO – PASE USTED.

Esa mañana, poco después de las diez, Kitty se encontró sentada ante una mesa metálica atornillada al piso, en una habitación vigilada de la cárcel de Miramonte. La temperatura exterior se mantenía fresca, pero adentro hacía un calor sofocante. Tom Cathcart, sentado a su izquierda, se había quitado la chaqueta del traje gris oscuro para colgarla de la silla. Kitty se abanicaba con un sobre que había sacado del cesto.

En las visitas anteriores la barrera de vidrio le había opacado un poco la imagen de su madre. Esta vez pudo ver lo frágil que estaba. La piel estirada sobre los pómulos, ahora prominentes, tenía el matiz amarillo del papel viejo y carcomido por un ácido; bajo las implacables luces fluorescentes, los ojos hundidos carecían de vida y expresión. Había perdido hasta la postura erguida que mantuviera siempre, aunque no sin pelear. Allí, sentada frente a su hija, tenía el aspecto de un monumento antiguo, redondeado a la altura de los hombros y algo torcido hacia un lado.

Kitty, con el corazón estrujado, trató de reconciliar esa versión empeque-ñecida de su madre con las imágenes de la niñez: mamá, de guantes blancos y sombrero de ala ancha, guiándolas hacia el banco de la iglesia; en el patio, trabajando con su viejo mameluco manchado de pasto. La casa, siempre llena de flores recién cortadas: ásteres, conejitos y gladiolos.

En su mente se formó una imagen clara: su madre, emergiendo entre el oleaje, lustrosa y chorreante después de nadar. El sol apenas asomaba; su luz se reflejaba en el océano, en estrellas luminosas, y convertía su gorra de baño blanca en un halo reluciente. Ella venía rosada y sonriente, como recién bautizada. Sus pisadas brillaban por un instante en la arena mojada, antes de que el agua las borrara.

"Oh, mamá, piensa en todo lo que te gustaba hacer. Caminar por la playa... y esparcir paquetes de semillas en la tierra carpida. Pelar cebollas para la sopa... como tú me enseñaste, sosteniéndolas bajo el chorro del grifo para no llorar. Piensa en el almuerzo de los domingos, todos reunidos en torno de la mesa. Piensa en mí, tu hija".

Se le hizo un nudo en la garganta. Al buscar la mano esposada de su madre, se descubrió haciendo un esfuerzo por no llorar. Desvió la vista hacia las paredes de bloques y las ventanas reforzadas con alambrados. En la superficie metálica de la mesa alguien había grabado, con toscos arañazos: JESÚS SALVA. Pero por el momento no parecía haber nada que salvara a su madre. Ésa era la lúgubre perspectiva que se reflejaba en la cara patricia de Cathcart.

—Daphne te envía cariños —dijo—. ¡Ah, si vieras a los niños! Han crecido cinco centímetros, por lo menos, y son muy inteligentes. Jennie repite todo lo que oye, como un lorito. Y Kyle... —Sonrió. —Ayer preguntó si la arena era igual que las piedras, pero mucho más chiquita.

La sonrisa vacilante de mamá fue como un reflejo quebrado de la suya.

—Diles que los quiero mucho, por favor. Ojalá pudiera...

Se mordió los labios e irguió un poco la espalda, rectificando los hombros torcidos.

—¿Ojalá pudieras qué? —la instó su hija, con suavidad.

—Nada. ¿Cómo está Roger? —preguntó Lydia, con animación forzada.

Si había estado a punto de decir algo, era obvio que había cambiado de idea.

—No pudo quedarse; tenía asuntos urgentes que atender —respondió Kitty, sin molestarse en disimular su desdén—. Pero te manda decir que hará cuanto esté a su alcance.

—No creo que sea mucho. —Su madre estiró la boca en una sonrisa rígida y sin humor. Su tono era seco, casi duro. —Perdóname por decirlo, pero ese hombre nunca me gustó mucho. Por el bien de Daphne, intenté... Pero supongo que eso fue parte del problema. He dado un mal ejemplo, ¿no?

—Es cierto que Roger se parece a papi, en algunos aspectos. —Kitty no se había percatado hasta el momento. Descontando el hecho de que papi era más inteligente y mucho más simpático, Daphne parecía haberse casado con su padre.

—Ella debería separarse.

Se echó hacia atrás, sobresaltada y sin poder creer en lo que estaba oyendo. ¿Acaso su madre no había tolerado mucho más de papi? Tal vez no se le había ocurrido que tenía tanto derecho como sus hijas a la felicidad.

—Daphne puede cuidarse sola —le aseguró.

—Oh, no lo pongo en duda. Es más fuerte de lo que ella misma sabe.

—Si te refieres a Roger...

—No estoy pensando sólo en él. —La sonrisa de mamá seguía siendo débil, pero a sus ojos había trepado una chispa de luz. —De ustedes tres, Daphne solía ser la última en acercarse para recibir las golosinas que se estuvieran distribuyendo. Pero siempre era la primera en reclamar cuando era otro el que estaba por quedarse sin lo suyo.

Kitty sintió una punzada de viejos celos. "Daphne... siempre Daphne. Su favorita". Pero se sacudió esos pensamientos como quien se quita las hebras persistentes de una telaraña. Estrechó con fuerza las manos de su madre, tragando saliva al oír el repiqueteo de las esposas contra la mesa metálica.

—Daphne es fuerte, sí. Pero no tanto como para salvarte, si tú misma no haces un intento. Tienes que contarnos qué sucedió, mamá. Todo.

Entre sus manos, las de su madre estaban laxas y húmedas, como algo muerto que una tormenta hubiera arrojado a la costa.

—Les he dicho todo lo que necesitan saber —dijo, con voz igualmente muerta.

Kitty apretó los dientes para contener la frustración.

—Si crees estar protegiéndonos de la verdad con respecto a papi, ya sé la mayor parte. Lo sé desde que tenía quince años. —Los ojos se le llenaron de lágrimas, que ella contuvo con un parpadeo furioso. —Lo callé porque no quería hacerte sufrir, mamá. Pero ya ha pasado la época de guardar secretos.

Su madre se echó hacia atrás, cerrándose a ella.

—No veo el sentido de desenterrar todo eso —dijo con frialdad.

Kitty sintió que su paciencia se detenía bruscamente y sin ceremonias.

—¿Y qué me dices de tu familia? ¿No te importa el efecto que esto tiene sobre nosotras?

Mamá parpadeó, sobresaltada, y pareció verla de verdad, quizá por primera vez.

—Claro que me importa —replicó en voz suave—. Es por ustedes que no quiero arrastrar a esta familia por el lodo.

—Si crees estar protegiéndonos, estás muy equivocada. Somos... —Kitty iba a decir que eran perfectamente capaces de cuidarse solas, pero en ese momento no estaba muy segura de que eso fuera cierto en el caso de Alex. —No necesitamos protección materna. Lo que necesitamos es una madre —concluyó.

Lydia echó una mirada a Cathcart; obviamente, no se atrevía a ser del todo franca en su presencia. Con la misma celeridad, como si reconociera la ironía de preocuparse por eso, torció una comisura de la boca hacia arriba, en una horrible parodia de sonrisa.

—Creo que les he fallado. No sólo a Daphne: a ti y a Alex también. Lo siento. No era ésa mi intención.

—Estamos a tiempo —la instó su hija—. Aún nos tienes a nosotras. Si permites que te ayudemos...

—Chist —acalló mamá, suavemente—. Basta.

El suspiro que dejó escapar fue tan doliente, tan perdido, de algún modo, que Kitty estuvo a punto de dejarse dominar por la compasión. Endureciéndose para resistir, dijo en voz dura y trémula:

—Es por papi, ¿no? Sigues protegiéndolo, como siempre. Tú sabías lo de esas otras mujeres; no podías ignorarlo. Pero nunca lo enfrentaste. ¿Por qué? ¿Era la imagen de la familia feliz lo que no querías perder? ¿O tenías miedo de que papi te abandonara?

No se dio cuenta de que estaba hablando prácticamente a gritos hasta que, en la ventanilla de seguridad, apareció una cara rubicunda y carnosa, de ojos pegados a la nariz: el agente que custodiaba la puerta. Pero no se arrepintió de ese arrebato: alguien tenía que sacudir a mamá hasta que entendiera. Ya presa del pánico, pensó: "Van a juzgarla por asesinato. Y todas andamos de puntillas, como si la reputación de un difunto tuviera más importancia que eso. Es una locura. No podemos seguir así".

Pero Lydia no estaba dispuesta a ceder.

—Basta, Kitty —repitió, esta vez con más energía. En su voz se filtró una nota de regaño: —No quiero oír una palabra más de esto.

—No tienes alternativa. ¡Por una vez en la vida vas a escucharme! —Su hija sólo se percató de que se había levantado a medias cuando sintió una manaza firme que la sujetaba por el antebrazo. Los ojos pálidos de Cathcart le dispararon una suave advertencia, que ella ignoró.

—¿No entiendes? Papi murió porque todas tuvimos miedo de abrir la boca.

—Murió por culpa mía. —La boca apretada de la madre empezó a temblar. —No hay ningún otro responsable.

—¿Por qué, mamá? ¿Por qué lo hiciste?

Al forzar su postura hacia delante, Kitty percibió el sudor de su madre: un olor vagamente agrio. ¿Era miedo por sí misma... o por lo que quizá debería revelar? Casi sollozando de frustración, sintió el repentino deseo de tener allí a Sean. En su mundo, sobrevivir era cuidar la espalda y estar atento a lo que podía aparecer tras la esquina siguiente. En el de ella, lo primero era el honor de la familia... aunque eso acabara con una.

Y de pronto, una exclamación ahogada le erizó los cabellos. Vio que su madre se llevaba las manos esposadas a la cara, declarando con voz extrañamente sofocada:

—Tenía que impedir que eso continuara.

Kitty contuvo un gesto de temor; una parte de ella tenía tanto miedo a la verdad como su madre. Pero al mismo tiempo sintió cierta excitación: por fin, por fin estaban llegando a algo. Aunque fuera apenas una hendija en la puerta. Bastaría con mantener esa ranura abierta, obligar a su madre a continuar hablando.

—Debió de ser muy penoso —la consoló en voz baja.

Mamá sacudió la cabeza.

—Para mí no. Ya estaba acostumbrada. Tantos años... —Dejó ir la vista a la distancia, súbitamente perdida en sus pensamientos. Cuando la fijó nuevamente en Kitty, los ojos que antes estaban muertos centellearon con súbito fervor. —Pero esto era diferente. Era... maligno.

Su hija, con el corazón acelerado, aprovechó la oportunidad.

—Sabes quién era, ¿no? —dijo, sin aliento—. La mujer con quien papi estaba saliendo antes de morir.

Pero el fuego que se había encendido en Lydia se estaba extinguiendo con igual prontitud. En sus ojos ya no había comprensión; estaban fijos en personas que habían desaparecido largo tiempo atrás, en hechos del pasado. Aun así Kitty presionó, frenética.

—Por favor, mamá, dime quién es. Eso es lo único que te pido.

Cathcart eligió ese momento para intervenir.

—Es crucial que hablemos con esa mujer antes de que la encuentre el fiscal de distrito. —Bajo esa luz agrisada, las ondas de su pelo parecían una antigua pieza de plata bien pulida. Como su madre no respondía, él insistió:

—Desde un principio usted ha insistido en decir la verdad, Lydia. Bien, pero que sea la verdad completa.

Después de un silencio interminable, su defendida salió de su estupor, recordando en voz baja y soñadora.

—En el fondo... yo lo sabía. Lo de Beryl. Es curioso, ¿no? Algo que sucedió hace más de treinta años, pero lo recuerdo como si fuera ayer. Aquí adentro hay mucho tiempo para recordar. No hago otra cosa que recordar.

—No estamos hablando de algo que sucedió hace treinta años, mamá —contraatacó Kitty—. Necesitamos saber lo de ahora.

—Oh, Kitty... —Su madre sacudió la cabeza en un gesto de desesperación, como si ella fuera todavía una criatura. —Ustedes, las chicas, sólo ven lo que tienen delante. No saben cómo eran las cosas en mis tiempos, las expectativas con que una se casaba. Aunque hubiera querido divorciarme... y nunca se me pasó por la cabeza, créeme... en aquel entonces la gente no se divorciaba. La gente bien, no.

—Beryl Chapman se divorció —le recordó su hija.

—¿Cómo olvidarlo? Por meses enteros no se habló de otra cosa. Si hubo rumores... bueno, yo no tenía por qué escucharlos, ¿verdad? —Mamá irguió la espalda, como si se cubriera con los harapientos restos de su dignidad. —Me enseñaron que una señora debe ponerse por encima de esas cosas.

—¿Así que nunca los enfrentaste? ¿Ni a papi ni a Beryl?

—¿De qué habría servido?

La expresión de Lydia se entenebreció; parecía estar luchando consigo misma; abría y cerraba la boca en pequeñas exhalaciones entrecortadas. De pronto, como si hubiera tomado una decisión, su expresión volvió a ser calma. Kitty pensó, no por primera vez: "Lo amaba. Lo amó hasta el último instante".

—¡A lo mejor, si lo hubieras hecho nada de esto habría sucedido! —exclamó, pese a todo.

Su madre se cubrió los ojos con una mano, como para protegerlos de un reflejo intenso.

—Basta. Ya he dicho lo suficiente.

—¡No me has dicho nada!

Pero ella no escuchaba. Se levantó abruptamente; pese al mameluco anaranjado de la cárcel, retenía el aire elegante de quien se excusa para levantarse de la mesa.

—Habla con Alex —dijo, echándole una última mirada por sobre el hombro, con una mezcla tal de amor, nostalgia y dolor que a Kitty se le desgarró el corazón. —Ella lo sabe todo. Es la única que puede decirte lo que quieres saber.

En vez de ir directamente a su casa, Kitty dio un rodeo por la avenida Kingston y se detuvo ante una casa de ripias, pintada de blanco y verde oscuro. Adelante había un letrero que decía: INMOBILIARIA SHORELINE; LÍDERES EN FINCAS COSTERAS EXCLUSIVAS DESDE 1961. Pero Alex no estaba sentada a su escritorio. No sólo eso: nadie la había visto en varios días. Una rubia esmirriada, con pantalones de gamuza, observó con una risa seca:

—Si ha salido a mostrar casas, en el mercado debe haber más de las que yo sabía.

Kitty le dio las gracias y salió. Por cierto, últimamente su hermana estaba trabajando más que de costumbre. Nunca estaba en su casa cuando Daphne o ella la llamaban. Tampoco respondía a los mensajes que le dejaban. ¿Las estaría evitando deliberadamente?

Acosada por las palabras de su madre, Kitty siguió pensando en ella durante todo el trayecto hasta su casa. Cuando eran pequeñas, Alex adoraba al padre; correteaba siempre detrás de él, como un cachorro. Años después era él quien parecía buscarla. Después de la cena salían a pasear en auto o a caminar largamente. Por entonces Kitty era demasiado joven como para entenderlo, pero percibía algo extraño en esa intimidad. Casi como si fueran... conspiradores.

Viró hacia su camino de entrada, estremecida.

Al entrar en la casa encontró allí a la última persona que esperaba ver; en el salón delantero, encaramado en una escalerilla, estaba Sean, dedicado a desmantelar la vieja lámpara de bronce que colgaba del techo. Lo supervisaba Josie Hendriks, que miraba hacia arriba como un papagayo inquisitivo, apoyada en su bastón. Él dedicó una gran sonrisa a Kitty. Por un momento, con sus vaqueros gastados y su remera demasiado grande, pareció un muchachito. Luego ella tomó nota de los músculos magros y tensos en los brazos bronceados, ésos que sólo se forjan con el trabajo manual intenso.

—Una de las bombillas seguía parpadeando, aun después de cambiarla, y la señora Hendricks temía que acabaras con un incendio —explicó él, blandiendo un destornillador.

—Cuando se incendió la escuela vieja fue por una instalación defectuosa —añadió Josie, con una sabia inclinación de cabeza, golpeando el suelo con el bastón a modo de énfasis.

Su pelo gris y duro, precariamente recogido en lo alto de la cabeza, parecía un nido mal hecho. Kitty se abstuvo de señalar que ese incendio se había producido en 1955.

En ese momento apareció Willa, de mameluco y blusa campesina con volados, como si fuera una versión más grande y algo cómica de la pequeña Jennie. Salía de la cocina, trayendo una bandeja con té y masitas para Serena Featherstone, quien ocupaba una mesa junto a la ventana, con la nariz sepultada en una novela en edición rústica. La muchacha bajó la vista a las masitas con una sonrisa tímida; a sus mejillas regordetas subió el color.

—Son chispas de chocolate, de la receta que viene en el paquete de harina. Se nos acabó todo lo que había en el congelador. Supuse que a usted no le molestaría.

Kitty se limitó a sonreír, demasiado emocionada como para hablar. Algo más temprano, mientras iba al centro para visitar a su madre, se había preguntado en qué diablos estaba pensando: ¡reabrir oficialmente sin haberse dado tiempo para surtir debidamente la despensa! Aún estaba recogiendo los restos de su naufragio familiar. ¿Cómo se las compondría con una súbita inundación de clientes?

En cambio descubriría algo maravilloso: no estaba sola para enfrentar todo eso. En un momento en que una sola gota habría desbordado el vaso, tenía amigos y parientes que se hacían cargo del exceso. Se quedó allí, inmóvil y sonriendo a Sean, como un idiota ante la luna.

—¿Un incendio? —Dejó escapar una risa trémula. —Entonces sí, podría estar segura de que sobre mi familia pende una maldición bíblica.

—Nada que no se pueda solucionar con un fusible nuevo —replicó Josie, quien además de la artritis era dura de oídos.

Hasta Sean rió entre dientes. Localizó el cable raído y, después de envolverlo con cinta aisladora, bajó hasta donde lo esperaba el perro, listo para lamerlo a besos. Se puso en cuclillas para jugar con él, mientras Kitty aguardaba, con el pulso latiéndole en la garganta, el inevitable momento en que ya no podrían dejar de mirarse a los ojos. Si había peligro de incendio no era por cables sueltos ni fusibles fundidos.

Luego, como ocurría cada vez que estaba con Sean, sus pensamientos giraron hacia el bebé de Heather. Se preguntó si la chica estaría más cerca de la decisión. Lo preguntaría más tarde, cuando estuviera sola con él. Y también insistiría en que dejaran de esconderse, antes de que Heather lo descubriera por su cuenta. Una vez que todo estuviera bien claro, hasta era posible que la chica empezara a verla, no como enemiga, sino como alguien con quien podía tener una amistad.

Se le aceleró el pulso al pensar en el dinero que había depositado aparte: su reserva para el bebé que esperaba adoptar. Invirtiéndolo con cautela, hasta el momento se las había arreglado para ahorrar algo más de veinte mil dólares. Pero estaba dispuesta a entregarlo todo a la hermana de Sean, hasta el último centavo, en un abrir y cerrar de ojos. Lo único que la contenía era el miedo a que ella lo interpretara como soborno.

Vio que el muchacho se levantaba, meciéndose sobre los pies como si se dispusiera a volar. Sus ojos oscuros la estudiaron; parecía aguardar a que ella hiciera algún movimiento.

Kitty le puso una mano en el brazo; el calor parecía brotar de él como resina calentada al sol.

—Gracias —dijo suavemente—. No tenías por qué hacerlo.

Él se encogió de hombros.

—No fue gran cosa.

De pronto ella tuvo aguda conciencia de que todos los estaban mirando. Josie había torcido la cabeza con intenso interés; Willa lucía una sonrisa sapiente. Junto a la ventana, los ojos gitanos de Serena Featherstone espiaban con curiosidad por sobre la novela, algo escrito por D. H. Lawrence.

El momento de incomodidad se prolongó hasta que Josie gorjeó con aire inocente:

—A este buen muchacho no le vendría nada mal una bebida fría. Y ya que va a la cocina, querida, no le rechazaría una taza de té.

Kitty, ruborizada, se encaminó hacia la cocina. No se percató de que Sean la seguía hasta que, después de cruzar la puerta, sintió que él la sujetaba desde atrás. Giró en redondo, consciente de que los estaban mirando. Pero él, como si le hubiera leído la mente, cerró la puerta con el talón de la bota manchada; luego ahogó con la boca su pequeña exclamación de protesta. Aun así ella sintió un chispazo de alarma.

—Podría entrar alguien —susurró, aferrándolo por la muñeca para llevarlo a la despensa. Era el único sitio que ofrecía alguna intimidad.

En la penumbra cerrada, fragante, lo besó a su vez. Cuando Sean presionó contra ella, la esquina de un estante se le clavó en la parte baja de la espalda. También lo sentía a él: cada reborde, cada abotonadura de los vaqueros, a través del fino algodón de sus pantalones. Una fila de frascos herméticos titiló apenas a la media luz, dejando ver el resplandor de los duraznos que flotaban en su almíbar.

Él le pertenecía. Era su amante. Aquel cuyo aliento cálido bastaba para hacer que su cuerpo se abriera como un dondiego al sol. Aun en ese momento, entre las voces que llegaban de la habitación vecina, se sentía desplegar; sus rincones más íntimos se partieron, dejando brotar un hilo de humedad.

—Te extrañaba —susurró él contra su pelo—. Estas dos noches... Por Dios, temía volverme loco.

Y trepó con las manos bajo el suéter de algodón, bajo el cual no había sostén alguno, para rodearle los pezones con el pulgar. Kitty gimió, arqueándose de placer ante las diversas sensaciones que confluían en un punto único y exquisito: las manos callosas, que despertaban deliciosos escozores en su piel tensa; la aromática intimidad de la despensa; la tibieza curvada de los frascos que le acariciaba la espalda.

—Yo también te extrañé, pero no habría sido buena idea que vinieras, estando aquí mi cuñado —susurró—. Gracias a Dios, ya se fue.

—Esta noche, entonces, o acabaré loco: un psicópata desnudo, ladrando a la luna. —Sonrió: un destello de dientes blancos en la penumbra.

—Esta noche —confirmó ella. De pronto estaba impaciente.

—Esta vez lo haremos lentamente —prometió Sean.

Kitty rió por lo bajo.

—Siempre dices lo mismo.

Por lo general, lo tenía sobre ella casi en cuanto se quitaba las botas. La primera vez. Y minutos después estaba listo para volver a empezar, esta vez con más lentitud, como en un ballet subacuático: cada movimiento, cada sensación, se fundían en la siguiente. La mera idea hizo que a Kitty se le aflojaran las piernas.

—No voy a desabotonar esta camisa hasta que estés completamente desnuda —dijo él.

—¿Y después?

—Después te tocará desvestirme. —Bajó la cabeza para deslizarle la punta de la lengua por el cuello.

Kitty cerró los ojos para saborear el momento. Su calor, su perfume a aire libre, mezclado ahora con esa fragancia a nuez moscada y clavo, almendras y nueces, manzanas secas a las que el tiempo daba olor a vino. Se habría dicho que la tierra los había tragado enteros, como a una semilla que hundiría sus raíces en suelo fértil, para convertirse en algo que un día se pudiera cosechar. Sólo necesitaban un poco de suerte... y mucha sinceridad.

—Tenemos que hablar, Sean.

—Hay cosas mejores que podríamos hacer. —Él le hociqueó el pelo, dejándole sentir el aliento cálido contra el cuero cabelludo, como la deliciosa sensación de sumergirse en la honda bañera antigua del piso alto.

—Sobre Heather.

Sean se apartó para mirarla con cautela.

—¿No habíamos decidido?

—Tú decidiste —le recordó ella.

—Mira, éste no es buen momento.

—Nunca es buen momento. —Kitty cruzó los brazos contra el pecho. —Aunque ella decida quedarse con el bebé, Sean, tiene derecho a saber de lo nuestro.

Pero él la estaba mirando de una manera que no le gustó. Se hizo un breve silencio. Después Sean dejó escapar un suspiro entrecortado.

—Mira, Kitty, ha surgido algo.

—¿Qué? —En sus oídos se había iniciado un zumbido, leve y ominoso, como insectos que se agruparan afuera, bajo los aleros; de ésos desagradables, de los que pican.

—Heather —dijo él—. Ya se ha decidido. Acabo de enterarme. Va a entregar al bebé a una pareja de *yuppies* que conoció a través de un aviso en el diario. Son de Kansas, Minnesota... uno de los estados del centro, no recuerdo cuál.

Kitty se sintió invadida por una extraña mezcla de resignación y fuerte desencanto. El rico brillo embrionario de los duraznos y los damascos que flotaban tras el vidrio se esfumó en un sepia uniforme. No sólo se sentía mareada, sino casi sin peso, como si le hubieran extraído un poco de sangre. "Debería haberlo imaginado. ¿Cómo no preferir a una buena pareja del Medio Oeste?"

Sin embargo...

Eso no anulaba la terrible sensación de pérdida que la desgarraba, al comprender que ese doliente vacío interior no se llenaría jamás.

—Comprendo. —La asombró que su voz sonara tan tranquila. —¿Así que ya está decidida?

Sean la observó con cautela, como si dudara de esa aparente serenidad.

—Parece que sí. Pero tal vez sea para mejor. Piénsalo bien: que tu hijo viva en la misma ciudad, no saber cuándo puedes tropezar con él...

—¿Es el único motivo?

Él se removió, incómodo.

—¿Si las cosas habrían sido diferentes a no ser por el escándalo de tu madre? Tal vez sí. Pero nunca lo sabremos con certeza, ¿verdad? —Parecía enfadado; no era el tipo de enfado que nace por falta de cariño... sino de querer demasiado.

—No, supongo que no. —Kitty se encorvó contra los estantes.

—Hay otros chicos que puedes adoptar, ¿no? —preguntó él.

Su expresión era muy seria; Kitty no tuvo valor para decirle que ya había estudiado todas las posibilidades. Además, ¿qué sabía él de ese pesar interior? "Nada, como yo no sé los que él ha soportado". Comenzó a reír por lo bajo.

Rió hasta que ya no pudo tenerse de pie; entonces se dejó caer al suelo, entre bolsas de harina y azúcar. Con la cabeza escondida entre las manos, su risa se convirtió en sollozos convulsos... hasta que Sean, después de una pausa que pareció durar horas enteras, renunció al intento de consolarla.

Kitty oyó el chirrido de la puerta de la despensa, al abrirse girando sobre esos goznes que ella había pensado lubricar antes de que los descubriera Josie Hendricks, que no tenía hijos, la pobre.

Capítulo 12

Alex había puesto el despertador del radio-reloj para las seis de la mañana. Todos los sábados y domingos, sin falta, despertaba exactamente a la misma hora que en los días laborales, con los compases acolchados y maduros de una FM melódica. Levantarse temprano, decía con jactancia, le daba ventaja sobre el día: antes de que el resto del mundo se hubiera quitado el sueño de los ojos, ella ya había liquidado un café y los titulares del *Mirror*.

La verdad era que se moría por seguir durmiendo, pero temía que eso acabara por convertirse en mala costumbre. Y no podía darse el lujo de dejarse estar. Una hora podía ser la diferencia entre una operación cerrada y una escurrida por entre sus dedos. Y otra cosa: muy en el fondo, prefería reducir las posibilidades de que la despertara otra cosa en vez del reloj. Un intruso, por ejemplo. O lo que las empresas de seguro llaman encantadoramente, en letra muy pequeña, "desastres naturales": un terremoto o un alud de tierra. Sólo cuando dormía estaba completamente indefensa; entonces cualquier cosa podía acercarse subrepticiamente, como un niñito perverso para clavarle un palo.

El sábado siguiente a su desdichado desliz (la consiguiente resaca había requerido una docena de aspirinas y medio frasco de antiácido sólo para llegar al final del día), a las cinco treinta y ocho de la mañana, la despertaron bruscamente unos gritos agitados que venían de abajo. Su primer pensamiento, apenas formado, fue: "Ya lo sabía". No tenía la menor idea de qué causaba los chillidos de Nina y Lori, pero estaba segura de que el segundo capítulo acababa de empezar.

Salió a tumbos de la cama, con el corazón golpeándole el pecho y la boca llena de un desagradable gusto a remedio, como un trozo de algodón sumergido en alcohol para friegas. Al mirar por la ventana, que daba al patio trasero, vio que aún estaba oscuro; apenas había una sugerencia de rubor por encima de los tejados. El interior estaba aún más lóbrego; ya estremecida, buscó a tientas el interruptor de la luz. El canal meteorológico había anunciado cielo despejado por todo el fin de semana (increíblemente, se iniciaba la última semana de mayo y el verano estaba ya a la vuelta de la esquina), pero Alex tenía la sensación de estar en pleno invierno.

Abajo, en el estar, Nina y Lori espiaban ansiosamente por la ventana del frente, vestidas con idénticas remeras azul celeste, abolsadas en torno de las rodillas. Las lámparas de sodio seguían encendidas a lo largo de la acera; su fulgor azulado se fundía con el cielo desteñido, arrancando sombras finas y escasas de los enebros y el boj que salpicaban su césped recién sembrado.

—¡Mamá! —gritó Nina—. ¡Te están robando el auto!

Fue entonces cuando Alex lo vio: la silueta oscura de un hombre se apartaba de la alta cerca que separaba su camino de entrada del de la casa vecina. Pero no actuaba como si tuviera miedo de ser sorprendido. Horrorizada, ella vio que se agachaba junto a la parte trasera de su BMW para tantear bajo el paragolpes. Parecía ser hombre corpulento, sin prisa alguna.

Alex quedó petrificada; unos dedos invisibles le apretaban el cuello.

—¡Rápido, haz algo!

Lori la había aferrado por una manga, con los ojos azules dilatados por el pánico y la cabellera rubia enredada por el sueño. En ese momento su hija podría haber sido Alicia, huyendo de la Reina Roja. *"Curioso, cada vez más curioso... Sí, creo que eso lo resume todo"*, pensó Alex; las ruedas dentadas de su mente se iban desengranando en una extraña voltereta de asociación libre. ¿Era posible que estuviera todavía soñando?

Fueron las siguientes palabras de Lori las que pusieron todo en súbita y conmocionante perspectiva:

—¡Mamá, mira! ¡Está encadenando el auto a su remolque!

—Los ladrones de autos no usan remolque, pedazo de tonta —disparó Nina. Sus ojos oscuros, tan parecidos a los de su padre, estaban llenos de desconcierto, pero también había allí un tenebroso reflejo de sospecha. —Estábamos dormidas y oímos un ruido —explicó—. Parecía ruido de cadenas. ¿Qué está pasando, mamá?

Para Alex la respuesta ya era dolorosamente obvia: le estaban incautando el auto. Sin embargo, por un momento frenético rogó que fuera un robo. Así al menos podría llamar a la policía, pedir ayuda a gritos, hacer algo.

En cambio sólo podía estarse allí, como sepultada en arena mojada hasta las rodillas, con la vergüenza elevándose en torno de ella como una marea fría e implacable. Había hecho lo posible por que las niñas no supieran que estaban viviendo tan al filo del abismo, pero eso era más de lo que podía disimular.

La sangre se le retiró de la cabeza en una oleada súbita, que la dejó mareada. Buscando a tientas algo que la sostuviera, se aferró de la lámpara de bronce importada por la que, apenas el verano anterior, había pagado una exorbitancia. "Oh, Dios, ¿y ahora?". Ya había excedido el límite de todas sus tarjetas de crédito. Hasta su cuenta corriente estaba a punto de quedar en rojo. Y prefería morir antes que revelar a Jim lo mal que estaban las cosas.

Era mejor enfrentarlo: no tenía a quién recurrir.

"No tengo adónde huir... no tengo dónde esconderme".

La habitación se disolvió en un borrón grumoso; cobró conciencia de un silbido agudo en su cabeza, parecido al de un aserradero a la distancia. Como entre capas de espuma aislante oyó el llamado de Lori.

—¿Mamá? ¡Mamá!

El pánico de esa voz fue como una corriente eléctrica que subiera por la lámpara, galvanizándola para hacerla entrar en acción. Dio un paso atrás para frotarse los ojos; el borrón gris que la rodeaba empezó a centrarse, más nítido. El silbido de su cabeza se redujo a un rumor grave.

Debía recordar que, por mucho que hubiera fracasado, aún era la madre de esas niñas. Dependían de ella. No podía fallar. Esta vez no. No sin luchar.

Alex nunca había podido imaginarse levantándose de las mechas, como reza el viejo dicho, pero eso era exactamente lo que sentía en ese momento: como si alguien la levantara físicamente, pero al mismo tiempo era ella quien jalaba. Irguió la espalda para marchar hacia la puerta de calle; se detuvo frente al espejo del vestíbulo, apenas lo suficiente para recordar que aún estaba en camisón.

Arrebató lo primero que le cayó a mano: un impermeable de vinilo rojo. "Lo que usa la ejecutiva elegante cuando llueve mierda". Alex dejó escapar un bufido seco y burlón; se lo echó encima y salió, sin pensar que eso la haría aún más visible. Mientras cruzaba el prado, descalza, tuvo la certeza de llamar la atención como un semáforo. Era de esperar que ninguno de sus vecinos se levantara temprano.

Contra un cielo pálido, de un rosado acuoso como gasa teñida de sangre, el hombre estaba sujetando una cadena al eje trasero de su BMW; arrojaba una sombra larga y curvada. Al oír el repiqueteo hueco del metal contra metal, que resonaba como una ráfaga de ametralladora en el silencio del alba, Alex hizo una mueca de espanto. El hombre enganchó diestramente la cadena al guinche del camión remolcador, estacionado detrás de su auto. Cuando se incorporó para mirarla, ella notó que masticaba algo, moviendo las mandíbulas en un perezoso ritmo circular. "Que sea chicle, por favor —pensó ella—. Si es tabaco me voy a descomponer, lo sé".

Él le arrojó una mirada indiferente, como si fuera una simple transeúnte, y siguió operando la cadena. Alex abrió la boca para protestar, pero no pudo pronunciar una sola palabra. Era como si la cadena le estuviera ciñendo el cuello. Luchó por recuperar la voz, mientras pensaba en el cuadro ridículo que debía de ofrecer: de pie en su camino de entrada, descalza y con el impermeable de vinilo rojo; probablemente tuviera el pelo erizado. "Ha de pensar que estoy demente", se dijo. Y por un momento tuvo la certeza de haber perdido el juicio.

Luego el hombre se acercó a su camión para pulsar un botón en el tablero. Con un sonido chirriante, la polea inició su ascenso... y entonces volvió la cordura. Alex dio un paso adelante, ciñéndose el cinturón del impermeable como para darse coraje.

—Esto es propiedad privada —informó—. Si no desengancha inmediatamente mi auto, voy a llamar a la policía. —Apuntó a un tono indignado, pero le temblaba demasiado la voz.

El hombrón se detuvo para mirarla de arriba abajo... objetivamente, como si estuviera evaluando un auto.

—Vaya y llame, señora. Aquí tengo todos los papeles. Este vehículo ha vuelto a ser propiedad oficial de Fog City Motors.

Sacó del bolsillo de su chaqueta un manojo de duplicados rosados y azules. Todo perfectamente legal, sin duda.

Alex sintió que las plantas de sus pies absorbían el frío; su cara, en cambio, parecía estar en llamas. Oh, Dios, ¿cómo haría para sobrevivir a eso? La trataban como si fuera una cualquiera de las barriadas. ¿Y si a algún vecino se le ocurría mirar por la ventana? ¿Qué pensaría de ella?

"¿Qué habría pensado papi?", se preguntó.

Más importante aún: qué habría hecho él. Habría peleado, en vez de quedarse así, mudo como un idiota, sin hacerse oír por miedo a que los vecinos escucharan.

Abrió la boca para recordar a ese... ese "Bluto"... con quién estaba tratando. Pero la voz surgió endeble y quebrada. Para su horror, se descubrió suplicando:

—No haga esto, por favor. Ya arreglaré todo con el señor DeAngelis. Déme una hora, una mísera hora... Es todo lo que le pido. —Tragó saliva con dificultad, percibiendo en sus oídos un chasquido seco. —Tengo dos hijas. No tendré cómo llegar a mi trabajo.

Él le dirigió una mirada fría e insensible, pero ya le estaba prestando atención. Dejó de masticar para cambiar de sitio la bola de chicle ("Sí, era eso").

—Tiene una parada de autobús calle abajo —señaló.

—No, usted no comprende. Soy agente de bienes raíces.

El hombre soltó una risa grave y resonante.

—¿Sí? Bueno, parece que vender casas no es un negocio brillante. Le convendría cambiar de carrera.

Alex habría querido arrugar el fajo de papeles que tenía en la mano y hacérselo tragar. Así tendría algo más sólido para mascar. Pero ¿qué lograría con eso? "Estás perdiendo el tiempo con este tipo", se dijo, con lágrimas de ira impotente en los ojos.

Pero cuando Bluto se hubo instalado en la cabina del camión, ella corrió para saltar ágilmente al estribo, aferrada de la portezuela abierta para no perder el equilibrio. Él aún no estaba del todo adentro; un pie descalzo rozó la puntera mugrienta de su bota. Alex pensó fugazmente que debían de formar una imagen ridícula hasta lo increíble: Bluto, encaramado en la cabina, con una carnosa pierna balanceándose desde el borde del asiento; ella, como suplicante a los pies del trono.

—Sólo cinco minutos —rogó— Déme cinco minutos para hacer una llamada telefónica. No es mucho pedir, ¿verdad?

La noche estaba en sus últimos estertores. En el horizonte habían aparecido unas pinceladas de naranja y oro; a la pálida luz matutina pudo ver que ese hombre no quería liquidarla. Su expresión cautelosa era, simplemente, la del trabajador entumecido que sólo quiere curvar los dedos rojizos contra un tazón de café.

—Déme un buen motivo, uno solo —gruñó.

—¿Tiene hijos? —preguntó ella, desesperada.

Él asintió; sus ojos mostraban el primer destello de humanidad que Alex le viera hasta entonces.

—Un varoncito. Acaba de cumplir los dos.

—Yo tengo gemelas. Van a la secundaria Muir. —Por sobre el hombro vio las caras blancas y borrosas de sus hijas, con la nariz apretada al vidrio de la ventana, y sintió que se le estrujaba el corazón. —Si esto se supiera... bueno, usted sabe lo crueles que pueden ser los chicos a esa edad.

Él seguía inmóvil. Su mirada fija era enervante, como un borracho malvado que esperara el momento de abuchear a un comediante flojo en el club nocturno. Alex estaba temblando, pero se obligó a hablar con calma.

—Tengo el número particular del señor DeAngelis. Mientras usted espera, voy a llamarlo y arreglaremos esto de algún modo. Por favor —añadió en un susurro—, hágalo por mis hijas.

Bluto exhaló un suspiro.

—De acuerdo, pero le advierto que al señor DeAngelis no le gusta que lo molesten en su casa. —Le echó una mirada suspicaz. —¿Cómo es que tiene ese número?

—Porque yo le vendí esa casa. —Alex logró esbozar una sonrisa tensa, en tanto se bajaba del estribo.

El frío del cemento trepó por sus tobillos, deslizándose bajo el impermeable. Había sido apenas el verano anterior, pero el día en que cerraron la operación por la bonita finca de Pasoverde parecía haber quedado cien años atrás.

Al ver que Bluto la miraba con curiosidad, se le ocurrió de pronto que tal vez la reconociera por las fotos de los diarios. Rompió en un sudor frío: era lo único que le faltaba. Antes de que él pudiera observarla mejor y cambiar de idea, giró sobre sus talones, anunciando sin aliento:

—Cinco minutos. Lo prometo.

Ya de nuevo adentro se sintió un poco más serena, pero su corazón golpeaba como para quebrar una costilla. ¿Podría salir del aprieto? Era preciso. "Querida, usted podría vender cubos de hielo a un esquimal": se aferró a esa liviana alabanza de un cliente, oída mucho tiempo atrás. El secreto consistía en mostrarse controlada y segura de sí. Pediría veinticuatro horas de plazo, no más. Debía parecer definitivo. Más tarde podría devanarse los sesos buscando el modo de reunir los cuatro mil dólares de las cuotas vencidas.

—¡Todavía está allí afuera, mamá! ¿Por qué no se va? —Lori iba tras ella.

Alex corrió hacia el teléfono inalámbrico de la mesita lateral, junto al sofá. Su hija parecía al borde del llanto, como un niñito que exigiera confirmación sobre la existencia de Papá Noel. Nina debía de haberle revelado sus sospechas.

—No te preocupes, tesoro. En cuanto corte te explicaré todo —le aseguró ella, sin aliento, mientras marcaba el número de Steve DeAngelis: había tenido la buena idea de ingresarlo en la memoria del aparato.

Después de cuatro timbres atendió una voz de hombre, gangosa:

—Sí. Con quién.

DeAngelis; obviamente, arrancado de un sueño profundo. "Oh, Dios mío —pensó ella—, qué buen comienzo". Cuando supiera el motivo de la llamada le arrancaría la cabeza... y no sería la primera vez. Por dos veces, al echarse el vendedor atrás, durante las negociaciones por la casa, DeAngelis se las había tomado con ella.

"Un cliente difícil", habría dicho ella. En todo el sentido de la palabra. Un nativo de los barrios bajos de Nueva York, que algunos años atrás había emigrado a California, trayendo consigo su neoyorquismo.

Ella miró a las niñas, que estaban tiesas en el sofá, frente al televisor. La mirada de sereno reproche que Nina le dirigió a través del cuarto fue como un remo que chapoteara entre sus oleadas de pánico. Aunque la asustaba pensar que una de sus hijas, cuanto menos, la hubiera descubierto, eso también ayudó a calmarla.

—¿Steve? Hola. Habla Alex Cardoza. Perdóname por llamarte tan temprano, pero aquí tengo un inconveniente. —Había adoptado un tono comercial, como si aquello fuera sólo un pequeño problema entre dos colegas.

—¿Quién? —gruñó la voz.

En los pliegues y las arrugas del impermeable se iba acumulando el sudor, pero se obligó a hablar con calma.

—Alex Cardoza —repitió—. La agente que te vendió la casa, ¿recuerdas? También tengo un coche alquilado a Fog City Motors, un BMW noventa y ocho.

—Ah, sí. Bueno. —Después de un bostezo, él preguntó sin mucha amabilidad: —¿Qué puede pasar para que me llames a mi casa a...? —Hizo una pausa; ella lo oyó moverse; después, el leve chasquido de una lámpara que se encendía. —¡Son las seis y cuarto, mecacho! ¿Tan importante es lo tuyo que no podías esperar a que abriera la oficina?

El corazón de Alex descargaba golpes sordos contra las sienes. Se humedeció los labios; los tenía secos como la estopa que asomaba por una diminuta desgarradura en un almohadón del sofá.

—El mes pasado perdí a mi papá, Steve —dijo—. No te lo digo para conmoverte, créeme. Sólo para explicarte por qué me he demorado un poco en los pagos. —Cerró los ojos con fuerza. —El caso es que aquí tengo a un caballero, con un camión remolcador, que dice trabajar para ti. Ha de ser un simple descuido del Departamento de Contaduría. Le dije que conozco a Steve DeAngelis, que tú serías incapaz de incautarme el auto sin tener la cortesía de avisarme, por lo menos.

Hubo un largo silencio; ella lo oía respirar ruidosamente junto al teléfono. Por fin dijo:

—Sí que tienes coraje, mujer.

Increíblemente, pese al tono malhumorado, Alex detectó un dejo de admiración. Por disgustado que DeAngelis estuviera con ella, el hombre venía desde abajo y, obviamente, podía identificarse con alguien que tenía las agallas de camelarlo a esa hora de la mañana.

—Sé que es muy temprano —se disculpó ella, nuevamente—, pero temo que esto no podía esperar.

—Carajo —barbotó él. Y apartó el aparato de la boca para murmurar, presumiblemente a su esposa: —No pasa nada, tesoro. Sigue durmiendo. Es sólo un minuto.

—¿Cómo... cómo te va con la casa? —preguntó Alex cortésmente, antes de que él pudiera ladrarle otra vez o, peor aún, cortar.

—Estupendo, estupendo. Bueno, mira...

—Puedo llevarte el dinero hoy mismo, antes de que cierres —se apresuró a aclarar.

Pero DeAngelis prosiguió como si no la hubiera escuchado:

—Aclaremos una cosa. Este problema que tienes, sea lo que fuere, no es mío, sino tuyo, *¿capisce?* —Esperó un momento, como para permitirle absorber esas palabras. —Ahora bien: como soy un buen tipo, pero sobre todo porque mi mujer se ha pasado la noche en pie, atendiendo al menor, y necesita dormir, voy a darte una oportunidad. No sé cuánto te has retrasado, señora Cardoza, pero ha de ser bastante, porque los muchachos de Contaduría no envían a Eddie por saldos de pocos centavos. Así que escúchame bien. Cerramos a las seis. Quiero ese dinero en mi escritorio a las cinco. Ahora pon a Eddie al teléfono, así puedo cortar de una vez para que Nancy duerma un poco.

Los arroyuelos de sudor que goteaban desde los sobacos de Alex le iban pegando el camisón al cuerpo, pero se obligó a responder con dulzura:

—Gracias, Steve. No sabes cuánto te lo agradezco.

Un momento después salía a toda carrera hacia donde esperaba Eddie-Bluto, en la cabina de su remolque, tamborileando con impaciencia contra el volante. Cuando ella le entregó el teléfono, el hombre esperó por un momento. Después respondió, con un aire jocoso del que ella no lo habría creído capaz:

—No hay problema. Como usted diga, patrón.

Momentos después chirrió el guinche y él desenganchó el BMW de la cadena. Sólo cuando retrocedió para alejarse rugiendo calle abajo, sólo entonces Alex dejó escapar un trémulo suspiro.

De nuevo adentro, tuvo que aspirar hondo varias veces antes de calmarse lo suficiente para hablar.

—Todo está bien. Todo arreglado —aseguró a las mellizas—. ¿Qué les parece si vamos a la cocina y nos preparamos un cacao caliente? No sé ustedes, pero yo necesito entrar en calor.

Lori, acurrucada en el sofá, volvió hacia ella una cara quejosa.

—¿Fue algún error? —quiso saber—. ¿Como aquella vez que el correo extravió el cheque de papi?

—Algo así.

Alex abrió la boca para agregar que no había nada de que preocuparse, que por la tarde habría solucionado todo. Pero al captar nuevamente la expresión de reproche de Nina, algo se encogió dentro de ella. "No eres mejor que mamá —la amonestó una voz—. Siempre fingiendo que todo está de perlas, cuando obviamente sucede todo lo contrario". Tragó saliva con dificultad para obligarse a admitir:

—La verdad es que... me he atrasado con algunas cuentas de la casa. En realidad, hay bastante atraso. Pero me estoy ocupando de eso. Lo principal es que ustedes no se preocupen. Les prometo que voy a solucionar todo, de un modo u otro.

El silencio que siguió a sus palabras pareció pender en la habitación como una nube. Luego Lori desplegó lentamente sus largas piernas y se levantó para abrazarla. Después de un minuto, Nina se acercó por atrás para enlazar los brazos a los de su hermana, que ceñían con fuerza la cintura de Alex.

—Estoy segura de que lo arreglarás, mamá. Siempre lo haces. —Su voz sonaba apagada contra el hombro de su madre. Alex recordó los tiempos en que llevaba a las bebés al estilo indio, en sus mochilas, y se le anudó la garganta.

—¿De veras? —preguntó, sofocada.

—Apoyo la moción —dijo Lori.

La madre se apartó para enjugarse los ojos.

—En ese caso, propongo que nos retiremos a la cocina para tomar ese cacao.

Había debido estar arrancándose los cabellos, sin duda. La tregua que había conseguido era muy breve. Si no lograba reunir ese dinero, el lunes las gemelas tendrían que llamar a sus amigas para que alguien las llevara a la escuela. Y ella... bueno, ya podría ir despidiéndose de su trabajo. Pero en vez de entrar en pánico se sentía invadida por una extraña paz. Cuando menos por el momento, todo lo que necesitaba parecía estar allí, frente a ella.

Cuando sonó el teléfono estaba con las gemelas en la cocina, revolviendo el cacao en un jarro de agua humeante.

—Hola —saludó la voz de Kitty, fastidiosamente alegre, como de costumbre—. ¿Te desperté?

Alex tuvo que morderse los labios para no soltar una carcajada, pensando en lo muy despierta que estaba. Pero se limitó a decir.

—Nada de eso. Las chicas y yo estamos levantadas desde hace rato.

Era lo único que tenía en común con su hermana: ambas eran madrugadoras.

—Qué bien. Temía no encontrarte en casa, si llamaba más tarde. —Kitty vaciló antes de preguntar: —¿Por qué no has respondido a mis llamados, Alex? ¿Tienes algún problema?

Ella tuvo ganas de espetarle: "¿Qué problema podría tener? Papi ha muerto, mamá está en la cárcel y yo estoy al borde de la ruina financiera... pero aparte de eso, todo está de maravillas".

—Estaba ocupada, eso es todo —dijo, a la defensiva.

—Bueno, me tenías preocupada. —Kitty parecía dudar.

—¿Llamas por mamá?

—¿Tiene que haber siempre un motivo ulterior? Llamo para saber cómo estás. —Con más suavidad, añadió: —Y para ver si quieres venir con las niñas.

—¿Qué se celebra? —Alex sacó de la caja otro sobre de cacao.

—Nada —respondió su hermana—. Pero se me ocurrió que sería lindo desayunar juntas. Todavía no has visto a los nenes de Daphne. Y ellos están deseando que ustedes vengan de visita.

Alex echó un vistazo a las mellizas. Lori, encorvada hacia la mesa, soplaba su cacao; Nina estaba junto a la mesada, llenando un bol con copos de maíz.

—Las chicas no pueden ir. Jim vendrá por ellas a las nueve. —Luego añadió, para su propia sorpresa: —Pero yo podría ir por una hora.

Era cierto que durante ese mes había estado evitando a sus hermanas. Pero aunque se muriera por verlas, ese día habría debido ser lo último en que pensara. Mucho más urgente era conseguir cuatro mil dólares para la tarde.

Podría haber pedido un préstamo a sus hermanas, pero, ¿qué sentido tenía? Kitty debía de estar reinvirtiendo hasta el último centavo en su negocio. En cuanto a Daphne, era muy obvio quién manejaba las cuentas en ese matrimonio.

—Estupendo. Voy a hacer los famosos panqueques de mora de la abuela. —La voz de Kitty parecía venir desde lejos. —¿Recuerdas cuánto te gustaban cuando éramos niñas?

—Antes de que empezara a engordar, quieres decir. —Alex rió para disimular un súbito espasmo de nerviosismo.

Era muy probable que Kitty le hubiera recordado la niñez sin ninguna intención; aun así ella tuvo la incómoda sensación de que le estaban tendiendo una trampa. Ignoraba qué la estaba esperando en la casa de su hermana, pero sospechaba que la atracción principal no serían los panqueques de mora.

Llegó muy poco antes de las ocho y media, cuando el sol todavía rondaba por sobre el dosel de árboles y aún se oía vagamente, a la distancia, el matraqueo del camión de la basura. La sorprendió encontrar a su hermana afuera, podando la madreselva. Sus ramas trepadoras cubrían, en su mayor parte, el seto de boj que separaba la propiedad de la vecina, cayendo al césped en una cascada tan fragante como perfume volcado. Al ver que Alex se acercaba para saludarla, Kitty agitó un par de tijeras de podar, manchadas de verde.

—No te esperaba tan pronto —dijo, como si la aliviara el solo hecho de que hubiera aparecido.

—Y yo esperaba encontrarte en la cocina, trabajando como una esclava.
—Alex se quitó los mocasines (eran finos, de un color amarillo manteca que ponía a la vista la menor mancha de pasto) y los enganchó con el pulgar.

—Dejé todo listo. Daphne está poniendo la mesa. Siéntate.

Kitty señaló una silla de jardín, a pocos metros. Con sus pantalones de algodón, su remera holgada de color canela y el pelo elástico recogido hacia atrás con una hebilla, parecía la misma que a los catorce años. Sólo cuando se volvió hacia ella, de cara a la luz, vio Alex los tenues surcos, como paréntesis a los costados de su boca, y las pecas que se destacaban en la piel, ahora más pálida que cremosa. Sólo la sonrisa era exactamente la misma: dulce y acogedora; parecía flotar hacia arriba y atascarse en la red de finas líneas que irradiaban desde las comisuras de sus ojos, vívidamente azules.

Fue como entrar desde la intemperie fría y encontrar el fuego encendido. En ese momento sólo deseaba dejarse caer de rodillas en el blando césped y beber el aroma de la madreselva. Cuando eran niñas, ella y sus hermanas solían chupar las flores para extraer la fugaz gota de dulzura que contenían. ¿Cómo había podido perder tantas de las cosas sencillas y buenas de la vida?

Sus ojos se llenaron de lágrimas; cuanto había a su alrededor (el seto, la desvencijada cucha, con su cadena herrumbrada serpenteando hasta las raíces del viejo níspero, la hamaca colgada de sus recias ramas) adquirió de pronto un halo brillante, como si ella mirara a través de un prisma.

Se dejó caer con gratitud en la silla de aluminio, que se asentó bajo su peso en la tierra margosa.

—¿Seguro que no necesitas ayuda con eso?

—Oh, creo que puedo arreglarme sola.

Kitty volvió a la poda; la cizalla que tenía en la mano parecía un pico hambriento. *Chac, chac, chac.* Bajo el sol dorado que prendía fuego a las copas de los árboles, Alex se estremeció al acordarse de los acreedores que lanzaban picotazos contra sus talones; por el momento, Fog City Motors era el más insistente. ¿De dónde diablos iba a sacar todo ese dinero? Cuatro mil dólares: como si hubiera sido un millón. Y si de algún modo lograba reunirlo, ¿qué haría con el resto de lo que debía?

Se esforzó por entablar conversación, aunque tenía el estómago lleno de nudos.

—¿Cómo te va? —Se resistió a la tentación de preguntar por su madre, para no sentirse demasiado culpable. En ese momento era lo que menos necesitaba.

—Bien. Me las arreglo. —Kitty rió un poquito, como para sugerir que era todo lo contrario, pero su hermana no insistió.

—Debes de tener mucho más trabajo, con los chicos de Daphne entre los pies —comentó como al desgaire.

Recibió una mirada perpleja.

—Oh, no, ¡si lo mejor es tener aquí a Kyle y a Jennie! Si no fuera por ellos, creo que no podría enfrentar... —De pronto Kitty frunció los ojos y se los cubrió con una mano, como para protegerlos del sol.

Alex sintió algún remordimiento por no haber visitado hasta entonces a sus sobrinos.

—Debería revisar esos cajones de vestidos viejos que tengo en el armario —dijo—. Algunos podrían servir para Jennie.

—Creo que Daph te lo agradecería. —Kitty ahuyentó un mosquito de la mejilla pecosa, sin apartar la mirada de su hermana.

Ensartada por esos ojos muy azules, enervantes, Alex descubrió que se estaba removiendo en la silla. Después de un instante no pudo contenerse:

—No es lo que ustedes querrían, ya lo sé. Tú y Daphne preferirían que yo las ayudara con el caso de mamá. Pero no puedo. No puedo perdonarla.

—No te invité para retorcerte el brazo. —Kitty volvió a su trabajo. *Chac... chac... chac.* Las ramas de madreselva se iban juntando en torno de sus pies descalzos, en guirnaldas flojas.

En varios meses, ésa era la primera mañana sin niebla; el sol cabalgaba por el cielo como un guerrero ufano, pavoneándose frente al enemigo derrotado. La sombra del follaje manchaba el césped; en las copas de los árboles, los pájaros se llamaban entre sí. Pero Alex tenía la impresión de que iba a estallar una tormenta. El perrazo gris de Kitty cavaba furiosamente a un costado de la cochera. Era como el hoyo que ella había cavado para sí misma, poquito a poco; ya era lo bastante profundo como para sepultarse en él.

—¿Para qué me invitaste, entonces? —preguntó.

Su hermana, con un suspiro, guardó la cizalla en un bolsillo de los pantalones y se volvió nuevamente a mirarla, diciendo en voz baja:

—No te pido que hagas por mamá lo que corresponde. Eso debes arreglarlo con tu conciencia. Pero no me vendría mal que me ayudaras.

—¿Qué tienes pensado? —preguntó Alex, súbitamente desconfiada.

—Dime lo que sepas sobre las aventuras de papi.

Ella se estremeció como si una nube hubiera cruzado el sol.

—¿A qué te refieres?

Kitty le echó una mirada de disgusto.

—Vamos, Alex. No te hagas la inocente conmigo.

Ella bajó la vista, sin poder sostener la mirada flamígera de su hermana. ¿Lo sabría desde un principio? ¿O adivinaba, simplemente? De cualquier modo, no importaba.

—¿No puedes dejar las cosas así? —exclamó por lo bajo—. Santo Dios, Kitty, él ha muerto.

—Pero mamá no.

Esos ojos. Parecían achicharrarla, como los rayos de sol a través de la lupa con que, en otros tiempos, habían grabado sus nombres en trozos de madera.

—Si sabes algo, Alex, cualquier cosa que pueda ayudarla, éste es el momento de decirlo.

—¡Papi puede haber cometido algunos errores, pero no merecía que lo mataran por eso!

Se sentía absurdamente acorralada. Una urraca se lanzó en picada desde una rama alta, para bombardear a un gato que se deslizaba por el prado. Mientras la observaba, ella pensó: "Tengo que huir. Ahora mismo. Antes de decir algo de lo que después me arrepienta".

—Justo antes de morir estaba saliendo con una de las enfermeras del hospital. Eso lo sé —insistió Kitty—. Pero sería muy útil hablar con esa mujer, averiguar qué sabe. Si papi estaba pensando en abandonar a mamá, eso podría haberla enloquecido.

Alex trató de disimular su sorpresa. ¿Una enfermera? Papi no le había mencionado a ninguna enfermera. En cuanto a abandonar a mamá, eso era... bueno, ridículo.

—Él no me lo contaba todo —replicó, tiesa.

Un recuerdo se presentó precipitadamente. Su padre, de pie ante ella, parecía perforarla hasta los huesos con esos ojos de acero. "No debes decir nada. Jamás. Para tu madre, enterarse sería la muerte."

Pero no: había sido la muerte de papi.

Sacudió la cabeza, como para despejarla. Oyó la voz de su hermana a través de un zumbido interior:

—Parece que te contaba bastante.

Algo en Alex se rompió, haciendo que exclamara:

—¿Y quién otra lo habría comprendido? Además no era culpa de él. Mamá... bueno, supongo que lo amaba, pero no de esa manera. ¿Qué podía hacer, el pobre?

—¿Eso es lo que te dijo? ¿Que a mamá no le interesaba el sexo?

La expresión de Kitty era tan incrédula que la impresionó como no lo habría hecho ningún argumento.

—Bueno, tal vez exageró un poco —dijo, furiosa—. Pero no puede haberlo inventado por completo. ¿Quién sería capaz de mentir sobre algo así?

Su hermana dijo, acentuando deliberadamente cada una de sus palabras:

—El mismo que fue capaz de decir esas cosas a una jovencita impresionable, aun cuando fueran ciertas.

Alex tuvo la sensación de haber dado un paso en el vacío y estar en una vertiginosa caída libre. Nunca había dudado de papi; ni una sola vez se preguntó si podía haber otra versión de lo que él decía. Se limitaba a aceptar lo que veía: la expresión melancólica con que su padre recordaba el noviazgo, cómo había cambiado todo al nacer Daphne. Pero ahora le habían plantado una duda. No era lo que Kitty decía, sino su cara de horror, como si papi hubiera sido una especie de monstruo. Su estómago dio una lenta voltereta.

—Esa... esa enfermera. ¿Qué sabes de ella? —logró balbucear.

—No mucho. Era más joven que él, más o menos de nuestra edad. Y ha perdido un pendiente de oro. —Su hermana sonrió con lúgubre diversión. —Parece que nuestro padre tenía la costumbre de frecuentar moteles. Sin duda ignoraba que la encargada del de Barranco era la mamá de Willa. Después de su última visita ella encontró un pendiente olvidado por la muchacha.

A Alex le daba vueltas la cabeza. ¿Tantas mujeres? Pero papi siempre había sido discreto, ¿no? Pese a lo que pudiera parecer, amaba de veras a mamá.

—Las cosas no son como tú crees —insistió—. Esas mujeres no le interesaban. Sólo... bueno, tenía ciertas necesidades.

—¿Y tú le creíste eso? Oh, Alex —musitó Kitty, casi como si la compadeciera.

—¡Estás celosa! —cotraatacó ella—. Porque yo era su favorita, mientras que tú... tú...

—Yo no era la favorita de nadie. —La pelirroja se encogió de hombros. —En otros tiempos eso me dolía, pero ya no. Lo acepté hace mucho tiempo. —Torció la cabeza para estudiar a su hermana con una expresión extraña. —Lo que me pregunto es por qué papi compartía todos sus secretos contigo. Si no tenía ninguna culpa... ¿por qué necesitaba descargarse?

Alex escondió la cara entre las manos; en cualquier momento vomitaría allí mismo, en el césped.

—Basta. Basta, ¿quieres?

Sintió una repentina frescura, como si una sombra cayera sobre ella.

—¿Qué pasa, Alex? ¿Hay algo más que no me hayas dicho?

La voz era tan amable y clemente que, sin detenerse a pensar, ella se arrojó a los brazos de Kitty. Kitty, de quien siempre se había sentido distanciada, ahora parecía muy preocupada por la suerte que ella corriera. Olía vagamente a madreselva y canela... a todo lo que era bueno, puro y decente. Alex estalló en suaves sollozos.

—Estoy en dificultades —confesó, en voz baja y ronca—. Estoy endeudada hasta la coronilla. Con el gobierno, con las tarjetas de crédito, con las empresas de gas y electricidad... lo que se te ocurra. Esta mañana Fog City Motors estuvo a punto de quitarme el auto. Si no consigo cuatro mil dólares en efectivo antes de las cinco de la tarde, en adelante tendré que andar a pie.

Hizo una pausa para tomar aliento, pero en vez de la vergüenza que esperaba sentir sólo encontró una extraña sensación de alivio. Cuando al fin levantó la vista, vio que su hermana la miraba sin juzgarla ni compadecerla. Increíblemente, sólo vio solidaridad.

—Oh, Alex, ¿por qué no acudiste a mí?

—¿De qué habría servido? —Se limpió los ojos con los faldones de la camisa de seda, que se habían escapado de sus vaqueros. Se le estaba corriendo la máscara; la camisa quedaría arruinada. Pero todo eso ya no importaba.

Por un momento su hermana pareció perderse en sus reflexiones. Por largo rato extravió la mirada por encima del seto; su expresión tenía un tinte de tristeza. Cuando miró nuevamente a Alex sonreía, pero la melancolía aún estaba allí.

—Tengo algo de dinero ahorrado —dijo—. Algo más de veinte mil. Es tuyo. Me lo devuelves cuando puedas.

Alex sintió un loco arrebato de alegría, inmediatamente seguido por el frío peso de la conciencia. Meneó la cabeza.

—No, Kitty. Podrías necesitarlo.

Su hermana hizo un gesto negativo.

—Algún día, quizá. Por ahora no. Y me sentiría mejor sabiendo que sirvió para algo bueno.

Sobre ella se posó una densa capa de culpa. ¿Cómo había podido creer que Kitty no la amaba? ¿Y por qué no había sabido apreciar a esta hermana? Era como si todo lo que había dado siempre por seguro estuviera hecho pedazos; ahora los fragmentos se estaban rearmando de una manera que no concordaba. No sabía qué decir. No sabía siquiera cómo actuar.

En el tranquilo refugio de ese patio, con el gorjeo de los pájaros en lo alto y alegres voces de niños brotando por la ventana abierta (¡cómo había podido pensar que esa casa era muy fea, si ahora la veía encantadora!), Alex tuvo que dar forma a la palabra en silencio, varias veces, antes de poder pronunciarlas:

—Gracias —susurró, con la cabeza inclinada como para rezar.

Los panqueques de moras nunca le habían sabido tan bien. Por cierto, hacía mucho tiempo que Alex no comía tanto. Sentada a la mesa de Kitty, en su cocina soleada, sintió que se aflojaba la banda ceñida a su pecho. Los chicos de Daphne estaban más adorables que la vez anterior ¡y qué bien educados! Hasta Daphne parecía más a gusto, como si la carga que llevaba sobre los hombros, cualquiera fuese, se hubiera aligerado un poco.

Después de retirar los platos, Kitty fue al salón para ayudar a Willa.

—Tú lavas, yo seco —dijo Daphne, tomando el repasador.

—A ti siempre te tocaba secar —se quejó Alex, riendo—. En el séptimo grado, yo era la única que tenía las manos paspadas.

—Por lo menos no cargabas con la culpa si algo se rompía.

—¡Nunca en tu vida rompiste nada!

—Bueno, eso demuestra lo bien que me conoces.

Daphne estaba más bonita que de costumbre: el pelo atado atrás, un par de pantalones holgados y una camisa de algodón a rayas. Se volvió a mirarla. En sus ojos se esfumó la risa; alargó una mano para posarla en el brazo de su hermana.

—Kitty me habló de tu problema —dijo suavemente—. Yo también quiero ayudar.

Un doloroso rubor trepó por el cuello de Alex, hasta sus mejillas. ¿Tenía que enterarse todo el mundo? Con la misma celeridad, cayó en la cuenta de que Daphne tampoco la juzgaba. Su expresión parecía decir que cada una tenía sus dificultades.

Miró por sobre el hombro a los niños, que seguían sentados a la mesa, dibujando con crayones en grandes hojas de papel de embalar.

—Gracias, Daph —dijo por lo bajo—, pero no puedo aceptar. Si acepto más caridad de ustedes dos, no podré mirarme al espejo nunca más, lo juro.

—Despejó lo incómodo del momento con una risa débil. —¿No alcanza con que las dos estén más flacas que yo? Y después de tantos panqueques, puedes calcularme dos kilos y medio más, cuanto menos.

—No se trata de caridad —dijo su hermana, enrojeciendo—. Yo... bueno, baste decir que recientemente he recibido algún dinero propio. Según mi editora, el próximo cheque por derechos de autor va a rondar las cinco cifras. —No hacía falta agregar cuál había sido el costo: lo tenía escrito en la cara. —Me harías un gran favor, de veras.

Alex tuvo que apartar la vista para que Daphne no le viera los ojos llenos de lágrimas: en parte por vergüenza, en parte por gratitud... pero sobre todo por el súbito rayo de amor que la atravesaba.

—No... no sé qué decir.

Pero su hermana se lo facilitó. No intentó discutir ni persuadirla. Se limitó a mirarla como si no hubiera otra opción para ninguna de las dos. Y la incitó suavemente:

—Di sólo que sí.

Sus dos hermanas la siguieron al banco en el auto de Kitty, quien retiró cuatro mil dólares en efectivo para añadir al cheque librado por Daphne, además de prometerle más, si hacía falta. Después de darles las gracias con un nudo en la garganta, Alex fue directamente a Fog City Motors. Pasó frente al escritorio de la recepcionista y fue a dejar caer un crujiente sobre frente al sobresaltado Steve DeAngelis. Contenía un cheque por toda la suma adeudada.

—No te preocupes. Está certificado —le dijo.

DeAngelis, hombre cetrino y cuarentón, de muñecas velludas y puños con gemelos, apartó el sobre sin abrirlo.

—Confío en ti —replicó, con una carcajada jovial, como si dijera: "Que no haya rencores, ¿eh?".

Sólo cuando salía nuevamente a la calle Alex tuvo una idea que la detuvo en seco. Su cuenta estaba al día, ¿y qué? El mes siguiente estaría de regreso en la casilla uno: adeudando otra gorda cuota por un auto que no podía costear.

Con una decisión que parecía forzada por alguna presencia invisible, volvió lentamente sobre sus pasos. La rubia recepcionista, que estaba clasificando una pila de mensajes rosados, interrumpió la tarea para mirarla. Alex carraspeó.

—Disculpe. Estaba mirando esos Toyotas que hay afuera. ¿Con quién puedo hablar para cambiar mi BMW por uno de esos?

La recepcionista no era mucho mayor que las gemelas, pero esa permanente platinada, de aspecto inflamable, correspondía a una sesentona. Pulsó un botón de su teléfono y, minutos después, Alex se encontró sentada en una oficina (bueno, antes bien era un cubículo) donde un vendedor igualmente joven acordó el cambio con mucho gusto. El más barato de sus Toyotas, según le informó, era un Tercel "de segunda mano"; "usado" parecía ser mala palabra. Alex, conteniendo su desencanto, lo aceptó.

Mientras giraba a la derecha para salir del estacionamiento, en su Tercel verde recién adquirido, se dijo que quizá sus clientes no notaran la diferencia. Pero ella la conocía. Junto al deslizamiento aéreo del BMW, ese cacharro de tres años parecía una carreta. Habría podido llorar.

Luego pensó en todo el dinero que ahorraría y en lo afortunada que era al tener un auto, cualquiera fuese. Mejor aún: tenía dos hermanas cariñosas que, pese a tantos años de disputas y resentimiento, habían acudido a socorrerla. La sangre llama, al fin de cuentas.

El recuerdo de su madre surgió por un instante a la vida, pero ella se apresuró a extinguirlo. "El perdón tiene un límite", se dijo. En los rincones más alejados de su mente, una voz le susurraba que, si la situación hubiera sido la inversa, su madre habría hallado la manera de perdonarla. Pero esa voz era débil. Y de cualquier manera no contaba, pues de ningún modo Alex hubiera podido cometer un crimen tan horrible.

A lo largo de la calle Treinta y tres, con sus estacionamientos y sus galerías comerciales, recordó su conversación con Kitty. Según su hermana, papi había estado saliendo con alguien en los últimos tiempos. "¿Por qué no me lo dijo?", se extrañó. Ella sabía de sus otras amantes. ¿Por qué ésa era diferente? ¿Acaso se había enamorado de ella?

Jamás lo sabrían, a menos que esa mujer se presentara por sí sola. De todas maneras, en esos momentos ella tenía cosas más urgentes en que pensar. Cómo iba a quitarse de encima al inspector de impuestos, por ejemplo. Kitty y Daphne habían sido generosas, sin duda, pero esos préstamos no cubrían todas sus deudas.

Al cruzar frente al Kmart Plaza recordó que no había comprado el regalo para el hijo de Leanne; el cumpleaños era dentro de dos días. Aunque Tyler no entendiera, su madre se conmovería con el gesto. No tenía por qué gastar mucho; bastaba con que su amiga supiera que pensaba en ella.

Entró en el estacionamiento; diez minutos después estaba haciendo fila ante la registradora, con un juego de argollas de plástico. Reparó en un frasco de sales para baño en forma de corazón; a las mellizas les gustaría. Mientras calculaba cuánto le quedaría de los quince dólares asignados al regalo de Tyler, para ver si podía pagarlo, captó súbitamente lo irónico de la situación: estaba en Kmart, dudando en gastar cuatro dólares en sales de baño, cuando meses antes no habría vacilado en gastar más de cien en el salón de belleza, por una limpieza facial con manicura.

Se le ocurrió entonces que había pasado la mayor parte de su vida corriendo tras el éxito; comenzó a los dieciséis, como presidenta de su clase; luego, en la universidad, donde se había graduado con diploma de honor. Y durante cada uno de los diez años que llevaba en la inmobiliaria, su objetivo, su necesidad irresistible, había sido ganar la plaqueta de bronce con que se premiaba a quien hubiera logrado más ventas. Sólo una vez tuvo que cederlo a Marjorie Belknap, por un margen estrecho, y se sintió absolutamente fracasada.

Pero en algún momento del proceso había perdido el rumbo. La ambición saludable fue reemplazada por el deseo de recompensas más materiales ¡y adónde la había llevado eso! Las cosas que tanta importancia parecían tener no tenían ahora el menor valor. Su casa, su auto, el ropero lleno de trajes exclusivos (que ni siquiera había pagado del todo) eran monedas extranjeras encontradas en el bolsillo de un abrigo que hubiera usado en el viaje a Europa: bonitas, pero inútiles.

Por lo visto, sus hermanas habían estado acertadas desde un principio al poner el acento en lo que importaba: hacer lo que más les gustaba, sólo por el placer de hacerlo.

¿Y papi? ¿Qué lugar le correspondía en ese retrato familiar modificado? Ciertas ideas perturbadoras hurgaban en su mente, como dedos nerviosos que escarbaran la solapa cerrada de un sobre sin dirección. Kitty había sugerido que en ese vínculo profundo había algo más de lo que surgía a la vista: que papi la había usado, de algún modo.

Pero ¿con qué fin? Para azuzarla contra su madre no, sin duda. Papi nunca había hablado mal de ella, ni una sola vez. Y si compartir sus secretos con alguien de confianza le brindaba alguna paz de ánimo, ¿qué había de terrible en eso?

Aun así, el desasosiego continuó importunándola mientras pagaba el juguete (a último momento decidió no comprar las sales) y volvía de prisa al estacionamiento. Luego se dirigió a casa de Leanne en su Tercel usado ("¡Qué segunda mano ni segunda mano!"); la jaqueca se le clavaba en una sien y empezaba a abrirse en abanico, como una mancha de Rorschach.

Cuando se detuvo frente a la casa de su amiga ya le palpitaba toda la cabeza. Estacionó antes de llegar a la entrada, detrás de una enorme mata de adelfa, donde no se la viera desde la casa. Leanne querría saber qué había sido de su BMW. Y ella estaba demasiado exhausta como para dar explicaciones.

"No porque ella no sepa comprender, sino porque... Bueno, sospecho que en el fondo lo disfrutaría".

La idea pareció surgir de la nada, sobresaltándola. ¿De dónde había sacado eso? De nada que Leanne hubiera dicho u hecho, por cierto. Era su mejor amiga. Sólo que últimamente...

"La he sorprendido mirándome de cierto modo. Como si en el fondo estuviera un poquito resentida contra mí". Y tal vez Alex también estaba resentida contra ella desde siempre, desde que eran niñas. Porque ella tenía lo que Leanne deseaba tanto: un hogar de verdad, con madre y padre, y... y...

"La llave. En algún momento, de algún modo, consiguió la llave de la casa. Si no ¿qué hacía allí, esa noche?".

Alex apartó el pensamiento de su mente. Estaba imaginando cosas a costa de su amiga. ¡Pobre Leanne! Después de pasar la noche trabajando en el hospital y el día ocupándose de Tyler, lo último que necesitaba era ese psicoanálisis de salón. Mientras esperaba en el umbral, Alex resolvió abandonar inmediatamente esas tonterías paranoicas.

La puerta se abrió de par en par y Leanne la miró parpadeando, con los ojos hinchados y enrojecidos. Estaba despeinada y parecía haber dormido con la ropa puesta: vaqueros y un jersey de mangas largas. ¿La habría despertado de una siesta? "Debería haber telefoneado antes".

—Oh, Dios mío, Lee. ¿Te desperté? Perdona —se apresuró a disculparse—. Venía sólo a traer esto. —Le alargó la bolsa. —Es para Tyler.

El juguete estaba destinado a bebés de seis a doce meses. Tampoco se lo habían envuelto para regalo. ¿Qué sentido tenía?

Leanne apenas echó una mirada al contenido.

—Gracias —dijo, como si estuviera demasiado cansada para interesarse—. Pasa. Y no me despertaste. Tyler ha estado difícil toda la mañana; eso es todo.

En cuanto entró, Alex pudo apreciar hasta qué punto. El cuarto era un desastre: ropa esparcida por la alfombra, tazas sucias y escudillas de cereal en todas las superficies. Había juguetes por todas partes. Y ella detectó el olor inconfundible de un pañal por cambiar.

El niño, irremediablemente lesionado, yacía de espaldas en una manta, en medio de la sala. Aunque iba a cumplir cinco años, era menudo para su edad; las piernas pálidas asomaban, como palillos absurdos, de un pañal para dos años. Lo más triste era que habría podido ser hermoso, con sus grandes ojos azules y sus rizos rubios. Alex contempló con piedad la cabeza perfectamente formada, que se bamboleaba como la de un bebé.

Un bebé colérico, en ese momento. Con la boca fruncida y la cara roja y arrugada, se sacudía de un lado a otro, emitiendo horribles maullidos. Alex se mantuvo a distancia, con el estómago algo revuelto. Aunque lo viera con frecuencia, nunca le resultaba fácil: esas manos retorcidas, que flameaban como pescados en las muñecas extrañamente articuladas; los ojos que giraban de un lado a otro sin fijarse en nada. Ella quería amarlo, en verdad, pero sólo experimentaba una terrible mezcla de piedad y disgusto.

"Ya lo has visto cien veces", se obligó a recordar. Aun así permaneció de pie, en tanto Leanne se arrodillaba en la alfombra, junto a su hijo. De algún modo se las compuso para cambiarle el pañal, pese a sus movimientos agitados; luego se lo sentó en el regazo: un bebé del tamaño de un párvulo enfermizo. "¿Cómo se las arregla? —se preguntó ella—. Después de atender a todos los prematuros en terapia intensiva neonatal, llega a su casa y se encuentra con esto".

Tyler se retorció contra Leanne, que lo mecía, y sus gritos se hicieron más potentes. Pasaron largos minutos antes de que ella pudiera calmarlo. Gradualmente asumió una posición fetal; sus gritos fueron menguando hasta convertirse en un suave ruido de succión.

Cuando al fin se durmió, la cara que Leanne alzó hacia ella estaba tan opacada por el agotamiento que Alex sintió un alivio culpable ante la relativa insignificancia de sus propias tribulaciones. Por terribles que fueran, tenían solución. Pero lo de su amiga bien podía ser una sentencia perpetua.

—¿Podrías ayudarme a ponerlo en la cuna? —Leanne hablaba con suavidad, para no despertarlo. —Cada vez es más difícil levantarlo.

Después de acomodarlo en su diminuto dormitorio, frente al de Leanne, con las cortinas corridas y la caja musical tintineando muy quedo, las mujeres volvieron a la sala en puntas de pie.

Leanne se dejó caer en la poltrona con un suspiro.

—No sé qué hacer. Aparte de lo que está creciendo, sólo esta semana ha tenido dos ataques. Y no quieras saber de los gastos. Mi seguro de salud no cubre la niñera ni la terapia física. —Estiró los dedos sobre las rodillas, aferrándose de ellas como si buscara apoyo. —No me preocuparía tanto si no fuera porque ese juicio sigue prolongándose. Los abogados del hospital obtuvieron otra postergación, ¿puedes creerlo? El juicio se ha suspendido hasta fines de septiembre.

Alex sintió una punzada de remordimientos. En medio de sus propios apuros no había pensado en los de Leanne. Se inclinó hacia adelante con exagerado interés.

—¿Adujeron algún motivo?

Su amiga se frotó la cara con la mano abierta.

—No sé qué testigo experto que no puede presentarse hasta entonces. No importa. Lo que buscan es demorar las cosas todo lo posible. Hasta que yo muera de agotamiento. —Levantó la vista. —Y hablando de juicios, ¿el de tu madre ya tiene fecha?

—El catorce de agosto. —Alex tuvo vergüenza de añadir que lo había sabido por sus hermanas, apenas esa mañana.

—¿Qué posibilidades le ves?

La curiosidad de Leanne no era ociosa, obviamente: la miraba con marcado interés.

—No sé. No hablo con ella desde que murió mi padre. —Alex utilizó un tono duro, pero no sirvió para talar su creciente sensación de culpa. El dolor de cabeza, que había aflojado un poco, se acentuó con renovado vigor: martillos de terciopelo descargándose contra sus sienes.

—Tendrías que ir a verla.

Ella, rígida, miró a su amiga en horrorizado silencio. ¿Por qué compadecía a la mujer que había quitado la vida a papi? ¿Al hombre que decía reverenciar? Acaso porque Leanne, sola y atada a un hijo que nunca sería independiente, sabía bien lo que significaba quedarse sin opciones. De cualquier modo, Alex no necesitaba que nadie le recordara sus deberes filiales. Ni siquiera Leanne.

—¿Sabes cómo me gustaría —dijo— que la gente dejara de indicarme qué debo hacer?

—Bueno, se me ocurrió que te sentirías mejor si te quitaras ese peso del pecho. —Leanne, con la vista gacha, empezó a tironear una hebra suelta del sillón.

—¿Si me quitara qué peso del pecho, exactamente?

Se encogió de hombros.

—No sé. Oye, haz de cuenta que no dije nada. Es que estoy cansada. Puede que estuviera pensando en mi propia madre. Si a ella le sucediera algo, creo que yo lamentaría todo lo que nunca nos dijimos.

—¿Qué, por ejemplo? —De pronto Alex recordaba algunas cosas que Leanne no le había dicho: Por ejemplo, que estaba enterada del romance entre papi y su madre. ¿Qué otros secretos estaría ocultando?

—Lo de costumbre, supongo. Por ejemplo, que mamá siempre pareció querer más a Beth que a mí. Supongo que ya no importa. Somos adultas, ¿no? Pero todavía duele.

Ella recordó su conversación con Kitty, esa mañana.

—Al parecer hay cosas que nunca se superan.

Al mismo tiempo otra idea titilaba en el fondo de su mente, algo que aún no había tomado forma completa. Cuando al fin se materializó, una voz clara la desconcertó asegurando: "Miente". Lo de Beryl era cierto, sí, pero percibió que Leanne lo había mencionado sólo para ocultar lo que sentía con respecto a...

"A mamá". Esta vez la voz habló con más potencia.

Su amiga pareció darse cuenta de su incomodidad. En un arrebato de energía nerviosa, se levantó para ir a la cocina.

—¿Ya has almorzado? Puedo preparar un sándwich.

—No, gracias, no tengo hambre —respondió Alex. No había comido nada desde el desayuno, pero la idea de comer le repugnaba.

En ese momento su mirada cayó sobre el uniforme de enfermera que colgaba de la puerta del dormitorio, enfundado en plástico. Las palabras de Kitty volvieron en tropel: "Es enfermera... más o menos de nuestra edad...".

Se tambaleó como si la hubieran golpeado. Santo Dios, ¿era posible? Al mismo tiempo no podía creer en lo que estaba pensando. Su mejor amiga. La que había sido como otra hija para papi. Era inimaginable. Era...

Perverso.

No pudo borrar la idea de su mente. Su cabeza parecía haberse encogido; cada latido era algo estrangulado dentro de su cráneo. Supo que no descansaría hasta haberse librado de esa ocurrencia absurda, de una vez por todas.

Se levantó, exagerando la indiferencia, y echó un vistazo a su reloj.

—Tengo que irme. Prometí a las gemelas volver a tiempo para llevarlas al cine. —Ya camino a la puerta agregó, como si acabara de recordarlo: —A propósito: el otro día, pasando la aspiradora tras el sofá, encontré un pendiente. Parece oro legítimo. Las chicas dicen que no es de ellas. Se me ocurrió que podía ser tuyo.

Leanne frunció el entrecejo, pensativa, y se tocó distraídamente el lóbulo de una oreja. Alex sólo se dio cuenta de que estaba conteniendo el aliento cuando su amiga respondió:

—Es cierto que me falta un pendiente. De mi par favorito. No sé dónde puede habérseme caído. ¿Lo tienes aquí, por casualidad?

Alex sintió que el aire escapaba de sus pulmones en un torrente vertiginoso.

—No, lo siento. —La sorprendió un poco que fuera tan fácil hablar con voz normal, cuando su cabeza estaba a punto de implotar... y una amistad de treinta años podía quedar en ruinas. —Lo traeré la próxima vez.

"Una coincidencia —adujo una voz aniñada, contra toda razón: una voz espectralmente parecida a la de Lori durante el gran susto de esa mañana—. Cualquiera puede perder un pendiente. Y papi vivía rodeado de enfermeras".

Entonces se le ocurrió; fue una reacción tardía, con toda la fuerza de un golpe: Leanne y papi podían haber sido amantes.

Por eso ella había pasado aquella noche por la casa de sus padres. Y si tenía llave debía de ser porque papi se la había dado. Quizás iba en busca de algo que la incriminaba: una nota, una carta, un recibo de tarjeta de crédito.

Alex quedó paralizada, con la mano en el pomo de la puerta, observando el reflejo deformado de su amiga en el vidrio opaco de la ventanilla lateral. Cuando Leanne habló, su voz le llegó apagada por el rugir que tenía en los oídos.

—Menos mal que lo encontraste —dijo, siguiéndola hasta el umbral—. Me volví loca buscándolo. Ya sabes lo que es perder algo que no se puede reemplazar.

—Por supuesto.

Con una risita que estaba muy cerca de la histeria, bajó por el camino de la casa como si fuera un enfermo en el corredor de un hospital. Ya no le importaba que Leanne la viera subir a un Toyota verde en vez de su BMW.

"Curioso, cada vez más curioso", pensó otra vez, en medio del grave rugido de su cabeza. Había caído en un hoyo, pero no era la tumba que cavara para sí misma, después de todo. Estaba en el País de las Maravillas, un País de las Maravillas oscuro y retorcido, donde cualquier cosa podía alzarse ante ella con las garras extendidas.

Capítulo 13

La mujer sentada frente a Johnny Devane, en su oficina, estaba bien conservada, como habría dicho su madre. "Antes bien, embalsamada", se dijo. Tenía sesenta y nueve años (él había sacado la fecha de su nacimiento de una de las carpetas que cubrían su escritorio y desbordaban hacia los estantes, el antepecho de la ventana y hasta la alfombra) y atendía escrupulosamente cada detalle de su aspecto personal, como si temiera que, si no lo hacía, se iniciara la decadencia definitiva. Estaba bien maquillada y con cada platinado cabello en su lugar. ¿Y su atuendo? Por Dios, parecía un folleto de Pinturas Sherwin Williams: todo coordinado en tonos complementarios de rosa y malva.

Beryl Chapman lo miraba de frente, como si no tuviera nada que ocultar, aunque todo lo que él sabía de esa mujer sugería exactamente lo contrario.

—Está bien. Si quiere enviarme un citatorio, hágalo. No le servirá de nada —dijo ella, buscando entre el montón de carpetas una astilla de madera lustrada donde dar golpecitos con una uña, larga y manicurada. Detrás de las gruesas pestañas postizas, los ojos entornados parecían troneras en una torreta. —Voy a contarle un pequeño secreto. Además de ser mi mejor amiga, Lydia Seagrave era la mejor esposa que un hombre pudiera pedir.

—Usted comprenderá que a algunas personas puede serles difícil ver las cosas de ese modo. Dadas las circunstancias —observó Johnny, mansamente.

Se respaldó en el sillón giratorio que había reemplazado a su fuerte silla de roble, cuando las oficinas de la fiscalía de distrito abandonaron la vieja dirección de la calle White. Éste era de cromo: un artístico diseño escandinavo, ideado para alojar el trasero de una bailarina anoréxica; sus contornos se arqueaban en los lugares menos adecuados, convirtiéndolo en un símbolo de todo lo que le disgustaba de ese nuevo edificio: una catedral altísima y elegante, dedicada al horrible desastre que la gente hacía de su vida.

—Me importa un bledo lo que piensen los demás. —Beryl se inclinó hacia adelante, aferrada a los brazos de su sillón, con los huesudos codos apuntando hacia arriba, como para no caerse de él. Con la voz grave y ronca de quien ha fumado ininterrumpidamente toda su vida, reconoció: —Ese hombre tenía engañado a todo el mundo... hasta a Lydia. A todo el mundo, menos a mí. Era encantador, sí. Y bastante apegado a su familia, si una va a creer todo lo que se dice. Pero busque en el diccionario la definición de "malvado" y encontrará el nombre de Vernon Seagrave.

—¿Dice usted que la señora Seagrave estaba justificada al actuar así con su esposo? —Johnny mantuvo la voz neutra, hasta solidaria.

Beryl se echó abruptamente hacia atrás, apretando los labios escarlatas.

—Oh, no, no voy a caer en ninguna de sus trampas. Y no crea que me asusta con esa amenaza de enviarme un citatorio. —Sus ojos lo observaban fríamente desde esa máscara de cartón piedra, dejada por demasiadas cirugías plásticas. —Si yo me presentara a declarar, créame que la Fiscalía no saldría beneficiada.

—Es justo... pero hay algo que todavía no sé. Por eso le pedí que viniera. El caso es que he repasado la lista de testigos presentada por el defensor de la señora Seagrave. Y allí no figura su nombre. —Mientras hojeaba los documentos que tenía en el escritorio, añadió con burlona inocencia: —Caramba, usted dirá que soy anticuado, pero si yo estuviera en un aprieto me gustaría poder contar con mis amigos. —Añadió, con una mirada larga y evaluadora: —A menos que usted y la señora Seagrave no sean tan amigas, después de todo.

Dos pinceladas de color intenso aparecieron entre el denso maquillaje de esas mejillas; de pronto esa mujer denotaba su verdadera edad, hasta el último minuto.

—¿Qué es lo que está insinuando, joven?

Johnny fue directamente al grano.

—Probemos con el hecho de que usted tuvo en otros tiempos... como decirlo... una relación íntima con el doctor Seagrave. —Se encogió de hombros, mostrando las manos hacia arriba como para decir: "No seré yo quien critique". —Ha pasado mucho tiempo, lo sé. Pero estamos en una ciudad pequeña. La gente habla de cosas que pasaron hace veinte o treinta años como si hubieran sucedido ayer.

Bien lo sabía él. En algunos círculos aún debía enfrentar su propia reputación de "ese vago, el hijo de Pete Devane, el borracho".

Ella lo fulminó con los ojos, irritada. Y de pronto pareció derrumbarse; la pulcra chaqueta rosada se hundió sobre sí misma, como una balsa inflable que hubiera perdido el aire.

—Si tengo algo de que arrepentirme —repuso con voz trémula—, si cometí algún error, fue hace mucho tiempo, como usted dice. No veo qué relación puede tener con lo de ahora.

Johnny tampoco lo veía. La mujer tenía razón en un aspecto: cualquier testimonio que diera resultaría, sin duda, perjudicial para el caso de la Fiscalía. En verdad, esa entrevista era sólo una expedición de pesca, para ver qué sorpresas desagradables podían estar esperando.

Lo que habría sorprendido a Beryl Chapman, además de causar honda preocupación en el fiscal, era que el interés de Johnny por el caso no se centraba en Lydia Seagrave, sino en su hija mayor: la única mujer a la que había amado. Por ese motivo, por Daphne, no podía perder de vista la fina línea entre limitarse a cumplir con su trabajo y procurar un fin más elevado: la justicia. Dondequiera estuviera ésta en el caso de *El estado contra Lydia Seagrave*.

Para Daphne todo estaba claro. Justicia sería un veredicto de inocencia. Nada menos serviría, ni siquiera el acuerdo que él había propiciado rigurosamente entre bastidores... a riesgo de enemistarse definitivamente con el fiscal de distrito, que en el otoño buscaría la reelección.

Lo que Daphne no sabía era que Cho apuntaba a la pena máxima. Johnny había hecho lo posible, pero tenía las manos más o menos atadas. Por intenso que fuera su deseo de ayudar a Daphne, mayor aún era su respeto por la ley, por defectuosa e incómoda que fuera. Pero si había una manera de servir a la justicia y, al mismo tiempo, ayudar a Daphne, él no dejaría de hallarla.

Por el momento, esa mujer lo obligaba a sofrenar trabajosamente su impaciencia natural, ciñéndose a la poca ventaja que hubiera podido ganar tal como se habría ceñido a una curva cerrada en una estrecha ruta de grava. Se inclinó hacia adelante.

—Para empezar —dijo—, me interesaría saber por qué esa amante esposa, al enterarse de algo que sucedió hace más de treinta años, quiso borrar a su esposo del mapa.

Bajo su atenta mirada, Beryl cruzó una pierna huesuda sobre la otra, tironeando de la falda para cubrir las rodillas. Era obvio que se moría por preguntar quién le había pasado el dato sobre lo suyo con el doctor Seagrave.

¿Y si le decía que había sido Daphne?

Era otra de las cosas que Johnny sabía: cuando un esposo engaña, rara vez se limita a una mujer. Y a diferencia de las esposas (que suelen permanecer a oscuras, ya sea por suerte o por confianza ciega), las amantes cuidan de averiguar todo lo que puedan sobre la competencia: pasado, presente y futuro. Probablemente Beryl supiera más de lo que decía sobre los asuntos del doctor.

Johnny guardó silencio, dejando que sudara. En el pasillo se oían voces que pasaban y se perdían. Afuera había un jardinero cortando el césped; por la ventana entraba el ronquido de la máquina eléctrica. En la oficina contigua sonaba un teléfono, sin que nadie lo atendiera.

Después de una eternidad, Beryl soltó un hondo suspiro de resignación.

—Si Lydia sospechaba algo, nunca dijo una palabra. Ni siquiera mientras yo tramitaba mi divorcio. Sólo cuando... —se interrumpió, volviendo la mirada hacia adentro. Luego, como si hubiera tomado una decisión, cuadró los hombros para mirarlo a los ojos. —Cuando Lydia me habló de la fiesta con que iban a celebrar el aniversario de bodas, algo en mí... estalló. No pude permitir que siguiera un minuto más sin enterarse.

—¿Como estalló la señora Seagrave al ir en busca del revólver?

Sin duda había algo de verdad en lo que ella decía, pero Johnny dudaba de la mayor parte. Si por más de treinta años había sido una amiga falsa, ¿por qué de pronto destapaba la olla? Algo debía de haber provocado su confesión. Algo mucho más grande que una fiesta de aniversario.

¿A quién estaba cubriendo? Él sospechaba que no mentía en defensa propia. Ni tampoco, obviamente, por su querida amiga Lydia. Si hubiera pensado en el bien de Lydia tanto como aseguraba, en ese momento no habría estado en su oficina, sino en la de Cathcart.

Beryl lo observaba como un perro desconfiado a un desconocido que intentara hacerlo entrar en una jaula.

—La única que sabe qué pasaba por la mente de Lydia es ella misma.

Él captó el movimiento de su muñeca: con el inconfundible reflejo de los fumadores empedernidos, iba a echar mano de su bolso. Al parecer lo pensó mejor y optó por cruzar las manos en el regazo.

—Y ella no dice nada. Según el punto de vista, eso puede ser muy conveniente. —Johnny se respaldó en su sillón, apoyando la cabeza en una mano, sin dejar de observar a la mujer con aire reflexivo.

—Si se refiere a otra mujer, anda desencaminado, joven. Eran muchas, demasiadas como para llevar la cuenta. —Beryl torció un lado de la boca en una horrible parodia de sonrisa. —Vern era un modelo de caballero mayor: activo hasta el fin.

—¿Tiene alguna idea de con quién podía estar cogiendo?

Ella se puso rígida y dilató la nariz, indignada por ese grosero intento de provocarla.

—Puede pensar de mí lo que quiera, señor Devane, pero no ando por allí espiando a la gente.

—Hay otras maneras de averiguar cosas.

—Me fascinaría escuchar todas sus teorías, un día de éstos. —Miró la hora con intención. —Pero temo que debo darme prisa. A mi peluquera no le gusta que la hagan esperar.

Cuando se levantó, el sol que se escurría por las persianas le dio en pleno rostro, subrayando cada arruga, cada línea, dando a la máscara cuidadosamente aplicada el mismo tono, medio anaranjado, que tenía su bolso de cocodrilo.

—Le agradezco que haya venido, señora Chapman. —Johnny se levantó para acompañarla hasta afuera.

—La próxima vez —dijo ella, dejando muy en claro, por su tono, que no tenía por qué haber una próxima vez—, enviaré a mi abogado.

Una amenaza vacía. Si no hubiera tenido nada que ocultar, no habría aceptado venir desde un principio. La verdad era que, si Johnny esperaba obtener algo de esa entrevista, esa mujer estaba igualmente deseosa de averiguar qué sabía él.

Beryl estaba ya en el umbral cuando se volvió hacia él, con un destello maligno en los ojos.

—Johnny Devane. Recuerdo que solías escabullirte con Daphne Seagrave a espaldas de su padre. No has cambiado nada.

Johnny sonrió de oreja a oreja: su primera sonrisa auténtica del día.

—Caramba, espero que no.

Le había pasado por la cabeza (aunque fugazmente) la posibilidad de que él y Daphne ya no fueran los mismos que, años atrás, se habían amado como locos: era un alivio saber que una persona, cuando menos, opinaba lo contrario.

Pero la verdadera cuestión, la que le anudaba el estómago como las manzanas agrias que las madres aconsejaban no comer, era si alguna vez se haría realidad la vida junto a Daphne, la que imaginaba desde hacía tanto tiempo.

No tenía noticias de ella desde el día en que le enviara el sobre con el folleto de la posada... junto con los dos pasajes de autobús, que había guardado en una billetera vieja por todo ese tiempo, como una deuda largamente vencida. ¿Habría comprendido ella lo que le estaba ofreciendo? ¿Entendería tan claramente como él que debían aprovechar esa oportunidad? Ahora mismo. Tal vez no hubiera otra.

Dos noches antes la había llamado, ostensiblemente para saber cómo estaba, pero también tenía la secreta esperanza de que ella le diera alguna respuesta a su ofrecimiento. No fue así.

"Aún estamos a tiempo", habría querido decirle. El autobús había partido mucho tiempo atrás, pero él se quedó. Sin Daphne ¿adónde habría podido ir? Lo había aprendido de la manera más difícil: uno acaba llevando consigo aquello de lo que huye. No volvería a cometer ese error. Esta vez debía quedarse a pelear por lo que quería y por la mujer que amaba.

Mientras tanto, notando que no era el momento adecuado, mantuvo una agradable charla con ella... sobre nada en particular, sobre todo en general. Por fin ella anunció que debía acostar a los chicos. Johnny cortó sin haber dicho una palabra de lo que golpeaba dentro de él, como grandes olas oceánicas al estrellarse contra las rocas.

A las dos en punto de esa misma tarde Johnny estaba todavía sentado ante su escritorio, con la camisa arremangada y un sándwich intacto junto al codo. Estaba redactando una moción para cierto caso que iría a juicio la semana siguiente: dos asaltos a mano armada, a consecuencia de los cuales había un vendedor con heridas leves y un fiscal de distrito con una gran cuenta a ajustar. El acusado, un fracasado con dos condenas anteriores, estaba representado por un personaje aún más sórdido, llamado Hank Dreiser; en los círculos judiciales de la zona se lo conocía por "Han-de-ser-presos", por su fama de lograr muy pocas veces la absolución de sus clientes. Dreiser intentaba que redujeran las acusaciones de asalto a mano armada a asalto simple, aduciendo que la víctima había resultado herida durante el forcejeo que se produjo cuando su defendido trató de escapar. Pero Johnny no se lo tragaba. Y su trabajo consistía en hacer que el juez tampoco lo creyera.

Cuando sonó el teléfono estaba tan concentrado que no le prestó atención, hasta que la voz de su secretaria restalló en el intercomunicador:

—¿Señor Devane? Es el director de la escuela de su hijo. Por la línea dos.

Sorprendido, pero aún sin alarmarse (aunque ya sentía un vago presentimiento, algo así como un escozor bajo la piel), Johnny levantó bruscamente el auricular y tocó el botón parpadeante.

El señor Glenn fue cordial, pero no se anduvo con rodeos. J. J. se había liado en una pelea. Nada serio; sin armas. Pero se esmeró en aclarar que "esta vez" los chicos no la sacarían barata. J. J. quedaría suspendido por algunos días; estaba junto a su oficina, esperando que alguien fuera por él.

En la voz del director era evidente una crítica contenida, que irritó instantáneamente a John. La reconocía por el tiempo que él mismo había pasado en ese banco, ante la dirección de la Escuela Muir. ¿Sus delitos? Por lo general, peleas iniciadas por chicos mayores, demasiado obtusos para comprender que el tamaño, comparado con el orgullo de Johnny, no tenía ninguna importancia. Pero nunca había nadie interesado en oír su versión; hacia el octavo grado él dejó de ofrecerla. Había aprendido que en la escuela existe una regla no escrita: cualquier disturbio donde el instigador no está a la vista se achaca al chico que tiene "problemas de temperamento". Culpable mientras no se demuestre su inocencia.

Había necesitado años de huida y kilómetros de rutas serpenteantes, que acabaron por llevarlo nuevamente a casa, para llegar a ese punto en el que ya no sentía la necesidad de demostrar su valer. Y mientras no le hubieran expuesto todos los hechos, de ninguna manera ofrecería disculpas por su hijo.

—Voy en seguida —dijo al teléfono, secamente.

Mientras cruzaba la ciudad y subía la colina bordeada de árboles, rumbo a su vieja secundaria, se encontró invadido por los recuerdos. La noche en que él y Daphne fueron sorprendidos *in flagrante delicto* en el cobertizo de mantenimiento... ¡Caray, qué cuadro! La hija mayor del doctor Seagrave, que parecía tan pura como la nieve impulsada por el viento, aún con los vaqueros caídos hasta los tobillos y la remera a la altura de las axilas... y ese vago, el chico de Pete Devane, con el pelo rubio ceniza por debajo de los hombros y alguna protuberancia aparte de la que le hacía el atado de Camel en el bolsillo de la camisa. Johnny estaba seguro de que los policías lo detendrían, no sólo por haber violado el candado del cobertizo, sino también por violación. Y probablemente lo habrían hecho. Pero el mayor de los dos recordó las incontables visitas que había hecho a su casa, en el curso de esos años, y lo dejó ir con una hosca advertencia.

¿Lo había hecho porque se compadecía de él... o por otro motivo? Johnny se dijo, amargamente, que ese hombre adulto, tras haber vuelto la espalda a un par de niños indefensos, en vez de hacer por ellos lo correcto, bien había podido cultivar una conciencia bastante culpable.

Pero ¿acaso no había intentado él mismo, con el correr del tiempo, bloquear todo lo posible. Al pensar en su niñez, lo que recordaba no era tanto un solo incidente como una serie de impresiones discordes: voces coléricas, ruido de vidrios rotos, gotas de sangre salpicando el linóleo viejo y rayado... Y miedo, sí; el agrio hedor del miedo; cuando era más pequeño, porque se orinaba de terror; en años posteriores, por el sudor de mantenerse apretado como un puño, a la espera de ser lo bastante grande para defenderse.

Los policías habían ido a menudo, sí, pero no lo suficiente. En la casa de los Devane, la vida cotidiana consistía en evitar a los padres, cuya única diversión, aparte de emborracharse, era atacarse mutuamente o atacar a Johnny y a su hermano, con ambos puños y con todo lo que no estuviera clavado. Su único recurso era el silencio, constantemente reforzado por descripciones terroríficas de lo que sucedería si él o Freddie decían una palabra de lo que estaba pasando. Ante la policía, Johnny declaraba que se había caído de la bicicleta o que se había peleado con alguien en la escuela, convencido de que unos cuantos moretones y una hemorragia nasal eran preferibles al hogar sustituto.

Fuera la decisión correcta o no, lo había endurecido. Sólo una vez estuvo a punto de derrumbarse: cuando Freddie se embarcó hacia Vietnam por invitación del ejército estadounidense. Por entonces la guerra estaba casi terminada; su hermano mayor fue una de las últimas víctimas. Cuando el cadáver volvió a la patria, Johnny pasó por un período en el que culpaba a todo el mundo, sin dañar a nadie más que a sí mismo. Pero beber demasiado, acostarse tarde, meterse en problemas en la escuela... era lo que se esperaba de él, ¿no? La gente quería un blanco fácil que les evitara el tener que analizarse con demasiado rigor; ¿por qué no dárselo?

El punto de inflexión se produjo poco después de que cumpliera los dieciséis años, cuando aún faltaban varios meses para el fatídico encuentro con Daphne, en el Pozo de los Fumadores, detrás del edificio de ciencias. Por la época en que todos los chicos de su edad se ufanaban de los flamantes coches que sus padres les habían comprado (mientras él se limitaba a anhelar ese Ford Thunderbird azul medianoche que exhibían en County Classic Motors) Johnny recibió el mayor de todos los regalos: la superioridad.

El cambio fue tan brusco que su viejo no lo vio llegar. Esa noche había estado bebiendo: seis latas grandes de cerveza, seguidas por un litro de buen whisky irlandés, y estaba más malévolo que gato mojado. Comenzó con mamá, quejándose porque ella había quemado el guiso. No tardó en arrinconarla a bofetadas contra los armarios de la cocina, mientras ella agitaba las manos en torno de la cabeza, como un pájaro encerrado que se golpeara hasta la muerte contra los vidrios de la ventana. Johnny le gritó: "¡Basta! ¡Basta ya!", y el viejo giró torpemente, para enfrentarlo con una mirada sanguinaria. Fue entonces cuando sucedió. Como un tren que cambiara de vías: estaba empinado frente a su hijo, gigante panzón de camiseta manchada y pantalones caídos por debajo de la barriga, y un segundo después se encontró ante los caños gemelos de dos puños con carga completa.

—Si vuelves a tocarnos, a ella o a mí, te voy a reventar la cara —amenazó Johnny. Cada uno de sus músculos y tendones vibraba como un cable de alta tensión a punto de estallar.

Su padre jamás volvió a levantarle la mano. Pero aquel día Johnny había comprendido, de un modo vital, lo que siete años de estudios en la facultad de abogacía no podían enseñarle: que la justicia, como Dios, estaba en los detalles. No hubo ningún rayo vengador que cayera del cielo. Ni siquiera la satisfacción de plantar un puño en la mandíbula mal afeitada de su viejo: sólo la simiente de autorrespeto que ese día arraigó en él.

Johnny hizo un giro cerrado a la derecha para entrar en el estacionamiento y apagó el motor. La secundaria Muir había cambiado muy poco en los años transcurridos desde su graduación: aún tenía las mismas huellas festoneando los bordes del prado, allí donde los conductores novatos, cuanto menos una vez a la semana, se excedían con el acelerador, y la quebradura zigzagueante en el arco de entrada recuerdo de algún olvidado terremoto, emparchada tantas veces que parecía una herida mal cicatrizada. Hasta los chicos que rondaban el frente parecían los mismos. Las modas y los peinados eran diferentes, sin duda, pero las expresiones no habían cambiado: la animación que podía apagarse en un abrir y cerrar de ojos, el semblante vacuo que enmascaraba emociones violentas, imposibles de manejar.

¿Cómo podía tener un hijo de la edad que él había tenido tan poco tiempo antes? Por su cabeza cruzó un verso de cierta canción de Dylan: "En ese entonces yo era mucho más viejo. Ahora soy más joven...".

Encontró a J. J. en la antesala del despacho, encorvado en una silla junto al escritorio de la secretaria; casi esperaba ver allí a la señorita Wickersham, echándole una mirada agria por sobre las medias lentes de sus anteojos. Luego recordó que habían jubilado a la vieja Wickersham un año después de su graduación. La agradable mujer madura que ahora lo miraba, con su blusa llena de volados y su chaleco bordado, no inspiraría ningún epitafio: seis meses después de jubilarse quedaría olvidada.

Johnny dio una palmada contra el hombro de su hijo, que se enderezó con un respingo. Un ojo hinchado, con el matiz del crepúsculo tropical cuando se acentúa la penumbra, le arrojó una mirada cautelosa, teñida de desafío; se parecía tanto a él a la misma edad que la sorpresa lo apresó por el cuello, obligándolo a tragar saliva un par de veces antes de hablar.

—Me dijeron que tal vez necesitaras un abogado —comentó secamente.

A J. J. le tembló la boca, pero no sonrió.

—Papá...

—Hablaremos camino a casa. ¿Estás suspendido?

El cuello de su hijo perdió la tensión; quedó cabizbajo.

—Estoy suspendido por el resto de la semana. Ni siquiera puedo venir a la práctica fuera de clases. —J. J. alto para su edad, con los hombros anchos y el pecho bien desarrollado de su padre, había sido aceptado en el equipo de fútbol desde el primer año; ahora brillaba la desesperación en la linda cara magullada.

Se incorporaron a la ruidosa muchedumbre del corredor: chicos que corrían para llegar a la última clase, antes de que sonara el timbre. Johnny esperó a llegar a los peldaños del frente para preguntar a su hijo, como al desgaire:

—¿Quieres contarme qué sucedió?

J. J. Se encogió de hombros. El gesto se podía interpretar de diez o doce formas distintas... o no significar absolutamente nada. Johnny probó otro enfoque.

—Por lo que me dijeron, tu amigo está aún peor que tú. ¿Estuviste practicando con Stu el derechazo que te enseñé? ¿O te has peleado con él?

El chico enrojeció; en su mejilla resaltaron los parches de piel irritada, causados por un reciente episodio de acné.

—No tengo ánimos para hablar de eso. —Tuvo la prudencia de agregar: —Más tarde, ¿eh?

Su padre sopesó las opciones. Podía insistir, provocando una escena que habría sido el orgullo del antiguo Johnny Devane, o esperar hasta la noche, arriesgándose a caer en el juego del chico (incorregible, según su ex esposa, probablemente debido al canallesco pasado de su progenitor). En los ocho meses que llevaban viviendo juntos, ambos venían librando una lucha de poder junto a la cual las de la oficina parecían cosa de niños. Como el fin de semana anterior; se suponía que el chico estaba en casa de su madre, pero cuando Johnny llamó por teléfono, no estaba allí. Resultó que J. J. había salido de parranda con sus amigos por toda la noche, por lo cual se le prohibieron las salidas hasta fin de mes.

Pero Johnny percibía que esto era diferente. Era obvio que el chico estaba dolorido... y no sólo allí donde su mandíbula parecía un caso grave de paperas.

—Supongo que esto puede esperar hasta la cena —cedió—. Pero que una cosa quede en claro: si tienes que resolver alguna diferencia con Stu, siempre hay una manera mejor. Te lo dice alguien que lo ha aprendido a fuerza de hacerse romper la cabeza.

—No volverá a suceder. —El tono seco de su hijo hacía saber que no estaba haciendo una promesa, sino estableciendo un hecho.

Johnny se permitió una pequeña sonrisa.

—Catorce años y ya lo tienes todo sabido. No me digas que también has memorizado el Bhagavad Gita.

—¿El qué?

—No importa.

Pasaron bajo una acacia que, en ausencia de él, había bautizado al Thunderbird con un rocío de oro en polvo. Mientras introducía la llave en la portezuela del conductor, se le ocurrió preguntar:

—Ese nuevo *look* que luces ¿tiene algo que ver con cierta chica llamada Kate, por casualidad?

Se acentuó el rubor de J. J., que entornó el ojo intacto.

—¿Kate Winter?

—No conozco otra.

Una vez más, ese encogimiento de hombros que servía para todo.

—Puede irse al diablo, por lo que a mí me importa.

—¿Estamos hablando de la misma Kate Winter con quien la otra noche estuviste al teléfono por tres horas enteras? Ya temía tener que hacerte operar para quitarte ese aparato de la oreja.

—Córtala, papá —gruñó su hijo—. No estoy de humor.

—De acuerdo. —Johnny abandonó el tono de broma. —Entonces te daré un consejo: la próxima vez, antes de reacomodar la ortodoncia a tu mejor amigo, pregúntate si vale la pena enemistarte con él por una muchacha que dentro de un año ya no recordarás.

J. J. lo observó atentamente por sobre el techo del auto. "Ocho o diez centímetros más —pensó Johnny—, y será tan alto como su viejo". Ahí tenía otra cosa para masticar.

—¡Bueno estás tú para hablar! —contraatacó su hijo—. La otra noche eras tú el que hablaba con una señora, no sé quién, y parecían mucho más que amigos. ¿Pensabas hablarme de ella o esperabas que lo averiguara por mi cuenta?

Entonces le tocó a Johnny acalorarse. J. J. era mucho más perceptivo de lo que él habría pensado. Pese a lo breve de su conversación con Daphne, algo de lo que había percibido en su tono le hizo saber que esa mujer era diferente de las tres o cuatro con las que su padre había salido desde el divorcio.

—No me di cuenta de que era tan obvio. —Johnny dejó escapar una risa melancólica.

—¿La conozco?

—Se llama Daphne. Fuimos compañeros en la secundaria.

J. J. inclinó la cabeza, con una luz de entendimiento en el ojo sano.

—Ah, sí, ésa. Debe de ser la que mamá decía.

—¿Qué decía tu mamá? —En torno del corazón de Johnny se formó una banda de culpa.

—Que deberías haberte casado con ella. Pero me lo dijo justo después del divorcio, en un momento en que estaba muy enojada. —El chico dedicó a su padre una sonrisa torcida. —Dijo muchas cosas que probablemente no pensaba.

—En realidad, estuve a punto de casarme con Daphne —confesó él.

J. J. lo miró con renovado interés.

—¿Qué te lo impidió?

—Su viejo, sobre todo. Era un tipo muy duro. Y no tenía muy buena opinión de mí, por cierto. —Johnny esbozó una sonrisa invernal. —Cuando lo pienso, se me ocurre que lo nuestro podría haber funcionado, si Daphne y yo hubiéramos sido un poco mayores y mucho más sabios. —Y añadió, fijando la mirada en su hijo: —Pero entonces no te tendría a ti.

El chico se iluminó. "Un punto para el viejo", pensó Johnny. De vez en cuando se las componía para acertar. Pero su hijo no iba a abandonar el tema con tanta facilidad. Sonriendo hasta donde podía, le espetó:

—¿Crees que esta vez va a ser diferente, papá? ¿No vas a cometer de nuevo los mismos errores?

"No", pensó él. No la perdería por segunda vez. Desdichadamente, tal como estaban las cosas, la decisión no corría por su cuenta. La pelota estaba en la cancha de Daphne. Era ella quien debía decidir si eso era lo que deseaba y si valía la pena correr el riesgo. Él sólo podía esperar.

—Supongo que es preciso repetir algunos errores hasta que aprendemos. —Al buscar el llavero en su bolsillo, encontró la navaja del ejército suizo: un regalo de Daphne, en su decimoséptimo cumpleaños. La contempló como si la viera por primera vez; las hojas plegadas refulgiendo al sol, el mango rojo gastado por el uso hasta la suavidad del vidrio. Por un largo instante quedó perdido en sus pensamientos. Recordó que la caja venía atada con un lazo azul. Y Daphne había insistido en usar la navaja para cortarle una porción de la torta de chocolate que le había preparado; luego se desternilló de risa ante el desastre que acabó haciendo. Después él limpió el implemento con el papel de la envoltura y se lo guardó en el bolsillo de los vaqueros, para poder besarla. Desde entonces la llevaba consigo.

Siguiendo un impulso, la arrojó suavemente por sobre el techo del auto, hacia las manos de su hijo, que estuvo a punto de dejarla caer antes de que sus dedos se cerraran en torno del inesperado regalo, con una expresión de extrañado placer.

—Es tuya —le dijo Johnny—. No la pierdas. Algún día puede hacerte falta.

—¿Para qué? ¿La próxima vez que me pelee con alguien? —J. J. sonreía de oreja a oreja.

Johnny sacudió la cabeza, sonriente.

—Para que te traiga suerte. Me la regalaron cuando tenía más o menos tu edad. Alguien a quien yo quería... la señora que mencionaste hace un momento. Algún día te lo contaré.

—¿Por qué no ahora?

—Tenía entendido que no estabas con ánimo de conversar.

Al ocupar el asiento del conductor, Johnny atisbó por un momento, en el espejo lateral, su sonrisa irónica.

—Bueno, sí.

J. J. se dejó caer en su asiento y hundió las manos en los bolsillos de la chaqueta. Su padre lo vio hacer una mueca y retirar con cautela el puño que lo había metido en ese problema. Examinó con interés los nudillos magullados, como si fuera un espécimen para la clase de biología. Cuando levantó la vista, lo hizo con la dulce sonrisa de antes, que llevaba algún tiempo sin aparecer.

—Supongo que podemos dejarlo para cuando vuelvas del trabajo —dijo.

—¿No es allí adonde vamos?

El chico desvió la mirada.

—¿Quieres hacerme un favor, papá? Déjame en casa de Stu. Él y yo tenemos que arreglar algo.

—¿La tarea? —Johnny acomodó sus facciones en una expresión impávida.

—Algo así.

—Bueno, pero vuelve a tiempo para cenar. Y mientras estés en casa de Stu, hazme el favor de ponerte hielo en ese ojo. Al verte me acuerdo de Edward G. Robinson.

—¿Quién?

—No importa.

Johnny puso el motor en marcha y salió del estacionamiento. Uno o dos kilómetros más allá, por la calle Church, su hijo carraspeó.

—Gracias, papá —murmuró.

Él mantuvo los ojos clavados en la cruz blanca que centelleaba en lo alto de la iglesia, algo más adelante.

—No hay por qué —gruñó—. Quita los pies del tablero, por favor. Y no me toques los diales de la radio.

—Sí, mi capitán.

Johnny sonrió para sus adentros. "Bitácora del capitán. Fecha estelar mil novecientos noventa y nueve. Estamos al este del territorio enemigo, rumbo al espacio profundo..."

La imagen de Daphne flotó hasta ponerse a la vista. Ya habría ido a la escuela por sus hijos. A estas horas debía de estar en el piso alto, aporreando su ordenador portátil. Según le había dicho, desde su regreso a Miramonte llevaba un diario de todo lo que sucedía.

Johnny preguntó qué habría escrito sobre él, si la historia de ambos terminaría como en sus novelas (todos sus finales eran ambiguos y más o menos desdichados) o si sería algo que les permitiera crecer, construir una vida, atesorarlo como atesoraba a ese tunante de su hijo.

Sólo de una cosa estaba seguro: necesitaba verla. Tocarla.

Aunque sólo fuera eso.

Entrecerrando los ojos por el sol, con la garganta apretada por las muchísimas cosas que dejaba por decir, imaginó sus manos: ágiles, de largos dedos y huesos más definidos ahora que en la juventud. Manos capaces de escribir un libro, atender a un niño, pelear por una madre... y tal vez, sólo tal vez, recoger el hilo de algo irrecuperablemente perdido en el trayecto.

Lo peor, se dijo Daphne, era que se había habituado a ver así a su madre: una imagen tras un vidrio sucio, como las instantáneas descoloridas de su álbum familiar. Ahora, al mirarla, sentía una tristeza más melancólica que angustiada, como si buscara vagamente tiempos remotos y un lugar que en otros tiempos había llamado "hogar".

Cayó en la cuenta de que quizá no volviera a estar entre esos brazos, antes vitales. Pese a sus esfuerzos, la madre de la que ella había dependido en su infancia, la que respetaba, había desaparecido para siempre. Sólo quedaba esa mujer macilenta, envejecida antes de tiempo, con su uniforme carcelario anaranjado; la carne de la cara, antes firme, se escurría de los huesos tal como la piedra arenisca del acantilado, en lenta erosión.

—Hemos hablado con todos tus amigos y la mayor parte de los parientes, pero... —Daphne suspiró ante el pesado auricular negro, amurado con un cable tieso que serpenteaba y se retorcía a cada movimiento suyo. Eso era lo que más había llegado a odiar; era como estar en una cabina telefónica, pidiendo ayuda en medio de la noche, con el auto descompuesto a varios kilómetros de cualquier parte. —No es que tengan algo malo que decir. En realidad, muy por el contrario. Todos te envían cariños y te mandan decir que rezan por ti. Ah, ¿Millie Beecher, la de la galería? Ha vendido todos tus cuadros y quiere saber si te permiten tener aquí material para pintar. Dice que te distraería de otras cosas. A propósito: tiene muchísimos pedidos de pinturas tuyas... cuando te sientas en condiciones.

Pensando en su reciente éxito (días antes, la editora le había informado que *Detrás de la medianoche* iba por la cuarta edición), Daphne encontró un pequeño consuelo en la expresión cínica de su madre. Obviamente, no era la única con sentido de la ironía.

—Millie Beecher nunca ha dejado pasar una oportunidad sin aferrarla con las dos manos —resopló Lydia—. Me sorprende que no haya puesto un cartel en la fachada, anunciándome como edición limitada.

Detrás del grueso vidrio, meneó la cabeza con desdén. Para su hija fue alentador ver resurgir, siquiera por el momento, algo de su antiguo espíritu. Aun así se sintió obligada a defender a Millie Beecher.

—Creo que tiene buenas intenciones. Parecía sinceramente preocupada.

—No lo dudo. Es que me da igual. —Lydia suspiró. —Algo que empiezo a comprender aquí es lo poco que importaba todo, en realidad. Las amigas, las comisiones, las campañas. Eran sólo una manera de mantenerme ocupada, Daphne, de estar un paso por delante de mis pensamientos.

—¿Qué temías descubrir? —A Daphne se le aceleró el corazón. En el fondo sabía lo que su madre iba a decir. ¿Acaso ella no había estado huyendo de lo mismo, en su propio matrimonio?

La expresión de mamá se tornó pensativa.

—Bueno, de mí —respondió suavemente, apretando el auricular contra el oído—. De la mujer que había desaparecido tragada por todo ese ruido blanco. Después de tantos años, supongo que temía enfrentarla cara a cara, por si no me gustaba lo que viera.

Pese a haberse anticipado a esas palabras, Daphne hizo un gesto dolorido al oírlas.

—¿No era también por papi? ¿No tenías miedo de que cambiaran tus sentimientos?

En la cara de su madre, la carne abolsada se tensó bruscamente, como si algo borroso entrara en foco.

—No —dijo, con bastante firmeza—. Lo que yo sentía por tu padre no habría cambiado por nada. Debes entender eso, Daphne; es importante que lo entiendas.

Con la postura perfecta de la madre que ha enseñado las reglas de etiqueta a sus hijas, tal como alguna otra podría enseñarles a llevar las cuentas de la casa o a preparar un currículum (como si fuera básico para la supervivencia saber cómo dirigirse a un superior y qué tenedor usar en una cena), se inclinó hacia adelante desde la cintura, conservando la columna recta como una vara.

—No podemos decidir a quién amamos ni por qué —dijo—. Tampoco podemos desconectarlo... aunque lo queramos. Las cosas no funcionan así. Lo que sucedió, lo que hice... fue porque lo amaba.

Daphne empezó a temblar. Pensó en Johnny, en los años perdidos sin él, años marcados por períodos de soledad y nostalgia, aun con sus recompensas (su carrera, sus hijos, hasta el mismo Roger, a veces); años que, en retrospectiva, eran como la fruta enana de un árbol privado del sol necesario. Quizá las cosas habrían sido diferentes si ella no hubiera conocido a Johnny. Pero lo conoció. Probó el amor y su dulzura, a mordiscos, sintiendo el zumo que le corría por el mentón. Y tras haberlo consumido, estaba condenada a pasarse la vida deseando más.

"Mamá debió de sentir lo mismo por papi", se dijo. Fue como una revelación, aunque no debía serlo. Ella sabía que su madre era una esposa enamorada hasta la adoración. Pero sólo ahora comprendía que sus sentimientos por papi eran tan reales como la pasión que ella misma había experimentado con Johnny.

Curvando la mano contra el auricular, pronunció las palabras que ningún otro se había atrevido a decir; la ironía habría sido demasiado horrorosa.

—Lo echas de menos, ¿verdad?

—Más que a la vida misma. —Su madre levantó la barbilla, su boca temblaba, como si estuviera haciendo un esfuerzo por no llorar. En su voz no había ironía, sino dolor.

—Oh, mamá... —Daphne parpadeó para ahuyentar sus propias lágrimas, que últimamente nunca estaban lejos de la superficie.

—No me compadezcas —fue la rápida amonestación—. No podría soportarlo. Además, tienes que vivir tu propia vida. Tienes que desprenderte de esto. Déjalo así.

¿Qué le estaba pidiendo? ¿Que ella y Kitty dejaran de hacer todo lo posible por liberarla? Nerviosa, casi colérica, inquirió:

—Dime ¿qué es lo que quieres?

Una luz titiló en los ojos de su madre.

—Me gustaría volver a casa —dijo—. Sólo por algunas semanas, hasta el juicio. Me gustaría ver cómo florecen mis plantas, sentir mi propia almohada bajo la cabeza. Me... me gustaría nadar por última vez en la bahía.

Inesperadamente, la sencillez de ese pedido conmovió a Daphne. Su madre no pedía la absolución, ni siquiera un cargo menor. Sólo deseaba...

Nadar por última vez en la bahía. En la mente de Daphne se formó una imagen: su madre, braceando mar adentro, más allá de las olas; un brazo que subía y bajaba; su gorra de baño blanca, apareciendo y desapareciendo. Cuando niña solía mirarla desde la costa, con un pequeño nudo en el estómago; una pequeña parte de ella sentía miedo...

"De que mamá no volviera."

Apartó rápidamente la idea.

—Voy a hablar con Tom —dijo—. Tiene que haber una forma de sacarte bajo fianza, cuando menos.

En ella palpitaba una renovada decisión. Pero era obvio que su madre no compartía su optimismo.

—Pobre Tom —suspiró—. Temo que ya ha hecho todo lo que podía.

Daphne sintió que volvía la sensación de derrota, pero esta vez la combatió. "Johnny —pensó—, hablaré con Johnny". No sabía qué podría hacer él, puesto que tenía las manos atadas, pero estaba segura de que no le fallaría.

—Hay otra persona con quien puedo hablar —dijo—, alguien que quizá pueda darnos una mano. Lo llamaré en cuanto vuelva a casa de Kitty. No te preocupes, mamá, que te sacaremos de aquí. De un modo u otro, te darás el gusto de nadar.

Lo vio acercarse a paso enérgico a lo largo del muelle: una silueta lejana, recortada contra el cielo brillante y la vieja barandilla torcida, medio separada en las uniones. Pero aunque no lo hubiera estado esperando, lo habría reconocido de inmediato. Ese bamboleo familiar de los hombros, el paso desenvuelto, que avanzaba desde la cadera. Johnny...

Lo vio detenerse, con una mano a modo de visera, para seguir con la vista a una bandada de gaviotas que se arremolinaban hacia arriba, como trocitos de papel de diario. Un extraño habría pensado que no llevaba prisa alguna, que había salido a pasear, pero ella lo conocía mejor. En cada paso mesurado percibía el apremio por llegar adonde iba y encontrar lo que allí le esperaba.

La alcanzó cerca de Louie's Catch, un vetusto bodegón de vidrios veteados por la sal y mesas cubiertas de hule a cuadros rojos; allí servían la mejor cazuela de almejas de toda la costa. Vestía pantalones de fajina y una camisa recién sacada del cajón: se había tomado tiempo para cambiarse después del trabajo. El hombre sabía preparar café decente, encender fuego con leña húmeda... y había sido capaz de ganar prestigio en la ciudad que en otros tiempos lo rechazara. La brisa levantó a puñados su pelo espeso, encanecido. Traía las mejillas enrojecidas por el frío, pero su mirada, cuando cayó sobre ella, fue cálida.

—Hola.

Quería besarla, era evidente. Se moría por hacerlo. Pero allí no: cualquiera habría podido verlos. En cambio levantó una mano para liberar un mechón de pelo que el viento había pegado a la boca de Daphne.

—Qué curioso, encontrarte aquí —dijo.

—Fue idea mía, ¿recuerdas? —replicó ella, con fingida seriedad. En parte habría querido que él la besara sin pensar en las consecuencias, pero al mismo tiempo sabía ser prudente.

Él echó un vistazo al reloj.

—Además, has llegado con cinco minutos de adelanto. La idea era que yo llegara antes y te arrebatara en las alas del amor.

Daphne no estaba de humor para chistes, pero se echó a reír.

—Claro, es lo único que nos falta: ser blanco de todos los chismorreos del muelle. —Dirigiendo un vistazo nervioso hacia Louie's Catch, agregó con aire algo pacato: —Y los dos sabemos perfectamente que no quedaría así: cuando quisiéramos acordarnos estaríamos en un motel.

—¿Tan terrible sería eso? —La mirada de Johnny seguía fija en la de ella, con toda la intensidad del sol que convertía las puntas plateadas de su pelo en una refulgente corona.

—No —admitió ella. En ese momento lo deseaba tanto que apenas podía contenerse para no arrojarse a sus brazos.

Miró más allá, entornando los ojos contra el fulgor del sol, ya bajo en el horizonte. En el extremo del muelle pescaba un anciano de camisa a cuadros; las gaviotas se mantenían inmóviles como adornos en los postes unidos por cadenas herrumbradas. Cuando volvió a mirar a Johnny lo encontró sonriéndole con expectativa.

—Nunca respondiste a mi invitación —dijo él—. Sigue en pie, por si no estás segura.

Un fin de semana juntos. ¿Cuántas veces lo había soñado? Sola con él. Dormir hasta tarde y hacer el amor todo el día, sin que nadie los molestara. Pero no era posible. Se mordió los labios para contener el grito de frustración que sentía subir.

—Oh, Johnny, no puedo.

—¿Por tu madre?

—No sólo por ella. También está Roger. Y los chicos. Si comenzáramos algo ahora, Johnny, no estoy segura de que pudiera detenerme. —Apartó la vista, sin poder mirarlo a los ojos. Pero no pudo escapar al fiero desafío de su voz.

—Y aquella noche, en la playa, ¿qué fue?

—No sé. —Ella sonrió con tristeza. ¿Qué había sido, en verdad? Una cuenta saldada con retraso, tal vez. Un cerrar de viejas heridas.

—Sólo sé que fue maravillosa, mágica. Y no me arrepiento ni por un minuto.

—¿Pero...?

Ella percibió su inmovilidad. Cuando se atrevió a levantar la vista vio que tenía la cara tensa, con un músculo contraído en la mandíbula.

—Pero no se debe repetir. Por favor, Johnny —suplicó—, no me lo hagas más difícil de lo que ya es.

—No soy yo el que te lo hace difícil, Daphne.

Ella hizo una mueca de dolor. No era así como había imaginado el encuentro. Pensaba hablar del futuro de su madre, no del de ambos. Pero cuando él miraba así, oh, Dios, ¿cómo pensar con claridad? Fue como si todas sus buenas intenciones quedaran borradas por la voz que, dentro de su cabeza, clamaba por él.

Cruzó los brazos contra el pecho, tratando de bloquear las ansias que se le infiltraban en el corazón. Aunque sus dieciocho años de matrimonio no resistieran contra el idealizado recuerdo de su primer amor, no estaba dispuesta a descartarlos como a diario viejo.

—Tengo responsabilidades, Johnny. Una familia a la que no puedo volverle la espalda, simplemente.

—No te pido nada que no hayamos querido los dos.

Ella pensó en los pasajes de autobús que tenía guardados en un cajón, en casa de Kitty; los ojos se le llenaron de lágrimas; ardían como el aire salobre que llegaba desde el océano.

—Dije la verdad, aquella noche, en la playa. No cambiaría una sola palabra. Pero la vida real no es tan perfecta. Si dejamos que esto se prolongue, todo podría complicarse. Haríamos sufrir a algunas personas. Y sufriríamos nosotros mismos.

Vio que él apretaba los dientes como por reflejo, tras una vida entera de recibir esos golpes. Luego buscó un cigarrillo en el bolsillo de la camisa. Sus ojos ardían contra el azul frío del cielo, igual que el fósforo que ahora llameaba dentro de su palma ahuecada. Con una desenvoltura que sólo servía para traicionar lo profundo de su dolor, preguntó:

—¿Quieres que dejemos de vernos?

—Cuando menos por ahora.

—¿De veras es lo que quieres? —él echó una pitada honda, que hizo refulgir la punta del cigarrillo, con la ferocidad de un ojo de dragón.

—En este momento no sabría decir lo que quiero, por nada del mundo. —Daphne emitió una risa hueca, apretando los brazos contra el cuerpo para protegerse del frío súbito que la apresaba.

—Empecemos por lo que no quieres, entonces.

Ella pensó en sus padres, estremecida.

—No quiero perder más de lo que ya he perdido.

—Tal vez, lo que más temes perder es ese recuerdo perfecto —sugirió él, con un dejo de amargura en la voz—. Los recuerdos no te abrigan por la noche, pero tampoco ofrecen ningún riesgo.

Ella lo imaginó ante un tribunal, eliminando uno a uno todos los argumentos de la oposición, utilizando las palabras como en otros tiempos usaba los puños. Pero esta vez no podía eludir los hechos.

—Estoy casada, Johnny. Soy responsable de dos niños pequeños.

—¿Qué viene primero? ¿El matrimonio o la responsabilidad?

Daphne agachó la cabeza y se subió el cuello hasta el mentón.

—Estás jugando sucio.

—Esto no es un juego. —Él arrojó el cigarrillo a las tablas curtidas por la intemperie; luego la sujetó por los hombros, con tanta fuerza que le hizo sentir el calor de las manos aun a través de varias capas de abrigo. —Estoy dispuesto a pelear por ti, Daphne. A hacer lo que sea necesario. A arriesgar cuanto poseo. ¿Tu marido siente lo mismo por ti? Porque no lo parece. Lo que veo es un tipo que se queda en Nueva York, cruzado de brazos, mientras aquí su mujer pasa las de Caín.

Herida por la verdad de sus palabras, Daphne exclamó:

· —Mira, no voy a decir que mi matrimonio es una maravilla. Tenemos nuestros problemas, como todo el mundo. Y de cualquier modo, Roger no puede darme lo que necesito en este momento. Por eso te pedí que vinieras, Johnny. No fue para que nos... —Tragó saliva con dificultad. —... para que nos metiéramos con todo eso. En realidad, quería pedirte ayuda.

Él aflojó las manos, pero sin soltarla.

—¿Qué necesitas?

—Ayúdame a sacar a mi madre bajo fianza. —Daphne añadió, sin aliento: —Sé que es injusto ponerte en esta situación. Si tu jefe se enterara de que estamos discutiendo esto... —Vaciló por un instante. —No te pido que hagas nada ilegal. No sería capaz de eso. Pero si hay alguna manera de...

—Haré lo que pueda. —La respuesta de Johnny fue inmediata y seca. Pero sus ojos agrisados brillaban de lágrimas sin derramar. —Pero debes prometerme una cosa.

—¿Qué? —Ella quedó rígida. Johnny querría alguna garantía, desde luego. La promesa de que mamá no haría ninguna estupidez. ¿Cuál, por ejemplo? ¿Huir hacia las colinas? Daphne casi sonrió ante lo absurdo de la idea.

Pero el hombre estaba antes que el abogado, al parecer. Porque cuando él abrió la boca no fue para pedir garantías, sino para decir:

—Prométeme que no tomarás ninguna decisión con respecto a lo nuestro. Todavía no.

Ella lo miró con gravedad, a través de una película de lágrimas en las que la luz giraba y centelleaba. El olor del océano se mezclaba con el humo del cigarrillo; le traía a la memoria, una vez más, el recuerdo de aquella noche en la playa. El deseo creció sin pausa, hasta llenarla por completo; no quedó lugar para la razón, ni siquiera para el miedo; no hubo más alternativa. Cuando él le apoyó una mano contra la cara, deslizando un pulgar encallecido contra el labio inferior, tuvo que besarlo. Allí mismo, a cielo abierto, bajo la mirada vigilante de Dios y a la vista de cualquiera que pasara.

Al entrar en la casa de su hermana (donde en esas semanas había llegado a sentirse más a sus anchas que en su apartamento de Nueva York), Daphne quedó aturdida al encontrar a Roger sentado a la mesa de la ventana, entre los últimos clientes del día, como si sus remordimientos lo hubieran convocado. No podía creerlo. Después de tanta resistencia a sus halagos y sus regaños, ¿decidía aparecer justamente ahora, como caído del cielo? Eso significaba una sola cosa: había percibido su distanciamiento y venía a investigar.

Ella se demoró para observarlo desde la puerta de la cocina, fuera de su campo visual. Tenía a Jennie montada en una rodilla y estaba ayudando a Kyle a armar su flamante juego de Robo Force.

—A ver, prueba con el verde; creo que encaja.

Roger aguardó con paciencia, mientras su hijo se esforzaba por unir las dos piezas. Cuando la niña alargó la mano hacia el montón de partes sueltas, él se apresuró a evitar la batalla distrayéndola con su reloj de bolsillo. Era de plata esterlina, con un bonito estuche grabado. Lo había heredado de su bisabuelo; en secreto, Daphne pensaba que lo usaba por afectación. Pero al verlo en ese momento bajo el suave fulgor del sol poniente, en las manitas reverentes de su hija, el reloj pareció adquirir una importancia casi mítica.

Mientras los contemplaba, ella sintió que algo empezaba a desarmarse en su interior, como la manga de un suéter favorito, abandonado por más tiempo del que habría permitido una persona cuidadosa. El rubor le escocía en la cara; la hora pasada a solas con Johnny parecía estar escrita allí, como una A escarlata que proclamara su infidelidad.

Por fin se impuso la cordura; una vocecita le susurró: "No sabe que has estado con Johnny. Así como tú no sabes con quién puede haber estado él".

Pero en ese momento se preguntó si las dudas que le inspiraba Roger eran resultado de su conducta (le vino a la mente la escena en la librería, su actitud íntima con esa rubia a la que aseguraba conocer apenas) o sólo una proyección de sus propios pensamientos culpables sobre Johnny.

Antes de que pudiera llevar la idea hasta el fin, Jennie la descubrió; su chillido de placer hizo que Roger levantara la cabeza leonina en dirección a Daphne. Ella se adelantó, sin olvidar una sonrisa de grata sorpresa.

—¡Roger! ¿Por qué no me avisaste que vendrías?

—Yo mismo no lo supe hasta el último minuto —dijo él. Dejando a la niña en el suelo, se levantó para dar a su esposa un rápido beso en la mejilla. —Espero que te alegres de verme.

Jennie la libró de responder al exclamar:

—¡Mira lo que me trajo papi! —Bajo la mesa había una bolsa con una muñeca, aún amortajada en su envoltorio de plástico moldeado. —Es la Barbie Radiante. Mira, tiene brillos y la puedo peinar.

—¡Tonta! Primero tienes que sacarla de la caja. —Kyle dirigió a su madre una mirada de tolerancia, como entre dos adultos. —No quiere que se ensucie antes del viaje.

—¡Vamos a ir en avión! —anunció la niña.

El corazón de Daphne dio un vuelco. "Oh, Dios —pensó—. Quiere llevarse a los niños". Luego recordó que las clases terminaban a fin de junio. Faltaba casi un mes; tenía tiempo.

En cuanto a Roger, si había notado que ella no se alegraba mucho de verlo, no lo demostraba. Cuando la tomó en sus brazos fue con sorprendente suavidad.

—Les dije que debía discutirlo contigo —explicó—. ¿Qué te parece si vamos todos a Disneylandia, aprovechando que estoy aquí?

El cárdigan celeste, con sus botones de cuero que hacían pensar en bellotas, traía el olor de su ropero: los saquitos de muselina con aserrín de cedro que ella ponía entre las cosas de lana, para ahuyentar a las polillas. La punzada la tomó por sorpresa: nostalgia por todo lo firme y seguro... lo que estaba muy lejos de esas arenas movedizas en las que su destino (y el de su madre) se tambaleaban tan precariamente.

—Caramba, todavía no he podido siquiera recuperar el aliento —rió ella, sin comprometerse—. Cuando menos podrías haberme telefoneado desde el aeropuerto.

—Te llamé, pero no estabas. Kitty no me dijo adónde habías ido. —Roger le clavó una mirada larga, evaluadora.

"Lo sabe", pensó Daphne. Y en ese instante la atacó un pánico salvaje, irrazonable. De inmediato volvió a imponerse la razón. ¿Cómo podía saberlo, a menos que Kitty se lo hubiera dicho? Y su hermana jamás revelaría una confidencia. Le sostuvo la vista, resistiendo el impulso de pasarse la lengua por los labios, todavía sensibles e hinchados por los besos de Johnny.

—Fui a visitar a mamá —dijo, súbitamente fastidiada por ser ella quien se ponía a la defensiva. ¿Qué obligación tenía de estar en casa, esperándolo, si no sabía siquiera que vendría? Más serena, le recordó: —No estoy precisamente de vacaciones, ¿sabes?

—Eso tengo entendido —comentó él, sin alterarse—. Parece que últimamente, cada vez que llamo, has salido o estás demasiado atareada como para conversar.

La antigua Daphne se habría precipitado a ofrecer una explicación o una disculpa. Pero ahora veía las cosas con más claridad. Estar lejos de Roger le había hecho comprender que no era una de los pacientes a los que él debía mimar y halagar. Tampoco tenía por qué rendirle cuentas de su tiempo. Alzó el mentón.

—Francamente, me sorprende que te hayas dado cuenta.

Él dio un respingo de sorpresa; su alta frente de estadista se arrugó con irritación, pero se contuvo de inmediato.

—Sí, ya sé —admitió, con una pequeña mueca de mansedumbre—. Últimamente yo tampoco he estado muy disponible. Lo creas o no, también reconozco que a veces me porto como un cretino. Pero esta vez tenía motivos para no venir antes.

¿Acaso no tenía siempre motivos?, pensó ella, disgustada. Además, no se tragaba esa actuación humilde. Ya la conocía. Roger no dejaba de presentar las disculpas debidas en cuanto se percataba de que se había excedido con ella. Pero al fin de cuentas todo seguía siempre igual.

Al mismo tiempo comprendió que, si estaba enfadada con él, no era sólo por la manera en que la manipulaba. Simplemente, la enfadaba que no fuera Johnny. Y eso no era justo. Roger podía haberle hecho muchas perrerías, directamente o a sus espaldas, pero no podía culparlo por interponerse entre ella y su primer amor.

—¿Algo que ver con esa situación que mencionaste por teléfono? —preguntó, con más preocupación de la que habría sentido normalmente.

Él abrió la boca para decir algo, pero se lo impidió el alarido indignado de Kyle: su hermana se estaba insertando delicadamente una pieza del rompecabezas en la nariz.

—¡No! —chilló el niño—. ¡Lo estás llenando de mocos!

—¡No es cierto! —Jennie extrajo el Lego para examinarlo con atención.

—¡Moco! ¡Moquito mocazo! —Kyle, entrando en clima, se meció en la silla para lograr el máximo de efecto dramático. —¡Oh, puaj! ¡Qué asco! ¡Mi hermana es un moco!

—¡Más moco serás tú! —gorjeó Jennie, indignada.

—¡Dame eso! —el chico se arrojó hacia ella por encima de la mesa.

—¡Noooooo!

Jennie saltó al suelo para esconder la cara en la chaqueta de Roger, que aún pendía de la silla. Su hermano tomó el cañón de Robo Force, parcialmente armado, y lo apuntó contra la silueta que se movía bajo la prenda, bramando:

—Cuida lo que haces si no quieres que te mate. ¡Como abuela al abuelo!

Daphne retrocedió, espantada. De pronto no era a su hijo a quien veía... sino a una versión en miniatura de su marido, con los ojos dilatados de inocencia exagerada y la boca torcida en una mueca de burla apenas contenida. La ira se abatió sobre ella como un viento desértico, áspero de arena; quemaba y escocía como astillas de vidrio. Tuvo apenas conciencia de que levantaba la mano con la palma extendida.

Nunca en la vida había golpeado a sus hijos; estaba decidida a no ver jamás en sus caritas el miedo que ella había sentido de niña, cuando su padre estaba en uno de sus días malos. Pero eso era lo que estaba por hacer en ese momento: abofetear a su dulce niñito, que ahora la miraba en espantado silencio, enormes y asustados los ojos verdigrises.

Fue Roger quien la detuvo. Con la velocidad del rayo, le sujetó la mano en el aire.

—Me extraña de ti, Kyle. —Ciñendo apenas con los dedos la muñeca de Daphne, clavó en su hijo una mirada ceñuda. Luego agregó con más suavidad: —Lo que sucedió con tu abuelo fue terrible. Tal vez algún día podamos entender por qué murió. Mientras tanto debemos rezar para que la abuela mejore.

Jennie espió desde atrás de la chaqueta, con la frente arrugada de preocupación.

—¿La abuela está enferma? ¿Como cuando tuve maricela?

—Varicela, se dice. —Sonriente, él soltó la mano de su esposa y fue a ponerse en cuclillas junto a la niña. —No, tesoro. Pero a veces la gente se enferma de la cabeza. —Se dio unos toques en la sien, ya encanecida. —Aquí, donde no se ve. Y entonces hace cosas raras.

Los dos niños asintieron, absorbiendo ese nuevo concepto como cualquier otro: sin cuestionamientos. Al mirar aquellas caritas confiadas, como margaritas vueltas hacia el sol, Daphne tuvo que luchar contra las lágrimas. Por una vez, Roger había sabido exactamente qué decir, logrando con un solo intento lo que ella no había conseguido con mil explicaciones.

—¿Por qué no van a ver si tía Kitty necesita ayuda en la cocina? —Por el modo en que él los miró, los niños entendieron que no se trataba de una sugerencia ociosa. Luego hubo un guiño. —Seguro que tiene algo para ustedes; algo dulce, recién sacado del horno.

Daphne los vio alejarse correteando, en nada afectados por el episodio; la manta de frialdad que le cubría el corazón se apartó un poco. Echó un vistazo al salón de té, extrañamente desierto a esas horas; sólo el padre Sebastián sorbía su limonada en una mesa apartada, absorto en una sección del diario que, aunque el plegado la disfrazaba, bien podía ser la página de las carreras. Un vicio inofensivo, pues nunca apostaba dinero. Nada tan terrible, por cierto, como lo que ella había estado a punto de hacer.

Con un suspiro, se dejó caer en la silla de enfrente.

—No sé qué me pasó —dijo, llevándose una mano trémula a la mejilla.

La vergüenza que sentía, superpuesta a una imagen de Johnny, pasó por su cabeza como algo barato y obsceno. Inesperadamente, Roger cerró una de sus manazas calientes sobre la de ella.

—Has estado bajo una tensión tremenda. Cualquiera habría estallado mucho antes.

Al ver la sincera preocupación de esa cara ancha y limpia, Daphne habría querido gritar su frustración: "¿Por qué ahora?" ¿Dónde había estado él en esas semanas largas y penosas?

—Quizá no habría sido tan difícil si hubieras venido antes —dijo, tratando de asestar el golpe como se pudiera.

Roger, con una mueca, le estrechó la mano.

—Lo sé. Debe de haberte parecido que te abandonaba en el momento en que más necesitabas de mí.

—Ésta no ha sido la única vez, Roger.

Él prosiguió como si Daphne no hubiera abierto la boca.

—¿Ese problema que te mencioné? Bueno, en realidad es casi una crisis.

Bajó la vista; parecía abochornado. Ella estaba tan poco habituada a verle esa emoción que se inclinó para observarlo atentamente. Roger carraspeó.

—Larry y Kurt quieren asociarse a una organización médica —continuó—. Y me han pedido que me retire.

Ella se echó hacia atrás, estupefacta.

—¿De la clínica? ¡Buen Dios! ¿Por qué?

La respuesta se le ocurrió en cuanto lo hubo dicho: "No soy la única". También sus socios debían de haber soportado la arrogancia de Roger. Esa actitud de "Se hace a mi modo o no se hace" no caería muy bien al directorio de una gran organización. Además, sus modales de cabecera; ella no lo había pensado nunca, pero por buen médico que fuera, tal vez las madres de sus pequeños pacientes hubieran experimentado en parte las mismas frustraciones que ella.

Aguardó las explicaciones infladas de Roger, sus negativas pedantes, que lo presentarían como parte ofendida, sin duda. Pero él la sorprendió admitiendo:

—Creo que me lo busqué.

Daphne lo observó con nueva cautela; el hombre con quien había vivido por dieciocho años parecía haber sido reemplazado por un desconocido. ¿Eso era real? ¿O sólo una actuación?

—¿Qué vas a hacer? —preguntó.

Él sacudió la cabeza.

—Todavía no lo sé. Acordamos que trataríamos de resolver las diferencias, pero Larry y Kurt quieren llamar a un mediador. Alguno de esos psicocharlatanes sensibleros. —Allí afloraba de nuevo su vieja arrogancia; asumió una expresión acosada. —¿Quieres saber qué pasa? Te lo diré. Es una vergüenza, qué joder. Si creen que van a hacerme a un lado...

Se interrumpió, como si captara algo en los ojos de Daphne, y suspiró. Luego le alzó la mano para llevársela a los labios y la besó con aire extrañamente distraído.

—No soy el tipo más tratable del mundo, ya lo sé. Supongo que tú también piensas que te he fallado.

—Me has fallado, Roger, sí.

"Qué fácil fue", se dijo. Mil veces se había mordido la lengua, pensando que carecía de pruebas sólidas, sin prestar atención a la evidencia más poderosa de todas: la distancia que crecía entre los dos. Pero ahora, en vez del rigorista egocéntrico y ufano, lo que veía ante sí era a un hombre corpulento, de hombros encorvados por la derrota, cuyo amor propio no era tan grande como parecía.

Él le soltó la mano para surcar con los dedos su seto de pelo, denso y crispado, que se abrió en mechones desaliñados.

—Creo que eso también me lo busqué. —Se las compuso para sonreír con humildad. —¿Serviría de algo pedirte perdón?

Daphne se endureció contra los recuerdos que se infiltraban: Roger, horas después de la boda, alzándola en brazos para cruzar el umbral del motel donde los había dejado su coche, al descomponerse en el camino a Baja. Y una vez, cuando estaba embarazada de Kyle, él había caminado diez cuadras bajo una lluvia torrencial para comprarle quinotos. Lo recordó también en la sala de partos, levantando a su hijo por primera vez, tan tímido y sobrecogido por la emoción como cualquier padre flamante; nadie habría dicho que era médico.

—No se trata de pedir perdón —le dijo, no sin bondad—. Se trata de hacer lo correcto desde un principio.

Roger rió con seca amargura.

—¿Lo correcto? Me gustaría saber qué era. ¿Habría podido hacer algo para que me amaras más? —La miró con aire sabedor; una mezcla de ansias y amargura le arrugaba el rostro. —Fui tu segunda opción; ¿crees que no lo sé? Hasta el último instante, si aquel otro tipo hubiera vuelto, te habrías casado con él. A veces soy corto de vista, Daphne, pero ciego no.

La verdad de esas palabras quemaba; llegaban en el momento en que más vulnerable estaba.

—Me casé contigo, Roger —exclamó—. Eso es lo que has perdido de vista.

Él recogió un puñado de Legos para hacerlos repiquetear en la mano, como si fueran dados. "Doble o nada", pensó ella, absurdamente. ¿Qué posibilidades calcularía el padre Sebastián a ese matrimonio? Una risa hueca le trepaba por la garganta, pero las siguientes palabras de su marido se encargaron de sofocarla.

—Quizá tengas razón. Pero me gustaría que me dieras la oportunidad de compensarte. —Así, despojado de sus defensas, parecía casi vencido.

Daphne se sintió a la vez resentida y extrañamente emocionada. Lo que él decía era verdad: había sido su segunda opción. En su corazón, lleno de nostalgias de Johnny, no quedaba espacio para mucho más. Y a un ego como el de Roger debía de haberle parecido un lugar bastante exiguo.

Por mucho que se resistiera, ella no dudó de lo que debía hacer. Era preciso ofrecer a su esposo lo que le había negado durante todos esos años: no tanto una segunda oportunidad como un nuevo comienzo. No sería fácil. Tampoco sería, necesariamente, una receta para salvar el matrimonio. Pero debía intentarlo, cuando menos. ¿Acaso no se lo debía a su familia?

Daphne se cubrió los ojos con una mano, dejando afuera los últimos rayos del sol, que entraba en diagonal a través de las cortinas. Pero en vez de la familia feliz que trataba de visualizar, lo que vino al oscuro teatro de su mente fue la imagen de Johnny, reclinado contra la barandilla torcida del muelle; el mar se extendía tras él, como un par de alas luminosas a ambos lados. Y la miraba alejarse.

Capítulo 14

*D*esde la cocina Kitty oía discutir a su hermana y su cuñado. No llegaba a distinguir las palabras, pero sí el tono de voz, grave y urgente. Fuera lo que fuese, obviamente no podía esperar. O tal vez ya había esperado en demasía, acumulándose hasta la culminación. ¿Tal vez Daphne estaba dando a ese pomposo sabelotodo la patada en el trasero que tanto merecía?

Era lo que Kitty deseaba, de todo corazón.

Inmediatamente la atacaron los remordimientos. Apartándose de las hornallas donde estaba hirviendo frascos para envasar mermelada, contempló a sus sobrinos, sentados a la mesa. Les había encargado la tarea de arrancar los tallos a las frutillas (las primeras de la temporada); ya tenían en la boca y las manos el mismo rubí que manchaba los repasadores sujetos bajo el mentón. Si Roger y Daphne se divorciaban, la vida de esos niños quedaría patas arriba, quizá marcadas para siempre. ¿Cómo podía desear algo así?

"Hay cosas peores", susurró una voz luctuosa. Como ser incapaz de traer un niño a este mundo, que ofrece tanta maravilla como desgracia. Como despertar a la realidad de que has jugado tu última carta y que será muy difícil obtener otra posibilidad de adoptar.

¿Y Sean? Tampoco aparecía desde la última vez que hablaran, dos semanas atrás. Ella había alegado que necesitaba tiempo para sí, para recobrarse de la dura decisión de su hermanita. La verdad era que, cuando estaba con él, no podía dejar de pensar en el bebé que habría podido ser suyo. Y la perspectiva de acostarse con él, sintiéndose como un recipiente vacío que no se llenaría jamás, era demasiado penosa.

Había intentado explicárselo: la sensación de haber sido... burlada, sí, no sólo por Heather sino también por el destino. Pero Sean no comprendía. Si ahí afuera había montones de chicos, argumentaba, ¿por qué no adoptar a un niño algo mayor, que realmente necesitara una madre?

Sean y su hermana habían estado en esa situación. ¿Era eso lo que él pensaba al hacerle esa sugerencia? Al mismo tiempo, le recordaba que ambos provenían de dos sitios muy diferentes, que jamás tendrían el mismo punto de vista.

—Bastante difícil es tener que lidiar sola con esto —le había dicho ella—. No pretendo que comprendas, Sean. Mi necesidad de adoptar un recién nacido... bueno, yo misma no le encuentro sentido. Pero el hecho de que no entiendas lo que me está pasando me lo hace más difícil. Necesito estar sola por un tiempo, para reflexionar.

Estaban sentados en la camioneta, estacionada frente a su casa. Empezaba a atardecer, con más calor del que correspondía a esa primera semana de junio. Él había pasado para verla, pero Kitty no le permitió entrar en la casa: le pareció demasiado peligroso, pues luego habría querido que él se quedara a pasar la noche.

—No tardes demasiado —le advirtió él, fallando en su intento de emplear un tono ligero. Ella vio en sus ojos oscuros un destello de miedo y algo más. ¿Enojo? ¿Estaba enojado con ella por rechazarlo... o por desear algo que él no entendía, quizá no podía entender?

Pero ella estaba igualmente enojada consigo misma, por no haber previsto eso. Habría debido cortarlo desde el comienzo. Él no le convenía en absoluto: era demasiado joven en algunos aspectos y demasiado viejo en otros. Quizá no le conviniera nadie, al fin de cuentas. ¿No era ése el verdadero motivo de que nunca se hubiera casado? No porque no hubiera encontrado al compañero adecuado... sino porque en realidad no lo buscaba.

Sin embargo, el consuelo que buscaba en su cama solitaria tardaba en venir. En los últimos tiempos le costaba conciliar el sueño; la sola idea de comer le provocaba leves náuseas. Dondequiera mirara, hiciera lo que hiciese, la acompañaba la imagen de Sean, enredada con la del bebé: un dolor apagado en el hueco del pecho, bajo el esternón, que parecía crecer con el paso del tiempo.

Una vez, siendo pequeña, Kitty se había tragado accidentalmente un carozo de cereza; acto seguido, Daphne le informó con toda seriedad que las semillas podían crecer en el estómago tan bien como en la tierra. Ella le creyó; ¿acaso su hermana mayor no leía millones de libros y sabía más que casi todos los adultos? En los días siguientes caminó en puntas de pie, como si pisara cáscaras de huevo; cada tanto se levantaba la camisa para examinar el ombligo, casi esperando que asomara un rizado zarcillo verde. Por fin consultó a su madre, quien sonrió y le dijo que había sido una broma de Daphne. Pero la imagen perduraba. Aún ahora, tantos años después, Kitty lo veía dentro de su mente: un árbol tachonado de frutas duras y verdes, una por cada error cometido, cada dolor sufrido. El murmullo de sus hojas le llenaba la cabeza, como cada advertencia susurrada que hubiera desoído.

Como en un vago tándem de ecos, la voz de su hermana continuaba subiendo y bajando en el cuarto vecino. Pero Kitty no sentía la preocupación que normalmente le habría provocado, sino un nudo en el estómago, con un toque de fastidio. Lo último que necesitaba en esos momentos era una reyerta familiar.

"Tu madre está acusada de asesinato ¿y te asustas de una pequeña escena?"

Un guijarro de diversión se desprendió del puño apretado de su angustia. Kitty sonrió un poquito, en tanto se ponía el mitón para retirar cuidadosamente los frascos de la olla humeante. ¿Qué daño hacía gritar un poco? A largo plazo, hasta podía ser beneficioso. Tal vez lo que esa familia necesitaba ahora era lo mismo que ella deseaba para Roger: una buena patada en el trasero.

Cualquier cosa sería mejor que esa horrible sensación de... atascamiento. El abogado de mamá les había aconsejado que no se hicieran muchas esperanzas, advirtiéndoles que la investigación previa al juicio sería tediosa y quizá no descubriera nada muy dramático; pero Cathcart no las había preparado para el miedo reptante que crecía con cada día transcurrido. Kitty ya no pensaba en un *deus ex machina*; se habría conformado con una paja cualquiera de la que asirse, por débil que fuera: un tecnicismo legal, una amiga dispuesta a atestiguar que su madre había estado bajo una tremenda presión, una ex amante con un hacha que blandir contra su padre. Cualquier cosa.

Cuando fue al hospital para vaciar el escritorio de su padre, intentó averiguar sutilmente si tenía alguna amistad especial con alguna de las enfermeras, pero se topó contra un muro de piedra. Sus colegas no lo sabían... o no querían decirlo. Y en los archivos de su padre no había evidencias de nada, salvo de trabajo abnegado y dedicación a su oficio.

Sólo durante su conversación con Alex, la semana anterior, había tenido la sensación de estar llegando a algo. Pero si su hermana estaba entonces a punto de revelar algo, debía de haberlo pensado mejor. Exceptuando las notas de agradecimiento que llegaron por correo, escritas en grueso papel monogramado, ni ella ni Daphne habían vuelto a saber de ella. ¿Estaría avergonzada por necesitar ayuda? ¿O había acaso otro motivo, más insidioso?

Su hermana estaba ocultando algo, sin duda. ¿Sospechas propias? ¿O acaso sabía algo que podía proporcionar la pieza faltante en el rompecabezas? "Es hora de hacerle una visita", pensó. Willa tenía el día libre, pero Daphne podía cuidar el fuerte por una hora, hasta el momento de cerrar. Y a Roger no le haría daño ayudar un poco.

Kitty apagó la hornalla bajo la cacerola y extendió un repasador limpio sobre los frascos que se enfriaban en la mesada. Luego advirtió a los niños, por sobre el hombro:

—No toquen esto, que está caliente. Y si no es mucho pedir, chicos, ¿les molestaría dejar algunas frutillas para la mermelada?

Kyle, con una enorme sonrisa traviesa, se metió otra frutilla en la boca, manchada de rojo. A su hermana, por motivos que sólo podría comprender una criatura de cuatro años, eso le resultó increíblemente gracioso; comenzó a reír con tantas ganas que estuvo a punto de caer de la silla. Hasta Kitty tuvo que sonreír. Mientras subía la escalera se le ocurrió una idea egoísta: "Si Daphne se mudara definitivamente aquí, yo podría verlos a cada rato, no sólo una o dos veces al año. Sería parte de su vida, de sus tradiciones".

Los imaginó reunidos en torno del árbol, en la mañana de Navidad: Kyle y Jennie, en pijamas, desgarrando las envolturas de sus regalos, mientras ella y Daphne sorbían cacao caliente y mordisqueaban pan de arándanos, acurrucadas en el sofá. O preparando huevos de Pascua con crayones y tinturas. En Acción de Gracias, ver las caras de sus seres queridos iluminadas por las velas, en torno de la mesa... ¡oh, qué encanto! Kitty tuvo que detenerse en la escalera y aspirar profundamente, para combatir una súbita y vertiginosa oleada de anhelos.

Ya en su cuarto, en vez de alargar la mano hacia el teléfono, se tendió en la cama, un mueble victoriano de principios del siglo XIX, cuya armazón de nogal tenía la forma de un trineo. Se había enamorado instantáneamente de ella mientras curioseaba en una tienda de antigüedades; le hacía pensar en las novelas de Frances Hodgson Burnett, que tanto le gustaban cuando era jovencita.

Tendida ahora de espaldas, con la vista clavada en una quebradura del techo con forma de signo de interrogación, Kitty pensó en *La princesita*, donde la joven Sara hacía triunfar su esperanza contra todas las evidencias contrarias, al encontrar a su padre con vida. Siguió con el canto de la mano el diseño en relieve del acolchado, que se le apretaba contra las piernas y la espalda, regordete y dulce como zarpas de gatito. Pensó en la última vez que había hecho el amor con Sean en esa cama: la cuidadosa lentitud con que él la desvistió, examinando y acariciando cada parche de piel que descubría, inclinándose luego a besarla allí, como viajero sediento ante un pozo de agua.

El recuerdo atrajo lágrimas ardientes que le cruzaron las sienes, corriendo hasta el pelo. Tardó varios minutos en sentirse en condiciones de incorporarse y estirar la mano hacia la mesita pintada donde tenía el teléfono.

Pero en la casa de su hermana fue Lori quien atendió. Dijo que su madre no estaba allí. Y agregó con voz extraña, susurrante:

—Está arriba, en la casa.

—¿En la casa de la abuela?

Kitty quedó muda de estupefacción, con el aparato contra la oreja. ¿Cómo se le ocurría a Alex rondar por allí antes de que hubieran limpiado el lugar? La investigación policial había terminado, pero... bueno, era morboso.

Hubo una pausa. Luego su sobrina explicó voluntariamente:

—No es la primera vez, tía Kitty. Últimamente va mucho allí.

—Oh, querida... —Ella se esforzó por disimular su horror. —¿Dijo por qué?

—Dice que va a regar las plantas. —Hasta Lori parecía dudar.

A Kitty no le gustaba ni un poquito lo que estaba oyendo, pero no quiso preocupar a su sobrina más de lo que estaba. Manteniendo el tono sereno, dijo:

—Ya sabes cómo es tu mamá; probablemente se cree en la obligación de mantener esa vieja casa en pie sin ayuda de nadie. ¿Qué te parece si doy una corrida hasta allí para ver si necesita una mano?

Otra pausa breve; después su sobrina afirmó, con una voz extrañamente formal, teñida de alivio:

—Creo que sería buena idea, tía Kitty. —Y añadió en un susurro: —Papá está preocupado por ella, ¿sabes? Pero si mamá se entera de que le dije algo, me matará.

Kitty, que conocía a su hermana, no lo puso en duda.

Recogió su bolso al pasar y bajó corriendo para informar a Daphne, con la esperanza de que no estuviera todavía discutiendo con Roger. Pero la encontró sola en el salón del frente, encorvada ante una mesa llena de Legos, con el mentón en la mano y la vista perdida por la ventana. Cuando levantó la cara fue evidente que había estado llorando.

—¿Quieres compañía? —preguntó Kitty, con suavidad—. ¿O preferirías estar sola?

Su hermana esbozó una débil sonrisa.

—Lo que me gustaría —dijo— es naufragar en una isla desierta y pasar allí los próximos veinte años. Quizá por entonces lo tenga todo resuelto.

—¿Qué cosa, exactamente? —Kitty torció la cabeza en un gesto de confusión, preguntándose si todos los escritores tendrían esa tendencia a lo melodramático.

—Mi vida entera, nada más —gimió Daphne.

—¿Tu vida entera... o sólo la parte de Roger?

Hizo una mueca dolorida; por sus mejillas se esparció un rubor casi tan intenso como las manchas de frutilla de sus hijos.

—¿Tan obvio es?

—Sólo para quien te ame tanto como yo. —Kitty le tomó la mano. —Oye, hay algo que puede distraerte de todo esto. Es Alex. Está peor de lo que pensábamos.

—¿En lo financiero?

—No. Tiene problemas de verdad. —Aunque estaban solas (en la mesa que había ocupado el padre Sebastián sólo quedaba un billete arrugado y un puñado de monedas), bajó la voz. —Ese tipo de problemas que terminan con una en la sala de psiquiatría, internada por setenta y dos horas.

Daphne irguió la espalda, con los ojos dilatados por la alarma.

—¿Por qué no me dijiste nada?

—Porque sólo me enteré hace algunos minutos —explicó Kitty—. Acabo de hablar por teléfono con Lori. Me ha dicho que Alex está arriba, en la casa.

No hacía falta especificar que se trataba de la casa de mamá. Daphne perdió el color y se levantó de un salto.

—¿Qué estamos esperando? Roger puede cuidar de los chicos. En cuanto a mí —logró esbozar una sonrisa trémula—, otro día me sentaré a tenerme lástima.

Minutos después iban colina arriba en el vetusto Honda de Kitty, rumbo a Agua Fria Point. Ya era casi de noche, pero aún no se había cerrado la niebla, que formaba un largo borrón contra el horizonte purpúreo, como en una tarea escolar mal borrada. "Menos mal", pensó, pues conducir de noche la ponía nerviosa; últimamente sentía un miedo irrazonable de sufrir algún accidente horrible. Se imaginaba volando a una zanja lodosa, como los artefactos domésticos descompuestos y herrumbrados que sembraban el camino a Barranco: heladeras, cocinas, lavarropas que habían dejado de prestar utilidad.

¿Quién la lloraría? Sus hermanas; Daphne, sobre todo. Sus sobrinos. Sus amigos... y en menor grado, sus clientes leales. Pero nadie cuyo corazón hubiera latido junto a sus huesos, cuya sangre estuviera inextricablemente entrelazada con la propia. Ningún hijo que sonriera al recordarla ayudándolo a construir una casita arbórea. Ninguna hija que la rememorara pellizcando trozos de masa para enseñarle a sobarla.

Pensó en su propia niñez, lanceada por la pena.

—¿Recuerdas los tiempos en que mamá salía a recibir el autobús escolar? —dijo—. Las otras madres siempre vestían de cárdigan y pantalones holgados, como las amas de casa en los avisos de detergente. La nuestra no: ella esperaba con su delantal de artista y una mancha de pintura en la mejilla.

Miró a su hermana de reojo y la vio sonreír.

—Lo que más recuerdo es que conocía los nombres de todas las flores, hasta de las silvestres que crecían al costado de la ruta. No supe apreciarlo hasta que tuve a mis hijos. Ahora, cuando Kyle o Jennie señalan una flor y me preguntan cómo se llama, no necesito buscarla en ningún libro.

—Me gustaría... —Kitty se mordió los labios.

—¿Qué?

—Que hubiera compartido más con nosotras. Esas cosas... eran como el recubrimiento de una torta. Pero de lo que realmente importaba no decía mucho. De lo que pensaba. De lo tuyo con Johnny, por ejemplo. No sé si ella también se oponía o si era sólo papi.

Daphne guardó silencio, perdida en sus pensamientos, mientras Kitty serpenteaba colina arriba, más allá de las sombras que arrojaban las casas, los prados que parecían elevarse a cada lado, como olas en el océano. Por fin salió de su ensoñación para decir:

—Una vez hablé de eso con ella. Sólo una vez. Dijo que debía hacer caso a papi, que él pensaba en mi bien. —Hizo una pausa. —No sé si ahora me daría el mismo consejo.

—¿Por qué? —preguntó Kitty—. ¿Porque finalmente ha descubierto que papi no lo sabía todo?

—No exactamente. —Daphne seguía mirando por la ventanilla. —Antes bien, creo que por fin se ha entendido con sus propios sentimientos. Ha tenido que dejarlos salir a cielo abierto y ahora no puede volver a encerrarlos. —Se volvió hacia su hermana. —¿Es eso lo que he estado haciendo en estos años, Kitty? ¿Apretando todo para que quepa donde debe estar?

La pelirroja meneó la cabeza, con un nudo en la garganta.

—No sé, Daph. Creo que todos hemos estado engañándonos, de un modo u otro. Ahora no debemos preguntarnos cuánto deberíamos haber sabido, sino qué podemos aprender de esto.

Daphne soltó una risa breve y amarga.

—No sé si he aprendido algo, salvo que el amor duele.

Kitty parpadeó; las luces traseras del coche que la precedía, varias calles más adelante, se disolvieron en un manchón rojo. "Sean", pensó. El dolor apagado que sentía en el pecho se hizo más intenso; sus entrañas se mecían como la luna fracturada en las ondas del agua. ¿La extrañaría por mucho tiempo? Probablemente no; seguiría adelante, encontraría a otra a quien amar... con la furiosa pasión del hombre joven.

Esa idea la hizo sentir noble, con un toque agridulce, como la pectina que torna gelatinosa la mermelada; pero no sirvió para calmar el sordo palpitar de sus venas. Cuando se detuvo a la entrada de la casa de su infancia, ya no tenía lugar para el dolor que la esperaba adentro. Con el suyo podría haber podido colmar el pozo de los deseos.

Entró por la puerta principal, seguida por Daphne, y llamó con temor:

—¿Alex?

No hubo respuesta. Pero se oía un ruido, un rítmico *shush-shush-shush*, como si alguien estuviera lijando una tabla. Cruzó el vestíbulo, intrigada y con el corazón en la garganta. En la sala encontró a Alex de rodillas, con un balde de agua jabonosa y un cepillo, fregando furiosamente la alfombra manchada de sangre.

—¡Alex! En el nombre de Dios, ¿qué...?

Oyó detrás de sí la exclamación ahogada de Daphne, al ver la cara que se alzaba hacia ellas. Su hermana menor tenía la expresión vacía y vidriosa de quien está perdido en una pesadilla. El pelo, normalmente perfecto, se le apelmazaba sobre los hombros; el flequillo esponjoso estaba ahora pegado a la frente por un sudor grasiento. Los ojos enrojecidos parpadearon por un momento, mirando a sus hermanas sin comprender. Abruptamente se sentó en cuclillas, ignorando el cepillo que goteaba agua sucia sobre sus pantalones leonados.

—No sale. Por mucho que friegue, no sale. —Su voz fatigada encerraba una nota de petulancia infantil. Luego torció la cabeza, como ante una ocurrencia brillante. —¿Recuerdan cómo insistía ella? "Chicas —regañó, en espectral imitación de su madre—, ¿cuántas veces debo decirles que remojen las bombachas antes de ponerlas a lavar?". Como si la menstruación fuera algo de lo que debiéramos avergonzarnos. Como si una pequeña mancha de sangre fuera el fin del mundo.

Estalló en risitas agudas, sin poder contenerse. Una gorda lágrima le rodó por la mejilla.

Kitty bajó la vista a la alfombra, con su oscuro brillo de agua y espuma rosada. De pronto se sintió al borde del vómito.

—Oh, Alex —susurró.

Fue Daphne quien se hizo cargo, pasando a su lado para arrodillarse junto a la hermana menor.

—Esto es demasiado para una sola persona, Alex. Deja que te ayudemos.

—¿Cómo? ¿Cómo van a ayudar? —inquirió Alex, elevando la voz—. Él ha muerto. Nada va a devolvérmelo.

—No —concordó Kitty, apenada.

Estaba mareada. Miró en derredor para orientarse: los sillones mullidos, los ornamentos que cubrían todas las superficies planas, la pesada lámpara de pie que parecía haber echado raíces en la alfombra. En esa habitación casi no había huellas de su madre; su toque ligero era evidente sólo en las delicadas acuarelas que, como si alguien lo hubiera pensado sólo a último momento, estaban intercaladas entre las pinturas oscuras y formales que prefería papá. En ese momento se le ocurrió que nunca había conocido a su madre. Tal vez ninguna de ellas.

Sólo de una cosa estaba segura: de que ya había pasado el tiempo de lamentarse y llorar. Volvió la mirada hacia Alex, la hermana con quien menos tenía en común, aunque últimamente había empezado a verla bajo una luz distinta.

En ella brotó, una vez más, la compasión que había surgido tan naturalmente aquella mañana, cuando Alex se quebró en el jardín y reconoció que estaba en dificultades. Pero esta vez tenía que resistirse a ella, archivarla en un estante alto hasta que fuera de utilidad. En este momento, lo que su hermana necesitaba era salir de ese estado.

Kitty se acercó para aferrarla por un brazo y la puso de pie.

—Levántate. Levántate ahora mismo.

Al oírse reconoció el tono exacto que su madre solía utilizar cuando eran niñas y se lanzaban a un berrinche. Tuvo el efecto deseado. Alex se apartó con un respingo, frotándose el brazo, y le clavó una mirada ceñuda.

—¿Qué diablos estás haciendo?

—Lo mismo podría preguntarte yo. —Kitty la enfrentó con firmeza, los brazos en jarras.

—Por si no te has dado cuenta, estoy haciendo algo útil. Es más de lo que se puede decir de ustedes dos. —Su mirada pasó de ella a Daphne, con la boca fruncida por el fastidio.

—Puede que una esté muy ocupada pensando en mamá —le recordó Daphne. Se levantó para acercarse a la ventana y tiró del cordón de las persianas. El repiqueteo esquelético con que bajaron hizo que Kitty diera un brinco, recordando sólo ahora lo que Daphne no había olvidado: que bien podía haber un periodista acechando afuera.

Alex, en cambio, no daba señales de haberlo pensado.

—Había polvo por todas partes —prosiguió con irritación, como si Daphne no hubiera hablado—. En la heladera había cosas que habrían servido para fabricar penicilina. Y las plantas... La mayoría se secó.

Se acercó al helecho bostoniano de la ventana. Sus zarcillos pardos, con unas pocas hojas amarillentas todavía aferradas a ellos, descendían hasta rozar el respaldo del sofá. Empezó a arrancarlos uno a uno, como a pétalos de margaritas: "Me quiere mucho, poquito, nada...".

—Esto es una locura. —Kitty marchó hasta ella y le plantó una mano en el hombro, obligándola a girar. —Las mellizas están locas de preocupación. Y francamente, yo también. —Luego la instó, con más gentileza: —Vuelve a tu casa, Alex. Ve con tus hijas. Deja todo esto.

—Sí. En cuanto termine.

Como en trance, Alex se desprendió de ella para volver al balde. Iba a arrodillarse de nuevo, pero Daphne le ganó de mano: corrió a sujetarla por la muñeca y la puso de pie.

—Lo haremos juntas —repitió, esta vez con más lentitud, como si hablara con un niño tonto—. Las tres. —Disparó una mirada hacia Kitty. —¿Tendremos suficiente fuerza para levantar el sofá?

La pelirroja captó inmediatamente su intención.

—Sí, si una de nosotras tira de la alfombra al mismo tiempo. —Reflexionó por un momento. —Lo que no sé es si cabrá en la parte trasera de mi auto.

—¿Qué cosa? ¿El sofá o la alfombra? —Daphne estaba conteniendo la risa, pero por el arrebol de sus mejillas y el brillo de sus ojos, parecía no estar muy lejos de la histeria total.

"Cuidado —le advirtió Kitty, con los ojos—. Si no, yo también voy a estallar". Y miró a Alex, que las observaba con espanto.

—Eso no —dijo con voz estrangulada, bajando la vista a la alfombra—. No pueden... tirarla sin más ni más.

—Claro que podemos —aseguró Kitty—. Es preciso.

—Pero mamá...

—Mamá no tiene por qué enterarse —sugirió Daphne. Y tuvo la prudencia de añadir: —Por ahora, cuando menos.

Alex comenzó a retroceder, como ante algo que pudiera hacerle daño, con los ojos dilatados y llenos de pánico. Pero chocó contra el anticuado sofá de respaldo curvo y cayó abruptamente en él; la tensión desapareció de ella, tan súbitamente como de un niño sobreexcitado que cayera en el estupor.

—Oh, Dios, ¿qué estoy haciendo? —Se cubrió los ojos. Luego confesó, en un murmullo ahogado: —No puedo librarme. Las pesadillas... Se me ocurrió que, si podía borrar la mancha...

A la mente de Kitty saltó una morbosa imagen de su padre en el ataúd. Cuando encendió la lámpara Tiffany instalada junto al sofá vio que le temblaba la mano. Al encenderse la bombilla, un suave resplandor violáceo cayó como un montón de pétalos sobre la gastada felpa color chocolate, sobre la alfombra, a sus pies. "Somos como esta casa —pensó—. No habrá refacciones que nos dejen bien".

—Lo que te está carcomiendo, Alex, no se borra sólo con agua y jabón —advirtió a su hermana.

—Oh, qué sabes tú.

La mirada de disgusto que Alex le arrojó era demasiado familiar. Al parecer, la mujer humillada que se franqueara aquel día en el jardín había desaparecido, dejando sólo a la fastidiosa hermana menor, que en la infancia se pegaba a ella y a Daphne, gimoteando si no la dejaban jugar con ellas. Kitty tuvo que obligarse a hablar con suavidad, eligiendo sus palabras con cautela.

—No lo sé todo, Alex. Pero estoy viendo a alguien empecinada en limpiar una mancha que no hizo.

—Kitty tiene razón —intervino la mayor—. Lo que sucedió aquí... —Echando una mirada a la alfombra, tragó saliva con dificultad; luego volvió a levantar la vista con ceñuda decisión. —...no es culpa tuya.

—Todavía no entienden, ¿eh? La culpa de todo esto la tengo yo. —Alex las fulminó con los ojos, brillantes de lágrimas sin derramar. —Yo sabía lo que él estaba haciendo a espaldas de mamá. Debería haberla advertido, de alguna manera.

—¿Y de qué habría servido? —preguntó Kitty.

Pero Alex se limitó a menear la cabeza.

—Yo le creía, aunque todos sus motivos no eran más que excusas. Dicho por él sonaba casi como si le estuviera haciendo un favor, como si en el fondo mamá lo prefiriera así. Nunca pensé que eso pudiera hacer mal a nadie.

—Te hizo mal a ti —señaló Daphne.

—No sabes ni la mitad. —Alex le volvió la espalda, con los labios apretados.

Kitty tuvo la prudencia de no intentar sonsacarle lo que estaba callando. Su hermana era como una de esas anémonas de mar que se cierran herméticamente al menor contacto. En cambio la instó suavemente:

—Bueno, podrías contárnoslo. Quizá te sientas mejor.

En el silencio siguiente, Kitty cobró aguda conciencia de todos los ruidos: el murmullo rondante de los autos que aminoraban la marcha abruptamente al pasar frente a la casa; los crujidos y las quejas de toda casa vieja que se asienta; el tictac del reloj de la repisa, que de algún modo parecía lleno de portentos.

Por fin Alex carraspeó; en voz tan espectral como el ambiente de la casa, dijo:

—La mujer que ustedes buscan. La enfermera con quien él estaba saliendo. Sé quién es.

Kitty sintió que sus rodillas perdían toda fuerza, como si se hubiera desprendido algún gozne a resorte. Con un gemido, se dejó caer en el sofá, junto a Alex.

—No sé por qué, pero tengo la sensación de que estoy por escuchar algo que no va a gustarme.

Su hermana la miró largamente, con todas las señales de una lucha eterna. Junto a la boca, plana y dura, se contraía un músculo; los ojos desbordaban lágrimas de furia.

—Era Leanne –dijo, en voz baja y tensa.

Daphne se sentó bruscamente en el brazo del sofá, junto a Kitty.

—Oh, Alex, ¿estás segura?

Ella asintió con aire fatigado. Kitty pensó: "¿La mejor amiga de mi hermana? Imposible. Ni siquiera papá habría caído tan bajo". Luego comprendió, con la sensación de un golpe sordo en el estómago que trepaba en espiral, en una oleada de vértigo: un hombre capaz de cometer adulterio con la mejor amiga de su esposa, por muchos años que hubieran pasado, no se detendría ante nada.

—¿Cómo... cómo lo descubriste? —tartamudeó.

—Estuve pensando en lo que habías dicho. Lo del pendiente. Resulta que a Leanne se le perdió uno.

—Eso no prueba nada —adujo Daphne .

—Por sí solo, quizá no —concordó ella—. Pero había otras señales. Pequeñeces a las que no presté atención hasta que se sumaron.

No hacía falta preguntarle si estaba segura. La ceñuda certeza de su cara lo decía todo.

—¿Qué pasó cuando la enfrentaste? —preguntó Kitty.

—No lo hice. Todavía no. Ya ves que estaba... ocupada. —Alex miró con repentino disgusto el cepillo abandonado en el suelo, entre un montón de espuma medio seca. —Mira: tanto trabajo y... no se ha aclarado ni un poquito.

—Mamá tenía razón –comentó Daphne, con voz extrañamente aguda; bajo la superficie había una risita de histeria. —Una vez que la mancha se fija, no sale jamás.

La menor de las hermanas torció la boca en una sonrisita dolorida.

—Se podría escribir un libro con todas las advertencias que mamá nos hacía. Lástima grande que nadie la advirtiera a ella. Sobre papi. Hace años, antes de que fuera demasiado tarde.

—Escúchame, Alex. —Kitty giró en el sofá para estrecharle con fuerza las dos manos. —No había nada que tú pudieras hacer por impedirlo.

—¿Y quién tuvo la culpa, entonces?

—Nadie, quizá. Quizá todos. En cierto sentido era como una conspiración, ¿no? Un pacto de silencio que sólo se mantuvo porque todos participamos. Tú, callando los secretos de papi. Yo, fingiendo no saber nada por mantener la paz familiar. Y Daphne... —Hizo una pausa para sonreír melancólicamente a su hermana mayor, encaramada en el brazo del sofá —...siendo como es. —Mientras hablaba la imagen se hizo más nítida, tal como en el cuarto oscuro emerge una fotografía de lo que sólo fuera un borrón fantasmal. —Tal vez la moraleja es que el silencio no siempre es oro.

—Lo que quiero saber es qué papel juega Leanne en todo esto —dijo Daphne, ya grave.

—Eso es lo que debemos averiguar.

—Trabaja por la noche —informó Alex—. Para hablar con ella tendremos que esperar a mañana.

—¿Por qué? Vengan. —Kitty se levantó para marchar hacia la puerta. —Dejen eso. Más tarde vendremos a quitar esa porquería. De cualquier modo, esa alfombra no me gustó nunca.

—A mí tampoco —reconoció Alex.

Kitty, al volverse, vio en los ojos de su hermana menor un destello de la que había sido siempre.

—Creo que en el desván hay una alfombrilla vieja de la abuela —recordó Daphne, tras ellas. Las alcanzó en el vestíbulo, con las mejillas arreboladas. —No es tan grande, pero al menos el piso no parecerá tan desnudo.

—Menos mal que estamos las tres de acuerdo en una cosa, siquiera. —Kitty aspiró hondo y salió al porche. En algunos puntos de la barandilla, la cinta policial había arrancado la pintura; una mariposa nocturna se mataba metódicamente a golpes contra la lámpara de la puerta.

Sintió una expectativa peculiar, mezclada con temor. ¿Y si al fin, además de resolver el misterio, abrían una caja de Pandora que contuviera más mal que bien?

Kitty aminoró la marcha al divisar el letrero, bañado en candilejas como un retablo: HOSPITAL MIRAMONTE. Cuando niñas ese lugar les había parecido más o menos sagrado. Era el templo al que su padre iba todos los días, no para expresar su adoración, sino para que se lo adorara. En su condición de jefe de Patología, confinaba sus conocimientos médicos a los muertos, pero eso no hacía sino realzar su imagen de ser divino, que no temía caminar donde otros no osaban hacerlo. Cuando era niña (tanto que aún creía todo lo que mostraban las películas), Kitty había llegado a suponerlo capaz de devolver la vida a los muertos.

Sus fantasías proliferaban, en parte porque su padre rara vez hablaba de su trabajo. No era tema adecuado para la conversación, solía decir en tono seco, cuando alguien tenía la temeridad de interrogarlo. Sin embargo, por mucho que se higienizara al terminar la jornada, nunca dejaba de traer a casa el leve olor a antiséptico de la morgue del hospital, que Kitty asociaba inextricablemente con la muerte.

Al detener el coche cerca de la entrada de emergencias sintió un frío idéntico al que había experimentado ante la tumba abierta de su padre. Esperó en el Honda con Daphne la llegada de Alex, que las seguía en su propio coche. Las tres iban ya hacia el camino techado que conducía a las puertas de vaivén cuando Daphne preguntó, nerviosa:

—¿Qué pensará Leanne si le caemos encima al mismo tiempo?

—Con un poco de suerte, entenderá que se acabó el juego —replicó Alex. Su encono contra la amiga era tan evidente como las manchas sanguinolentas de sus pantalones, visibles bajo el impermeable mal ajustado.

Kitty se dijo, con alivio, que su hermana había recuperado la belicosidad de siempre.

La sala de espera estaba llena de gente; nadie prestó la menor atención a esas tres mujeres bien vestidas, que pasaban de prisa. El único que levantó la vista fue un hombrón barbudo, que sostenía una toalla ensangrentada contra la frente. Cuando estaban llegando a los ascensores, alguien gritó:

—¡Kitty!

Sean. Mientras se volvía hacia su voz, Kitty tuvo la sensación de estar girando lentamente sobre la pica que se le había clavado en el corazón. ¿Qué hacía él allí? En el desconcierto del momento, se le ocurrió que tal vez la había seguido; luego recordó que Sean era demasiado orgulloso para hacer algo así.

Lo divisó a tres metros de distancia, respaldado en una máquina expendedora: un joven moreno, de vaqueros raídos, con la expresión cautelosa de una persona mucho mayor. Debajo de esa postura, deliberadamente relajada, era como un gran músculo contraído, listo para lanzarse a la acción.

Kitty vaciló por un momento, indecisa entre el deseo de correr hacia él... y el de zambullirse en el ascensor que se abría a sus espaldas. Se le acercó a paso lento.

—¿Qué haces aquí, Sean? —preguntó en voz baja. Lo recorrió con la vista, buscando sangre, magulladuras, un brazo que no se moviera bien.

Él reparó en su preocupación. Una comisura de su boca se elevó en una pequeña sonrisa de entendimiento.

—Estoy bien, no te preocupes. Vine por Heather; se desmayó. Creo que no es nada, pero me pareció mejor que la revisaran. —Señaló con la cabeza a su hermana.

La chica estaba hojeando una maltrecha revista, sentada junto al escritorio de ingresos, a bastante distancia. No parecía sufrir nada más grave que un caso terminal de aburrimiento.

De pronto Kitty cobró aguda conciencia de las miradas curiosas que le echaban sus hermanas.

—¿Me dan cinco minutos? —les pidió—. Nos veremos arriba.

Ellas no hicieron ningún comentario, por lo cual les estaría eternamente agradecida. Alex se limitó a aclarar:

—Quinto piso. Te esperaremos en la sala de visitas.

Mientras las puertas del ascensor se cerraban delante de ellas, Sean preguntó:

—¿Tu hermana? —Se refería a Alex, desde luego; a Daphne ya la conocía. Ella respondió con un gesto afirmativo.

—Perdona. Debería haberte presentado.

El muchacho se encogió de hombros, apartándose de la expendedora.

—En otra oportunidad.

Kitty echó otra mirada a Heather; su buzo estaba más abultado que la última vez. El corazón le dio un vuelco tan doloroso que sintió un sabor amargo y metálico en el fondo de la boca. Se obligó a enfrentar la implacable mirada de Sean para preguntar en voz baja.

—¿Cómo está? En general, digo.

—Bien. ¿Y tú? —él desvió la vista para concentrarse en el papel adherido a la máquina, donde alguien había garabateado a bolígrafo: DESCOMPUESTO.

—A decir verdad, no muy bien.

—Qué pena. —La mirada que le echó no era muy solidaria, pero el brillo dolorido de sus ojos decía otra cosa.

Ella aspiró hondo y dejó escapar el aire con lentitud, como si una exhalación demasiado brusca pudiera dañarle el corazón, que golpeaba salvajemente contra su pecho.

—Mira, Sean. Lo que pasó entre nosotros... Bueno, yo no quería que terminara así.

—¿Y por qué tiene que terminar?

—Las cosas son así.

Él torció la cabeza; su pelo oscuro, revuelto, pareció erizarse como el de un animal silvestre que percibiera una amenaza.

—¿Sí? Es lo que he oído toda mi vida. "No hagas tantas preguntas, hijo. Acepta las cosas tal como son". Idioteces. —Golpeó la máquina con el puño apretado, provocando adentro un repiqueteo metálico. —Me estás dejando afuera, qué joder. ¿No quieres verme más? De acuerdo. Aunque no me guste, cuando menos veo de dónde viene el golpe. Puedo luchar.

—Hay cosas contra las que no se puede luchar.

Él tomó aliento y dijo, con voz ensordecida:

—Pese a lo que puedas creer, yo no tuve nada que ver con el hecho de que Heather prefiriera a esa pareja.

—No te acuso de nada.

—Entonces ¿por qué tengo la sensación de que me estás castigando?

—No se trata de ti, Sean —exclamó ella, exasperada.

—¿Y de qué se trata?

Kitty suspiró.

—No sé. No puedo explicarlo, así como no puedo explicar lo que sucedió en mi familia. —Bajó la vista, sin poder enfrentar esos ojos ardientes y negros, como dos agujeros quemados en leña demasiado verde. —Sólo sé una cosa: que no tengo manera de dejar todo esto atrás si te sigo viendo.

Él la observó atentamente por un momento; luego dijo:

—En mi casa eso se llama cobardía. ¿No te gusta que alguien te dé un coscorrón? Peor para ti, pero te las arreglas.

—No es tan sencillo.

—¿Sencillo? ¿Quién diablos dijo que era sencillo? Yo sólo pedía que hicieras el intento, qué joder. Pero si no quieres, bueno. Fue divertido. Que la pases bien.

Sean giró sobre sus talones. A no ser por la rigidez de sus hombros y la fiera inclinación del cuello, ella habría podido convencerse de que no estaba tan dolido como aseguraba. Pero no pudo engañarse. Lo supo aun antes de que él le arrojara, por sobre el hombro.

—A lo mejor Heather eligió bien, después de todo. Esto de criar a un chico tiene un problema: es a largo plazo. No puedes echarte atrás cuando la cosa se pone fea.

Las palabras de Sean golpearon en el blanco.

—Sean, yo...

Pero él ya estaba fuera del alcance de su voz. A través de un velo de lágrimas, Kitty lo vio reunirse con su hermana, dialogar con una de las enfermeras.

Heather se levantó, con movimientos torpes, y él la tomó suavemente del brazo para llevarla en la dirección que la enfermera había indicado.

"Algún día será buen padre". El pensamiento resonó claro y dulce como un carillón, entre la multitud de emociones que se entrechocaban dentro de ella. Entró en el ascensor y pulsó el botón del quinto piso, secándose las lágrimas con gesto furioso. "Ahora no —se ordenó—. Más tarde podrás pensar en Sean. Esta noche, cuando estés en la cama, contando motivos sensatos a guisa de ovejas".

Arriba, en la sala para visitantes, que estaba junto a la de enfermeras, Alex se levantó de un salto para interpelarla:

—¿Y ése quién era?

—Un amigo. —Kitty arrojó una mirada agradecida a Daphne, apuntando mentalmente que debía darle las gracias por no haber destapado la olla. En ese momento no estaba en condiciones de dar largas explicaciones sobre Sean. Luego bajó la voz para preguntar: —¿Hicieron llamar a Leanne?

Alex sacudió la cabeza.

—Se preguntaría qué estamos haciendo aquí y empezaría a sospechar. Es mejor tomarla por sorpresa.

Entornó los ojos; obviamente, la perspectiva de lo que se avecinaba había eclipsado todo interés por la vida amorosa de su hermana. Luego giró con brusquedad para echar a andar por el corredor, hacia la unidad de terapia intensiva neonatal, donde Leanne cumplía su turno.

Empujó las dos hojas de una puerta de acero inoxidable, cuyo letrero decía ALA ALYCE BUNT THAYER. Kitty y Daphne la siguieron a un amplio ambiente sin ventanas, que parecía otro planeta. Tras el grupo de escritorios que componían el puesto de enfermeras se veían hileras de cunas aislantes; apenas era posible reconocer como seres humanos a sus diminutos ocupantes, cada uno de ellos monitorizado por una maraña de tubos y aparatos electrónicos.

La mirada de Kitty cayó sobre el más pequeño de esos bebés prematuros; el aleteo de su pechito le hizo pensar en un pez que boqueara en el fondo de un bote. La tarjeta de la cuna rezaba: "Varón Roper". Abajo habían pegado la foto de una morena sonriente, con la cara hacia adentro, donde el bebé hubiera podido verla, a no tener los ojos cubiertos por parches: desesperado gesto de una madre que apostaba por la vida de su hijo de la única manera que estaba a su alcance.

Kitty ahogó una exclamación, pensando: "Si fuera mío lo amaría así... o más. No habría necesidad de foto, porque no me apartaría de su lado".

Desde el escritorio más cercano, una corpulenta enfermera de pelo gris apartó apenas la mirada del gráfico en el que estaba garabateando.

—El horario de visitas es entre las dos y las ocho —informó mecánicamente—, salvo para los familiares, que pueden entrar a cualquier hora, siempre que se desinfecten. —E hizo un vago gesto en dirección al lavatorio.

Alex carraspeó.

—Venimos a hablar con Leanne Chapman.

Esta vez la mujer no se molestó siquiera en levantar la vista.

—¿Con Leanne? Creo que está en la sala de atención crítica. Iré a ver... si me dan un minuto para terminar esto.

—Sé por dónde ir; he venido otras veces —le informó Alex, en el tono comercial de la perfecta agente de bienes raíces, que no acepta negativas.

—Somos familiares —interpuso Daphne, de prisa.

No era del todo mentira: eran familiares... entre sí. Aun así Kitty se sorprendió; no habría creído a su recta hermana capaz de esa duplicidad. Sí que había cambiado, pensó, no sin admiración.

La enfermera canosa hizo una pausa para mirarla con más atención. ¿Estaría preguntándose por qué preguntaban por Leanne? En ese caso debía de pensar que, como familiares de un bebé enfermo, no sería raro que hubieran trabado una relación más estrecha con una de las enfermeras. De cualquier modo señaló una puerta de la parte trasera, limitándose a repetir:

—No se olviden de desinfectarse.

Ante el lavatorio de acero inoxidable, instalado a la derecha de la puerta, las tres hermanas se quitaron pulseras y anillos y se turnaron para echarse en las manos chorritos de Exedine; luego se frotaron hasta despellejarse. Eran hijas de médico; estaban bien enseñadas.

Pocos minutos después entraban por entre una selva de cunas y monitores. Daphne murmuró por lo bajo:

—No sé cómo hace, con ese chiquito suyo, para volver todos los días a su casa. Parece demasiado para una sola persona.

—Quizá pensó que papi iba a rescatarla —susurró Alex, con la voz cargada de desprecio.

Kitty no dijo nada. De pronto veía mentalmente la situación desde el punto de vista de Leanne: una madre sola, con un niño gravemente discapacitado, luchando por llegar a fin de mes, bien podía sentirse atraída por un hombre entrado en años, por añadidura médico respetado; quizás había representado para ella la estabilidad que tan ausente estaba en su existencia.

Aun así la idea le repugnó. Mientras seguía a su hermana menor por el breve pasillo, hasta la puerta rotulada ATENCIÓN CRÍTICA. POR FAVOR, LLAME ANTES DE ENTRAR, tuvo que hacer un esfuerzo consciente para reacomodar sus facciones en una máscara simpática.

Alex entró sin molestarse en llamar. La sala era más pequeña que la primera y contenía sólo cuatro cunas, ocupadas por los bebés más enfermos. Leanne parecía ser la única enfermera de guardia. Estaba de pie ante una cuna abierta, cambiando diestramente a un prematuro apenas más grande que su mano, aun con los cables pegados a su pecho y los tubos insertados en la boca y la nariz. Al verlas parpadeó, estupefacta, como si vacilara momentáneamente. Luego recuperó el dominio de sí.

—Si están recolectando fondos —dijo, sonriendo—, ya di en la oficina.

—Deslizó un pañal pequeñísimo bajo un trasero que habría cabido en una cuchara sopera. —Hablando en serio, ¿qué pasa? Esto queda bastante lejos de sus recorridos habituales, muchachas. ¿Vienen a ver a algún paciente?

Viendo la expresión tempestuosa de Alex, Kitty se apresuró a intervenir.

—Venimos a verte a ti. —Hablaba con ligereza, casi como al desgaire.

Bajo el fulgor de los tubos fluorescentes, la palidez de Leanne era extraña, casi luminosa, como si alguien nadara hacia ellas bajo el agua. Una pequeña arruga surcó su frente descolorida.

—Les agradezco la atención, señoras, pero ya ven que estoy bastante ocupada.

Por fin Alex recuperó el uso de su voz.

—Esto no te llevará mucho tiempo.

—No sé por qué, pero se me ocurre que no vienen a invitarme a una fiesta de Tupperware. —Leanne lanzó una risa nerviosa. Su mirada pasó de Alex a Kitty; luego, a Daphne, que se había quedado atrás, cruzada de brazos.

—Tengo curiosidad por algo, Leanne —dijo la menor, en voz baja—. El pendiente que te falta... ¿tienes alguna idea de dónde puedes haberlo perdido?

Algo relampagueó en los ojos de la enfermera. Kitty, al verlo, pensó en un animalito de pies veloces que saltara de un claro a la maleza. Un momento después había desaparecido.

—¿Vinieron hasta aquí para preguntar por un pendiente? —Después de sujetar el pañal en su sitio, Leanne volvió a poner el bebé en su cuna, con toda suavidad. Luego puso el pañal mojado en una balanza que tenía sobre el mostrador de formica y anotó en los registros del bebé la cantidad de orina evacuada. —Si esto es lo que hacen para divertirse, deben de estar bastante desesperadas —bromeó—. Además, ¿no había aparecido?

—Era mentira. —La voz de Alex penetró las señales quedas de los monitores como un instrumento afilado. —Apareció un pendiente, sí... en una habitación del Surfside Motel, en Barranco. Supongo que es tuyo.

Leanne levantó bruscamente la cabeza; antes de que pudiera contener el gesto, se humedeció los labios con la punta de la lengua.

—¿Por qué... por qué lo supones?

Daphne se puso al lado de Kitty.

—Estuviste allí —dijo—. Con nuestro padre.

La enfermera torció la boca en una sonrisa malsana, que no llegó a sus ojos inexpresivos.

—¡Qué ridículo! No sé de qué me están hablando.

—Desembucha, Leanne —gruñó Alex.

Ella las miró por un momento más. Luego, con un gemido apagado, se dejó caer en la mecedora acojinada que, compasivamente, se había instalado junto a la puerta para los padres que iban de visita. Kitty esperaba remordimientos, lágrimas de bochorno, pero Leanne la desconcertó levantando el mentón; los parches rojos de sus mejillas eran como banderas desafiantes. Le brillaban los ojos; su boca formó una línea dura.

—Creen tenerlo todo resuelto, ¿no? —dijo. Su voz queda no mostraba ningún arrepentimiento. —Bueno, pues se equivocan. Lo nuestro no fue una burda aventura. Estábamos enamorados. Íbamos a casarnos. En cuanto...

Se le quebró la voz y los ojos se le llenaron de lágrimas.

—¡Dejen de mirarme como si fuera un monstruo! Al principio no era así. Él me trataba bien... y no sólo cuando éramos niñas. Cuando ingresé aquí solíamos encontrarnos en la cafetería y comer algo juntos. ¿Recuerdas, Alex, cómo las pasé con Chip al final? Estaba hecha una ruina. Si no hubiera sido por tu papá, no sé qué habría hecho. Cuando me descubrí embarazada y Chip me dejó, él fue lo único que me mantuvo en pie. Y después de tener a Tyler, cuando supimos que su desarrollo no sería... bueno, normal... todo el mundo me decía: "Tienes que vivir de día en día". Y yo habría querido gritar que no sabía cómo sobrevivir por los cinco minutos siguientes. Sin Vern no habría podido salir adelante. Habría muerto.

Clavó en Alex una mirada acusadora.

—Tú no soportabas siquiera tocarlo. ¿Sabes lo que significa algo así? ¿Que tu mejor amiga rehuya mirar a tu hijo? ¿Que te visite como obra de caridad? ¡Tu padre fue el único que lo trató como se trata a una persona!

Alex le sostuvo la mirada con una mezcla de horror y asco.

—¿No te importó que fuera mi padre? ¿Que hubiera dormido con tu propia madre?

Leanne se encogió de hombros; su despreocupación parecía exagerada, como si hubiera reflexionado cien veces sobre el tema, construyendo cuidadosamente una excusa válida.

—Lamento haber tenido que mentirte —dijo, con un aire contrito que parecía sincero—. Pero en cuanto a lo que pasó entre él y mi madre, eso fue hace décadas, antes de que yo naciera. Y nunca fue muy serio.

—Tu papá debe de haber pensado que sí —apuntó Alex, fría—. ¿No fue por eso que quiso el divorcio?

A Leanne le temblaba la boca; levantó el mentón como para impedir que las lágrimas desbordaran.

—Estás tratando de herirme. Y... y... creo que no te culpo. Sé que hice mal en no decírtelo. Iba a hacerlo, pero... —Se interrumpió con un sollozo ahogado, apretándose el pecho como si sufriera. —Cuando él... Después... ya no tenía sentido.

—¡Hija de puta! —la insultó Alex—. ¡Y fingías ser mi mejor amiga! ¡Eres tú la que debería podrirse en la cárcel!

Y se acercó a la enfermera con un puño en alto, como para golpearla. Daphne se adelantó para detenerla, rodeándole los hombros con un brazo. Bajo esa luz inclemente ella también parecía un espectro. Pero la mirada ardorosa que fijó en Leanne era muy terrenal.

Se hizo un pesado silencio, interrumpido sólo por el frenético *bip bip* de una alarma en la sala vecina: un bebé había dejado de respirar. Kitty sabía que eso pasaba con frecuencia; se requería poco más que un golpecito contra el pecho. Pero en ese momento, en ese cuarto esterilizado, bajo el eterno mediodía de los tubos fluorescentes, cuya fría luz seguiría alumbrando cuando algunas de esas vidas diminutas se hubieran extinguido, tuvo la sensación de que ella misma no podía respirar. Sus sentidos parecían fuera de foco; el aire que la rodeaba se había vuelto denso, espeso, y los sonidos llegaban a ella como a través de un estrecho tubo de hierro.

Como desde muy lejos oyó la risa hueca de Leanne.

—¿En la cárcel? En la tumba, me gustaría podrirme. Cualquier cosa sería mejor que disimular por la fuerza lo que siento, fingir que él era sólo un amigo de la familia.

Kitty tuvo un chispazo de comprensión entre la ira y el disgusto que crecían en ella. Lo que Leanne había hecho era imperdonable, sí, pero carecía de malicia.

—No importa lo que hayas hecho. Aún estás a tiempo para ayudar a nuestra madre —la instó con suavidad—. Tenemos que saber lo que sucedió, Leanne. ¿Ella descubrió lo que papi tenía contigo? ¿Fue por eso que lo mató?

La otra crispó la cara; de pronto volvía a ser la amiguita flacucha de Alex, que se agregaba a todas las salidas familiares. Meneó la cabeza.

—No fue Vern. Se lo dije yo. Lo extraño es que no pareció horrorizarse ni nada de eso. Dijo, con mucha calma, que sabía de las otras... pero que él no había amado a ninguna de ellas.

—Y tú le dijiste que esto era diferente, ¿no? —la acicateó Daphne.

Leanne tuvo la decencia de avergonzarse.

—No hizo falta que se lo dijera. Tu madre lo sabía. Aun así... no quiso escuchar cuando le dije que Vern quería casarse conmigo. Entonces se alteró un poco. Gritó que estaba mal. Que era perverso. Que debía cesar. Que...

Se mordió el labio, meneando la cabeza como si aún no llegara a comprenderlo.

—¿Qué? —preguntó Alex, casi a gritos. Su pelo, ya desaliñado, se había convertido en una peluca de espantajo. Sus ojos tenían otra vez la expresión enloquecida que sus hermanas le habían visto en la casa. —Dilo.

Su amiga no se molestó siquiera en mirarla. Acunándose bajo esa luz subacuática, entre los leves chasquidos de la mecedora contra el linóleo, mantenía la vista en blanco, perdida en algo que sólo ella podía ver. Por fin, con una risa aguda e idiota, que desató un escalofrío por la columna de Kitty, dijo:

—Adujo que él era mi padre, que no estábamos cometiendo adulterio, sino incesto. ¿Habráse oído locura semejante?

Capítulo 15

*A*lex se dijo que, si lograba que su corazón dejara de galopar, todo volvería a estar bien. Era medianoche pasada; estaba en su cama, con las luces apagadas; las gemelas dormían profundamente en la planta baja. Los únicos ruidos eran el suave ronroneo del reloj digital y los ladridos incesantes de un Golden Retriever en el patio vecino. Las horas perdidas en la casa, allá arriba; el viaje al hospital con sus hermanas; luego, el regreso a casa, conduciendo en medio de una niebla que parecía manar de los oscuros bajíos de su propia mente. Todo eso podría haber sido sólo un sueño espantoso... a no ser porque, en las últimas cinco horas, no había podido pegar un ojo. Miraba rígidamente el techo, en el que algunas motas brillaban como estrellas de una galaxia remota; todos los circuitos de su cerebro estaban en funcionamiento.

"¿Cómo pudo Leanne hacerme esto?" Su mejor amiga desde el jardín de infantes. Alex recordó que, a los trece años, Leanne se había enamorado del profesor de dibujo, y cómo sollozaba en sus brazos, destrozada, cuando el señor Simms se mudó al este para enseñar en otra escuela. También se había apoyado en ella cuando estuvo al borde de la muerte por meningitis. Y en la escuela, cierta vez, ella la había cubierto cuando la acusaron de copiar en un examen. ¡Y las horas que pasó escuchándola hablar pestes de Chip!

Cada recuerdo le retorcía el cuchillo en el corazón. Las semillas de la sospecha habían tardado varios días en arraigar, pero sólo ahora, desde esa noche, tenía la certeza. Ahora la traición de su amiga se estrellaba sobre ella como una ola enorme, dejándola sin fuerzas para incorporarse.

Nunca jamás perdonaría a Leanne.

Entonces una voz susurró: "¿Y a papi?".

¿Acaso él no la había traicionado también al dormir con su mejor amiga a sus espaldas? No podía haber ignorado cuánto la haría sufrir algo así. Y eso no le impidió hacerlo. Sin pensar en los sentimientos de su hija ni en el vínculo profundo que parecía unirlos.

No creía ni por un minuto que papi hubiera pensado abandonar a mamá por Leanne. Tampoco daba crédito al delirio de que papi hubiera engendrado a su amiga. Eso venía a demostrar que mamá había perdido la cabeza, sí.

Lo que ahora le venía a la mente, claro como el chasquido de un hueso al quebrarse, era la inevitable verdad que ocupaba el centro de todo: "Él no puede haberme amado". ¿Cómo podría haberle hecho eso, si la amaba? A ella, que callaba sus secretos tan celosamente como los propios, que se afanaba por satisfacer todas sus necesidades, a menudo a expensas de su marido y sus hijas (oh, sí, Jim la había herido en lo vivo al decir eso). ¿Y todo para qué?

Lo imaginó con Leanne: los dos burlándose de su ciega lealtad... como si ella fuera un animalito doméstico, demasiado estúpido como para entender nada. Riéndose de ella como se habrían reído de mamá, pese a su tonto orgullo de creer que era la única a quien él amaba de verdad.

Alex cerró los ojos, apretándolos con fuerza, hasta que el esfuerzo se hizo excesivo y volvieron a abrirse de súbito. Le palpitaba dolorosamente la cabeza. Y el corazón... ¿sería una especie de ataque? ¿Una ansiedad tan grave que acabaría en la sala de psiquiatría, en la cama vecina a la que mamá tenía reservada?

Recordó un sueño recurrente que tenía cuando niña y aún la asediaba en ocasiones: estaba de pie en medio de una ruta desierta, en camisón, y un camión enorme venía hacia ella. El camino era estrecho, con empinados terraplenes de grava a cada lado; cuando ella saltaba para apartarse del camión, caía rodando a tumbos por una pendiente interminable, con un alarido silencioso atascado en la garganta.

Muy en el fondo, ¿no era eso lo que había sentido constantemente con respecto a papi? ¿Atrapada, sin sitio alguno hacia donde huir? Kitty había preguntado qué clase de padre carga a una niña con semejantes confidencias. Ahora, después de tantos años, Alex lo comprendió.

"Yo era su comepecados".

¿No era ella como los intocables de los montes Apalaches, para quienes la tradición ordenaba dejar, en los funerales, ofrendas de comida sobre el ataúd? Eran descastados a los ojos de sus silvestres vecinos, pero también cumplían con una función vital... igual que ella.

Jim lo había visto desde un principio. La había acusado de adorar a su padre con exclusión de su propia familia. Y ahora Alex empezaba a comprender, no sólo el papel que había jugado, sino lo conveniente que había sido para su padre. Al asumir las culpas de él, se había convertido en su confidente, pero también en su conciencia. Para que él pudiera llegar al cielo libre de pecado, mientras ella...

Vivía un infierno aquí, en la tierra.

Durante todo ese tiempo se había creído muy dueña de sí misma, más que ninguna de sus hermanas. ¿Cómo había podido ignorar que estaba ahuyentando a su marido y distanciándose de sus hijas? Aun ahora mantenía a las niñas a distancia de distintas maneras; no las creía capaz de amarla a pesar de sus defectos.

—¿Por qué? Quizá porque, muy en el fondo, se sentía sucia, como si no las mereciera. ¿No había sido ése el verdadero legado de su padre? ¿Los pecados que había comido y que ahora la consumían?

En su pecho zumbaba un acorde grave y peligroso. Tendida en la cama, la vista perdida en la oscuridad, trató de llorar. Cualquier cosa, con tal de aliviar esa presión seca y dolorosa que sentía detrás de los ojos. Pero no sirvió de nada. Sus lágrimas estaban muy adentro, como piedras sepultadas en la tierra amarga de su conciencia. Sólo había una persona que hubiera podido reconfortarla: el hombre que, en cierto modo, la había herido más que nadie.

Casi sin saber qué hacía, Alex rodó sobre un costado para tomar el teléfono. Sólo cuando marcó el número de su ex esposo (que había aprendido de memoria, vaya a saber por qué) recordó lo tarde que era. Pisando los talones a ese pensamiento llegó otro aún más deprimente: tal vez Jim no estuviera solo.

Estuvo a punto de cortar, pero algo se lo impidió... todavía con la mano trémula y la lengua pegada al paladar, que de pronto parecía más seco que espuma de poliestireno.

Jim atendió al tercer retintín, con un aturdido:

—¿Eh?

—Soy yo, Jim. —Ella vació antes de preguntar: —¿Estás solo?

Hubo una pausa. Lo imaginó aporreando las almohadas para acomodarlas y recostarse contra la cabecera. Luego, una risa grave y gruñona resonó en la línea.

—No hay como ir directamente al grano —dijo—. ¿No deberías comenzar disculpándote por haberme arrancado de un sueño profundo?

—Perdona. —Percibiendo el filo de su voz, Alex se apresuró a añadir: —No me di cuenta de que era tan tarde.

Pero en el fondo de la cabeza, como un latir constante, estaba el conocimiento de que él no había respondido a su pregunta. Esperó, alerta. Por fin Jim murmuró, gangoso:

—Estaba soñando algo increíble. Me veía en la playa de St. John, disfrutando del sol y de los vientos alisios, sin un alma a la vista.

—Tenía entendido que, para ti, el paraíso era una jarra de margaritas y una mujer hermosa en tanga —replicó ella, agria.

—Entonces no me conoces tanto como crees.

Se oyó un susurro de sábanas. Él bostezó. Luego continuó con tono seco:

—Como no estás hiperventilando, interpreto que esto no es una emergencia. ¿Me llamas a la una y media de la mañana sólo para decirme que soy un cretino?

Alex aspiró un poco de aire y se tendió de espaldas contra la almohada.

—No —dijo—. Si te di esa impresión, lo siento.

Jim silbó por lo bajo.

—Dos disculpas seguidas. Caramba, éste es mi día de suerte.

Ella cerró los ojos con fuerza.

—No eres un cretino, Jim. El problema soy yo —confesó—. Por si no te has enterado, últimamente he estado hecha un desastre.

—Ahora que lo mencionas, sí, creo que vi algo en el informativo de la noche —bromeó él.

O bien no la tomaba en serio, se dijo Alex, o no quería dejarse envolver en sus problemas. De un modo u otro, acudir a él había sido un error. Mientras buscaba la manera de cortar sin pasar vergüenza, Jim, dijo con perfecta seriedad:

—Por Dios, mujer. Después de lo que ha pasado con tus padres, ¿quién no estaría hecho un desastre?

—Alguien que hubiera prestado más atención a las cosas que importan de verdad, antes de que fuera demasiado tarde. —Con el corazón en la garganta, Alex esperó en silencio la siguiente movida de Jim.

—Nadie es perfecto —dijo él, cauteloso.

—Por apuntar a la perfección es que me metí en problemas —suspiró ella—. Por si todavía tienes un pie en esa playa (que fue la de nuestra luna de miel, según recuerdo perfectamente, y estaba en St. Thomas), lo que trato de decirte es que tal vez no fue sólo por culpa tuya, nuestro divorcio.

—Te escucho.

Entonces ella se lo contó. Lo de Leanne y su padre. Lo de sus hermanas. Lo que habían hablado en la casa.

—Tenías razón desde un principio —reconoció con amargura—. Yo era valiosa para mi padre... pero no de la manera que yo pensaba. Me necesitaba para que todo pareciera más potable. Para que se lo lavara... como a dinero sucio.

Se hizo un silencio mientras él reflexionaba. Luego preguntó:

—¿Crees que tu madre decía la verdad? ¿Leanne podría ser hija de él?

Alex luchó contra el impulso de espetarle: "No seas idiota". Pero no pudo domeñar su disgusto.

—¡Por supuesto que no! Para empezar, Leanne tenía cinco años cuando sus padres se divorciaron. Para eso, Beryl tendría que haber estado saliendo con mi padre todos esos años. Entre otras cosas, ¿no crees que su marido los hubiera sorprendido antes?

—Mira lo que tardó tu madre —señaló Jim.

Pese a todo lo que ahora sabía, ella ardía en deseos de defender a su padre.

—No —aseguró—. Papi puede haber sido egoísta... pero no era ningún monstruo. Si Leanne hubiera sido suya, él jamás...

Se interrumpió, demasiado asqueada como para terminar el pensamiento.

—¿Y si no lo sabía?

—Es imposible. Beryl se lo habría dicho. Una mujer no guarda ese tipo de secretos.

—¿Por qué no? Tú callaste unos cuantos, por cierto.

Alex se masajeó una sien dolorida con el pulgar.

—Mira, ya sé que fui yo quien sacó el tema, pero ¿te molestaría que lo dejáramos así? Ya estoy demasiado sobrecargada.

Escuchó el sonido de la respiración al otro lado de la línea; a su modo, era tan reconfortante como el océano que la hacía dormir todas las noches, en su niñez. Cuando él preguntó suavemente:

—¿Necesitas compañía? —sonó tan natural como una ola que rompiera contra la costa.

El corazón de Alex detuvo su carrera desatada y comenzó a golpear.

Era lo que necesitaba, desesperadamente; aun así dudó. Si decía que sí, ¿qué daría a entender? ¿Que estaba dispuesta a recomenzar? Y en el caso de que Jim se lo preguntara sólo por compasión, lo último que ella necesitaba era que le hicieran el amor por misericordia.

Cuando por fin recuperó la voz fue casi como si hablara otra persona, alguien que anduviera a tientas en la oscuridad, dentro de ella.

—Dejaré la puerta trasera sin llave —dijo en voz baja.

Su tensión cedió abruptamente; en cuanto hubo cortado la abrumó el cansancio. De pronto, los ojos que no había podido cerrar se negaban a estar abiertos. Los dejaría descansar por un minuto, nada más; tenía cosas que hacer antes de que apareciera Jim. Cambiarse el camisón de franela por algo más sensual, lavarse los dientes, quitar la llave a la puerta...

Aún dormía, soñando con una costa distinta, más fría y menos agradable que la de St. Thomas (aquélla por donde había paseado ella con su padre casi todas las noches, después de cenar) cuando una parte de ella percibió vagamente que alguien se deslizaba en la cama, a su lado. Era una presencia familiar, cuyo olor reconoció; instintivamente se corrió hacia ella.

—Alex.

Sintió el aleteo de un aliento tibio contra la mejilla.

Aún medio dormida, alargó un brazo, con un suave murmullo. Jim estaba desnudo a su lado; la sorpresa cálida de su piel fue como un sueño del que no quería despertar. En algún lugar, muy por debajo de las playas pedregosas del pensamiento consciente, sintió los estremecimientos de un deseo puesto en hielo mucho tiempo atrás.

Lo dejó flotar hacia la superficie, sin resistirse, saboreándolo como si fuera algún sabor nuevo y delicioso; Jim le deslizó la punta de la lengua por la boca, antes de incitarla a entreabrirla. Cuando la besó fue como si los dos años de separación no hubieran existido, como si todo ese doloroso período hubiera sido un sueño y ésta, la única realidad. Con los ojos todavía cerrados, se acurrucó contra él, saboreando el sentirlo contra las piernas y el torso en toda su longitud, todo músculos firmes y planos largos; saboreando, también, las ensenadas familiares en las que sus curvas casaban tan a la perfección. Cuando alargó una mano para acariciarlo bajo los cobertores, lo sintió activarse contra su pierna, con un gemido leve.

Alex puso toda su voluntad en no pensar en las mujeres con las que él habría estado desde su divorcio; aun así las imágenes se entrometían, instándola a despertar, al tiempo que la excitaban perversamente. El calor que goteaba por ella se acumuló en un ardiente nudo de urgencia.

Después de quitarse el camisón por sobre la cabeza, se tendió de espaldas para permitirle la misma libertad con lo que tenía entre los muslos. Cada roce experto de esos dedos la desplegaba un poco más. "¿Cómo pude prescindir de esto?", pensó. De pronto, las noches solitarias que había pasado despierta, persuadiéndose de que estaba mejor sin él, le parecieron tan lejanas como cuando Lori y Nina eran pequeñas... y tan ingenua como sus hijas, cuando creían que la luz de un velador podía eliminar al hombre de la bolsa.

—No te has olvidado —susurró.

—De la playa, quizá; de la mujer, jamás.

Ella vio un brillo de dientes en la oscuridad; un momento después él se deslizó hacia abajo, apartando las mantas, para reiniciar con la lengua la tarea que sus manos habían abandonado.

Alex separó las piernas y arqueó la espalda; cada sensación era más exquisita que la anterior. "Allí... oh, sí... me conoce tan bien...". Empezó a temblar incontrolablemente de pies a cabeza. Luego se sintió llevada al otro lado, con una facilidad vertiginosa que la dejó sin aliento. Por ella corrieron sucesivas olas de placer, empapándola de alivio sensual, dejándola limpia, rosada, delirante...

...y libre para hacer lo que la naturaleza mandara.

No había prisa, se dijo. Podían ocupar toda la noche, si así lo querían. Rodó hacia un costado, con intención de brindarle el mismo placer que él le había dado. Pero Jim, impaciente, la tendió sobre él.

Momentos después, cuando lo miró a la cara (llena de concentración, con un destello salvaje y lejano en los ojos), el deseo que había sido satisfecho volvió a surgir, más intenso y brillante con cada embate, hasta que volvió a estallar... y Jim también atrapó la ola, saliéndole al encuentro con impulsos breves y duros.

Alex se dejó caer contra el colchón, con un líquido caliente goteándole por la cara interior del muslo, sin aliento, sin peso, como si saltara hacia la libertad desde algo que había estado muy comprimido.

En la oscuridad oyó que su ex esposo luchaba por recuperar el aliento. Después de uno o dos minutos se tendió de cara hacia ella y le cubrió una mejilla con la mano.

—Tengo que hacer una confesión —susurró—. Bueno, dos, en realidad. La primera es que tenía ganas de hacer esto desde hace un año y medio.

Ella le sonrió.

—¿Y la segunda?

—Esto. —Jim alargó el brazo hacia la mesita de luz y levantó algo, haciéndolo centellear en la penumbra. —La llave de tu puerta. Me la dio Lori... por si acaso.

—¿Por si acaso qué?

—Oh, no sé. Incendio. Inundación. O... —Ella sintió que la barba crecida de su mentón le raspaba levemente el hombro. —... por la remota posibilidad de que me invitaras a venir alguna noche, en un momento de debilidad.

Alex recordó vagamente que le había prometido dejar la puerta sin llave, un momento antes de quedarse dormida.

—Supongo que debería enojarme —reconoció, con una risita sofocada—. Pero me alegro. ¿Qué habrías hecho sin ella?

—Derribar la puerta a patadas, probablemente. —Él sonrió de oreja a oreja. —Ya sabes cómo somos los cavernícolas: no permitimos que nada nos estorbe el paso.

Ella enarcó una ceja.

—Sí, lo he comprobado.

—¿Alguna queja?

—Una.

—¿Cuál? —Él empezó a hociquearle el cuello.

—No me alcanzó con una sola vez.

—Comparto tu opinión, decididamente.

—¿No vas a perder algún avión? —bromeó ella.

—No pienso moverme de aquí.

El beso que le dio tornó imposible, además de inútil, cualquier otro comentario.

Horas después, mientras tomaban té en la cocina, ella pensó: "Qué a sus anchas se lo ve aquí, como si hubiera vivido alguna vez en esta casa". Tuvo la extraña sensación de que, si se levantaba a comprobarlo, encontraría sus ropas en el armario y su cepillo de dientes en el botiquín del baño. Tras pasar casi un año en esa casa, ¿cómo no había notado que la poltrona de la sala era igual a la preferida de Jim?

—¿Recuerdas cuando las chicas eran recién nacidas? —comentó él—. Esta hora del día (o de la noche) era nuestra única oportunidad de estar solos.

Se había puesto la ropa, por si una de las gemelas viniera a comer un bocadillo, pero tenía los faldones de la camisa afuera y no se había abrochado el cinturón. Deslizó un pie descalzo por debajo de la mesa, hasta cubrirle los dedos con los suyos. Ella sonrió en tanto soplaba sobre su té.

—Hablábamos en susurros, por miedo a que despertaran y empezaran a gritar.

—Y aquí estamos... todavía hablando en susurros. Hay cosas que jamás cambian. —Él rió por lo bajo.

Alex jugó con el saquito de té, pensativa y algo alarmada por la idea de que las niñas los vieran así. No quería que se hicieran ilusiones. Con voz ligera, aventuró:

—La cuestión es qué haremos ahora.

Jim reflexionó por un momento. Luego dijo con lentitud:

—No estoy seguro... pero sería divertido averiguarlo.

Ella hizo un gesto afirmativo, tragando saliva para desatar la súbita tensión de su garganta.

—Tal vez —concordó—. Siempre que no estés saliendo con otra.

Como Jim no respondió de inmediato, ella tembló por un momento, suponiendo que iba a oír la respuesta que temía. Luego él meneó la cabeza, con divertida exasperación, y alargó la mano por sobre la mesa para darle una leve palmada en la mejilla, regañándola:

—Podrías comenzar por tenerme un poco de confianza.

Alex sonrió, sintiendo que su tensión se aflojaba.

—Así será... en cuanto aprenda a confiar en mí misma. —Luego añadió, vacilante: —Hay... Hay algunas cosas que no te he dicho, Jim. Cosas que deberías saber antes de... bueno, antes de ir más allá.

Pensar en sus dificultades financieras hizo que se pusiera tensa otra vez. Pero eso no era todo. Además había que reparar los daños sufridos por el baluarte de su familia. Tenían una ardua tarea por delante. ¿Estaría listo Jim? ¿Lo estaba ella?

Él se apoyó en los codos; las volutas de vapor que subían desde la taza suavizaban los planos duros de su cara. Con una despreocupación que la intensidad de su mirada desmentía, le preguntó:

—¿Qué vas a hacer mañana? Tengo la tarde libre. Podríamos caminar hasta el faro. No se me ocurre mejor lugar para ventilar un problema.

Alex vaciló. Al día siguiente debía mostrar una casa: una construcción en desnivel que la agencia tenía en venta desde hacía un año; pero el vendedor no tenía interés en bajar el precio y ella no sabía casi nada sobre los posibles compradores, una pareja de ancianos que probablemente no estaban tan decididos.

—¿Qué les diré a las niñas? —evadió.

—Que tienes una cita con un hombre alto, moreno y buen mozo. —Jim le disparó una sonrisa que se esfumó con celeridad, reemplazada por una mirada escrutadora. —Claro que hay muchos tipos así. —Una pausa. —Y tú ¿estás saliendo con alguien?

Alex estuvo a punto de soltar una carcajada; no le habían faltado oportunidades, pero últimamente su vida era demasiado disparatada como para cargar también con los tropezones y los amagos de comenzar otra relación desde cero.

—Merecerías que así fuera —lo provocó, apretando los labios para no sonreír. Luego quedó pensativa; su mente repasaba los sucesos del día, tal como el tejedor que trabaja con un telar: jalando, enhebrando, atando los cabos sueltos. —¿Podría ser pasado mañana? Tengo que ver a alguien.

—¿Alguien de quien yo deba enterarme? Claro que no es asunto mío.

Esa pequeña arruga entre las cejas, como una condecoración militar tallada por sobre el puente de la nariz: eso siempre lo delataba, aun cuando hacía lo posible por disimular sus emociones.

Jim estaba celoso.

Entonces Alex sonrió, sí. Y le dijo la verdad; en cierto sentido era aún más preocupante (al menos para ella) que cuantos cabos sueltos hubiera tenido que atar con un amante.

—Mi madre —dijo.

Capítulo 16

Johnny se paseaba por la oficina de su jefe; era algo más amplia que la suya y más ordenada, por cierto, pero tenía la misma vista somnolienta: una expansión de prado en pendiente, salpicada de canteros rojizos en los que las coníferas enanas y las piracantas se arracimaban como tristes marineros náufragos. Corría la segunda semana de junio; los cerezos de jardín que bordeaban el camino ya habían perdido las flores; algunas sembraban todavía el césped, como papel picado de un corso que hubiera quedado muy atrás.

—¿Peligro de fuga? —repitió—. ¿Me estás jodiendo? Esa mujer nos ha entregado la condena en bandeja de plata, prácticamente. —Tuvo que contenerse para no gritar. —Hablo de tres o cuatro semanas, a lo sumo. Lo suficiente para poner en orden sus asuntos y pasar algún tiempo con su familia. No irá a ninguna parte, créeme. —Dejó de pasearse para girar en redondo. —Si nosotros accedemos, Kendall la dejará salir. Hagámoslo. Quedarás bien con los corazones dolientes de ahí afuera. Y la anciana tendrá unas pocas semanas de libertad antes de que la encierren definitivamente.

Bruce Cho, apretado detrás de su escritorio, lo observaba con la pétrea impasibilidad que era su característica.

—¿Sólo porque es vieja crees que no va a fugarse? También parecía ridículo que una mujer de sesenta y seis años pudiera asesinar a su marido. —Su tonante voz de bajo, de las que niños y perros obedecen al instante, no daba cuartel. —Pero supongamos que se queda. Hay otro problema. Ya que tú lo has mencionado, opino que, en el tribunal de la opinión pública, una movida así podría estallarnos en la cara. ¿Qué clase de mensaje transmitiría? ¿Que el fiscal de distrito está dispuesto a echarse atrás según la edad, la raza o la religión del acusado?

Cho, un metro noventa y dos de carne, descendiente de samoanos y filipinos, había topado en su ascenso a la Fiscalía con todos los prejuicios que una ciudad pequeña puede prodigar... y era igualmente empecinado. Johnny sabía que, para persuadirlo, sería menester tratarlo con sumo cuidado.

—Unas pocas semanas; se las darías hasta a un perro enfermo —arguyó.

—Si estuviera rabioso, no. —Cho entornó los ojos, centelleantes fragmentos de antracita hundidos en los repliegues circundantes. —Una cosa es segura: la dama tiene intrigada a la gente. —Prefiero que se quede donde esté vigilada. Debe de tener dinero guardado. Lo suficiente como para vivir como una reina en Río de Janeiro.

Johnny soltó una risa breve y nada alegre.

—Puede ser, pero por lo que se ve, dudo que pudiera cruzar la calle sola.

—Lo mismo dijeron ocho psiquiatras de aquel vivillo de Vinnie Gigante.

—Todos pagados por la mafia, sin duda —apuntó Johnny, seco.

Cho lo observó con aire pensativo, asintiendo con la cabeza como en respuesta a algún diálogo interior, con las manazas cuadradas formando un puntal para la barbilla. Ese hombre era capaz de lograr una condena sólo con su potencia, como en el caso de aquel cultivador de tomates que había encerrado por homicidio, por haber retenido a trabajadores inmigrantes en un cobertizo cerrado, bajo un sol abrasador; dos de ellos perecieron. Joe Cunningham protestó que él no había querido matarlos, sino darles una lección, pero al fin fue él quien recibió la lección: cuarenta años de cárcel.

—Si no te conociera, John, diría que tienes interés personal en todo esto. —La voz del fiscal de distrito fue como un alfiler que cayera en el silencio.

Johnny sintió que la habitación se caldeaba de súbito. Su mirada se desvió hacia el archivero, sobre el cual se veía una fotografía enmarcada de Cho, en sus tiempos de *fullback* de Notre Dame. Había sido escogido para jugar como profesional, pero una lesión de rodilla lo desvió hacia la abogacía. Lo que no había cambiado era la pasión del juego, tan evidente en esa foto. Para Cho, ganar lo era todo.

El punto de vista de Johnny era diferente, aunque no necesariamente opuesto. Ante la zona gris existente entre lo que era legal y lo que la moral indicaba hacer, él se preguntaba dónde caían exactamente sus motivos. El hecho de que estuviera actuando por amor ¿lo hacía mejor que quien obraba movido primordialmente por la ambición? ¿Alguno de los dos era estrictamente sincero en ese caso? Cho no quería que nada le estorbara la reelección. Para Johnny el objetivo era mucho más simple y, al mismo tiempo, mucho más complicado: Daphne. Quería a Daphne. Y ella, al buscar su ayuda, le había proporcionado, sin saberlo, la oportunidad que estaba buscando.

Pero antes debía arreglar las cosas con Cho.

Acercó una silla y se sentó, inclinándose hacia adelante para establecer contacto visual, tal como su jefe le había enseñado a hacer con los jurados.

—Nos conocemos desde hace tiempo, Bruce. La noche antes de las elecciones, esa noche en que los dos nos emborrachamos en Manny... me dijiste que si no ganabas ibas a arrojar la toalla... y te meterías a entrenador de fútbol para niños pobres.

Cho arrugó su cara de piedra en una mueca de vaga diversión.

—Demasiados margaritas con el estómago vacío. —Su sonrisa desapareció. —Pero que conste en actas: lo decía en serio.

—Probablemente estabas demasiado borracho para recordarlo, pero te hablé de una mujer —prosiguió Johnny—. Alguien de quien estuve enamorado hace mucho tiempo; nunca he podido quitármela de la cabeza. —Un calor lento se acumulaba dentro de él, comprimiéndole el corazón hasta reducirlo a una bola tensa y dura. —Pero no te dije su nombre, porque entonces no tenía importancia. —Hizo una pausa. —Es Daphne Seagrave, Bruce.

Aunque Cho dio un pequeño respingo, no parpadeó, fiel a la etiqueta.

—¿Me estás diciendo que hay un conflicto de intereses?

Johnny aspiró hondo.

—No quiero mentirte —dijo sin rodeos—. Me gusta mi trabajo y sabes que puedes contar con mi integridad. Sólo quise que lo supieras por mí: que tengo interés personal en todo esto. Por lo que al caso se refiere, te doy mi palabra de que ella y yo no hemos discutido nada que no estuviera permitido.

El fiscal frunció el entrecejo, obviamente disconforme con el nuevo giro que Johnny había dado a una situación ya espinosa.

—Lo que yo pueda pensar no importa. En las ciudades pequeñas la gente siempre habla. Es mucho arriesgar por una vieja pasión.

Su ayudante recordó la única vez en que lo habían asaltado, pocos años después de su casamiento con Sara. Recordó haber contemplado los sitios vacíos donde antes estaban el televisor y el estéreo, marcados por cuadrados de polvo gris, pensando en lo deprimente que era todo eso. No sólo la desaparición de las cosas, sino el hecho de que algún cretino se hubiera arriesgado a la cárcel, quizás a la muerte... ¿Y si él hubiera estado en casa, esperándolo con una escopeta? Y todo por unos pocos artefactos viejos, que habían costado bastante cuando nuevos, pero por los que ahora no les darían más de cien dólares.

Esto era diferente. Los riesgos eran altos, sin duda, pero lo que podía ganar era invalorable. ¿Debía mentir a Cho?

Se decidió por la más sencilla de las verdades.

—No me acuesto con ella, si a eso te refieres.

Había evitado deliberadamente el uso del pretérito. Su jefe no perdía nada por no saber lo de aquella noche en la playa. Y hasta que terminara el juicio, esa noche no se repetiría. Daphne tenía sus propios motivos; aunque él no los entendía del todo, ahora comprendía que, siquiera por el bien de su madre, ella tenía razón al mantener la distancia. Por el momento, siquiera.

¿Y cuando todo eso terminara? Su marido, Cho, la línea defensiva completa de Notre Dame no bastarían para mantenerlo lejos.

—Permíteme decirlo de otro modo. —Por primera vez Cho parecía algo desconcertado. —En este asunto de la fianza ¿no tendrás algún motivo ulterior?

Johnny sintió una pequeña sacudida interior, allí donde terminaba el terso pavimento de las racionalizaciones y se iniciaba el sendero hollado del instinto. En su juventud, por Daphne había matado dragones a puño limpio. Ahora debía confiar sólo en su ingenio. Pero todo se reducía a lo mismo, ¿no? La naturaleza humana, pese a milenios de civilización, llevaba a luchar y hasta a matar por lo que se deseaba. En ese sentido él no se diferenciaba de Cho.

—Te he dicho todo lo que necesitas saber —replicó. Era lo más próximo a la verdad que se atrevía a decir, y estaba seguro de que dejaba la impresión de estar ocultando algo.

Por la cara inexpresiva del fiscal cruzó una sombra, como si una nube de tormenta pasara por sobre una llanura inhabitable.

—No se trata sólo de lo que es legal... y hasta ético, John. Si el periodismo se enterara de esto podríamos pasar una tremenda vergüenza.

En la mejilla de Johnny se contrajo un músculo.

—No se enterarán.

—¿Cómo diablos puedes prometer algo así?

—Te doy mi palabra; eso es todo. Y si alguien quiere desenterrar lo que hicimos a los dieciocho años, será un cuento entretenido, pero sin nada a lo que hincarle el diente.

Recordó haberla besado en el muelle, a cielo abierto. Había sido una tontería, pero no se arrepentía ni por un instante.

Cho no dijo nada. Su ayudante esperaba, tenso y callado. Sabía que lo estaba poniendo a prueba. Quería ver si podía arrancarle algo más. Era su mejor línea de defensa al contrainterrogar a un testigo: esa mirada calibre .22. Y aunque seguía soltero (quienes frecuentaban los tribunales gustaban decir, bromeando, que el cargo era su esposa y su amante), era lo bastante experimentado como para saber que el hombre sensible a una vieja pasión es mucho menos peligroso que aquel cuyo corazón lo lleva adonde su conciencia no osa llegar.

Después de lo que pareció una eternidad, Cho se respaldó en el asiento, tosiendo dentro de su puño; fue un único ladrido explosivo, como un disparo de revólver. Cuando volvió a mirar a Johnny sus ojos centelleaban con frialdad.

—Has dicho que en otros tiempos estuviste enamorado de ella. No has dicho qué sientes ahora.

Él visualizó una palanca, de ésas pesadas, que se utilizan para operar manualmente una máquina industrial; se imaginó tirando de ella hacia abajo con todas sus fuerzas. Escogió sus palabras con cautela.

—No tienes por qué preocuparte. Está casada.

Cho no necesitaba saber lo que sentía por Daphne ni que su marido, tras una ausencia de varias semanas, había acudido a la carrera, olfateando un cambio en el viento. Él se había enterado de eso el día anterior, al verlo salir de Jasper como una tromba, con Daphne a la rastra. Era un hombre corpulento, con la expresión de quien está muy satisfecho de sí mismo; concordaba exactamente con la imagen que Johnny se había formado de él.

Ahora, en la oficina de su jefe, le habría gustado aprovechar la oportunidad de enumerar, uno a uno, todos los motivos por los que ella debía divorciarse de ese imbécil. Afortunadamente Cho no insistió sobre el tema. Echando una mirada a su reloj, maldijo:

—En menos de diez minutos tengo que estar en el tribunal, carajo. Otra vez Munson. Ese boludo hizo que su abogado pidiera un nuevo juicio, ¿puedes creerlo?

Al levantarse él, con pesadez, los sobrecargados resortes de la silla emitieron un chasquido audible. Parecía haber olvidado completamente la moción de Cathcart. Cuando Johnny se disponía a lanzar su andanada final, Cho se inclinó abruptamente hacia delante, eclipsando parcialmente el torrente de sol que entraba por la ventana, a su espalda, y plantó las manos en el centro del escritorio.

—Un pequeño consejo, John —dijo, con suave énfasis—. No me interesa con quién te acuestes. Pero si cedemos en esto, si Lydia Seagrave sale bajo fianza y sucede algo, cualquier cosa que impida su juicio, quedarte sin empleo será el menor de tus problemas. ¿Me has entendido?

Johnny presionó con más fuerza contra su palanca mental; empezaba a ceder; era una dura y rechinante resistencia que le crispó los músculos de los brazos y el pecho. Pero no se acobardó. Ni siquiera apartó la vista.

—Con toda claridad —respondió, mirando de frente a su jefe.

A las once y media de la mañana siguiente, en la sala del juzgado, Daphne observó en temeroso silencio cómo llevaban a su madre hasta el estrado del juez Harold Kendall. Era un soleado miércoles de junio, casi dos meses después de la audiencia de procesamiento. La sala, tan atestada aquel día, estaba ahora casi desierta, pero ella apenas lo notó. Hasta los procedimientos, misericordiosamente breves, pasaron como un borrón. Ella no oyó una palabra, salvo cuando Johnny declaró secamente que la Fiscalía retiraba sus objeciones a la libertad bajo fianza. Pero ahora mantenía la vista fija en el juez, cuya cara parecía la de un bulldog inglés hiperdesarrollado.

—Si la Fiscalía no presenta objeciones, me inclino por acordar lo solicitado. Se fija la fianza en quinientos mil dólares —declaró Kendall, descargando el martillo con decisión.

Daphne se tambaleó como alcanzada por un golpe. Hasta ese momento no había tenido conciencia de lo tensa que estaba. Tardó uno o dos segundos en poder aflojar los dedos apretados y estrechar la mano de Kitty. Faltaba mucho para dejar atrás esa dura prueba, sin duda, pero era un pequeño triunfo.

A su izquierda Roger cambió de posición, carraspeando audiblemente. ¿Estaría pensando en el dinero que debían conseguir para la fianza? Probablemente. Un momentáneo fastidio distrajo a Daphne del gozo que bullía en ella. Su padre había invertido en fondos mutuales, pero si algo les impedía echar mano de esos activos, ella estaba muy dispuesta a pagar de su propio bolsillo.

Sin embargo, Roger volvió hacia ella una expresión de franco alivio que le provocó un instantáneo arrepentimiento. Mantuvo la vista fija en él para no mirar a Johnny, que venía por el pasillo.

Ignoraba cómo lo había conseguido, pero eso era obra de él. No cabía otra explicación para esa abrupta retirada de la Fiscalía. Y eso no era todo: ¿acaso ella no había sabido desde siempre que Johnny no le fallaría?

Mientras salía con Roger y Kitty al corredor vidriado, desde donde se veían los jardines de abajo, divisó a Johnny, que conferenciaba con su jefe. Se le aceleró el pulso. Durante toda la audiencia había sentido mucho más su proximidad que la de su esposo, aunque Roger estaba sentado junto a ella. Aun ahora, cuando éste se alejó con Cathcart para acordar lo de la fianza, Daphne no pudo quitarse la sensación de que no era él, sino Johnny quien estaba liberando a su madre.

Lo más difícil era no poder decirle lo agradecida que estaba. ¡Qué influencias debía de haber movido a su propia costa, a juzgar por la expresión de Cho! Era preciso mantener la distancia, aunque eso la matara; cualquiera fuese el final, debía dar a Roger su oportunidad, aunque para eso tuviera que sacrificar la suya con Johnny.

Daphne marchó hacia su hermana, que algo más allá, conversaba con la rubia asistente de Cathcart. Sólo había dado unos pocos pasos cuando la detuvo una mano firme contra su codo.

—¿Tienes un momento? —El aliento de Johnny le calentó la oreja.

Se volvió lentamente para enfrentarlo, con el pulso acelerado. Lo primero que le llamó la atención fue una lastimadura roja en la mandíbula, donde se había cortado al afeitarse. En el tribunal no se había percatado, porque él estaba demasiado lejos. Ahora, aunque mantenían una discreta distancia, lo sentía demasiado cerca; sus ojos parecían quemarla.

—Johnny, no creo que éste sea el... —empezó a protestar.

—No te robaré mucho tiempo. —La condujo hasta un recodo del pasillo, donde un corredor más breve se abría a un pequeño atrio, con sillas y bancos esparcidos entre grandes tiestos con ficus y planteros chorreantes de helechos.

Daphne, comprendiendo cómo podía haber interpretado su renuencia, se apresuró a disculparse:

—Si te di la impresión de rechazarte, perdóname. Te arriesgaste mucho para lograr esto, ¿verdad? No hace falta que digas nada. Te conozco, Johnny. Y... y te estoy agradecida. De veras.

—No tienes ninguna obligación —aclaró él.

—Oh, Johnny... —Ella inclinó la cabeza para ocultarle sus lágrimas. —No sabes lo mucho que significa esto para mí.

Cambiando abruptamente de tema, él preguntó:

—El tipo con quien te vi ¿era tu marido?

Daphne asintió.

—Roger vino anteayer, inesperadamente. Quería... quería darme una sorpresa. —Su boca se aplanó en una sonrisa que parecía una mueca.

Johnny la observó por un momento, en triste silencio.

—Cuando te dije que no tenías ninguna obligación, me refería a mí. Eso no significa que no te debas nada a ti misma. —Su expresión se ablandó. —Piensa en eso, ¿quieres? Es todo lo que te pido.

—Por ahora las cosas están muy complicadas.

—Lo sé. Puedo esperar.

—Tengo hijos, Johnny.

—Me gustan los chicos. Yo también tengo uno, ¿recuerdas?

—Tú estás divorciado. Yo no.

—Ya me he dado cuenta.

Miró hacia detrás de ella, casi como si esperara ver a Roger acercándose a grandes pasos... quizás con la esperanza de una confrontación que forzara la crisis. Ella creyó ver algo salvaje llameando en sus ojos de humo. Luego añadió en tono suave:

—Seré franco contigo, Daphne. Por lo que había oído hasta ahora, pensaba que tu marido era de ésos que, con sólo abrir la boca, te dan una excusa para darles una trompada. Pero al verlo hay algo que me sorprende, lo reconozco.

Ella esperó, con el corazón latiendo sin ritmo. A veinte metros de distancia, entre los ficus, se había sentado un grupo variopinto: los candidatos a jurado, sin duda; se limitaban a esperar sin hablar entre sí, como personas que se encuentran en una estación de autobuses, sin otra cosa en común que un mismo destino.

—Él te ama —dijo Johnny.

Esas palabras la tomaron por sorpresa.

—¿Cómo lo sabes?

—Evaluar al competidor es parte de mi trabajo. Y sé hacerlo bien. —Sonrió, pero sus ojos permanecían serios, inexpresivos. —Vi cómo te mira. Trata de disimularlo, pero se esfuerza demasiado.

Daphne se sintió perturbada y confusa. No necesitaba que Johnny se lo dijera. ¿Acaso no lo sabía? Por eso no se había separado de Roger, por eso le daba una segunda oportunidad. Aunque él no lo demostrara, la amaba, sí. Y al final eso podía ser lo que la condenara.

—¿Por qué me haces esto, Johnny? —preguntó, en voz baja y quebrada.

Él levantó la mano. Por un momento de pánico Daphne pensó que iba a tocarla, pero la dejó caer al costado.

—No por amar a alguien tienes el camino allanado; es sólo el precio de la entrada —dijo—. Cualquiera sea tu decisión, Daphne, no la tomes por tu marido ni por tus hijos. Ni por mí. Nosotros sobreviviremos. Hazlo por ti.

Ella parpadeó para alejar las lágrimas, dejando aflorar una pequeña sonrisa.

—Sabes usar las palabras, a pesar de que te aplazaron en Lengua.

Él también sonrió, con esa mueca torcida y desenvuelta que la había enamorado tantos años atrás, en el Pozo de los Fumadores, detrás del edificio de ciencias.

—No hace falta ser un genio. Con la suficiente cantidad de coscorrones acabas por aprender.

Daphne miró hacia detrás de él. Allí estaba Roger; no venía con su habitual impulso guerrero, sino a paso lento y calculado, como alguien que sabe adónde va, pero no está muy seguro de lo que encontrará cuando llegue. Ella sintió un nudo en la garganta: por primera vez en dieciocho años de casados era ella quien llevaba ventaja. En otros tiempos eso le habría brindado una satisfacción; ahora, ninguna. Por el contrario, casi compadecía a su esposo. Las cosas mejorarían una vez que acabara el juicio y volvieran a Nueva York; pero aún faltaba mucho y Johnny no le estaba facilitando las cosas.

Desde lejos vio que los ojos de Roger pasaban de ella a su compañero, interrogantes; fue un alivio que Johnny le estrechara la mano en un saludo breve y profesional. Puso toda su voluntad en no ruborizarse ante el torrente de recuerdos que liberaba la firme presión de sus dedos.

—Adiós, Johnny. Y gracias... por todo.

—Por nada. —Una fracción de segundo antes de que la presencia de Roger la obligara a presentarlos, él dio un último apretón a sus dedos y desapareció.

Daphne quedó luchando por fijarse en la cara una expresión lo bastante neutra como para pasar el escrutinio de su marido; era lo más difícil que hubiera debido hacer en su vida. Más que visitar a su madre en la cárcel, que averiguar la fea verdad sobre su padre. Más difícil aún que haber dejado ir a Johnny, aquella vez.

Capítulo 17

Al final nada sucedió como estaba planeado. En el trayecto de regreso, Lydia apartó la mirada de la ventanilla trasera, por la que había estado mirando, para comentar serenamente que ansiaba ver si las begonias del porche habían rebrotado tras los fríos de ese invierno. Llevaba puesto el vestido de seda floreada que Kitty había sacado precipitadamente de su ropero; además de ser inadecuado para la ocasión, ahora le quedaba demasiado grande.

Al tomar la salida a la avenida San Pedro, al volante del Chrysler LeBaron alquilado, Roger hizo un giro tan cerrado que las cubiertas chillaron, dejando en el pavimento una marca en forma de coma. Después de aminorar abruptamente la marcha, informó a su suegra, con esa irritante y exagerada paciencia, que ya habían discutido el asunto y todos estaban de acuerdo en que, por el momento, estaría mejor en casa de Kitty.

La pelirroja, sentada junto a su madre, contuvo la lengua. "Una vez que mamá comprenda por qué —se dijo—, cambiará de idea". La casa estaría demasiado llena de recuerdos. Y no convenía que viviera con Alex.

Pensó en su tenso diálogo telefónico de la víspera con su hermana menor. Alex había preguntado por su madre, con un interés nada habitual y cierta timidez. Pero se echó atrás de inmediato en cuanto Kitty la instó a estar presente en la audiencia.

—Prefiero esperar hasta que estemos solas —dijo; se la oía nerviosa, pero sincera. —Hay algo que necesito decirle. Y no puedo hacerlo si hay mucha gente alrededor.

Kitty no dudó que su hermanita tenía un gran peso a quitarse del corazón. Sólo esperaba que su madre estuviera en condiciones de escucharla.

Miró con preocupación a Lydia, que le sonrió como diciendo: "¿A qué viene tanto alboroto?".

—Te agradezco la invitación, querida, pero tengo que ir a casa, de veras —insistió cortésmente—. He faltado mucho tiempo, ¿comprendes? Y hay tanto de que ocuparse antes de... —Su voz vaciló por un momento. —Antes del juicio.

—Ni pensarlo. —Daphne giró desde el asiento delantero, ceñuda. —No puedes quedarte sola en ese caserón. Es... —Parecía a punto de tragarse la palabra, pero la dijo: —Es morboso.

—Para ti, quizá. —Lydia se inclinó para darle una palmadita consoladora en el hombro. —Para mí es el hogar.

"Menos mal que nos deshicimos de la alfombra", pensó Kitty. Había ido allá con Daphne, la noche anterior; entre las dos se las compusieron para enrollarla y meterla en el Honda de Kitty, para llevarla inmediatamente al basurero municipal. Aun así se sentía tan nerviosa como si fuera cómplice de un asesinato y estuviera ocultando el cadáver bajo el manto de la oscuridad.

—Pero ¿no estarías mejor en mi casa? —insistió—. ¿Con tus nietos, en vez de estar sola?

Su madre pareció iluminarse.

—¿Con quién los dejaron? —preguntó, ansiosa.

Kitty se animó al notar que, cuanto menos en un sentido, seguía siendo la misma que antes se afanaba por ella y sus hermanas.

—Willa se ofreció a cuidarlos —respondió—. Sabe tratar a los chicos. Tiene dos.

La ligereza con que hablaba podría haber engañado a su madre, pero no vino a aquietar el súbito recordatorio de su propia pérdida, que se desenvolvía dentro de ella como una rosa carmesí fuera de temporada. Por la cara de su madre pasó una expresión melancólica, como si fuera a ceder. Luego, con un suspiro, cruzó las manos en el regazo, en un gesto decidido.

—Los veré muy pronto. Quiero que vengan todos a almorzar. En un par de días, cuando haya tenido tiempo de recuperar el aliento.

Daphne, que sabía actuar con la misma terquedad, probó un enfoque diferente.

—¿Qué te parece si me quedo contigo? Así estarías acompañada.

Lydia meneó la cabeza, apenada.

—Me encantaría, querida. En otra ocasión. —Detrás de su sonrisa Kitty atisbó la presión que estaba soportando. —Por ahora necesito estar sola.

Daphne argumentó que ella misma estaría más tranquila en la casa, donde pudiera cuidarla. No necesitaba añadir que estaba preocupada por su salud. Ni siquiera Lydia habría podido desconocer lo frágil que estaba.

Pero su madre se mantuvo firme. No hubo forma de persuadirla. Era como si estuvieran en un bote salvavidas, con mamá al timón, guiándolas por los mares tempestuosos que se habían llevado la preciosa carga de su familia, con todos sus recuerdos e ilusiones.

Manteniendo firmemente el rumbo, los condujo colina arriba hasta Agua Fria Point. Allí, flanqueada por Kitty y Daphne, con Roger abriendo la marcha, subió los peldaños de la casa a la que había llegado por primera vez cuarenta años atrás, joven y recién casada; la misma de la que saliera con esposas en las muñecas.

Kitty sólo tomó conciencia de su nerviosismo cuando estuvo a punto de caer en el porche, al tropezar con una madera torcida. Se tambaleó hacia atrás, con el corazón a todo galope; era una reacción desproporcionada, como si hubiera podido caer por el acantilado que se abría al otro lado de la ruta, allí donde el terreno se desplomaba hacia la rielante expansión del océano.

Al mismo tiempo la gratificó notar que las begonias, en los cestos colgados bajo los aleros, daban señales de vida. De los tallos ennegrecidos comenzaban a brotar hojas carnosas, con el verde purpúreo de los moretones al segundo día. Al ver que su madre alzaba la mano para rozar una, su propio ánimo se levantó un poco. "Tal vez queden esperanzas —pensó—. Para mamá... y para todos nosotros".

También Lydia debió de sentirlo, pues se detuvo en el vano de la puerta para volverse hacia ellos: una anciana delgada, de pelo blanco y vestido abolsado. Parecía tener diez años más, fácilmente. Y se la veía empequeñecida, como si el peso del dolor la hubiera disminuido de un modo fundamental. Pero sus ojos, bañados en el esplendor celeste de la lucerna que tanto admiraban los visitantes, chisporrotearon con renovado vigor.

—No me crean desagradecida, queridos —dijo—. Me conmueve profundamente todo lo que han hecho.

—Pero... —empezó Daphne. El traje de hilo azul marino le sentaba mal. Los ojos verdemar, enormes y luminosos, escrutaron la cara de su madre.

Apretando con fuerza el pomo de la puerta, Lydia apoyó la otra mano en el brazo de su hija.

—No se preocupen, por favor. Les aseguro que todo está bien.

Después de dar a cada uno un beso breve y seco en la mejilla, cerró la puerta con callada firmeza.

En los tres días transcurridos desde entonces, Kitty se había mantenido atareada en el salón de té, negándose a pensar sobre lo que podía suceder en la casa, allá arriba. Estaba de acuerdo con Daphne en que mamá podía caer por la escalera y quebrarse un hueso. O sentirse mal y no poder llegar hasta el teléfono. Pero ¿de qué servía preocuparse? Además, ¿qué podía ser peor de lo que ya había sucedido?

Aun así, el sábado por la tarde, mientras rallaba limones en la cocina, Kitty se descubrió reflexionando seriamente sobre otra posibilidad: que su madre estuviera tan loca como todos parecían pensar. Habían hablado por teléfono cinco o seis veces, sí, pero siempre eran ella o Daphne quienes hacían la llamada. Y aunque Lydia se mostraba infaltablemente cortés, era obvio que tenía otras cosas en la cabeza.

Cuando le preguntaban cómo se las estaba arreglando sin ayuda, respondía: "Muy bien". Aún tenía mucho que hacer, explicaba con un suspiro. Amigos y parientes con los que debía ponerse en contacto, montones de correspondencia que sólo ahora comenzaba a revisar. Los invitaría a todos, tal como había prometido, en cuanto tuviera las cosas al día. Pero Kitty empezaba a dudar.

Mamá no había hecho una sola mención de su padre ni del juicio, para el que sólo faltaban tres semanas. Tampoco se refería al puñado de periodistas, que, enterados de su liberación, acampaban frente a su casa; Kitty tuvo que enterarse por la señora McCrae, su vecina, quien había telefoneado para asegurarle que estaba atenta a lo que pasara. Y si su madre temía que el regreso al hogar le durara poco, no daba señales de pensarlo así. Se habría dicho que sólo retornaba de un viaje largo y agotador.

Si había vivido con angustia los días que condujeron al momento en que hizo aquellos disparos, destrozando la vida de toda su familia, ahora parecía haber alcanzado cierta paz. Kitty habría querido poder decir lo mismo. El relato de Leanne la había dejado muy perturbada. Todo era demasiado sórdido. Y muy triste, que un hombre pudiera haber causado tanto daño a lo largo de tanto tiempo. Y muy irónico que ese hombre, en ciertos aspectos, hubiera sido digno de admiración y hasta de amor.

¿Podía creer que Leanne fuera hija suya? Le parecía posible. Pero al fin de cuentas, lo que en verdad importaba era que mamá lo hubiera creído. Eso, más que ninguna otra cosa, era lo que había causado la muerte de su padre.

Y ahora lo masacrarían otra vez en el tribunal. ¿No se debía a eso el ensordecedor silencio de su madre? ¿Y la resistencia de Leanne a atestiguar? Ambas lo estaban protegiendo. Tal como Alex lo había protegido siempre.

La tristeza la colmó hasta desbordar. Ésa era la verdadera tragedia, se dijo, comprendiendo al fin lo que apenas había empezado a vislumbrar esa noche en la casa, con sus hermanas: la conspiración de silencio que tan cara habían pagado todos. En su luminosa cocina, donde el sol de los primeros días veraniegos tendía estandartes de oro sobre el viejo piso de mosaicos, tuvo la sensación de que ella y sus hermanas se habían atascado, de algún modo, y giraban en círculos sin sentido, como las abejas que veía por la ventana, bordando sus interminables giros por sobre el césped.

Giró sus pensamientos hacia Sean, preguntándose si sabría lo hondo que la habían herido sus palabras. Lo que había dicho la otra noche sobre aceptar lo malo junto con lo bueno, sugiriendo que quizás ella no era apta para los desafíos de la maternidad. ¿Y si tuviera razón? ¿Acaso ella había estado buscando el final feliz de los cuentos en una situación que, inevitablemente, debía ser enmarañada y sucia? Miraba con aires de superioridad la tendencia de Daphne a mirar la vida a través de cristales rosados, pero ella misma ¿no habría estado haciendo lo mismo? Trazando planos que no dejaban lugar para lo inesperado, lo extraño y hasta lo maravilloso.

A lo largo de toda su vida había sido lo que merecía los mejores elogios en su casa: una niña buena. Aunque no fuera perfecta, se le había enseñado que un corazón bondadoso es más importante que el éxito material, que la sinceridad es la base sobre la que se construyen las amistades duraderas. Sin embargo, al no alcanzar la meta, había permitido que su deseo de tener un hijo (deseo convertido ya en una obsesión) eclipsara todo lo que estaba a su alcance.

Y lo mismo estaba sucediendo con sus hermanas. Daphne confundía el deber con amor. Y Alex... despúes de vivir tanto tiempo a la sombra de su padre, difícilmente supiera dónde terminaban las necesidades de él y dónde empezaban las propias.

Con un suspiro, Kitty recogió las ralladuras de limón en un pequeño cuenco y se estiró para retirar una taza medidora del estante superior. "¿Y si llamara a Sean ahora mismo, en este momento?", se preguntó.

Lo extrañaba más de lo que habría creído posible. Hasta el recuerdo del muchacho parecía vitalizar cada uno de sus sentidos, intensificando los elementos cotidianos de una manera que iluminaba su belleza: el olor a limón, que llenaba la cocina de fragantísimo perfume; el ronroneo satisfecho de los gatos, acurrucados junto al horno; la luz solar, que daba una transparencia de encaje verde a las hojas redondas de las capuchinas que trepaban por la barandilla del porche. ¿Amor? No creía conocer su verdadero significado. No sólo porque nunca antes había sentido así, sino porque su madre había amado al mismo hombre por cuarenta años... y ahí estaban los resultados.

Pero si cabía guiarse por lo que sentía en ese momento (como si la hubieran desollado por completo, igual que a los limones desnudos que ahora se amontonaban en la mesada), esto debía de ser lo más parecido.

—Mami dice que si quieres a un hombre, por la noche debes poner algo suyo bajo tu almohada.

Kitty se volvió. Willa estaba de pie en el vano de la puerta, manteniendo en equilibrio una bandeja cargada de platos y tazas sucios, mientras se rascaba un tobillo con las uñas del otro pie, esmaltadas en rosa. Sonreía con aire travieso, como si le hubiera leído la mente.

—No sé si funciona o no —agregó—, pero al menos sueñas cosas lindas.

Llevó la bandeja a la pileta y empezó a cargar los platos en el llavavajilla.

Su despampanante atuendo era ese día un corpiño rojo y un pareo estampado con vistosos hibiscus rosados; lo completaba con un par de espadrillas de puntera abierta. Además lucía un tatuaje nuevo en el hombro oscuro y regordete: una manzana del tamaño de la uña de un pulgar, con un mordisco.

Kitty sonrió contra su voluntad.

—Soñar cosas lindas, no sé —dijo—. Pero no me vendría nada mal dormir una noche entera.

—Sé de algo que serviría —aventuró la muchacha, astuta—. Pero no viene en píldoras.

Kitty se acaloró.

—Si te refieres a Sean, hemos dejado de vernos —informó, medio pacata. Luego cedió con un suspiro. —Supongo que es lo mejor. En realidad no tenemos mucho en común.

—¿Quién lo dice? La gente se la pasa diciéndote que eres demasiado joven, demasiado vieja, demasiado gorda... Fíjese en mí: si me hubiera guiado por todos los consejos que me han dado en mi vida, ahora no tendría a mis dos nenes.

La expresión de Willa se tornó pensativa; en ese momento Kitty vio un destello de sabiduría entre las ropas mal combinadas y el caótico estilo de vida. Aun así replicó:

—A veces no se puede elegir. —Y reanudó su tarea con un suspiro. Medir la harina y el azúcar, separar las claras de las yemas... ésas eran las cosas sobre las que ella tenía control.

Una mano cálida y algo pegajosa se le posó en el brazo.

—Oiga, no quise molestarla... con lo de los nenes. Usted ya me conoce; las cosas me brotan de la boca sin darme tiempo a saber lo que estoy pensando.

Girando hacia la cara redonda y dulce de la muchacha, que estaba llena de preocupación, se encogió de hombros con bonhomía.

—Tú no tienes la culpa de que todo sea un desastre.

Willa dio un paso atrás para observarla.

—Oiga, ¿se siente bien? Está medio pálida. Le convendría acostarse un rato.

—No, gracias. Sintiéndome así, no volvería a levantarme. —Kitty bajó del estante la lata de azúcar y la plantó frente a su asistente. —Mide esto mientras voy a ver si mi hermana necesita ayuda, ¿quieres? Dos tazas. Y ya que estás, bate la manteca hasta que esté cremosa.

Hablaba con amabilidad, pero también en tono enérgico.

Desde la llegada de Daphne, ella y su hermana habían caído en cierta rutina. Daphne ayudaba en el salón de té por la mañana y por la tarde; después de una o dos horas, desaparecía en el piso alto para tipiar furiosamente en su ordenador portátil. Ya se tuteaba con todos los clientes habituales, que actuaban como niñeras informales, y era perfectamente capaz de manejarse sola. Era Kitty quien necesitaba descansar de Willa y su convicción (bien intencionada, pero enloquecedora al fin) de que para todos los males de la vida había una solución sencilla: un hombre.

Encontró a Daphne sirviendo el té con bollos de moras a Mac MacArthur. El jefe de redacción del *Miramonte Mirror*, con sus patillas encanecidas y la cara tan marcada como una vieja tabla de picar, estaba desarrollando ante su hermana su protesta favorita.

—¡Bebés de dos cabezas! ¡Abducciones extraterrestres! Es lo único que la gente quiere leer, hoy en día. ¿Sabe por qué venden esas porquerías en los supermercados? Porque es lo mismo que la comida chatarra: un montón de basura bien adornada para que parezca un budín casero. —Clavó en ella un ojo penetrante. —Los más jóvenes querían, ¿sabe? Me volvieron loco para que publicara artículos sobre ustedes, como todos los sensacionalistas. Pero yo les dije: "El día en que caiga tan bajo, pueden cavarme una tumba en el cementerio, junto a la de Vernon Seagrave".

Daphne no parpadeó: todo un mérito. Mientras intercambiaba una mirada con Kitty, respondió sin alterarse:

—Espero que no lleguemos a eso, Mac. Necesitamos más periodistas como tú.

Él le dio unas palmaditas torpes en la mano.

—Y hablando de lo que se publica... tu libro está por todas partes. Me avergüenza reconocer que todavía no lo he leído. Tendré que comprar un ejemplar en El Ratón de Biblioteca. —Guiñó un ojo a la dueña del local. —Usted debe de estar muy orgullosa de su hermana mayor.

—Así es —confirmó ella. "Pero no sólo porque es una escritora inteligente". Vio que la mano de su hermana vacilaba al servir el té.

—Dicen que conviene ser prudente con los deseos. Si hubiera sabido... —Se interrumpió, meneando la cabeza. —Digamos que el éxito no siempre es como lo pintan.

Mac asintió con aire de conmiseración. Sólo se animó cuando Kitty le preguntó si le molestaría compartir su mesa. Acababa de ver a Gladys Honeick de pie en el umbral, buscando con la mirada un asiento vacío. Mac llevaba meses haciendo todo lo posible por atraer su atención, mientras la teñida propietaria de Nuevas Olas fingía no percatarse. Cuando Kitty se le acercó para proponerle que se sentara con el jefe de redacción, Gladys la observó largamente por sobre los cristales verde loro de sus anteojos para sol.

—Puedo volver más tarde —dijo.

—Él dice que no es molestia, de veras —le aseguró ella.

—Bueno... —La mirada de Gladys se desvió brevemente hacia Mac. Luego, como persuadida de que no se trataba de ninguna trampa, caminó hasta su mesa para ocupar la silla de enfrente.

Él la desarmó de inmediato deslizándole su taza intacta.

—Pruebe —gruñó—. No muerde.

Ella agitó las pestañas, ronroneando:

—Yo le pongo limón. ¿A usted cómo le gusta?

—Negro como el pecado y bien fuerte. Como para cortar con cuchillo.

El jefe de redacción, activo pese a sus años, le dedicó un guiño pícaro, mientras llenaba con el resto del té la taza limpia que Kitty se apresuró a ponerle adelante.

Rato después ambos estaban muy enfrascados en su conversación, con las cabezas inclinadas sobre un plato donde sólo quedaban migas. Kitty sonrió. Tal vez hubiera esperanza, después de todo... para unos pocos afortunados.

Miró en derredor, reconfortada por la rutina cálida y segura; Josie Hendricks sorbía su té y contemplaba con cariño a Jennie, que jugaba con muñecas a sus pies; Tim, el de la curtiembre, disfrutaba de un descanso con varios de sus compañeros, devorando una fuente de bollos azucarados; el padre Sebastián, en la mesa de costumbre, se entretenía con animado solitario. Días antes Kyle había llegado de la escuela llorando, porque no entendía las restas; fue entonces ese joven cura, nada ortodoxo, quien se sentó con él para enseñarle un método que proclamaba infalible: con fichas de póquer.

Por la ventana salediza, Kitty vio a su sobrino en el patio del frente, arrojando una pelota de goma para que *Rómulo* se la trajera, una y otra vez; ni el niño ni el perro parecían cansarse del juego. Desde que los hijos de Daphne vivían en la casa, *Rommie* parecía haber decidido que Kyle era el Llanero Solitario y él, *Tonto.* Lo seguía a todas partes; montaba guardia junto a su silla durante las comidas y por la noche dormía junto a su cama. Mientras los observaba, a Kitty le llamó la atención que formaran tan extraña pareja: su sobrino, con su pelo rubio como la paja y su cara todavía regordeta... y el fiero mestizo de ojos claros y melena erizada.

Serena Featherstone también los observaba desde la mesa de la ventana. La autotitulada psíquica tenía un aspecto menos gótico que el de costumbre, gracias a un vaporoso vestido de batik, azul como un cielo de verano, y había venido acompañada por su amante: otra mujer. Oh, sí, Kitty no dudaba de que algunos arquearían las cejas, aun en una ciudad tan reservada como ésa; por su parte, se descubrió sonriendo ante el obvio afecto que existía entre ambas. Con tan poca felicidad como había en el mundo, ¿cómo distribuirla sólo entre los que el voto popular considerara dignos?

Recordó la espectral predicción de Serena, dos meses atrás: que habría una muerte en su familia. La psíquica también había adivinado que ella iba a enamorarse. Y Kitty reconoció, con un leve escalofrío de alarma, que ambas cosas se habían cumplido.

Si se acercaba ahora a Serena, ¿qué le anunciaría? Decidió que prefería no saberlo. El futuro, como el pasado, no tenía por qué entrometerse en el presente.

En cambio desvió otra vez la mirada hacia Josie Hendricks. Había algo diferente en la anciana. Aparte de que su rodete, normalmente desaliñado, estaba ahora pulcramente retorcido, llevaba mucho tiempo sin señalar una grieta, una mancha de humedad, un cable defectuoso. Tal vez tenía algo que ver con el nuevo papel que había escogido, como madrina de Jennie. La pequeña había trepado a su regazo y estaba garabateando alegremente con sus crayones en una servilleta; la anciana observaba, sin duda con comentarios alentadores y sabios, la casa torcida y los palitos que representaban figuras humanas. Y si el peso de sus tres años le provocaban algún dolor en la cadera artrítica, Josie no lo demostraba. Quizá ni siquiera lo sentía.

Kitty bizqueó contra el sol que entraba a raudales por las ventanas; de pronto le resultaba demasiado intenso. Cuando Daphne le rodeó la cintura con un brazo, ella se recostó contra su hombro, recordando lo protegida que se había sentido en presencia de su hermana mayor, cuando tenía la edad de Jennie.

—¿Te sientes bien? —preguntó Daphne.

—Sí, sólo un poco cansada. —Se apartó para rodear el mostrador, notando que varios de los cestos estaban por quedar vacíos. Mientras reacomodaba los panecillos y las rebanadas de pan dulce para cubrir los sitios desiertos, preguntó.

—¿Y tú?

—Más o menos igual.

—Es por Johnny, ¿no? —Kitty redujo su voz a un murmullo. —No vale la pena que disimules, Daph. Conmigo no.

Daphne bajó la vista, no sin que Kitty captara su expresión atribulada.

—Se nos acabaron los bollos azucarados —dijo—. ¿Quieres que vaya a la cocina por más?

—No queda ninguno. Y no me has respondido.

—Por el amor de Dios, Kitty, ahora no. —Su hermana echó una mirada nerviosa por sobre el hombro. Sin duda pensaba en Roger, en el teléfono de la planta alta. Luego cambió abruptamente de tema. —¿Tienes noticias de Alex?

Kitty alisó una blonda de encaje que se había arrugado.

—Esta mañana llamó otra vez para preguntar por mamá. Considerando que hasta ahora se ha mantenido aparte, es mucho interés, de un momento a otro.

—Puede que al fin se haya decidido a perdonar a mamá.

—O a sí misma.

Daphne la siguió hasta la cocina y fue a llenar una jarra de agua.

—Hablando de mamá —dijo, por sobre el rumor del grifo—, ¿no te parece que esto ya ha durado mucho? Sigo con la sensación de que deberíamos hacer algo.

—¿Qué, por ejemplo? —preguntó Kitty. Por suerte estaban solas (Willa estaba en el salón, limpiando el resto de las mesas), pero aun así no quiso alzar la voz.

—Ir, simplemente —sugirió Daphne—. Enfrentarla con lo que sabemos y ver qué tiene para decir.

La pelirroja reflexionó por un momento; luego dijo:

—El tiro podría salirnos por la culata. Me parece mejor que no hagamos nada hasta que ella esté lista.

—¿Y cuándo será eso, exactamente? —Daphne cerró el grifo y se volvió hacia ella, con la jarra apretada contra el pecho a modo de armadura. Como en un fantasmagórico eco de lo que Kitty había pensado rato antes, aventuró, nerviosa: —¿Y si es realmente incapaz de tomar una decisión racional? Cathcart podría estar en lo cierto, ¿sabes? Tal vez la mejor solución sea hacerla declarar legalmente incapaz.

—A juzgar por lo que ha hecho hasta ahora, no se me ocurre ningún argumento para refutar eso —reconoció la menor; el habitual grano de duda le raspaba la pared del estómago, como un guijarro dentro del zapato. —Pero hay algo allí que no termina de convencerme. Aunque no puedo decir qué es, tengo la sensación de que lo sabremos muy pronto.

—¿Si mamá está realmente loca o no, quieres decir?

—Antes bien, que sabremos cómo actuar.

La cara de Daphne, seria y bonita, se llenó de una extraña resignación.

—¿Sabremos alguna vez lo que sucedió aquella noche? Quizá debamos conformarnos con lo que podamos averiguar: unos cuantos fragmentos pequeños que no se corresponden necesariamente.

Kitty estaba a punto de decir que tal vez mamá, dentro de su obstinación, sabía perfectamente lo que estaba haciendo, que eran ellas quienes luchaban por meter una clavija cuadrada en un agujero redondo. En ese momento sonó el teléfono.

Atendió de prisa, suponiendo que sería un proveedor, el hombre que debía cambiarle un repuesto al horno o algún cliente, para preguntar hasta qué hora tendrían abierto. Pero lo que surgió por la línea fue la voz de su madre, tan suave y cantarina como ella la había escuchado durante todos los años de su niñez.

—¿Interrumpo? —preguntó.

Su hija, tomada por sorpresa, tartamudeó:

—No, nada de eso. Daphne y yo estábamos limpiando. ¿Todo... todo bien por allí?

—Todo bien —respondió ella, como siempre—. Llamaba para invitarlas a almorzar mañana en casa. Y también a Roger y a los chicos, por supuesto.

Hablaba como si esa comida no fuera diferente de los incontables almuerzos de domingo, a lo largo de tantos años. Sin embargo, algo en la voz de su madre hizo pensar a Kitty que el bote salvavidas cuyo timón llevaba (la nave de los tontos de su propia familia) podía estar finalmente encaminado hacia la costa.

¿Y si no fuera sólo comida lo que iba a servirles? Quizás al día siguiente tuvieran, por fin, las respuestas que habían estado buscando. Un pequeño escalofrío de expectación le cosquilleó en la espalda.

—¿Estás ahí? —gorjeó Lydia, ansiosa.

Kitty tomó aliento. Tantas veces había tratado de zafar... esas horribles comidas dominicales en la casa familiar, donde su madre intentaba atarlas a los papeles asignados cuando eran niñas, antes de que ellas se mudaran para iniciar una vida propia. Pensó en su padre, a la cabecera, blandiendo el cuchillo de trinchar con tanta habilidad como si fuera un bisturí, mientras mamá iba y venía con fuentes y ensaladeras, preguntando: "El asado no está demasiado cocido en el centro, ¿o sí, querido?". Como si no fuera ya demasiado tarde para solucionarlo. Y la galante respuesta de su padre: "Tierno como la dama que lo cocinó."

Era infaltable que en algún momento, entre el vino y el café descafeinado, Alex empezara a regañar a una de sus hijas. Y si Kitty defendía a la niña, Alex no dejaba de recordarle que, como ella no tenía hijos, no podía hablar. Después de ayudar a lavar los platos, Kitty estaba ya tan exhausta que hasta ponerse el abrigo era un esfuerzo.

Pero aunque no hubieran cambiado las costumbres de toda la vida, el terreno familiar al que todas se aferraban se había desmoronado, dejándolas manoteando el aire. Esta reunión de todos podía ser el punto decisivo, el fulcro del que pendía el futuro. No sólo para mamá: para todos.

Con una mano apretada contra el pecho, donde el corazón golpeaba con una mezcla de esperanza y miedo, Kitty dijo suavemente al auricular:

—Un almuerzo de domingo. Me parece estupendo. Yo llevaré el postre.

Capítulo 18

Ese mismo día, cuando Alex iba a detenerse frente a la casa de Leanne, una familia de aves acuáticas la obligó a estacionar algo antes de la entrada. Eran una pata parda, de cabeza y cuello negro, con tres pichones a medio criar. Pasaron tranquilamente rumbo al pantano salitroso que se extendía unos cientos de metros más allá, al oeste del sitio donde la calle terminaba en un lodoso matorral de zarzas. Para ser una especie en peligro de extinción, que había logrado movilizar a los políticos y activistas locales, deteniendo la urbanización y fastidiando a los propietarios vecinos, eran bestezuelas muy poco llamativas.

Una débil sonrisa rompió la capa de hielo que amenazaba con envolverla, como escarcha contra el vidrio de una ventana. "Son la prueba de que no siempre ganan la carrera los más veloces o los más fuertes", pensó. A veces, los veloces y los fuertes eran derribados por los que parecían más débiles y menos capaces; por ejemplo, esos amigos que sonríen y te ofrecen la mano, mientras te apuñalan secretamente por la espalda.

Alex se apeó de su Tercel. El crepúsculo se había posado sobre los baches de la calle, como una manta de trama abierta a través de la cual el sol poniente brillara apenas. Con su sombra estirada sobre el patiecito de Leanne, caminó hacia la puerta de entrada, con la garganta anudada y una sensación de ardor bajo la tráquea. Esta vez Leanne no se le escurriría. "Le haré pagar por lo que ha hecho". Estaba en deuda con ella y con mamá; tenía que sentarse en el banco de los testigos. Y lo haría, qué embromar, aunque Alex tuviera que arrastrarla personalmente por los cabellos.

No sería fácil, sin duda. Una vez que Leanne se aferraba a algo era imposible hacerla ceder. Era capaz hasta de mostrarse belicosa. Alex recordó la época en que se veía acosada por una agencia de cobranzas, por una cuenta que Chip había dejado pendiente al abandonar la casa. Como colgaba el teléfono y hacía caso omiso de las cartas, cada vez más amenazadoras, un día se presentó un hombre corpulento para amenazarla con ir a juicio. Sin dejarse intimidar, Leanne lo persiguió por el camino de entrada, con la manguera de riego a toda potencia, maldiciendo como un marinero.

Ahora le tocaba a Alex correr tras lo que había estado evadiendo: una situación que no era sólo hechura de su madre... y para ser justos, tampoco de Leanne . Por fin comprendía que su padre no había muerto a manos de una sola persona ni por un solo hecho, sino como consecuencia de toda una serie de deslices y acciones equivocadas; aunque cada uno era relativamente inofensivo, al acumularse, como los neutrones, habían provocado una explosión devastadora.

Al día siguiente, cuando llegara al umbral de su madre, no sería para pedir perdón ni para ofrecerlo. Lo que esperaba llevar era algo más concreto: la promesa de que Leanne atestiguaría.

Cuando iba por la mitad del camino vio el Lincoln de Beryl estacionado en la grava, junto a la cochera. Quedó petrificada: ¿qué estaría haciendo allí, si rara vez visitaba a su hija? ¿Habría decidido finalmente jugar a la abuela con el niñito al que prácticamente ignoraba desde su nacimiento? En ese caso, Alex no lograba imaginar qué ganaría con eso. Tyler no era exactamente el tipo de nieto del que una mujer como Beryl podía enorgullecerse.

Una vez recobrada de la sorpresa, subió al estrecho porche de cemento, donde un felpudo polvoriento, con varias letras borradas, saludaba BIEN ID. "Bien, y ahora id", pensó, con fría diversión. En verdad, ¿qué esperaba lograr allí? En cuanto Leanne se enterara de sus intenciones, la correría como a aquel cobrador. Con Beryl cerrando la marcha.

Cuando se detuvo ante la puerta, con el corazón golpeándole en el pecho, Alex estuvo a punto de dar media vuelta, pero algo la obligó a llamar. Algo áspero y abrasivo, como la lija de tantos años de exigirse al máximo, que la había pulido hasta dejarla lustrosa. Aquí no se trataba sólo de mamá. Por su propio bien, quería respuestas, respuestas que sólo Leanne podía dar.

¿Cuánto tiempo había salido con papi antes de que él muriera? ¿Y cuándo se había enterado Beryl del asunto? ¿Fue por eso que reveló a mamá su propia aventura con él, tantos años atrás? Midiendo los tiempos, tenía sentido: pocas semanas antes de la fiesta, lo bastante para que la sorpresa y la negación se hubieran gastado, dejando estallar, por fin, la presión que su madre había acumulado.

Tal vez era una suerte que Beryl estuviera allí. En cierto sentido, las dos estaban metidas en esto. Por mucho que Alex se resistiera a ver a su padre bajo esa luz (alguien tan inescrupuloso como para haberse acostado con la hija de una ex amante, que además era la mejor amiga de su hija), era preciso enfrentar los hechos. Beryl y Leanne, juntas, pintarían una imagen lo bastante tenebrosa como para conmover hasta al más duro de los jurados.

Siempre que ella pudiera persuadirlas de que atestiguaran. Era una posibilidad remota.

Pero alguien había dicho, una vez, que Alex era capaz de vender hielo a los esquimales; había llegado el momento de demostrarlo. Rato antes, Kitty le había telefoneado para hacerle saber que al día siguiente comerían en la casa. Era lo que ella estaba esperando: la oportunidad de explicar a su madre que no había sido su intención hacerle daño. Y no pensaba presentarse con las manos vacías.

Mientras esperaba a que le abrieran, permaneció inmóvil en el umbral, sintiendo el golpe sordo de una vena en la sien, al ritmo del corazón. Le habría gustado tener allí a Jim. Él sabía suavizar sus asperezas y calmar sus miedos. Francamente, Alex no sabía qué habría hecho aquella noche, si él no hubiera acudido a su llamado.

Se quedaron levantados hasta que empezó a aclarar, tomando té y conversando. Ella le confesó que se había metido en un pozo financiero. Y Jim, en vez de culparla o tratarla con desdén, había trazado un plan para consolidar sus deudas. Era más de lo que él podía reunir, personalmente, pero dijo conocer a alguien, ejecutivo de una de las empresas con las que trabajaba. El hombre le debía un favor y podía adelantarle el dinero a una tasa de interés razonable.

Alex, por su parte, escuchó con nueva humildad esos consejos, que poco antes le habría arrojado a la cara. Acurrucada ante la mesa de la cocina, siguiendo con el dedo el círculo húmedo dejado por su tazón (tal como una vez, en la adolescencia, había trazado las iniciales de ambos en los vidrios empañados del auto), se sintió llena, no de resentimiento, sino de gratitud: por ese hombre, al que nunca había dejado de amar, y por el hecho de que él no estuviera allí para salvarla, sino para enseñarle a salvarse sola.

¿Y no era para eso que había venido? Para salvarse junto con su madre, si tenía suerte. Sólo esperaba que no fuera demasiado tarde...

Una cadena repiqueteó al otro lado; luego la puerta se abrió una hendija. Pero la cara que espió desde adentro no era la de Leanne. Por un horrible segundo, Alex tuvo la sensación de estar viendo una versión de su amiga a lo Dorian Gray, espantosamente envejecida. ¿Era posible que no hubiera reparado nunca en el fuerte parecido que había entre Leanne y su madre?

"Tal vez no mirabas".

Con desagradable sorpresa, Alex cayó en la cuenta de que, si hasta entonces no había prestado mucha atención, era porque no tenía motivos para preguntarse a quién se parecía Leanne. Pero apartó rápidamente la idea, obligándose a concentrarse en la tarea que tenía por delante.

—Leanne no está —advirtió Beryl con voz ronca, entornando los ojos densamente maquillados para mirarla, por sobre la cadena de la puerta. Desde adentro surgió una bocanada de aire rancio, con olor a cigarrillo.

—¿Cuándo volverá? —preguntó Alex, con toda la cortesía que pudo reunir.

—En cualquier momento. Pero no vale la pena que esperes. Ella no quiere verte.

Esa inexpresiva mirada de reptil le provocó un escalofrío. Apretó entre los dedos la correa de su bolso, hasta que sus nudillos parecieron a punto de romper la piel.

—Entonces le dejaré un mensaje. ¿Puedo pasar? No tengo nada con que escribir.

No tenía la menor intención de irse antes de que Leanne apareciera, pero Beryl no tenía por qué saberlo. Aun así la mujer parecía desconfiar. Alex esperó por una eternidad, hasta que la espantosa cara de la mujer desapareció de la vista. Luego la cadena volvió a repiquetear; esta vez la puerta se abrió por completo.

Al entrar Alex se vio inmediatamente envuelta en humo de cigarrillo. La madre de Leanne se había pasado la vida tratando de fumar menos, lo cual era, según su definición, pasar de cuatro atados al día a dos o tres. Y no se limitaba a fumar. Cuando niñas, Alex y Leanne solían revisar su botiquín para contar todos los frascos de medicamentos: los había por docenas.

Beryl la condujo a la sala oscurecida; con sus ceñidos pantalones negros y una polera que le marcaba todas las costillas, parecía una cuerda raída a punto de romperse.

Después de instalarse cuidadosamente en el sofá, tomó de la mesa ratona un atado de Winston Lights y lo ofreció distraídamente a Alex, antes de recordar que ella no fumaba. Con un encogimiento de hombros, encendió uno para sí; sus largas uñas manicuradas chispeaban como piedras preciosas en la penumbra de las persianas, iluminadas sólo por el resplandor amarillento que emanaba de la cocina.

—Necesito papel y lápiz —le recordó Alex.

Beryl soltó una risa ronca y cascada, que terminó en tos. Tardó un momento en recobrar la respiración, pero casi de inmediato dio una honda pitada a su cigarrillo.

—Puedes dejar de fingir. Ya sé a qué has venido. Es hora de cobrar cuentas, ¿no? —Exhaló una voluta de humo hacia arriba, fijando en la visitante su mirada fría. —Sí, comprendo: alguien tiene que ser el culpable. Y no es posible que sea tu querido y santo padre. En cuanto a tu madre... bueno, todos sabemos que la empujaron a hacerlo. Así que sólo queda Leanne .

Alex, desconcertada, se dejó caer frente a ella; la poltrona de felpa cedió con un suspiro de resortes, dejándola tan hundida como si se hubiera sentado en una hamaca de red. Desde el dormitorio de Tyler, a través de la puerta cerrada, les llegó una sola queja, casi un maullido. Alex pensó: "Es necesario".

—Te enteraste algunas semanas antes de la fiesta, ¿no? Justo después de que Leanne visitó a mi madre. —Mientras hablaba, la fea imagen se iba coagulando en su mente. —Por eso te viste obligada a contar a mamá lo que habías tenido con papi, ¿verdad? No podías impedir lo que estaba sucediendo; Leanne no te prestaba atención. Por eso quisiste que mamá lo hiciera por ti.

Tras una fina película de humo, los ojos de Beryl centellearon a la sombra de una emoción tan vieja, tan profunda, que había adquirido la pátina de un antiguo monumento de mármol.

—Ojalá se lo hubiera dicho a tu madre hace años, en la época en que Phil y yo nos divorciamos. Así tal vez habría podido enfrentar lo que he tratado de sepultar en estos treinta y cinco años.

Se cruzó de piernas, reclinada hacia atrás, con el cigarrillo olvidado entre los dedos de la mano que había apoyado en la rodilla. Alex, con la vista perdida a la distancia, tuvo la espectral sensación de que Beryl, más que recordar, se estaba esforzando por olvidar.

—No tenías por qué seguir fingiendo que eras su amiga —acusó—. Hasta las víboras se muestran tal como son.

—Por mucho que te cueste creerlo, ella era mi amiga, sí. —La boca de la mujer se torció en una sonrisa sin regocijo. —Probablemente te hayas preguntado qué tenemos en común, tu madre y yo —añadió sin ironía—. Aunque no nos interesen las mismas cosas, somos gatos del mismo pelo. Si algo no cabe dentro de nuestra imagen rosada, lo recortamos hasta que entre.

—No era mi madre la que se acostaba con el marido de su mejor amiga.

—Es cierto. —A la media luz, el cigarrillo de Beryl pareció flotar hasta el tajo carmesí de su boca. —¿Sabes una cosa? Me habría gustado que ella tuviera también alguna aventura. Pobre Lydia. ¿Sabes cuál era el verdadero crimen? Que ella lo amaba, mucho más de lo que Vern merecía.

—¿Y qué me dices de Leanne? Al parecer, estaba convencida de que papá iba a casarse con ella. —Alex se mantenía muy quieta, con la impresión de que el menor movimiento podía quebrar el hechizo.

Beryl meneó la cabeza con sombría diversión.

—A mí me hizo la misma promesa. Hace treinta y cuatro años... justo antes de que yo me descubriera embarazada de Leanne.

Ella se estremeció como si alguien hubiera abierto bruscamente una ventana, Daphne dejando entrar una ráfaga de aire helado. Venir había sido un grave error. Lo que debía hacer era, simplemente, levantarse y salir de allí. Para no tener que seguir escuchando esos... esas... paparruchadas.

El anticuado epíteto reverberó dentro de su cabeza, pero en la voz de su madre... en el tono seco con que mamá descartaba cualquier opinión o versión de los hechos que difiriera de la propia. Alex recordó lo mucho que eso la había enfurecido siempre; entonces, en vez de huir hacia la puerta, permaneció muy tiesa, con las manos apretadas en el regazo. Tenía que escuchar. Tenía que saber. Irónicamente, por el bien de mamá.

—¿Por qué me cuentas esto? —preguntó, con voz ronca.

Beryl vaciló. Cuando volvió a hablar su voz sonó extrañamente ahogada:

—¿No viniste para eso? ¿Para saber la verdad?

—¿Cómo voy a creer algo de lo que digas, si odiabas a mi padre?

—Cierto. Pero no siempre fue así. En otros tiempos lo amé. —La expresión dura se ablandó, como algo desgastado por las caricias.

—¿Por qué? —Alex se atragantó con la angustia que le subía a la garganta, densa y caliente. —¿Por qué mamá no le pidió el divorcio, simplemente? ¿Por qué tuvo que matarlo? ¿Fue sólo porque él la ridiculizaba saliendo con alguien que podía ser su hija?

—Que podía ser, no. Que era su hija.

Las horrendas palabras siseadas por Beryl le devolvieron la recurrente imagen de la serpiente. Pero ahora sentía también los colmillos en su carne, el veneno que se diseminaba dentro de ella en una oleada ardiente, entumecedora.

"Es cierto", martilló una voz dentro de su cabeza. Sabes que es cierto. Lo sabes desde que Leanne te contó lo que había dicho mamá. Sólo que no quieres enfrentarlo.

—Al principio yo no estaba segura —prosiguió Beryl, con esa voz hueca y susurrante, como si algo raspara el fondo de un bote—. Hacía años que salía con Vern y siempre nos habíamos cuidado. Bueno, hasta donde una podía cuidarse en aquellos tiempos. Cuando descubrí que estaba embarazada quise creer que era de mi esposo, de la única vez que había estado con Phil antes de... antes de que él se enterara de lo nuestro. Los tiempos no concordaban, por supuesto, pero la desesperación puede convencerte de casi cualquier cosa. —Tocó el cigarrillo contra un cenicero lleno de colillas manchadas de lápiz labial. —Cuando Leanne era chica, muchas veces pensé: "Es igual a Vern". Pero en seguida me dominaba y reiniciaba el proceso de persuasión. Sólo tuve la certeza al nacer Tyler.

Alex sintió que el estómago le daba un vuelco, como si estuviera en un ascensor muy veloz.

—Quieres decir que... Oh, Dios.

La cara arruinada de Beryl se iluminó brevemente con un odio volcánico, que había ardido al rescoldo por mucho tiempo... dirigido sobre todo contra sí misma, según comprendió su visitante en ese momento.

—La historia se repetía. No sé qué te habrá dicho Leanne, pero hacía meses que salía con Vernon cuando ese inútil del marido la abandonó.

Por la cara de Alex reptaron los dedos hasta hundirse en los ojos, tratando de interrumpir esas imágenes horrendas. Oh, Dios, pobre mamá...

Beryl continuó, implacable:

—Cuando diagnosticaron lo de Tyler, no hacía falta ser un genio para sumar dos más dos. Yo sabía lo de Vern y Leanne. Ella tenía que confiar en alguien, supongo, y ¿quién podía entenderla mejor que yo? —Se echó a reír, pero acabó tosiendo otra vez. Pasó un momento antes de que los espasmos cedieran, permitiendo una respiración sibilante. —Ella estaba decidida a contárselo también a tu madre, aunque le rogué que no lo hiciera. Fue entonces cuando fui a hablar con Vern. —Hizo una pausa. —Él se rió de mí. Me acusó de ser una vieja loca que se automedicaba demasiado. No quiso creer que Leanne fuera hija suya. Como tampoco quiso creerlo tantos años atrás, cuando le dije lo que sospechaba.

—¿Era cierto? —Alex arrastró su mirada hasta la de Beryl. —¿Que él pensaba abandonar a mamá?

—No sé. —Por su tono dubitativo, Beryl parecía estar diciendo la verdad. —Supongo que no lo sabremos jamás.

A ella se le ocurrió otra cosa, que súbitamente despejó la bruma.

—Fuiste tú —dijo—. Tú hablaste con mamá antes de que lo hiciera Leanne. No podías correr el riesgo de que mamá tomara el asunto como otro de los amoríos baratos de papá, sin hacer nada para detenerlo. Tenías que asegurarte de que se enterara. De todo.

Beryl le sostuvo la mirada; su cara parecía de piedra, a no ser por los labios carmesíes, tan apretados que se contraían.

—Se lo dije, sí. Con pelos y señales.

Alex sintió náuseas.

—Oh, Dios mío. ¿Y qué dijo?

—Nada. No dijo absolutamente nada. Se puso pálida como un papel y me señaló la puerta. —Beryl dejó caer la cabeza entre las manos, con un fuerte sollozo. —Pobre Lydia, pobre.

Cuando Alex pudo obligarse a hablar, dijo con voz ahogada:

—Si sabías todo esto, ¿por qué no has dicho nada, por Dios? ¡Ella podría ir a la cárcel por el resto de su vida!

Cuando Beryl volvió a levantar la cara tenía los ojos bordeados de rimmel, macabros como una máscara de Noche de Brujas.

—¿No te das cuenta? Tuve que escoger. Tu madre no es la única que está ante un juez. Cuando el caso de Leanne llegue a la corte, ¿cómo quedará ella si se sabe que Tyler es producto de un incesto? Dirán que hay una buena probabilidad de que haya nacido así. Leanne perdería todas sus posibilidades de llevar una vida normal. Si no consigue alguna indemnización, lo suficiente como para pagar atención permanente para ese chico, es posible que ella también acabe en la cárcel.

—Así que los demás podemos irnos al diablo, ¿no? —Alex se levantó, sintiéndose altísima frente a Beryl, como en esa película ridícula, *El ataque de la mujer gigante*, que la había hecho aullar cuando niña.

La otra levantó la vista con una risa hueca.

—¿Crees que tu madre desea otra cosa? Ella misma podría haber dicho algo. ¿No te has preguntado por qué mantiene la boca cerrada?

—¿Quién te ha dado el derecho a decidir qué es lo mejor para mi madre? —acusó Alex. Sentía la piel tensa y caliente, como si fuera demasiado estrecha para su estructura.

—Y tú ¿no hiciste lo mismo? ¿Al callar los secretitos sucios de tu padre? —Beryl la miró con desdén. —Oh, no pongas esa cara de sorpresa. Estoy bien enterada. Solía observarlos cuando estabas con él: compinches como dos ladrones. Él te contaba todo, ¿no? Y tú, bebiéndote sus palabras. Pero ¿a que no te dijo nada de Leanne?

De pie frente a ella, temblando de pies a cabeza, Alex comprendió. Todo. Tal como el relámpago que ilumina un cielo azufrado, vio cómo habían sucedido las cosas; cada una de ellas se había engañado, individualmente y en grupo. Y su padre, jugando con eso, las usaba; sólo extraía lo que necesitaba y descartaba el resto, como con los cadáveres en la mesa de autopsias: huesos y carne, allí donde antes existía una persona viva y pensante.

Dio un paso atrás en la sala a oscuras; le temblaban las piernas.

—Tengo que irme —anunció en voz monocorde. El motivo que la había llevado hasta allí ya no tenía valor, como un boleto perforado. Leanne no atestiguaría en ningún juicio que no fuera el suyo.

Sólo al llegar a la puerta se le ocurrió algo más. Se detuvo para girar lentamente.

—¿Por qué crees que mi madre lo amaba todavía? ¿Después de todo eso?

Beryl aplastó la colilla y se reclinó hacia atrás. Sus ojos relumbraban en la máscara arruinada. En voz baja, casi como si se maravillara ella misma, respondió:

—No había nadie como él. Eso es lo peor de todo, ¿no comprendes? Una vez que te hacía suya no había manera de olvidar.

Mientras Alex caminaba con cautela por el camino de entrada, en la noche casi cerrada, un par de faros apareció a la vista, atravesando momentáneamente el patio, y la encandiló. Al levantar una mano para protegerse del fulgor, vio que el coche de Leanne viraba hacia su entrada. Un momento después bajó su amiga, cargando algo, y se le acercó lentamente, con una bolsa de provisiones apretada contra el cuerpo, como si fuera un escudo.

—Hola, Alex.

—Hola —tartamudeó ella.

—Deberías haber llamado antes de ir.

—¿Por qué? ¿Me habrías invitado a ir?

La áspera risa de Leanne fue como un eco fantasmal del de su madre.

—Probablemente no.

Bajo la luz anémica del porche se la veía amarilla y cansada. Los sábados no trabajaba; era el único momento en que podía hacer sus compras y ponerse al día con las tareas. Una extraña piedad invadió a Alex. Aunque detestara lo que había hecho su amiga, verla cara a cara era otro asunto. Los ojos clavados en los suyos, por sobre el borde dentado de la bolsa, no eran los de Jezabel, sino los de una mujer acosada.

—De cualquier modo, ya me iba —dijo Alex.

—¿Hablaste con mi madre? —Leanne parecía preocupada.

—Sí, charlamos largamente. —Ella enganchó un pulgar a su bolso y sintió que la correa se le clavaba en el hombro. —En todos estos años, desde que la conozco, creo que nunca tuvimos una conversación tan larga.

—Ya conoces a mamá; apenas me dijo dos palabras en toda mi niñez. Y soy su hija. —Su amiga fracasó en el intento de reír, pero Alex captó en su voz una trémula nota de esperanza. Pretendía aprovechar los largos años de chanzas familiares. Pero esta vez no le servirían de nada.

—No se ha olvidado de eso, créeme. —Le clavó una mirada inflexible. —Deberías estarle agradecida, ¿sabes? Está velando por tus intereses. Y no sólo porque te cuide a Tyler.

—Lo sé. —Leanne tuvo la decencia de ruborizarse. —¿Qué me dices de ti, Alex? No vas a hacerme comparecer, ¿verdad? Porque lo negaré todo, te lo juro. —Su voz adquirió un dejo desesperado, delirante. Todo lo que he logrado en esta comunidad quedaría destruido. No podría presentarme en el hospital con la cabeza en alto. Y Tyler... —Se interrumpió, con los ojos llenos de lágrimas. —No imaginas... lo que es sentir que estás empujando una enorme piedra cuesta arriba con cada movimiento que haces, lo que significa amar a alguien que jamás podrá corresponderte.

—En realidad, lo sé, sí —dijo Alex. ¿Acaso no le había sucedido eso con su padre? Él no la amaba, por mucho que fingiera. No como hacía falta.

Leanne pasó la bolsa al otro brazo. De pie allí, con las provisiones en equilibrio contra una cadera, adoptó sin intención una pose insolente.

—Lo siento —dijo, con voz extrañamente ahogada—. Si eso es lo que deseabas oír, está bien. He sido una basura como amiga. Te mentí. Pero no quería hacerte sufrir, Alex . Nunca quise hacerte sufrir.

—¿Por qué será que la gente siempre dice lo mismo? —Alex dejó escapar una risa seca. —Nadie tiene intenciones de hacer daño. Pero siempre hay alguien que sufre. En algunos casos, alguien que muere.

Su amiga, muy quieta, vaciló sobre los pies. Por un momento Alex pensó que iba a derrumbarse. Luego, como si alguien hubiera tirado de un cordón invisible atado a su columna, se irguió súbitamente.

—Sería mejor que te fueras —dijo.

—Cuanto antes me vaya, mejor, créeme. —Con el corazón palpitando en golpes desiguales, enfermizos, se adelantó a paso enérgico. Al pasar junto a Leanne, su cartera topó contra la bolsa de Leanne, arrancándosela de la mano.

El papel se rompió al chocar con el cemento, desparramando provisiones por el césped ralo y los ladrillos del camino, movidos por la escarcha: un cartón de leche, cajas de galletitas y cereales, unos cuantos pomelos que rodaron como pelotas de cróquet, hasta dar contra la manguera embarrada que serpenteaba por el césped. Alex bajó la vista a sus pies, donde una caja de huevos manaba claras relucientes y yemas rotas.

En un gesto instintivo, se agachó para recoger las cosas esparcidas. Pero Leanne, que ya estaba de rodillas en la hierba, con varios rollos de papel higiénico absurdamente sujetos bajo el brazo, le lanzó un grito lloroso:

—¡Vete! ¡Vete de una vez! No necesito tu ayuda. De ti no necesito nada.

Alex retrocedió, meneando la cabeza. Era una locura. Habría debido ser ella la que gritara. Sin embargo sentía brotar en ella una horrible solidaridad. No porque considerara a su amiga menos culpable, sino porque comprendía, de algún modo. Habían caído en la misma trampa: una trampa tejida de mentiras y del amor por un mismo hombre.

Como antes sus madres.

Minutos después, en el auto que zigzagueaba por Quartz Cliff Drive, pensó contar a sus hermanas lo que había descubierto. Pero ¿de qué serviría? Beryl y

Leanne no iban a atestiguar; si se las forzaba, mentirían. Además, Daphne y Kitty ya sabían bastante, ¿no? ¿Sería justo privarlas del poco afecto que aún pudieran sentir por su padre? "Un último secreto —pensó—, sólo que esta vez no será por papi que voy a callarlo".

En las luces de sus fanales se arremolinaban volutas de niebla; el océano murmuraba algo por debajo de la barandilla, que refulgía en blanco a la luz purpúrea del crepúsculo. Sus pensamientos se desviaron hacia su madre. "Ella lo sabe desde hace varias semanas y lo calló... mientras yo andaba a la búsqueda de servilletas, candelabros, manteles para la fiesta. Ella lo sabía y no dijo nada...".

Se estremeció. Su madre, aquella noche ¿habría reunido finalmente el coraje para enfrentar al marido? ¿O acaso él había ido a decirle que deseaba divorciarse?

De un modo u otro, una cosa era obvia: de lo que se habían dicho, fuera lo que fuese, no había regreso. Ni salida. Desde allí no se podía ir a ninguna parte.

A mamá sólo le había quedado una cosa que hacer. Y la hizo. Cualquiera fuese ahora su destino, ella había escogido. Y nada de cuanto ellas pudieran hacer cambiaría las cosas.

Las lágrimas que le llenaron los ojos borronearon por un momento la ruta, que parecía precipitarse hacia ella. "Lo único que puedo hacer —pensó—, es decirle lo que debería haberle dicho años atrás. Que la amo. Que la amaré siempre, pase lo que pase".

Capítulo 19

Lo primero que impresionó a Daphne, al entrar, fue el apetitoso olor del pollo asado, un olor que asociaba, no sólo con el almuerzo del domingo, sino con todo lo que era seguro, cálido y feliz. De inmediato surgieron los recuerdos de años pasados, antes de que abandonara el hogar para ir a la universidad y casarse. De pie en el vestíbulo, inhalando los aromas a pollo asado y pastel de limón, tuvo la sensación de no haberse ido nunca, como si todos los domingos de su vida se hubiera sentado a almorzar ante la pesada mesa de sus padres, rodeada por ellos y por sus dos hermanas.

Pese a la aprensión que experimentaba, Daphne sonrió. Desde allí oyó que su madre anunciaba alegremente, en la cocina:

—¡Voy en seguida, chicas! En cuanto haya sacado esta ave del horno.

—¿Necesitas ayuda? —preguntó ella, aunque en ese momento, con Kyle y Jennie aferrados a sus piernas como un par de lapas, le era bastante difícil hasta recorrer el breve tramo de vestíbulo entre la puerta de calle y el armario de los abrigos.

—Voy yo. —Kitty le desprendió a Kyle para ayudarlo a quitarse la chaqueta. Luego se adelantó hacia la cocina.

Roger, que estaba junto a la puerta, sacudiéndose la lluvia que había comenzado a caer en el trayecto, se acercó para levantar a Jennie, antes de que se extraviara en los pliegues del impermeable que Daphne trataba de quitarse.

Los dos niños habían fastidiado sin pausa desde la salida. Aunque Daphne y Roger habían sido deliberadamente imprecisos con respecto a la ausencia de Lydia (mientras ella estuvo en la cárcel sólo dijeron que había debido ausentarse por un tiempo y que volvería en cuanto pudiera) los chicos percibían algo raro en ese súbito retorno. En el auto Jennie empezó a llorar y patalear cuando Daphne la instaló en su asiento especial. Kyle había estado importunándola por ser demasiado pequeña para los cinturones de seguridad "de verdad", y su madre tardó varios minutos en calmarla. Luego el niño empezó a protestar porque sólo había podido ver la primera mitad de *Liberen a Willy* antes de salir, aunque era su video favorito y estaba prácticamente arruinado, por haberlo pasado tantas veces. Gemía y corcoveaba en el asiento. ¿Por qué tenían que ir a casa de la abuela? ¿Por qué no cenaban en casa de tía Kitty?

Daphne no tuvo valor para regañarlos demasiado. Los chicos no podían expresar de otro modo lo que sentían: que había algo diferente en esa visita a la abuela. No sabían qué era, pero aun así estaban asustados.

Tal vez lo absorbían de ella. Desde que, el día anterior, Kitty le había dicho que estaban invitados a almorzar, Daphne tenía el estómago anudado. Ahora, al contemplar los muebles recién lustrados, los jarrones con flores cortadas en el jardín (ásteres, margaritas, campanillas), no pudo menos que extrañarse de lo normal que parecía todo. Demasiado normal. Como si los dos últimos meses hubieran sido apenas una ausencia inesperada. Había desaparecido la correspondencia acumulada en la mesa del vestíbulo. Los muebles de la sala estaban nuevamente en sus lugares; la alfombrilla tejida que ella y Kitty trajeran del desván cubría la zona que la otra dejara desnuda.

¿Qué diría si su madre le preguntaba qué había sido de aquella alfombra? La estremecía recordar el momento de enrollarla y atarla con cordel. Pero si eso había sido feo, esto era aún peor: estar aquí y tener que actuar como si nada extraordinario hubiera mancillado todos los recuerdos que atesoraba.

Mientras Roger llevaba a los niños a la cocina, para que saludaran a su abuela, Daphne se descubrió demorándose en el vestíbulo. Entró en la sala, tan encerada y limpia como en vida de papá, y se dejó caer en el sofá. "Esto es una locura —pensó—. Deberíamos estar todos encima de mamá, paseándonos como fieras enjauladas y arrancándonos los cabellos". En cambio, su primer impulso fue ir al comedor y cumplir con la tarea que le habían asignado cuando tuvo edad suficiente para manejar la porcelana fina: asegurarse de que la mesa estuviera bien puesta.

Resistiéndose al impulso, miró por la ventana chorreada de lluvia, buscando alguna señal de Alex, que debía llegar en cualquier momento. La perspectiva la preocupaba considerablemente. Su hermana menor no había hablado con mamá desde el arresto; era inevitable que hubiera tensiones. Además, Alex nunca había sido la favorita de su madre. Por otro lado, tal vez fuera mejor que su hermana sacudiera un poco las cosas; sería como una buena bofetada para arrancar a mamá de ese pequeño mundo de mentirillas.

"¿Es así? ¿Mamá está escondiendo la cabeza en la arena? ¿O eres tú la que no ve las cosas con claridad?".

Sí, admitió para sus adentros; quizás hubiera un método en la demencia de su madre. Por calmas que parecieran las cosas en la superficie, Daphne percibía una corriente interna que tironeaba sin cuartel, en una dirección que ninguna de ellas había previsto. Aún no sabía de qué se trataba, pero de una cosa estaba segura: su madre tenía un plan. No los había invitado a almorzar sólo por el gozo de verlos a todos sentados a la mesa, como una gran familia feliz. Daphne tenía la sensación de que pronto sabrían qué había estado haciendo en esos últimos días, completamente sola en una casa llena de recuerdos y fantasmas.

Sin embargo, no era sólo pensar en su madre lo que la intranquilizaba. También palpitaba en el fondo de su cabeza, como un diente infectado, la inestabilidad de su propio futuro. La tierra se había partido para tragarla, en cuerpo y alma. Para tragar también su corazón, porque sin Johnny ella era poco más que una cáscara vacía; actuaba por rutina, esperando contra toda esperanza que, al hollar los surcos familiares por el tiempo suficiente, volvieran las sensaciones y le creciera un corazón nuevo, en el que hubiera lugar para Roger.

Pese a su decisión, no pasaba hora sin que pensara en Johnny, por una u otra cosa. Al retirar a Kyle de la escuela recordaba aquellas noches lejanas en que ambos se encontraban allí al anochecer, cuando todo el mundo estaba ya en su casa. Se veía con él, con tanta claridad como veía sus iniciales en el tronco del enorme roble que sombreaba el patio de recreos: dos chicos ingenuos, que creían saberlo todo, encaramados hombro con hombro a las paralelas del gimnasio, tomados de la mano y fumando a la suave luz crepuscular. Otra vez, mientras hacía algunos recados en el centro, había visto desde lejos a alguien que le detuvo el corazón; pero cuando pasó, con el auto a marcha lenta, el hombre no se parecía en nada a Johnny; entonces comenzó a catalogar los defectos de ese inocente desconocido como si él tuviera la culpa.

¿Roger se habría percatado? En todo caso, no decía nada. Varias veces ella lo había sorprendido observándola con aire extraño, pero nada más. Últimamente se lo veía bastante distraído; llamaba por teléfono a su oficina cinco o seis veces por día, manejaba las crisis del personal y los pacientes e intentaba llegar a algún tipo de acuerdo con sus socios. Ella habría debido estarle agradecida por el solo hecho de estar allí... pero no lograba convocar la necesaria gratitud. Sólo sentía resentimiento. La resentía verse obligada a intentarlo, por el bien de los chicos y por él. La resentía que él se portara bien cuando ella habría preferido que fuera una basura. Que estuviera allí, qué embromar, separándola de Johnny.

Lo único bueno era que él no había insistido mucho en hacer el amor. Hubo un par de intentos no muy decididos, sí, pero ella sospechaba que eran más una muestra de buena voluntad que ninguna otra cosa. El orgullo no permitía a Roger arriesgarse demasiado. Ella tendría que dar el primer paso, si lo deseaba.

Y Daphne no tenía idea de cuándo podría hacerlo. Por el momento, todo en ella (todos los deseos, los miedos, las necesidades) se alzaban en un solo grito, a la vez patéticamente dulce y exquisitamente doloroso: "Johnny".

La arrancó de sus pensamientos un siseo de cubiertas que aminoraban la marcha junto al cordón. A través de las cortinas de lluvia que ondulaban y se retorcían, reconoció el Tercel verde por el que su hermana había cambiado su BMW. Momentos después, Alex y sus hijas estaban junto a la puerta principal, sacudiendo paraguas e impermeables, golpeando los pies contra el felpudo.

En ese preciso momento su madre salió de la cocina, con Kitty pegada a sus talones. Al ver a Alex se detuvo en seco. A sus mejillas, ya enrojecidas por el calor de la cocina, subió un brillo febril. Quedó inmóvil allí, con las manos a la espalda, como una colegiala culpable, congelada en el acto de desatarse el delantal. Parecía increíblemente juvenil, casi como la joven despreocupada de la foto que pendía de la pared, a su lado: ella y Vernon durante la luna de miel.

Por fin, con una pequeña exclamación, alzó los brazos y los abrió de par en par, como exultante... o quizá para acoger en ellos a la hija perdida, pero nunca olvidada.

Alex, enmarcada por el vano de la puerta, con mechones de pelo mojado pegados a las mejillas y los ojos oscurecidos por alguna emoción contenida, no se movió. Las mellizas también se mantenían atrás, intercambiando miradas nerviosas. Una ráfaga esparció un puñado de hojas mojadas por la alfombra del pasillo, desatando un escalofrío en Daphne, que aspiró bruscamente. ¿Alex iba a decir algo sobre papá? ¿O se limitaría a fingir, como los demás, que ése era uno entre centenares de almuerzos dominicales?

El incómodo momento pareció estirarse hasta ser casi insoportable. Por fin Alex se adelantó, con una extraña y tiesa dignidad, para aceptar el abrazo que se le ofrecía, e inclinó la cabeza contra el hombro de su madre, con un sollozo apenas audible.

Cuando se apartó tenía los ojos húmedos.

—Perdonen la demora —se disculpó, con un calor que parecía artificial—. Es que está diluviando. No se veía a medio metro.

Kitty, que tampoco tenía los ojos secos, se escurrió para cerrar la puerta y aprovechó la oportunidad para dar una palmadita alentadora a cada una de las gemelas.

—No importa. Llegan a tiempo. —Lydia concentró su atención en Nina y Lory, que ocultaban a medias la cara en el cuello de las camperas iguales.

—Caramba, dejen que les eche un vistazo. No sean tímidas. Pese a lo que hayan oído decir, todavía tengo casi todas las tuercas en su sitio... y no he olvidado cómo se abraza a las nietas.

Cuando acabó de mimarlas y de colgar todos los abrigos, Lydia enlazó su brazo al de Alex y anunció:

—Bueno, la comida está en la mesa. Vengan a sentarse antes de que se enfríe.

A pesar de todo, la comida fue bastante tranquila. Hubo un momento incómodo cuando Roger empezó a trinchar el pollo, rito que Daphne identificaba fuertemente con su padre, a tal punto que ver a su esposo a la cabecera, serrando cuidadosamente la carne en rebanadas finas como el papel, le pareció casi un sacrilegio. Y no fue la única. Sobre la mesa se hizo un pesado silencio, seguido por un revoloteo de ensaladeras y bandejas que pasaban de mano en mano. Y de repente todos empezaron a hablar al mismo tiempo.

Por una vez Daphne agradeció la tendencia de Roger a hacerse notar. Rió a la par de sus hermanas por cuentos que había escuchado mil veces, bebiendo un sorbo de vino cada vez que la alegría empezaba a parecer demasiado forzada. Algo pasada de copas, limpiaba tranquilamente el mentón a Kyle y cortaba en trocitos pequeños el pollo de Jennie, mientras una voz interior aullaba: "¿Por qué nadie dice nada?".

Si alguien hubiera echado un vistazo por la ventana, no habría visto nada fuera de lo normal. Allí estaba mamá, en su lugar habitual, la cabecera más próxima a la cocina; su aspecto ojeroso de los dos últimos meses había sido reemplazado por una expresión casi beatífica. Lucía una blusa corta a cuadros amarillos, que suavizaba sus líneas y la hacía parecer más esbelta que flaca. Y su pelo plateado, pulcramente metido tras las orejas, brillaba como los cubiertos de plata.

A su derecha, Alex bebía sorbos de vino y mordisqueaba su comida; su aire alegre disimulaba sólo en parte una tensión que era como una cuerda de violín demasiado tensa. Para evitar cualquier tema que pudiera convocar al espectro de su padre, hablaba de las casas que estaba mostrando, las condecoraciones que las chicas habían ganado en gimnasia, la familia que acababa de ocupar la casa vecina... Por fin Daphne empezó a sentirse como cualquiera de sus clientes: sometida a una cháchara brillante destinada a oscurecer cualquier defecto que pudiera surgir en la casa ofrecida. Nadie parecía notar que jugaba nerviosamente con sus perlas... ni que había regresado al hábito infantil de esculpir interminablemente el puré de su plato.

Con excepción de sus hijas, que parecían absolutamente concentradas en el contenido de sus platos (aunque sin comer gran cosa), la más callada era Kitty. Cuando participaba de la conversación, sus frases sonaban tan rígidas como si fueran un parlamento ensayado.

Daphne sintió una punzada de compasión que le provocó una mueca. "Cuando menos yo tengo a mis hijos", pensó.

Por fin ella y sus hermanas empezaron a retirar los platos. Sólo entonces Lydia pareció salir de su rosada burbuja.

—Dejen todo eso —dijo, levantándose de la silla—. Nina y Lori pueden lavar. —Se volvió hacia sus nietas para preguntar, dulcemente: —No les molesta, ¿verdad, chicas? Necesito estar un momento a solas con mamá y las tías. Volveremos a tiempo para secar los platos.

Kyle y Jennie le echaron una mirada ansiosa, como si temieran separarse de su madre, aunque sólo fuera por un ratito; para Daphne fue un alivio que Roger, sin perder un segundo, preguntara con voz jovial:

—¿Por qué no me acompañan a ver televisión en el comedor diario, chicos? Vengan, vamos a ver si hay algo bueno.

Mientras Daphne subía la escalera con su madre y sus hermanas, hacia la alcoba donde Lydia había dormido junto a su esposo por casi cuarenta años (ese esposo para quien había gestado hijos, cocinado, lavado y guardado secretos hasta de sí misma), se sentía molesta, como si hubiera comido en exceso. Se preguntaba si habría llegado la hora, si ése era el ajuste de cuentas que ellas esperaban y temían al mismo tiempo. ¿Iba mamá a revelar, por fin, qué había sucedido la noche en que subió esa misma escalera, en busca del revólver guardado bajo llave en el ropero?

Kitty le dirigió una mirada inquieta. Su hermana también percibía lo que flotaba en el aire. Hasta Alex, que marchaba adelante, parecía arrastrar los pies, como si no acabara de decidirse.

"A todas se nos ha privado de algo —pensó Daphne—. No sólo de papi, sino también de una parte esencial de cada una".

En el dormitorio de sus padres se dejó caer en el sillón de dos plazas, entre las dos ventanas que daban al promontorio, en ese momento medio velado por una densa neblina gris, como un contorno apenas esbozado. Estaba anunciado que llovería también al día siguiente; eso significaba que los chicos estarían fastidiosos por tener que pasar todo el día adentro. Daphne recordó también el deseo de su madre de nadar en la ensenada. ¿Habría abandonado la idea? ¿O sólo esperaba a que mejorara el tiempo? Se descubrió pensando: "Habría debido insistir en quedarme. No deberíamos dejarla sola aquí".

Echó un vistazo a la habitación, maravillada por lo poco que había cambiado desde que ella era niña. Hasta el espejo del tocador estaba inclinado en el mismo ángulo, exactamente, reflejando los cepillos con mango de plata, que tenían grabadas las iniciales de Lydia, y el puñado de fotos enmarcadas en un extremo. El toque de su madre era más evidente allí que en ningún otro lugar de la casa: en el sencillo juego de cama y tocador de pino, en las delicadas acuarelas diseminadas por las paredes y el empapelado a rayas en amarillo claro. Sólo había unas pocas antigüedades, preciosos legados de la rama materna de la familia, como la mecedora de arce que ocupaba Kitty, heredada de Agnes Lowell, su bisabuela.

¿Qué habría pasado por la cabeza de su madre aquella noche, mientras subía al banquillo del ropero para tantear a lo largo del estante superior? Mientras buscaba entre las mantas y las tricotas para esquiar, haciendo bailar la punta de los dedos sobre la caja metálica, ¿le pasó por la mente que iba a cruzar el límite de todo lo seguro y previsible, sin esperanza de regreso? ¿Que iba a entrar en un páramo salvaje, donde las costumbres y las relaciones de toda una vida le serían arrebatadas de bajo los pies?

Con la mente acelerada por estas preguntas y muchas más, Daphne observó con callado temor a su madre, que retiraba una sombrerera del tocador. Por un momento febril vio, en cambio, una caja metálica: acero gris lustroso, con una cerradura en la que cabía una llave pequeña, no muy diferente de la que estaba en la morgue policial, en un sobre de plástico.

El mareo le hizo cerrar los ojos por un momento... y a la vista surgió una imagen de Johnny, con su sonrisa torcida y esos ojos serenos, evaluadores, que no daban cuartel ni pedían favores. Siendo niña, esas cosas feas que sólo conocía a través de los diarios (asaltos y golpizas, incendios provocados por fumadores descuidados) habían sido frecuentes en el vecindario de Johnny. Y de pronto anheló, no ya un par de brazos capaces (le bastaba con los propios), sino la recia aceptación que estaba grabada a fuego en él, la diestra agilidad con que se abría paso por un mundo poblado de trampas ocultas.

"Señor, dame fuerzas...".

En el cuarto reinaba un silencio tan plomizo como el cielo, que se hinchaba como un océano fantasmagóricamente gris contra los aleros y los viejos paños de las ventanas, en tanto esperaban a que mamá actuara.

Lydia se sentó a los pies de la cama, en el banco estrecho, con la sombrerera en el regazo.

—Aquí tengo algunos recuerdos que me gustaría darles, chicas —dijo al fin—. Algo especial para cada una de ustedes. —Cuando sonrió, Daphne tomó nota de las profundas arrugas que tenía en las mejillas, allí donde antes había hoyuelos. —Sé que no es lo que estaban esperando, pero temo que eso no puedo dárselo. No tengo manera de explicar lo que pasó con su padre. Es más complicado de lo que imaginan, aunque supongo que a estas horas ya saben algo, quizá la mayor parte.

Miró por un instante a Daphne y a Kitty, antes de permitir que sus ojos se posaran en Alex, con una expresión a la vez amorosa y melancólica. Cuando abrió las manos, como en un gesto de pena, Daphne vio que la alianza de oro, ausente durante su estancia en la cárcel, estaba nuevamente en el sitio debido: el anular izquierdo.

Alex, encaramada en una esquina de la cama, empezó a decir algo, pero calló al continuar su madre:

—Esto no paga, desde luego, todo lo que han hecho por ayudarme. —La voz de Lydia era extrañamente hipnótica, como el deslizante susurro de tafeta que Daphne recordaba de su infancia: su madre inclinándose para darle un beso en la oscuridad, con olor a perfume y al único martini que se permitía beber antes de las fiestas. —Han demostrado un valor tremendo en las circunstancias más difíciles. Sí, hasta tú, Alex. Sé que para ti ha sido más penoso que para tus hermanas, en algunos aspectos, e hiciste lo mejor que podías. Para mí es suficiente que hayas venido esta noche.

—¿No puedes tratar, siquiera, de explicarnos? —exclamó Kitty, frustrada.

Mamá meneó tristemente la cabeza.

—No importa, en realidad. Porque de cualquier modo jamás seré libre. Y por increíble que les parezca, lo he aceptado y estoy en paz. Lo único que deseo, con todo mi corazón, es que cada una de ustedes esté también en paz.

Retiró la tapa de la sombrerera: una caja vieja, forrada de tela con un estampado de pimpollos, descolorida por la larga exposición al sol. Contenía todas esas pequeñeces demasiado finas para ir a la basura, aunque no tuvieran utilidad visible: retazos de encaje, botones sueltos, ovillos de lana sobrante de algún tejido, una vieja peineta de carey a la que le faltaba la mitad de los dientes.

De sus profundidades perfumadas de espliego mamá extrajo un alhajero de terciopelo y lo entregó a Alex.

—Es el broche de diamantes que tu padre me regaló cuando cumplimos las bodas de plata —dijo—. Puedes conservarlo o venderlo, como quieras. Para mí es igual. Tu padre sólo me lo compró porque... —Se interrumpió. Los ojos se le llenaron de lágrimas. —Digamos sólo que es demasiado ostentoso para mi gusto.

Alex, aturdida y algo intimidada, tardó un momento en abrir el estuche. Cuando Daphne se acercó para mirarlo por sobre su hombro no pudo menos que ahogar una exclamación. "Ostentoso" no era la palabra adecuada. Eso era... Bueno, no había manera de negarlo, magnífico: un delicado cesto tejido en platino, del que surgía una lluvia de diamantes de distintos tamaños, en forma de flor. En el centro chispeaba una piedra perfectamente redonda, rodeada por otras más pequeñas en forma de pétalos.

Sin embargo Lydia nunca lo había usado, hasta donde ella podía asegurarlo; ninguna de ellas estaba enterada de su existencia. Daphne lo miró fijamente, muda. La misma Alex, que solía ser dura y poco sentimental, parecía abrumada. Con los ojos brillantes de lágrimas contenidas, parecía estar buscando trabajosamente palabras con que agradecer a su madre. Cuando por fin habló, fue como si sus duras capas exteriores le hubieran sido arrancadas, dejándola tan blanda y vulnerable como la recién nacida que, a los cuatro años, Daphne había acunado tímidamente en los brazos.

—No... no sé qué decir —tartamudeó—. No esperaba esto en absoluto. Es... eres muy generosa, mamá.

—No tienes por qué darme las gracias. —Su madre sonrió. —Es un regalo, sin más ni más. Mi único deseo es que le saques buen provecho, cualquiera sea el uso que decidas darle. Y ahora tú, Daphne...

Con un susurro de papel de seda, volvió a hundir la mano en la caja. De ella sacó un diario íntimo, encuadernado en cuero rojo ya descolorido, que puso en las manos extendidas de Daphne, con tanta reverencia como si fuera un rollo antiguo y contuviera los secretos de una civilización perdida.

—Más que ninguna explicación que yo pudiera darte —dijo—, esto te ayudará a comprender algo de lo que necesitas saber. Lo llevé desde los dieciséis años hasta que tú naciste. En adelante no tuve suficientes minutos en el día para todo lo que debía hacer. —Sonrió, recordando con cariño. —Cuando escribas sobre lo que sucedió (y sé que lo harás, porque es preciso), espero que esto te lo esclarezca un poco.

—¿Escribir sobre eso? —repitió Daphne, con horrorizada confusión—. ¿Cómo se te ocurre que puedo hacer eso? Poner a nuestra familia en exhibición, como si fuera... como si fuera un fenómeno de feria. ¿Ganar dinero con lo que sucedió?

Lydia meneó la cabeza; una lágrima corrió por su mejilla.

—No, Daphne, no es así como debes mirarlo. ¿No te das cuenta? Sería poner las cosas en claro. La gente querrá una persona torturada, un monstruo, una víctima... como siempre. Tal vez se sorprenda al saber que mis sueños y esperanzas, las cosas que me preocupaban, por abrumadoras que puedan haber parecido entonces, eran en realidad bastante comunes. Cuando lo escribas, será para que la gente sepa que yo no era tan diferente de los demás.

Daphne apretó el diario contra su pecho, conteniendo sus propias lágrimas. Un rayo de sol se abrió paso entre las nubes, hasta la mano que descansaba sobre la sombrerera; por un instante la luz pareció radiar desde la alianza de oro que lucía.

—Lo... lo intentaré —dijo, tragando saliva con dificultad.

—Por último, aunque no por eso es menos importante... —Mamá fijó la mirada en Kitty, que hasta ese momento había permanecido inmóvil, absorbiéndolo todo, y ahora se inclinaba hacia adelante en la mecedora. Su madre empezó a hablar en un tono que nunca había usado con Kitty: una especie de asombrada ternura. —Lo tuyo fue lo más difícil de elegir. Pero el otro día, cuando salíamos del tribunal, lo supe. El regalo perfecto.

Y volvió a buscar en la sombrerera.

Al ver el reflejo de la luz en la pequeña taza de plata que sostenía en la mano, Kitty dejó escapar una exclamación ahogada. Era una taza para bebé que la familia de su madre había pasado de generación en generación por más de cien años, a partir de la tatarabuela. Tenía grabadas las iniciales KML: Katherine Marie Lowell.

Daphne quedó estupefacta ante la insensibilidad de ese regalo. ¿Qué movía a su madre? ¿No sabía lo penoso que sería eso para Kitty? Habría querido arrebatarle la taza para esconderla de prisa, antes de que pudiera hacer más daño. Pero ya era demasiado tarde. Cuando su hermana cerró los dedos rígidos en torno de la taza, el dolor y la pérdida estaban tan grabados en su cara como las iniciales en la plata.

Daphne no comprendió hasta que su madre volvió a hablar.

—La guardaba para el bebé que tendrías algún día —explicó con suavidad.

Kitty, obviamente azorada, se esforzó por responder.

—No sé qué te han dicho, quién te lo dijo... pero no es cierto. El... el bebé que esperaba adoptar... su madre cambió de idea.

Mamá la miró, confundida; parecía vacilar por primera vez en la noche.

—Oh, bueno, no sabía nada de... Eh... nadie me dijo que... —Se interrumpió. Luego, irguiendo la espalda, añadió con más firmeza: —Me refería a tu propio bebé. El que vas a tener.

Kitty perdió el color; su cara quedó gris, enfermiza. Miraba con dura fijeza a su madre, como si tratara de decidir si le estaba haciendo una broma cruel... o si en verdad había enloquecido. Luego giró hacia atrás y, con la poca compostura que le restaba, depositó suavemente la taza en el tocador. El espejo reflejó la angustia de sus ojos.

—Jamás tendré un hijo propio —musitó—. Tampoco sé si podré adoptar uno. Harías mejor en guardarla para alguien que pueda darle uso.

En el silencio siguiente, la risa sorprendida de Lydia pareció reverberar por toda la habitación, como la onda de impacto que sigue al terremoto.

—O sea que no sabes... Oh, querida... —Se levantó para abrazar a su hija.

—Supuse que lo sabías.

—¿Qué? —interpeló Kitty, confundida.

—Que estás embarazada. Siempre me doy cuenta; es como un sexto sentido. Con cada una de ustedes, cuando quedé en estado me di cuenta desde el primer momento. Y también cuando Alex esperaba a las mellizas, antes de que me dijera nada. ¿Desde cuándo no tienes la regla?

—Eh... nunca he sido regular —replicó Kitty con cierta sequedad, como si no se atreviera a creer en lo que su madre decía—. Hace un par de meses, creo... —De pronto se cubrió la boca con una mano, dilatando los ojos. —¡Oh, Dios! ¿Será por eso que me siento tan cansada últimamente? Y siempre descompuesta...

Se irguió tan bruscamente como si hubiera pisado algo puntiagudo. Luego estalló en lágrimas. Lydia le dio unas torpes palmaditas en la espalda.

—Llora, llora todo lo que quieras. Bien sabe Dios que ya se han derramado muchas lágrimas por lo que está muerto y enterrado. Ya era hora de llorar por lo bueno que está por venir.

Horas después Kitty, tendida en su cama, contemplaba el ángel del techo. No era un ángel de verdad, si acaso existían: sólo una vetusta mancha de humedad con esa forma, recuerdo de una pérdida en la tubería. Pensando en el arcángel Gabriel, que se había presentado a la Virgen María para anunciarle su inmaculada concepción, estuvo a punto de reír de viva voz. Ella sabía perfectamente de dónde venía ese bebé.

Sean.

Iba a tener un hijo de él. La idea fue un impacto tan grande que la habitación pareció oscilar, como si estuviera dentro de una campana, una enorme campana de iglesia lanzada a vuelo para anunciar la feliz nueva, hasta que toda ella cantó también y su corazón alzó vuelo.

Durante el trayecto de regreso, aún aturdida por el inesperado regalo de su madre, Kitty había pedido a Roger que se detuviera ante la farmacia para comprar una prueba de embarazo. Al llegar a casa dio las buenas noches a todos, subió directamente a su cuarto y echó llave a la puerta. ¿Y si todo era una cruel equivocación? Se lo diría a Daphne por la mañana, cuando hubiera tenido tiempo para digerir en la intimidad su desencanto.

Mientras temblaba en el inodoro, sujetando con fuerza el indicador de plástico blanco, empezó a pensar que su madre no estaba tan chiflada, después de todo. En la ventanilla había aparecido una línea azul. Luego, dos. Positivo.

La impresión estuvo a punto de hacerle perder el sentido allí mismo, en el baño de azulejos azules y blancos. Pero aunque se le aflojaban las rodillas a cada paso, logró volver a la cama y cubrirse con las mantas, con tanta suavidad como si estuviera tendiendo una toalla húmeda sobre la masa puesta a levar.

Ya eran las doce y media. Lo sabía sólo por el pequeño reloj de bronce que marchaba en la mesa de luz. Podrían haber pasado minutos u horas desde que se tendiera allí, con el vestido violáceo todavía puesto. No se había molestado en desvestirse; de nada serviría tratar de conciliar el sueño. ¿Cómo podía dormir con la mente a todo galope? Se sentía a punto de reventar como una ciruela madura. Si así se había sentido María al recibir la noticia de Gabriel, una podía entender esa beatitud extasiada que la rodeaba en las pinturas religiosas. Su propio milagro era, en muchos sentidos, igualmente asombroso: ¿por qué ahora, después de tantos años? ¿Por qué con ese hombre?

"Porque de los otros no estabas enamorada", susurró una voz.

Oh, ¿qué importaba quién lo hubiera engendrado? El bebé era suyo, un hijo de su propia sangre que nadie podría quitarle. Los ángeles existían, después de todo, y habían escuchado sus plegarias.

Kitty apoyó las manos en el vientre aún plano, del que parecía emanar un fulgor propio. Detectó la existencia de un pulso, probablemente el propio, que parecía aletear como un corazón diminuto. Con los ojos cerrados, trató de imaginar cómo sería tener a su hijo en los brazos... y por un momento pudo sentirlo: el peso de un trasero pequeño en la palma de su mano; la cabeza del bebé, con su pelusa de gatito, rozándole la barbilla. En la punta de sus pies se inició un cosquilleo caliente que la fue llenando toda, hasta que no pudo contener más, hasta que se sintió flotar, transportada por la insondable maravilla.

Convertiría en habitación infantil el cuarto de huéspedes, donde momentáneamente había instalado a Daphne. Pero en vez de adornarlo con patos y conejitos lo decoraría con las acuarelas de su madre. La cuna estaría frente a la ventana; así, cada vez que el bebé despertara podría ver las golondrinas que entraban y salían de los aleros, el océano rielando a la distancia. Y en un estante alto pondría nidos de pájaros, conchas amarillas y trozos de leña arrojados por la marea, para que la criatura, al contemplarlos, conociera al mundo como un lugar amistoso, lleno de magia, misterio y maravillosas sorpresas.

Con la mente flotando en un mar de proyectos felices, se quedó dormida contra su voluntad. Despertó antes de que aclarara, pero hacía varias semanas que no se sentía tan descansada. Estaba segura de lo que debía hacer. Abandonó la cama. Después de quitarse el vestido arrugado para reemplazarlo por vaqueros y una remera, bajó la escalera en puntas de pie; puso cuidado en saltear el escalón del centro, que crujía como para despertar a toda la casa.

Esta vez, sin tránsito, el trayecto hasta la casa de Sean se le hizo más breve. Y la lluvia había cesado; la ruta centelleaba a la luz de sus fanales, como un río negro que la llevara sin esfuerzo. Halló el camino con facilidad, sin preocuparse por no haber llamado antes. Era como si la guiara el tercer ojo: el ojo más veraz, según las creencias hindúes.

¿Cómo reaccionaría Sean cuando se enterara? ¿Se asustaría tanto como era de esperar? ¿Perdería el deseo de estar con ella?

Kitty pensaba decirle de inmediato que no iba a cargarlo con el bebé. Ella podía arreglarse sola, muchas gracias; de hecho, hacía tiempo que se preparaba para eso. Cosa extraña: no podía evitar la sensación de que ese bebé no era de Sean ni de nadie; había cobrado existencia por la mera intensidad de sus anhelos.

La puerta del pequeño estudio de Sean estaba sin llave. No se molestó en golpear. Tampoco se le ocurrió que él pudiera estar ausente... o peor aún: con otra mujer. Nada podía alterar la cálida corriente en la que se sentía flotar. Estaba bendita. Estaba...

Embarazada.

Sean dormía profundamente en el colchón. No se movió cuando Kitty se agachó para sacudirlo con suavidad. Sin detenerse a pensar cuál debía ser el próximo paso, ella se escurrió bajo las mantas, a su lado.

Sean farfulló algo y se acercó a ella, rodeándola con un brazo, como si aún en sueños tuviera la necesidad de protegerla. Luego abrió los ojos. Por un largo instante permaneció inmóvil, mirándola con incredulidad.

—Kitty —murmuró.

Sólo eso: su nombre. Casi como si hubiera estado esperando verla allí.

—Perdona si te desperté —susurró ella.

—¿Todo bien?

—Mejor que nunca.

—Me alegro de saberlo. —Ahora estaba completamente despierto, incorporado sobre un codo. —Pero no has venido hasta aquí sólo para decirme que estás bien. ¿Qué pasa?

Bajo las mantas calientes, que emanaban su olor almizclado, ella percibió que se ponía tenso.

—Tenía que verte.

—¿Sí? —Sus ojos la estudiaron en la oscuridad. —El otro día no estabas tan desesperada por verme.

Estaba dolorido y mal dispuesto a perdonarla. O tal vez desconfiaba de sus motivos, simplemente. De un modo perverso, Kitty descubrió que eso la reconfortaba. Si el interés de Sean hubiera sido sólo carnal, esa conversación no habría existido.

Bajó la vista, alisando una arruga del cubrecama.

—Si te di la impresión de que no me importabas, lo siento. Me importas, sí. Y mucho.

—Pues lo demuestras de una manera muy curiosa.

—¿Prefieres que me vaya? —preguntó ella, en voz baja.

Esperó, escuchando el susurro de las hojas mojadas en el viento que se había levantado afuera, el chapoteo lejano de las cubiertas a lo largo de la autopista. Cuando él levantó una mano para acariciarle la mandíbula con la punta de un dedo, el escalofrío que eso le provocó pareció surgir de un punto más profundo que la simple carne.

—No —dijo Sean.

Ella le tomó la mano para llevársela a la boca, sintiendo el pulso seguro y parejo de su muñeca.

—Me alegro. Porque tengo que decirte algo...

En los ojos del muchacho chisporroteó una esperanza cautelosa. Permanecieron fijos en ella, la luz fantasmal que se filtraba por la lucerna; eran negros como el océano bajo un cielo nocturno y sin luna. En el corto pelo oscuro quedaban algunas motas de aserrín que él había pasado por alto, como diminutas estrellas reflejadas.

Kitty vaciló, indecisa. La idea de su embarazo era tan nueva que su instinto era reservársela, disfrutar egoístamente ese gozo. Pero no sería justo ocultarla a Sean. Él merecía saberlo, cualquiera fuese su reacción. No había sido un ángel quien le diera ese bebé, sino Sean. De algún modo le había abierto el corazón, dejando entrar suficiente luz como para que brotara.

—Estoy embarazada —dijo.

Él le sostuvo la mirada, completamente inexpresivo, como si no hubiera oído. O quizá no quería oír.

Aquello que se había estado desplegando suavemente dentro de Kitty se retrajo de nuevo, convertido en una pelota dura.

"No importa", se dijo. No necesitaba nada de él. No era una adolescente sin dinero, sino una mujer de treinta y seis años, con un próspero negocio; podía perfectamente criar sola a ese niño. Cuando iba a decirlo, Sean preguntó en voz queda.

—¿Cuándo lo supiste?

—Esta noche. Hace algunas horas.

—Entonces ¿no fue por eso que quisiste dejar de verme?

Ella quedó demasiado sorprendida como para darle inmediatamente una respuesta. Luego exclamó:

—No, por Dios. Oh, Sean, ¿cómo pudiste pensarlo, siquiera?

Él pareció aliviado, pero mantuvo una expresión rígida.

—¿Quieres que participe en la vida de ese bebé? —preguntó con lentitud—. ¿Es eso lo que me estás diciendo?

Kitty se esforzó por volcar en palabras lo que esperaba de él, pero no surgió nada concreto.

—Bueno, sí. No me había anticipado tanto. Pero si quieres, por supuesto. —Vaciló por un momento. —Si he de serte sincera, no estaba del todo segura de que quisieras.

En la mandíbula del muchacho se contrajo un músculo.

—Me alegra saberlo —dijo, con voz extrañamente estrangulada—. No tienes la menor idea de lo que he estado soportando. La otra noche, cuando te vi... Oh, Dios.

La estrechó contra sí, con una ronca exclamación, y escondió la cara contra sus pechos, hinchados y sensibles. Se aferró de su camisa como si fuera lo único que podía librarlo de caer a un profundo precipicio. Un momento después ella reconoció los ruidos sofocados que surgían de él: estaba llorando.

—Shhh... está bien...

Le acarició la nuca, luchando contra sus propias lágrimas; las puntas suaves del pelo se erizaron contra su palma. Sean levantó hacia ella una cara crispada, casi furiosa. Con voz tensa de emoción, dijo:

—Crees que soy demasiado joven para amarte, pero te equivocas. Voy a decirte otra cosa que quizá no te guste: me alegra que vayas a tener un hijo mío. Estoy en las nubes, qué tanto. —Rompió en una risa insegura, algo loca. Luego exclamó: —¡Por Dios! ¡Vamos a tener un hijo! No puedo creerlo.

—Yo tampoco. —Ella sonrió de oreja a oreja. —Llevo horas despierta, tratando de convencerme de que es verdad.

Sean se incorporó. Ya parecía más dominado.

—Aclaremos una cosa, ¿quieres? No sé cómo querrás manejar las cosas, pero este chico va a tener padre.

—Creo que nadie podría discutirlo —rió ella.

Sean le echó una mirada ceñuda.

—Ya sabes a qué me refiero. Tendremos que planear algo.

—¿Tienes algo pensado?

—¿Serviría de algo pedirte que te cases conmigo?

Kitty reflexionó por un momento; luego sacudió la cabeza.

—No me interpretes mal, Sean. En cierto sentido, me encantaría. Pero no creo que sea muy buena idea. Al menos por ahora, con todo en el aire. Tal vez más adelante... Veremos.

El muchacho, aunque obviamente desencantado, no parecía ofendido.

—Te lo advierto —dijo simplemente, encogiéndose de hombros—: eso no va a impedirme que vaya a verlo cada vez que pueda.

—¿Quién te lo impide?

—¿No querías enfriar las cosas por un tiempo?

—Pero vine a despertarte, ¿no?

Kitty, sonriendo, le deslizó una mano por la pierna. Él tenía puesta una remera, pero no llevaba calzoncillos. Su reacción fue inmediata: la buscó con hambre, estrechándola con tanta fuerza que, por un momento, ella no pudo respirar. De pronto, como si cobrara conciencia de la supuesta delicadeza de su estado, la soltó.

—Mejor no —murmuró—. Podríamos dañar al bebé.

—En esta etapa, no —le aseguró ella, que había leído todos los libros sobre el tema y se sentía toda una profesional.

Sin una palabra más, él le quitó la camisa por la cabeza y la ayudó a quitarse los vaqueros. Kitty se había quitado la bombacha para hacer la prueba de embarazo: abajo estaba desnuda. Sean, al verlo, no esperó una segunda invitación.

—Eres tan hermosa... —dijo.

Eso era lo más parecido a un poema que se podía sacar de él, pero en ese momento las palabras no importaban. Sólo importaba esa palma que le acariciaba el muslo, esos dedos que la encendían con su contacto: el contacto firme del hombre, cualquiera sea su edad, que sabe por instinto cómo complacer a una amante.

Ella gimió, arqueándose dentro de la mano ahuecada entre sus muslos. Sean la miraba a los ojos; después de un rato largo y dulce, en el que Kitty se perdió en un cúmulo de sensaciones deliciosas.

Algo se liberó en ella: un globo que ascendió en espiral dentro de su cabeza, para luego descender hasta posarse justo al sur del ombligo. Kitty rió de placer, meneando la cabeza; su pelo largo y rizado cayó sobre los hombros desnudos, como un chal de seda.

Se acurrucó junto a Sean, aspirando el vago aroma a resina de su piel, mezclado con jabón y con ese olor directo y simple, que era sólo suyo. Un calor lento, líquido, corría por ella. Quería que él la poseyera. Ya. De inmediato. Pero se echó hacia atrás cuando él empezó a separarle las piernas.

—No —ordenó suavemente.

Y se deslizó hacia abajo para recibirlo en la boca. Apenas un minuto después él se apartó.

—Voy a terminar —dijo con voz ronca—. Y quiero que sea dentro de ti.

Un momento después estaba dentro de ella, encima de ella; lo guió, casi descompuesta por el deseo. Nunca había sentido tanto, ni siquiera con él: la sacudían las emociones más fuertes que jamás hubiera conocido; cada sensación era tan exquisita que temblaba en el límite del tormento. El bebé. No era sólo porque estuviera hambrienta de Sean, sino también por el bebé, por saber que estaba allí, creciendo dentro de ella.

Unas gotas de sudor cayeron de la cara del muchacho a la suya, como lluvia caliente y dulce. Él se contenía. Y de pronto Kitty deseó que dejara de hacerlo. Sólo quería sentirlo volcándose en ella, como la noche en que había concebido: fuerza vital con la facultad, no sólo de crear, sino de revivir sueños y esperanzas que ya creía muertas.

Pujó hacia arriba, hacia él, ahogando un grito ante esa insoportable dulzura. Se aferró a sus caderas como si se llevara un vaso de agua a la boca, para no perder una sola gota. En el mismo instante él también terminó, alzando el torso mientras pujaba hacia adentro. Con fuerza, pero al mismo tiempo como si, en el fondo de su ciega liberación, pusiera cuidado para no lastimarla, para no dañar al bebé. Ella sintió que se contenía un poquito. Después no se dejó caer sobre su cuerpo, como lo habría hecho normalmente: se apartó con suavidad y se tendió a un costado, de cara hacia ella.

Presionó suavemente con una mano contra su vientre; ella dio un pequeño respingo, como si se le erizara la piel. Luego le cubrió la mano con la suya, sonriendo.

—¿Ella también habrá sentido eso?

—¿Cómo sabes que es niña?

—Es sólo una corazonada. Un varón me haría igualmente feliz.

—¿Estás segura?

—Segurísima. —Kitty ensanchó la sonrisa. —Por si no lo has notado, sucede que me gustan los muchachos.

Sean también sonrió.

—Lo he notado, sí. —Y agregó, ya más serio: —Lo que te dije era en serio, ¿sabes? Cuando pienso en el chico de mi hermana, que no va a conocer a la gente de su sangre... bueno, no quiero que a mi hijo le pase lo mismo. Aunque no estemos casados, aunque no vivamos juntos, quiero que seamos una familia.

Kitty pensó en su propio hogar, que no era en absoluto como ella lo había imaginado. Cuando niña lo daba todo por asegurado: los días que se enhebraban en una provisión interminable, los pequeños ritos que los ligaban unos a otros, como las puntadas casi invisibles de las colchas que hacía su madre con los vestidos viejos. Pero la descabellada colcha que era su familia estaba ahora deshecha; cada una tendría que hacer la propia con la poca tela restante.

En verdad, los regalos de su madre eran muy atinados, no sólo por los motivos obvios, sino como recordatorios de que no toda la vida había sido una mentira, de que había partes dignas de retener en la memoria y hasta de atesorar. En los días venideros actuarían como brújulas por las que orientarse, en tanto maniobraban en los bajíos que se extendían hacia delante.

Kitty contempló la cara bronceada de Sean, que lucía la intemperie como una condecoración, con arrugas pálidas en las sienes de tanto entornar los ojos al sol. "Será buen padre", pensó, tal como aquella noche en que lo había visto en el hospital, con su hermana. En cuanto al resto, ya se vería.

Le tocó el pecho, sólido como los árboles a los que trepaba para ganarse la vida. Con la misma facilidad podía imaginarlo acunando a un bebé o empujando un cochecito. Sonrió.

—Ya no estoy segura de saber qué significa "familia", realmente —dijo—. Tal vez sea una de esas recetas que se van creando sobre la marcha: un poquito de esto, una pizca de aquello. Podríamos probar, ¿no? Quién sabe, hasta es posible que logremos algo digno de conservar.

—¿Mamá?

Al oír el suave llamado de Nina, desde la oscuridad de su cuarto, Alex se detuvo al pie de la escalera. Como no podía dormir, se había quedado levantada hasta tarde mirando televisión, sólo para quedarse dormida en el sofá en medio de un monólogo de Jay Leno: un chiste estúpido sobre los hombres que engañan a sus mujeres, según recordaba. Ahora le parecía tener la cabeza llena de esas enfurecedoras bolitas de telgopor que no te dejan ver lo que hay en el fondo de la caja. Tardó un momento en detenerse para volver sobre sus pasos, cruzando el breve tramo de pasillo hacia el cuarto de Nina.

Su hija estaba sentada en la cama, con las piernas cruzadas. Alex sonrió al verla en el suave charco de luz que arrojaba el velador, parpadeando con somnolencia, la densa cabellera oscura enredada a la espalda, como cuando era pequeña y ella las arropaba en la cama, todas las noches. Tenía puesta una remera descartada por su padre, ya descolorida y manchada de lavandina, aquella vez en que Jim, distraído, había arrojado blanqueador en el lavarropas antes de que estuviera lleno de agua. Ella le había cantado cuatro frescas: después de trabajar toda la semana, ¿tenía que cargar con todas las tareas de la casa? El recuerdo la crispó. Caramba, qué víbora podía ser. Era un milagro que Jim no se hubiera divorciado de ella años atrás.

Y las chicas... Oh, amaba profundamente a sus hijas, sin duda. Pero en el curso de los años, en la ventisca de días acumulados como dunas de arena, cuando sólo podía marchar trabajosamente de una lomada a la siguiente, su maternidad se había tornado algo difusa. Últimamente, cuando pensaba en las mellizas era sólo por cuestiones de horarios, lista y compromisos. Había perdido de vista el tiempo en que se conmovía hasta las lágrimas con sólo verlas estirarse para ver el mundo, desde la inestable base de las piernas recién descubiertas.

Alex se sentó en la cama y dio una palmadita a la rodilla que abultaba bajo el cubrecama. En muchos aspectos Nina era todavía una niñita, pese a su aparente y alarmante madurez. Cuando se mudaron había insistido en decorar su cuarto al estilo de Laura Ashley: telas floreadas y volados, cama y escritorio de mimbre blanco, baúl antiguo forrado de calicó para guardar las muñecas y los animales de paño que no se decidía a descartar. Sólo el póster pegado a la puerta del ropero (Marlon Brando con una remera desgarrada, nada menos) representaba a la jovencita peculiar y empecinada, una jovencita que Alex ansiaba conocer mejor.

—Te oí en la sala. —Con un bostezo, Nina se frotó los ojos con los puños, tal como cuando era pequeña. —¿Qué haces levantada a estas horas? ¿Hay algún problema?

—Estaba por acostarme. —Alex iba a decir que todo estaba bien, perfectamente, pero cayó en la cuenta de que no era del todo cierto. Aunque en cierto modo estaba bien (para decirlo con más exactitud, había dejado atrás la etapa en que pasaba la mayor parte del día preguntándose qué sector del cielo caería primero sobre ella), distaba mucho de estar perfectamente.

—A decir verdad —confesó con un suspiro—, todavía me cuesta dormir sola. Hasta Jay Leno es mejor que nadie.

Nina puso los ojos en blanco, con una mueca desdeñosa.

—Es bastante patético, sí. Pero ¿sabes qué es aún peor? —Bajó la voz a un susurro teatral. —Yo todavía miro bajo la cama todas las noches, antes de apagar la luz, sólo para estar segura.

Alex no necesitaba preguntar por qué. Desde los dos o tres años, el rito nocturno de su hija incluía una minuciosa investigación de todos los rincones y lugares reparados en los que pudiera acechar el cuco. Lori, más confiada y menos imaginativa, quizá, se conformaba con un beso de buenas noches. Alex se mantuvo muy seria para replicar, con fingida gravedad:

—Para ser justas, si el cuco estuviera acechando por aquí, a estas horas ya habría huido espantado.

—La vida no ha sido muy normal, últimamente —reconoció la chica.

—Tengo la sensación de que eso va a cambiar. ¿No te parece que nos tocan algunos días soleados?

Nina frunció los labios, pensativa.

—Esos días soleados, ¿tienen algo que ver con papá, por casualidad?

Alex sintió que se activaba automáticamente la antigua tensión. ¿Todo tenía que girar siempre en torno de Jim? ¿No iban a reconocerle ningún mérito por mantener la casa en pie?

Pensó en el broche de diamantes que le había dado su madre. En una segunda mirada, dentro del estuche había encontrado un recibo plegado en varias partes, por la asombrosa suma de diez mil dólares y pico. Nunca habría imaginado que su padre pagara tanto por una joya. ¿Habría sido una muestra de amor... o sólo la ofrenda de un culpable?

La idea de que su madre lo hubiera mantenido oculto en un cajón por tanto tiempo (al parecer, era su única manera de expresar el dolor y la ira que no osaba sacar de su estuche) le dio frío. Debía agradecer a su madre, no sólo que hubiera adivinado sus aprietos, sino también que la obligara, aun por un acto tan terrible, a enfrentarse a su propio cuco. Papi... Leanne... Beryl... Después de arrojar sobre ellos la intensa luz del sol, descubría que los monstruos no existían, después de todo. Como tampoco los superhéroes: sólo seres humanos, débiles y defectuosos; algunos, en grado fatal, como su padre.

¿Y Jim? Era uno de los buenos. Sólo que ella no lo había reconocido hasta ahora.

—Tu padre y yo... —Alex se interrumpió con una súbita sospecha. —Conozco esa cara, Nina Marie Cardoza. Me has estado espiando, ¿no?

—Tanto como espiando, no —esquivó su hija—. Pero anoche, cuando hablabas por teléfono, levanté el auricular por casualidad. Te lo juro por ésta, que me muera si no, que fue por casualidad. —Y se cubrió hasta el mentón con la almohada para sofocar las risitas.

Alex hizo un esfuerzo por no sonreír.

—Muy graciosa, Sherlock. ¿Y qué escuchaste, así por casualidad?

Nina apartó la almohada.

—Sólo cuando discutían si mañana iba a escampar o no, para ir de picnic al faro. —Y agregó con aire taimado: —Iremos todos, ¿no?

—¿Y si te dijera que iremos sólo papá y yo?

La chica reflexionó un momento antes de responder:

—Me parece buena idea... mientras me prometas contarme absolutamente todo cuando vuelvas a casa. —Se ruborizó. —Bueno, todo no. Sólo las partes aptas para menores.

—¿Y si no?

Nina se encogió ostentosamente de hombros; la remera se le escurrió por un hombro.

—Oh, no sé. Tendría que inventar algo para contar a Lori. Para llenar los blancos, como quien dice.

—Eso me suena a extorsión —gruñó su madre.

Con una firmeza que tenía algo de travesura, ella reconoció:

—Bueno, lo admito: soy capaz de cualquier cosa con tal de que ustedes se reconcilien. —Un momento después añadió con melancolía: —Ojalá él hubiera podido cenar con nosotros, esta noche. Era muy extraño, estar en casa de la abuela, sin saber qué decir. Quería decirle que lamentaba lo sucedido, que la echaba de menos, pero... no sé, no encontraba oportunidad. ¿Crees que a ella le molestó?

Inesperadamente, los ojos de Alex se llenaron de lágrimas.

—No, tesoro. Creo que no.

Pensaba en tantas veces en que ella también podría haberse brindado a su madre... y en cambio había preferido refugiarse en el recuerdo de papi.

Nina volvió a bostezar; empezaban a cerrársele los ojos. Se escurrió bajo las mantas, aplastando la almohada detrás de la cabeza, y le dio unos cuantos golpes para más seguridad.

—Supongo que tienes razón —farfulló—. Cuando nos fuimos no parecía tan inquieta. Estaba casi alegre. Me dijo que por la mañana, si escampaba, iría a nadar.

—¿A nadar? —repitió Alex, sorprendida.

—En la ensenada. Como hacía antes, cuando...

Nina ya tenía los ojos cerrados y su voz era apenas audible. Murmuró algo que Alex no entendió del todo. Aun así hizo un gesto crispado, como la vez en que, al hundir la mano en el agua jabonosa, se había cortado accidentalmente con un vidrio roto.

Había creído oír: "...Como cuando éramos una familia."

Capítulo 20

A la mañana siguiente, lo primero que vio Daphne, al abrir los ojos, fue el sol que ascendía en un cielo sin nubes, azul y rosado. En algún momento de la noche había dejado de llover. Aturdida por el sueño, tanteó en busca de su esposo, pero la cama, a su lado, estaba desierta. Lo oyó lavándose los dientes en el baño; el gorgoteo le hizo pensar en alguien...

...que se estuviera ahogando.

Se sentó en la cama, frotándose los brazos, tensados por la piel de gallina. Sentía la cabeza densa y grumosa por un sueño que se rehusaba tercamente a desaparecer: un mal sueño, en el que su madre se estaba ahogando. Daphne trataba de salvarla, pero al correr hacia el agua se le atascaron los pies en la arena. Lejos, más allá de las olas, veía el bulto bamboleante que era su madre... pero en sus forcejeos por liberarse no conseguía sino hundirse más en la arena mojada, succionante. Una sirena de niebla gemía a la distancia; ella recordó haber pensado: "Qué extraño", porque no había asomo de niebla. Por el contrario: brillaba el sol, centelleando en las olas como una red decorada con millares de diamantes diminutos...

Todavía acostada en el cuarto para huéspedes de Kitty, entrecerró los ojos para contemplar el sol que se proyectaba en lanzas brillantes, por sobre el techo a dos aguas de la casa vecina. Las manecillas del reloj antiguo, llenas de arabescos, marcaban las siete menos cuarto. Más o menos la hora en que mamá solía levantarse. Imaginó a su madre atisbando, por la ventana de su dormitorio, el día perfecto que empezaba a formarse. Y diciendo para sus adentros, como Daphne la había oído comentar tantas veces...

—Un día precioso para ir a nadar —susurró en voz alta.

La recorrió un desasosiego inconfundible. ¿Sería tan inocente, al fin y al cabo, ese deseo de su madre de ir a nadar? Pensando en los regalos de la noche anterior, que en verdad habían sido algo más que regalos (¿tesoros que les sirvieran de recuerdo?), Daphne se estremeció.

Cuando su esposo emergió del baño, todavía en pijama, con el pelo revuelto y una mancha de dentífrico en la comisura de la boca, ella se recomendó: "Mantén la calma. Roger pensará que estás histérica. Y ya sabes cómo detesta eso".

—¿Roger? —comentó en voz baja—. Estoy preocupada por mamá.

—Qué novedad. —Él se quitó los pantalones del pijama, riendo; la risa, que habría debido ser ligera, sonó ligeramente sarcástica.

Daphne se obligó a respirar hondo. "Tranquila y simpática".

—No me refería al juicio —dijo—. Pensaba en lo de anoche. ¿No te pareció que estaba algo extraña?

Roger, saltando en un pie para liberar el otro, se detuvo a mirarla, con una pernera de los pantalones serpenteando en el viejo piso de pino.

—¿Extraña? —repitió, incrédulo—. No, no creo. Cuando una mujer parece muy satisfecha de podrirse en la cárcel por el resto de su vida, yo no diría que está extraña, sino loca de atar.

Ella se erizó.

—Bueno, si vas a hablar en ese tono...

Instantáneamente Roger se acercó a la cama, contrito, y se sentó a su lado, haciendo crujir en protesta la vieja cama de hierro.

—Perdona, linda. Esto también ha sido difícil para mí. No iba a decirte nada hasta después del desayuno... pero hoy tengo que tomar el avión. Ese idiota del mediador nos tiene a todos bailando como osos de circo. Ha programado otra reunión para mañana a primera hora. Y tengo que ir.

Daphne se quedó muy quieta.

—Debes de haberlo sabido durante todo el fin de semana. ¿Por qué esperaste hasta ahora para decírmelo?

—No quise que te preocuparas. —Él desvió la mirada. Su voz retomó el viejo tono ofendido. —¿Crees que me gusta esto?

De súbito a Daphne se le hizo insoportable verlo así, con los ojos cuidadosamente desviados y esos característicos hombros caídos. El denso mechón que brotaba en pico, en el centro de su frente, parecía un puñado de hierbas malas que fuera menester arrancar de raíz.

—Francamente, no tengo idea.

Él abrió la boca para decir algo, pero Daphne lo acalló levantando una mano. —No hablemos de eso, ¿quieres? Ve a darte esa ducha. Yo levantaré a los chicos.

Mientras Roger volvía al baño, ella agregó con forzado desgaire:

—Oye, no tiene sentido que estés aquí durante todo el juicio. ¿Por qué no te quedas en Nueva York hasta que todo termine?

Contuvo el aliento, sin saber cuál sería la respuesta. Imaginaba que él diría algo así como: "¿Y arriesgarme a perderte para siempre? Sé que no he sido el más sensible de los maridos, pero no soy estúpido ni ciego. Me doy cuenta de lo mucho que se está jugando aquí...".

Pero Roger no discutió. Ella lo sorprendió echándole una mirada (¿o era sólo su imaginación?), como si sospechara una trampa. Al no encontrar en su semblante nada que pudiera despertar suspicacias, dijo simplemente:

—Ya veremos. Depende de cómo me vaya en la reunión. —Iba a levantarse, pero pareció recordar algo más y se sentó de nuevo, concentrándose en ella con súbita e inquietante intensidad. —Mira, Daph, sé que tenemos unas cuantas arrugas que planchar en lo nuestro. Y en cuanto vuelvas nos ocuparemos de eso, ¿sí? Podemos buscar un consejero matrimonial, si quieres. De veras. Lo que haga falta.

—Claro —dijo ella, pero sin entusiasmo. Para Roger, el matrimonio sería siempre un compromiso anotado en su agenda para algún momento de la semana próxima, del mes siguiente... o del año entrante. Lo que ella quería, en cambio, era hoy, esta mañana, este minuto.

Lo vio levantarse para volver al baño. No era, como había creído alguna vez, el sólido baluarte que le daría amparo, sino un hombre común algo entrado en años, con el trasero ya medio caído y un asomo de rollo en la cintura, que debía tomar un avión y tenía obligaciones más importantes que tranquilizar a su mujer.

—¿Roger?

Él se detuvo y giró en redondo.

—¿Hum?

Pero era evidente que ya lo había perdido. Su mente estaba en lo que le esperaba en Nueva York.

—Sólo me preguntaba si alguna vez... Si has estado con alguna otra mujer. Ya me entiendes. Desde que nos casamos. —Estupefacta ante su propia audacia, no le sorprendió que Roger dilatara los ojos.

—¿Cómo se te ocurre preguntar algo así? —interpeló.

—No sé. Tal vez por lo de mi padre. —Daphne no mencionó a la mujer de la librería. Se limitó a esperar un segundo antes de insistir: —Bueno, ¿sí o no?

Por un momento él la miró con fijeza. Luego dijo, severo:

—Eso no merece siquiera una respuesta. —Luego entornó los ojos. —¿Es Kitty la que te ha estado llenando la cabeza de tonterías? Sé que nunca le he gustado.

—No —respondió Daphne, francamente—. Kitty nunca me ha hablado mal de nadie, mucho menos de ti.

"Es por mí —habría querido gritarle—. No confío en ti". No sólo desconfiaba de que le fuera fiel (de pronto ya no le importaba que Roger hubiera dormido con aquella mujer o con cualquier otra): tampoco creía poder confiarle sus sueños y sus esperanzas. Mucho menos, su futuro.

—Bueno, espero que no. —Roger le echó un vistazo de reproche. Luego preguntó, con la voz cargada de sarcasmo: —¿Ya puedo ir a ducharme? ¿O hay algo más que quieras conocer de mi tenebroso pasado?

—Lamento haber tocado el tema —dijo ella—. Anda, ve a ducharte.

Se sentía triste, pero también algo aliviada. Sobre todo la asombraba que todo fuera tan tranquilo. Una suponía que un matrimonio de dieciocho años se derrumbaría con gran estruendo, no con un leve gemido. Al oír el ruido de la ducha se preguntó si él tendría siquiera la consideración de dejarle una toalla seca.

Bueno, no pensaba quedarse para averiguarlo, por cierto. Después de echarse encima una vieja salida de baño que encontró en el ropero, Daphne corrió a despertar a los niños. Los encontró a los dos en el cuarto de Kyle, sentados en el suelo, absortos en un juego de palillos chinos previsoramente provistos por tía Kitty. Los arreó de mala gana a la cocina, donde su hermana estaba metida hasta los codos en un bollo de masa.

Daphne no pudo dejar de notar lo bonita que estaba esa mañana, con los ojos chispeantes y las mejillas rosadas, como si hubiera estado al sol. ¿Sería cierto lo que su madre había dicho con tanta seguridad? Clavó en Kitty una mirada interrogadora; por sobre el par de cabezas rubias que oscilaban entre ambas, su hermana captó la intención y asintió tímidamente.

La mayor corrió a abrazarla, con un grito de alegría.

—Oh, Kitty, me alegro tanto por ti —murmuró—. Imagina lo divertido que va a ser. Que nuestros hijos crezcan juntos... Oh, Dios, apenas puedo contenerme.

Aunque no lo dijo, tal como pintaban las cosas parecía haber una buena oportunidad de que ella se quedara por más tiempo de lo esperado.

Kitty olía vagamente a canela y a cabellos lavados con agua de lluvia.

—Quiero que seas la madrina. Y algo más: puedes quedarte por todo el tiempo que quieras. —Hablaba con la voz ahogada por la emoción. —Si te parece que te estoy presionando, no te equivocas. Me encantaría que te quedaras para siempre.

En la mente de Daphne resurgió la imagen de Johnny, de pie al final del muelle, con los puños hundidos en los bolsillos y el pelo arrebatado por el viento. Se permitió disfrutar esa deliciosa tortura por un largo instante, bebiendo a grandes tragos los anhelos que dominaba en aras de su vacilante matrimonio.

Por fin recordó para qué había bajado.

—Voy a casa de mamá —anunció—. ¿Te molestaría cuidar a los chicos por una hora?

Probablemente era una tonta al preocuparse, pero un sexto sentido la instaba a ir. Seguramente encontraría a su madre sentada ante una taza de café, quizá camino a la playa. Mamá se asombraría de que volviera tan pronto, pero le encantaría que su hija la acompañara a nadar. "¿Y por qué no?", se dijo. El agua debía de estar fría aún, pero vigorizante. Era justo lo que necesitaba para despejarse.

—Claro que no. —Kitty la miró con más atención. —¿Qué pasa? ¿Sigues preocupada por mamá? Anoche parecía estar bien.

—Demasiado bien, quizá. —Las palabras surgieron antes de que Daphne se percatara. Se apresuró a agregar: —Te lo diré cuando vuelva.

No tenía sentido inquietar a su hermana por algo que, probablemente, no tuviera importancia. Pero Kitty no la dejó escapar con tanta facilidad.

—Si pasa algo malo, quiero saberlo.

—No es nada, Kitty. De veras. Sólo mi estúpida paranoia.

Daphne empezó a buscar sus ojotas entre las sandalias y los zapatos cubiertos de arena que se amontonaban junto a la puerta trasera. Se lo explicaría después. Ahora debía darse prisa. Por si acaso.

Aun así, cuando iba hacia la puerta se descubrió barbotando, sólo a medias en broma:

—Dame cuarenta y cinco minutos. Si por entonces no tienes noticias mías, envía a los *marines*.

Cuando se detuvo frente a la casa de su madre ya eran las siete y media. El sol había trepado hasta las puntas de los cipreses que crecían en torturado esplendor a lo largo del acantilado; las ramas, aplanadas por el viento, parecían brazos extendidos de sirenas que sedujeran a los marineros para llevarlos a su muerte. Se había levantado un viento suave y el cielo refulgía en lo alto, recién fregado. Daphne percibió el olor de la hierba alta, todavía húmeda de lluvia. Frente a la costa, un pelícano rozó la superficie, brillante como cromo pulido.

En total, un día perfecto para nadar.

Decidió ir directamente a la ensenada. Si su madre no estaba a la vista... bueno, tanto mejor. Entraría en la casa para tomar un café con ella. Y la mañana era tan encantadora que casi podía olvidar el motivo por el que había venido.

Casi, pero no del todo.

Descendió el tramo de empinados peldaños de madera que descendían por el acantilado, zigzagueando hacia la playa. ¿Cuántas veces, en su niñez, había subido esas escaleras, en aquellos veranos interminables? Ella y sus hermanas vivían prácticamente en traje de baño; debían de haber correteado por allí un millar de veces. Aún creía ver a su madre en lo alto, con su salida de baño azul, la preferida, el pelo muy claro al vuelo, reflejando chispas de sol. La oía clamar, haciendo bocina con las manos: "Sean prudentes, chicas...".

Pues, así como se les había enseñado a no subir al coche de un desconocido, a no cruzar una calle sin mirar a ambos lados, también se les explicaron los peligros de las corrientes que pueden arrastrarte mar afuera. Sabían nadar en parejas y no entrar en el agua inmediatamente después de comer.

Mientras descendía por el acantilado, festoneado de mesembriantemos, se preguntó si algo podría haberlas preparado para el peligro de que la familia se deshiciera. ¿Existía acaso un sistema de alarma temprana para esas cosas? ¿Un faro encendido en alguna costa lejana que pudiera haberlas advertido?

A primera vista la playa, que en realidad era apenas una profunda hoya de arena, le pareció desierta. Luego divisó más abajo, junto a las rocas sobresalientes que formaban uno de los brazos protectores de la ensenada, una toalla pulcramente plegada sobre un bolso de paja.

"¿Mamá? Sí, por supuesto. ¿Quién otro podía salir a nadar a esa hora?"

Escrutó el horizonte, casi cegada por el sol que se reflejaba contra las olas en puntas agudas. No había señales de vida, aparte de las gaviotas que volaban en círculos. Sus gritos, roncos y algo quejosos, le provocaron un escozor helado en la nuca.

Fue entonces cuando lo vio, a unos cien metros de la costa: una pálida forma esférica que podría haber sido una gorra de baño, boyando entre las olas. No parecía estar debatiéndose; sólo... iba a la deriva. Daphne recordó su sueño y el corazón le dio un vuelco de temor.

Se quitó la camisa, sin pensarlo, y corrió hacia el agua; el aire fresco se deslizaba como seda contra su piel desnuda.

Aspiró bruscamente por la boca al zambullirse bajo la ola. ¿Quién habría pensado que el agua pudiera estar tan fría? No era posible que hubiera alguien allí; cuando menos, no por diversión. Estuvo a punto de volver atrás, pero alguna intuición se lo impidió.

Empezó a nadar.

Braceaba con energía, tratando de bloquear el pánico que amenazaba con abrumarla. Las ondas que parecían pequeñas desde la costa se alzaban ahora sobre ella como olas de tormenta. Hacía mucho tiempo que no se aventuraba tanto. Como iba con los chicos, pasaba casi todo el tiempo vigilándolos mientras chapoteaban en la parte playa. Había dicho, en broma, que no estaba en forma, pero ya no era divertido.

Aun así continuó avanzando, tajeando el agua con brazadas diestras y decididas. Las gélidas olas se alzaban para abofetearla en plena cara. Medio sofocada, tuvo que luchar una vez más contra el impulso de regresar.

Muy arriba gritó una gaviota. Minutos después ella también habría querido gritar. El agua helada la había entumecido, dando pesadez a sus miembros. Sintiendo que ese peso tiraba de ella hacia abajo, giró para nadar de espaldas. El cielo apareció a la vista, mirándola desde arriba como un vasto ojo sin párpados. Aspiró una bocanada de aire, que sabía a salitre, y gritó a todo pulmón:

—¡Mamá!

No hubo respuesta. Daphne flotaba en un silencio estremecido, mecida por olas que parecían alejarla de aquella esfera pálida; aún podía verla por el rabillo del ojo, oscilando a diez o doce metros.

"Regresa", instó una voz interior. Al pensar en Kyle y Jennie se le cerró el pecho de pánico. Si se ahogaba, sus hijos quedarían sin madre.

Pero si se echaba atrás, lo mismo le sucedería a ella.

Continuó avanzando. La forma parecía acercarse. Redujo los ojos irritados a ranuras y pataleó con más energía. A ella vino un recuerdo: en el último año de la secundaria había llevado a casa el primer premio del certamen estadual para cuentistas jóvenes. Su padre hizo enmarcar el certificado y se lo colgó en la pared del dormitorio, diciendo: "Cada vez que lo veas te recordará que eres capaz de cualquier cosa. Basta con que te lo propongas."

Pero eso se había perdido en la espesura del matrimonio y la crianza de los hijos: la noción de ser una persona capaz de hazañas notables.

Daphne buscó en el fondo de sí misma; en un arranque frenético, logró cubrir la breve distancia que la separaba de su madre. Sólo entonces vio aquello por lo que había nadado hasta allí, segura de que era una gorra de baño, y el corazón le dio un vuelco. Un flotador... un sucio flotador de poliestireno, desprendido de alguna red para pescar.

La desgarró una terrible sensación de pérdida. Se sentía... estafada, de algún modo. Manoteando como los perros para mantenerse allí, inspeccionó frenéticamente el horizonte. Pero el cielo seguía mirándola, luminoso, vasto, desierto.

Sólo al invertir el rumbo, cuando ya nadaba de regreso en la costa, cayó en la cuenta de lo mucho que se había alejado. Se había levantado viento y lo tenía en contra; alzaba las olas en largas ondulaciones que empezaban a acumularse. Y la corriente, buen Dios, seguía tironeando de ella, arrastrándola inexorablemente hacia el mar.

El pánico la hizo flaquear. Sus brazadas se tornaron más débiles; las piernas se movían en tijera sin que parecieran impulsarla hacia delante. Era como si estuviera manteniéndose en un mismo sitio, simplemente. O tal vez... se hundía. Entonces comprendió: mamá no habría querido que la rescataran. Y ahora ella misma, que tenía tanto por que vivir, iba a ahogarse.

La ironía le provocó el burbujeo de una risita ronca en la garganta. No era una heroína. Ni siquiera podía salvar su matrimonio. "Soy sólo otra víctima de esta familia chiflada y retorcida".

Se sentía exhausta y sin aliento. Sólo quería mantenerse a flote, dejando que la corriente la llevara adonde quisiera. ¿Sería tan difícil dejarse ir sin más? Últimamente había dejado ir tantas cosas... Su padre, su madre, Johnny... y ahora Roger.

Sólo el pensar en sus hijos la acicateaba a seguir. No ver esas dulces caritas que la miraban desde la almohada, parpadeando de sueño; no tocar esas carnes firmes y resbaladizas, rosadas por el baño, mientras los frotaba con la toalla... No, era inconcebible.

En medio de una bruma roja, irritante, creyó ver algo: una silueta oscura recortada contra la costa, que parecía increíblemente lejana, separada de ella por hectáreas enteras de océano corcoveante. Luego parpadeó y ya no pudo verla.

Las olas se precipitaban hacia ella, una después de otra, hasta hacerle pensar que la estaban atacando. Apenas podía mantener la cabeza por encima de la superficie. Escupió el agua salada que le llenaba la boca. El mar y el cielo parecía oscurecerse, fundirse, disolviéndose en una masa de partículas grises, danzarinas. Ya no sentía las piernas. "Que Dios me ayude..."

—¡Daphne!

Cuando empezaba a hundirse oyó que alguien gritaba su nombre.

Johnny. Parecía la voz de Johnny.

Pero no, no podía ser. ¿Cómo se le habría ocurrido buscarla allí? A su arrebato de gozo siguió una helada confusión.

Aun así encontró, de algún modo, el último dedal de fuerza necesaria para continuar. "De espaldas... nada de espaldas". Giró otra vez, tragando el aire a bocanadas hasta que el mareo empezó a ceder. El color volvió a aquel cielo, que se había vuelto plano y gris como franela vieja. Empezó a bracear.

Sólo había avanzado unos pocos metros cuando una ola rompió contra ella. Daphne se vio empujada hacia abajo, con la boca y la nariz anegadas, enredados los pies en un agua revuelta, como en metros y metros de cuerdas retorcidas.

Luchando por volver a la superficie, con los pulmones en llamas, alargó las manos a ciegas...

... y dos brazos fuertes la sujetaron. Aun cuando ella se les resistía, luchando en un pánico ciego, tiraron de ella hasta sacarla a la superficie. El cielo se abrió en lo alto; un estallido de aire dulce le llenó los pulmones.

—Ya pasó. Ya pasó, Daphne.

Jadeando y sollozando al mismo tiempo, se aferró a él.

—¿Cómo...?

—Tranquila —resolló él—. Ya estamos llegando.

El agua le chorreó por la cara hasta los ojos. El rostro de Johnny aparecía y se borroneaba. Pero su presencia, sólida como la madera dura, tuvo un efecto instantáneo: Daphne se relajó, permitiendo que él le rodeara el pecho con una mano y empezara a remolcarla con brazadas fuertes y seguras. "Johnny, oh, Johnny, me encontraste".

—No estamos lejos.

Confiando en él, abandonó el intento de patear en tándem, puesto que sólo parecía demorarlos más; tal vez hasta perdió la conciencia por un minuto, pues lo siguiente fue la sensación de algo sólido que le raspaba los pies.

Aterrizó hecha un bulto en la arena mojada. Allí permaneció por un momento, respirando con dificultad, cubierta de arena y trocitos de algas, como una pobre bestia medio muerta que la tormenta de la noche hubiera arrojado a la costa. Por fin un par de anchos hombros eclipsó la luz del sol. Dos manos fuertes tiraron de ella para incorporarla.

—Daphne, ¿estás bien?

Johnny estaba en cuclillas a su lado, observándola con preocupación. Sus ojos tenían el gris del océano que se abría a su espalda.

Ella tosió otra vez y vomitó una bocanada de agua; luego se dejó caer contra él, apartando los mechones empañados que se le pegaban a los ojos y las mejillas. Al levantar la vista empezó a reír, débil, hasta que la risa se fundió prontamente con las lágrimas.

Él no trató de impedirlo. La dejó llorar entre sus brazos. Daphne oyó el latir de su corazón bajo la piel que se iba entibiando, firme y seguro; sintió las manos que la recorrían, tocándola por todas partes, como para asegurarse de que estuviera bien.

—Daphne, gracias a Dios... gracias a Dios... —murmuraba una y otra vez.

Cuando ella pudo incorporarse para mirarlo vio que estaba desnudo, igual que ella. El agua le goteaba por los brazos y el pecho; tenía el pelo pegado a la cabeza. Pero fueron sus ojos los que le hicieron saber que estaba real y verdaderamente viva; eso no era algo que estuviera soñando mientras se hundía. En ese instante no estaban grises como el océano; no eran grises en absoluto, sino azules, de un azul tan intenso como el cielo que se empinaba arriba. Los ojos de un hombre capaz de hacer cualquier cosa por amor.

—¿Cómo... cómo fue que...?

—Chist —la tranquilizó él, acunándola contra su pecho—. Gracias a tu hermana. Como no pudo comunicarse contigo en casa de tu madre, se preocupó al punto de llamarme. —Sonrió. —¿Iba a quedarme esperando hasta enterarme de que te había sucedido algo?

—Mi madre. Ella... —Daphne se atragantó con las palabras y acabó llorando otra vez.

—Después —musitó él—. Después nos ocuparemos de eso. Ahora, lo importante es que te seques y te vistas. ¿Puedes caminar?

—Creo... que puedo arreglármelas.

Daphne trató de levantarse, pero las rodillas se le doblaron como cartón mojado. Un momento después Johnny la alzaba en brazos... justo como en sus fantasías juveniles, donde la heroína vive feliz por siempre jamás y nadie sufre ni muere.

"No puede durar", pensó. Tarde o temprano la vida, la vida real, acudiría derribando la puerta. Pero en ese estado, medio ahogada, sólo había una cosa que fuera verdad: nunca más volvería a enfrentarla sola. Lo bueno, lo malo y lo feo: pasara lo que pasare, Johnny estaría con ella. Si no para rescatarla (por el momento, de eso tenía suficiente), para caminar a su lado, dormir en su lecho, marchar al ritmo del mismo tambor.

—No te he dado las gracias —murmuró contra su pecho, mientras ascendían a tumbos por los empinados peldaños de madera.

—Hay tiempo –replicó él. Su tono gruñón revelaba la poderosa lucha que estaba librando con sus propias emociones—. Tenemos todo el resto de nuestra vida.

Epílogo

E ra una de esas temporadas cálidas que los residentes veteranos de Miramonte recordarían por meses, quizá por años: una serie ininterrumpida de días diáfanos; el indicador digital instalado sobre el edificio de la Wells Fargo mostraba una temperatura estable de veintiséis grados. A mediodía, cuando la niebla matutina era apenas una vaga reminiscencia, florecían coloridas sombrillas a lo largo de la costa. Un regalo temprano, gentileza del mes de junio, antes de que los veraneantes comenzaran a acudir en tropel y los estacionamientos de la playa, atestados de casas rodantes, empezaran a parecer un hato de monstruos que pastaran apaciblemente.

Había pasado exactamente un año desde la fecha inscripta en la lápida de granito, junto a la tumba en la que habían enterrado a Vernon Seagrave, bajo un amplio algarrobo del cementerio Twin Oaks. Decía, simplemente: *Lydia Beatrice Seagrave, esposa y madre abnegada.*

Sus hijas no dudaban que eso pudiera parecer irónico a algunas personas. Y durante la tormenta periodística que estalló después de su muerte (que los periódicos sensacionalistas llamaban "misteriosa desaparición", como si ella estuviera riendo última desde alguna rica hacienda, al sur de la frontera), hubo veces en que Daphne, Kitty y Alex también tuvieron sus dudas. Después de todo, el mar no había arrojado ningún cadáver a la costa. Y si los asuntos de su madre estaban muy en orden, eso podía indicar sólo a una mujer práctica que, en vísperas de enfrentarse a un juicio por homicidio, no podía perder tiempo.

Pero cada una había llegado por cuenta propia a la misma conclusión. En el centro silencioso y oscuro de las noches que siguieron a la desaparición de mamá, cuando el sueño las eludía y ante ellas se extendía una eternidad de preguntas sin respuesta, poco a poco se fue desplegando una imagen: el retrato de una esposa que había amado a su marido más allá de toda razón, tal vez más allá de la demencia. Lo suficiente para matarlo, salvándolo de hacer algo que no tenía regreso ni posibilidad de redención. Una mujer como cualquier otra, en casi todos los aspectos, no falta de talento y sentido del humor, a quien el amor había empujado a extremos extraordinarios.

Para Kitty había sido una temporada de renovación y pérdida. Tras un embarazo gloriosamente normal (a pesar de los horrores que todas las madres tardías se sentían obligadas a anunciarle) dio a luz en su casa, en la cama victoriana donde había concebido; fue una saludable niña de tres kilos seiscientos. Sean, que no había faltado a una sola de las clases de preparto, estuvo a su lado durante las dieciséis horas del proceso. Y cuando la partera le entregó las tijeras para cortar el cordón, ejecutó esa tarea con todo el orgullo del maestro de ceremonias que bautiza a un transatlántico. En cuanto le pusieron a la recién nacida en los brazos, echó un vistazo a sus mechones rojos y comentó secamente, con una risa que no llegaba a disimular el nudo de su garganta:

—Heredó mis ojos, siquiera.

Como todo en la vida de Kitty, su nueva familia era muy poco ortodoxa. Habían planeado esperar a que Sean terminara sus estudios antes de tomar ninguna decisión sobre el futuro. Pero eso no impedía que él viniera casi todas las noches, y entonces Kitty y el bebé se disputaban la parte del león de sus atenciones. Fue Sean quien propuso el nombre por el que se decidieron: Madeleine. Los deslumbrados clientes de Té y Simpatía lo redujeron inmediatamente a Maddie.

Pero no cabían dudas en cuanto a quién la tenía a su cargo. La pequeña de Daphne asumió inmediatamente el papel de madrecita, rondando la cuna que Sean había encargado a un ebanista local, a cambio de dos días de trabajo. Mantenía con Maddie interminables conversaciones susurradas, como si la bebé entendiera cada una de sus palabras, y era magnánima con sus muñecas y juguetes. Los desconocidos que se acercaban demasiado se encontraban con una mirada furiosa. "Mi bebé", anunciaba Jennie, en voz bien alta.

En cuanto a Daphne, su estancia en Miramonte resultó definitiva. Pocos meses después de la desaparición de su madre pidió el divorcio a Roger y alquiló un modesto bungaló, a pocas calles de Kitty. Los comienzos fueron difíciles, pero su marido, después de una o dos escenas iniciales y varias amenazas descabelladas, se mostró asombrosamente justo. Acabaron por llegar a un acuerdo aceptable para ambos: él conservaría el apartamento de Nueva York y tendría a los niños durante seis semanas en el verano; también en Navidad y en Pascuas, año por medio. Ella retendría la custodia de los niños, junto con el considerable anticipo por su libro de memorias familiares, que se publicaría en el otoño.

Alex, veterana de esa guerra, le aseguraba que todo sería para bien. Estaba en condiciones de saberlo, por cierto: en diciembre había vuelto a casarse discretamente con su ex esposo. Ambos vendieron sus respectivas casas, con lo cual ella pudo saldar todas sus deudas, y sorprendieron a todos mudándose a la casa de Agua Fría Point. Aunque pertenecía a las tres, Kitty y Daphne aceptaron cobrar su parte en cuotas mensuales.

En el aniversario de la muerte de su madre, esa bella tarde, estaban reunidas en el porche donde pasaran interminables horas cuando niñas, con los pies escondidos bajo el cuerpo, devorando la última aventura de *Nancy Drew* y una ilícita caja de golosinas, o cepillándose el pelo mojado en los escalones del frente. Abajo, en el patio, Jennie paseaba a Maddie por el camino en el rosado cochecito de sus muñecas; la bebé saltaba y reía, encantada, haciendo centellear al sol sus rizos de jengibre. Las gemelas habían llevado a Kyle a la ensenada, jurando sobre seis Biblias que no lo perderían de vista.

Daphne se había sentado en la silla verde de mimbre, flanqueada por sus hermanas; junto a la puerta tenía una valija lista. No se preocupaba por su hijo, sabiendo que las primas lo adoraban; en su mente pesaba algo muy distinto.

—¿Quieres que prepare limonada? —propuso Kitty, algo nerviosa—. Vendría bien llevar un termo. El viaje es largo.

—No te molestes. Nos detendremos en el camino —respondió su hermana mayor.

—Van a beber champagne, idiota. —Alex rió con perversidad, arrojando el hielo fundido de su copa a las hortensias que crecían bajo el porche. Como Jim estaba en Taiwán por negocios, ella y las chicas habían pasado toda la semana a té helado y galletitas. Alex se quejaba de haber engordado lo suficiente como para hundir un barco, aunque sus hermanas no le detectaban un solo gramo de más.

Kitty suspiró.

—Me habría gustado... Oh, no sé, una ceremonia de verdad. Con flores y torta. Y arroz. ¿De qué sirve una boda sin arroz?

—Buena estás tú para hablar —la regañó la menor, afectuosa—. Cuando tú y Sean se decidan a vivir juntos ya estarán jubilados.

La pelirroja sacudió la cabeza con fingida indignación.

—Cuanto menos tendré quién empuje mi silla de ruedas.

—Antes tendrá que tramitar la licencia de conductor —bromeó Daphne. Luego añadió, más seria: —Ya sé que me tienes por loca; tal vez lo sea. Pero después de todo lo que pasó... bueno, nos pareció lo mejor. Recuerda que hace veinte años estuvimos a punto de fugarnos.

—Ha pasado tanto tiempo que no lo recuerdo bien. —Alex se inclinó hacia adelante, con súbita curiosidad.

—Fue Johnny quien no quiso —apuntó la mayor.

—No me extraña, con lo que papi le hizo —rememoró Alex, ensombrecida.

Daphne meneó la cabeza.

—No fue sólo por eso. También tenía miedo por mí. Por todo lo que yo iba a perder. Éramos tan jóvenes... Y en cierto modo fue mejor así. Para empezar, ahora yo no tendría a Kyle y a Jennie.

—Suerte la tuya, pasar una semana sin recordar que existen. —Alex se había ofrecido a cuidar de los chicos durante la luna de miel y no iba a permitir que Daphne lo olvidara.

Kitty intervino en voz baja:

—Lo importante es que seas feliz. —Su mirada se ablandó al posarse en Maddie. Cuando se volvió hacia Daphne, sus ojos brillaban más que ninguna piedra preciosa. —¿Para qué quieres arroz, si tienes a un hombre que renunció al trono por la mujer que ama?

Ella rió, incómoda.

—No fue tan dramático. Sigue siendo abogado, aunque no trabaje en la Fiscalía de distrito.

—La práctica privada tiene sus ventajas. —Alex guiñó ostentosamente un ojo.

—Cuando menos, no pasarán hambre —agregó Kitty.

—¡Como si fuera posible, viviendo a dos pasos de ti! —Alex señaló con desesperación el Tupperware lleno de masitas.

En ese momento Daphne oyó el rugido distante de un motor y recordó crepúsculos lejanos en ese mismo porche, esperando. Esta vez lo que viró en la esquina era un Thunderbird azul medianoche. Pero la cara del hombre sentado tras el volante era la misma: ojos peligrosamente entornados, un cigarrillo temerario en la comisura de la boca. Al verla tocó la bocina. Daphne agitó la mano, como si tuviera otra vez dieciséis años y la alfombra roja de la vida se desplegara ante ella, a un tiempo maravillosa y aterrorizante.

Se levantó con lentitud, como si no tuviera fuerza en las rodillas. Cuidando de no tropezar con sus pies (súbitamente eran lo único que la sostenía) fue en busca de su maleta y se despidió de sus hermanas con sendos abrazos. Luego se detuvo a aspirar una profunda bocanada de aire, perfumada de salmuera y enebro, y hundió las manos en los bolsillos de la chaqueta para tocar un par de boletos viejos, ya blandos como tela. Era como si hubiera pasado la vida entera esperando en el porche.

Con el corazón y la mirada en alto, salió al encuentro del hombre que venía hacia ella por el sendero.